P9-AGR-203

EL CORAZÓN DE PIEDRA VERDE

NARRATIVAS HISTÓRICAS

SALVADOR DE MADARIAGA

EL CORAZÓN
DE PIEDRA VERDE

Edición ilustrada con 32 figuras en negro

EDITORIAL SUDAMERICANA
BUENOS AIRES

El corazón de piedra verde
de Salvador Madariaga
se terminó de imprimir en marzo de 2001
en los talleres de Litofasesa, S. A. de C. V.,
Tlatenco No. 35, Col. Sta. Catarina,
02250, México, D. F.

El corazón de piedra verde

Diseño de tapa: María L. de Chimondeguy/Isabel Rodrigué
Primera edición: Mayo de 1943
Séptima edición: Abril de 2000
Octava edición: Marzo de 2001

ISBN: 968-1103-83-1

Impreso en México / *Printed in Mexico*

© 1943. Editorial Sudamericana S. A.
Humberto 1o. 531, Buenos Aires.
Queda hecho el depósito
que previene la ley 11,723.

*A Emilia Raumann,
madrina de esta obra.*

Nota de los Editores: Las ilustraciones en negro de este libro han sido reproducidas de *La civilización azteca* de George C. Vaillant y de *Design motifs of Ancient Mexico* de Jorge Enciso, a cuyos editores (Fondo de Cultura Económica, México, y Dover Publications, Inc., Nueva York, respectivamente) quedamos muy agradecidos.

Libro I

LOS FANTASMAS

Capítulo I

EL REY NEZAHUALPILLI TIENE UNA HIJA

1

Cuando vinieron a decir al rey Nezahualpilli que su mujer Xochotzincatzin o Pezón-de-Fruta le había dado una hija, su rostro permaneció inmóvil ocultando con su impasibilidad la profunda alegría que inundaba su corazón. En su otra mujer, hermana mayor de Pezón-de-Fruta, así como en las cuarenta y tantas mujeres que entre sus dos mil concubinas solía frecuentar, Nezahualpilli había sembrado y recogido ya más de cien hijos e hijas. Pero Pezón-de-Fruta no era sólo una de sus mujeres legítimas, hijas de Tizoc, emperador de Méjico, sino también la primera y única mujer que había amado de verdad.

Su primer impulso fue ir a consultar las estrellas para indagar cómo estaban dispuestas a acoger a aquella nueva alma que comenzaba su peregrinación en nuestro oscuro y cenagoso planeta. El rey Nezahualpilli era gran estrellero, y hasta los sacerdotes que regían el calendario astrológico, distinto del calendario cívico entre los aztecas, respetaban su ciencia. Entre el pueblo, la familiaridad en que vivía con los misterios celestes le había valido fama de mago y hechicero, muy contraria, por cierto, a su espíritu racionalista; de modo que el más humano de los aztecas pasaba entre el vulgo por capaz de encarnar a voluntad en el cuerpo de un tigre, de un león o de un águila.

La hija del rey había nacido en 1500 de la era cristiana, año 3-Cuchillos de la era azteca, signo nada tranquilizador, pues los cuchillos tenían relación con el norte, de donde solían venir los enemigos que atacaban el imperio, y además con el color rojo, con la sangre y con el fuego. El signo del mes mágico era *ceacatl* o 1-Cañas, generalmente considerado como de mal agüero en la astrología mejicana por estar sometido al capricho de Quetzalcoatl o Serpiente de Plumas, dios del viento; los nacidos bajo este signo eran personas de mala suerte condenadas a que el viento se llevase en sus ráfagas locas todo aquello en que ponían su empeño y su deseo. Pero el rey sabía que esta tendencia maligna del mes 1-Cañas no era absoluta y que tenía días faustos. Los sacerdotes recomendaban que los niños nacidos en una de las primeras seis "casas" del mes no se "bautizasen" hasta el séptimo día o, mejor todavía, el octavo, llamado

"Chicuexuchitl" (Ocho Flores). Ahora bien, la hija del rey había nacido precisamente en este octavo día de Ocho Flores, y además, en el calendario cívico, el día resultaba ser el vigésimo del mes, y llevaba por lo tanto el nombre de Xuchitl o Flor. El rey mandó pues que se bautizase a la niña sin tardanza llamándola Xuchitl.

El rey echó su *acayetl* o cigarro sobre las ascuas de un pebetero que ardía en un rincón de su cámara y se dirigió a las habitaciones de su mujer favorita. Iba cruzando salas ricamente decoradas con toda suerte de animales reales e imaginarios, cuyas siluetas doradas caracoleaban sobre un fondo de estuco bruñido; pisando con pie ligero, calzado con zapatos de piel de tigre teñidos de verde y suela de oro, sobre pisos de madera primorosamente decorados y tan brillantes que reflejaban su figura como un agua quieta. Al acercarse a las habitaciones de la reina, tuvo que hacerse paso a través de olas y olas de mujeres —casi todas concubinas suyas, algunas hijas ya mayores o concubinas de sus numerosos hijos— que iban y venían como una marea, movidas por la curiosidad y la tradición, para echar una primera ojeada a la recién nacida. Algunas traían de la mano a sus niños, con las rodillas frotadas con ceniza para que no se les dislocasen, como era sabido que solía ocurrir a cualquier niño que entrase en la habitación de una parturienta sin haber tomado precaución tan elemental.

Tras la espesa cortina vistosamente bordada de obra de plumería, que separaba la cámara de la reina de la sala atestada de gente, la comadrona o *ticitl* trabajaba sin descanso. Lo primero que había hecho al recibir a la criatura en un parto fácil había sido cortar un mechón del pelo de la coronilla, que, según costumbre religiosa, apartó para que, al lado de otro mechón cortado de semejante lugar el día de su muerte, fuese presentado en una caja consagrada como ofrenda a la imagen de la difunta, una vez consumido su cuerpo por las llamas de la pira funeraria. Ya cumplido este primer deber piadoso, la ticitl se preparó para cortar el cordón umbilical. Mientras la reina, pálida y feliz, descansaba sobre su lecho de mantas de algodón, la comadrona, de rodillas y sentada sobre los talones, sostenía en una mano la muñeca de cobre vivo, blandiendo con la otra una navaja de obsidiana. Era una operación religiosa y mágica durante la cual la comadrona recitaba a la recién nacida palabras consagradas por la tradición:

—Hija mía y señora mía —comenzaba la ticitl, alzando en el aire como una amenaza siniestra la navaja de obsidiana—, ya habéis venido a este mundo. Acá os ha enviado nuestro señor. Habéis venido al lugar de cansancios, de trabajos y congojas, donde hace frío y viento. Notad, hija mía, que del medio del cuerpo... —y al llegar aquí, con rápido movimiento de la navaja cortaba el cordón— corté y tomé tu ombligo, porque así lo mandó y ordenó tu padre Youaltecutli, que es el señor de la noche, y tu madre Youalticitl, que es la diosa de la noche. Habéis de estar dentro de casa como el

12

corazón dentro del cuerpo; no habéis de andar fuera de ella; no habéis de tener costumbre de ir a ninguna parte; habéis de ser la ceniza con que se cubre el fuego en el hogar; habéis de ser las traudes donde se pone la olla. En este lugar os entierra nuestro señor; aquí habéis de trabajar, y vuestro oficio ha de ser traer agua y moler el maíz en el metate... —la reina se sonreía al oírlo—, allí habéis de andar junto a la ceniza y el hogar.

La comadrona recostó a la niña al lado de su madre, envolvió el cordón umbilical en un pañizuelo de algodón blanco y se puso a mirar a derecha e izquierda, sin saber qué hacer. El rito requería que en el caso de una niña recién nacida se enterrase "el ombligo" cerca de las cenizas del hogar, en señal de que la niña se quedaría en casa ligada a sus deberes familiares. Rito fácil de cumplir en una casa azteca corriente, cuyo suelo era de tierra, pero no en aquel palacio suntuoso, donde no había hogar y los suelos eran de madera pulida. Si hubiera sido un infante, no habría dificultad. Se entregaba el cordón a un capitán cualquiera para que lo enterrase en un campo de batalla, pero con una niña... La comadrona miraba a la reina, que, indiferente ante el problema, sonreía a la recién nacida. Con el envoltorio todavía en la mano, la ticitl salió a la sala llena de mujeres, sin saber qué hacer, con la vaga esperanza de encontrar entre ellas alguna solución. Por lo menos, no le faltaron consejos.

—Y sobre todo no dejes nunca apagar el fuego, porque si lo dejases morir aunque no fuera más que un instante durante estos primeros cuatro años, se apagaría la suerte de la niña al apagarse el fuego y ya no volvería a arder.

—Y el ombligo, el ombligo —insistía con la cabeza temblando una vieja desdentada que todavía andaba por el harén desde los tiempos del rey Nezahualcoyotl—, no te olvides del ombligo. Hay que enterrarlo junto al hogar, bajo la piedra del metate, porque si no, la chica andará por las calles como una perdida.

—Eso cualquiera lo dice —replicó la comadrona—, pero ¿dónde está el hogar en esta casa? ¿Quieres que lo entierre en la cocina?

La llegada del rey levantó una oleada de murmullos en aquel mar de mujeres. Alto y esbelto, lo cruzó como una de sus finas canoas labradas y doradas cortando majestuosamente las aguas de la laguna, y desapareció tras la pesada cortina que protegía la soledad y el descanso de la reina. Hubo un momento de silencio. Muchas de aquellas mujeres, hasta entonces tan animadas y habladoras, se habían hundido en el secreto de sus recuerdos íntimos al ver pasar a su señor. Era una gran figura, a la vez armoniosa y fuerte. El rostro, de una tez moreno-rojiza que a veces parecía iluminada por dentro, daba, tanto por su expresión como por su clara y bien tallada arquitectura, cierta impresión de rigidez cristalina que atraía por su belleza y sin embargo repelía por su inexorable perfección.

13

Una doncella asomó por detrás de la cortina y llamó a la comadrona.

—Eso debe ser para el bautizo —dijo una mujer, y al punto corrió el rumor.

Poco después, como al conjuro de una especie de magia, comenzó a volar de aquí y de allá entre las mujeres un nombre, el nombre:

—Xochitl, Xochitl —decían y comentaban en su acento mejicano las concubinas oriundas de las otras orillas del lago y de la ciudad-isla de Tenochtitlán; mientras que las tetzcucanas, con su lengua más suave y para ellas más distinguida, repetían—: Xuchitl, Xuchitl.

Tres muchachillos llegaron entonces a escena, hijos o sobrinos —ni él mismo lo sabía— del propio rey. Llevaban frazadas blancas de algodón a guisa de manto o capa. Al instante comprendieron las mujeres que en efecto se preparaba la ceremonia bautismal para aquel mismo día, y todas se precipitaron hacia el patio principal a fin de procurarse un buen sitio.

Era uno de los numerosos patios del palacio real, de muros de adobe sobre una armazón de granito tallado en formas extrañas, como aplastadas, que representaban imágenes simbólicas de los dioses. A cada uno de los cuatro lados del cuadrado, doce robustos pilares de piedra sostenían la galería alta, dejando un claustro fresco y sombrío en torno al patio pavimentado de piedra, en cuyo centro, sobre una taza de piedra cuadrada, el agua de un surtidor se elevaba hacia el cielo en una línea transparente y delgada, siempre murmurante. Esta fuente sustituiría para la princesa recién nacida la artesa de barro en que se bautizaba a los niños humildes. Los tres muchachos se sentaron en fila a un lado de la fuente, con el cuerpo plegado como un paquete, las rodillas sobre el mentón. Tres doncellas vestidas de *huipillis* blancos (unas como camisas sin mangas), con el pelo negro ligeramente teñido de morado, suelto por la espalda, se acercaron lentamente y, con ademanes de tanta gracia como sencillez, pusieron ante cada uno de ellos un plato de barro con una torta de maíz asado y frijoles. Los muchachos se miraron uno a otro sin saber qué hacer y, por tácito acuerdo, decidieron no hacer nada y aguardar. No tuvieron que aguardar mucho. Bajo el arco del patio que tenían enfrente salía de las sombras del claustro a la luz central la comitiva de la princesa recién nacida.

Venía primero una doncella que llevaba sobre una bandeja de madera una escoba diminuta de hojas secas de maguey; luego, otra que llevaba sobre un paño de algodón doblado en cuatro un husillo también diminuto; por último, otra que traía en la mano un castillo de labor a escala en su pequeñez con la escoba y el husillo. Eran los tres símbolos de la mujer hacendosa. Detrás de las tres doncellas venía la comadrona con la recién nacida en una cesta, la cabeza hacia adelante. Detrás, el rey, sonriente y feliz, a quien seguía Yeicatl o Tres-Cañas, su mayordomo mayor, y un séquito brillante de palaciegos ataviados con sus mejores mantas de color, con collares, brazaletes y adornos de oro y piedras para la nariz y el labio, pero todos descalzos menos el rey, cuyos zapatos de piel de tigre estaban cubiertos de constelaciones de *chalchivitls* o piedra-hijada.

Las tres doncellas se formaron en fila al borde de la taza cuadrada de la fuente, ofreciendo sus dones a la recién nacida, que yacía en su cestillo-cuna. La comadrona, dejando el cestillo en el suelo, tomó primero la escoba, luego el husillo, luego la canastilla de trabajo, y tocó con ellos las manos diminutas que descansaban como pétalos de rosa sobre el huipil de juguete que llevaba la niña, devolviéndoselos después a las doncellas.

Hecho esto, la comadrona desnudó a la niña, y salpicándole los labios con agua, le dijo:

—Hija, abre la boca y recibe a la diosa Resplandor de Jade (Chalchiuitlycue), que da vida para vivir en el mundo.

I. Arte decorativo azteca. Por medio de moldes llamados "estampas", generalmente de barro cocido, alfareros, tejedores y otros artesanos decoraban sus productos con diseños muy característicos. Diseño de flores acuáticas. Procede del estado de Méjico.

Roció después con agua el pecho de la niña, diciendo:

—Toma el agua clara, que limpia y refresca el corazón y lo despierta.

La niña se echó a llorar, y en torno a los tres lados del patio, por la galería baja en sombra corrió un murmullo: la niña había llorado; su llanto agradaría a Tlaloc, el dios de la lluvia, y por lo tanto su vida sería rica en maíz, próspera y llena de bienestar. Mientras tanto, la comadrona, sin dejarse distraer, rociaba la cabecita con agua lustral, diciendo:

—Toma y recibe el agua Chalchiuitlycue, que te hará vigilante, para que nunca seas tocada del demasiado sueño; ella te abrace y te avise para que seas vigilante y no dormilona en este mundo. —Después se lavó las manos, diciendo—: Apártate, hurto, de la niña. —Y le lavó las ingles, diciendo—: ¿Dónde estás, mala fortuna? Apártate de la niña por la virtud del agua clara.

Acostando después a la muñeca de cobre vivo en la canastilla, la comadrona oficiante recitó en voz baja la oración a la Señora y al Señor de la Noche:

—Señora Youalticitl, Diosa de las cunas y Madre General de los niños, el dios de los Cielos crió a esta criatura y la envió a este mundo en el cual te está cometida su guarda, y así te la ofrezco para que la defiendas y guardes en tu seno, la calientes y ampares. Y también suplico al Señor de la Noche, Youaltecutli, que le dé buen sueño.

Alzó entonces la canastilla hacia el cielo y en alta voz exclamó:

—Madre de las criaturas, defensora de los niños, recibe éste y guárdalo como tuyo.

Había llegado el turno de los tres muchachos. La comadrona les requirió que nombrasen a la niña. Ellos, al ver que se les estaban enfriando los apetitosos platos de frijoles y maíz que tenían delante, se habían decidido a entamarlos; y cuando el primero de los interpelados, el que estaba sentado al este, se vio obligado a contestar a la comadrona, tuvo que hacer inauditos esfuerzos para tragarse los frijoles que tenía en la boca a fin de que saliera intacto el esperado nombre. Un silencio mortal se cernió sobre la asamblea mientras el pobre muchacho luchaba heroicamente por ocultar la situación con rostro imperturbable. En la galería oscura brillaban los ojos de las mujeres con destellos significativos. No era menester palabra alguna. Todas sabían lo que aquello significaba: Xuchitl no sería por mucho tiempo el nombre de aquella niña, ni aquel país su tierra, y tendría que desterrarse y cambiar de nombre. Mientras así pensaban, el muchacho pudo al fin pronunciarlo con voz clara y resonante: —¡Xuchitl! ¡Xuchitl! ¡Xuchitl!

Requerido por la comadrona, el segundo muchacho vociferó al instante: —¡Xuchitl! ¡Xuchitl! ¡Xuchitl!

A sus voces, una de las tres doncellas, que acaso se había medio dormido, volvió súbitamente en sí y con gran estrépito dejó caer al suelo la escobilla de maguey y la bandeja de madera, que repiqueteó sobre las losas. En la galería en sombra volvieron las mujeres a cruzar miradas de inteligencia, pues la señal no podía ser más clara: el primer hogar que aquella niña fundase se vendría abajo con estrépito y violencia. Mas ya voceaba el tercer muchacho: —¡Xuchitl! ¡Xuchitl! ¡Xuchitl!

Y todos vieron que mientras sus voces se diluían en el aire, un águila cruzaba el espacio azul volando rápidamente del oeste al este. La profecía era completa. Las mujeres tenían ya por seguro que la niña Xuchitl abandonaría su tierra natal porque se la llevaría hacia oriente Quetzalcoatl, Señor de los Vientos.

Todo lo había visto y observado Nezahualpilli. Su rostro seguía grave, remoto e imperturbable.

2

Después de la ceremonia, el rey llamó a su mayordomo Yeicatl o Tres-Cañas.

—Manda que a cada uno de esos tres muchachos se le dé una rica manta de algodón, de lo mejor que haya en los almacenes. Y en cuanto a ese primero que se dejó sorprender... ¿quién es?

—Se llama Ixcauatzin —explicó el mayordomo.

—¿De dónde le viene ese tzin? —preguntó el rey, pues el sufijo tzin implicaba realeza, o por lo menos muy alta alcurnia.

—Es nieto de vuestro real padre, que lo tuvo de una de sus mujeres mejicanas. No me acuerdo el nombre de ella.

—Bueno —sentenció el rey—, castígalo como se merece.

Tres-Cañas preguntó:

—¿Le haremos respirar humo de ají?

—No —contestó el rey—, es todavía demasiado pequeño. Púnzale los brazos y las piernas con punzones de maguey... Cuatro en cada miembro bastarán.

Yeicatl no perdió tiempo en administrar la sentencia real al joven Ixcauatzin. Vivía entonces todavía el muchacho en una especie de casa comunal para los niños y niñas de las concubinas del rey. El mayordomo hizo que le trajesen al muchacho del río que fluía por delante de la casa y donde a la sazón se estaba bañando. Venía Tres-Cañas bien provisto de espinas de maguey. Sentóse sobre la estera en el centro de la estancia del maestro e hizo a Ixcauatzin tenderse sobre la estera en frente de él, con las manos y los pies atados. Explicóle entonces, en unas palabras didácticas y sin asomo de pasión, las razones por las que se le castigaba, y hecho esto, le clavó cuatro espinas de maguey en cada brazo y pierna con un movimiento rápido y frío como de cirujano. Era entonces Ixcauatzin un muchacho esbelto y agraciado, de ojos negros, hondos y fogosos. Aguantó el castigo sin una lágrima, sin una palabra, sin un movimiento. Tres-Cañas aguardaba en silencio. Pasó un instante y el mayordomo, ya cumplida su misión, fue arrancando una a una las dieciséis espinas del cuerpo del muchacho.

—Puesto que te hemos sacado sangre —propuso a Ixcauatzin, al soltarle manos y pies—, ¿por qué no se la ofreces al Sol?

Sin una palabra, Ixcauatzin se puso en pie de un brinco, salió a la puerta, y recogiendo sangre de sus heridas en la punta de los dedos, la salpicó en dirección a los cuatro puntos cardinales, murmurando cuatro veces el nombre tres veces repetido de:

—¡Xuchitl! ¡Xuchitl! ¡Xuchitl!

Terminada esta extraña ceremonia de su invención, el muchacho volvió a donde Tres-Cañas le observaba atónito, y sin rastro de resentimiento o temor, con un respeto franco y viril, le dijo:

—Tengo siete años. ¿Cuándo podré entrar en el Calmecac?

Tres-Cañas le clavó una larga mirada de asombro. No era usual que un muchacho de su edad dirigiese la palabra a un superior sin ser ello solicitado. Tres-Cañas no contestó, a fin de manifestarle su disgusto, y, volviéndole la espalda, se alejó con paso digno.

Pero aunque en apariencia disgustado, se sentía orgulloso del carácter de aquel muchacho que acababa de castigar. Ixcauatzin había aguantado el castigo como un hombre, y además se consideraba ya maduro para el Calmecac, el austero colegio en el que, bajo la disciplina dura y severa de los sacerdotes, se educaban los jóvenes destinados al ejército y a la iglesia. Tres-Cañas fue al palacio para informar al rey. Nezahualpilli estaba en lo alto de la torre del noroeste que había hecho construir para observar los cielos, su ocupación favorita. Era un cuadrado estrecho, de unos tres pies de lado, que un toldo protegía de la luz directa del sol. En aquel lugar, solía pasar largas horas de soledad observando en la naturaleza todo aquello que para un espíritu abierto y curioso como el suyo adquiría significación y misterio: nubes y pájaros y el movimiento regular de las sombras durante el día; estrellas y planetas durante la noche. Sólo su fiel Tres-Cañas estaba facultado para distraerle de aquella ocupación, y aun el mismo mayordomo vacilaba antes de hacerlo. Pero esta vez subió sin vacilación alguna, pues sabía que lo que tenía que contar al rey llevaba una palabra mágica para darle acceso a su atención: ¡Xuchitl!

El rey sintió gran satisfacción al enterarse del ánimo del muchacho, disgusto al oír su falta de modales y asombro cuando el mayordomo le contó la escena de la ofrenda al Sol, con aquel murmurar del nombre de la niña tres veces repetido hacia cada uno de los puntos cardinales.

—Tráeme al muchacho —dijo a Tres-Cañas.

Iba cayendo la noche y las primeras estrellas comenzaban a brillar en los lugares del cielo que el rey conocía bien, cuando, con una última mirada hacia toda aquella certidumbre, se dispuso a bajar las escaleras hacia la tierra de los errores, las incertidumbres y las desilusiones. Llegado a su cámara, se sentó en un *ycpalli* o taburete primorosamente labrado y enriquecido con incrustaciones de oro, tras del cual pendía del techo una pesada cortina que el arte del tejedor había transfigurado en un bosque negro y verde poblado de tigres de oro. Dos teas de pino, altas y espesas, que ardían sobre dos pilares de cobre, iluminaban la escena con una luz siempre vibrante que parecía animar a los tigres de oro con vida y movimiento.

Tres-Cañas, descalzo, entró con pie suave y paso sordo, seguido de Ixcauatzin. El muchacho venía desnudo, llevando tan sólo a la cintura el *maxtlatl* o panete, todavía blanco, sin adorno, señal, símbolo o diseño alguno, por no pertenecer todavía Ixcauatzin a ninguna escuela, orden o profesión. En su rostro se leían la gravedad y el respeto, mas no temor ni desmayo.

—¿Cómo te llamas? —preguntó el rey.

—Ixcauatzin —contestó el muchacho con voz clara y segura.

—¿Sabes lo que quiere decir tu nombre?

—Sí, señor. Quiere decir *el desdeñado.*

—¿Quién te puso este nombre?

—El sacerdote, señor. Lo vio en las estrellas.

El rey se sonrió con sonrisa triste y pensativa.

—¿Quién es tu madre?

—Fue, señor. Se llamaba Cuiacatlmolotl.

—¡Canto-de-Jilguero! —exclamó el rey—. ¡Qué bonito nombre! ¿Y quién era?

—Una hija del rey Nezahualcoyotl, vuestro padre —dijo el muchacho con altivez.

—¿Quién es tu padre?

—Era —contestó el muchacho—. Se llamaba Iciuhtomitl.

—¡Daga-de-Hueso-Rápida! ¿Quién lo mató?

—Murió en una batalla, en las guerras de Quautla que hizo el emperador Auitzotzin.

—¿Y por qué —preguntó el rey al fin— dijiste Xuchitl tres veces cuatro veces al ofrecer tu sangre en sacrificio?

El muchacho se quedó entrecortado por la sorpresa y no supo qué decir, pues, en realidad, no conocía la respuesta. Finalmente, contestó:

—Yo no fui quien dijo Xuchitl.

El rey, con la frente sombría y fruncido el entrecejo, volvió la vista a Tres-Cañas encendido en cólera. Yeicatl también escuchó al muchacho con la mayor severidad:

—¡Él fue, señor!

Mentir, sobre todo para un muchacho de la alcurnia de Ixcauatzin, era cosa que no cabía ni imaginar siquiera. Volviéndose a su sobrino, Nezahualpilli se limitó a decir:

—¿Bueno?

El muchacho explicó:

—Xuchitl salió solo. Yo no lo dije. Me salió el nombre de dentro.

Hubo un silencio. No menos observador del firmamento interno que del que cubre los destinos de los hombres, Nezahualpilli meditaba sobre la revelación que su sobrino acababa de hacerle. El nombre reprimido por el azar trivial, el castigo, el nombre que rebrota. Durante un breve instante Nezahualpilli echó una ojeada profética al lazo que aquellos sucesos fortuitos venían a anudar entre los dos niños... Mas pronto dejó caer el tema, demasiado vago y distante para dejarse apresar por las tenazas de la razón, y, ya aliviado de las dudas sobre la integridad del muchacho, continuó su interrogatorio:

—Me dicen que quieres entrar en el Calmecac.

—Sí, señor —contestó el muchacho con sencillez.

—¿Qué quieres ser, soldado o sacerdote?

—Las dos cosas —contestó Ixcauatzin.

—Muy bien. —El rey se volvió hacia Tres-Cañas.— Llévale al Calmecac. Sus ofrendas de entrada para los dioses saldrán de mi casa. Y quiero que sean dignas de su abuelo.

3

La ceremonia tuvo lugar al día siguiente. Yeicatl Tres-Cañas, precedido de varios esclavos que llevaban las ofrendas y seguido del neófito, llegó a hora temprana a las puertas del Calmecac, donde lo esperaban los dos Sumos Sacerdotes, el Totectlamacazqui y el Tlaloclamacazqui. Eran ambos hombres de unos cincuenta años que llevaban en la piel numerosas cicatrices de espinas de maguey, sobre todo en los brazos y piernas y en las orejas, de donde todavía les colgaban gotas de sangre fresca. Vestían mantas negras de algodón abrochadas sobre el hombro derecho con un broche de bronce, dejando abierto todo el lado derecho, por donde se veía el pañete negro. Colgadas a la espalda llevaban bolsas de tabaco, la yerba sagrada en que los sacerdotes hallaban auxilio y refrigerio en sus ayunos y en sus noches de vela y oración y sacrificio. La cabellera negra y espesa, jamás expuesta al agua, al peine o al cepillo desde su entrada al servicio divino, se les apelotonaba en masa sólida cimentada por la sangre de años enteros de sacrificios humanos. Los dos sacerdotes recibieron a la comitiva con sonrisas de bienvenida, pues el nuevo educando traía al Calmecac prestigio y riqueza. Las ofrendas a Quetzalcoatl, dios del Viento, eran espléndidas, y además de los papeles sagrados y de las bolsas de incienso de copal, los esclavos traían numerosas cargas de mantas de algodón primorosamente labradas, collares de camarones de oro, de lagartos de oro, de mariposas de oro, de piedras chalchivitls o jade, de plumas de valor inestimable. Los dos Sumos Sacerdotes condujeron a sus huéspedes al patio interior, donde los monjes y los muchachos se hallaban congregados en dos filas, la negra de los monjes a un lado, y al otro la bronceada de los muchachos desnudos salvo el pañete a la cintura, y cuando Ixcauatzin desembocó en el cuadrado luminoso del patio, sus nuevos compañeros y maestros le recibieron al son más rítmico que armonioso de trompetas de caracol y tambores de madera. Tres-Cañas avanzó solemnemente entre la fila negra de los monjes a la derecha y la masa bronceada de los muchachos a la izquierda, hasta el pie del altar de Quetzalcoatl, dios de los Vientos o Serpiente de Plumas Preciosas. Estaba representado en figura de hombre, todo teñido de negro, con una camisa blanca bordada y calada, y tocado con una mitra de piel de tigre que coronaba un vistoso penacho de plumas. Colgábanle de las orejas largos y pesados pendientes de un mosaico color turquesa, y del cuello una cadena de oro de que pendían varios camarones de oro de un jeme de largo. Llevaba calzas de piel de tigre hasta la rodilla (de cuyo borde superior colgaban también camarones de oro) y sandalias negras. En la siniestra mano, una rodela con un diseño en forma de estrella de cinco puntas; en la diestra, un cetro de oro y pedrería que recordaba el báculo de los obispos cristianos en su forma, pero mucho más corto.

Tres-Cañas, con Ixcauatzin a su lado, se agachó ante el dios, en postura de adoración, y fue presentando una a una las ofrendas que traía al dios a quien venían destinadas. Los sacerdotes las recibían de sus manos y, después de una presentación de respeto ante la imagen, mantas, collares de oro, piedras preciosas y plumas de valor desaparecían en la cámara del Tesoro, a espaldas del camarín de Quetzalcoatl. Salieron entonces a escena de uno y otro lado del altar dos acólitos que, después de quitar al educando el pañete que le cubría la cintura, le pintaron el cuerpo de negro de la cabeza a los pies, poniéndole luego al cuello el *tlacopatli* o rosario de cuentas de madera. Ya estaba Ixcauatzin listo para la ofrenda de su propia persona. Tres-Cañas alzó la voz:

—En nombre del rey Nezahualpilli, que representa al padre de este muchacho, el caballero Daga-de-Hueso-Rápida, que por haber muerto en el campo de batalla está ahora en los reinos del Sol, chupando flores como un colibrí, yo, Tres-Cañas, lo ofrezco a nuestro Señor Quetzalcoatl, por otro nombre Tilpotonqui, para entrar en la casa del Calmecac. Desde ahora, pues, lo ofrecemos para que, llegando a edad convenible, entre y viva en casa de Nuestro Señor, para que este nuestro hijo tenga cargo de barrer y limpiar la casa de Nuestro Señor. Por tanto, humildemente rogamos que le recibáis y toméis por hijo para entrar y vivir con los otros ministros de nuestros dioses, en esta casa donde hacéis todos ejercicios de penitencia de día y de noche, andando de rodillas y de codos, orando, rogando y llorando y suspirando ante Nuestro señor.

Uno de los dos Sumos Sacerdotes contestó:

—Hemos oído vuestra plática, aunque somos indignos de oírla, sobre que deseáis que vuestro amado hijo y vuestra piedra preciosa o pluma rica entre y viva en la casa del Calmecac. No somos nosotros a quien se hace esta oración. Haced al Señor Quetzalcoatl, o por otro nombre Tilpotonqui, en cuya persona la oímos. A él es a quien habláis. Él sabe lo que tiene por bien de hacer de vuestra piedra preciosa y pluma rica y de vosotros que hacéis oficio de padres. Nosotros, indignos siervos con dudosa esperanza, esperaremos lo que será. No sabemos por cierto cosa cierta, pues lo es decir "esto será, o "esto no será" de vuestro hijo. Esperamos en Nuestro Señor todopoderoso lo que tendrá por bien hacer a este mozo.

La ceremonia había terminado, lo que anunció a todo el barrio un nuevo estrépito de trompetas de caracol y tambores de madera.

4

En el año 10-Conejos de la era mejicana, 1502 de la cristiana, Auitzotzin, emperador de Méjico, murió en su capital Tenochtitlán, donde la ciudad que hoy llamamos Méjico se halla situada. Nezahualpilli, cuya capital, Tetzcuco, se hallaba al borde de la laguna en cuyo centro surgía la isla de Tenochtitlán, se trasladó a la capital del monarca difunto para asistir a los funerales y tomar parte en la elección del nuevo emperador. No solían las mujeres tomar parte en tales ceremonias, de modo que aunque sus dos mujeres legítimas eran sobrinas del emperador difunto, no le acompañaron en su piadoso viaje a Tenochtitlán. Nezahualpilli era el monarca más respetado del Imperio y dominaba el colegio electoral. Por consejo suyo se eligió emperador a Moctezuma, hijo de Axayacatl, que había sido uno de los predecesores del emperador difunto.

Cuando Nezahualpilli se embarcó de regreso para Tetzcuco, en el mismo momento en que los remeros de la canoa real herían el agua con el primer golpe de remo, se oyó un crujido seco, saltó la pala de un remo, y el remero que la servía, perdiendo el equilibrio, dio con la nuca en el compañero de atrás. Recobrado el equilibrio, la grácil embarcación se deslizó, suave y ligera, sobre las aguas de la laguna, pero a medida que avanzaba, el rey se dio cuenta de que la tripulación iba cabizbaja y abatida.

—Ya sé lo que estáis pensando —les dijo desde la popa, con tono paternal, casi afectuoso—. Ese remo roto que por poco hace caer al agua a Cara-Larga os ha hecho perder el equilibrio a todos. Todos creéis que es de mal agüero. Pero Cara-Larga no mereció nunca su nombre más que ahora.

El remero del remo roto se llamaba Ixtlicoyu, que quiere decir cara larga, pero los marineros no estaban entonces para juegos de palabras. El rey aguardó un momento en silencio, y luego, como suponía, Cara-Larga habló por todos:

—Uno de nosotros va a morir, o se le va a morir alguien.

—No sé por qué, ni qué tiene que ver con vuestra vida un remo roto, que cualquier cosa puede causar.

—No había razón ninguna para que se rompiera —arguyó Cara-Larga alzando el mango roto—. Hay bastante fondo donde se rompió y yo sé que no di en nada duro.

—Dame acá ese astil —mandó el rey, y con ojos observadores se puso a escudriñarlo—. ¿Veis? —les preguntó, enseñándoles el corte—. Aquí está la rotura de hoy; pero todo esto estaba ya roto hace tiempo sin que lo hubieseis observado. ¿No veis la diferencia de color y también en el grano de la madera? Parece mentira que seáis tan simples. Parecéis mercaderes de esos que tiemblan de miedo cuando al ir de camino oyen las carcajadas del oactli salir del fondo del bosque, como si no estuviéramos todos hartos de saber que el oactli es un pájaro que se ríe.

—Pues yo prefiero no oírle la risa —replicó el remero receloso, recobrando de manos del rey el astil del remo, coreado tácitamente por todos sus compañeros, que, sobrecogidos de espanto, seguían remando en silencio, cabizbajos.

Más cabizbajo todavía encontraron a Tres-Cañas aguardando al rey en el desembarcadero. El mayordomo ayudó a Nezahualpilli a desembarcar sin decir una palabra, y en el mismo silencio le acompañó hasta la litera donde aguardaban cuatro caballeros de la casa real, ricamente ataviados pero descalzos, para llevarlo a hombros a palacio. Se instaló el rey sobre un asiento bajo de hojas secas de maguey que descansaba sobre un suelo de plata, bajo un toldo de algodón y tejido de plumería que sostenían cuatro pilares de plata y oro.

—¿Qué hay? —preguntó al mayordomo, cuyo silencio y humor grave había observado.

—Señor —contestó el mayordomo—, ha muerto la reina.

El rey entendió al punto que se trataba de Pezón-de-Fruta. La otra reina importaba poco. Hubo un largo silencio. Nezahualpilli seguía sentado sin movimiento alguno, polo y centro de una tormenta humana, mientras en torno a su litera se dispersaban los remeros murmurando oraciones a Mictlantecutli, dios de la muerte y del infierno, y hechizos para rechazar el poder de los malos agüeros.

—¿Cómo y cuándo? —preguntó Nezahualpilli con voz ecuánime, sin mirar a su mayordomo.

—Esta mañana. La reina había salido para ir al templo de Tetzcatlipuca. Todos en palacio le aconsejamos que no fuera, porque habíamos oído el canto del *tocolotl* tres veces durante la noche y no hay señal más segura de muerte; pero se empeñó en ir por ser el primer día del mes de Toxcatl, y por temor a que el rey de los dioses se enfadase con ella si no iba y se vengase en la princesa Xuchitl.

—Menos detalles —dijo el rey.

—Calzaba unos *cactlis* nuevos, que su doncella dice que le estaban pequeños. Se empeñó en subir a pie los ciento veinte escalones del templo, negándose a aceptar la oferta que le hacían los sacerdotes para que subiese a cuestas de uno de ellos. Cuando ya estaba cerca de la cumbre, resbaló y cayó. No fue posible pararla, y fue rodando de escalón en escalón hasta quedarse inmóvil en un baño de sangre tendida sobre el patio. Hicimos todo lo que pudimos por curarla, lavándole las heridas con orina caliente y apretándoselas con hojas de maguey asadas, pero Mictlantecutli tiraba de ella tan fuerte que no pudimos salvarla.

—¿Dónde está el cuerpo?

—En las habitaciones de la reina, en el ala sur.

—¿Dónde está Xuchitl?

—Con sus niñeras, en el ala norte.

—Vamos a casa.

5

La noticia de la muerte de la reina Pezón-de-Fruta se extendió como fuego al viento por todo el harén, haciendo revivir olas de esperanza en el pecho de no pocas de las concubinas que deseaban ardientemente volver a gozar de los favores del rey, y olas de terror en algunas de ellas que, por su condición de esclavas, venían obligadas a acompañar a la reina muerta en su larga peregrinación a las regiones sombrías. Lo que era honor a los ojos de las doncellas de la reina, era para las concubinas del rey mero sacrificio de la vida fácil que llevaban en su situación ociosa y privilegiada, a cambio de las ventajas más que dudosas de un más allá desconocido. El mayordomo mayor tuvo que hacer uso de toda su autoridad para encontrar entre ellas bastantes mujeres dispuestas a cooperar en los ritos funerarios, pues todas temían que al ofrecerse para tal servicio vinieran a designarse a sí mismas como víctimas para la pira funeral. Cuando el rey Nezahualpilli llegó al palacio ya estaba lavado el cuerpo de la reina, y sus heridas todas primorosamente cosidas con agujas de maguey y cabello humano. El cuerpo estaba sentado con las rodillas cerca del mentón, cubierto de papel blanco funerario y con una diadema de papel blanco sobre el pelo. Tenía los ojos cerrados y la boca inmóvil en la curva delicada de aquella sonrisa tan fina que tanta gracia le había dado en vida. El humo aromático del incienso de copal se elevaba hacia el techo en cuatro hilos azulados de cuatro braseros de cobre situados en las esquinas de la sala. En torno a la sala, junto a la pared, dos docenas de mujeres, sentadas sobre petates de maguey, cortaban papeles funerarios siguiendo instrucciones del cortador oficial. Era el silencio tan completo que el roce del papel bajo las manos que lo plegaban y el leve crujido de la hoja que cedía a los cuchillos de obsidiana ofendían el oído por su intensidad, y las mujeres procuraban amortiguarlo con los codos y la falda de los huipillis.

El rey entró en la sala seguido del Sumo Sacerdote, que traía atado a una correa un perro de color pardo que había pertenecido a la reina y que estaba destinado a acompañarla en su último viaje. (Tenía que ser pardo, porque al llegar al río que ambos tenían que atravesar, si hubiera sido blanco se habría excusado diciendo a su ama: "A mí ya me han lavado", mientras que si hubiera sido negro habría argüido: "No hay agua que me lave a mí".) El rey llevaba una manta de algodón blanco con cenefa de piel de conejo negro, abrochada sobre el hombro derecho con un broche de oro, lo que permitía a las mujeres ver el vigoroso cuerpo cobrizo por todo el lado derecho abierto al aire. El sacerdote iba también de blanco y sobre su larga túnica llevaba una como sobrepelliz. La cabellera era una masa de pelo negro solidificada por la sangre seca. Rey y sacerdote se pararon en silencio durante unos minutos ante el cuerpo, y después el sacerdote dirigió a la muerta el discurso ritual:

—Oh hija, ya habéis pasado y padecido los trabajos de esta vida; ya ha querido Nuestro Señor llevaros, porque no tenemos vida permanente en este mundo, y breve, como quien se calienta al sol, es nuestra vida. Y ahora ya os llevan Mictlantecutli y Mictacaciotl, porque todos nosotros iremos allá, y aquel lugar es para todos, y es muy ancho, y no habrá más memoria de vos. Y ya os fuisteis al lugar oscurísimo que no tiene luz ni ventanas, ni habéis más de volver ni salir de allá.

Con la ayuda del cortador de papel, el sacerdote entonces amortajó al cuerpo con papel atado con cintas también de papel. Con la mano derecha, salpicó el cuerpo con agua, y prosiguió luego:

—Ésta es el agua de que gozaste viviendo en el mundo —ofrecióle después un jarrillo de agua, diciendo—: Veis aquí con qué habéis de caminar —ofrecióle después un envoltorio de papeles y mantas de algodón, con estas palabras—: Veis aquí con qué habéis de pasar en medio de las dos tierras —después otro envoltorio igual, diciendo—: Veis aquí con qué habéis de pasar el camino que guarda una culebra —y otros envoltorios iguales más, diciéndole sucesivamente—: Veis aquí con qué habéis de pasar donde está la lagartija verde Xochitonal. Veis aquí con qué habéis de pasar los ocho páramos. Veis aquí con qué habéis de pasar los ocho collados. —Finalmente, ofreciendo al cuerpo un envoltorio de mantas de algodón mucho más grande, le dijo—: Veis aquí con qué habéis de pasar el viento de navajas Ytzehecaya.

El sacerdote ofreció entonces al cuerpo el perro de color pardo:

—Veis aquí vuestro perro pardo para que os lleve a nado a través del río Chicunoapa, camino del infierno.

Al pronunciar estas palabras el sacerdote, el cortador de papel asestó al animal a boca de jarro una flecha que le atravesó la garganta, y puso su cuerpo todavía palpitante a los pies de la reina muerta, al lado de los envoltorios de mantas y papeles y del jarrillo de agua para el camino.

Nezahualpilli había observado y escuchado en silencio toda aquella ceremonia. Los ritos religiosos y funerarios de su pueblo le dejaban frío y escéptico, y sólo los respetaba por razones políticas. Por el momento, habían terminado las ceremonias. Los funerales oficiales tendrían lugar al día siguiente, cuando hubiesen llegado los dignatarios de la corte mejicana y los príncipes que venían en representación de los reyes de Méjico y de Tlacopan.

Moctezuma había designado como su representante a su hermano Cuitlahuac. El rey de Tlacopan vino en persona. Ambos traían gran copia de ricas mantas de algodón para vestir el cuerpo o para quemarlas con él (a fin de que la difunta las tuviese a su disposición en el otro mundo), y numerosos esclavos de ambos sexos para sacrificar durante la ceremonia y quemarlos después sobre una pira especial, a fin de que sirviesen a la reina en su tránsito por las regiones sombrías. Pero Nezahualpilli les anunció que era su propósito romper con la tradición y no sacrificar esclavo alguno en los funerales de la reina Pezón-de-Fruta.

—¡Qué! —exclamó Cuitlahuac con las cejas en alto y los ojos llameando de cólera—. ¿Una reina camino de los dominios de Mictlantecutli como una esclava, ni siquiera como una esclava, como un perro, sin un séquito de esclavos que hasta las mujeres de los mercaderes se llevan con ellas?

El rey de Tlacopan no estaba menos asombrado e indignado. Cuitlahuac añadió que Moctezuma no se tragaría el insulto, pues la reina era mejicana. Algo desconcertó al rey de Tetzcuco la actitud airada de sus dos huéspedes, y más todavía al darse cuenta de que al intentar explicar sus objeciones, su profundo escepticismo ante la pueril cosmogonía en que tal costumbre se apoyaba, se sintió tan lejos de aquellos dos seres, con un fondo de convicciones tan vasto, tan complejo y tan inexplicable para ellos, que no le era ni posible discutir la cuestión. Sentado en su asiento bajo de estera, con la espalda apoyada en un respaldo también de estera, escuchaba la fogosa argumentación de los dos príncipes con aire meditativo, como de hombre que no sabe qué hacer.

6

Entretanto, Cara-Larga, el remero, había ido a ver al *tonalpouhque*. Vivía este hechicero en las afueras de la ciudad, a orilla del bosque, demasiado cerca para los que creían de mal agüero oír el rugido de las fieras o el ruido del leñador fantasmático cuyos hachazos presagiaban la muerte del que los escuchaba. Era el tonalpouhque un viejo de ojos penetrantes y agudos como barrenas, situados muy cerca de la nariz y muy hondo bajo las cejas. Tenía los dedos largos y en gancho, bien armados con uñas largas, afiladas y tan duras como si fueran de cuerno.

—La señal no tiene duda —decía a Cara-Larga moviendo la cabeza—. Alguien tiene que morirse en tu familia. Alguien muy cerca de ti. No tú, pero una persona que sueles asir con las manos como haces con el remo. ¿Eres casado?

El romero contestó afirmativamente con un gesto de la cabeza, pues apenas le quedaba resuello en el cuerpo, y el tonalpouhque le preguntó:

—¿Vive tu mujer en casa o tiene otra ocupación?

—Sirve en casa de la reina.

—¡Ah, mira esta señal!

El tonalpouhque enseñó a Cara-Larga una hoja de papel espeso de henequén cubierta de toscos dibujos: palos ardiendo en llamas y humo, una serpiente, un envoltorio de mantas y otros objetos familiares y convencionales que en su combinación, dado el sistema de escritura pictórica de los aztecas, podían significar cualquier cosa; y dijo al desdichado remero:

—¿Ves qué claro está? Era evidente que la reina tenía que morir hoy. Yo bien lo sabía por las señales. Mañana la enterrarán. Mañana sacrificarán a tu mujer sobre la pira funeraria.

—¿Cómo se puede evitar? —preguntó Cara-Larga, sacudido por el miedo.

—Vé al gran teocalli, sácate sangre tres veces de la lengua, de los brazos y de las piernas. No toques a tu mujer. Compra incienso de copal y papel santo. Pide a tu mujer que se corte una mecha de pelo de la coronilla.

—¿La mecha funeraria? —preguntó el remero con espanto.

—Sí. No hace falta que la corte toda. Bastaran unos cuantos pelos. No los toques. Tráeme el pelo y el incienso envueltos juntos en el papel santo. Esta misma noche.

El desdichado Cara-Larga salió a toda prisa para el palacio. Su mujer Citlali o Estrella era una de las criadas que preparaban las comidas de la reina. Era muy agraciada, de ojos radiantes como estrellas, y por su belleza solía también servir a la mesa de la reina. Cuando llegó su marido, Citlali estaba escuchando con rostro colérico y ojos ardientes un discurso que dirigía al personal femenino de las cocinas y comedores una vieja sirvienta del palacio real. Oradora y auditorio vestían todas los huipillis de algodón, camisas sin mangas de varios colores, y alguna que otra llevaba también una falda ligera. El pelo negro les pendía suelto sobre la espalda. Algunas tenían en la mano utensilios de cocina o limpieza.

—Es una vergüenza para todas nosotras —gritaba airada la vieja—. ¿Se cree el rey que somos un montón de estiércol y que no hay entre nosotras treinta mujeres dignas de acompañar a la reina a casa de Mictlantecutli? Y es más que una vergüenza; es también un peligro. —Mientras vociferaba blandía en la diestra mano una larga cuchara de madera, tostada por el uso en todo el borde. Tenía los dientes pintados de rojo, según era entonces la moda entre las damas ricas, lo que daba cierto brillo siniestro a sus frases inflamadas. —¿Cómo tomará la ofensa el señor de la región obscura? ¿Y la buena señora Mictacacioatl, su mujer, que no gasta bromas con su dignidad? ¡Qué nos diga el rey qué va a pasar si se incomodan! Ya que es capaz de volverse león o águila, ¿por qué no echa a volar y se va a Mictlan, donde no hay puertas ni ventanas, y les pregunta lo que piensan antes de decidirse? Nosotras ya lo hemos decidido. No dejaremos que la reina se vaya sola, y si el rey no nombra a las que han de ir con ella, lo haremos nosotras.

Hubo un murmullo general de asentimiento en que tomó parte Citlali con ánimo y gesto vigorosos.

7

Todavía seguía Nezahualpilli escuchando en silencio a los dos príncipes que procuraban disuadirle de su propósito sobre el sacrificio funerario, cuando Tres-Cañas pidió venia para comunicarle una noticia urgente: la conmoción producida en la domesticidad de la reina cuando se supo que la difunta haría su camino sin esclavos.

—Ya empieza a extenderse la agitación más allá de los muros del palacio —dijo al rey a modo de conclusión de su informe.

—¡Pero si yo no he hablado a nadie una palabra, y nadie, ni siquiera tú, conoce mis intenciones, cualesquiera que sean!

—Señor —explicó Tres-Cañas—, el pueblo sabe que tenéis vuestro modo de hacer las cosas, muy distinto del común; y ha observado que todavía no se ha tomado ninguna de las medidas necesarias para que acompañen a la reina los esclavos y las esclavas de costumbre.

Nezahualpilli meditaba en silencio. Poco a poco se iba dando cuenta, no sin melancolía, de que en las circunstancias en que se hallaba lo razonable era ceder a lo absurdo, escoger cincuenta mujeres de la casa de Pezón-de-Fruta, sacrificarlas y quemar después los cuerpos en una pira funeral cercana a la que consumiría el cuerpo de la reina, con sus mantas y joyas, para que el pueblo siguiera imaginando que Pezón-de-Fruta se lo llevaba todo, cosas y gentes, para su servicio en el otro mundo.

8

Cara-Larga estaba debatiendo la situación con su mujer Citlali. Él agitado, ella en calma.

—Ya lo ves —decía él—. El hechicero no puede equivocarse. Me ha dicho que tu muerte es segura.

—Eso ya me lo sé yo. Para nada necesito que me lo diga el tonalpouhque.

Con sus ojos como estrellas irradiando tranquilidad, lo miraba serenamente.

—Pero... pero... —El pobre Cara-Larga no tenía palabras para expresar su asombro ante la indiferencia y la frialdad de su mujer.

—No hay pero que valga. Yo pertenezco a la casa de la reina, ¿no? Pues entonces, me tengo que ir con ella. ¿Con qué cara iba yo a mirar a la gente si la dejara ir sin mí? Y al fin y al cabo, demasiado sabía que tenía que ser así cuando entré a servirla.

—Pero... yo... me dejas sin ti...

—Tú también lo sabías cuando te casaste. ¿No? Y además... —Citlali vacilaba en terminar la frase.

—¿Además qué?

—¿Por qué no te vienes tú también? Tres-Cañas te dejaría venir con nosotras.

A Cara-Larga no le gustaba nada esta proposición.

—Ya sabes que no es costumbre. Yo no soy criado de la reina, sino del rey.

—Pues no nos vendrías mal para cruzar el río Chicunoapa si el perro viniese a faltarnos —apuntó Citlali con sentido práctico muy femenino.

—Estoy seguro de que se me rompería el remo, porque debe haber sobre eso una maldición...

Cara-Larga se absorbió en la contemplación mental de aquellas regiones que ambos sentían como lugares reales, materiales y cercanos a ellos, adonde se llegaba a través de una muerte que venía a ser apenas algo más que una operación dolorosa pero rápida.

—¿Cómo será todo aquello? —preguntaba—. Sin puertas... Sin ventanas... No creo que sea muy alegre. ¿Crees tú que habrá pulque o alguna bebida así? ¿Y maguey? ¿Y flores?... ¿Y agua, y lagos y la luz tan hermosa que tiene la laguna al anochecer?... ¿Quién sabe?... Nadie ha ido allá que haya vuelto, y los sacerdotes sólo hablan de oídas...

Cara-Larga miraba a su mujer, que parecía soñar despierta. ¿Era ilusión o se le habían vuelto las facciones más suaves que cuando, minutos antes, le hablaba con tanta frialdad de su muerte segura y próxima? El remero se sintió atraído hacia ella, y ya la iba a abrazar cuando le paralizó el recuerdo del tonalpouhque, que le había prohibido tocarla.

—¿Es seguro que te tienes que ir? —le preguntó.

Con gran sorpresa suya, Citlali contestó con otra pregunta, la que él menos esperaba:

—¿Cómo impedirlo?

Al punto, percibió el cambio en la situación y se dispuso a aprovecharlo:

—Eso es bien sencillo. El tonalpouhque no tiene la menor duda. Si me das una mecha del pelo funerario...

—No me atrevo.

Marido y mujer guardaron silencio durante un rato, al cabo del cual, con voz en que vacilaba la vergüenza, Citlali, ofreciéndole la cabeza, dijo a su marido:

—Córtalo tú.

Con rápido movimiento Cara-Larga se echó atrás:

—No puedo tocarte.

Citlali le miró a los ojos, y luego recorrió con la mirada todo su cuerpo joven, vigoroso, desnudo; luego se quedó contemplando largamente el jardín que la luz inundaba de color: ¡qué hermosa estaba la ventana! "No hay puertas ni ventanas", le dijo una voz interior. Echó mano de un cuchillo de obsidiana que brillaba sobre el hogar y se cortó un mechón del pelo funerario. Cara-Larga había dejado el papel santo extendido en el suelo sobre el hogar. Citlali-Estrella puso el mechón de pelo sobre el papel, con un hondo suspiro. Cara-Larga cubrió el pelo al punto con incienso de copal, lo envolvió todo en el papel santo y salió corriendo sin mirar atrás.

9

Tres-Cañas trajo al rey la lista de las cincuenta mujeres elegidas para el sacrificio. Nezahualpilli echó sobre el papel una ojeada indiferente, y ya se disponía a devolvérselo a su mayordomo cuando le llamó la atención un curioso jeroglífico constituido por una estrella, una cara larga y un remo roto.

—¿Quién es ella? —preguntó.

—Estrella, una de las doncellas de la reina. La mujer del remero supersticioso.

Nezahualpilli se puso a rumiar el asunto en silencio. Si Citlali moría quedaba confirmado el agüero del remo roto. Si Citlali vivía, quedaba desmentido el agüero.

—Borra ese nombre de la lista.

Tres-Cañas se alejó preguntándose, intrigado, a qué se debería el disgusto del rey para con el remero y su mujer, a quienes tal ofensa infería.

10

Los funerales tuvieron lugar al día siguiente. Las doncellas cubrieron el cuerpo de la reina con veinte mantas de algodón tejidas y bordadas con primoroso artificio. Ya dispuesto el cuerpo para la ceremonia, llegó el rey, con rico manto escarlata y en la cabeza la diadema azul de la realeza azteca. Le seguían sus cortesanos, ricamente vestidos pero descalzos. Venía, según el ritual, para meter en la boca de la reina difunta la chalchivitl funeraria, piedra jade labrada que simbolizaba el corazón de la difunta. Observaron los presentes que antes de meter en la boca de la reina la piedra jade de ritual, Nezahualpilli extrajo de ella otro objeto. Nadie vio exactamente lo que era; algunos hubieran podido asegurar que llevaba atada una cadenilla de oro, y otros que parecía como un trozo de piedra jade tallado en forma de corazón.

El Sumo Sacerdote, que se había mantenido a prudente distancia mientras el rey cumplía con aquel piadoso deber, se adelantó entonces, cortó de la cabeza de la reina muerta la mecha funeraria y la depositó en una cajita de madera, al lado de otra mecha de pelo cortado en el mismo lugar el día en que la reina había nacido. Luego cubrió el rostro de la reina con la máscara fúnebre. Ya estaba el cuerpo listo para la cremación. Precedido de las cincuenta esclavas que iban a ser sacrificadas y seguido del rey, de los príncipes y cortesanos y de un grupo nutrido de sacerdotes, vestidos de mantas negras, que iban cantando un responso, el cuerpo salió de la sala en rica litera que cuatro caballeros de Tetzcuco llevaban a hombros. La comitiva se dirigió a paso lento hacia el gran teocalli. En el amplio patio al pie de los escalones que habían causado su muerte, se alzaba una pira de pino resinoso cubierta de una espesa capa de incienso de copal. Más atrás y al lado derecho, otra pira de mayores dimensiones ardía ya esperando al perro pardo y a las esclavas.

Sobre el copal que cubría la primera pira colocaron sentado y bien empaquetado en papel funerario el cuerpo de la reina, rígido, constelado de joyas, sobrecargado de mantas de color, enmascarado de rojo y negro. Mientras ardía elevándose en humo y decayendo en cenizas, una a una iban sacrificándose las cincuenta víctimas sobre la piedra sangrienta del altar en la cúspide del teocalli. Y uno a uno iban cayendo sus cuerpos inanimados, para alimentar el fuego de la pira humilde y seguir en la otra vida ofreciendo a su dulce ama los mismos servicios que en ésta.

Nezahualpilli contemplaba la escena con el cuerpo inmóvil y el ánimo ausente. En lo alto de los ciento once escalones, Tetzcatlipuca y Uitzilópochtli lo miraban todo con su impasible mueca de dientes cuadrados y ojos redondos, bajo sus máscaras de mosaico turquesa. Más alto, mucho más alto, el sol inundaba a dioses, rey, súbditos y víctimas ensangrentadas con su luminosa indiferencia.

11

Nezahualpilli anhelaba hallarse otra vez en su cámara y bañar su espíritu en olvido, para limpiarlo de todo aquel espectáculo. Bravo guerrero, pues de otro modo no hubiera podido llegar al trono en una nación de valientes, lo que le afligía no era la vista de la sangre, sino la vista de la trágica insensatez de su pueblo. En todo ello iba meditando, balanceado al paso de sus cuatro portadores en su litera de plata y oro camino de palacio.

—¡Yeicatl!

El fiel mayordomo, que marchaba a pie al lado de la litera, se acercó a su amo:

—Manda que venga Cara-Larga, el remero. Quiero verle en seguida.

Una sonrisa de satisfacción maliciosa vino a animar el rostro del rey, por vez primera desde la muerte de su reina favorita.

Cara-Larga entró en la cámara del rey insinuándose de lado, como lo requerían a la vez la etiqueta mejicana y el miedo que poseía su alma al saberse llamado por el rey.

—Vamos a ver, Cara-Larga. ¿Quién se ha muerto en tu familia?

—Nadie, señor —respondió el remero, no poco desconcertado.

—De modo que el mal agüero del remo roto no resultó cierto —dijo el rey con aire de victoria.

—Por poco pierdo a mi mujer —arguyó el remero.

—Pero no la perdiste.

—No, señor.

—¿Sabes por qué? —preguntó el rey con su respuesta racionalista ya preparada.

—Sí, señor.

Sorprendido ante el aplomo de Cara-Larga, Nezahualpilli aguardó en silencio a que el remero explicase el milagro.

—Me fui a ver al tonalpouhque y le conté todo. Entonces, yo le llevé lo que me pedía y él hizo un hechizo y rompió el agüero... ayer noche.

En el pecho de Nezahualpilli luchaban la compasión y la indignación. Con voz severa, explicó:

—Yo di órdenes ayer para que se borrase a tu mujer de la lista.

—Sí, señor. Así es como se operó el hechizo del tonalpouhque.

El rey guardó silencio un instante.

—Véte —exclamó.

Tres-Cañas vino a consultar al rey sobre las ceremonias de los segundos funerales, que solían tener lugar a los cuatro días de la cremación del cuerpo. Ya se había erigido en el atrio del templo la imagen de talla de la difunta reina aparatosamente vestida en toda su majestad real. El estuche mágico con los mechones cortados en su primero y en su último día en la tierra, estaba ya dispuesto al pie de la imagen, rodeado de otras ofrendas que se renovaban día a día, frutas y flores para el camino. En aquel cuarto día, era menester hacerle una ofrenda especial compuesta sobre todo de diez a quince esclavas sacrificadas, por suponerse que ya las primeras estarían cansadas. Tres-Cañas vino a proponer al rey la lista de las esclavas designadas para el sacrificio.

Nezahualpilli meditó un momento. Si sacrificaba a Citlali, desacreditaría al tonalpouhque.

—Añade a Citlali a la lista. —Tres-Cañas le miraba sorprendido. El rey insistió: —Sí. La mujer de Cara-Larga, el remero.

Tres-Cañas se fue a cumplir la orden del rey, preguntándose, intrigado, cómo se las habría arreglado aquella familia tan oscura para volver a gozar del favor del rey en tan poco tiempo.

12

Citlali estaba viva. Algo era algo. Pero estaba triste y deprimida. Las mejores mujeres de la casa de la reina se habían ido con su señora en la primera tanda. Todas las que ella estimaba y con quienes deseaba alternar. Su espíritu anímico se gozaba en respirar el aire y ver la luz del sol; pero sufría en su orgullo. Se había encerrado en su casa, no veía a nadie y menos a la gente del palacio.

Una tarde estaba así cabizbaja, sentada cabe el hogar de su casa, no lejana al patio del palacio. El metate aguardaba delante de ella, como había aguardado delante de su madre y de su abuela, a que el ánimo de trabajar viniese a moverle los brazos. "Estar viva —pensaba—. Sí, estar viva es cosa buena. Pero, ¿para qué sirve estar viva si vive una despreciada y sola?" De pronto sus ojos radiantes se abrieron más y más y su rostro se puso más y más pálido, y toda ella se quedó como fascinada y paralizada con la vista clavada en la puerta de la calle. Sobre la piedra del umbral había venido a instalarse con la mayor familiaridad un *epatl o* zorrillo, que se había quedado mirándola con sus ojuelos agudos, en toda paz y amistad. En sí, y como tal animal, es el zorrillo el ser menos agresivo de la tierra (como no sea por su olor intolerable); pero Citlali sabía que la visita del zorrillo era señal de muerte cierta o para ella o para su marido. Detrás del animalejo surgió una sombra en la calle en cuesta. Citlali alzó los ojos y vio a Cara-Larga, clavado en el suelo por el terror, con la vista puesta en el zorrillo que le cerraba el paso hacia su casa. La escena pudo haberse prolongado hasta el fin del mundo (que, según la creencia azteca, era de esperar a la vuelta de cinco años), cuando apareció un tercer personaje, nada menos que el propio Tres-Cañas, mayordomo del rey.

Sea por lo que fuere, el zorrillo decidió desaparecer, como si le fuera imposible aguantar a más de tres seres humanos al mismo tiempo, y Tres-Cañas no advirtió lo que ocurría por haberse acercado al lugar del drama sumido en el estudio de una tela de algodón cubierta de jeroglíficos en que venían figurados los nombres de las dieciséis esclavas designadas para el sacrificio.

—¿Citlali? —preguntó, acercándose al umbral que acababa de evacuar el zorrillo.

—Sí, señor —contestó la doncella, sin moverse del petate en que estaba sentada junto al hogar.

—Vengo a buscar tu mechón funerario.

Demasiado sabían marido y mujer lo que aquellas palabras significaban. La nueva no les causó el menor asombro, pues ya les había anunciado la noticia el zorrillo con su mera presencia, signo infalible.

33

El zorrillo no podía equivocarse jamás. No había nada que hacer. Las lágrimas se agolparon a los ojos de Citlali; lágrimas que el orgullo no le permitía verter en presencia del mayordomo mayor. Lloraba, no por su vida, sino por su orgullo. Pensaba que debió haberse ido con la primera tanda, la de las mujeres de más viso en la casa real, en vez de quedarse para ir con las fregonas. Tres-Cañas se había inclinado sobre la cabeza de Citlali observándola con atención.

—¿Quién ha metido la navaja en tu mecha funeraria? —preguntó con severidad. Marido y mujer se quedaron suspensos ante tan inesperada complicación. Hubo un silencio.

—Me estaba peinando y se me enmarañó tanto el pelo... Tenía prisa y me arranqué mucho pelo con el peine.

Tres-Cañas frunció el entrecejo con gran disgusto. Dudaba mucho de que los sacerdotes aceptasen aquella víctima que ya no tenía casi ni un pelo bastante largo en el lugar consagrado por el ritual. Después de vacilar un momento, cortó lo que quedaba del lugar prescrito, lo envolvió en una hoja de papel santo y se alejó diciendo:

—Ten todo listo. Ya volveré. La ceremonia será mañana al rayar el día.

13

Cara-Larga y Citlali se quedaron mirándose uno a otro en un silencio sombrío y huraño. Ella seguía pensando en su orgullo herido; él, en la persistencia del mal agüero en torno a su mujer. Le tenía verdadero cariño, es decir que su mujer era para él la hembra familiar a cuya forma, calor y aroma estaba acostumbrado. Pero comenzaba a preguntarse si sería posible salvarla de la mala estrella que la perseguía. Ya se había gastado la mitad de sus reservas de almendras de cacao, que eran todo su capital, en los honorarios del tonalpouhque, para deshacer el hechizo del remo roto, y ahora se encontraba otra vez igual que antes por culpa de aquel maldito zorrillo. ¿Para qué seguir luchando contra la suerte? Sin saber qué contestarse a sí mismo, se puso a pensar en el Tianquizco o plaza del mercado. Había un rincón en la plaza, bien oculto a la sombra de las arcadas, con una pulquería que conocía bien, y que tenía un jardín donde uno podía beber tranquilo echando una partida de patolli sin que vinieran a molestarle agüeros ni mayordomos. El temor de la desgracia inminente le hacía indispensable, casi imperioso, un momento de distracción. Su mujer, absorta en la contemplación del petate, ni siquiera lo veía. Cara-Larga se levantó sin ruido y se dirigió en puntillas hacia la puerta.

—¿Adónde vas?

—Hoy me toca limpiar la canoa —explicó—. Pronto vuelvo.

34

Se daba perfecta cuenta el fugitivo de que iba huyendo de las cosas reales a las cosas sin sustancia, de las cosas que significan algo y obligan y hacen daño, a una estera cuadrada cruzada y recruzada de líneas de goma donde se echaban unas piedrecillas azules y unos dados de color, nadas que se tiraban sobre nadas para pasar el tiempo sin hacer nada, mientras la mujer se preparaba para la pira funeral. Y había en todo ello un olorcillo de pulque que le atraía tanto como le repelía lo otro y que le hacía correr con paso más ligero camino de la pulquería.

Se iba poniendo el sol. Sobre una azotea, un pregonero anunciaba a los transeúntes —en especial a los sacerdotes— que el Señor (es decir, el Sol) estaba ya en el lugar del cielo que marcaba la hora de los sacrificios vespertinos. Cara-Larga fingió no haberse enterado, y dos o tres pasos más adelante se paró a escuchar a un músico y cantador público que, instalado en una esquina, estaba cantando las glorias de los emperadores pasados, al son de un tambor de madera que tañía con gran maestría. Después de haber escuchado bastante tiempo para ahogar en el ruido del tamboril el requerimiento del pregonero religioso, siguió hacia el mercado. Ya los mercaderes, hombres y mujeres, habían hecho envoltorios de sus mercaderías, hasta entonces expuestas en el suelo, sobre esteras de hoja de maguey o de palma. Los más se habían marchado, y sólo quedaban algunos contando las mantas de algodón y las almendras de cacao que representaban la ganancia de aquel día. Alguno que otro se metía cuidadosamente en el pecho una pluma de ánade llena de polvo de oro. Cara-Larga echó ojeadas de envidia a toda aquella riqueza y con la mano derecha acarició bajo el pañete la bolsa de cuero en que llevaba sus almendras de cacao —todo su ahorro—. Apretó el paso, se metió bajo los soportales que conocía bien, fue derecho a la puerta ansiada, levantó una cortina grasienta y entró en la pulquería.

No había nadie en la tienda, pero en el jardín sonaban voces que significaban de seguro un partido de patolli. A juzgar por lo que divisaba desde su punto de observación, los jugadores eran dos: un soldado y un mercader. No era gran cosa el soldado, pensó tras de mirarlo un rato: uno de esos *matlatzincos* u honderos que inician la batalla en la vanguardia dando aullidos e insultando al enemigo, echándole incluso alguna piedra o dos antes de empezar el combate en serio. "Sí. Eso es —confirmó mentalmente—. Eso que lleva arrollado a la cabeza es la honda". Tampoco le causó gran impresión el mercader. "Desde luego —pensó—, no es un *pochteca;* debe de ser uno de esos miserables *naoaloztomecas* que tan pronto son mercaderes como espías. Y debe de estar a punto de marchar con la caravana porque lleva la cabeza recién afeitada."

Entretanto, los jugadores habían observado la llegada de Cara-

II. Estampas planas que representan lagartos.
Proceden de Tetzcuco, Veracruz y Teotihuacan.

Larga y se habían adelantado a ofrecerle sus jarros de barro llenos de pulque.

—Sólo un trago —dijo Cara-Larga vaciando de un golpe el jarrillo del soldado, sin pararse a tomar aliento.

—¡Buen bebedor, voto a Yzquitecatl, dios de todo lo que se bebe! —exclamó el soldado sin asomo de mal humor en los ojos alegres y en el rostro sencillo, claro y campechano.

El mercader, hombre de menor talla y de más edad, con ojuelos rasgados, casi invisibles bajo párpados espesos, se creyó con derecho a retirar su jarrillo ya ofrecido, pero Ixtlicoyu había echado ya mano al asa, y antes que el mercader se diese cuenta de lo que ocurría, lo había dejado tan vacío como el primero.

—Bueno, vamos a jugar —exclamó libre al fin, al menos por el momento, de aquella ansiedad que venía tirándole de la boca del estómago, y recogiendo del suelo tres piedrecillas azules y tres dados de color, los vertió sobre la estera cuadriculada con un gesto de decisión varonil.

—¡Doce!

El soldado y el mercader se miraron, algo desconcertados. Los ojillos ladinos del mercader no hacían más que mirar al remero y al juego, al juego y a los jarrillos vacíos, tumbados sobre la tierra al pie de una planta de nopal.

—¡Tzocaca! —llamó con voz autoritaria.

El tabernero surgió en escena como por encanto. El nombre no era muy armonioso, pero, aunque significaba Berruga, no dejaba de ser ilustre entre el gremio taberneril, ya que Tzocaca era el nombre de uno de los tres inventores del pulque, bebida divina llamada en su original mejicano *teometl*.

—Más teometl. ¿No ves que están los jarros vacíos?

Entretanto, había recogido los dados y, echándolos otra vez sobre la estera, exclamó:

—¡Trece!

Después de pensarlo un breve instante, el soldado se encogió de hombros y, agarrando el brazo de Ixtlicoyu, que ya se había apoderado de los dados, dijo:

—¡Eh! ¿Y yo?

Luego, arrojando los dados sobre la estera, anunció:

—¡Diez!

Cara-Larga estaba vaciando su tercer jarrillo de ardiente teometl. En el paisaje interior, su mujer se iba esfumando en un horizonte gris cada vez más lejano e irreal, mientras que en el paisaje exterior subía cada vez más el color y el calor de la vida sonsacándole una a una las almendras de la bolsa. Siguió jugando el remero malaventurado con aquel buen mercader y con aquel buen soldado que con tanta generosidad le convidaban a beber. Había caído la noche. Sus dos compañeros de juego hablaban, sin gran convicción, de terminar el partido. No estaba ya Ixtlicoyu para darse cuenta de la sinceridad o falta de ella con que lo decían, y agarrándose a los dados como si fueran su salvación hizo que el Berruga les trajese una tea de pino, que plantó en el suelo de un mazazo, pagando al instante por la luz con un puñado de almendras, más del doble de lo que valía.

Súbitamente, por entre los vapores de la bebida que le anublaban el ser, surgió una idea, una idea rara, que parecía atravesársele en sus planes, aunque no se daba cuenta exacta de por qué: su bolsa de almendras estaba vacía. No quedaba ni una. Comenzó a decirse a sí mismo que esto era una cosa muy seria que tenía que apurarle mucho; pensó luego que quizá fuese este apuro el mismo que no quería sentir y del que había venido huyendo de su casa hasta la taberna. En su cabeza luchaba con denuedo para aclarar este problema que no lograba resolver, y sin embargo, también se decía que no era precisamente en la cabeza donde aquellas dos ansiedades se disputaban el campo, sino en la boca del estómago.

—Ya sé lo que es —dijo a sus compañeros de juego, que le observaban con curiosidad, preguntándose qué era lo que le bullía por el magín mientras se había quedado parado frente a la estera del patolli, con los dados en una mano y el jarrillo de teometl en la otra—. Ya sé lo que es. Estoy lleno de conejos.

Los dos compinches soltaron la carcajada. Centzonototonztli o, en romance, cuatrocientos-conejos, era el nombre popular que se daba entre el pueblo al espíritu que se supone habitar en el cuerpo del hombre borracho.

—Cuatrocientos-conejos por lo menos, de seguro —dijo el soldado con regocijo.

—¿Vas a servir a la guerra? —preguntó Cara-Larga mirándole de arriba abajo con un esfuerzo tan empeñoso como malogrado para asumir una actitud digna.

—Mañana por la mañana —contestó el soldado—. Nos reunimos en Chalco con la tropa del nuevo emperador, a ver si les sacamos bastantes prisioneros a los tlaxcatecas para los sacrificios de la coronación.

—Un trago por la victoria —exclamó Ixtlicoyu-Cara-Larga alzando el jarro hacia el soldado—. A ver si atrapas pronto un prisionero vivo para que puedas quitarte ese tematatl que llevas liado a la cabeza, que pareces una vieja.

El soldado le echó una mirada de cólera. Cara-Larga se había burlado no sólo de su aspecto exterior, sino también de su valor personal, porque el soldado que había tomado un prisionero vivo en la batalla se distinguía por llevar el pelo peinado de un modo especial, y eso que aun así sólo figuraba en el escalón más bajo del heroísmo.

—Dentro de poco no darán por tu piel ni tres almendras de cacao —explicó despectivamente con una furia no por fría menos temible.

Pero el mercader abrigaba planes muy distintos no sólo sobre la piel de Cara-Larga, sino sobre su magnífica espalda, que ya hacía un buen rato venía observando con gran satisfacción.

—Vamos, vamos —dijo paternalmente para calmar las pasiones—; al juego, al juego. Hay que terminar este partido.

Y con un guiño al soldado, asestó a Cara-Larga una mentira rotunda:

—Ixtlicoyu, o sigues jugando o tienes que pagar las ochenta almendras que debes a cada uno de nosotros.

Por la cabellera de Cara-Larga y por debajo de ella iban y venían a todo correr demasiados conejos para que el pobre remero pudiera darse cuenta de lo que ocurría. Berruga, el tabernero, lo observaba todo con una sonrisa de beatitud. El soldado terminó por calmarse al darse cuenta de lo que se trataba y el patolli continuó cada vez más animado, estimulado por frecuentes libaciones que iban sumiendo el sentido de Cara-Larga en una confusión cada vez mayor. De pronto, el mercader paró el juego e informó a Ixtlicoyu que como ya debía doscientas almendras no era cosa de seguir jugando hasta que las pagase.

Sin dejarse anonadar por aquel noticón, que de haberle sido comunicado en plena cordura le hubiera hecho precipitarse con furia al gañote del mercader, Cara-Larga dijo con suma dignidad:

—Bueno, ¿y qué?

Hubo un silencio.

—Yo soy un hombre libre, ¿sí o no?

"No por mucho tiempo", pensó el ladino mercader, observando cómo su víctima iba cayendo en la trampa.

—Yo soy un hombre libre —vociferaba Cara-Larga desafiando a cualquier contrincante imaginario que se lo negase—, y un hombre libre vale más de trescientas almendras de cacao.

—¿Cuánto vales tú? —preguntó el mercader, con la vista, como siempre, en la mercancía.

—Me juego por trescientas almendras —anunció Ixtlicoyu con tono decidido que surgía por entre su ánimo inestable, como el mástil de un barco zozobrado por encima de las olas.

—Para que quede claro —explicó el mercader—, si ganas, te damos doscientas almendras.

—Trescientas he dicho —dijo imperiosamente Ixtlicoyu.

—Menos cien que debes, son doscientas.

Cara-Larga lo pensó un buen rato, apoyándose sobre la pared para no perder el equilibrio, y asintió con un ruido entre regüeldo e hipo.

—... Y si pierdes —prosiguió el mercader— serás mi esclavo y lo jurarás ante dos testigos.

—Perfectamente, perfectamente. ¿Por qué no? La palabra es la palabra.

Siguió el juego de patolli, pero ya nada más que por pura forma. El borracho no podía darse cuenta de que le estaban engañando y perdió su libertad. Berruga, ya hecho a tales procedimientos, de donde sacaba no poca ganancia, trajo papel, pinceles y colores, y los cuatro hombres pintaron en regla todo lo ocurrido. Aún no habían terminado y ya roncaba sonoramente Ixtlicoyu junto a los jarros vacíos, al pie del nopal. El mercader se alejó, dejando las almendras de cacao al soldado y al tabernero, al que confío durante unas horas la guarda de su esclavo borracho.

15

Llevaba prisa, porque la caravana iba a ponerse en camino al rayar el alba y tenía que asistir a las ceremonias tradicionales en casa de uno de los más ricos del gremio, un pochteca próspero que vivía cerca del palacio viejo de Nezahualcoyotl. A paso ligero atravesó el tianquizco; era ya tarde y un naoaloztomeca o mercader de clase humilde no tenía derecho a tomarse libertades con la etiqueta. Tenía que ir lentamente por las partes de la ciudad, pero apretaba el paso por las calles que la luna iluminaba, sin prestar atención a las rameras que en las esquinas aguardaban al transeúnte mascando tzictl entre los dientes teñidos de rosa, no tanto para limpiarlos como para atraer al transeúnte con el castañeteo del mascar. Cuando al fin llegó a casa del rico mercader, ya estaban todos sus compañeros, ricos y pobres, cortando papel santo y vertiendo encima gotas de goma derretida para dibujar signos y figuras en honor a sus varios dioses. Ya se había ofrecido a Xiuhtecutli, dios del fuego, la bandera de papel sacramental, atada a un asta roja y al llegar el mercader estaban sus compañeros haciéndole a Tlatecutli, dios de la abundancia, la ofrenda de papeles santos que luego cada uno se llevaba pegados al pecho como protección para el camino. Llegó el momento de preparar los bastones de caña negra decorados con papeles recortados, para consagrar al dios de los mercaderes, Yacatecutli, y después el gremio ofreció mariposas de papel cortado a Zacatzontli y a Tlacotzontli, dioses del camino.

Terminadas estas ceremonias, el anfitrión hizo pasar a sus invitados al interior de la casa, donde todos se pusieron en círculo de pie en torno al fuego, que iluminaba con resplandores rojizos sus rostros tensos. Ante el fuego, y en su honor, se sacrificaron unas cuantas codornices, y los mercaderes además se sacaron sangre de las orejas y la lengua con punzones de maguey. Después de salpicar la sangre hacia el fuego, salieron otra vez al patio, echando también gotas de sangre hacia el cielo con la uña del pulgar. Salpicaron después con su sangre los cuatro puntos cardinales, con gesto de ofrenda cuatro veces repetido en cada dirección; y después volvieron al interior de la casa a ofrendar al fuego papeles santos espolvoreados con sangre mezclada con incienso de copal, mientras que el anfitrión se dirigía al fuego con las palabras de ritual:

—Vivid muchos años, noble señor Tlalxicteuticatl Nauhio-tecatle. Ruégoos que recibáis pacíficamente esta nuestra ofrenda, y perdonadme si en algo os he ofendido.

Todos tenían los ojos clavados en los papeles que estaban ardiendo, pues si daban humo y la llama no era clara, era señal segura de mal agüero para la caravana. Así ocurrió precisamente aquella noche, y Tozan, el mercader que había adquirido a Ixtlicoyu, se preguntaba si aquel humo que salía de los papeles santos no le haría perder su nueva adquisición. Dominado por el temor, pensaba con desmayo en las ceremonias que quedaban todavía por hacer antes que le fuera posible escabullirse para ver lo que pasaba en la pulquería. ¡Qué mal había hecho en fiarse del pulque y de Berruga para que le guardasen al esclavo hasta su vuelta! Cuando ya estaba a punto de ceder a la tentación de escaparse, por lo menos para ponerle una collera al esclavo, vio en el patio a un hombre que, a la luz temblona de las llamas del fuego que ardía fuera, reconoció al instante. Disimuladamente se salió a hablar con él. Berruga se le acercó y a media voz le dijo:

—Va mal la cosa. Se ha despertado y está llorando. Dice que es un remero del rey.

Tozan se quedó parado. ¡Un criado del rey! ¿Quién sabe lo que les pasaría a todos ellos? ¿Soltaría su presa? Le repugnaba la idea. Siguió dándole vueltas a la situación, y a poco, sus ojillos sonreían otra vez a través de la rendija de los párpados, con una mezquina satisfacción.

—Estamos en regla. El hombre estaba borracho. Tenemos testigos. Como tal borracho, merece la pena de muerte. Que yo sepa, no tiene todavía setenta años, ¿eh? —preguntó con intención.

El Berruga sabía perfectamente que nadie tenía derecho a emborracharse, so pena de muerte, como no hubiera cumplido los setenta.

—Demasiado lo sé —replicó—, pero, ¿qué tiene que ver eso con él? La cuestión no es que estuviera borracho, sino que es criado del rey.

16

Citlali pasaba su última noche en este mundo. Citlali se disponía sencillamente a una especie de emigración desde un mundo material poblado de mujeres y hombres, animales y plantas, duendes y apariciones, a otro no menos material poblado de las mismas criaturas de la naturaleza y de la fantasía. Iba a reunirse con las cincuenta compañeras que habían salido para aquel otro mundo cuatro días antes que ella, y con la reina y con el perro pardo. El momento mismo de emprender el viaje no tendría nada de agradable, pero Citlali hacía lo posible por borrar de su ánimo el pensamiento cada vez que volvía a presentársele, para lo cual no descansaba en su actividad. Tenía mucho que hacer para prepararse. Había puesto a calentar agua al fuego en un gran caldero de cobre, pues era menester que el cuerpo que iba a sacrificarse llegase limpio ante el ara. Se lavó escrupulosamente en una artesa de barro y se frotó el cuerpo con plantas olorosas. Mientras así cuidaba de su persona, los pensamientos le volaban hacia su marido. ¿Dónde andaría? Al marchar, le había dicho: "Pronto vuelvo." "Sin duda —pensaba Citlali—, no se atreve a acercarse a mí porque estoy a la sombra de la muerte. O quizá habrá ido a consultar al tonalpouhque." Estaba desnuda, secándose con una toalla tosca de henequén que le hacía casi brotar chispas de la piel seca y joven. Tenía un cuerpo esbelto y muy bien formado, de piel tersa y plenos volúmenes que realzaban la calidad metálica de su color.

Ya seca, se sentó sobre la toalla y cayó en una especie de trance, con los ojos perdidos en la aparente contemplación de una imagen chiquita tallada en madera, que se erguía entre otras dos parecidas sobre un anaquel en la pared. Era una estatuilla de Tlaculteutl, la Venus azteca, diosa del amor carnal, negra y ensimismada entre "Siete-Serpientes" o Chicomecoatl, diosa de los alimentos, y Viztocicuatl, diosa de la sal, sus compañeras del Olimpo azteca a quienes tanto debía y debe siempre en todos los Olimpos la diosa de los amores. Citlali era muy devota de la tríada sabrosa, y las tres imágenes, negra la primera, roja la segunda, azul-verde la tercera, ocupaban lugar preferente en su casa sencilla y humilde pero limpia y primorosa.

Estaba soñando despierta en lo mucho que debía a las tres diosas: los platos sabrosos, tan ricamente condimentados, y los abrazos no menos sabrosos y ardientes de Ixtlicoyu. Todo perdido. Todo perdido ya. Si al menos volviera a tiempo su marido, quizá pudiera ofrendar todavía a Tlaculteutl su última ofrenda, allí mismo, sobre el petate familiar, cerca del metate que simbolizaba el hogar fecundado por el amor. Quizá... Pero el tiempo iba pasando y Cara-Larga no volvía. Por la ventana abierta veía Citlali al mamalhoaztli, la constelación familiar, que ya pasaba el rincón del tejado del palacio. Ya era tarde. ¿Dónde andaría Cara-Larga? Citlali no se apiadaba de sí. Sensata y modelada por la tradición, por generaciones enteras de hábitos que fluían en su sangre paciente, estaba dispuesta a marchar para ir a servir a la reina como quien cambia de morada sin cambiar de servicio. Dentro de un rato, se levantaría, iría a recoger todas sus cosas sagradas y simbólicas precisamente por humildes y cotidianas, y las arrojaría a la laguna, ya dispuesta a cruzar a aquel más allá donde la aguardaban la reina y las demás criadas.

Sobre el umbral se alzó la sombra del mayordomo Tres-Cañas.

—Citlali.

Sacudida de su ensueño, Citlali volvió en sí, contestando:

—Sí, señor.

—No te aceptan. Hice lo que pude. Pero el sacerdote no te acepta con esa mecha mutilada que te has dejado.

Citlali abrió los ojos con asombro, procurando absorber la plena sustancia de aquellas palabras que acababa de oír. Pero ya Tres-Cañas, para quien Citlali había perdido todo interés, había desaparecido. "Ixtlicoyu —pensó Citlali— ha debido ir otra vez a casa del tonalpouhque. ¡Pobrecillo! Le habrá costado lo menos todas las almendras de cacao que le quedaban." Y echó una larga mirada de duda, de ansiedad y de asombro a Siete-Serpientes, diosa de los abastos.

17

Cara-Larga dormía a pierna suelta en el jardín de la pulquería. El aire fresco cargado de los vapores húmedos que surgían de la laguna iba poco a poco ahuyentando los cuatrocientos conejos que lo habían abrumado, y los primeros albores del día mental vinieron a quebrar en su noche interna antes que lo hicieran los de la aurora natural, de modo que todavía brillaban las estrellas en el hondo azul del cielo cuando, medio dormido, medio despierto, dio un gruñido, quiso desperezarse y se dio cuenta de que no podía moverse. Una mano de piel tan ruda y rugosa como una cuerda de hoja de maguey le tenía asida la garganta, y otra tan rígida como un mástil le tenía la cabeza pegada al suelo. Se quedó quieto, moviendo tan sólo los ojos, casi lo único libre que le quedaba. Estaba solo. Se echó la mano al cuello y al colodrillo y al fin cayó en que estaba atado a una collera. "¿Qué habré hecho yo?", se preguntó, relacionando la collera con el castigo de algún crimen. Entonces recordó la realidad: no era un criminal, pero era un esclavo.

"Bueno, ¿y qué? Esclavo y todo, sigo siendo un hombre libre", pensó con lo único que le quedaba libre, que era la ilusión. Con todo, aquel ufano pensamiento no bastó para aliviarle la ansiedad que le tiraba de las entrañas cada vez con más fuerza desde su despertar. ¿Qué hora sería? Echó una mirada al cielo. No le era bastante familiar la situación del jardín, de sus árboles y las esquinas de las casas y tejados circundantes, para poder darse cuenta de la hora que era observando la situación de las estrellas con relación al lugar; pero a juzgar por los algodones de neblina que flotaban en el espacio sobre el lago, debía andar ya muy cerca el alba. Era la hora de los duendes, pensó, y sobre todo de los que vienen a anunciar muertes recientes o muertes próximas. Por este camino fue a dar su pensamiento en Citlali, y así volvió a caer en aquella ansiedad que le roía la boca del estómago dándole un horrible mareo.

Siguió inmóvil, tumbado en el suelo, mirando con los ojos a las estrellas y con el alma a la muerte de Citlali. ¿Para qué ser libre sin ella? Ya estaría a aquellas horas haciendo cola en el atrio del teocalli para subir los escalones hacia la piedra del sacrificio, limpia y bañada ya, vestida de papel funerario. ¡Perdida para él! Ya no volvería a acariciar y a estrujar en sus brazos aquel cuerpo tan joven, grácil como una ola de la laguna y ardiente como una llama de hogar. ¡Perdida! Ixtlicoyu se alegraba de ser esclavo y más todavía de que a las pocas horas saldría para siempre de aquella tierra donde quedarían las cenizas de su mujer. ¿Quién sabe? Si moría pronto, quizá se encontrase todavía con su fantasma por el camino... Era precisamente la hora de los duendes.

Un duende se alzó ante él. Maquinalmente hizo ademán de incorporarse, pero se quedó rígido sobre el suelo, atado al palo de la collera.

—Nada cómodo, ¿eh? —preguntó el Berruga con una sonrisa abierta—. Hay que prepararse, porque tengo que llevarte a Tozan, tu amo.

—¿Tozan? ¿Es así como se llama?

—Sí. Topo. Es gran zapador, pero sabe ocultar su montoncillo.

Con la ayuda de Tzocaca el esclavo se puso en pie, y poco después ambos iban camino de la casa del rico pochteca, a través de las calles quietas de la ciudad. Las mujeres nocturnas habían desaparecido, abandonando las esquinas oscuras a los duendes del alba.

18

Citlali se despertó con la espalda y el cuello doloridos. Se había dormido sentada sobre la estera del hogar, con las rodillas pegadas al mentón y los brazos cruzados sobre los tobillos. Sentía escalofríos. Respiró el aire fresco y húmedo de la mañana que entraba por la puerta abierta. Pero afuera estaba todavía oscuro. Salió al umbral y se puso a mirar las estrellas. "Ya está el alba a la vuelta de la esquina —pensó—. ¿Dónde estará mi hombre?". Sólo se le ocurría una idea: el tonalpouhque; y a pesar de que, de haber ido allá Ixtlicoyu, tenía que haber sido al principio de la noche, Citlali decidió ir allá también aunque no fuera más que por saber a qué atenerse. A lo mejor se había apoderado de él un duende agresivo. ¡Estaba tan cerca del bosque!... Citlali veía ya a su hombre tendido en el monte bajo aguardando a que viniera alguien a romper el hechizo que le tenía inmóvil. Entonces recordó que a tiro de piedra de la cabaña del tonalpouhque, al borde del bosque, había una fuente de agua fresca que le gustaba mucho a Cara-Larga. Al pasar, se llevaría una cántara para traerle agua de aquella fuente. Si estaba vivo, esto bastaría para volverle a traer a casa. Si estaba muerto, no dejaría de encontrarse con su fantasma, porque era la hora de los duendes.

Una luz cenicienta iluminaba el aire débilmente, como desde dentro. Cara-Larga iba andando con paso rígido, poco hecho todavía al palo de la collera que llevaba atado al pescuezo y a la cintura. A su lado iba el Berruga, en silencio. Al volver una esquina de la plaza del mercado, adentrándose en la calle principal que iba a palacio, Cara-Larga se paró en seco. Citlali venía hacia él con una cántara de barro en la cabeza, la cántara que tan bien conocía él con el diseño del nopal y la serpiente. La aparición siguió andando tres pasos hacia él como si le estuviera mirando en sueños, se paró, se quedó inmóvil un instante y echó a correr por una travesía. " ¡Pobre Citlali! —pensó Cara-Larga—. ¡Ya muerta!" Miró a las estrellas. "Deben de haber adelantado la hora del sacrificio"—se dijo.

—¿Qué te pasa? —preguntó el Berruga al verle parado y temblando de pies a cabeza, murmurándose hechizos y palabras mágicas contra los malos agüeros.

—¡Citlali!

El Berruga creyó que se refería a alguna estrella del cielo y miró hacia arriba. Pero Ixtlicoyu le explicó

—Mi mujer. Estrella. Muerta... He visto su fantasma...

—Vámonos aprisa —gruñó el Berruga, pues como muchos cínicos tenía un miedo espantoso a las apariciones ultraterrenas.

Citlali se paró para resollar, dejó el cántaro en el suelo y se apretó el pecho con las dos manos intentando parar las palpitaciones locas de su corazón. Echó una mirada en derredor por ver si había algún asiento, pues no se creía capaz de seguir en pie un minuto más. A corta distancia, vio un muro de piedra bastante bajo en aquella calle oscura de casas ricas en que se había escondido huyendo del fantasma de su marido. No sin dificultad consiguió arrastrarse hasta allá, se sentó y se puso a mirar la situación con toda la calma que le fue posible. "Era su fantasma. Seguro. De pronto, no me lo pareció por la manera tan rara de andar que traía, con la cabeza tiesa como si viniera atado a un palo. Pero era él, de seguro, con aquella cara larga y el pecho ancho y los brazos fuertes y la mirada... ¡Muerto!... ¿Y por qué habrá sido?... ¡Muerto!... Ahora que iba yo a vivir..." Esta idea le era insoportable en aquella hora temprana, después de una noche de tantas emociones. "A lo mejor no está muerto. Es posible que me haya equivocado yo. También puede haber fantasmas que se parecen a personas que no han muerto pero que están hechizadas por ellos. Me voy en seguida a ver al tonalpouhque." Aguardó todavía unos instantes, recogió el cántaro del suelo y siguió andando, pero por otro camino.

19

Los mercaderes habían terminado ya sus ceremonias. Habían echado al fuego del patio sus ofrendas a los diversos dioses que iban a proteger sus caravanas, reuniendo cuidadosamente las cenizas sin mezclarlas ni con otras cenizas vulgares ni con la tierra del suelo, y enterrándolas después solemnemente en un hoyo hecho especialmente en el patio. A requerimiento del anfitrión, pasaron después a otro patio interior donde estaban alineados a la derecha veinte jarros de cobre con sus jofainas, para los pochteca, y a la izquierda veinte jarros de barro con sus jofainas para los naoaloztomeca, donde unos y otros se lavaron manos y boca antes de entrar en el comedor. El banquete de ritual consistía en gallinas guisadas con chile y cacao espumoso frío. Terminada la comida se sirvió a los huéspedes tabaco para fumar en cañas.

Todo ya dispuesto, los mercaderes se pusieron en marcha, después de haber cargado sus esclavos y portadores con la mercancía primorosamente empaquetada en cacaxtl, marcos de madera que los hombres llevaban sobre la espalda colgados de la frente por cuerdas ligadas a una banda de cuero. Ixtlicoyu iba cargado en fila con otros veinte tlamemes que llevaban las mercancías de Tozan. Al salir, cada cual, pobre o rico, tlameme o mercader, tomaba de una copa verde situada sobre un pilar de piedra junto a la puerta un puñado de granos de incienso de copal y los arrojaba sobre un enorme fuego que ardía ante la casa. Era aquella su última ceremonia. Después todos sabían que nadie podría volver a dirigir una mirada hacia atrás o hablar una palabra con los que atrás quedaban, so pena de causar desastre seguro a la expedición.

20

Citlali iba andando con cautela sendero arriba hacia la cabaña del tonalpouhque. No había razón alguna para que el hechicero estuviera despierto a aquella hora tan tardía —o tan temprana—, pero ni un instante se lo imaginó de otro modo que despierto y activo. La puerta estaba abierta. Citlali se paró en el umbral. Flotaba en el aire de la cabaña un olor acre de goma quemada, con algo de aroma de incienso de copal. En el hogar vacilaba una llama mortecina y el aire se había llevado a un rincón de la cabaña una hoja de papel a medio arder.

—¿Qué quieres? —preguntó una voz perentoria.

Citlali no vio a nadie, pero claro está que un hechicero era capaz de ver sin ser visto...

—Vine... Es por mi marido —dijo Citlali con su voz clara, como cantando.

—¿Qué le pasa a tu marido?

Le pareció que la voz venía de un cuarto interior (y así era en efecto), pero rechazó esta explicación impía y contestó al espacio:

—¿No ha venido aquí hoy?

—No.

—Pues vino ayer.

Ya sabía el tonalpouhque todo lo que tenía que saber para ser omnisciente.

—Sí, y te salvó la vida.

—¿Dónde está ahora?

—En peligro de muerte —contestó el tonalpouhque, sabiendo perfectamente que todo el mundo lo está en todo momento.

—Pero, ¿no ha muerto todavía? —preguntó con voz ansiosa.

—Eso no se puede contestar sin consultar a los dioses, y hay que darles una ofrenda.

Citlali no tenía a mano ofrenda que dar. Deseaba ardientemente saber algo más, pero por lo menos ya sabía que su marido no había venido a ver al tonalpouhque durante la noche. Esto la intrigaba profundamente, pues ya no tenía explicación de cómo había podido ella rehuir la muerte. Era evidente que el mal agüero de la visita del zorrillo no lo había levantado el tonalpouhque. Y sin embargo, estaba viva. Por tanto, concluía su lucido cerebro, el mal agüero no venía contra ella; pero el zorrillo se había parado en el umbral de su casa y por lo tanto el mal agüero se refería a los de su casa. Como no era para ella, era para su marido. Por consiguiente, no cabía duda, Cara-Larga había muerto y era el fantasma suyo el que se había aparecido aquella mañana.

Lentamente, subió la cuesta hasta la fuente. Llenó el cántaro de agua fresca que salía de las sombrías reconditeces de la tierra a la luz del alba. Se sentó, quedándose unos instantes escuchando el murmullo del agua. "¡Qué dulce es tu voz —se decía—, oh Chalchivitlycue, Resplandor de Jade, diosa del agua!" Con paso lento, se volvió poco a poco hacia su hogar vacío. Por el camino que serpenteaba a sus pies, vio desfilar la caravana de mercaderes hacia el puerto y los volcanes. Se paró, con el cántaro sobre la cadera, contemplando a los mercaderes que iban, bastón negro en mano, vigilando a sus cargadores que, con los fardos a cuestas, subían, jadeantes.

De pronto, sobre el teocalli al oeste, se elevó una columna de humo blanco hacia el cielo azul, que el sol, atravesando el fino velo gris que todavía se cernía sobre los montes, vino a irisar con sus rayos de oro. Inmóvil sobre un montículo que dominaba la ruta, Citlali contemplaba aquel humo en que sus compañeras subían al cielo sin ella, para unirse camino de las regiones oscuras con su reina difunta. Ixtlicoyu, avanzando pesadamente en la fila de los tlamemes de la caravana, vio súbitamente el sol iluminar los dos volcanes, y se acordó de las palabras de Yeicatl: "La ceremonia tendrá lugar al rayar el día." Maquinalmente, echó la vista atrás.

—¡Mala bestia! —rugió Tozan, descargándole el bastón negro sobre la cabeza.

Cara-Larga se acordó entonces de la maldición que pesaba sobre los que miraban atrás el primer día de marcha de una caravana;

y, a una vuelta del camino, vio de repente el fantasma de su mujer, que se perfilaba sobre el azul del cielo, mientras él, todavía en la tierra, seguía triste y solo y lento con su fardo a la espalda, por el sendero de su largo destino.

Capítulo II

DON RODRIGO MANRIQUE TIENE UN HIJO

1

Cuando Suárez, su viejo mayordomo, vino a anunciar a don Rodrigo Manrique que su mujer le había dado un hijo, el señor de Torremala cayó de rodillas dando gracias a Dios por favor tan inmerecido. Los Manriques fueron siempre una de las familias más nobles de España, entrelazada con la casa real de Castilla así como con las casas de Guzmán, Mendoza y otras que, con ella, habían dado a España hombres de los más famosos en sus artes, letras, armas y servicio real. No dejaba don Rodrigo de poner su orgullo en tan alta alcurnia, pero su individualismo, fiero como el de todo español, le vedaba manifestarlo, y así vivía una vida harto retirada, aunque cómoda y fácil, en su villa de Torremala, por no poder tomar parte en las guerras que el rey Fernando hacía pertinazmente a los moros, desde que a la vista del mismo rey le habían quebrado una pierna en una escaramuza en la vega de Granada. No una, sino dos piernas, y un caballo y una lanza encima, hubiera dado por hallarse presente durante el sitio de Granada, que Fernando el Católico sostenía cada vez más estrecho contra la hermosa ciudad, todavía en poder de los moros; pero cuando así pensaba don Rodrigo, ya había caído Granada en poder del rey, precisamente el mismo día en que venía al mundo su hijo primogénito, el primero de enero de 1492.

—Le llamaremos Manuel, en honor del Señor que nos lo ha dado —exclamó al ponerse en pie después de breve oración, y el veterano Suárez también herido en las guerras moras, aprobó con un ademán de la cabeza—. ¿Cómo está la señora? —preguntó Manrique.

—Deseando mucho ver a vuestra merced.

Era Manrique hombre alto, esbelto y vigoroso, cuyo aspecto era el convencional que nos hacemos de un moro: ojos negros, brillantes, dientes de resplandeciente blancura, barba negra, nariz aguileña y frente ancha y huesuda. Su origen visigodo sólo se traslucía en la arrogancia de su actitud. Un abuelo suyo, Rodrigo como él, enviado por el rey de Castilla en misión diplomática a Granada, había vuelto con una hija del Gran Visir, convertida a la ley de Cristo a fin de casarse con el apuesto cristiano, como se hubiera convertido a la de Buda de haber sido él budista. A la muerte de su padre, víctima de las guerras moras, don Rodrigo se encontró a la cabeza de una fortuna suficiente, señor de Torremala, con un buen caballo y una buena lanza y un buen puñado de hombres suyos para servir al rey, todo ello bajo la vigilancia de una madre austera y enérgica, dispuesta a guiar sus primeros pasos en la vida. Don Rodrigo luchó contra los moros bajo las banderas del rey años enteros, hasta que tuvieron que sacarlo en pleno combate de debajo de su caballo con una pierna rota, inválido para mucho tiempo. Se volvió a Torremala, y entonces apareció Salomé.

Era Salomé la hija del rabino de Torremala, Samuel ha-Levy, dedicado a la dirección espiritual de una colonia pequeña pero próspera de judíos, cuya principal fuente de ingreso era el comercio de lana cruda de los ricos merinos de la vecindad y de seda de los telares de Torremala, que se enviaban a Flandes a cambio de mercancías de varias clases, en particular de tejidos de lana y de lienzo para las casas de los españoles acomodados. Samuel ha-Levy vivía en la aljama con su hija Salomé, pelo de oro, ojos azules, lozana como una rosa. Era tan lista como bella y su padre se había complacido en enseñarle personalmente la historia, tanto de su pueblo original como de su patria adoptiva, y los dos lenguajes, hebreo y latino, en que había que estudiarla. Salomé solía asistir a las controversias amistosas que sostenían con frecuencia su padre, el rabino, y el padre Guzmán, sabio prior del Monasterio de los frailes de San Jerónimo, cuya mole de piedra dominaba el Cerro del Moro; y su presencia, su gracia, su tacto y su fina penetración del asunto que se debatía (y que solía ser el de los méritos respectivos y valor permanente de sus respectivas religiones) eran de tanto estímulo y agrado para uno y otro que, cuando la discusión tenía lugar en la celda del prior en lugar de la judería, el padre Guzmán la invitaba siempre a que acompañase a su padre. Era el prior persona de no menor atractivo que el rabino, de rostro, figura y ademanes tan fina y delicadamente modelados por el espíritu, y de voz, mirada y gesto que revelaban al hombre para quien sólo la verdad y la caridad son dignas del aliento humano. Todo ello vino a parar en que Salomé se convenció de que el Nuevo Testamento manifestaba el espíritu divino mejor que el Antiguo y se hizo cristiana, recibiendo el bautismo de manos del padre Guzmán.

Samuel ha-Levy se inclinó ante el destino, con lágrimas en los ojos. Salomé abandonó la aljama transfigurándose en Isabel Santamaría. Fue su madrina la madre de Rodrigo Manrique, quien alojó en su casa a la neófita tratándola como de la familia, y prometió al padre Guzmán que sería una madre para ella hasta que le encontrase un marido.

Todo esto ocurría mientras el joven Rodrigo guerreaba contra los moros durante las campañas de verano y seguía la Corte ambulante de los reyes durante el invierno. Cuando al fin, herido e inválido llegó acostado sobre una carreta de bueyes con su pierna rota, la beldad de pelo de oro y ojos azules se erguía como una flor lozana de primavera a la puerta del castillo, al lado de la castellana. A Rodrigo se le fueron los ojos tras de ella, y el mismo día de su llegada anunció a su madre que estaba decidido a casarse con Isabel Santamaría. Todos los Manriques se alzaron contra su resolución, pues pese al Papa y a sus cardenales, una judía seguía siendo judía por muy bautizada que estuviera. Rodrigo aguantó la tormenta de pie firme y se casó con Isabel, no porque disintiese de su familia — al contrario—, sino porque estaba enamorado, tanto más precisamente por el hecho de que Isabel tuviera atractivo bastante para hacerle romper con tantos ilustres parientes. "¡Qué admirable persona tiene que ser!"—pensaba con orgullo.

Era, en efecto, admirable. Tan prudente como hermosa, tan seria como alegre. Su conversión procedía de lo más hondo de su alma y era devotísima en su nueva fe. Cuando Rodrigo entró en su cuarto, se hallaba en pleno goce del momento más feliz de la vida femenina, aquel en que la nueva madre comienza a trabar conocimiento con el ser tan suyo y sin embargo tan otro que acaba de traer al mundo.

—Le llamaré Manuel —exclamó Don Rodrigo con una voz forzada en su acento varonil, por temor a dejar ver la emoción que sentía. Y añadió—: Será buen caballero.

—Ya veremos —dijo Isabel, enigmática, apreciando toda la intención bélica que su marido había puesto en sus palabras, y al expresar así sus dudas sobre el porvenir de aquel niño, lo rodeaba y bañaba del resplandor de su cabello de oro como de una aureola de luz religiosa en torno a un Niño Jesús.

2

Apenas cumplía dos semanas el recién nacido cuando llegó a Torremala la noticia de la rendición de Granada. Las campanas de iglesias y conventos enloquecieron de gozo haciendo vibrar el aire con oleadas de alegría que removían los ánimos en todo el pueblo. Hacía tanto tiempo que se esperaba la noticia, tanto tiempo que se deseaba, que ya nadie hablaba del asunto, confiando tan sólo en que el Señor concedería un día a todos la satisfacción de tan ferviente deseo. Al fin había llegado aquel día. Las gentes se abrazaban en la calle, daban voces, vertían lágrimas. La iglesia se llenó de fieles. El párroco hizo un sermón apasionado, con evidentes señales de improvisación. Después de dar las gracias al Señor, recordó a sus feligreses que hacía siete siglos que los infieles habían invadido a España. Siete siglos habían sido necesarios para que la Cruz se alzase al fin sobre las torres de la Alhambra.

—Sólo nuestros pecados —añadió con voz sombría y solemne—, sólo nuestros pecados explican que el Señor haya permitido tan larga ocupación de la cristiandad por el infiel. Pero la obra no ha terminado todavía. Todavía quedan infieles entre nosotros. Y también a estos otros infieles habrá que echarlos de nuestra tierra cristiana si no se convierten a nuestra fe.

En primera fila, escuchaba este sermón Isabel Santamaría, la que pocos años antes se llamaba aún Salomé ha-Levy. Al oír aquellas palabras del párroco, sus pensamientos volaron hacia su padre, hacia la casa tan risueña en que había crecido en el rincón más florido de la aljama, el pórtico de piedra en arco, los patios frescos florecidos, la huerta en pendiente suave hacia el río, la terraza tan espaciosa y oreada en las noches estrelladas del verano —aquel mundo en que el rabino había vivido y crecido como su padre y sus abuelos, generaciones y generaciones de hombres estudiosos, maestros del saber hebreo, empapados de cultura hebraica al punto de que todos ellos, de padres a hijos, tomaban aspecto de patriarcas del Antiguo Testamento, rostros macerados por las vigilias, nariz bien cortada, frente alta y pensativa, barba fluida que parecía prolongar las líneas de sus mejillas cóncavas...

Isabel se daba cuenta de que el movimiento contra su pueblo iba tomando cada vez más volumen en el país y que, tarde o temprano, la tormenta rompería sobre la cabeza de los infelices judíos. Aquellas palabras del párroco vinieron a recordarle la diferencia imborrable que la separaba de los cristianos viejos, a pesar de su conversión, a pesar de su matrimonio. Cuando salió de la iglesia del brazo de su marido, iba triste y cabizbaja. Ella, señora del lugar, iba andando entre sus convecinos con la sensación de ser una paria. Mientras iban subiendo la cuesta hacia el castillo donde vivían, en lo alto del cerro que dominaba la avenida donde se alineaban las casas de los hidalgos y campesinos ricos del pueblo, marido y mujer oyeron una voz ronca y hostil que decía en un grupo:

—Y a los conversos también. También a ésos hay que echarlos.

No oyeron más. Isabel se dio cuenta en seguida de que el acento agresivo de aquella voz iba dirigido a ella para que lo oyese y se enterase. No dijo nada a don Rodrigo, que seguía andando a su lado, rumiando análogos pensamientos, y tan absorto en ellos que a veces dejaba de corresponder a los saludos de deferencia que le hacían sus convecinos. Isabel sintió la angustia de aquel insulto y de aquella amenaza, junto con la curiosidad de averiguar quién había pronunciado las palabras ofensivas. "Yo conozco esa voz", se decía, pero su orgullo le impedía mirar atrás. Entonces hirió su oído otra voz más agradable, voz que conocía bien, y que iba diciendo:

—No harás nada de eso, porque sería indigno de un buen cristiano —afirmaba con autoridad el padre Guzmán, prior del Monasterio de San Jerónimo, y otra vez, la primera voz, la injuriosa, contestaba:

—Yo haré lo que crea mejor para el servicio de Dios.

Don Rodrigo se paró y dio media vuelta:

—Hola, padre —exclamó.

Isabel volvió la vista rápidamente, pero ya el interlocutor del fraile se había escabullido y sólo pudo verle la espalda. Aún así, reconoció la cabeza grasienta y el modo de andar escurridizo de Esquivel.

3

Era un judío nacido y crecido en Ronda cuando Ronda era mora todavía, y casado allá con una mujer también judía. Procedían ambos de territorio cristiano, y cuando el rey Fernando tomó a Ronda en 1485, los Esquiveles se hicieron pasar por cautivos cristianos (cargándose a sí mismos de cadenas), a fin de aprovecharse de la generosidad regia que había concedido una limosna sustanciosa a todos los cautivos cristianos que quisieran regresar a sus hogares. Compraron un burro con la limosna del rey, y lo cargaron con espadas, yelmos y rodelas de que pudieron echar mano en los primeros

III. Jefe azteca con las insignias de su mando. Empuña la espada de madera con filos de obsidiana.

días de desorden que siguieron a la toma de la ciudad, y pusieron rumbo al norte. Aquel botín fue el fondo con que se lanzaron al comercio, y después de numerosas aventuras, no todas del gusto de los alguaciles de la reina, fueron a instalarse en Torremala, donde Esquivel compraba y vendía armas, las componía, prestaba a crédito sobre ellas, y si a mano venía, las robaba, pues el comercio es cosa compleja que requiere operaciones de muy diversa índole.

En Torremala, Esquivel era el caudillo de la facción antisemita. Era contrario a todos los judíos, bautizados o no; según él había que expulsar a los no bautizados y quemar a los conversos. Ésta era la conclusión a que iban siempre a parar las arengas inflamadas que solía dirigir a cualquier grupo grande o pequeño dispuesto a escucharle, y cuyas pasiones y prejuicios estimulaba y enardecía contra el pueblo mismo al que debía el ser. Los hidalgos y soldados que venían con una espada mohosa o una rodela abollada a la tienda del armero que tenía abierta en los soportales de la avenida, le escuchaban con el entrecejo fruncido y con poca inclinación a seguirle. Descendientes de hombres que habían luchado durante siglos contra los moros (muchas veces con dinero que les prestaban los judíos), sabían respetar a los hombres de toda raza y color. Pero cuando en la trastienda oscura de la calleja que corría hacia el río (y que en la estación de las lluvias se convertía en arroyo), en aquella trastienda casi negra que le servía de forja y de taller, peroraba ante los campesinos que le traían hoces y arados sobre la crueldad de los usureros, y como todos ellos eran judíos, su simiente caía en terreno bien dispuesto para hacerla germinar. Subía entonces de punto su elocuencia y se hacía más aguda y afilada; le retrillaban los ojos bajo las cejas espesas como centellas de la forja, mientras con una hoz acerada en la mano, con los dedos resbalando por el filo asesino, sonriendo con sonrisa siniestra entre la doble hilera de dientes apretados, vociferaba a los campesinos atónitos:

—¡Muerte! ¡No hay más remedio que la muerte para todos esos usureros y sanguijuelas! ¿Cuántos de vosotros le debéis dinero a Isaac Avanel?

Los rostros rudos y sencillos procuraban permanecer indiferentes, pero la pasión que bullía en ellos no se lo permitía, y arrugaban el ceño a la luz temblorosa del fuego de la forja, furiosos ante la idea de sus deudas al desalmado usurero de junto al puente.

—¿Creéis que alguno de vosotros verá jamás el fin de sus deudas? Nunca. Por cada maravedí que le paguéis, tendréis que pedirle prestados otros tres. Y así irá subiendo, subiendo hasta que los maravedís se conviertan en ducados y tengáis que vender la tierra y la casa. ¡La muerte, no hay más remedio que la muerte! —repetía con mueca asesina, pasando las yemas de los dedos por el filo acerado de la hoz.

4

Una noche oscura, Esquivel salió de casa por el portillo de la calleja, y con ayuda de una linterna sorda que usaba con suma cautela, se escabulló hacia el río y fue siguiendo la orilla arenosa hasta unos pasos antes de la pila del puente.

—¡Perro judío! —exclamó entre dientes, ocultándose tras de unos juncos, mientras una sombra subía a todo correr orilla arriba y desaparecía entre los bloques negros de la calle—. ¡Ladrón! Apuesto a que era el mismo Isaac. Bien le reconocí el levitón largo y el gorro grasiento que lleva en la cabeza. ¿Qué haría a estas horas por aquí?

Salió de su escondite, agachado, y sorteando los charcos siguió andando hasta llegar al pie del puente. La casa donde vivía Isaac estaba en línea con el puente, construida como un hombre que sube una escalera, con la planta delantera sobre el camino del puente y la planta trasera un escalón más abajo, en una especie de corral-pradera que bajaba hacia el río en pendiente rápida. Esquivel estaba entonces ya sobre este corral, intentando penetrar la oscuridad con la mirada a fin de darse cuenta de lo que hacía el viejo presta-mista. Como nada se movía, se puso en marcha a través del corral hacia la casa, con paso cauto y ojo avizor. Pero, súbitamente, brilló la luz de una vela en la ventana de atrás y al mismo tiempo, por casualidad, Esquivel cayó en un hoyo que se abría a sus pies. Ahogó como pudo un gruñido de dolor y se sentó en el fondo del hoyo frotándose las rodillas. "No me he roto los huesos de milagro —pen-só—. ¿Para qué habrá hecho este hoyo el avaro? Sin duda para esconder su tesoro..." La idea le llenó el ánimo de satisfacción, ali-viándole el mal humor que le había causado la caída. "Fue suerte caer en este hoyo —pensó, todavía frotándose las rodillas dolori-das—, pues si no caigo, de seguro me habría visto." Poco a poco, según lo permitían la cautela y el dolor, fue incorporándose y se puso a observar la casa desde su trinchera. Isaac iba y venía de una habitación a otra, con la vela en la mano. Su silueta temblona pasa-ba tan pronto por una como por otra ventana, tan pronto en la planta baja como en el piso, y no tan sólo vagando como alma en purgatorio, sino yendo y viniendo con intención y propósito que se traslucían en sus ademanes. Esquivel observó que con la mano iz-quierda llevaba la vela o el candil, que la derecha a veces pendía a lo largo del cuerpo, sin duda llevando algo de peso, y a veces oprimía contra el cuerpo un objeto quizá más pequeño y quizá de más valor. Todos los viajes terminaban en el piso bajo con una inclinación larga y profunda como ante una imagen sagrada. Esquivel llegó a la con-clusión de que Isaac estaba llenando algún cofre con objetos de valor hasta entonces distribuidos en toda la casa. Así era, en efecto.

—¡Ah! —exclamó, y se tapó la boca con la mano.

Isaac se acercó a la ventana. Echó una ojeada de temor y desconfianza a lo desconocido en la noche, y desapareció otra vez. Esquivel pensaba: "¿Me habrá visto? Está visto el juego. Va a meter todo lo que tiene en un cofre y lo va a enterrar en este hoyo. Si tiene que irse, porque todo terminará en una expulsión general... a lo mejor, ya está él enterado... Entonces, desde luego, metería el cofre aquí para encontrarlo más tarde... ¡Eso, si no lo encuentro yo antes!" La idea le hacía gargarizarse de risa en el hoyo negro, mientras Isaac seguía yendo y viniendo con sus estuches y monedas. Esquivel salió a gatas del agujero, atravesó el corral, dio la vuelta a la casa de Isaac, subió hasta el puente y decididamente llamó a la puerta del avaro.

Los golpes sacudieron a Isaac de su paz y soledad y la vela se le cayó de las manos y se apagó. Estaba en el piso bajo. En la oscuridad, subió las escaleras, atravesó la alcoba, abrió la ventana que daba a la calle y preguntó:

—¿Quién va?

—Ábreme, Isaac —contestó Esquivel con tono ameno y casi regocijado—. Soy Esquivel, tu amigo.

—¿Mi amigo? Si fueras mi amigo, me pagarías lo que me debes —chilló el viejo con voz atiplada y quejosa.

—Vengo precisamente a pagarte —afirmó con aplomo.

El viejo se tragó el anzuelo y bajó corriendo más aprisa de lo que sus años permitían esperar.

—¡Oh! Si se trata de eso... —bajaba diciendo con alegría. Encendió la vela y se puso a maniobrar laboriosamente toda la pesada maquinaria de barras, cerraduras y cerrojos que aseguraba la puerta.

—Entra, entra.

El temblor de la luz de la vela hacía vibrar doblemente su ya temblorosa figura, iluminando el rostro delgado y aún emaciado y hueco, de ojuelos redondos entre los que avanzaba la aguda nariz corva como pico de ave de presa; el bigotillo gris le caía a derecha e izquierda de los labios descarnados, y del mentón le colgaba una barbilla gris y desmedrada, en forma de coma, que repetía el diseño corvo de la nariz de presa. Llevaba puesto un gorro redondo muy usado y grasiento, de cuyo borde se escapaban guedejas grises que le caían sobre el cuello de un levitón largo, color de ala de mosca, colgado a pico de sus hombros huesudos como de dos clavos en la pared. En la mano izquierda sostenía el candelero, muy agarrado con largos dedos encorvados que prolongaban uñas también largas y encorvadas y nada limpias.

—Entra, entra.

Entró Esquivel e Isaac cerró otra vez la puerta barra a barra, cerrojo a cerrojo, cerradura a cerradura. Cuando hubo terminado se volvió hacia su huésped, y al ver que llevaba espada al tahalí y daga al cinto, se asustó:

—¿Qué quieres de mí? —preguntó con voz quebrada por el miedo.

—Vamos —dijo Esquivel con calma, pero también con cierta

mueca irónica que no pareció de muy buen agüero a Isaac—. Vamos, viejo. Charlemos un rato. Anda delante.

—Ve tú primero —dijo Isaac, que seguía muerto de miedo, y alzó la luz para que su huésped viese dónde ponía el pie.

—No, por aquí —le dijo, cambiando de dirección, pues recordó que tenía el cofre todavía abierto en el comedor—. Estaremos más cómodos en la cocina.

—¿Dónde está el dinero? —preguntó Isaac en cuanto se hubieron sentado.

Esquivel echaba una ojeada en torno a la cocina. No había ni rastro de comer. "¿Qué es lo que comerá este hombre?", se decía; luego, en voz alta:

—¿El dinero? ¿Qué dinero?

—¿No me dijiste que venías a pagarme?... ¿Qué quieres de mí? —volvió a preguntar el avaro, temblando.

—¡Ya te he pagado lo que te debo no sé cuántas veces, ladrón! ¡La espada mora que te di la última vez por pago de intereses valía más del doble del principal!

El viejo negaba, sin atreverse a hacerlo con gran fuerza por el miedo que le dominaba.

—Mira, Isaac, yo no he venido aquí a perder tiempo. Te traigo algo que vale más que el dinero. Te traigo un aviso de que tu vida está en peligro... Y de que yo puedo salvarte.

El viejo palideció.

—¿Quién quiere matarme?

—Nadie. ¿Crees tú que hay quien esté dispuesto a dejarse ahorcar por el verdugo de don Rodrigo por el placer de mandarte al infierno? Pero ya sabes cuántos amigos tienes... Todos seguros de que sólo con tu muerte podrán soltar el peso de sus deudas. Cualquier día tiene que estallar esa nube sobre tu cabeza.

Isaac volvió a sentirse más seguro.

—¡Oh!... ¡Cualquier día!

La incredulidad le sonreía en los ojuelos redondos.

—Por ejemplo, mañana... —dejó caer Esquivel con intención ponzoñosa. El viejo dio un brinco en la silla y la barbilla le tembló.

—¿Mañana? —chilló—. ¿Por qué mañana?

—No sé. Es una idea que se me ocurre. He oído rumores...

Los ojuelos redondos se clavaron en él, penetrantes, implorantes.

—Cartas sobre la mesa —exclamó Esquivel volviéndose hacia el viejo con súbito movimiento. Hasta entonces había llevado la conversación sentado de lado, con el codo sobre la mesa que los separaba. Dio media vuelta y se quedó sentado de frente. Agarró el borde de la mesa con las dos manos y, con la cabeza baja, alzando la mirada hacia su víctima le disparó—: Isaac, o me das doscientos ducados ahora mismo, o mañana te despedaza la turba.

La barbilla de cabra temblaba desesperadamente y los pocos

dientes que quedaban en la boca del avaro castañeteaban precipitadamente.

—¡Doscientos ducados! Pero... pero... ¡Si no los tengo!... ¿Mañana?... La turba, ¿por qué?... Doscien...

Esquivel se decidió a dar el golpe de gracia. Se puso en pie, sacó la daga y con voz imperiosa le gritó:

—¡Echa el dinero, judío miserable!

Atónito se quedó el agresor al ver que Isaac recibía el exabrupto con la mayor tranquilidad y, sin manifestar el menor miedo, contestaba con calma:

—Muy bien. Te los daré.

—¡Ahora mismo! —vociferó Esquivel.

—Ahora mismo —repitió Isaac con voz que Esquivel creyó teñida de resignación.

El astuto avaro desapareció, pues, en el comedor a oscuras dejando la luz en la cocina, y volvió poco después con un bolso de cuero y una balanza donde fue pesando las monedas de oro y, con un suspiro muy bien imitado, entregándoselas rollo a rollo a Esquivel. Uno a uno, Esquivel deshacía los rollos vertiendo su ansiado contenido en un pañuelo de seda rojo y amarillo de diseño moruno. Isaac le preguntó:

—¿Y cómo sabré yo que vas tú a parar el golpe?

—Te doy mi palabra.

El viejo aceptó o pareció aceptar aquella prenda, la de menos valor que jamás en su vida habría aceptado; pero el éxito y el brillo del oro se le había subido a Esquivel a la cabeza impidiéndole observar lo inverosímil del detalle y sospechar de la sinceridad de Isaac. El avaro se volvía a poner en pie:

—¿Es verdad que respondes de mi vida?

—¡Te lo juro! —afirmó Esquivel apretando el pañuelo lleno de oro contra el pecho.

—¿Verdad? —volvió a repetir el viejo.

Algo amoscado, Esquivel replicó:

—¿No te he dado mi palabra? ¿Para qué tanto preguntar?

—Porque —explicó Isaac con una sonrisa que descubría sus dientes pocos y negros— tengo un vinillo... pero me cuesta muy caro, y no es cosa de abrir una botella como no lo valga la ocasión.

—Pues esta vez, lo vale —dijo Esquivel.

Sin hacerse rogar, Isaac abrió al instante la alacena con una de las numerosas llaves que le colgaban de la cintura, y sacó una botella cubierta de polvo que descorchó, escanciando el vino en dos vasos que había ya dispuestos dentro de la alacena. Pero Esquivel no estaba ya en condiciones de darse cuenta de que uno de los dos vasos tenía en su fondo unos polvos grises, que a los pocos minutos de haber brindado a la salud de Isaac, y con la ayuda de unos cuantos vasos más, aunque sin polvos, le sumieron en un profundo sueño. El viejo le miraba mientras iba cayendo poco a poco hasta formar en el suelo de la cocina una masa inerte apenas humana. Con manos temblorosas, Isaac escarbó en aquel motín hasta sacar del jubón de Esquivel el dinero que le había dado; y luego se llevó el cuerpo inerte arrastrándolo por el suelo hasta la puerta, corrió barras, cerrojos y cerraduras y se dispuso a echarlo fuera. Había dejado la vela en el suelo, y entonces, y no antes, observó que las botas de Esquivel llevaban barro arenoso de la orilla del río y que tenía las rodillas blancas de cal. "Conque se había caído en la huesa del tesoro." La idea le hizo sonreír. Poco después, Esquivel roncaba en el arroyo frente a la puerta de Isaac, que en su comedor, con la vela ardiendo sobre la mesa, rumiaba las consecuencias que el dramático episodio podría acarrearle.

5

Isaac tenía montado un excelente servicio de información, pues además de prestamista era especulador, y sabía, quizá el único en Torremala, que los Reyes habían decidido ya la expulsión de los judíos. Auguraba, y no se equivocaba, que la mayor parte de lo que poseían los expulsados tendría que quedarse en el país. Isaac había ido tomando las decisiones que el caso requería y aun llevándolas a efecto, trabajando a tal fin sin descanso noche y día. Había un lugar cerca de su casa adonde nadie jamás se acercaba: la bóveda del puente, entre la primera pila, todavía seca, y el agua. En aquel lugar, el industrioso avaro había construido una cámara secreta que cubría durante el día con grandes tablones.

Apagó la vela para no gastar sebo y en la oscuridad se puso a ultimar los detalles de su plan. Se daba cuenta de que su vida estaba en peligro y aun de que pudiera muy bien terminar al día siguiente. Era, pues, indispensable acabar aquella noche todo lo que había que hacer todavía. Aquel avaro, encadenado a la vida por el oro, estaba meditando tranquilamente cómo deshacerse de su fortuna para siempre. Contemplando su ecuanimidad en aquella coyuntura, se decía: "Qué misterio tan maravilloso!" Y en aquella soledad, en aquella oscuridad, contemplaba el misterio del avaro generoso con una especie de felicidad austera que le hendía el alma, ablandando su pétrea sustancia por vez primera. Bien sabía él que se lo debía a Salomé ha-Levy. Nunca había olvidado Isaac Avanel —no lo olvidaría ni aun en la gloria eterna— el primer día en que sus ojos contemplaron a Salomé. Tenía entonces ella diecisiete años y él era ya un viejo marchito cuya alma no era más que un puñado de metal. Quizá fuera el mismo metal que brillaba en el oro del cabello de Salomé el que primero atrajo sus miradas. ¿Cuántos ducados valdría aquel pelo si hubiera sido de oro como parecía? Tal había sido su primera idea, y aquella noche, última quizá de su vida, lo recordaba con melancólica sonrisa interior. Salomé seguía andando delante de él como una visión celeste, y hasta que desapareció por la puerta de la casa del rabino, no se dio cuenta el viejo avaro de que la había seguido, separándose de su camino, al imperio de un hechizo inexplicable. Cuando se borró la visión, Isaac se quedó en la calle frente a la puerta cerrada, boquiabierto y asombrado, soñando con la esplendorosa visión y sin saber qué pensar de sí mismo. Inundaba su alma, seca hasta aquella mañana del mes de junio, un sólo sentimiento: la gratitud. Sentía gratitud hacia Salomé. ¿Por qué? No lo sabía. A paso triste y lento, se volvió hacia casa. ¿Por qué iba triste? Tampoco lo sabía. Nada había cambiado en su vida. Nada cambió después. Siguió siendo el mismo usurero de siempre, desalmado y empedernido, capaz de extraer hasta la última gota de ganancia a cualquier hombre o mujer que la dura suerte obligaba a pasar sus umbrales y a caer al alcance de sus garras. Pero en su vida estaba Salomé. Desde aquel día fue Isaac como una casa vieja, polvorienta y miserable, en la que después de generaciones de oscuridad se abre una ventana que mira hacia un jardín luminoso. La casa sigue tan polvorienta y miserable como siempre, pero está abierta aquella ventana. Isaac soñaba con la hermosa Salomé y se ingeniaba para encontrarla en la calle. Y nada más. Su mera presencia le decía que todos aquellos ducados, aquellas cadenas de oro y piedras preciosas que se pasaba la vida codiciando, adquiriendo, guardando y acariciando, no eran sino materia muerta, mientras iban por el mundo de Dios la belleza, el color, el ritmo y el aroma en aquella flor humana que se llamaba Salomé. Al volverse a casa el día en que la había visto por vez primera, pasó Isaac por delante de un jardín por donde había pasado todos los días de su vida, pero sin verlo hasta entonces. Le llamó la atención una rosa en su plenitud que colgaba con gracia de flor fuera de la verja. Se paró a mirarla, y al contemplar su belleza con los ojos nuevos de un hombre que jamás había mirado antes a una rosa, se puso a pensar en Salomé. Al seguir su camino, iba murmurando de la rosa: "¡Cómo se parece a la hija del rabino!"

Aquella noche, en la oscuridad de su comedor, mientras Esquivel roncaba en el arroyo, el viejo avaro se sentía el alma inundada de luz pura que le venía de aquellos recuerdos. Su gratitud hacia Salomé vivía en su alma con más fuerza que nunca, permitiéndole no sólo soportar la idea de desprenderse de su riqueza, sino también preparar los detalles para hacerlo con un gozo extraño e inefable que ni él mismo llegaba a comprender del todo. El caso es que había decidido dejar las cosas en forma tal que si moría o si no podía volver a España a recobrar sus bienes, todo lo que poseía fuese a manos de Salomé ha-Levy, ya Isabel Santamaría.

Se puso en pie y se fue hacia la ventana para calcular la hora por las estrellas. No tenía vela para medir el tiempo, por economía. A juzgar por la situación de las constelaciones, le quedaba bastante tiempo para terminarlo todo. Subió al piso en la oscuridad y, con sus dedos sutiles, acostumbrados al trabajo nocturno, halló una linterna.

Bajó a la cocina, sacudió la linterna al oído, opinó que había bastante aceite dentro para cuando fuese necesaria, pasó al comedor, cerró las contraventanas, encendió otra vela y se puso a trabajar.

Había preparado tres cofres pequeños de hierro forrados de plomo y provistos de fuertes cerraduras. En uno de ellos fue colocando con cuidado y amor montón tras montón de monedas de oro —casi todas enriques de Castilla, pero también florines de Aragón, ducados de Italia y otras monedas—. El viejo avaro las manoseaba con afecto y satisfacción sin límites. Ya lleno el cofre, lo cerró y cuando iba a echarle la llave, sin poder resistir a la tentación, volvió a abrirlo para acariciar con una última y larga mirada el hermoso metal que iba a enterrar. De súbito, le ocurrió el pensamiento de Esquivel. "¿Qué hará ahí fuera? Será mejor que vaya a ver." Echó también llave a la puerta del comedor, subió al piso y con la mayor cautela abrió la ventana de su alcoba y echó una ojeada a la calle. A la luz cenicienta que las estrellas vertían suavemente sobre la ciudad revestida de noche, vio el lugar donde había dejado a Esquivel pero vacío. "Se ha ido? ¿Adónde habrá ido?" Miró hacia arriba y hacia abajo. No se veía ni un alma en la calle. Volvió a bajar, medio tranquilo de saber que ya no estaba Esquivel tan cerca de su oro, medio inquieto al pensar que quizás se hubiera ido a preparar el asalto final contra su vida.

Se dispuso entonces a llenar el segundo cofre que destinaba a sus joyas más valiosas: collares de oro, perlas, diamantes, rubíes, esmeraldas, en anillos, pulseras, diademas, broches, toda suerte de presas de alto valor y raro artificio, cristianas, judías, moras, italianas, francesas, unas sueltas, otras envueltas en bayeta fina o en toda suerte de estuches de cuero, metal o madera olorosa. Iban pasando una a una entre sus largos dedos, bajo sus ojos llenos de amorosa codicia, a la luz vacilante de la vela que extraía vistosos fuegos de sus facetas, las joyas que hundía después poco a poco, con dulzura y cariño, en el cofre abierto sobre la mesa. Pasaba el tiempo y en el silencio de la noche y de la soledad, Isaac seguía laborando en perfecta calma. Todavía aguardaba el tercer cofre destinado a cosas de menos viso pero no menos valor, pues iba a encerrar en él papeles, es decir hechos, intenciones, motivos de actos futuros, resortes de acción, vida y muerte quizá. Isaac colocó en aquel cofre numerosos papeles que ya tenía preparados, mascullando mientras lo hacía: "¡Miserable judío! ¡Me ha llamado miserable judío! ¿Y él? ¡Ya veremos quién sabe más el uno del otro y quién habla más a punto!"

Ya estaban los tres cofres listos. Pero quedaba el cuarto, el grande, el anzuelo para Esquivel. En aquel cofre, del tamaño de un baúl, Isaac colocó tan sólo un sambenito, el "saco bendito" que la Inquisición hacía llevar a los judíos relapsos camino de la hoguera o del estrado en que confesaban sus errores. Sobre el cofre, Isaac colocó un papel con las siguientes palabras en letras grandes: MALDITO QUIEN ESTO INTENTE ABRIR. ME LEVANTARÉ DEL SEPULCRO PARA MALDECIRLE Y MORIRÁ.

Ahora sí que ya todo estaba terminado. Isaac subió otra vez a su alcoba para cerciorarse de que Esquivel no estaba a la vista. La noche era serena y un manto de tranquilidad se extendía sobre la villa. Con mano temblorosa alzó el primer cofre. ¡Cuánto pesaba! ¿Cómo iba a transportar todo aquel peso al lugar que le estaba destinado? Y pensó dejar en casa dos cofres mientras se llevaba uno. Entonces recordó que tenía en un cobertizo del corral una carretilla vieja. ¿Se atrevería a ir a buscarla dejando los cofres dentro? ¿Y si andaba Esquivel rondando por el corral? Había que decidir. Abrió la puerta de atrás, salió en puntillas, pegado a la pared, reteniendo el aliento, y llegó sano y salvo al cobertizo tras una azarosa travesía de cinco pasos. Animado por el éxito, volvió ya más tranquilo con la carretilla, que dejó a la puerta. Pasito a paso, trasladó los tres cofres de la mesa del comedor a la carretilla, sentándose después para limpiarse el sudor sobre una de las dos varas, exhausto. Aguardó un rato, y en vista de la tranquilidad y del silencio, acumuló al fin ánimos para el viaje más largo hasta el puente. Cerró la casa con llave y echó corral abajo con la carretilla y el tesoro. Ya bajo el puente, separó los tablones, colocó los cofres en las cámaras preparadas y los cerró con muretes de ladrillos y mortero, que cubrió después otra vez con los tablones.

Cuando terminó, se sentía como nuevo, alegre, libre, ligero, y con paso más joven se volvió a casa dejándose atrás la carretilla. No la echó de menos hasta que pensó en el cofre grande. "Es ligero, pensó, pero de mucho volumen. Será mejor llevarlo en la carretilla." Tuvo que volver al puente y otra vez subir la cuesta del corral empujándola hacia arriba. Poco después tenía la satisfacción de pisotear la tierra sobre la tumba de las esperanzas de Esquivel, donde yacía el baúl con el sambenito dentro y la maldición fuera pero Isaac no era hombre para entretenerse en emociones sin provecho; cumplida su misión, se volvió a casa.

Se iba muriendo la vela y no quería encender otra por economía. Escogió una cajita de acero, de artificio moruno, y depositó dentro las llaves de los tres cofres. Sobre una hoja de papel y con una pluma ya pelada por el uso se puso a escribir con suma atención y con una satisfacción que le rezumaba de todo su rostro tan seco a diario: "Señora: no me conocéis, pero yo sí a vos. Os debo los mejores momentos de mi vida, los únicos, a decir verdad. No sabéis por qué, pero yo sí. Soy agradecido. En esta caja hallaréis tres llaves y un papel con instrucciones. Si alguna vez os veis en peligro y necesitáis auxilio leed este papel y yo sabré salir de la tumba para venir a socorreros. —Isaac Avanel."

Dejó la caja abierta, pero selló las instrucciones; metió todo dentro de la cajita mora, y con la caja apretada contra el pecho, subió a acostarse. Ya se había muerto la vela, pero él llevaba dentro mucha luz.

6

Isaac durmió todo lo que quedaba de la noche, con sueño largo y pesado por haber bebido vino, cosa en él excepcional, y por haber trabajado con exceso. Madrugador de costumbre, aquella mañana seguía durmiendo a pesar de que ya el sol le había inundado la alcoba. Desde el fondo de su sueño, comenzó a percibir un clamor que iba subiendo y acercándose hasta que, al despertar, halló que pertenecía al mundo de la realidad y no, como había pensado, al de los sueños. El clamor parecía venir a concentrarse frente a su propia casa. No tardó en disiparse la poca duda que pudiera quedarle, al oír a la turba pronunciar su nombre a voz en grito golpeando al mismo tiempo la puerta pavorosamente. "¡Abajo el usurero! ¡Muera Isaac! ¡A muerte el judío!" El estrépito era ensordecedor y los golpazos a la puerta, cada vez más repetidos e imperiosos. Apretó un botón disimulado en el friso de madera de su alcoba detrás de la cabecera de su cama, y en un camarín secreto que se abrió en la pared, depositó el valioso estuche moruno; cerró la puertecilla, y ya tranquilo, se dispuso a bajar. En aquel momento, la puerta, con todas sus barras, cerrojos y cerraduras, se vino abajo con furibundo estruendo de un golpe de catapulta que había ingeniado Esquivel, y un tropel de campesinos armados se precipitó en el portal. "¡Muera el judío!"

Hubo primero una pausa. Los campesinos retrocedieron un paso, avergonzados de verse en casa ajena y de tener enfrente a un viejo sin defensa. Pero muchos llevaban en el corazón tales recuerdos de la dureza, de la sequedad, de la imperiosidad con que el avaro los había tratado cuando habían acudido a él en momentos de angustia, que los más atrevidos y desalmados de entre ellos lo atacaron sin piedad, lo echaron al suelo y lo golpearon sañudamente hasta dejarlo ensangrentado y sin sentido. Entretanto Esquivel se dedicaba a registrar la casa con furia creciente a medida que disminuían sus esperanzas de encontrar en ella nada que valiera la pena. Con todo, consiguió hacerse con un pequeño botín, y acababa de darse cuenta de una ojeada por la ventana que daba al corral de que el hoyo en que había caído la noche anterior había desaparecido —con todo lo que tal descubrimiento significaba—, cuando le llamó la atención el súbito silencio que había caído sobre la casa. Adivinó en seguida que habría llegado el alguacil mayor, que, en nombre del señor feudal, don Rodrigo, ejercía funciones de jefe de policía. Bajó las escaleras de puntillas, vio que así era en efecto y se escabulló discretamente.

Isaac yacía sin sentido sobre el suelo de la tienda en un baño de sangre. El alguacil mayor no le tenía simpatía alguna y sabía además que don Rodrigo abominaba de él no sólo por infiel, sino por usurero. Después de haber mascullado su reprobación de lo ocurrido por pura forma y anunciado que perseguiría a los agresores, dejó que casi todos los culpables fueran desapareciendo uno a uno, quedándose sólo con cuatro a quienes mandó que llevasen al herido a su cama del piso alto, uno que envío a por el médico y otro que mandó a casa del rabino.

El primero en llegar fue el rabino. Cuando entró en la alcoba de Isaac, el viejo yacía inmóvil sobre el lecho, cubierto de heridas, sobre todo en el rostro, de donde le corrían hilillos de sangre. En silencio, ha-Levy le lavó las heridas, secándoselas con su pañuelo de lienzo inmaculado, pues no le fue posible hallar cosa alguna limpia en toda la casa, y luego aguardó a que el herido pudiera hablar. Abrió los ojos Isaac y reconoció al padre de Salomé. Su cara blanca se coloreó ligeramente.

—¿Vos? —preguntó.

—Pronto llegará el médico —dijo el rabino.

—Ya no lo necesito —murmuró Isaac—. Ya me voy. Venid más cerca. Ahí —murmuró con voz casi imperceptible—. Ahí...

Varias veces intentó hacer comprender al rabino lo que deseaba, pero no le fue posible señalar el botón secreto del friso. Logró que el rabino comprendiera que quería papel y pluma y, acostado como estaba, hizo un dibujo suficiente de lo que deseaba, gracias al cual, ha-Levy consiguió dar con el cantarín secreto y poner ante los ojos del moribundo la cajita mora que ocultaba.

—¡Para vuestra hija!

—¿Mi hija? —preguntó el rabino asombrado.

—Sí. No queda voz para explicar. Para vuestra hija. El... Señor... la bendiga...

Su voz se apagó para siempre.

7

El rabino no había visto a su hija desde su matrimonio con don Rodrigo. Su corazón no abrigaba el menor resentimiento hacia ella por su conversión y matrimonio. Al contrario, la amaba todavía más. Si había evitado ver a su hija era por ella. Al salir de la casa del avaro muerto, con el corazón lleno de tristes presagios, iba pensando en todo aquel nudo de emociones que la conversión y matrimonio de su hija le habían creado. Nadie sabía mejor que él cuánto pesaba la cuenta del pueblo judío en el ánimo de los españoles a causa de la excesiva frecuencia de usureros en las aljamas de toda España, y adivinaba que aquel motín que había costado la vida a Isaac no era más que una de las primeras chispas de un fuego que iba a asolar a todo el judaísmo español. Ya corrían rumores de expulsión total de los judíos no convertidos; los conversos vivían desde hacía cuatro o cinco años bajo la amenaza de cualquier acusación anónima a la Inquisición, que ponía en peligro mortal su fortuna y su vida en cuanto recaían sospechas de que seguían observando en secreto la fe judaica.

¿Qué ocurriría a su hija si algún enemigo envidioso viniera a acusarla de practicar la ley judaica en secreto? El rabino temblaba al pensarlo. Aquel estuche moruno que Isaac le había entregado para ella era un regalo peligroso, y aun pudiera ser mortal. Por cosas de menor peso, cualquiera que fuese el contenido del estuche moro, habían ido a la hoguera ya muchos conversos. Iba el rabino meditando estos pensamientos por un sendero a lo largo del río que fluía en paz lleno de luz líquida y límpida, y al contemplar el agua sintió la tentación de arrojar la caja al río que todo lo arrastra, todo lo perdona, todo lo olvida. Pero, ¿cómo desobedecer la voz del muerto? Siguió andando por el sendero, a lo largo de las vallas de jardines y huertas de los ricos acomodados, mirándolas con ojos donde empezaba ya a brillar la luz crepuscular de una despedida para siempre, el sentimiento del eterno pasar de las cosas, tan en armonía con los pensamientos que iba entonces meditando sobre el destino que le estaba reservado a su hija y el peligro que encerraba el regalo póstumo de Isaac. El rabino se paró un instante a contemplar una isleta que surgía de entre las aguas del río como si no la hubiera visto nunca; pero lo que veía no era la isleta en el río, sino la solución en su ánimo, que surgía del río de sus pensamientos como la isla del agua. Llevaría el estuche moro no a su hija, sino al padre Guzmán. Ya más ligero, siguió camino hacia su casa y, apenas llegado, mandó avisar al prior que deseaba verle.

8

Aquella mañana subía por la avenida central de Torremala hacia el castillo un hombre de unos cuarenta años, de tez blanca tirando a sonrosada, sin pelo de barba ni bigote, alto, de ojos azules, soberbios, pero más bien soñadores que activos, y de prestancia arrogante. Montado en lujosa mula que seguían dos acemilas a cargo de dos criados, iba sencilla pero elegantemente vestido y llevaba colgado del arzón un largo capote de viaje. Tocaba su cabeza con una gorra cuadrada de lana fina roja y negra, que dejaba escapar sus guedejas de oro y plata sobre los hombros o a merced del viento de la mañana. Iba calle arriba muy seguro de sí, como persona que sabe va a ser bien recibida, y cuando al fin llegó al terrero de don Rodrigo, se apeó y acercándose al portal se anunció a los criados con las palabras consagradas: "Ave María Purísima".

—"Sin pecado concebida"—contestó un portero que al ver el aspecto noble y digno del visitante se quitó la montera.

—Decid a don Rodrigo —mandó el viajero— que vengo a presentarle mi acato de parte de mi señor el Cardenal de España, su tío.

Acertó entonces don Rodrigo a regresar de su paseo matinal y se estaba apeando en el patio de atrás, desde donde a través de dos arcos y del patio del medio, vio lo que ocurría en el portal. Acudió, pues, cojeando, apoyándose en un robusto bastón, y recibió al visitante con la mayor cortesía.

—Señor don Rodrigo, mi nombre es don Cristóbal Colón.

—Cualquiera que sea el nombre de vuestra merced —contestó don Rodrigo inclinándose—, esta casa se honrará recibiendo a un amigo de mi señor el Cardenal de España.

Dio breves órdenes a sus criados para que atendiesen a los de su huésped y a los animales, y se adentró con el recién llegado por el corredor.

—Supongo que vendrá cansado. Ésta es su habitación. Tiene vuestra merced lo menos dos horas hasta la hora de comer. Vendré a buscarle —y lo dejó solo.

Don Rodrigo se fue a su despacho y se sentó a su mesa. Era una estancia espaciosa que podían inundar de luz dos anchas ventanas, pero que a la sazón sólo dejaban pasar la de aquella mañana de mayo filtrándola y coloreándola a través de finas persianas verdes. El suelo de baldosa roja estaba esterado de esparto; el blanco mate de los muros enjalbegados contrastaba con el negro no menos mate de las sillas, rígidas, austeras e incómodas. Don Rodrigo rasgó el sello redondo con las armas del arzobispo de Toledo que cerraba la carta que su huésped le había entregado: "Mi señor don Rodrigo y querido sobrino, ahí os envío a Cristóbal Colón, hombre de honra y de ciencia a quien mandan Sus Altezas a la mar para poner a prueba sus doctrinas sobre unas ricas tierras que dice va a hallar al suroeste y también otras cosas atañederas a su real servicio. Bien sé que le trataréis como se merece. Todos lamentamos mucho que no estuvierais con nosotros en la gran victoria que el Señor otorgó a Su Alteza y toda la cristiandad en Granada. El Señor bendiga vuestra casa. Vuestro tío: P †"

Don Rodrigo tenía ya noticia de aquel aventurero que había venido de Portugal años antes y andaba tras de duques y obispos y secretarios reales para convencerles de sus sueños sobre las islas de Cipango y las tierras del Gran Can, y anhelaba saber qué clase de persona era. Más de una vez había conversado sobre Colón y sus planes con el padre Guzmán y con el médico de Torremala, Fernán de Zamora, judío converso aficionado a la cosmografía; por lo cual no dejó de mandarles aviso invitándoles a comer a las doce.

Cuando fue a buscar a su huésped, lo halló paseándose por la estancia, leyendo muy devotamente su Libro de Horas. Don Rodrigo preguntó:

—¿Está ordenado vuestra merced?

—No, señor. Pero siempre fui muy dado a este devoto ejercicio.

—Pues ahora —replicó con gracejo don Rodrigo— habrá de contentarse vuestra merced con venir a hacer penitencia con nosotros —y guió a su huésped hacia el comedor, sala larga, oscura y fresca, encalada en su parte alta y cubierta en su parte baja con un friso de encina negra, madera y color de la mesa, de las sillas y aparadores, todo en el estilo sobrio, austero y aun seco de la vida española de aquel tiempo. En cuanto puso el pie en el comedor, llamó la atención de Colón el rostro de Isabel Santamaría: su belleza, la luz dorada de su pelo que encuadraba el óvalo perfecto de su semblante con las líneas firmes de sus trenzas, el azul de sus ojos, su prestancia a la vez sencilla y majestuosa. No dejaba el propio Colón de parecerse a ella en su tipo general, alto, de prestancia también sencilla y majestuosa, de ojos azules, tez blanca algo pecosa y que fácilmente sonrosaba la menor emoción, y el cabello, aunque ya tirando a plata, oro en su origen. El médico era hombre pequeño, ágil y móvil, de ojos oscuros y de ánimo jovial, a quien era difícil reprimir el ingenio y el regocijo natural que su observación de las gentes le producía. El padre Guzmán, pálido y emaciado por la disciplina, era sin embargo hombre de mundo bienvenido en todo círculo de amigos por su mucha experiencia de la vida y su profundo y extenso saber. Bendijo la mesa y todos se sentaron a comer. Dijo don Rodrigo:

—Vuestra merced me perdonará si me aventuro a pedirle que me aclare una duda. Vuestra merced se me presentó a mí como don Cristóbal Colón, pero mi señor el cardenal en su carta le llama sólo Cristóbal Colón.

El interpelado se puso como la grana y le llamearon los ojos azules:

—Es muy sencillo. Todo está escrito en mis papeles.

Hizo un gesto con la mano como para apuntar a su equipaje.

—Sus Altezas me han ennoblecido a causa del descubrimiento que he hecho y que voy a revelar. Voy ahora camino de Palos, y con dos o tres carabelas, un centenar de hombres y un par de millones de maravedís; pongo en prenda mi honra a vuestras mercedes de que haré palidecer las glorias de Granada con las que pondré a los pies de Sus Altezas.

El médico bajó la cabeza para ocultar la risa; Isabel Santamaría miraba a Colón con ojos radiantes de asombro; el padre Guzmán y don Rodrigo se miraban el uno al otro y ambos a Colón sin saber qué pensar. ¿Qué hombre era aquél y cómo era posible que el Cardenal de España le diese cartas credenciales? Isabel Manrique, que se dio cuenta de lo falso de la situación, trató de apuntar una salida:

—¿Estaba presente vuestra merced el día en que cayó Granada?

—Sí, señora. Fue un espectáculo inolvidable. La Alhambra erizada de una multitud de infieles contemplando al rey que cabalgaba a la cabeza de sus caballeros para encontrarse con el moro vencido, era como un tapiz persa que de pronto echa a andar. Brillaba el sol que era una gloria, iluminando las cimas nevadas. El cielo azul puro. Miles de cristianos sentían el corazón inundado de alegría, y cuando la bandera de Castilla y la Cruz de Nuestro Señor —Colón se persignó— se alzaron sobre la Alhambra, la reina cayó de rodillas y se echó a llorar. Isabel se había olvidado de la comida y estaba como encantada ante aquel cuadro de la gran victoria de la cristiandad, pintado por el viajero. Pero el vuelo de la fantasía de Colón no había terminado todavía. La torre de la Alhambra, cumbre excelsa para los que escuchaban, era para él tan sólo un trampolín para más altos vuelos.

—En aquel día, en aquella hora solemne para la cristiandad —añadió con voz grave—, vi la Bandera y la Cruz pasar el océano enarboladas por un portador de Cristo, y la luz del Señor alzarse en triunfo sobre tierras todavía hoy sumidas en la oscuridad allende el mar. Seguro estoy de que, aun siendo yo tan gran pecador, el Señor me ha elegido para esta obra, y que en mí levantará a los que... —Colón cesó de hablar sin terminar la frase. Hubo un silencio.

—¿Qué tierras son esas que vuestra merced se dice tan seguro de hallar? —preguntó el médico—. Si va uno siguiendo al suroeste, no hay nada más que la Guinea, que ya los portugueses han navegado toda, dando la vuelta por el sur y el oriente hacia Tartaria y los reinos del Gran Can; y si se va derecho a poniente, ¿qué hay que no sea el océano todo vacío hasta llegar también a Tartaria y al Gran Can?

—No digo que no, no digo que no —asintió Colón con deferencia—. Y sin embargo me atrevo a profetizar que en este año de Nuestro Señor tengo que descubrir la verdad de todo ello y que vuestras mercedes lo sabrán, pues resonará hasta el fin del mundo.

Colón se volvió hacia Isabel y con afable voz y semblante le preguntó: —¿Tiene mi señora niños?

—Uno que apenas tiene unas semanas —contestó. Y añadió al punto—: Y a propósito, voy a tener que dejar a vuestra merced, porque exige mi presencia.

Isabel se levantó y todos hicieron lo mismo.

—Señora —dijo Colón—, cuando llegue a hombre, tendrá mucho más mundo donde moverse. Yo se lo aseguro.

—Pero no me lo va a quitar vuestra merced —replicó Isabel medio riendo. Era para todos, menos para Colón, una conversación de cuento de hadas.

—No, señora. Para entonces, ya no es probable que esté yo en el mundo. Pero de tal madre y de tal padre, no creo que el hijo se contente con seguir aquí cuando habrá tantas tierras nuevas que ver y conquistar y convertir a la fe de Nuestro Señor.

Los tres hombres seguían el diálogo con ojos atónitos. ¿Era Colón un loco o un profeta? ¿Y cómo podía traer un loco cartas tan halagüeñas del Cardenal de España? Isabel había ya salido del comedor. El médico, con una sonrisa irónica e incrédula, volvió a iniciar el ataque.

—Vuestra merced parece tan seguro de esas tierras como si las tuviera ya bajo llave.

—Yo hubiera creído —interpuso don Rodrigo— que Tartaria y las tierras del Gran Can deben caer muy lejos de aquí, porque andan por donde sale el sol en junio. Pero si he entendido bien a vuestra merced, se propone ir a buscarlas precisamente por el otro lado.

—Yo me haré a la mar en Palos y mi primero y último puerto de escala en la parte conocida del mundo será en las Islas Afortunadas —afirmó Colón, refiriéndose a las Canarias. Hablaba con tono que no admitía réplica.

—Pues debe haber mucha agua de cruzar —objetó don Rodrigo.

—No importa —replicó el visionario—. Y además, ¿es seguro que haya tanta agua? ¿Qué dice la Escritura Sagrada? Lean a Esdras.

—Esdras no es autor de la Escritura —apuntó el padre Guzmán.

—Padre, eso es para tratar más despacio. Bien sabe Vuestra Paternidad que San Ambrosio y San Agustín leían a Esdras. Y Esdras dice que las seis partes de tierra son enjutas y la una está bajo el agua.

—Pero Esdras no era cosmógrafo —arguyó el médico.

La observación no fue muy del agrado del navegante.

—Fe, señor, fe es lo que importa. Tenga tanta fe como un grano de mijo y moverá montañas y cruzará mares. Y sepa vuestra merced —añadió inesperadamente— que Esdras es autoridad canónica para los judíos réprobos.

El padre Guzmán y don Rodrigo volvieron a cruzar la mirada. El fogoso viajero parecía siempre ir a parar al problema judío, ya por un lado, ya por el otro. El prior cambió de conversación:

—Díganos vuestra merced, si lo sabe, si es que los Reyes se proponen tomar alguna medida para poner coto a todas estas asonadas contra los judíos que alza la gente. Acabamos de tener aquí un motín que costó la vida a un pecador.

El rostro de Colón pasó del entusiasmo a la preocupación. Echó una ojeada en torno a la mesa, sorprendido, y dijo:

—Vuestras mercedes no parecen todavía enterados de la noticia... Está decidida la expulsión de los judíos.

Sus tres interlocutores le escucharon en silencio y siguieron en silencio durante un buen rato.

Ensimismado en honda cavilación, don Rodrigo sentía toda la hondura del dolor que aquella noticia implicaba para su mujer. El médico era demasiado sagaz para no darse cuenta de que la situación de los conversos empeoraría en vez de mejorar cuando los judíos declarados salieran del país. En cuanto al padre Guzmán, fraile destacado de la Orden de San Jerónimo, orden liberal e inteligente, que había sido siempre favorable a una política suave y verdaderamente evangélica para con los judíos, le afligió ver que había triunfado la tendencia intransigente de franciscanos y dominicos, las dos órdenes antisemitas. Colón se dio cuenta de que estaba en una casa favorable a los judíos, lo que no le sorprendió, pues solía suceder así en las más de las casas aristocráticas de España.

—El Señor lo ha querido —dijo con resignación—. No es la primera vez que cae su brazo sobre Israel.

69

—¿Cuándo se aplicará la expulsión? —preguntó don Rodrigo.

—Se les ha dado tres meses a partir de principios de mayo. Tendrán que hacerse a la mar a principios de agosto. —Se calló durante unos instantes, con los ojos perdidos en el espacio, y luego añadió—: Yo también me haré a la vela por entonces...

9

El padre Guzmán encontró al rabino en su cuarto de trabajo, amplio, fresco y cómodo, tapizado de libros, algunos impresos, pero los más manuscritos hebreos, caldeos, griegos y latinos de textos piadosos.

—Que el Señor sea con vos —exclamó el padre Guzmán al entrar, y observó, sin sorpresa, que el rabino, sin darle la respuesta de costumbre, se limitaba a mirarle en silencio con una mirada larga, elocuente y casi patética. Se sentaron.

El rabino fue derecho al asunto. —Me ha parecido prudente comunicároslo y entregaros el estuche, puesto que, como ya habréis observado, me he abstenido de verla en interés suyo.

Y al decirle estas palabras le puso en las manos la caja mora. El fraile la aceptó, sin darle gran importancia, y le preguntó: —¿Conocéis ya la noticia?

El rabino se sonrió con tristeza. —Ya me lo esperaba. Quizá os parezca raro... Me lo esperaba desde que Esquivel estaba comprando a cualquier precio todos los burros del pueblo.

IV. Un comerciante ofreciendo su mercadería. Los mercaderes aztecas viajaban por todo Méjico.

El fraile enarcó las cejas, asombrado. ¿Qué tendrían que ver los burros con la expulsión de los judíos?

—Sí, señor. Me sé de memoria a ese bellaco. Sé que tiene siempre excelentes informes de todo lo que pasa o va a pasar, y lo aprovecha para sacar dinero de todo. En cuanto me enteré de que estaba colocando todos sus fondos en burros, y aun pidiendo prestado para comprarlos, me dije: nos echan. Tendremos que vender casas y huertas y fondos de comercio por lo que podamos; y como no nos dejarán llevar ni caballos ni mulas, tendremos que poner a nuestros viejos y enfermos en burros, de modo que en los meses que vienen valdrá un burro lo menos una casa con su huerta.

El prior estaba en el colmo de su asombro. Haciéndose cruces, observó: —¡Bendito sea Dios! Bien sabía que Esquivel era un bellaco, pero no de tanto cuidado. —Luego, tras breve pausa—: Supongo que iréis a ver a vuestra hija antes de vuestra marcha.

El rabino guardaba silencio; dos grandes lágrimas se le fueron acumulando en los ojos sombríos y por las cóncavas mejillas rodaron hasta perderse en la barba. El padre Guzmán le miraba en silencio, en oración mental. Luego, con un tono de voz nuevo, le imploró: —Ya sabéis que está en vuestra mano salir del martirio... Ya sabéis que no expulsamos a los que abjuran del judaísmo y se hacen cristianos... ¿Entonces?... ¡Me habéis confesado tantas veces que estabais ya en los umbrales de nuestra iglesia!... Atreveos a entrar. Los brazos de la Cruz están siempre abiertos para acoger a todos los hombres. ¡Atreveos a entrar y os quedaréis aquí, al lado de vuestra hija!

El rabino estaba pálido como un muerto. Los labios le temblaban levemente y tenía los ojos entornados. Estaba pasando por un tormento que, a pesar de la fortaleza con que lo dominaba, se transparentaba para los ojos observadores del fraile.

—Padre —exclamó al fin con voz cortada, y el fraile se estremeció hasta los huesos al oírle decir "padre" por primera vez, en lugar de "padre Guzmán"—, padre, ¿podéis obligaros para conmigo, si hablo claro, como os obligaríais para con un penitente?

—¿Queréis decir, con el secreto? —preguntó el prior.

El rabino asintió con un ademán, y el fraile le respondió:

—Lo haré, si es vuestro deseo.

—No puedo hablar si no lo hacéis así —replicó el rabino. El prior observó el tono firme y entero de su amigo y, tras breve silencio, le dijo:

—Hablad pues.

Ha-Levy le clavó la mirada, aquella que surgía de sus pupilas negras a través de siglos de dolor, y con sencillez le dijo:

—Soy cristiano.

Una emoción inefable inundó el alma del prior.

—¡Oh, hermano! —casi gritó, abriendo los brazos.

Pero el rabino, todavía con el ánimo cubierto por la tristeza, le retuvo con mano firme aunque suave en su silla.

—Soy cristiano en todo menos los sacramentos. He estudiado mucho los Evangelios. Sí, Cristo es el hijo de Dios. Sólo del Espíritu pueden brotar sus palabras. No ha habido ni habrá jamás criatura humana que pudiera inventarlas. Soy Suyo. Pero, padre, ¿qué pensaría Jesús de mí si, mediante el bautismo, me evadiese del destino atroz que espera a mi rebaño, dejándolo sin pastor?

—Pero, hermano, vos, el pastor, sois el designado para guiar a todo el rebaño a su verdadero redil.

—Pero no bajo una amenaza. —El rabino meneaba la cabeza.— ¿Quién iba a creer que mi conversión era libre y que venía del corazón? Apenas si he pensado en otra cosa en estos últimos tiempos y estoy seguro de tener razón. Duro es, pero el Señor lo ha querido. Cuando llegaba a Sus Puertas, las Puertas se me han cerrado. Pero sé que sigo a Cristo mucho más siguiendo a la faz de todos fuera de Su rebaño, y con los míos. Él quiso misericordia y no sacrificio.

Con alguna incongruencia y no poca ingenuidad, el prior echó una ojeada en aquel gabinete de trabajo tan íntimo y acogedor, exclamando:

—Y sin embargo, ¡qué bonita casa para un párroco!

El rabino se sonrió. Tenía hondo cariño a aquella casa con su huerta y jardín donde su padre y su abuelo habían vivido, y no podría separarse de todos aquellos recuerdos sin un desgarrón del alma que temía cada vez más, a medida que se iba acercando la hora fatal. Y luego, las cenizas de su mujer y de sus hijos en el cementerio judío que quedaría para siempre abandonado. Y luego su hija. El padre Guzmán le leía los pensamientos, que se le reflejaban en el rostro fino y sensible.

—Hermano, os aconsejo que volváis a pensarlo. Puesto que ya habéis visto la luz, dejadla que os ilumine. Acordaos de lo que Nuestro Señor Jesucristo dijo: No hay que ponerla bajo un celemín. La Luz nos iluminará a todos.

—Ya me ilumina a mí, por la misericordia divina —replicó el rabino—. Pero, precisamente por eso, he visto el camino y no puedo apartarme de él. Sólo una cosa más he de pediros: que me arregléis una entrevista con mi hija en vuestra celda, antes de mi marcha.

El padre Guzmán volvió a mirar en derredor, acariciando con los ojos todos aquellos tesoros de erudición:

—¿Qué vais a hacer con todos estos libros tan hermosos?

—Son vuestros —contestó el rabino con sencillez.

10

Esquivel se había dedicado asiduamente a propagar el rumor de que a la casa de Isaac la rondaba un fantasma. Por todas partes donde acudía a justipreciar un burro en venta, se arreglaba para traer a cuento a Isaac, su muerte súbita de miedo, "porque nadie le tocó un pelo de la cabeza", y la querencia del avaro muerto a volver a sus tesoros como fantasma descarnado —"que al fin y al cabo, tampoco en vida llevaba mucha carne sobre los huesos"—. Esta campaña llegó a oídos de Zacarías Yahuda, rival de Isaac Avanel en el negocio de la usura, que vivía al otro extremo de la aljama, y que, aunque algo más joven, había ido desarrollándose físicamente en forma muy parecida a Isaac, quizá modelado por el mismo espíritu que a uno y a otro animaba, con rasgos análogos a Isaac, figura larga y desmedrada, nariz en pico de ave de rapiña, barbilla en forma de coma, pecho hundido y brazos largos y huesudos, dedos y uñas de presa. Cuando Zacarías se enteró de que Esquivel iba por todas partes afirmando que el fantasma de Isaac frecuentaba su casa, se echó a reír para sus adentros. "No es tonto el bellaco —pensó—. Quiere asustar a la gente para quedarse solo. Bueno, pues ya veremos."

A raíz de la muerte de Isaac se había ofrecido a ayudar al rabino en los ritos funerarios, cosa que el rabino, en su angélica sencillez, había considerado como la más natural del mundo entre personas de igual oficio, como eran Zacarías e Isaac, sin sospechar ni un momento que tan inaudita generosidad había permitido a Zacarías apoderarse de una de las llaves de la casa del muerto. Por orden del rabino se había tapado la entrada principal, que la catapulta había destruido violentamente. Zacarías observó que alguien había estado tomando un modelo de cera de la cerradura de la puerta cuya llave se había procurado, y se preguntó quién habría sido. Pero cuando oyó los rumores que corrían sobre el fantasma de Isaac y pudo cerciorarse de que procedían de Esquivel, halló la respuesta al enigma.

Este descubrimiento le hacía indispensable proceder con prontitud, ya que Isaac no había dejado testamento ni familia, y los ducados y las joyas tenían que estar en alguna parte. De modo que, aquella misma noche, se dirigió rozando paredes por las calles oscuras de la judería a casa de su difunto rival, y anduvo rondándola hasta que se creyó bastante solo para meter una llave bien untada de aceite en la cerradura de la puerta del corral. Entró, cerró por dentro, encendió una linterna de bolsillo y se puso a registrarlo todo. Poco a poco, le fue invadiendo la desilusión. No había nada en ninguna parte. Subió al piso. Nada tampoco. Abrió una puerta en una pared. Era un armario con unas prendas de vestir, usadas, sucias, rotas. Pero allá en el fondo relucía algo que parecía en mejor estado que lo demás. Alargó la mano huesuda y saco a la luz de la linterna un albornoz de seda blanca completamente nuevo. Se lo puso y halló que le cubría hasta los pies, lo que le produjo no poca satisfacción.

Entretanto Esquivel se había escabullido de la tienda, por la calleja lateral y río arriba en la noche oscura había encaminado sus pasos también hacia la casa de Isaac. No tenía necesidad de registrarla, porque ya sabía que estaba vacía. Pero también sabía dónde estaba enterrado el tesoro, y si no, que se lo preguntasen a sus rodillas. Se había traído una linterna, una pala y un pico. Pero conocía el sitio tan bien que sin luz, sólo al contacto con el pie, se dio cuenta de que había llegado al hoyo y se puso a trabajar con ahínco. Pronto tuvo la satisfacción de observar que la tierra estaba movida y suelta, como lo esperaba. Sospechando que el ansiado tesoro estaba ya cerca, tiró a un lado las herramientas y se puso a arañar con las manos. Al poco tiempo ya estaba bastante hueco para que se atreviera a encender la linterna en el hoyo. Siguió arañando la tierra con manos ansiosas. De pronto, el corazón comenzó a batirle en el pecho: asomaba la punta de un papel espeso, sin duda atado al tesoro. Levantó el papel: el cofre estaba debajo. Siguió trabajando febrilmente. Letras —instrucciones quizá—: M. A. Separó más tierra. L. D. I. T. O... Esquivel, que estaba inclinado sobre el papel, se incorporó, impresionado. "¡Vaya, perro! —encogió los hombros—. ¡Maldice lo que quieras pero suelta prenda!"—dijo con sonrisa de conejo. Siguió separando la tierra que cubría el papel: *Me levantaré del sepulcro...* No leyó más. En aquel momento le pareció que un leve resplandor había pasado por la tierra que había echado al borde del hoyo. Instintivamente miró hacia la casa de Isaac, se quedó pasmado y cayó de rodillas. ¡El fantasma!... Isaac, vestido de blanco de pies a cabeza, le estaba mirando desde la ventana. Se puso a temblar como un azogado, sin voz, sin movimiento, como hechizado hasta que la sombra desapareció; y entonces, todavía sacudido por el miedo, con los dientes castañeteándole, asió la linterna y dejándose olvidadas las herramientas echó a correr como alma que lleva el diablo.

Zacarías estaba muy contento. No sólo había puesto en fuga a su enemigo, sino que además se había enterado del lugar exacto donde había que buscar el tesoro. Aguardó un plazo razonable y cuando ya estuvo seguro de que el miedo de Esquivel era definitivo, salió al jardín y no halló dificultad alguna en reconocer el hoyo, adonde le guiaron la pala y el pico que Esquivel se había dejado. Prosiguió la labor donde la había interrumpido como duende y comenzó por sacar a luz todo el letrero: *Maldito quien esto intente abrir. Me levantaré del sepulcro para maldecirle y morirá.*

Zacarías leyó esta maldición con gran disgusto. Acababa de representar el fantasma de Isaac, pero eso no quitaba para que el tal fantasma se presentase efectivamente algún día, y mientras así pensaba, dirigía ojeadas intranquilas hacia la misma ventana desde donde, hacía poco, había asustado a Esquivel. "¡Esto sí que es bueno! ¡Pues no faltaba más!"—se decía. Intentó apartar el pensamiento del letrero para concentrar la atención en el tesoro, para lo cual se dispuso a adueñarse del secreto del cofre. Con gran asombro suyo, se encontró con que el cofre no tenía secreto y estaba dispuesto a revelar su contenido. Levantó la tapa y halló el sambenito. Con amarga desilusión, volvió a colocar el hallazgo donde lo había encontrado y se dispuso a marcharse después de aquella noche de

trabajo perdido. Pero un no sé qué de miedo y respeto que le rondaba por el alma le impidió hacerlo antes de haber vuelto a colocarlo
todo, cofre, letrero y tierra, como el muerto lo había dejado. No le
gustaba nada la tal maldición. ¿Y si Isaac se levantase en efecto del
sepulcro? ¡Qué seguro parecía de que el que abriera aquel cofre
moriría! Lo menos que podía hacer era respetar los deseos del muerto y dejarlo todo como estaba. Así lo hizo, marchándose después a
casa, cabizbajo y abatido lleno de tristes presentimientos.

11

A los tres días llegó a Torremala un portero del rey, cabalgó a
través de la ciudad hasta el castillo y entrego en manos de don
Rodrigo la Carta Real que anunciaba la expulsión de los judíos.
Tocaba a don Rodrigo darle cumplimiento, pues como señor de la
villa, bajo la soberanía de la reina de Castilla, actuaba en nombre de
la Corona en materia nacional, ejerciendo en materia local autoridad propia. Aquella mañana, con gran algarabía de trompetas y
redoblar de tambores y ondear de la bandera de la reina al lado de
la suya, su pregonero y heraldo (pues era ambas cosas a la vez) leyó
al pueblo la Carta Real, promulgándola en su dominio. La noticia,
pública y oficial por primera vez, produjo gran revuelo entre cristianos y judíos, y aunque la Carta Real prohibía severamente todo
alzamiento o agresión contra las personas y propiedad de los judíos,
se produjo una ola de violencia popular que irrumpió sobre la judería destruyéndola y saqueándola sin piedad.

Don Rodrigo convocó a sus hombres de armas, todos aquellos
que tenían tierras concedidas por servicios de guerra y que, por lo
tanto, venían obligados a tener siempre a disposición del rey su
persona con armas y un caballo, y con los que pudo reunir cabalgó,
a pesar de su pierna inválida, lanza en ristre, rodela al brazo, para
sostener el derecho ofendido y la ley violada. La aljama era un
torbellino humano. Judíos de todas edades, mujeres y niños, corriendo de aquí para allá, gritaban desesperadamente con las manos al cielo, perseguidos por bandas de cristianos, algunos ciegos de
furia y dispuestos a asesinarlos a todos, pero los más sólo para
asustarlos mientras saqueaban las joyerías, las tiendas repletas de
sedas y brocados y las casas de cambio y banca abarrotadas de oro
y plata. En las calles, un día ordenadas y prósperas, ahora como
sacudidas por un terremoto, mercancías de toda clase, muebles y
hasta seres humanos yacían apiñados en el suelo. Gritaban los niños, lloraban las mujeres, juraban y amenazaban los hombres.
Esquivel iba y venía por entre la multitud, como su jefe y agitador
general. Calero le seguía como su sombra. Era Calero el tonto del
pueblo, hombre de unos veinte años que parecían cuarenta. Andaba
medio a saltos sobre un pie torcido, con las dos rodillas dobladas

lateralmente, hacia el lado izquierdo del cuerpo; la cara larga, sin expresión, la mandíbula caída, cubierta con una barba descuidada, probablemente negra bajo la suciedad que le embrollaba el color, la nariz prolongada más allá de lo necesario, los ojos en constante agitación, indiferentes al parecer a lo que en su torno ocurría (impresión por cierto muy engañosa), y una melena enmarañada que le caía sobre el lado izquierdo de la cabeza, mientras que en el derecho le relucía una calva que parecía haberse corrido del lugar usual hasta la parte cercana a la oreja. Iba y venía Calero en toda aquella batalla sin pasión alguna, sin furia, en actitud de hombre serio, activo y cumplidor, como si considerase su derecho y su obligación como tonto oficial del pueblo el tomar parte en aquella magistral tontería. "A matar a los cohenes, y a quedarnos con sus bienes", iba repitiendo con la mayor compostura.

En cuanto llegó don Rodrigo, los más de los saqueadores desaparecieron con su botín. El propio don Rodrigo, con certero golpe de lanza, derribó a un hombre que salía corriendo de casa de Zacarías abrazado a un saco de cuero como si fuera su hijo más querido. Cayó el ladrón en plena calle sobre las narices, y reventó el saco de cuero que comenzó a manar un arroyo de monedas de oro.

—¿Dónde has robado eso, bellaco? —preguntó don Rodrigo con voz colérica.

El hombre alzó la faz sin el menor asomo de vergüenza y don Rodrigo reconoció a Esquivel. Mandó a unos hombres que viesen lo que ocurría en casa del usurero, y cuando volvieron con la noticia de que Zacarías yacía sin vida en un charco de sangre sobre el umbral de su casa, hallaron a don Rodrigo escuchando sin oír a Calero, que, con la mayor seriedad y compostura, como si estuviera explicando un buen negocio le repetía: "A matar a los cohenes y a quedarnos con sus bienes."

12

Camino de su casa iba don Rodrigo meditando sobre la curiosa actitud de Esquivel. Al fin y al cabo, lo había cogido en flagrante delito de robo de oro a un hombre al que había asesinado, y don Rodrigo era su juez natural. ¿Por qué le había mirado con tanta tranquilidad y hasta desvergüenza? Porque se daba cuenta de su fuerza, pasión antijudía del pueblo, y de la flaqueza de don Rodrigo, su relación de familia con el pueblo perseguido.

Don Rodrigo había dejado órdenes de que se le metiera en el calabozo subterráneo del castillo y estaba decidido a llevar el asunto en persona. Pero hizo propósito de darse unos días de reflexión. Aunque en estricta justicia el crimen de Esquivel merecía pena de muerte, sería provocar al pueblo a rebelión abierta el ejecutar al ladrón y asesino, dado el estado de ánimo de la turba y su propia relación con los judíos. Mientras aguardaba a mejor ocasión, comenzó a subir fabulosamente el precio de los burros. Altos y bajos, judíos y cristianos, se reían con un ojo y lloraban con el otro al ver que los judíos estaban dispuestos a dar cualquier cosa, aunque fuera su casa y jardín, por un asno de buen pasar. La nota general era la envidia. Esquivel iba camino de hacerse el hombre más rico y el propietario más próspero de Torremala, y no había quien no lo maldijera y se maldijera a sí mismo por no haber pensado a tiempo en comprar unos cuantos burros.

Un domingo en que don Rodrigo regresaba de misa del brazo de su mujer, al paso lento que su pierna coja le permitía, entre el fluir abigarrado de sus convecinos de toda clase y profesión, acertó a cruzarle Calero, que se paró ante él y con la libertad que solía tomarse con todo el mundo, exclamó: —Ah, don Rodrigo, buen burro eres pero es lástima que no te comprara Esquivel. Ya habría dado buenos dineros por ti en el mercado.

Todos lo oyeron y celebraron con risotadas, hasta el mismo don Rodrigo. Pero la humorada del tonto le dio mucho que pensar. Comenzó a dejar caer indicios de que pensaba aplicar a Esquivel la pena de muerte. No tardó en presentarse en el castillo la mujer del reo con su hija y su hijo, niños de corta edad, que cayeron los tres a los pies del señor, llorando y pidiendo misericordia. Don Rodrigo les habló bondadosamente y dio a Susana Esquivel alguna vaga esperanza.

Finalmente decidió confiscar los bienes de Esquivel, excepto la armería, para no privarle de seguir sosteniendo a su familia. Pero en cuanto a los burros y sobre todo a la riqueza de toda clase que le habían valido, todo fue a parar a donde iban los bienes de los criminales en Torremala: un quinto al rey, un quinto a don Rodrigo y tres quintos al cabildo de Torremala. Cuando se supo la noticia en la villa, todo el mundo la aprobó, bendiciendo la benevolencia del Señor (pues se daba por descontada la horca) y agradeciéndose que todos pudieran reírse sin remordimiento del cuento de los burros de Esquivel.

13

Por mediación del padre Guzmán, el rabino pudo llevar a cabo unas cuantas operaciones delicadas con su yerno. Vendió don Rodrigo su casa en la judería a cambio de créditos en Flandes, ya que la única forma de riqueza que se permitía exportar a los expulsados era el papel comercial o "cambios", y a fin de procurarse aquellos créditos, don Rodrigo a su vez exportó la cosecha de lana de sus magníficos merinos. Esta operación pareció de perlas a un hermano del rabino que, por haber sido arrendatario de contribuciones de varios señores feudales, había reunido una fortuna cuantiosa. Da-

vid ha-Levy, que así se llamaba, rogó a don Rodrigo por mediación
de su hermano el rabino que aumentase la exportación de lana a
Flandes comprando para ello fuera de sus dominios en el país con
dinero que él adelantaría, para de este modo poder exportar a
Flandes su capital. Aceptó don Rodrigo por hacer un favor a los
parientes de su mujer, y el recaudador de contribuciones, agradecido, le envió un presente de mil ducados de oro, que don Rodrigo se
apresuró a devolverle.

A los pocos días ya estaba el castillo recogido en su tranquilidad nocturna, cuando se oyó en la puerta principal un aldabonazo
discreto aunque firme. Era costumbre en la casa que a tales horas
saliera el propio mayordomo a preguntar y, en su caso, a abrir. Se
echó al hombro un tahalí moruno del que pendía un daga de Toledo,
salió a la puerta y preguntó: —¿Quién va?

—Gente de paz —contestaron.

Suárez abrió el postigo. Había fuera un desconocido. Venía de
lejos, pues tanto él como su mula estaban cubiertos de polvo.

—Aquí tenéis esto —dijo el viajero— para que lo pongáis en
manos de vuestro amo —y al decirlo, ponía en las de Suárez dos
bastones de caña mucho más pesados de lo que el mayordomo se
esperaba al verlos, y una carta sellada.

—¿Quién lo manda? —preguntó; y el forastero le replicó:

—Eso no os importa a vos ni me importa a mí. Quedaos con
Dios.

Y antes que Suárez se repusiera de la sorpresa y de la lección,
ya había desaparecido en la noche al lomo de una mula.

Don Rodrigo no hacía más que mirar tan pronto a los bastones,
como a la carta. Parecían de caña, pero pesaban mucho; tenían puños de oro grabados con las armas de los Manriques y con las letras
R. M. en uno y A. M. en otro. Don Rodrigo se entretuvo en contemplar el enigma que le picaba la fantasía y la curiosidad, antes de
resolverlo con sólo abrir la carta que aguardaba sobre la mesa. Terminó al fin por romper el sello, desdoblarla y leer: "Mi señor don
Rodrigo, la gratitud reclama sus derechos, y he procurado satisfacer
los de la mía para con vuestra merced en forma que le sea aceptable.
Estos dos bastones pueden ser sólido apoyo de la vejez para vuestra
merced y la de vuestro hijo. Son de tan notable construcción, que
cuanto más peso eche sobre ellos el que sobre ellos se apoye, mejor
lo soportarán. No intente vuestra merced devolvérmelos porque,
cuando lleguen a sus manos, ya estaré yo en alta mar. Póngalos
vuestra merced a buen recaudo, que acaso llegue tiempo en que le
convenga apoyarse en uno u otro, y entonces dedique vuestra merced un buen pensamiento a su obediente servidor David ha-Levy."

Miró don Rodrigo el papel, luego los bastones, intrigado, curioso, no muy contento. Era todo tan vago y tan extraño... Echó las dos
cañas encima de un armario antiguo que en su habitación tenía, y la
carta, en el fondo de un cajón lleno de papeles condenados al olvido.

78

Porque allá en el fondo de su ánimo, lo que deseaba era olvidar todo aquello.

14

Iba acercándose el momento en que los judíos tendrían que abandonar el país. Para algunos, la emigración no era sino otro paso más en su vida errante. Para los más significaba arrancar de raíz la familia de aquel suelo en que habían vivido durante tantos siglos, bajo los regímenes ibérico, romano, visigodo, árabe y cristiano. Día tras día, los judíos de Torremala contemplaban de antemano el destino que les esperaba, al ver pasar desoladas caravanas de judíos —las colonias de otros pueblos— que cruzaban por la calle mayor hacia un puerto andaluz para embarcar a otras tierras. Viejos y jóvenes, hombres, mujeres y niños, con sus hatillos menguados y miserables, pues no se permitía sacar ninguna cosa de valor, cubiertos de polvo y lágrimas y alguna sangre, ya debida a accidente, ya a una bellaca agresión, unas veces cabizbajos y silenciosos, otras cubriendo con buen rostro la desolación de su alma y las quejas de los flojos y oprimidos con los cantos y salmos religiosos de los fuertes, los judíos iban pasando, fluyendo hacia el mar como un río humano entre humanas orillas donde había pedregales de cruel fanatismo, praderas de caridad y hasta flores de fraternidad verdadera.

Una mañana, al rayar del alba, Isabel Santamaría salió con su marido a caballo hacia el monasterio del Cerro del Moro. Iba muy pálida y en sus ojos inflamados se veía la huella de las muchas lágrimas que había vertido en silencio durante semanas enteras de la más negra desesperación. En el portal del monasterio los recibió el padre Guzmán, que, con voz quieta y afectuosa, dijo a Isabel:

—El padre de vuestra merced está ya arriba.

La tomó de la mano y la llevó por las anchas escaleras de piedra hasta su celda, mientras don Rodrigo entraba en la iglesia. Cuando el fraile abrió la puerta, estaba el rabino contemplando el valle desde el ventanal de la celda, perdido en un ensueño, como acariciando con los ojos por última vez aquel paisaje familiar. Se volvió hacia dentro y vio a su hija que se le acercaba. Isabel-Salomé le echó los brazos al cuello y rompió a llorar. Estaban solos. Se veían por primera vez desde la conversión de Salomé-Isabel y por última vez en la tierra.

—¡Qué alegría! —exclamó Isabel, sonriendo a través de sus lágrimas—. ¡Qué alegría si te quedases, padre! ¡Y todo por un sí o por un no! ¡Con sólo que quisieras... seguirme! ¡Estabas tan cerca!

Su padre la miraba en silencio. Isabel se dio cuenta de que estaba vacilando si hablar o no. El rabino hizo sentar a su hija a su lado, le tomó las manos entre las suyas y le dijo:

—Escúchame. —Aquella voz que Isabel no había oído desde

hacía tanto tiempo le removió las entrañas.— Escúchame. Vamos a suponer que... te sigo. ¿Quién sería entonces mi maestro, mi guía, mi luz? Jesús, desde luego. Ya hace tiempo que vengo leyendo Su palabra algo más que de costumbre. Y eso es lo que dice: "Pero el que es un alquilón, y no el pastor cuyos son los corderos, ve venir al lobo y deja los corderos y huye." De modo que, ya ves, hija, aun si te siguiera en espíritu, tendría que dejarte aquí y marchar con mi rebaño.

Isabel le escuchaba en silencio llorando, impotente, desesperada. No había remedio. La voluntad de Dios era santa y había que inclinarse. Había sido elegida para sufrir con su padre, y la agonía de ambos, tan honda y amarga, sería en adelante lo único que seguiría uniéndoles.

Vino a reunírseles don Rodrigo. Dominando su emoción, el rabino expresó a su yerno todo su agradecimiento por lo que ya había hecho por él, y añadió:

—Quedan varias cosas sin gran importancia, que el prior nos explicará. Pero hay una de que quiero hablaros yo. Habéis convenido en que se respetaría nuestro cementerio y se cuidaría como es debido. Os pediré además un favor: que se cuide con especial atención la tumba de mi mujer, madre de la vuestra, y la de mis hijos, que reposan con ella.

El éxodo comenzaba aquella misma mañana. Casas y bienes, todo se había vendido ya. Los más de los desterrados habían pasado las primeras horas de la mañana en el cementerio, en última despedida de sus antepasados. El rabino rogó a su yerno le ayudase para hacer que aquella entrevista fuese la última que tuviera con Isabel, para evitarle a su hija nuevas emociones. El rabino entonces se acercó a ella, la besó y abrazó y, antes que Isabel pudiera darse cuenta, salió de la habitación, tan aprisa, que ya no llegaron a sus oídos los sollozos de su hija al darse cuenta de que no volvería a verle.

15

Vibró en el aire el sonido estridente de un cuerno de caza y los judíos se pusieron en marcha. Había dado órdenes don Rodrigo para que unos cuantos hombres de armas a caballo precedieran a la triste caravana para protegerla contra los insultos de los fanáticos y las agresiones de los mal nacidos, al menos hasta el límite de sus dominios. Los de a caballo, después de parlamentar con el rabino, hicieron que la multitud que se había apiñado para ver el éxodo de la judería se ordenase a un lado y otro de la avenida, dejando libre el camino para los expulsados. El rabino había exigido y obtenido de sus hombres, sobre todo de los jóvenes, una disciplina severa y casi militar. Cierto número de ellos habían recibido el encargo de arrastrar las carretas en las que iban dando tumbos los enfermos, los muy viejos y los muy niños. Estas carretas abrían la marcha. Venían detrás, en los burros, las mujeres de más edad o menos fuerzas, y detrás las mujeres más fuertes y jóvenes, a pie. De trecho en trecho a ambos lados de la caravana iban los hombres jóvenes, y los más maduros marchaban a la retaguardia, que cerraba el rabino en persona, apoyado en larga vara negra, y rodeado de jóvenes portadores de los libros y vasos sagrados que le habían autorizado a sacar del país. La multitud contemplaba en silencio la trágica escena. El sol ardiente de un agosto de Andalucía caía sobre expulsados y expulsantes, con imparcial indiferencia. La tierra parda, el cielo azul, los árboles verdes cubiertos de polvo gris. De cuando en vez, un incidente patético: una muchacha en marcha rompe a sollozar al ver en las filas de los que contemplan su paso los ojos febriles del muchacho cristiano de su corazón que se queda cuando ella se va; un hombre o una mujer se para súbitamente como arrobado, contemplando sin ver un paño de paisaje santificado por cosas que pasaron ayer, en un ayer muerto para siempre; algún villano entre la multitud de los cristianos que caritativamente contemplan el éxodo, lanza un insulto a algún judío odiado o despreciado, para vengar alguna cuenta vieja con bien disimulada crueldad... A la cabeza de la patética comitiva, Calero iba cojeando muy serio, como si fuera el encargado de todo aquel negocio. De cuando en cuando, guiñaba un ojo a derecha o izquierda y en una especie de aparte confidencial explicaba a las filas de espectadores: "Se van los cohenes, pero se quedan sus bienes." Y se sonreía con malicia, como quien ha logrado una magnífica jugarreta.

La pequeña colonia exangüe, arrancada de raíz, fue arrastrando el paso por la avenida principal, bajó hasta el río, y subió la cuesta en cuya cumbre terminaba el dominio de don Rodrigo. En lo alto del cerro, todos se pararon, al parecer para descansar después de aquella marcha agotadora bajo el sol de agosto; en realidad, para gozar por última vez de la vista de aquella tierra que había sido su hogar durante tantos siglos. Los enfermos e inválidos en sus carretas, las mujeres, los viejos, los jóvenes y los niños se volvieron todos hacia Torremala, hacia el río que reflejaba el cielo tras de una cortina de esbeltos álamos, el castillo sobre la colina, plácidamente instalado entre olivares y jardines, el monasterio más allá, masa de piedra gris entre líneas de cipreses, la tierra rojiza peinada por los arados pacientes, y la judería, antaño tan rica y próspera, hogaño montón de ruinas y de recuerdos. Todo aquel espectáculo les conmovió el corazón; y con los brazos alzados al cielo imploraron al Dios de Israel que viniera a protegerles en su aflicción.

El sol, único rasgo visible del Señor, los inundaba a todos con su luz impasible.

Capítulo III

XUCHITL CRECE ENTRE LA HUESTE DE LAS
TINIEBLAS Y LA HUESTE DE LA LUZ

1

Después de la muerte de la reina Pezón-de-Fruta, el rey Nezahualpilli se fue retirando cada vez más a una soledad cada vez más profunda. Pasaba el tiempo casi siempre solo, en la contemplación de los astros, y observaron sus familiares que se abstenía de todo comercio con sus concubinas. Dio mucho que hablar la frecuencia con que se le veían huellas de sangre en el rostro y pecho, al parecer de heridas que se causaba a sí mismo por espíritu de sacrificio y disciplina, con lo cual creció fabulosamente su reputación de astrólogo y de hombre devoto de los dioses —lo que, de haber llegado a sus oídos, le habría hecho sonreír, quizá con un dejo de honda tristeza—.

Su niña Xuchitl venía a poner algo de fantasía en aquella alma solitaria. Era irresponsable como niña e imprevisible como mujer, y su presencia venía a distraerle de la rígida cárcel de su razón, en que voluntariamente se había encerrado. El rey la veía con delicia crecer y desarrollarse, cavilando a veces melancólicamente sobre los disparates y extrañas nociones que no dejarían de inculcarle pronto sus niñeras.

Grande fue su alegría al observar en Xuchitl los primeros signos de una inteligencia aguda, y se aficionó a pasar con ella un rato todos los días. Desde sus más tiernos años, Xuchitl solía pasar horas enteras observando los animales de toda suerte que su padre tenía en una especie de casa de fieras particular, rival de la rica colección de animales de Moctezuma, el emperador de Méjico. Al borde de jaspe de las albercas de agua salada y dulce, maravillosamente limpias y bien cuidadas, en que pululaban aves acuáticas, en las salas espaciosas donde, en jaulas primorosamente construidas, toda clase de fieras, desde el ocelote o tigre mejicano hasta el gato salvaje, iban y venían devorando su impaciencia en la cárcel de su soledad, y hasta en las habitaciones en que jorobados, contrahechos, albinos y toda clase de monstruos humanos vivían enjaulados, más por curiosidad natural que por caridad humana, Xuchitl fue aprendiendo lecciones de biología vivida sin que nadie se tomase especial cuidado en enseñárselas. En aquellas escenas de estrecha familiaridad con los animales y hasta con seres humanos que casi sólo hacían vida animal, Xuchitl adquirió un dominio completo y concreto de los actos de la reproducción, que expresaba, cuando venía a cuento, con la sencilla franqueza de un ser libre de todo tabú corporal.

Su niñera principal era Citlali. Sentada sobre los talones, con las rodillas sobre el petate, con las manos finas posadas sobre el regazo, Xuchitl escuchaba frente a Citlali, con los ojos muy abiertos por la curiosidad las historias que su niñera le contaba sobre la vida y creación, según el fondo de tradiciones que los sacerdotes mantenían vivo en el pueblo azteca. La curiosidad de la niña se paraba en todo lo nuevo para ella, desde la más alta cosmogonía hasta el juego más trivial de adivinanzas que tanto deleitaba a la gente humilde de Méjico.

—¿Ves aquel cielo azul? —le preguntaba Citlali, señalando la ventana abierta—. Pues todavía hay diez más encima. —Y abría las dos manos para dar a entender a la niña que había tantos cielos como dedos en las dos manos.— Y encima de todos, hay una ciudad más grande que la nuestra, hecha de oro, y las praderas son de piedra de jade...

—¿Y el maíz de qué está hecho? —preguntó Xuchitl con una ramilla del racionalismo paterno.

—¿El maíz?... Eso, no sé. Allá arriba no tienen maíz. No lo necesitan. Se pasan noches y días en goces y alegrías.

—¿Quién? —preguntó Xuchitl.

El caso es que Citlali no había pensado en ello. Pero vino a socorrerle la inspiración divina:

—Los dioses, o mejor, el padre y la madre de los dioses.

—Pero, ¿tienen padre y madre? —preguntó la niña con su curiosidad concreta de siempre.

—Pues claro. El padre se llama Dos-Señores y la madre Dos-Señoras.

—¿Pero son dos cada uno? —preguntó Xuchitl con los ojos tanto como con la boca.

—No. Es nada más que el nombre. Ometecuhtli, es decir Ome —levantó dos dedos— y tecuhtli —y se irguió hinchando el pecho, para representar señoría—, así se llama él; y Omecihuatl, es decir Ome —volvió a alzar dos dedos— y cihuatl— y se esforzó en representar con su humilde persona el papel de reina que la palabra significaba—; estos dos son el dios principal y la diosa principal. También tienen otros nombres. Él se llama Estrella Brillante...

—¡Estrella!... ¡Como tú!... —exclamó la niña, con ribetes de reverencia hacia su niñera.

—Citlalatonac. Yo no soy más que Citlali, y no brillo. Y su mujer se llama Falda-de-Estrella.

—Ya sé por qué —dijo Xuchitl, excitada por su propia imaginación—. Porque la luz que resplandece alrededor de la estrella es como el cueitl de algodón que las mujeres llevan a la cintura.

—Eso debe de ser —asintió Citlali, a quien no se le había ocurrido la idea nunca—. El caso es que Citlalatonac y Citlalicue son el Señor y la Señora de la ciudad celeste, y viven allá arriba gozando uno del otro y tienen muchos hijos. Pero una vez, una vez sucedió una cosa...

Guardó silencio largo rato, y no por aguijar la curiosidad de la niña, que no lo necesitaba, sino porque, niña también a pesar de su edad, le sobrecogía el misterio que se disponía a referir.

—Una vez —prosiguió en tono diferente y como confidencial—, Falda-de-Estrella dio a luz un cuchillo de pedernal...

—¡Un cuchillo de pedernal! —exclamó la niña con horror—. ¡Pero le habrá estropeado la matriz!

—Pues sí —confirmó la niñera—, un cuchillo de pedernal muy grande. Pero no le hizo daño, porque abrió mucho las piernas; y los demás hijos que tenía se pusieron furiosos, y tiraron el cuchillo de la ciudad celeste de modo que cayó en la tierra, en un sitio que se llama "Siete Cavernas", y de él salieron mil seiscientos dioses y diosas.

—Pero, ¡Citlali! Si no hay sitio para tantos dioses.

Citlali soltó la carcajada.

—No necesitan sitio. Son como el aire, que va y viene y no le hace falta descansar y no tiene dónde sentarse, ni con qué.

—Pero entonces —preguntó Xuchitl—, ¿por qué me dijiste el otro día que aquel asiento de piedra en aquella esquina... ya sabes, el *momoztli*, aquel asiento cubierto de ramas verdes...

—Sí, ya sé, mi plumita preciosa. Te dije que esos momoztli son asientos que se hacen en todas las encrucijadas por si pasa Tetzcatlipuca y quiere sentarse. Porque es el jefe de los dioses y tiene otro nombre que quiere decir Todopoderoso. Y siempre que quiere, viene a la tierra en figura de hombre. Y claro que si toma figura de hombre, se cansará y querrá sentarse sobre el trasero.

—Pero —argüía Xuchitl—, si es todopoderoso no se cansará más que si quiere cansarse.

No dejó de desconcertar a Citlali esta idea y se puso a tocar maquinalmente con los dedos el tamboril o *ueuetl* que a su lado tenía sobre el petate.

—Ah, ya sé —exclamó de súbito, como obedeciendo a una inspiración—. Como es todopoderoso, puede hacer lo que quiere, pero cuando se ha decidido a hacer algo, tiene que hacerlo todo hasta el fin, de modo que si ha querido ser hombre, tiene que querer cansarse. A la fuerza, ¿verdad?

No tenía edad Xuchitl para tanta teología y Citlali respiró al ver que la niña no insistía, con lo cual pudo proseguir su cuento tranquila, al menos sobre aquel punto.

—Después de Tetzcatlipuca, el Señor más poderoso de los cielos es Uitzilópochtli, que nació de una mujer sin obra alguna de varón.

—Eso no puede ser, Citlali. Tú misma me dijiste que ya no

podías tener hijos porque tu marido se había ido al país sin puertas ni ventanas.

—Eso es para nosotros. Pero no va por Uitzilópochtli, porque es un Señor muy poderoso.

—¿Y es también todopoderoso? Quiero decir, ¿puede hacer todo lo que quiere?

—Pues claro —contestó Citlali con seguridad absoluta; y Xuchitl se apoderó al instante del terreno cedido por su niñera:

—Pero, y si Uitzilópochtli quiere una cosa y Tetzcatlipuca quiere la misma cosa para él y no para Uitzilópochtli... ¿quién puede más?

—Entre dioses no se riñe —contestó Citlali—. Siempre se las arreglan para entenderse.

—Pues dime cómo nació. ¿Quién fue su padre si no tuvo padre?

—Pues verás. Había una mujer que se llamaba Falda-de-Culebra y tenía muchos hijos, tantos que les llamaban los cuatrocientos. Y como era muy devota, se pasaba el día haciendo penitencia, que era barrer el cerro de Coatepec. Y un día que estaba barriendo, cayó a sus pies una pelotilla de pluma. La recogió y se la metió en el seno junto a la barriga, debajo de las enaguas, y después de haber barrido, la quiso tomar y no la halló y luego se sintió preñada.

Xuchitl, con los ojos inundados de asombro, exclamó:

—Pero Citlali... ¿Cómo fue eso? Si yo sé que no es así. Yo he visto en la casa de los monos un mono con una mona...

—Los dioses no son monos, ¿eh? —interrumpió Citlali con autoridad; y ya resuelto este problema, continuó—: Los hijos de Falda-de-Culebra estaban furiosos...

—¿Por qué? —preguntó Xuchitl.

—Porque se imaginaron que su madre se había amancebado con un hombre.

—¡Ah! —dijo la niña, guardándose la idea en un rincón de la memoria para rumiarla, pues no estaba segura de haberla comprendido.

—La que dirigía la banda —prosiguió Citlali— era una hija de Falda-de-Culebra que persuadió a los cuatrocientos de que matasen a su madre. Pero uno de los hermanos de Falda-de-Culebra se lo vino a decir a la preñada. Desde dentro del vientre de su madre, le contestó Uitzilópochtli: "Tío, no tengas miedo, que yo sé lo que tengo que hacer." Y le preguntó: "Mirad bien dónde llegan." El otro contestó: "Ya llegan por Tzompantitlan." Y después volvió a preguntar: "Y ahora, ¿por dónde llegan?"—"Ya están en Apetlac." —"Ya están en el puerto." "Ya están aquí, y viene mandándolos Coyolxuahqui."

Xuchitl seguía el relato con pasión.

—¿Y entonces?

—Entonces —contestó Citlali dando una palmada— Uitzilópochtli salió de pronto...

—¿De entre las piernas de Falda-de-Culebra?

85

—Pues claro. Salió corriendo. Llevaba el brazo izquierdo cubierto de plumas de colibrí...

—Pero Citlali, ¡si no puede ser! ¡Recién nacido!...

—Pues sí que fue. La prueba es el nombre. Mira, *Uitzitzin...* —y movía los dedos como alas para dar la idea del colibrí—; y *lopochtli* —y alzaba el brazo izquierdo—. Además, llevaba una rodela y un dardo, y en la cabeza unas plumas, y la cara y las piernas y los brazos pintados de azul, y la pierna izquierda toda emplumada.

Toda esta catarata de maravillas acabó por sumergir el racionalismo de la niña, mientras Citlali, arrastrada por su propia elocuencia, proseguía:

—Uitzilópochtli dio órdenes a uno que se llamaba Tochencalquo que allí estaba cerca de él, que encendiera una serpiente hecha de teas, y esta xiuhcoatl o serpiente de fuego se echó sobre Coyolxuahqui, dándole muerte, y luego Uitzilópochtli se abalanzó sobre los cuatrocientos y los echó a todos fuera del cerro de Coatepec.

—El rey desea ver a su hija —vino a decir un esclavo de pie suave y paso sordo.

2

Niñera y niña atravesaron de la mano sala tras sala del espacioso palacio, y al pasar por delante de una pesada cortina, primorosamente decorada, preguntó Xuchitl:

—¿Qué hay detrás de esta cortina?

—Dos cortinas más... —contestó Citlali con manifiesto deseo de no decir más.

—¿Y qué hay detrás de las tres cortinas?

—Una puerta... No te apures, que siempre está cerrada.

—¿Por qué he de apurarme? —preguntó Xuchitl.

Turbóse y le faltó confianza en sí misma para abstenerse de murmurar:

—Son las habitaciones del duende.

—¿De quién? —preguntó la niña sin tener idea clara de lo que significaba la palabra *duende.*

—De la Reina Mala. Es una historia terrible. No te la puedo decir hasta que seas mayor.

—¿Cuándo? ¿Cuando tenga once años?... ¿doce?...

—Quizá cuando tengas trece años —contestó Citlali; pero aun ella, que tenía cerca del doble, sentía escalofríos al recordar aquella historia terrible que no quería contar.

Un criado del rey, con camisa corta y pañete blanco, les dijo que el rey estaba en la galería de tiro, lo que encantó a Xuchitl. Nezahualpilli estaba solo. Había soltado el broche que le sujetaba sobre el hombro el manto de algodón, dejando al desnudo el torso viril, brillantemente iluminado por un plano diagonal de luz que entraba en la galería lateralmente. Estaba de pie, con una cerbatana en la mano izquierda, la derecha apoyada sobre un fajo de papeles que tenía sobre el pasamano de la balaustrada. Recibió a su hija con una sonrisa tierna que no excluía la distancia algo rígida, tradicional entre los niños y las personas mayores.

—¿Cómo está mi pluma preciosa? —preguntó.

—Pronta a obedecer —contestó la niña, con urbanidad.

El rey la hizo sentar a su lado en la galería y despidió a Citlali. A sus pies, el parque extendía sus espesas frondas, y por entre ellas, los estanques ponían diminutas imágenes del cielo repartidas en un laberinto de senderos arenosos, zarzas florecidas y ramilletes de árboles. Eran aquellos estanques a modo de albercas talladas en la roca, sustrato de todo el jardín, e ingeniosamente construidas para atraer las aves acuáticas de la laguna.

—Xuchitl —dijo el rey—; pregúntame todo lo que se te ocurra.

Era necesaria tal autorización para que un niño alzara la voz en presencia de una persona mayor. Libre de las trabas de la urbanidad, la curiosidad de Xuchitl echó a volar.

—¿Por qué son blancos todos los pájaros del estanque cuadrado y negros todos los del redondo? —preguntó.

Mucho satisfizo la pregunta a su padre, por reconocer en ella su propio espíritu observador.

—Las aves negras —explicó— prefieren el estanque redondo porque está más fresco a la sombra; y además yo quiero tenerlas separadas, y cultivo cierta clase de pez en el estanque cuadrado, que aquellos ánades prefieren comer.

—¿Y por qué quieres tenerlos aparte? —preguntó la niña. El rey cargó la cerbatana y disparó hacia las aves blancas. Había toda una multitud jugando en el agua. Cayó una herida y las demás siguieron jugando sin dárseles un bledo.

—¡Qué buena puntería! —exclamó entusiasmada Xuchitl.

Pero el rey añadió:

—Mira ahora.

Tiró otra vez al otro estanque donde pululaban unas gallinas de agua negras, que estaban meciéndose en el oleaje: todas huyeron en desbandada.

—¿Ves? Las blancas no se movieron en el peligro; las negras sí. Todo lo tengo pintado aquí —y señalaba a su hija los papeles en que había anotado sus observaciones sobre las aves acuáticas—. Si observas bien cómo viven los animales, aprenderás mucho sobre ellos y sobre ti también.

La tomó de la mano y se la llevó a su cámara. Se sentó en su *ycpalli* y la hizo sentar, o más bien agachar, en el suelo a sus pies.

—Ahora cuéntame algo de lo que has estado aprendiendo.

—Adivinanzas —contestó Xuchitl muy ufana.

—Dime algunas.

La niña le preguntó:

—¿Qué cosa y cosa es una jícara azul sembrada de maníes tostados?

El rey fingió andar buscando la solución a este antiquísimo enigma de las niñeras mejicanas y, al fin, fingiendo adivinar, contestó:

—El cielo sembrado de estrellas.

—Adivinaste. A ver este otro acertijo: ¿Qué cosa y cosa es que va por un valle y lleva las tripas arrastrando?

El rey reconoció en seguida el gusto especial de su pueblo.

—No sé. Dime lo que es.

—La aguja, que lleva el hilo arrastrando.

—Pero ¿y el valle? —preguntó el rey.

—¡Ah! ¿No lo has visto? El valle es la camisa que están cosiendo, que hace pliegues. Ahora, a ver si adivinas esta mejor: ¿qué cosa y cosa es que se toma en una montaña negra y se mata en una estera blanca?

—Pues eso sí que no lo sé.

—¿No? —preguntó la niña, muy satisfecha de su superioridad; y contestó, con aire de maestra de escuela—: El piojo, que se toma en la cabeza y se mata en la uña.

—¿Has visto tú algún piojo? —preguntó el rey.

—¿Qué es un piojo? —preguntó Xuchitl clavando en su padre una mirada de inocencia.

El rey le tomó las manos en las suyas, la hizo levantar del suelo y la atrajo a sí.

—Escucha: nunca, ¿lo oyes?, nunca volverás a hablar con palabras que no hayas entendido, sin preguntarme primero lo que quieren decir. ¿Quién te ha enseñado ese acertijo? ¿Fue Citlali?

—No. Fue la cocinera.

—Pues olvídalo. Y Citlali, ¿qué te enseña?

—El nacimiento de Uitzilópochtli. Pero no se lo creo.

—¿Y por qué? —preguntó Nezahualpilli sorprendido.

—Porque dice que nació de una pelota de pluma, y eso no puede ser, ni tampoco salir todo entero, armado con rodela y dardos, de entre las piernas de su madre.

—¿Te gustaría tener una canoa?

—Sí...

La niña vacilaba, sin acertar lo que su padre quería.

—Dime cómo.

Xuchitl puso los ojos en un ensueño, en el vacío:

—Es larga como... como un hombre muy alto que está acostado... y estrecha en la proa y ancha en la popa, y toda blanca, tallada con pájaros, unos negros y otros verdes, y tiene tres bancos en través y un petate encarnado en el fondo y un toldo azul y corre, corre...

—¿Y el marinero?

—Es alto y fuerte y tiene unos brazos muy grandes y una boca muy ancha y la nariz chata, y es muy feo pero muy simpático y tiene la voz ronca.

—Ya ves cómo ha salido ese marinero de tus labios con toda su canoa, sin padre, ni siquiera una pelota de pluma.

Nezahualpilli despidió a su hija diciéndole:

—Véte pensando en ese acertijo, mi piedrecita jade. Y dile a la cocinera que no te cuente más de los suyos.

3

Un día vino un esclavo a decir al rey que su hija deseaba ser recibida. Era la primera vez que tal cosa acontecía. Inquietóse el rey, sospechando que algo grave ocurría, y mandó que le trajesen a su hija al instante.

Tenía entonces Xuchitl once años. No era más alta que el común de las niñas de su edad, pero era esbelta y de prestancia tan digna y ágil a la vez, que parecía de más estatura. Tenía los ojos en almendra, el cabello entre castaño y negro, y la tez casi blanca; el corte a la vez firme y claro de la nariz y de la frente recordaba los rasgos de su padre, y de su madre había heredado una dulce sonrisa. La niña llegó muy inquieta, lo que Su padre observó al instante a pesar de lo bien que se dominaba.

—Habla y pregunta cuanto quieras —le otorgó.

—Padre —dijo Xuchitl—, Citlali me ha contado cosas tan terribles, que quise venir a que me dijerais la verdad. Me ha dicho que es posible que el mundo termine en este año.

Y sin poder contenerse más, rompió a llorar.

El rey la hizo sentar sobre sus rodillas y guardó silencio hasta que dejó de llorar.

—No te dejes nunca vencer por nada que te entre por los oídos. Sólo las malas noticias que vienen de tu corazón son las que deben conturbarte.

Xuchitl le miraba con sus ojos hondos y negros, sin atreverse a preguntarle lo que le torturaba el ánimo, pero el rey vio la pregunta en los ojos de la niña y se dispuso a contestarla.

—No, el mundo no termina este año. Cada cincuenta y dos años, tenemos por costumbre volver a comenzar la cuenta, con los mismos nombres que antes, porque sólo tenemos cincuenta y dos nombres, mientras que los años no terminan nunca.

—¿Verdad que no terminan nunca?

—Nunca. Este año es el 2-Cañas, fin de la gavilla de años que es como se llama el total de los cincuenta y dos. Tenemos que atar la gavilla. Los sacerdotes, para hacer más solemne esta ceremonia, disponen que se apaguen todos los fuegos para volver a encenderlos con uno solo que arderá de nuevo sobre el Cerro Sagrado, y propalan dudas sobre si habrá de seguir el mundo o no, para que nos demos cuenta de que debemos la vida a los dioses, en quienes está parar el mundo o hacer que siga andando.

Xuchitl dio un brinco, se plantó en el suelo y exclamó:

—Voy corriendo a decírselo a Citlali.

—No. No quiero que le digas a Citlali ni a nadie lo que yo te cuento sobre los dioses. Acuérdate bien, mi pluma preciosa: nada sobre los dioses.

4

Entretanto Ixcauatzin, recluido en el austero Calmecac, iba creciendo y haciéndose hombre. A las cuatro de la mañana le despertaban los redobles del tambor de madera, y con sus compañeros se dedicaba a barrer y limpiar las habitaciones de los estudiantes, los patios y el templo. Los muchachos desayunaban después un par de tortillas de maíz y, cuando habían desayunado, salían al campo a hacer cosecha de espinas de maguey, muy necesarias para los sacrificios, o a acarrear leña para los fuegos de la casa y del templo. De vuelta en el Calmecac, se disciplinaban con espinas de maguey y se bañaban, pasando después a escuchar a sus maestros, que les instruían en los secretos de la astrología azteca, así como en los ritos y ceremonias del culto de sus diversos dioses, y les explicaban cómo descifrar los pictogramas en que estaban registrados hechos y fantasías de su historia.

La comida, que se tomaba en común, era frugal y sana sin bebida alguna fermentada. Por la tarde, los alumnos seguían lecciones de música y danza en el Cuicacalli. Al anochecer, alumnos y sacerdotes comenzaban a prepararse para las oraciones y sacrificios nocturnos, y ya caída la noche salían todos hacia el monte, llevando cada uno un saquillo de incienso de copal, teas de pino, unas cuantas espinas de maguey clavadas en un acerico de heno, un incensario de barro y una trompeta de caracol con la que dejaban estela melodiosa en su camino.

Los sacerdotes y los muchachos de más espíritu se adentraban en el bosque bastante lejos hasta algún lugar favorito donde aislarse para sus penitencias; los muchachos de menor esfuerzo o edad avanzaban hasta media legua. En la soledad de la naturaleza, bajo el manto de la noche, lejos unos de otros, sacerdotes y alumnos imponían a su cuerpo el castigo merecido, transfigurándolo en un acerico humano. Así mortificados, se quedaban meditando sobre sus dioses, y al cabo de su meditación arrancaban una a una las espinas de sus miembros y ofrecían la sangre al Señor y a la Señora de la Noche, hecho lo cual, cada uno se volvía por su camino al monasterio a la luz de su tea, tocando en su trompeta de caracol la melodía siempre insatisfecha del anhelo errante de los hombres por la perenne oscuridad de la existencia.

En cuanto llegaban al Calmecac, era el momento del sueño. Pero a medianoche, al son de los caracoles de los sacerdotes de guardia, se despertaban otra vez para rezar y hacer penitencia, y los perezosos que se resistían recibían pronta corrección de manos de los más devotos, que les clavaban espinas de maguey en las orejas, brazos, piernas y pecho. Mientras rezaban los muchachos, los sacerdotes se bañaban juntos en una ablución ritual en la alberca del monasterio. Poco después, todos dormían otra vez hasta que el tambor de madera los despertaba para otro ciclo diurno a las cuatro de la mañana.

Desde un principio se distinguió Ixcauatzin entre los primeros ante el deber, la piedad y la devoción. El primero en levantarse, el que más lejos llegaba en el bosque, el más humilde en el trabajo, el más cortés con sacerdotes y compañeros, jamás tuvo que soportar el azote de ortigas o la espina del maestro. Había en él algo de anhelante y de insatisfecho que le daba gran atractivo y cierta distancia del resto de sus compañeros, de modo que venía a ser a la vez el más querido y el más solo del Calmecac. A la hora del sacrificio y de la meditación en el bosque, aunque joven todavía, rivalizaba con los sacerdotes más antiguos y venerables en su busca del lugar inaccesible y alejado para la penitencia, y llegado allá, se imponía castigo tan riguroso como el más ascético de sus maestros. Pero cuando se extraía de brazos y piernas las espinas de maguey y, recogiendo entre los dedos las gotas de sangre, las salpicaba a los cuatro puntos cardinales, decía, unos días en murmullo casi imperceptible, otros en voz alta y clara:

—¡Xuchitl! ¡Xuchitl! ¡Xuchitl!

5

Todavía joven, fue elegido Tiachcauh o Hermano Mayor, monitor de los más jóvenes. En unas maniobras militares dio tales pruebas de valor y de iniciativa que, sin esperar a que hubiera una guerra, le ascendieron a Telpuchlato o Jefe de los Jóvenes. Tenía entonces quince años y era un mancebo espléndido de cuerpo, si de alma algo estrecha y sombría.

Una noche al regresar del bosque, con brazos y piernas todavía ensangrentados, tañendo el caracol con arte tan consumado y tristeza tan honda que todos cuantos oían su melodía se paraban a escuchar en la sombra, tropezó con un cuerpo que parecía dormido en el suelo. Parose y acercó la tea al durmiente, en quien con horror reconoció a uno de sus compañeros de grupo, ebrio perdido, en través del sendero. Ixcauatzin dio con el caracol un toque de auxilio y al punto acudieron tres compañeros que se llevaron con ellos al monasterio el cuerpo pasivo del borracho. Los sacerdotes sentenciaron el caso. La embriaguez era delito de muerte, ya por estrangulación, ya a flechazos o por quema en la hoguera. El culpable fue

condenado a estrangulación y el deber de ejecutarlo recayó naturalmente en Ixcauatzin.

Al principio, le anonadó tan espantosa obligación por temor a
que le faltasen valor y sangre fría. Acudió a la capilla, se puso en
cuclillas, posición ritual, y se consagró a la oración mental ante la
imagen de Quetzalcoatl, procurando identificarse con el dios, por
creer que si llegaba a ser aquel dios realizaría su obra sin desmayo.
El Sumo Sacerdote se llegó a él sin ruido, y poniéndole una mano
sobre el hombro, le dijo:

—Ven. El dios te ha oído.

Tomó de la mano a Ixcauatzin y le llevó a una de las sacristías en
donde, con la ayuda de otros sacerdotes, pintó al joven de negro de
arriba a abajo, revistiéndole después de los atributos de Quetzalcoatl,
hasta que el propio Ixcauatzin, al ver su misma imagen en un espejo
de piedra pulimentada, se sintió sobrecogido por un santo terror. Los
sacerdotes le ordenaron silencio, aconsejándole que se hundiera y
recreara en su nuevo ser divino hasta que llegase el momento.

No tardó en llegar. Al lúgubre redoble de los tambores de madera, se fueron congregando sacerdotes y muchachos en el claustro cuadrado. Trajeron a la víctima desnuda, con un collar de papel santo al
pescuezo y una tira de papel santo en la cabeza, pálido y tembloroso,
sostenido por dos compañeros. Y súbitamente, Ixcauatzin-Quet-
zalcoatl irrumpió en escena saliendo de detrás de la Cortina Santa, se
abalanzó sobre el desgraciado y lo dejó caer sin vida sobre las losas,
mientras sacudía a todos los presentes un escalofrío de horror religioso a la vista del dios vivo en su cólera mortal.

6

Citlali creyó llegado el momento de que Xuchitl aprendiese a
tejer. Una y otra arrodilladas, sentadas sobre los talones, manejaban el telar primitivo atado por un lado a un palo vertical y sostenido en el suelo por otro bajo las rodillas.

—Citlali —preguntó la niña—, ¿quién inventó el telar?

—Quetzalcoatl —contestó Citlali con voz segura.

—¿Por qué lo llaman Quetzalcoatl?

—Porque era tan prudente como la serpiente y tan valioso
como las plumas del quetzal.

—¿Y cómo era?

—¡Fíjate en el hilo! ¿Ves? Aquí hay un nudo. Tienes que hacer
que quede por debajo... Tenía la piel blanca y una barba negra muy
larga. Era tan listo que todo lo sabía.

—¿Cómo? Dime una cosa que sabía...

—Enseñó a los toltecas, que son los de Tala, porque es donde
vivía, todos los oficios, como el de platero y el de tejer y el de hacer
casas. Y en su tiempo, hacían las casas con piedras jade y turquesas
y con plumas preciosas verdes, y el maíz crecía tanto que había que

trepar por los tallos para cosechar las mazorcas; y el algodón nacía ya de colores, unas veces encarnado, otras amarillo o azul o verde; y había tanto maíz que con las mazorcas pequeñas, en lugar de comerlas, se hacía fuego para calentar el agua para los baños.

Xuchitl se había quedado inmóvil y ociosa de puro asombro, y muda también, aguardando todavía más maravillas.

—Pero entonces vino un hechicero muy malo que se llamaba Titlacaoan decidido a deshacerse de Quetzalcoatl.

—¿Pero por qué? —preguntó Xuchitl con irritación.

—Pues no sé. Yo creo que sería envidia. Se transformó en viejo y vino a ver a Quetzalcoatl. Pero los pajes no le dejaron pasar. Entonces él insistió y los pajes fueron a decírselo a Quetzalcoatl, que contestó: "Dejadle entrar, porque hace mucho tiempo que le estoy esperando."

—¿Pero sabía quién era?

—No. No lo sabía.

—¿Y entonces cómo dijo que le estaba esperando?

Citlali no sabía qué contestar y se rascaba la cabeza, desconcertada.

V. Arte decorativo azteca. Estampa procedente de Ciudad de Méjico, con el águila como tema.

—Pues no sé. Pero estoy segura de qué es lo que dijo Quetzalcoatl. De todos modos, el viejo entró a verle y le preguntó: "¿Cómo estáis de vuestro cuerpo y salud?" Quetzalcoatl le contestó: "Estoy muy indispuesto y me duele todo el cuerpo; las manos y los pies no los puedo menear." Entonces el taimado viejo le dijo: "Señor, veis aquí la medicina que os traigo. Es muy buena y saludable, y se emborracha quien la bebe. Si quisiereis beber, emborracharos ha y sanaros ha y ablandaros ha el corazón." Y le dio a beber *teometl*.

—¿Pero no dices que Quetzalcoatl lo sabía todo?

—Pues claro.

—Y entonces, ¿cómo es que no supo que el viejo le daba teometl?

—Porque el teometl era algo nuevo que el viejo acababa de inventar sacándolo de la miel del maguey. Y así lo dejó borracho y se volvió a Tula.

—¿Quién?

—El viejo, el hechicero malo Titlacaoan. Esta vez se había disfrazado de aldeano, vendedor de ají verde y se sentó frente a las ventanas de palacio. El rey...

—¿Era Quetzalcoatl?

—No. Quetzalcoatl era el Sumo Sacerdote y no tenía mujer ni hijos. El rey se llamaba Huemac y tenía una hija bonita, tan preciosa que se la había negado a todos los toltecas que se la habían pedido. La princesa se asomó a la ventana y vió al campesino, que venía desnudo del todo, como van siempre los Tobeyos. En cuanto le vio así, sin el maxtlatl, sintió cosquillas entre las piernas.

—¿Por qué?

Citlali se sonrió:

—Algún día lo sabrás, mi piedrecita jade. Cuando una mujer siente cosquillas entre las piernas al ver a un hombre, es porque quiere acostarse con él. Huemac preguntó a sus doncellas la causa de la enfermedad de su hija, y ellas respondieron: "Señor, la causa fue que el Tobeyo andaba desnudo y vuestra hija le vio y está mala de amores." El rey lo hizo buscar por todas partes, pero no le encontraron. Y de repente, allí estaba otra vez, vendiendo ají verde en el mercado. Lo trajeron ante el rey, que le preguntó: "¿De dónde sois?" "Yo soy forastero, vengo por aquí a vender ají verde." ¿Por qué no os ponéis un *maxtli* y cubrís con la manta?" "Tenemos esta costumbre en nuestra tierra." "Vos habéis agradado a mi hija y la habéis de sanar." Entonces le cortaron el pelo y le tiñeron todo el cuerpo con tinta...

—¿Por qué?

—Así hacían siempre los toltecas —contestó Citlali—. Y se lo llevaron a la hija del rey.

—Pero, ¿cómo es que Quetzalcoatl no pudo socorrer a su amigo, el rey?

—Porque Titlacaoan tenía más fuerza que Quetzalcoatl y así lo venció y terminó por echarlo del país. Y Quetzalcoatl tuvo que andar tanto para marcharse, que al llegar a Temalpolco se sentó en una piedra y se echó a llorar. Las lágrimas que cayeron sobre la piedra hicieron agujeros que todavía se ven, y también las señales de las posaderas de Quetzalcoatl, como si se hubiera sentado sobre una tortilla de maíz antes de cocer.

Xuchitl había vuelto a coger el husillo, e iba tejiendo lentamente, con los ojos del cuerpo en el telar y los del alma en el cuento.

—¿Y cuando te casaste con Ixtlicoyu y lo viste por primera vez, te hizo cosquillas al verle?

—Pues claro.

—Y si yo viera al hombre con el que me querré casar, ¿me haría cosquillas?

—Eres demasiado chiquita, mi plumita preciosa.

—¿Cuándo? ¿Cuando tenga doce años, trece, catorce...?

—Quizá.

—Entonces me contarás lo de la Reina Mala que vivía detrás de las tres cortinas.

—Quizá.

7

Xuchitl iba de asombro en asombro. Todo el mundo iba y venía haciendo cosas insólitas si no en sí, al menos en su cantidad y rapidez. Las mujeres cosían toda suerte de ropa, los hombres tejían esteras, hacían loza y pucheros, tallaban metates para las cocinas y aun, algunos, imágenes nuevas de los dioses para los hogares. Y de pronto, con la llegada del primero de los cinco "días vacíos", fuera de cuenta de mes o de semana, con los que terminaba siempre el año, una ociosidad general invadió la casa y todo el mundo iba y venía con los brazos caídos, sin saber qué hacer, con el ánimo desmayado y la frente preocupada.

—¿Qué es lo que pasa? —preguntó la niña a Citlali.

—Ya te lo he dicho, pero como tú no me crees... Este año termina la Gavilla. Nadie sabe si habrá otra o no. Nadie lo sabrá hasta dentro de cinco días. De modo que lo tenemos que tirar todo a la laguna, porque para nada serviría si el mundo terminase, ¿no?

—Pero, ¿y si no termina?

—Pues por eso hacemos ropa nueva, y metales, y cacharros.

Xuchitl se dio cuenta de la incoherencia en que caía su niñera, pero no dejaba de impresionarle su seguridad.

—¿Y qué pasa entonces?

Citlali estaba cortando ojos y boca en una palma hueca y seca de maguey.

—¿Qué estás haciendo?

—Una máscara para ti, para que la lleves toda la noche cuando termine el año. Y ten cuidado de no dormirte, porque si te atrapan los tzitzimitles te comerán entera, sin dejar ni los huesos.

—¿Y qué son los tzitzimitles?

—¡Vaya una pregunta! —exclamó Citlali. ¡Una niña de once años y tan lista, que ni siquiera sabía lo que eran tzitzimitles! ¡Qué educación tan poco religiosa! Pero en fin, la pregunta había quedado en el aire y había que contestarla.

—Pues verás... Pues son... cosas que se comen a los niños que van sin máscara y se duermen en la noche del fin de gavilla; y las mujeres embarazadas, si van sin máscara y no se quedan encerradas, también se hacen tzitzimitles y se comen a todo el mundo.

—¿Y qué más pasa? —preguntó Xuchitl sin dejarse impresionar.

—Pues hay que apagar todos los fuegos, porque no tiene que arder nada.

—¿Ni siquiera un acayetl? —preguntó Xuchitl.

—No. También los fumadores tienen que apagar sus tabacos. Nada del antiguo fuego debe quedar encendido, y hasta que las estrellas del cielo pasen por la línea de arriba no se permite encender fuego nuevo.

—¿Y quién lo enciende, y dónde?

—Lo encienden sobre el cerro de Uixachtecatepetl, allí enfrente, al otro lado del agua, en Iztapalapa.

Al llegar al último de aquellos cinco días, en las casas humildes arrojaban a la laguna todos los utensilios caseros. En la casa real se limitó el sacrificio a los objetos de uso en las cocinas, pero no se echó al agua cosa alguna de valor, porque para Nezahualpilli se trataba tan sólo de un símbolo noble cubierto con no poca superstición, y así procuraba atenerse al primero rehuyendo la segunda. Hizo pues, construir una enorme hoguera de leña en el patio principal del palacio, cubierta de una espesa capa de incienso de copal para que ardiera con el fuego nuevo en cuanto llegase de Iztapalapa el correo con su antorcha, y dio orden de que se trajese a Xuchitl a su lado.

8

Ya había visto la niña vaciar la morada de los domésticos, cuyos muebles, ropa y utensilios habían ido a parar al fondo del lago y todos los fuegos estaban apagados. Camino de las habitaciones de su padre, vio a Tres-Cañas que pasaba, pastor de toda una extraña tropa de mujeres embarazadas, enmascaradas, con palma de maguey. Tres-Cañas se las llevaba a una sala subterránea donde iban a permanecer encerradas hasta que se encendiera el fuego nuevo, a fin de que no se transformasen en tzitzimitles. La escena impresionó a Xuchitl mucho más que todo lo que hasta entonces había oído de labios de Citlali, y al ver aquel tropel de máscaras creyó por primera vez en los tzitzimitles y pasó de largo pegada al huipil de su niñera. Iba Citlali ensimismada en sus presentimientos, con la máscara que había hecho para Xuchitl colgada de la mano, y al ver pasar a las mujeres, sin decir palabra, se limitó a señalar la máscara a la niña; ambas respiraron con más libertad cuando perdieron de vista aquella extraña comitiva.

Poco antes de llegar a las habitaciones del rey, se encontraron con los tres príncipes. Eran los hijos legítimos del rey, uno de ellos, Cacama, medio hermano, y los otros dos, Cara-de-Flor-de-Vainilla y Cohuanococh, hermanos de Xuchitl. Finos y elegantes, ágiles y esbeltos, sin otra ropa que el maxtlatl o pañete, avanzaban moviendo con libertad natural y con dignidad de príncipes sus cuerpos esculturales. Iba con ellos su tutor, dignatario palatino que cubría su cuerpo desnudo con rica manta de algodón, pero desde luego descalzo, y llevaba en la mano las tres máscaras de maguey para los príncipes. Xuchitl y sus tres hermanos se saludaron con ceremoniosas inclinaciones, pero sin cruzar palabra. Los muchachos, desde luego, prosiguieron su camino precediendo a la niña.

Nezahualpilli recibió a sus hijos con la gravedad que se requería de todo padre azteca ante su progenie, y les hizo sentar formando semicírculo a sus pies en taburetes bajos cuadrados o *tollicpalli*, cubiertos con pieles de tigre o león. El rey se sentó en un *tepotzoicpalli*, especie de butaca de junco, también cubierta con una piel de tigre. Llevaba un manto blanco como la nieve, calzado sencillo, ninguna alhaja. Estaba la noche fresca, porque la fiesta de la Gavilla tenía lugar en enero, pero de acuerdo con las creencias populares, el rey había hecho apagar el fuego de carbón de leña e incienso que solía arder siempre en un brasero de cobre de su estancia. Quedaban unas cuantas horas para que las Pléyades pasaran por el meridiano, señal para que los sacerdotes mejicanos encendieran el fuego nuevo. Deseaba Nezahualpilli evitar a sus hijos la atmósfera de terror supersticioso que prevalecía aun en el palacio durante aquellas horas.

Comenzó por distraer la atención de sus hijos haciéndoles preguntas sobre la vida que llevaban. Cacama, que tenía trece años, informó a su padre de los progresos que iba haciendo en el manejo de las armas. Los dos menores habían estado aprendiendo a jugar al *tlachtli*, especie de juego de pelota, de gran dificultad, por estar prohibido tocar la pelota, que era de goma, con manos o pies, no pudiendo hacerse más que con la cadera, protegida por una pieza de cuero. Ambos se decían satisfechos de sus progresos en el juego corriente, y admirados, si no incrédulos, de que los profesionales consiguieran hacer pasar la pelota a través de un agujero justo suficiente en un anillo de piedra colocado entre los dos bandos, lo que se consideraba como el éxito supremo del gran jugador.

—Yo no lo he visto hacer nunca —dijo Flor-de-Vainilla.

—Ni yo —continuó Cohuanacoch.

—Pero tú, Cacama... —interpuso el rey, y su primogénito contestó:

—Sí, señor. Una vez, con vos, hace dos años. El jugador era un soldado. Recuerdo que aquel mismo año cayó prisionero en la Guerra Florida y murió sacrificado por los tlaxcatecas.

Xuchitl miraba a su padre con ojos henchidos de noticias.

—¿Qué hay, Xuchitl?

No sorprendió a los muchachos este permiso de hablar otorgado a su hermana, porque sabían que su padre tenía sobre el particular ideas algo especiales, pero, con todo, les disgustaba que una niña tuviera tan mala educación que se atreviera a desear hablar en presencia de cuatro hombres.

—Dice Citlali... —Los muchachos se sonreían. ¿Es que iban ahora a tener que escuchar cuentos de niñeras? —...que el que hace pasar una pelota por el anillo de piedra tiene segura la muerte aquel año, porque Xolotl, que es el dios del juego, no quiere que nadie gane.

—Y tú, ¿qué es lo que piensas? —preguntó el rey, para enseñar a sus hijos a admitir conversación con las mujeres.

—Pues pienso que si Xolotl tiene tanta fuerza que puede matar a cualquiera que haga pasar la pelota por el agujero, más fácil le sería impedir que el jugador lo hiciera.

—No se deben discutir los actos de los dioses —dijo Cacama, que era muy piadoso.

Hirió el rey con un martillo de cobre una plancha de metal que colgaba del respaldo de su silla, y al aldabonazo acudió un esclavo silencioso como un fantasma, quedando parado en el umbral. Con gran asombro de los tres muchachos y aun de la misma Xuchitl, que conocía mejor a su padre, Nezahualpilli dijo:

—Tráenos aquí la cena, como ya está ordenado.

El rey comía siempre solo y Xuchitl nunca a la misma mesa que los muchachos. Nezahualpilli no explicó su decisión, a pesar de que se dio cuenta del asombro que había causado. El esclavo, con gestos suaves y pausados, fue colocando ante cada uno de ellos un gran cojín de paños de algodón, sobre los que dispuso servicios de fina loza decorada con diseños que representaban la vida del rey-poeta Nezahualcoyotl. Cinco doncellas trajeron para cada uno de los comensales sendos servicios de jofaina y jarro para que se lavasen las manos. Cuando hubieron retirado, el rey, con voz digna pero no solemne, dijo sencillamente:

—Ofrecemos esta comida a nuestro señor Quetzalcoatl, en cuyo servicio deseamos vivir.

El esclavo entonces trajo una cena fría, pues desde aquella mañana no ardía fuego alguno en el palacio, y presentó ante el rey un pastel de gallina, con gesto que hubiera envidiado un *maître d'hôtel* parisiense. Mientras el criado trinchaba el ave con un cuchillo de obsidiana, el rey, en tono ligero, preguntó a Xuchitl:

—Todavía no nos has dicho lo que piensa Citlali de Quetzalcoatl.

El esclavo ofrecía la fuente. El rey y sus hijos comían con las manos. Mientras se servían los hombres, Xuchitl, los ojos fijos en una pintura de Quetzalcoatl que decoraba el centro de su plato, se preguntaba cómo empezaría.

—Me ha contado muchos cuentos de él, pero no los recuerdo todos.

Se sentía mucho más cohibida por la presencia de sus hermanos, altivos y dispuestos a criticarla, que cuando se hallaba sola con su padre.

—Dinos algunos de los que recuerdas —apuntó el rey.

Los muchachos comían en silencio. El esclavo ofrecía la fuente a Xuchitl. Se sirvió y dijo:

—Quetzalcoatl era un gran señor que gobernaba en Tula. Tenía la piel blanca y una larga barba negra.

Cohuanacoch soltó la carcajada, que al instante procuró ahogar por respeto a su padre. El rey le preguntó sin inmutarse:

—¿Qué es lo que te hace reír, la piel blanca o la barba negra?

Ruborizóse Cohuanacoch y se quedó callado, pues era tímido, pero Flor-de-Vainilla, que era díscolo e impetuoso, contestó por él:

—Pues parecería una mujer enferma que se ha puesto el pelo en el mentón.

Rieron los dos menores, pero Cacama fruncía el entrecejo.

—¿Qué te pasa, Cacama?

A lo que el primogénito contestó:

—Chistes sobre los dioses no son cosa que les gusten, y si nos oyeran, podrían hacer parar las estrellas, y matarnos a todos.

El esclavo, que estaba distribuyendo fruta —*tzapotes* rojos y amarillos, batatas y raíces con sabor de trufa—, se puso a temblar.

—Los dioses —dijo el rey con voz serena— deben respetarse y adorarse siempre. Quetzalcoatl fue un gran espíritu, quizá más grande de lo que creemos todos. ¿Qué más te cuenta Citlali?

Xuchitl refirió todo lo que sabía, pero el rey, que había escuchado en silencio, sintió el alma invadida por un humor grave, y sus rasgos, tan finos que parecían cristalinos, tomaron una casi transparencia, una como tristeza luminosa que observaron sus hijos al mirarle furtivamente con respeto y asombro. El esclavo había puesto ante ellos sendas jícaras de porcelana con chocolate frío y espumoso, bebida hecha de cacao y miel. Nezahualpilli, con leve ademán, le indicó que se retirara. Quizá se hallase el rey prudente más influido de lo que él mismo se imaginaba por el ambiente nihilista que todo su pueblo atravesaba en aquel momento. Con la mirada acarició sucesivamente a sus cuatro hijos —a Cohuanacoch, tan sencillo y ligero; al turbulento y díscolo Flor-de-Vainilla; al valiente y piadoso Cacama; y finalmente a Xuchitl, la flor de su vida—. Parecía vacilar. ¿Era prudente que hablase?

—Habéis de saber —comenzó... Maquinalmente había echado mano de un acayetl o tabaco de los que había en una caja cerca de

99

su asiento, y hasta que vio la expresión de asombro con que Cacama se puso a mirar al acayetl, no se dio cuenta de que no había en su palacio, ni en todo el valle de Méjico, dónde encenderlo.

—Habéis de saber —volvió a empezar sonriendo ante su propia distracción— que tanto la historia de Quetzalcoatl como las ceremonias tradicionales con que atamos la gavilla cada cincuenta y dos años son revelaciones de verdades más profundas que de este modo pasan de guía en guía por encima del pueblo, como los fuegos que llevan las noticias de una punta a otra del país, de cerro en cerro, saltando por sobre los valles. Quetzalcoatl perpetúa la memoria de algún maestro extraño que vino aquí a enseñar a los nuestros artes, oficios y virtudes usuales en otras tierras, y que tuvo que volverse vencido por nuestros propios cabecillas, dejando entre nosotros una tradición que se ha conservado en forma de profecía de que algún día habría de volver. Con esto se quiere decir que volverán los hombres de su nación, lo que para mí es muy probable, porque la tierra es muy grande y nosotros sólo ocupamos y conocemos un rincón muy reducido de ella.

Nezahualpilli guardó silencio durante unos instantes, con los ojos absortos en la contemplación de un cielo azul oscuro tachonado de estrellas.

—Dentro de unos instantes —prosiguió— los sacerdotes de Méjico habrán llegado a la cumbre de la Colina Sagrada, donde encenderán la lumbre nueva. —Volvió a callar. Le había sobrecogido la imagen bárbara de aquella ceremonia que el sacerdote celebraba abriendo primero con un cuchillo de obsidiana el pecho de la víctima, para ofrecer a los dioses el corazón todavía palpitante. —Vamos a la torre a ver si divisamos la dispersión de las teas encendidas que llevan la lumbre a todo el valle.

El rey se levantó y seguido de sus tres hijos y de su hija fue a la terraza. Era tan pequeña que estaban los cinco todos juntos de pie. Sobre sus cabezas, el cielo estrellado irradiaba su perpetuo misterio; a sus pies, la sabana oscura de la laguna fría se adivinaba más que se veía; más oscuros todavía, de aquí y de allá, surgían en la noche los cerros de la costa opuesta al oeste, y al este la península de Iztapalapa, donde sobre el Cerro Sagrado iba pronto a arder la lumbre nueva, y sobre el que ya estaban concentrados miles y miles de ojos ansiosos.

—Acordaos de este espectáculo —exclamó el rey—. Los hombres deben el fuego a los dioses, pero a condición de que sean ellos los que lo enciendan. —Desde la torre, veían el montón de leña e incienso de copal preparado en el patio mayor, que pronto encendería la antorcha del correo mayor del rey. —Mucho he pensado sobre Quetzalcoatl. Como atamos la gavilla cada cincuenta y dos años y como calculo que el retorno de Quetzalcoatl no ha de tardar ya mucho, no me extrañaría que ésta fuera la última vez que se celebra esta ceremonia.

Sus cuatro hijos ansiaban preguntarle por qué, pero ninguno se atrevió.

—Los hombres nuevos —explicó— vendrán del oriente, porque según nuestra leyenda, Quetzalcoatl se fue por el mar hacia el oriente, extendiendo sobre las aguas su manto, que al instante se transformó en una barca hecha de serpientes, en la que se embarcó y desapareció. Estos hombres que volverán traerán nuevas maneras de vivir y no es probable que sea ésta la que practiquen... ¡Mirad!

En la cumbre del cerro de Iztapalapa brotó súbitamente una llama. Miles de corazones comenzaron a latir con una esperanza nueva; miles de manos devotas hincaron en brazos y lenguas espinas de maguey, salpicando después en el espacio oscuro hacia aquella llama lejana la sangre de la nueva era. Y poco a poco, aquí, allá y acullá, surgieron de la noche teas encendidas que bajaban en todas direcciones por la falda del cerro y se dispersaban por el valle, hasta que todo el paisaje se iluminaba en una especie de crepúsculo tembloroso. Tan absortos se hallaban el rey y sus hijos contemplando el tenso espectáculo, que no observaron lo que ocurría a sus pies. El correo del rey, tea en mano, corría a toda prisa hacia palacio cuando, con gran asombro suyo, le pasó otro corredor más rápido, tea en mano, hacia el mismo lugar. La multitud de gentes que normalmente vivían en el palacio y otra multitud de vecinos se habían apiñado en el patio a ver llegar la tea tan esperada que encendería la lumbre nueva. De pronto, por el estrecho pasadizo que los guardas mantenían abierto a través de la multitud, brilló una luz, y luego el brazo y el cuerpo y las piernas rítmicamente iluminadas que la traían; atravesó rápidamente la visión por entre los espectadores, arrojó la tea sobre el fuego seco y cayó al suelo, palpitante. Tres-Cañas se inclinó a verle el rostro: —¡Ixcauatzin!

Dio órdenes breves y rápidas para que se le atendiese, y se fue a informar al rey de lo ocurrido.

9

Citlali tenía instrucciones de volver a las habitaciones del rey en cuanto se hubiera encendido la lumbre nueva en el patio. Llegó puntual y, con paciencia azteca se puso a esperar en cuclillas sobre la estera de la antecámara. Ya habían vuelto a encenderse las teas y los braseros por todo el palacio, y mientras los altos techos seguían bañados en oscuridad, los pisos pulidos y las paredes decoradas revivían otra vez en zonas de luz vibrante que separaban largos trechos oscuros. De la puerta que comunicaba con el ala de los hombres, entró en la antecámara Xiuhtototl o Pájaro-de-Fuego, el tutor de los príncipes, que también venía a buscarlos, y sentándose al lado de Citlali suspiró y le dijo misteriosamente:

—Acabo de volver a oírla.

—¿A quién? —murmuró Citlali.

—A la reina-fantasma. Seguro que vuelve a veces a frecuentar a sus amantes. Dios sabe lo que hace en esos salones llenos de las estatuas de sus queridos.

—Cállate —imploró Citlali—. A lo mejor nos oye y viene contra nosotros. —Y luego, con más curiosidad que temor o lógica, preguntó—: ¿Estás seguro de que la oíste?

Con los ojos clavados en el suelo y los labios casi inmóviles, como si no hablase, por si le estaba mirando el fantasma, contestó:

—Venía del patio hacia la parte de los hombres, y tuve que pasar por... la puerta. Tuve la tentación de pararme a escuchar y oí un quejido, no sé si de muerte o deleite. Pero era ella.

Se pegó casi del todo a Citlali y le murmuró al oído:

—Le reconocí la voz.

Hubo un silencio. Las luces hacían temblar con sombras extrañas las decoraciones retorcidas de las paredes.

—¿Pero tienen los fantasmas la misma voz que las personas? —preguntó Citlali.

Y Pájaro-de-Fuego contestó:

—Eso no sé. Pero lo que sé es que la voz de este fantasma es la misma que la de la Reina Mala.

De cuando en vez, Pájaro-de-Fuego y Citlali echaban miradas furtivas de inquietud hacia la pesada cortina que los separaba de las habitaciones privadas del rey, por si el rey los oía, lo que a su parecer hubiera significado pena de muerte. Pero el rey seguía contemplando la noche con sus hijos.

—Comienza una nueva vida —les estaba diciendo—; de esa chispa de Iztapalapa han renacido todos los fuegos de nuestro país. Es una tradición hermosa —añadió con los ojos puestos en el piadoso Cacama—, pero nosotros, que estamos en la cumbre del pueblo, tenemos obligación de entenderla con menos ingenuidad, penetrando bajo su superficie, para sacar a luz su sentido profundo. Si no hubiéramos apagado nuestros fuegos, no tendríamos que volver a encenderlos. Esta ceremonia significa que cada vez que empezamos una nueva gavilla debemos procurar dar un espíritu nuevo y un corazón nuevo a las cosas. Por eso encendemos la lumbre nueva sobre el corazón de una víctima. —Volvió a callar, y sus hijos observaron que se le entristecía el rostro. Brillaban las estrellas tan claras y hermosas como siempre y él se recreaba contemplándolas.— Pero aunque la lumbre es nueva —prosiguió—, la leña es siempre la misma. Y es tan opaca en sí que no puede dar luz más que consumiéndose. Acordaos, muchachos, acuérdate, Xuchitl, así es el hombre y la mujer también: sólo da luz si arde y se consume...

Nezahualpilli miró a sus cuatro hijos sucesivamente, y ellos a él intrigados y pensativos. Nunca le habían oído hablar así.

—Vámonos, que ya es tarde y tenéis que dormir.

Suspiró, se levantó en toda su estatura majestuosa, y tiró a sí

102

el manto blanco de algodón que se le había caído del hombro escultural.

—¿Dónde está Xuchitl? Dame la mano. Volvámonos al mundo de los hombres y de las mujeres; las estrellas se quedan solas.

10

El rey y sus hijos entraron en la antesala donde Citlali y Pájaro-de-Fuego aguardaban, pero por la puerta de fuera, sorprendiendo a los dos criados. Con movimiento felino, pusiéronse ambos en pie, se inclinaron ante el rey y se encargaron de sus respectivos pupilos. El rey, con una mano sobre la cortina de entrada a sus habitaciones, les miró alejarse, pensativo.

Citlali y Xuchitl se marcharon de la mano, cada una envuelta en sus pensamientos: Citlali absorta en el fantasma de la Reina Mala, que había conocido en vida y cuya muerte dramática recordaba vívidamente; Xuchitl meditando sobre las palabras de su padre, preguntándose cómo podría ella mantener aparte el mundo que su padre le revelaba y aquel otro mundo tan distinto en que Citlali y todos, menos su padre, parecían vivir. Iban sala tras sala, medio iluminadas por antorchas, cuando en una de ellas vieron venir a uno de los secretarios de Tres-Cañas guiando el rebaño de mujeres embarazadas, de vuelta a sus habitaciones. Se habían quitado la máscara, que llevaban colgando de la mano. Xuchitl observó que, para dejarlas pasar, Citlali se había metido con ella en el corredor transversal que solían cerrar las tres cortinas ante la puerta de las habitaciones del duende. Adivinó que las cortinas habían ido a parar al fondo del lago. Pero el caso es que Xuchitl y Citlali se habían metido así hasta muy cerca de la puerta decorada de oro que cerraba las habitaciones de la Reina Duende, y Xuchitl, prevenida por una curiosidad subconsciente, se guardó en secreto aquel descubrimiento, ya que Citlali, absorta en sus pensamientos, no lo había observado. Y cuando así se hallaba gozando secretamente de aquella situación, una voz tensa, tirante con una emoción más allá de la esperanza y del goce, una voz que no pareció entrarle en el alma por los oídos, sino irrumpir en ella a través de su cuerpo como vendaval tempestuoso a través de frágil jardín, la inundó de terror haciéndole temblar de pies a cabeza: "¡Oh, ven, ven otra vez!" Xuchitl aguardó con ansia a que volviera el sufrimiento que le había producido aquel quejido más que humano, porque sabía que iba a volver. Y la voz fantasma volvió en efecto a penetrar su ser haciéndola temblar hasta la médula: " ¡Oh, ven otra vez, mi corazón! ¡Mi corazón de jade!"

Pálida y temblorosa, Citlali arrastró a Xuchitl lejos de aquel lugar sin pronunciar palabra, temiéndose a cada paso que el duende de la reina echara mano de ellas y se las llevara a la región misteriosa donde los fantasmas flotan en una vida gris y desolada. Jadeantes de fatiga y de emoción, llegaron al fin a las habitaciones de Xuchitl y se dejaron caer en los almohadones que yacían sobre la estera. Xuchitl, acostumbrada a retirarse a horas más tempranas, estaba cansada hasta los huesos y tenía el cuerpo demasiado dolorido y el alma demasiado erizada para dormirse. Citlali estaba en tensión, oyendo todavía por dentro el eco de las palabras de la Reina Duende: "¡Oh, ven, ven otra vez!" ¿A quien hablaría? ¿No tenía ya a todos sus amantes con ella en aquellas salas que habían hecho famosos sus escándalos:

—Citlali.

La voz de la niña la sacudió de su ensueño. Los ojos de Xuchitl la miraban brillantes de curiosidad.

—¿Oíste la voz? Era... la de ella.

Citlali no pudo reprimir una mirada instintiva hacia atrás. Xuchitl seguía preguntando:

—Yo no sabía que... tienen voz.

Citlali se refugió en este plural como si el fantasma, que tanto temía, al oír aquel plural, fuera a dejarlas en paz por no sentirse aludido. No había en la estancia tea ni brasero que lo alumbrara, pero por la ventana abierta entraba el resplandor de la enorme hoguera que Ixcauatzin había encendido en el patio, y que seguía ardiendo con olor acre y dulce a la vez de pino seco e incienso de copal. Citlali se asió a aquel plural de la niña como a una tabla de salvamento.

—Sí que tienen voz, y casi siempre hablan. A veces un soldado o un sacerdote que está por casualidad en el bosque de noche oye un ruido, como de cortar madera. En seguida, si es valiente, acude al ruido y pronto se agarra al fantasma, que lleva el pecho abierto, como si tuviera puertas que hicieran ruido al abrirse y cerrarse.

Xuchitl escuchaba en silencio con los ojos muy abiertos el cuento que le contaba su niñera, quizá para olvidar el que ambas estaban viviendo.

—Cuando se abren las puertas, se le ve el corazón al fantasma. Entonces, lo que hay que hacer, es tomarlo con la mano y no soltarlo, porque entonces se le puede pedir al fantasma lo que se quiera y tiene que darlo. Primero trata de engañar con palabras: "Valiente, eres mi amigo, suéltame y te daré lo que quieras." Pero no hay que soltarle. Al contrario, hay que decirle: "Ahora que te he atrapado, ya no te soltaré." Entonces el fantasma dice: "Toma esta espina de maguey"; pero el soldado valiente siempre aguarda hasta que le dé cuatro, que es señal segura de victoria y de riqueza.

—¿Y entonces, suelta al fantasma?

—Sí. Pero otras veces es mejor no discutir con él, y cuando le has agarrado el corazón, tiras fuerte y echas a correr con él. Al llegar a casa, lo envuelves en algodón y tienes cuidado de no mirar hasta el día siguiente. A veces te encuentras dentro del algodón sólo un puñado de hierba o de tierra. Esto es señal de que serás pobre y tendrás mala suerte. Pero si encuentras plumas o espinas de maguey, es que serás rico.

Con estos cuentos Citlali y Xuchitl fueron poco a poco adormeciéndose y terminaron por caer rendidas sobre los almohadones, sin tomarse el trabajo de acostarse en sus respectivas camas.

12

Nezahualpilli, sentado en su silla de enea que cubría una piel de tigre, cara a la ventana por donde entraba el aire fresco de la laguna, contemplaba el cielo estrellado. Con la mano buscó ciegamente un acayetl o caña de tabaco, que encendió en la tea cercana, y se dejó deslizar del pensamiento al ensueño. Sobre un espejo alto de piedra pulida que se alzaba en la esquina de la estancia, vio a Tres-Cañas que había corrido la cortina de entrada y aguardaba permiso para adelantar.

—¿Qué hay?

Yeicatl contó al rey la llegada de Ixcauatzin con la lumbre nueva.

—Todavía no ha vuelto en sí. No sé si es que está dormido o desmayado, o... no, muerto no está.

Nezahualpilli se quedó pensativo. ¿Cómo explicar que el estudiante de soldado-sacerdote se empeñara en ganarle por la mano al correo real para traer la lumbre nueva al palacio? El rey pensaba en su hija. ¿Qué lazo misterioso unía a aquellos dos seres? Entretanto, Tres-Cañas aguardaba en silencio.

—Déjale dormir tranquilo, y mañana, cuando despierte, me lo mandas acá.

Otra vez solo. En la quietud de la noche. Tan quieta que se oía el agua de la laguna batir con suave terquedad los escalones del embarcadero de piedra, y de cuando en vez el vuelo bajo de un ave acuática rozando el agua con uña y ala en busca de mejor lecho. Junto a su silla, chisporroteaba la tea. "El fuego —pensó—. Vuelto a nacer." El rey se sonrió pensando en la credulidad de sus compatriotas. "¿Madurarán alguna vez hasta olvidar tantas creencias infantiles?" Le sobrecogió entonces un pensamiento que solía invadirle con frecuencia, llenándolo de ansiedad. "¿Y quién sabe cuántas creencias infantiles tengo yo sin darme cuenta? Al fin y al cabo, la conducta es la piedra de toque del pensamiento, y ¿qué conducta tengo yo? ¿Tengo más libertad que otro, frente a la tiranía del sexo? La gente la llama el poder de Tlaculteul, la diosa del amor carnal.

Palabras. Lo único que yo sé es que no tengo poder alguno para resistirlo, sea ello lo que fuere." Poco a poco pasó del pensamiento al ensueño y del ensueño a la obsesión. Dueño de dos mil concubinas, marido efectivo de cuarenta jóvenes escogidas entre ellas, sabía que la felicidad perfecta en el amor era casi inaccesible —¿la había gozado él alguna vez, aun con su favorita Pezón-de-Fruta?—; y sin embargo la seguía buscando con un deseo siempre renaciente después de cada desilusión. Demasiado sabía él que aquella meditación suya no era más que una danza de fantasmas que le pasaba por la cabeza a impulsos de su deseo renaciente, que en la quietud nocturna iba poco a poco apoderándose de él, como en tantas otras noches desde la muerte de Pezón-de-Fruta, para arrastrarlo a aquel paraíso infernal y prohibido de la Reina Mala, resucitada del más allá, que lo tenía esclavizado en cuerpo, alma y espíritu.

Con las manos temblorosas, se apoyó sobre los brazos de la silla y se levantó. Dirigióse a un camarín interior sumido en una semioscuridad sólo iluminada por débiles reflejos de la tea de fuera, y así, medio a oscuras, sacó a tientas, de un armario secreto oculto en el muro, una cajita. La abrió apretando un botón disimulado en la tapa y se apoderó al fin de lo que buscaba: el corazón de jade, una piedra chalchivitl, verde y brillante, tallada en forma de corazón, que le había regalado su padre Nezahualcoyotl ya en su lecho de muerte. "No intentes nunca gozar felicidad perfecta con una mujer sin llevarlo puesto" —le dijo el rey moribundo, que tan sediento de amor había vivido toda su vida. Nezahualpilli se echó al cuello la cadena de oro ocultando el inestimable corazón bajo su manto blanco, cerró el armario y sin ruido se fue atravesando las salas silenciosas y desiertas de su palacio, donde las luces temblorosas de las teas añadían su vibración exterior a la vibración interna que había dado al traste con el equilibrio usual de su rostro. La vida de su rostro parecía haber abandonado la frente y los ojos que solía iluminar, para ir a hinchar los labios sensuales y las alas de su nariz agitadas por un deseo desenfrenado. Durante unos instantes se quedó parado, con la mano sobre el corazón ante la puerta ornada de arabescos de oro que cerraban las habitaciones del duende, y luego, con movimiento rápido y seguro de la mano, abrió el secreto y desapareció en lo hondo de las salas prohibidas.

13

Sobre el lecho en que yacía, Ixcauatzin pasó del desmayo al sueño. Pero la costumbre, más fuerte que el cansancio, le despertó al rayar el alba. El muchacho se frotó los ojos. La quietud era completa y durante un rato le fue difícil orientarse en el mundo de los objetos sólidos y de los hechos fijos de donde había salido en la fluidez del sueño. Poco a poco fue recordando los sucesos de la noche: su petición de que se le permitiera acompañar a la procesión; la marcha solemne en la noche sin luz; sus meditaciones sobre la muerte próxima o, de seguir avanzando las estrellas, sobre una nueva vida de abnegación a los dioses; la llegada al templo inferior, mientras los iniciados subían al templete de la cumbre, donde Xiuhtlamin, la noble víctima, iba a ser sacrificado para convertirse en el altar palpitante sobre cuyo pecho abierto y ensangrentado se encendería la lumbre nueva; la tensa espera hasta que el sacerdote Maestro de la Ciencia de los Cielos daba aviso de que habían pasado las Pléyades por el meridiano; la espera todavía más tensa hasta que las primeras chispas de la lumbre nueva brotaban de los maderos que frotaba febrilmente el sacerdote; las llamas ya hechas que arrojaban rojizo resplandor sobre los rostros de los sacerdotes; la trepidación que le había entrado en el cuerpo por la planta de los pies, que se había apoderado de su corazón, su garganta, su cerebro, obligándole sin saber por qué a echar mano a una tea que había a su alcance, encenderla en la llama nueva, apartando a codazos a los que estorbaban, y salir sendero abajo a toda velocidad; el error que le apartó del camino; su furia al ver que le precedía el correo de palacio, su esfuerzo sobrehumano para pasarle y al fin la caída, exhausto, al pie de la pira de Xuchitl inflamada por su tea. ¿Por qué lo había hecho? Todavía no lo sabía. Sólo sabía que al correr como un desesperado hacia Tetzcuco, sus labios repetían en ritmo con su incansable pie: ¡Xuchitl! ¡Xuchitl! Xuchitl!

Ixcauatzin echó una mirada a la ventana Era difícil saber la hora exacta. Brillaban las estrellas en el cielo, pero le faltaba la orientación relativa del lugar para apreciar su altura. Fiándose de la costumbre, se decidió a retornar al Calmecac para las oraciones matinales. Se levantó y con paso silencioso de su pie descalzo fue atravesando las salas desiertas. ¿Por dónde salir? El palacio era un enigma, igual a sí mismo en todas sus direcciones; amplio, cuadrado, majestuoso, simétrico, alumbrado por las mismas teas en los mismos lugares, bañado por el mismo aire fresco que dejaban pasar idénticas ventanas.

Oyó un grito, algo ensordecido al parecer por una cortina pesada, pero desde luego un grito. Se paró y se quedó inmóvil junto a la pared. La puerta que había enfrente giró sin ruido sobre sus goznes y por ella salió, de espalda y misteriosamente, un hombre que cerró la puerta de un modo que Ixcauatzin no veía, y luego se volvió. Ixcauatzin había reconocido al rey aun antes que se volviera, pues sólo el rey circulaba en el palacio con el pie calzado. Pero cuando le vio el rostro agitado como si hubiera pasado una tormenta por sus rasgos, con las orejas, la boca y el cuello en sangre y el manto blanco también ensangrentado de heridas diminutas que se le veían en brazos y pecho, el joven sintió surgirle del alma una emoción profunda hacia la figura majestuosa y solitaria del monarca.

Nezahualpilli se alejó sin haber observado la presencia de

Ixcauatzin. La dirección que había tomado el rey le permitió orientarse y a su vez tomó la dirección contraria. Pero entonces el rey se dio cuenta de que andaba alguien por el palacio, dio media vuelta y preguntó:

—¿Quién va?

—Ixcauatzin, señor.

Avanzaron el uno hacia el otro, acercándose en cuerpo, aunque distantes de alma más que nunca, bajo la tea que alumbraba sus rostros con luz ahumada y resinosa mientras que a través de la ventana las lejanas estrellas los bañaban de luz etérea.

—¿Qué haces aquí?

—Buscando la puerta de salida para irme al Calmecac.

—¿Por qué te escondías?

—No me he escondido, señor. Quería respetar la soledad de quien vuelve del sacrificio y de la penitencia.

El rey se sonrió con sonrisa apagada. Ixcauatzin había tomado por cicatrices del sacrificio a los dioses las heridas sangrientas de una batalla de amor infernal. El rey pensó que al fin y al cabo no se equivocaba mucho. También era especie de sacrificio.

—Ven conmigo.

Ixcauatzin siguió al rey, que le llevó hasta su cámara. Nezahualpilli se sentó en su silla de enea y ofreció al muchacho un ycpalli a sus pies.

—¿Me permite el señor que siga en pie?

El rey recordó que el Hermano Mayor del Calmecac tenía a pundonor estar de pie cuando las circunstancias le impedían cumplir sus obligaciones matinales.

—¿Por qué has traído la nueva lumbre hasta aquí?

—No sé, señor.

El primer movimiento del rey fue de viva irritación; pero una voz interna le preguntó: "¿Y sabes tú mismo por qué tú ...?" Entonces, sin más escuchar la voz interior, preguntó con más calma:

—¿Sabes cómo explicarlo?... ¿Lo habías preparado de antemano?

—No, señor.

Ixcauatzin vio la cadenilla de oro que llevaba el rey al cuello y clavó los ojos en ella.

—Me encontré haciéndolo casi sin darme cuenta. Había pedido permiso para ir en la procesión, pero no tenía idea de que iba a hacer lo que hice.

—¿Qué es lo que te decidió a hacerlo? Cuando te decidiste, ¿en qué pensabas o qué tenías en la imaginación entonces?

Ixcauatzin seguía mirando con tesón la cadenilla de oro. Dos hilos de sangre iban bajando pecho abajo en la V que formaba.

—Me decidí... No. Algo me decidió, no sé qué, al ver el resplandor del fuego en el rostro de los sacerdotes, y en aquel momento estaba pensando en...

El manto blanco cayó del hombro al brazo, y sobre el pecho del rey relució a la luz de la tea el corazón de jade, gema de esplendor verde que sangraba gotas negras y brillantes. Ixcauatzin perdió la voz con la emoción del descubrimiento, y el rey tuvo que volver a preguntar:

—¿En quién?

—En Xuchitl —contestó con sencillez el muchacho, y añadió con la misma sencillez, no como confesión, sino como un mero hecho—: Al correr, durante todo el camino, venía diciendo: ¡Xuchitl! ¡Xuchitl! ¡Xuchitl!

Nezahualpilli le miraba en silencio, pensativo.

—Yo creo —dijo Ixcauatzin espontáneamente, como deseoso de cooperar a esclarecer un misterio— que sentí algo así como una obligación de traer la lumbre nueva a Xuchitl. —Se calló unos instantes y luego, con algo menos de seguridad, añadió—: Me desagradaba la idea de que le llegase con manos serviles.

—¿Y qué te importa a ti Xuchitl? —preguntó el rey, sin altivez, tan sólo como quien procura informarse.

—Los dioses lo sabrán. Yo no —contestó el joven con su sencilla sinceridad de siempre.

—¿Quién es tu dios? ¿A quién sirves de un modo especial?

—A la Serpiente de Plumas Preciosas.

Nezahualpilli se puso a observar en silencio al muchacho. Era hermoso, el muchacho más hermoso que conocía en todo su reino. Y además era serio. Nadie podía dudarlo al ver las cicatrices de sacrificio con que tenía acribillado el cuerpo, y aquellos labios firmes. "De seguro —pensó el rey al mirarle— que será uno de esos sacerdotes que torturan su carne con un cuchillo antes que violar su voto de castidad." Y luego, con voz firme y solemne, ordenó a Ixcauatzin:

—Jura que jamás revelarás lo que has visto esta noche.

—Por la vida del sol —cantó el muchacho con voz clara— y de Nuestra Señora la Tierra, guardaré silencio sobre todo lo que he visto esta noche, y para guardarme de quebrarlo me como esta tierra —y con rápido movimiento se agachó, tocó el suelo con un dedo y se lo metió en la boca.

—Mañana —mandó el rey— comenzarás las lecciones que has de dar a Xuchitl enseñándole los libros del pasado y las profecías del porvenir. Habla con Tres-Cañas sobre las horas de trabajo. Yo veré a tus maestros del Calmecac.

Ixcauatzin no se dio cuenta al pronto de lo que aquellas palabras significaban. Por el momento le impresionó sobre todo la facilidad con que el rey tomaba una decisión de tanta importancia, pero no se atrevía a dejar traslucir sus dudas.

—¿Qué hay? —preguntó el rey al observar su silencio.

—Perdón, señor... ¿y los agüeros? ¿Estamos seguros de que mañana...?

—Yo sí —contestó el rey con firmeza, pero sin reproche—. Ven mañana y habla con Tres-Cañas.

—¿Puedo ahora volverme al monasterio?

—Sí. Te enseñaré el camino. —Cruzaron juntos varias salas y el rey dijo a Ixcauatzin—: Sigue derecho y encontrarás la salida allí donde ves el resplandor del fuego que tú mismo has encendido.

El rey se volvió hacia sus habitaciones. Al quedarse solo, Ixcauatzin se sintió abrumado. En su corazón juvenil resonaba el eco de las solemnes advertencias de sus maestros del monasterio contra los peligros de todo comercio con mujeres. Siguió avanzando con paso leve pero con el espíritu preocupado hacia la puerta, hacia el fuego nuevo y el nuevo día. "Sobre todo —iba pensando— tengo que quebrar la tiranía de mi carne sobre mi espíritu."

14

Xuchitl pasó la noche en un mundo de sueños y pesadillas, de hogueras, duendes y dioses. Su alma era un campo de batalla en el que símbolos y creencias luchaban a brazo partido, como en las batallas entre su pueblo y los pueblos vecinos, no para matar, sino a fin de coger vivos prisioneros para el sacrificio. Aunque la lucha era confusa y desordenada, Xuchitl tenía la impresión de que se enfrentaban dos huestes, una oscura y terrible, otra luminosa y desde luego la que ella prefería. Esta hueste de la vida que se batía contra la hueste de la muerte iba al mando de su padre. La otra, la de los duendes quejumbrosos y los dioses de sonrisa cuadrada, iba al mando de Citlali y de un joven cuyo nombre no sabía. Era este joven hermoso y bravo, y sus rasgos duros expresaban fe y dominio de sí mismo. Xuchitl sabía que su corazón estaba en la hueste de su padre, pero le horrorizaba darse cuenta de que a pesar de ello luchaba en la hueste contraria, adonde la había arrastrado la voz lastimera de la Reina Duende. Pero aun esto no era seguro. Nada era seguro en aquella confusión. Las dos fuerzas enemigas estaban tan entremezcladas, que a veces parecía como si cambiasen de lugar o hasta como si se confundieran en una sola. Xuchitl seguía los movimientos de los combatientes (que se imaginaba en todo detalle al estilo de los pictogramas de las guerras pasadas que su padre le había enseñado), con una sensación desconcertante de hallarse a la vez metida de hoz y de coz en la batalla y observándola desde fuera. Segura estaba, eso sí, aunque no muy claramente tampoco, de que ambas huestes luchaban por conquistar su corazón. En efecto, de lo que se trataba era de apoderarse del corazón de Xuchitl. Pero no era un corazón vivo como el suyo de verdad, aquella ave que tenía enjaulada en el pecho, sino un corazón inmóvil, verde y brillante —un corazón de jade—.

Los dos ejércitos le cayeron encima, apretándole el cuerpo y la cabeza hacia abajo, tanto, que la espalda se le quebraba de dolor. Xuchitl se despertó. Se había dormido doblada, con el rostro sobre las rodillas. Reinaban en la habitación dos olores, uno acre, del pino, otro dulce, del incienso de copal, que entraban por la ventana con el humo de la hoguera del patio, luchando el uno contra el otro en su olfato, como las dos huestes en su sueño. El patio resplandecía del reflejo rojo de los muros de enfrente, un rojo casi vivo y palpitante, como una vasta herida en el cuerpo de algún inmenso animal. Xuchitl se reclinó durante unos instantes sobre los almohadones nuevos, para descansar. Pero apenas se hubo echado, volvieron sus sueños a ocupar la superficie del ser. Se incorporó otra vez, se puso en pie y se acercó con paso leve hacia la ventana. Ya iba la noche perdiendo color, y su azul sedoso y oscuro se iba volviendo lanoso y gris. Era la hora que precede al alba, cuando los fantasmas solían arrastrar sus largos velos sobre las aguas dormidas de la laguna. Seguía ardiendo el fuego, pirámide de ascuas que sacudían llamas y explosiones. Xuchitl todavía pasiva de sueño, se dejaba empapar por los colores, formas, aromas y extrañas sugestiones que le entraban en el alma del espacio poblado de fantasmas. Poco a poco había ido recayendo en su ensueño, a tal punto que no le sorprendió nada ver salir de la puerta principal del palacio, precisamente al joven aquel que durante su sueño había estado mandando la hueste negra. Salió de palacio, preocupado, se acercó a la hoguera y se quedó parado, contemplando llamas y ascuas, tan cerca del fuego que parecía una figura de fuego, un dios tallado en algún bloque de llama por un artista etéreo. ¡Qué hermoso era! —pensó medio despierta, medio en sueños. Y mientras estaba así contemplando su forma perfecta, el joven se soltó el pañete y se quedó desnudo del todo. Xuchitl recordó el cuento de la hija de Huemac y del indio tobeyo, que era en realidad el dios Tetzcatlipuca, disfrazado de hechicero, y clavó los ojos en el sexo, revelado a su vista, como a la hija de Huemac. El joven entretanto se infligía crudelísimo castigo con una aguja de maguey. Ni un músculo de su rostro se movió, pero el dolor se clavó en el cuerpo y en el alma de Xuchitl, cuyos ojos se llenaron de lágrimas. El joven, recogiendo la sangre con los dedos la salpicó sobre el fuego, murmurando palabras que Xuchitl vio en sus labios sin oírlas, y luego se volvió a cubrir la cintura y desapareció en el alba gris. Xuchitl se quedó de pie, soñando, durmiendo.

Por la mañana, Citlali se la encontró hecha un ovillo junto a la ventana sobre el piso de madera, tan ebria de sueño que se la llevó a la cama sin despertarla.

15

Toda aquella mañana la pasó Xuchitl en cama, en un sueño agitado. Citlali observó que tenía fiebre y que hablaba en sueños. Sin duda alguna, se había apoderado de la niña algún espíritu maligno. Yeicatl vino hacia mediodía para preguntar cuándo podría traer a Ixcauatzin.

111

VI. Esta estampa plana, procedente de Tlaltelolco, describe a un
bailarín enmascarado.

—El rey manda que venga a enseñar las historias y profecías a Xuchitlzin.

—Pues no hace falta para eso un aprendiz de sacerdote —gruñó Citlali—. De todos modos —añadió muy satisfecha por esta vez de la enfermedad de Xuchitl— no puede ser hoy.

Señalando a la cama donde dormía la niña, continuó:

—Nada grave. Cualquier hechicero lo podría arreglar en seguida. Pero yo no sé lo que el rey...

—El rey sabe más que cualquier hechicero —afirmó Tres-Cañas con severidad, y se fue un tanto malhumorado.

Nezahualpilli vino a ver a su hija. Estaba dormida. Le puso la mano sobre la frente y sobre el corazón, y dijo a Citlali:

—Nada más que descanso. Poco de comer. Ninguna visita. Nada de hablar. Y menos que nada, cuentos que puedan excitarla.

Citlali se quedó muy contenta. La receta del rey significaba el aplazamiento indefinido de las visitas del nuevo maestro.

Hacia el anochecer, Xuchitl revivió algo y parecía deseosa de entablar conversación.

—Tu padre dice que tienes que quedarte tranquila.

—Pero Citlali, ¿cómo quieres que deje tranquila mi cabeza por dentro? Lo único que puedo hacer es dejar la cabeza tranquila sobre la almohada. Pero por dentro es como una colmena. Dime. Contéstame.

—¿A qué?

—Quiero que me digas si crees que tengo la misma enfermedad que la hija del rey Huemac. —De impaciencia, daba con el pie.— Ya sabes.

—Pues claro que no.

—¿Pero por qué?

—Porque la hija del rey Huemac vio a un hombre de verdad, y tú sólo has estado soñando.

—Pues no sé, Citlali. —Xuchitl se incorporó.— Es verdad que le vi en sueños primero, en aquella batalla. Pero cuando se quitó el pañete y se hizo aquella herida, le vi a él "de verdad"—y subrayaba su certidumbre con un ademán gracioso de la cabeza.

Citlali comenzaba a dudar.

—Pero si dices que estaba hecho de fuego...

Xuchitl no estaba muy segura.

—Sí. Parecía un hombre de llamas, pero sólo cuando estaba cerca del fuego. Estoy segura de que no era un dios, ni un fantasma tampoco. —Se calló unos instantes.— Bueno. Dime... ¿Estoy enferma como la hija del rey Huemac?

—¿Te hizo... cuando le estabas mirando, cuando... cuando se quedó desnudo... sentiste cosquillas entre las piernas? —preguntó Citlali.

—Pues... no me acuerdo.

—Entonces no —dijo Citlali con firmeza—. Porque si te hubiera hecho cosquillas, te acordarías toda la vida. De modo que no tienes la enfermedad de la hija del rey Huemac. Eres demasiado niña todavía.

16

Cuando Ixcauatzin se enteró de que había habido que aplazar su presentación a Xuchitl por hallarse enferma la princesa, pensó que el rey Nezahualpilli no era tan buen agorero como decía la gente. En cuanto al rey, tuvo ocasión de reflexionar de nuevo sobre la decisión que tan impulsivamente había tomado aquella noche. Era evidente que una fuerza natural impulsaba a Ixcauatzin hacia Xuchitl, y lo razonable era seguir la naturaleza abriendo camino a aquella fuerza. Ixcauatzin le llevaba varios años a Xuchitl. Era recto y generoso y sería capaz de protegerla en muchas ocasiones en que llegase a faltarle la protección de su padre. Era, pues, prudente ir poco a poco poniendo a Ixcauatzin al servicio de Xuchitl. Sin duda era algo beato y quizá interpretaría con alguna estrechez todo lo concerniente a la religión, pero ya se encargaría Xuchitl de corregir este defecto.

Llamó, pues, a su hija y le explicó su plan. El plan encantó a la niña, tanto porque iba aprender a leer los libros secretos y sagrados como porque iba a entablar conocimiento con un nuevo ser humano, cosas ambas muy de desear para una personilla tan curiosa. Tenía en la punta de la lengua la pregunta "¿cuándo?", pero no se atrevía a expresarla por respeto a la etiqueta que regía las relaciones entre padres e hijos en el mundo azteca. Halló, no obstante, su recompensa al oír de labios paternos que un primo suyo, Ixcauatzin, que iba a ser su maestro, llegaría a los pocos instantes. Con el rostro escondido por la expectación aguardaba de pie, echando de cuando en cuando una ojeada furtiva a su propia imagen, que veía en el espejo de piedra pulida junto a la silla de su padre. De pronto, sus ojos atónitos vieron al caudillo de la hueste negra avanzar hacia su imagen en el más-allá del espejo, detenerse y pararse, sin ademán ni palabra, sin hacer el menor caso de su presencia, a pesar de que se hallaban tan cerca el uno del otro sobre la superficie brillante de la piedra. Xuchitl palideció de emoción ante el desconocido, y luego se ruborizó recordando la escena en el patio ante la hoguera, que la había hecho creerse enferma como la hija de Huemac; su imaginación voló a aquella noche de sus sueños, ausentándose del lugar donde su cuerpo quedaba frente a su padre mientras el rey daba permiso con un gesto a Ixcauatzin para que entrase, y le recibía con palabras de afecto; y entonces, al oír la voz de su padre, Xuchitl volvió al fin a la realidad inmediata, no sin que el rey tuviera que repetir su nombre tres veces:

—¡Xuchitl! ¡Xuchitl! ¡Xuchitl!

—Sí, señor —contestó con voz apagada.

—¿Qué te pasa?

El rey no sabía qué pensar de la conducta de su hija, siempre tan buena de sí, mientras Ixcauatzin se convencía de que andaba en ello un espíritu maligno resuelto a estorbar todo aquel negocio desde el principio, a no ser que fueran los dioses, ofendidos al verle abandonar la vida del monasterio para dedicarse a enseñar historia y escritura a una niña sin importancia.

—Aquí tienes a Ixcauatzin —dijo el rey.

Xuchitl, que ya había recobrado el dominio de sí, se inclinó con su gracia habitual, y el rey prosiguió:

—Quiero que le escuches con todo el respeto que se debe a un maestro. Te enseñará a leer los pictogramas y te recitará las historias antiguas.

—Sí, señor.

Pero la imaginación se le iba otra vez del mundo de los hechos materiales al mundo tormentoso de las emociones que su cuerpo todavía frágil, abrigaba no sin dificultad. No le extrañaba gran cosa haber visto a su maestro venir hacia ella desde el mundo de sus sueños por el espacio del espejo hasta entrar en su propia realidad. Esto le parecía lo más natural del mundo. Lo que le extrañaba y le desconcertaba no era que el sueño y la realidad se mezclasen y comunicasen, ya que para ella eran los sueños tan reales como los hechos diurnos, y los duendes tan efectivos como las personas; era que su padre, caudillo de la hueste luminosa, le ofreciera como maestro al caudillo de la hueste negra. Allí en el fondo de su ser, en lo oscuro del alma, cerca de la boca del estómago, había algo que le decía que no le sería posible jamás llegar a entenderse con Ixcauatzin.

Tanto el rey como el maestro se explicaban su sombrío silencio como timidez de niña.

—Será mejor que empecéis hoy... Ahora mismo —decía Nezahualpilli, deseoso de romper el hielo.

—No he traído libro —dijo Ixcauatzin.

El rey pasó a una cámara interior a buscar libros sagrados. Quedaron solos Ixcauatzin y Xuchitl. Ixcauatzin se retiró a una distancia respetuosa, y mientras se alejaba con paso suave de su pie descalzo sobre el piso que espejeaba, traicionó a Xuchitl su curiosidad femenina y por primera vez puso los ojos en él. Allí estaba, cerca de ella, tan cerca que casi podía tocarle, ágil, esbelto, desnudo salvo el paño que llevaba a la cintura. Tenía los brazos y piernas acribillados de cicatrices y costras de sacrificio. Pero la línea, la prestancia, el modelado, las proporciones, todo era goce para sus ojos sensibles, que iban y venían con inocente placer observando aquel cuerpo tan nuevo para ella, con un goce inocente al que seguía con terquedad como perro fiel un deleite animal ignorante de sí mismo, pero seguro de sí mismo, que sabía lo que quería aun sin saber lo que era y que terminó por hacerle detener la mirada en el pañete. Xuchitl sabía ya lo que había debajo de aquel paño de algodón y cómo y cuándo se había herido. El corazón le batía con más prisa y se le coloreaban las mejillas cuando volvió a entrar el rey.

Traía en la mano Nezahualpilli un "libro" compuesto de una larga banda de algodón dividida en pinturas y doblada alternativamente a derecha e izquierda, todo ello protegido por dos tapas de madera que cerraban broches de cobre.

—Aquí tenéis el Libro de las Gestas de Tetzcuco —dijo, entregándoselo a Ixcauatzin—. En este libro podrá Xuchitl aprender el sentido de los pictogramas y las gestas de sus antepasados.

17

Las lecciones de Xuchitl tenían lugar por la mañana, en una de las salas más hermosas de sus habitaciones, llamada el Gabinete de la Laguna, porque tenía las paredes tapizadas de un algodón sedoso bordado por primoroso artífice, con una laguna azul que poblaban blancas aves acuáticas, todo ello de obra de plumería. Un ancho ventanal se abría hacia los bosques de palacio. Xuchitl e Ixcauatzin solían sentarse sobre un ycpalli de dos asientos, ante una mesa larga donde colocaban abierto el libro sagrado, desplegado en toda la longitud de la mesa, dejando en el suelo a un lado y a otro las pesadas tapas de madera. Sobre la mesa había también una hoja de papel espeso de henequén, en que Ixcauatzin pintaba ilustraciones y ejemplos con un pincel que escogía entre varios que tenía en un jarrillo de loza blanca, junto al cual, como alegre tropel de chiquillos junto a su madre, se erguía una fila de pucherillos de todos colores, lleno cada uno de una tinta de color de su traje.

Más abajo todavía, Citlali solía sentarse sobre la estera, entre Xuchitl y la ventana, con una cesta de ropa al lado y una más pequeña de costura, con sus agujas de maguey y de hueso y toda una batería de ovillos de algodón de varios colores. Había cierta rivalidad entre los ovillos de algodón y los tinteros de colores. "Sí —decían los ovillos—, ya sabemos que no tenemos brillo y que somos humildes y suaves, pero no nos quebramos tan fácilmente como vosotros y además sabemos entretejernos en la tela de la vida, mientras que vosotros no pasáis de la superficie de esos papeles que coloreáis a vuestro antojo; y mientras nosotros obramos, vosotros no hacéis más que hablar. Nosotros vivimos lo que un día vosotros referiréis. De modo que no tenéis por qué mirarnos de arriba abajo con ese aire de superioridad." Es posible que no fuera precisamente en los ovillos de algodón donde rondasen estos pensamientos. Quizá anduvieran dando vueltas en el cerebro de la pobre Citlali, bastante desplazada en la nueva atmósfera de alto saber y complicado argüir que había invadido su vida, otrora sencilla, con Xuchitl desde que aquel sabio-soldado-sacerdote se había encargado de la educación de la niña. Y luego, ¿era prudente dejar a Xuchitl sentarse tan cerca de aquel muchacho después de los sueños que había tenido, si es que habían sido sueños?

Xuchitl trabajaba de lo lindo y le encantaba el trabajo. Absorbía ávidamente las historias de su bisabuelo Ixtlilxochitl o Cara-de-Flor-de-Vainilla y de su abuelo Nezahualcoyotl o Perro Ayunador; y se daba cuenta de que iba poco a poco aprendiendo a descifrar los pictogramas, llegando a desentrañar un sentido continuo y una relación de hechos acaecidos en lo que a primera vista parecía un conjunto arbitrario de signos e imágenes.

Pero además de la curiosidad satisfecha y del deporte intelectual, Xuchitl hallaba en sus lecciones matinales cierto alivio a la tensión creciente que sentía en su alma. El mundo no era tan sólo un lugar para estar. Era un lugar donde toda suerte de poderes ignorados le tiraban a uno de aquí y de allá. De cuando en vez, sentada al lado de Ixcauatzin, sentía el poder que emanaba de aquel cuerpo penetrar en el suyo a través de la piel, sin saber cómo. Primero creyó que aquel poder de Ixcauatzin residía en su olor. Como todos los jóvenes aztecas educados en el Calmecac, era Ixcauatzin escrupulosamente limpio y siempre llegaba a sus lecciones fresco y recién salido del baño. Su cuerpo desnudo emanaba un aroma muy propio, pero limpio y fragante, extraño al principio, agradable luego a Xuchitl. Una vez, al hacer un esfuerzo instintivo para parar el libro que iba deslizándose hacia un lado de la mesa, le tocó el costado desnudo y el contacto de la piel del mancebo le produjo una violenta vibración. Ni siquiera imaginaba que aquellas onduelas que rizaban la superficie antes lisa de su sensibilidad, eran precursoras de futuras tormentas. No le atraía Ixcauatzin. Seguía viendo en él al caudillo de la hueste negra, símbolo que había asimilado de sus sueños sin poder definirlo con claridad: le desagradaba su seriedad, su seguridad de sí, su conformismo, aun sin darse cuenta de que fuera esto precisamente lo que le desagradaba.

Sin embargo, desde que había entrado en su vida Ixcauatzin, se sentía menos cerca de su padre. Le había desconcertado que su padre escogiera como su maestro al que en sus sueños acaudillaba la hueste contraria; pero además, todas aquellas formas de vida contra las cuales, en su imaginación, se erguía el rey, formas que había personificado hasta entonces en Citlali, le parecían encarnar mucho mejor en Ixcauatzin, cuya dignidad intelectual estaba más a la altura de Nezahualpilli, lo que, desde luego, había reforzado la hueste negra en el campo de batalla de su alma.

Por último, quedaba el fantasma. Xuchitl tenía la seguridad de que los duendes eran del partido de Ixcauatzin. Nunca había hablado de duendes con su padre, pero sabía, sin saber por qué, que los duendes estaban contra él. Ahora bien, había uno en palacio. De eso no se podía dudar. Ella misma le había oído gritar con su voz lastimera, inolvidable. Xuchitl sentía que tenía que acercarse a aquel duende. Ni su padre con sus estrellas ni Ixcauatzin con sus pinturas y tinteros podrían aplacar su hambre de saber, de un saber que de seguro poseía el duende. En su fuero interno, tomó la resolución de enfrentarse con el fantasma y de hablar con él.

18

Por las mañanas, Xuchitl volvía a lo serio, siguiendo con interés apasionado las aventuras de su abuelo Nezahualcoyotl, a comenzar por la de su nacimiento, que le hizo interrumpir el relato de Ixcauatzin con un grito de sorpresa: "En el año 1-Conejos, el día 1-Ciervo, al rayar el alba, el príncipe Nezahualcoyotl vino al mundo. Era su padre el príncipe Cara-de-Flor-de-Vainilla, heredero del trono de Tetzcuco, que a la sazón contaba doce años de edad."

—Pero si eso no puede ser. ¡Doce años!

—¿Cómo que no? —dijo Citlali, que mantenía con empeño su derecho a intervenir en las lecciones—. Tengo yo un hermano que tuvo el primer hijo a los doce años. Cuanto antes mejor.

Ixcauatzin escuchaba en silencio, ahorrándose los argumentos para mejor ocasión, y ya cerrado el incidente, siguió leyendo la historia de Nezahualcoyotl, erizada de peligros, desastres, salvamentos milagrosos, hazañas inauditas y finalmente la victoria. El viejo tirano de Azcapotzalco, llamado Tezozomoc, había usurpado el trono de su padre y perseguía con tesón tanto al padre como al hijo, consiguiendo al fin que Cara-de-Flor-de-Vainilla pereciese víctima de numerosas heridas. Pero Nezahualcoyotl consiguió salvarse con la ayuda de sus súbditos, que lo amaban por su juventud y bravura. Xuchitl sufría honda impaciencia mientras duraba el peligro mortal del príncipe, hasta que oía cómo se había salvado escondido en un bulto de mantas de algodón o dentro de una gavilla de maíz. La lectura de cómo el tirano Tezozomoc había soñado el año 12-Conejos que Nezahualcoyotl se transfiguraba en un águila real que le clavaba las garras en el pecho y le comía el corazón la llenó de orgullo, y lloró al oír a Ixcauatzin leer con voz igual la matanza de los inocentes que había hecho Tezozomoc mandando bandas de soldados por todo el reino de Tetzcuco con orden de degollar a todos los niños que a la pregunta "¿Quién es el señor de esta tierra?" contestaren "Nezahualcoyotl". Trepidante de interés y de emoción oyó aquel episodio en que Maxtla, sucesor de Tezozomoc y tan cruel como su padre, había dado un baile en honor de Nezahualcoyotl para asesinarle durante la fiesta: los partidarios del príncipe habían mandado a la fiesta a un campesino que se le parecía como una gota de agua a otra, dándole lecciones de urbanidad y prestancia, y cuando los mensajeros de Maxtla llegaron ante el rey de Méjico con lo que ellos creían ser la cabeza de Nezahualcoyotl, para aterrorizarle con aquella prueba feroz del poder de Maxtla, se encontraron con el propio Nezahualcoyotl en apacible conversación con el rey, y se volvieron para Azcapotzalco con más terror del que habían esperado causar. Pero lo que más feliz y ufana la puso fue oír a Ixcauatzin, no menos ufano y feliz, la historia de la última batalla de los mejicanos contra las tropas de Maxtla: después de aquellos terribles momentos de duda en que los mejicanos, sintiéndose derrotados, habían llegado hasta declararse dispuestos a matar a sus tres caudillos, —Itzcoatl, rey de Méjico, Moctezuma el Viejo, su capitán general, y Nezahualcoyotl— para congraciarse con el enemigo, los tres caudillos se batieron solos contra todo el ejército de Maxtla, hasta que sus propias tropas, reanimadas por su heroico ejemplo, arrebataron la victoria. "Y entonces —siguió diciendo Ixcauatzin con su voz tranquila de siempre— los mejicanos entraron en Azcapotzalco en busca de Maxtla, demasiado orgulloso para luchar contra ellos, y encontraron al tirano oculto en una de las albercas de su jardín. Los mejicanos lo sacaron a rastras de su escondite y arrastrando se lo llevaron por las calles de la capital hasta la plaza del mercado, donde, en presencia de todo el ejército, Nezahualcoyotl le abrió el pecho de una cuchillada, le arrancó el corazón de la morada infame que lo ocultaba, y lo ofreció al fantasma de su padre, Cara-de-Flor-de-Vainilla, abandonando el cuerpo a los buitres."

Xuchitl se estremeció. Había seguido la historia haciéndola suya. Se había identificado con la causa de Nezahualcoyotl, haciendo suyos sus peligros, sus dolores, su victoria. De modo que ahora, la mano de Nezahualcoyotl alzando al cielo el corazón palpitante de su enemigo, era su mano, y el brazo por donde corría la sangre hacia el codo, era su brazo. Se le llenaron los ojos de lágrimas al pensar que aquel su abuelo vivía en ella, dentro de ella, y también dentro de Ixcauatzin, capitán de la hueste negra, y también dentro de su padre, capitán de la hueste luminosa.

19

Xuchitl solía pasar muchas tardes en casa de una hermana de Citlali que se llamaba Cevalli o Sombra, más joven que Citlali y no menos bonita. Sombra estaba casada y tenía un niño, Quachichitl o Gorrión, que era el verdadero imán que atraía a Xuchitl a aquella casa. Quachichitl tenía tres años. Era alegre, despejado, hablador dentro de sus medios, todavía limitados, y muy afectuoso. Andaba medio de pie, medio a gatas por toda la casa y no llevaba nunca nada puesto ni en invierno ni en verano. Cuando Xuchitl venía a casa de Sombra, volvía a la niñez que por edad le pertenecía, olvidando sus cuidados; se echaba ·a gatas sobre la estera a jugar con Gorrión, haciéndole con los juguetes de paja un mundo de fantasía no menos plausible y mucho más amable que el mundo en que los mayores de edad se veían obligados a moverse; y con frecuencia tomaba al niño en brazos, gozando entonces emociones maternales tanto más profundas por ignorar la verdadera fuente de la felicidad que en aquellos momentos invadía su alma. Poco a poco había llegado a asimilar al pequeño como una vida que le pertenecía por entero.

Estaba una tarde Xuchitl en casa de Sombra, jugando con el pequeño Gorrión sobre la estera, mientras las dos hermanas charlaban sobre sus respectivos maridos —Cara-Larga, ya fallecido, según ellas creían, y Tsoyatl o Palma, el marido de Cevalli, soldado profesional, a la sazón en la guerra—, cuando de pronto oscureció el umbral una silueta siniestra. Sombra palideció. Había reconocido al sacerdote del culto de los Tlalocs o dioses de la lluvia, cuyos sacrificios caían al día siguiente.

—¿Qué edad tiene ese niño? —preguntó el sacerdote.

—Acaba de cumplir los tres —contestó Citlali con voz temblorosa, echando una mirada ansiosa hacia su hermana.

—Voy a mirarle la cabeza.

Eran los Tlalocs unas deidades inaccesibles que moraban en la cumbre de las altas montañas, ocultas entre las nubes, y como hacían la lluvia con los torbellinos de las nubes, dando al maíz su maravillosa fertilidad, todo el mundo venía obligado a ofrendarles víctimas especialmente escogidas. Estas víctimas eran niños de poca edad, porque de seguro verterían al ir hacia el sacrificio abundantes lágrimas, símbolo de abundante lluvia para el año siguiente. De todos los niños disponibles cada año los que más agradaban a los Tlalocs eran los que tenían dos remolinos en el pelo, por ser el remolino del pelo imagen de los torbellinos de nubes, morada de los Tlalocs.

El sacerdote había cogido a Gorrión en sus brazos y le estaba mirando el pelo. Demasiado sabía la infeliz Sombra cuál sería el resultado de tal escrutinio. Era el sacerdote un viejo seco y arrugado cuyos ojos, agujeros sin luz ni color ni expresión, parecían cráteres de volcanes apagados; de la barbilla le pendían unos cuantos pelos sueltos, largos y blancos. Xuchitl le miraba desde el suelo, forzando el pescuezo, con honda repulsión que apenas podía ocultar. El sacerdote dejó al niño sobre la estera. El pequeño Gorrión, asustado, lloraba a lágrima viva, lo que agradaba hondamente al viejo.

—Bueno, mujer, este niño tiene el signo sagrado en la cabeza. Nunca he visto dos remolinos más claros. Y mira qué abundante tiene los manantiales de los ojos. Está señalado por los dioses. Pertenece a los Tlalocs. Dámelo, y según costumbre, te lo pagaremos a buen precio. Lo menos vale doscientas almendras de cacao.

La infeliz madre estaba como muerta. Sabía que era inútil protestar, inútil llorar. El sacrificio de los niños a los dioses de la lluvia era una ofrenda de todos, y aunque todos se compadecerían de ella en su desgracia, nadie hubiera tenido más que maldiciones para ella si se hubiera atrevido a oponerse a la voluntad de los sacerdotes. Los ojos se le arrasaron de lágrimas. Se arrojó sobre su hijo y lo tomó en brazos con ademán tan impulsivo y violento, que el pequeño rompió a llorar todavía más fuerte. Xuchitl lloraba en silencio y Citlali, con el entrecejo fruncido, se esforzaba en vano por ocultar su emoción. Sólo el sacerdote permanecía tranquilo e indiferente. Para él, aquella escena era trámite inevitable y acostumbrado todos los años en la víspera de la fiesta. Impasible, aguardaba de pie el fluir de los sentimientos hacia su equilibrio final.

Sin ruido ni brusquedad, se acercó a la puerta, se quedó breves instantes en el umbral mirando hacia afuera, y volvió a entrar. Tras él venían esta vez tres acólitos jóvenes y vigorosos, uno de los cuales se apoderó súbitamente del niño, arrancándoselo a su madre por sorpresa. De un salto, Xuchitl se puso en pie.

—¿Qué hacéis? ¡Venga ese niño! —exclamó con voz de mando.

A pesar de los gritos y sollozos del pequeño, el acólito percibió el tono de autoridad de la voz de Xuchitl, se quedó parado y miró al sacerdote. El viejo, no menos asombrado, preguntó:

—¿Quién sois vos para hablarnos así?

—La hija del rey —contestó Xuchitl segura de sí.

Sorprendido, el sacerdote dirigió una mirada interrogante a Citlali, que, sin comentario alguno, se limitó a decir:

—La princesa Xuchitl.

Volviéndose hacia Xuchitl el sacerdote entonces preguntó:

—¿Y no sabéis que el rey no tolera que nadie estorbe las ceremonias del culto?

—Ya lo sé —contestó Xuchitl, temblando a la vez de terror y de indignación—. Pero yo no estorbo nada. Lo único que digo es que se me deje a ese niño hasta que el rey sepa... —¿sepa qué?, se preguntaba, y su corazón le inspiró una respuesta admirable— que su padre es un soldado que está en la guerra.

El sacerdote se quedó pensativo unos instantes, y en vista de todas las circunstancias, se decidió por una solución intermedia.

—Muy bien. El niño es, desde luego, una víctima predestinada; no lo he visto mejor este año. Aquí lo dejaré hasta la noche. Entretanto, el rey dirá. —Y se marchó seguido de sus tres acólitos.

Sin perder minuto, Xuchitl y Citlali se fueron a poner al rey en autos del asunto. Estaba Nezahualpilli en su gabinete, leyendo los pictogramas de las guerras recientes. Recibió a su hija al instante, mientras Citlali aguardaba en la antesala. Xuchitl le explicó todo a su modo claro y concreto, aguardando tranquila una respuesta sin duda favorable. Con gran sorpresa y desmayo suyo, Nezahualpilli escuchó preocupado y contestó más bien negativo.

—Pero, mi pluma preciosa, lo que no veo son las razones para intervenir. Me dices que el niño tiene dos remolinos y llanto abundante. Para los sacerdotes, éstos son los signos más seguros de que será víctima predilecta de los Tlalocs.

—Pero, señor, ¡le quiero tanto! —exclamó Xuchitl con lágrimas en la voz.

121

—Ya lo sé, mi jade preciosa, ya lo sé. Pero precisamente por eso será más valioso tu sacrificio a los Tlalocs. Nuestro pueblo cree que el sacrificio de los niños le trae la lluvia. Supónte que cediera a tus lágrimas y que luego hubiera sequía y hambre. ¿Con qué cara nos presentamos tú y yo ante el pueblo hambriento?

Xuchitl sollozaba.

20

La procesión tuvo lugar el día siguiente. Delante de cada casa se había instalado un mástil de madera con papeles sagrados untados de hule o goma, en honor a los dioses de la lluvia. Frente a palacio, Yeicatl había instalado toda una fila de mástiles. El pueblo solía vigilar celosamente la conducta de cada cual en aquella ocasión, y se esperaba especialmente de los padres y familia de las víctimas que siguiesen la procesión hasta el fin y que presenciasen el sacrificio de sus niños. Xuchitl lo sabía. Sabía que Citlali iba en la procesión al lado de su hermana para ayudarla a soportar su tortura. La joven princesa decidió afrontar su propio deber y se hallaba en la azotea, junto a su padre y hermanos, cuando pasó la procesión ante las ventanas de palacio. A un lado y a otro se apiñaba una multitud abigarrada, en la que las filas multicolores de huipillis femeninos resaltaban sobre el fondo loro de los cuerpos masculinos desnudos. Todos se volvieron hacia el oeste al oír el redoble rítmico de los tambores primero y después las notas frágiles de las flautas de caracol que anunciaban la llegada de la procesión. Abrían la marcha tres sacerdotes vestidos de blanco, en fila india; venían detrás los tambores y las flautas en dos filas transversales; por último, separadas una de otra por sendos sacerdotes vestidos de negro, venían las literas a hombros de cuatro acólitos cada una. Eran estas literas pequeñas plataformas con toldos de algodón, decoradas con cierta gracia aunque algo pesada, con copia de plumas verdes, rojas, blancas, negras. En cada una venía un pequeño ricamente ataviado con mantas de algodón sedoso, enagüillas bordadas las niñas y cinturas bordadas los niños, collares de piedras preciosas, zapatos de cuero de colores brillantes y alas de papel pegadas con engrudo a los omóplatos. Mientras pasaban, uno o dos de ellos como atontados por lo inexplicable de lo que les ocurría, los más vertiendo abundantes lágrimas de los ojos hinchados, lloraban las mujeres y se regocijaban los hombres al ver llanto tan abundante, presagio seguro de abundante lluvia y próspera cosecha. El pequeño Gorrión venía el último. Iba vestido de verde, color de los campos de maíz y de Esplendor-de-Jade, diosa del agua. Su litera era todo un ramillete de maravillosas plumas verdes que centelleaban al sol con tornasoles de seda; sobre la manta de rico algodón que le cubría el cuerpecillo... y ocultaba las cuerdas con que iba atado a la litera, caracoleaban caprichosos diseños bordados con plumas verdes de colibrí; colgaba de su cuello un collar largo y pesado de inestimables chalchivitls o piedras jade, calzaba cactlis de piel de tigre teñidos de verde y constelados de piedras verdes también. Preso en aquella cárcel de telas y pedrerías, el niño iba echado hacia atrás sobre el respaldo del asiento, llorando en silencio ríos de lágrimas que le caían en hilos ardientes a lo largo de las mejillas pálidas, arañándose las rodillas con las manos en un gesto de desesperación. No sabía adónde lo llevaban. No tenía idea del horrendo porvenir que en menos de media hora le aguardaba. Lloraba porque no comprendía; porque no veía a su madre; porque no sabía quiénes eran aquellos seres extraños que se habían apoderado de él para subirlo a aquellas andas; mientras ellos le miraban llorar y se miraban unos a otros con satisfacción pensando en la cosecha del maíz.

Cuando vino a pasar frente a Xuchitl, que rígida y sin movimiento contemplaba la procesión con los ojos secos por un milagro de su voluntad, el pobre corazón maternal se quebró de pronto y Xuchitl cayó hacia atrás, desmayada, sobre el piso duro del salón. Nadie lo observó en la calle. Nadie se movió en la azotea de palacio hasta que la procesión se hubo perdido de vista.

VII. Una representación azteca de Tlaloc, dios de la lluvia.

21

Xuchitl soportó aquel día el golpe más duro que en su vida infantil había conocido. Quachichitl o Gorrión era la primera rama que la mano de la muerte arrancaba del tallo vivo de su alma, y la herida le hacía daño porque era sensible y todavía muy niña. Además le había impresionado hondamente la impotencia de su padre en aquella ocasión, tanto más por estar acostumbrada a ver en él la fuente del poder y el origen de la razón. Comenzaba a surgir en su ánimo la idea de que existía algo más grande, más poderoso, vasto, ancho, hondo y alto que la majestad del rey: un Ser difuso e indefinido, una especie de inmenso animal del que sería el rey no más que la cabeza o quizá el brazo derecho; un ser inmenso que sabía lo que quería y lo lograba siempre, que había devorado al pequeño Gorrión y la devoraría a ella si quisiera. Y así comenzaba a sentir oscuramente que la batalla entre la hueste luminosa y la hueste negra que en sus ensueños diurnos y en sus sueños nocturnos había visto, no se daba, como hasta entonces había creído, en su alma, sino en el alma de aquel Ser enorme que a veces la miraba con los ojos bondadosos, nobles y algo tristes de su padre, y a veces la apuñalaba hasta la médula con los ojos fieros y redondos y la sonrisa cuadrada de Uitzilópochtli.

Xuchitl fue deslizándose de estos ensueños oscurecidos por sombrías meditaciones a un sueño agitado por pesadillas tormentosas en que el pobrecillo Gorrión, palpitante sobre la mesa del sacrificio, Ixcauatzin hiriéndose para salvaguardar su castidad, su padre tragado por el Ser monstruoso, y la Reina-Duende lanzando en la noche sus ayes lastimeros tras la puerta que cerraban tres cortinas, surgían y se sumergían (como ella misma solía hacerlo bañándose en la laguna) entre una laguna negra de sombras líquidas y un aire sobrecargado de vapores y atravesado por los rayos temblorosos de un sol indolente.

No estaba enferma, pero su padre había dado orden de que guardase cama y solía venir a verla todos los días. Una tarde el rey halló a Xuchitl dormida, pero con un sueño muy agitado. Su lecho de mantas de algodón extendidas sobre la estera cabe el suelo era como un mar en que la niña iba y venía a merced de olas de emoción y de vientos de fantasía. De cuando en vez, murmuraba palabras sueltas y aun frases enteras: "Quachichitl. No. No. Quachichitl." Hubo un silencio largo. Xuchitl se echó sobre la espalda, se le cortó la respiración; asió las mantas con la desesperación de un náufrago que se agarra a un madero, y con voz ronca gritó: " ¡El corazón de jade!... ¡El corazón de jade!..." Su padre se quedó atónito. Echó una ojeada a la estancia. No había nadie. Estaba de rodillas, junto al lecho, sentado sobre los talones, y así se quedó mirándola desconcertado. ¿Cómo era posible que supiera la existencia de la joya secreta? Le había llamado la atención el acento de desesperación, de anhelo, que había impulsado el aliento de la niña al formar aquellas palabras tan mágicas para él. Reacio a toda explicación de las cosas aún más extrañas que no fuera la más corriente y natural, Nezahualpilli se sentía no obstante inclinado a atribuir aquella escena a algún fantasma que se habría apoderado del cuerpo de su hija y que se expresaba por su voz. Sólo dos fantasmas tales se le ocurrían: el de la reina Pezón-de-Fruta y el de la Reina Mala.

Xuchitl abrió los ojos y le sonrió.

—¡Ya lo decía yo, que no os habíais ahogado! —dijo con menos aplomo del que sus palabras expresaban.

—¿Por qué? ¿Quién dijo que me había yo ahogado?

Xuchitl sintió una fuerza interior que la obligó a cerrarse sobre sí misma, y se limitó a contestar:

—Debe de haber sido un sueño.

—¿Te acuerdas de algo de lo que has soñado?

La niña miró a su padre con una mirada donde todavía quedaba algo de la luz de su sueño, aquella luz extraña bajo la cual su padre se le aparecía como algo inexplicable, misterioso y ajeno; y sin embargo le sonrió con su dulzura de siempre; y sin embargo le contestó:

—No.

Capítulo IV

ALONSO MANRIQUE CRECE ENTRE EL MUNDO BLANDO Y EL MUNDO DURO

1

Bajo el dolor reflejado en su alma por el dolor de su mujer, don Rodrigo sintió no poco alivio al ver extirpada la colonia judía de su feudo de Torremala. Demasiado sabía él lo difícil que era impedir desórdenes mientras subsistiera un grupo de gentes en plena prosperidad no asimiladas a los ojos envidiosos de los cristianos pobres; y demasiado sabía también que la actitud acogedora de su propia clase para con los judíos arraigaba precisamente en el hecho de que era una clase demasiado rica para envidiarlos. A raíz de la expulsión, se dejó llevar de la creencia de que el trato sufrido por los judíos no convertidos redundaría en beneficio de los conversos. Don Rodrigo deseaba asimilar de un modo completo y definitivo a los que, como su mujer, habían abrazado la fe de Cristo. De aquí cierto estado de ánimo como distraído u olvidadizo del problema en sí, que se manifestó en el descuido de todo lo que pudiera unirle a la judería, los dos bastones mágicos que le había regalado el hermano del rabino, la cajita mora que el rabino había dejado en manos del padre Guzmán, y hasta la casa de la judería que ni siquiera fue a ver y dejó cerrada y abandonada durante años enteros, hasta que todo aquel distrito fue perdiendo su añejo sabor judío.

Una mañana, al rayar el alba, llegó un mensajero a anunciar que el Muy Magnífico Señor Don Cristóbal Colón, Almirante de las Indias, pasaría por Torremala hacia mediodía. Con el mismo asombro que todo el resto de la cristiandad, se había enterado don Rodrigo del descubrimiento hecho por su huésped del año anterior, y aunque sus ideas sobre el tal descubrimiento eran casi tan vagas como las del propio descubridor, tenía la impresión, como todo el mundo la tuvo entonces, y muy justificada, de que el mundo estaba en vísperas de recibir una revelación sin igual.

Aquella mañana ya bien entrada, hallándose don Rodrigo en su cámara de trabajo, oyó una algarabía lejana. Allá en la avenida, todos los muchachos de Torremala parecían haberse congregado en multitud abigarrada y revoltosa. Era un día de primavera, y el sol hacía resaltar la menor nota de color de la pintoresca comitiva que, avenida arriba, se acercaba al castillo. Abrían la marcha cuatro

126

jinetes tocando largas trompetas de plata con paños de seda escarlata. Seguía otro jinete ataviado de colores vistosos, que enarbolaba la bandera de Castilla, fondo verde con la F y la Y mayúscula coronadas, bordadas en oro. En filas a un lado y a otro seguían a pie los hombres y mujeres más extraños jamás vistos, ni blancos ni negros, sino de tez lora, de cuerpo bien formado, desnudos sin más que un pañete, cubiertas las mujeres con una especie de túnica de algodón blanco, que llevaban mal, como personas acostumbradas a andar en cueros. Algunos hombres llevaban al cuello ricas cadenas de oro y anillos de oro en nariz y oídos; otros, al parecer de menor alcurnia, llevaban sobre el brazo izquierdo papagayos y loros de extravagantes colores, rojos y verdes y amarillos y azules, que parecían fuegos con alas. Calero se había agregado a la comitiva, siempre tan serio y atareado, como si de él dependiera todo, llevando sobre el brazo izquierdo un pollo a cuya cola había atado unas plumas verdes de gallo, tan ufano como si llevara un neblí.

Venía después el Almirante Mayor del Gran Océano, vestido de damasco bordado de oro, tocado con un bonete de terciopelo rojo, al cuello un collar de oro, espuelas de oro, oro por todas partes, hasta en las riendas anchas de cuero y oro que llevaba su elegante mula de un castaño tierno. La comitiva, a la que precedían y seguían todos los muchachos del pueblo, destiló entre dos hileras de apretado gentío hasta llegar al terrero de don Rodrigo, donde aguardaba toda la familia Manrique con el prior y el médico. Fue día de triunfo para el descubridor. Después de breve descanso, los Manriques le ofrecieron una suntuosa comida, como correspondía a quien ya entonces ocupaba uno de los más altos puestos del reino.

—Vuestra Señoría —decía Isabel en la mesa, con sinceridad— debió de sentirse lleno de gratitud cuando las carabelas divisaron tierra.

—Gratitud, en efecto, señora —contestó el Magnífico Señor, en cuyos ojos brillaba el fuego del orgullo a través del velo de la modestia con que en vano intentaba ocultarlo—. Mis méritos no cuentan al lado de la misericordia divina que se ha manifestado en ellos. Al fin y al cabo, yo no podía equivocarme, porque todo lo que dije y todo lo que he hecho estaba en las Profecías, en la Santa Escritura.

El médico seguía comiendo, con los ojos fijos en el plato. ¿Qué clase de hombre era aquél?

—Pero, señor —se atrevió a preguntar al fin—, ¿qué es lo que ha descubierto? ¿Un mundo nuevo, o un modo nuevo de llegar a la parte más vieja del mundo viejo?

La tez blanca lechosa del Magnífico Señor se coloreó de manchas rosas. Nada le alzaba la cólera como una pregunta concreta sobre cuestiones de hecho.

—Pero, vamos a ver, señor mío —replicó, con voz cálida y ofendida—, ¿no le basta a vuestra merced que traiga en mi séquito hombres tales como nadie los ha visto jamás, y oro a sacos, y pájaros que

127

parecen ramilletes con alas, que todavía me ha de preguntar vuestra merced de dónde vengo? Nuevo o viejo, todo es un mundo, y lo que yo he hallado es el fin del oriente o el principio del occidente; de todos modos, lugares que nadie ha ido a buscar antes que yo. Pero además —prosiguió, traspasando el fuego de sus emociones a su imaginación— no hago más que empezar. Dentro de poco volveré allá. Sus Altezas me meten prisa para que me haga a la vela. Y espero descubrir para la cristiandad no sólo tierras de riqueza nunca soñadas, sino... tierras de salvación también.

El médico lo dio por perdido. Isabel quiso crear una diversión al debate. —¿No podría Vuestra Señoría decirnos algo sobre esos pájaros?

El Muy Magnífico Señor le sonrió complacido. —Son creaciones maravillosas de nuestro Señor. No hay color que no les haya prodigado; porque aseguro a vuestra merced que el menos agraciado de esos pájaros que traigo da más alegría a los ojos que el jardín del rey en Sevilla en el mes de mayo. Y en cuanto a hablar...

—¿Pero hablan? —preguntó Isabel.

—En cuanto a hablar —prosiguió sin contestar—, no hay nada que no aprendan. Tengo uno, sobre todo, que no hay vez que no me vea sin que me salude muy devotamente.

—¡Qué maravilloso! —exclamó Isabel—. ¿Podríamos oírlo?

El almirante se volvió hacia don Rodrigo. —Si vuestra merced da orden de que mi paje Antonio traiga aquí ese pájaro...

Antonio abrigaba opiniones personales sobre los pájaros, el almirante y los saludos devotos. Tenía quince años y era ambicioso y revoltoso. El oro que había rescatado en Haití por campanillas de Flandes y cuentas de vidrio se lo había confiscado el almirante al llegar a Palos, alegando que sólo él tenía derecho a rescatar. Cuando el mayordomo Suárez vino a decirle que subiera a presentar el papagayo piadoso a las señoras, ocultó una sonrisa de maliciosa satisfacción. Hacía diez días que venía dando lecciones al tal papagayo, cuyo vocabulario iba enriqueciendo con éxito maravilloso; pero creyó oportuno no comparecer en persona, y lo mandó al comedor al brazo de un mancebo indio que no conocía el castellano, y que por lo tanto se evitaría la molestia de tener que explicar lo que ocurriera si algo ocurriere.

—¿Dónde está Antonio? —preguntó el almirante. Pero nadie contestó, pues todos tenían los ojos y la atención clavados en el papagayo y en el hermoso mancebo indio que lo había traído. "¡El Señor te bendiga!"—repetía el pájaro al ver al almirante. Los presentes le escuchaban boquiabiertos. Y después, en una especie de aparte, como haciéndose una observación a sí mismo, añadió: "¡Es un puto bellaco! ¡Es un puto bellaco! ¡Es un puto bellaco... el almirannnnn...te!"

Atragantóse el médico; enrojeció el almirante, rivalizando de color con el papagayo; ocultaron el rostro los sirvientes, y se quedaron suspensos don Rodrigo, Isabel y el prior. Sólo el pájaro y el indio conservaron durante toda la escena el equilibrio de la inocencia y la calma de la ignorancia.

2

Aquella misma tarde prosiguió su camino el Magnífico Almirante, poniéndose en el horizonte como otro sol entre nubes gloriosas de papagayos y tesoros. Todo lo había empaquetado otra vez con sumo cuidado, pues sólo lo exhibía al paso de pueblos y villas, con el fin de impresionar a la multitud con el esplendor del descubrimiento. Torremala recobró el tren de vida cotidiano. Don Rodrigo había aprovechado la ocasión para indultar a Esquivel. El pintoresco episodio de Cristóbal Colón vino a enriquecer la casa de don Rodrigo con el papagayo culpable, que el almirante regaló a Isabel, y con el malicioso paje, que desapareció en el momento de la marcha, para reaparecer en cuanto se había alejado su amo, pidiendo a don Rodrigo le tomase a su servicio.

Abundaban ya en aquella casa los tipos más diversos. El niño de Isabel creció al cuidado de una esclava mora que el Gran Cardenal de España había enviado a don Rodrigo de regalo poco después de una de las rebeliones que tuvo por consecuencia la toma de Granada. Era al llegar a Torremala una muchacha de doce años, seria y precoz, de una familia acomodada, de modales y aspecto refinados y, en particular, de escrupulosa limpieza personal, que infundió al niño. Estaba bautizada y se llamaba Leonor.

El pequeño Manrique creció así entre una madre judía cristiana y una niñera mora cristiana, caso frecuente en aquellos tiempos. Había vuelto al tipo rubio y de ojos azules de sus antepasados visigodos, quizá al estímulo de las facciones maternas, y don Rodrigo se afanó en observar, desde los primeros días, que su hijo daba señales de gran vigor corporal y promesa de aquella alta estatura que siempre había designado a los Manriques para puestos de peligro y mando. "Será soldado", decía con orgullo. "Ya veremos", contestaba Isabel.

Porque ella tenía otras intenciones, como lo dejó entrever al pedir y obtener que se bautizase al niño Alonso, además de Manuel, por ser Alonso el nombre de un ilustre Manrique que, después de una vida ejemplar en la Iglesia, había muerto en olor de santidad. Lo primero que observó en el niño fue su viveza mental, lo que le agradó profundamente, por ser ella misma inteligente y ávida de libros.

Aprendía con tanta rapidez, que ni Isabel ni Leonor supieron resistir la tentación de enseñarle todo lo que ellas sabían, de modo que, antes que don Rodrigo se diera cuenta de lo que ocurría en su casa, el niño hablaba y escribía ya el castellano, el árabe y el hebreo.

Don Rodrigo se enteró por su madre, doña Mencia. Había aceptado doña Mencia el matrimonio de su hijo no sin cierta repugnancia y sólo ante las severas amonestaciones del padre Guzmán. Después de la boda se había retirado con unos cuantos criados al ala norte de la mansión, donde hacía una vida de oraciones, caridades y recuerdos. El Alonso solía hacer a su abuela una visita por semana. Una tarde, apenas había cumplido los diez años, se hallaba en la estancia de su abuela, contemplando y manoseando un modelo en plata del sepulcro de Fernando III, que ocupaba en la estancia lugar de honor por ser regalo del rey a doña Mencia. Con asombro de la noble señora, el niño se puso a leer y traducir los epitafios inscritos en hebreo y arábigo. Por un lado complacida, doña Mencia se quedó horrorizada al descubrir que el niño, que tan bien leía los epitafios en las dos lenguas infieles, no entendía el epitafio latino. "Es cosa de preguntarse si este infielito sabe leer romance." Y mandó al niño que leyese la cuarta inscripción grabada en el zócalo de plata, lo que con gran alivio de la abuela, hizo el nieto con facilidad. Con todo, le preocupó hondamente aquella escena y no tardó en manifestarlo así a don Rodrigo.

Don Rodrigo aprovechó la ocasión para tomar a su cargo la educación de su hijo. —¡Basta de faldas! —dijo a su mujer—. Ahora me toca a mí.

Isabel se resignó a lo inevitable, aunque arrancando a su marido dos concesiones: el niño iría a tomar lecciones de latín del padre Guzmán y conservaría lo que ya sabía de arábigo y de hebreo.

3

Aquel día marcó un cambio radical en la vida del muchacho, que sintió Alonso no sólo en sus actos diarios, sino en todo el ambiente y el aroma de su vida. Hasta entonces, había vivido entre almohadones protectores. Sólo habían conocido sus sentidos lo dulce, lo tierno, lo tibio, lo aromado, lo armonioso, lo delicadamente matizado y equilibrado. La experiencia de aquellos sus primeros días vivía en su ser íntimo encarnada, por decirlo así, en el tibio seno de su madre y en el de su joven y hermosa niñera; y aun cuando nunca había pensado conscientemente en ello, aquellos senos suaves y tiernos sobre los que había reclinado tantas veces la cabeza dormida, eran como hogares secretos de goce, cada uno con carácter propio que distinguía y definía por su aroma respectivo. Ni Leonor ni Isabel solían llevar perfumes artificiales, de modo que aquellos aromas que él percibía y de que hacía comparaciones instintivas eran naturales: su madre le olía a claveles; Leonor, a jazmines.

Alonso comenzó a pensar en aquellos días de su niñez que tan inocentemente había vivido cuando, bajo la autoridad de su padre, pasó del mundo blando al mundo duro. Aquellos días habían sido para él de incomparable dulzura. Dormía en una alcoba al lado de la de Leonor. Todas las mañanas entraba Leonor inundando su cuarto de luz y su rostro de besos. Alonso recordaba el fuerte aroma de jazmines que emanaba del pecho de la joven cuando se inclinaba sobre su lecho, y que le agradaba sin saber por qué, más todavía que sus besos. Luego lo bañaba. Desde los tiempos en que había entrado en la familia una hija del Gran Visir de Córdoba, habían adoptado los Manriques costumbres de limpieza mora, que en años posteriores iban a bastar para echar sobre su casa sombras de herejía. Leonor vino a reforzar esta tendencia, que los cristianos viejos de la domesticidad miraban con desconfianza y disgusto. Después solía Leonor llevar a Alonso a su madre, y antes de desayunar decían juntos las oraciones matinales. Ya cuando llegaba Alonso con su niñera mora estaba ella vestida y esperándole; le besaba con cariño, y Alonso recordaba este beso que tanto le hacía gozar, y todavía más el aroma de claveles que emanaba del pecho de su madre.

Tenía Isabel una capillita personal, u oratorio, al lado de su alcoba. En este oratorio Alonso y su madre se arrodillaban sobre los baldosines del suelo —invierno o verano—, ante un altar con un cuadro de la Madre y el Niño. Alonso sentía verdadera adoración por aquella pintura, en la que se había acostumbrado a ver a su madre y a sí mismo, transfigurados en una entidad inseparable, eterna, misteriosa. Sobre el altar había siempre flores, casi siempre claveles, ofreciéndose como estrellas vivas ante la imagen, y candelas hechas de la cera de la casa que ardían noche y día. En el silencio recogido de aquel oratorio, madre y niño oraban ante la Madre y el Niño las sencillas oraciones de los fieles.

Centrado en sí mismo para todo el resto del día, salía luego de la capilla sin otro deseo que el de satisfacer el apetito del cuerpo, que pedía alimento, y devoraba su desayuno de leche, pan y miel que Leonor le había preparado entretanto. Ya nutrido, Alonso se iba al jardín. El jardinero mayor era también moro, mudéjar o "dejado atrás", como se llamaban entonces los moros que se habían quedado en las zonas reconquistadas por los cristianos. Tenía gran cariño por el chico y le había enseñado los nombres de las plantas y flores, sus temporadas, sus maneras de ser y de vivir, dolencias, modos de reproducirse, injertos y demás aspectos de la vida del jardín, asombrándose de la rapidez con que el muchacho absorbía todo. Solía dejarle que le ayudara a regar o a abrir y cerrar las compuertas que gobernaban el paso del agua por los canalillos y acequias que el experto moro había dispuesto por todo el jardín y su huerta. De cuando en cuando Alonsito se montaba a lomo del paciente burro que daba vueltas y vueltas en torno a una noria por un sendero limitado y sin fin, o se imaginaba que ayudaba al jardinero a empujar la carretilla llena de macetas. Eran para Alonso goce sin igual aquellas mañanas pasadas en el jardín, mundo encantado de colores y de aromas en que se hundía tan a fondo en imaginación, que a veces le parecía como si estuviera viviendo bajo un cielo de colores brillantes y variados en un aire saturado de los aromas más balsámicos y embriagadores, extraña sensación de realidad irreal que a veces se apoderaba de su alma.

Hacia media mañana, Leonor venía a buscarle y se lo llevaba para una lección. Primero había que lavarlo y volverlo a vestir, y en seguida Leonor sacaba de un arca tal o cual manuscrito árabe de los que con gran contento había encontrado en la casa de los Manriques, herencia de la bisabuela mora. Eran poemas, cuentos, libros de viaje. Se los leía a Alonso o se los hacía leer y luego se los comentaba, en árabe también para hacerle el oído. Otro mundo de ensueños, de vívidos colores, de fuertes aromas. Sultanes, princesas, caballos rápidos como el relámpago, genios y espíritus para quienes nada es imposible, flores y aromas, cuya penetrante delicia atravesaba los sentidos hasta tocar el meollo mismo del alma; palacios, pilares, gradas que van descendiendo suavemente hacia las aguas claras que lamen la piedra blanca y luminosa con sus onduelas transparentes: albornoces flotantes de seda y oro; perlas en torrentes, diamantes en constelaciones; imágenes que hacían reverberar la vida con luz mental; pensamientos sutiles que entretejían hechos corrientes en adorables arabescos; historias de amor y de traición que hacían que el corazón batiese al galope con el caballo que volaba a través del desierto llevando a su lomo al bravo y juvenil caballero, alfanje en mano, ardiendo los ojos negros en fuego vengador, para matar al traidor y abrazar a la doncella traicionada. Alonso leía aquellas hermosas páginas bordadas de escritura árabe, y de cuando en vez alzaba los ojos encontrándose con los ojos profundos y apasionados de Leonor, brillantes de lágrimas reprimidas.

El rostro de Leonor, cuya belleza ahondaba la emoción, movía el corazón del niño, y espontáneamente la abrazaba con ternura. Para Leonor era Alonso la única salida de su emoción contenida. Hijo, padre, madre, marido, todo lo era para ella; único ser al que le estaba permitido amar abiertamente, y aun así, demasiado lo sabía ella, no por mucho tiempo. Siempre que lo abrazaba, revivía su corazón recuerdos de su propia niñez en Granada. Apenas tenía doce años cuando, a causa de la rebelión de su familia, había perdido la hermosa casa y el jardín adorable en que había crecido y la habían vendido como esclava. Aquel hogar granadino había sido su paraíso, en el cual había gozado los primeros revoloteos del amor con un primo suyo, apuesto y fogoso, que había huido al campo con los rebeldes. En su imaginación veía entonces otra vez aquella escena desgarradora, cuando bajo el ruido ensordecedor de las trompetas cristianas que pregonaban la ruina y esclavitud para todos ellos, Hussein había entrado de súbito para decirle adiós. "Toma —le dijo, poniendo en sus manos un medallón de plata—, llévalo al cuello para siempre." Todavía lo llevaba y lo llevaría toda su vida y allí estaba en el nido tibio entre sus senos. ¿Volvería algún día Hussein?

¿Se acordaría de ella? ¿Hussein? —pensaba en su corazón mientras sus brazos apretaban el tierno cuerpo de Alonso con pasión insatisfecha.

Después de la siesta, Alonso volvía al jardín a jugar, mientras su madre cosía o bordaba; y cuando el sol comenzaba a declinar, el muchacho volvía a casa a leer con ella, sobre todo libros de religión y de historia. Alonso no se sentía atraído por los libros hebreos, aunque sí le interesaba el lenguaje. Isabel no había revelado al niño el Cantar de los Cantares. Su instinto le decía que Alonsillo era demasiado sensible para una poesía tan tensa. Cuando el muchacho comenzaba a fatigarse de la austeridad de los textos hebreos le leía la vida de los santos, donde hallaba Alonso más satisfacción para su ánimo al ver el alto esfuerzo de las almas de los elegidos para alcanzar las casi inaccesibles cúspides de la perfección.

Pero la alegría del alma del muchacho, su goce supremo, era el Nuevo Testamento, y su héroe era Jesucristo, cuya vida leía en un manuscrito exornado con maravillosas miniaturas. Alonso seguía el relato de los Evangelios con pasión y delicia, aguardando siempre en cada episodio, con un placer anticipado, que por experiencia estaba seguro de ver satisfecho, el triunfo final de Jesucristo en palabra y en obra. La fácil infalibilidad de Sus respuestas, la maestría perfecta de Su conducta, eran causa constante de alegrías siempre nuevas, aunque siempre las mismas. Poco a poco, había llegado a identificar a Jesús con el lado suave o blando de la vida, el de su madre y el de su niñera, porque Jesús estaba siempre en favor del amor y del perdón, las dos virtudes dulces. Pero un día llegaron a leer aquel trozo del Evangelio de San Juan cuando en las bodas de Caná, la madre de Jesús vino a Él y le dijo: "No tienen vino." "Jesús le dijo: Mujer, ¿qué tengo yo que ver contigo?" Alonso no sabía qué pensar. ¿Cómo era posible que Jesús, "su" Jesús, encarnación perfecta del amor y de la bondad, hablase a su madre con aquella dureza? A pesar de su desmayo, de sus tiernos años, de su confianza en su madre, un oscuro instinto le obligó a guardar silencio y a tragarse sus dudas para rumiarlas más tarde.

Otras veces, madre e hijo leían las crónicas de España, en cuyas páginas se encontraba Alonso con gentes de su linaje, relucientes de colorido en el pintoresco tapiz de las guerras moras. El muchacho seguía aquellas historias dramáticas con apasionado interés, luchando en espíritu ya de un lado, ya de otro, en las batallas que al leerlas vivía. No era siempre cosa fácil de escoger el lado por razones religiosas, pues con frecuencia ocurría que lucharan mezclados moros y cristianos contra cristianos y moros. A veces, en batallas cuya frontera religiosa era más clara, Alonso se apasionaba al leer la crónica, se incorporaba a la lucha y se soñaba a sí mismo matando moros en el campo de batalla, cuando, de súbito, en pleno ardor del combate, le surgía en la memoria la imagen de Leonor y le dolía el corazón al recordar todo el esplendor de la vida árabe que su hermosa niñera le había enseñado. Así se anudaba en su corazón el eterno enigma del amor y de la guerra. ¿Dónde estaba la verdadera vida? Alonso se daba cuenta de que el ideal de su madre, el ideal de amor, era cierto. Pero también sabía que era menester castigar al malo. Y también sabía que cuando fuera mayor, a él le gustaría luchar. Su alma se elevaba hasta lo heroico al oír a su madre cantar las gestas de sus abuelos los Manriques, transfigurados en poesía por los autores anónimos de los romances populares.

Isabel tocaba bien la vihuela y le gustaba acompañar los cantares castellanos e hispanojudíos, con una voz muy fina de soprano que tenía. Le enseñó a tocar y a cantar a su hijo, pero aun cuando el muchacho progresaba bien en estas artes musicales, prefería escuchar a su madre cantarle la trágica historia de los siete infantes de Lara, o las gestas del Conde de Castilla o las hazañas del Cid; y más todavía cuando cantaba poemas líricos como los himnos compuestos en honor de Santa María por el rey Alfonso el Sabio, o una canción adorable, melancólica, de origen hispanojudío, cuyo refrán se le había quedado en la memoria y sin saber por qué le hacía soñar:

¡Ay, mira que el amor es una mar muy ancha!...

¿Por qué? No lo sabía. No sabía lo que era el amor y no había visto nunca el mar. Pero aquel refrán le removía las entrañas. Parecía como si se le abriera ante los ojos del alma un mundo sin límites, y como si todo su ser vibrase con una emoción tan tierna como los abrazos de su madre, tan tensa como el rostro de Leonor cuando le miraba con ojos henchidos de no vertidas lágrimas, tan vasta y tan inimaginable como aquel mar inmenso, allende el cual, desconocida para él, comenzaba entonces a brotar una flor exótica que el destino le deparaba arrancar de su suelo natal.

4

Había un chico malo en su mundo. Se llamaba Esquivel. Era hijo de un hombre malo que su padre conocía bien. Era perezoso aunque fuerte, bizco y malévolo. Más allá de la huerta, en un espacio abierto, cómodamente amueblado con carros viejos y rotos, uno o dos cobertizos y unas bardas abandonadas, Alonso y sus compañeros solían jugar a justicias y ladrones.

Un día en que actuaba Vicente de caudillo de los ladrones y Alonso de jefe de los justicias, un pequeño que por el momento figuraba del lado de la ley, muchacho de pocas piernas, tuvo la feliz idea de subirse a la copa de un árbol desde donde se divisaba todo el campo de operaciones. Ocurrió que Esquivel había descubierto un escondite que creía ideal, una guardilla de una granja abandonada. Con gran disgusto suyo, Vicente se encontró con que los justicias al mando de Alonso le echaron el guante en seguida. El caudillo de los ladrones estaba indignado, sobre todo porque le intrigaba el porqué de su fracaso. Estaba seguro de que nadie le había visto subir y sabía que sólo desde arriba podían verle, por tener el tejado un agujero. Le mordía el corazón el resentimiento y todo se le volvía preguntar cómo le habían descubierto. Con risa de buen humor, Alonso se contentó con apuntar a Juanillo, que seguía encaramado en el árbol, mal oculto por el follaje. Furioso, Vicente Esquivel se precipitó contra el árbol, dándole tal sacudida que Juanillo perdió el equilibrio y cayó en tierra dando un grito desgarrador. Pero Esquivel, no contento todavía, le golpeó y pateó con rabia. Un golpe de sangre irrumpió en el corazón de Alonso. Echó a correr hacia el grupo, pero Vicente puso pies en polvorosa, seguido de Alonso, que lo alcanzó fácilmente, lo tiró al suelo de un empujón, lo abofeteó con furia, y ya recobrada la calma se alejó sin mirar atrás.

Los otros muchachos se habían llevado a Juanillo a la casa, donde Leonor estaba cuidándolo.

—¿Dónde está madre? —preguntó Alonso. Sentía el alma intranquila. No se reconocía a sí mismo. Sentía gran desasosiego porque se daba cuenta de lo que había gozado tirando al suelo y abofeteando a Vicente Esquivel, y le rondaba por el alma la sospecha de que aquel goce no se explicaba sólo por el amor que podía sentir hacia Juanillo, y menos todavía por amor a la justicia. No todo era blando y suave en el mundo. Había un mundo de cosas duras, hasta dentro de él. ¿Cómo se combinaban el uno con el otro, y cuál de los dos tenía razón?

5

Cuando Vicente Esquivel llegó a casa aquella noche, guardó discreto silencio sobre el incidente, pero su hermana observó al punto que algo había ocurrido. Marta y Vicente se trataban como perro y gato. Marta era dos años mayor, pero tenía casi la misma estatura que su hermano y era delgada, morena de pelo y ojos, de piel olivácea, ardiente y biliosa, rápida de ingenio y venenosa de lengua; mientras que Vicente tendía a engordar, no le gustaba el ejercicio y era lento de movimientos físicos y mentales.

—Anda —le dijo en cuanto le vio colarse pegado a la pared por el lado más oscuro—, ¿quién te ha dado ese beso? Parece que te quiere bien.

Furioso, Vicente no contestó, pero como Susana Esquivel, su madre, estaba sentada en el quicio de la puerta y lo oyó todo, al fin el muchacho tuvo que desembuchar el cuento que desde luego aliñó a su manera.

—Supongo que se las habrás devuelto, las bofetadas —preguntó Susana con odio y pasión, pues aborrecía a los Manriques.

—Pues... ¡claro que sí! —contestó el muchacho con más voz que convicción.

—¡Embustero! —le gritó su hermana con un calor que asombró a su madre.

—Pues sí que se las devolví —replicó Vicente—. ¿Crees tú que no hay quien toque a tu amiguito?

Marta se puso carmesí. No pensaba en otra cosa en todo el día más que en el hermoso rostro y en los rizos rubios de Alonso Manrique, sueño de sus días de niña. Vicente sabía perfectamente que Marta era capaz de correr todo el pueblo aunque no fuera más que para entrever un minuto a su adorado Alonso, y era hasta entonces el único en casa de los Esquiveles que había observado cómo se ruborizaba su hermana cuando la familia Esquivel cruzaba a la familia Manrique camino de la iglesia. Pero lo que Vicente no sabía, porque era el secreto de Marta, era la vibración y el escalofrío de delicia que le corrían por la espalda cuando de noche, en su lecho, pensaba en él en la oscuridad y a fuerza de concentrar su pensamiento en él lo veía ante sus ojos con sólo cerrarlos. Para ella eran aquellos momentos los más felices de su vida, y poco le importaba que su odioso hermano se burlase de ella o no.

Volvió Esquivel de la tienda por la puerta de dentro. Vicente y Marta seguían ladrándose y aullándose el uno al otro.

—Basta ya. ¿Qué pasa?

Marta le disparó la noticia:

—Le han pegado una bofetada y me la quiere hacer pagar a mí.

—¿Quién te ha pegado?

Vicente no contestó. Marta suplió el silencio con satisfacción que no podía ocultar.

—¡Maldito perro judío! —gruñó Esquivel padre.

Su mujer le miró con ojos de ansia; Vicente, de asombro, como si de repente se hubiera abierto ante él un mundo nuevo. En cuanto a Marta, sofocada por la emoción y las lágrimas reprimidas, se adentró en la casa a toda prisa.

6

Bajo la dirección de su padre, la vida de Alonso pasó del tono menor al tono mayor. El muchacho conocía poco a su padre, apenas lo necesario para darse cuenta de que don Rodrigo Manrique pertenecía a un mundo distinto del de su madre, un mundo que Alonso adivinaba ser "duro". De cuando en cuando, una visita a ver cómo iba el chico, un tirón de orejas de buena intención pero nada agradable, una palabra de broma o de corrección para ocultar el amor paterno, nunca aquella manera suave, dulce, atrayente, que tenía la vida femenina. Hallándose en el despacho de su padre un día, manoseando los pocos objetos dignos de la atención de un muchacho de ocho años que allí se encontraban, vino el mayordomo a llamar a don Rodrigo. Ya había Alonso agotado todas las posibilidades de diversión y juego que ofrecían el suelo, las mesas, las sillas y las cómodas, cuando le ocurrió preguntarse qué podía ocultar el espacio invisible encima del armario. El caso es que algo se veía pasar del borde, quizá la punta de un bastón, pero no estaba seguro. Se encaramó a una silla y descubrió dos bastones cubiertos de polvo. Los puños eran de oro. Uno tenía letras. El otro también. No las leía bien, pero desde luego eran letras. Era menester leerlas. Hizo lo posible por derribar las cañas, pero pesaban mucho. Sin embargo, renunciar a la empresa, jamás. Poco a poco fue haciéndolas rodar y luego deslizándolas hasta que cayeron de pie en la silla, y se las pudo llevar sobre la mesa de su padre junto a la ventana. Lo primero que hizo fue leer las letras. Las de un bastón decían R. M. Las del otro, A. M. Sin duda las iniciales de su padre y las suyas. ¡Qué hermoso descubrimiento! Cuando fuera mayor tendría un magnífico bastón. Pero entretanto, ¿qué haría? Todavía vacilaba cuando regresó don Rodrigo. Con gran asombro del muchacho, enrojeció de ira. No dijo una palabra, pero con los ojos inyectados en sangre avanzó sobre el chico aterrorizado, le desgarró la ropa y agarrando uno de los bastones —que resultó ser el marcado A. M. —lo alzó en el aire para castigar al muchacho. Vibró la caña, violentamente sacudida por la mano en furia, y antes de haber llegado al cuerpo desnudo se quebró, inundando las posaderas del muchacho con un río de monedas de oro. Don Rodrigo se quedó atónito, con el brazo petrificado en el aire, dejando aquel torrente de oro caer sobre el cuerpo del muchacho y por entre las piernas hasta el suelo, catarata rutilante y tintineante de metal.

—Por vida de... —exclamó, y soltó al pequeño Alonso, que intrigado y vergonzoso se fue a un rincón a vestirse, llorando aunque no sabía por qué.

—Alonso.

—Sí, señor —contestó el muchacho con los ojos bajos.

Don Rodrigo se había sentado, con el charco de oro a sus pies, y poniendo la mano sobre la cabeza de su hijo, le acariciaba el pelo.

—No vuelvas a irritarme otra vez. Y no hables a nadie de ese oro. Nunca. ¿Lo oyes?

—Sí, señor —contestó el muchacho; y luego, con alguna timidez—: ¿Lo recojo?

—No. Déjalo en el suelo y márchate ahora.

Don Rodrigo se encerró con llave y con toda paciencia se puso a recoger el tesoro. Después sopesó el otro bastón, lo sacudió cuidadosamente junto al oído y volvió a esconderlo, pero esta vez bajo llave.

Esta escena le confirmó en su decisión de encargarse del muchacho, quitándoselo a las mujeres. Hizo pues que Alonso se trasladase de las habitaciones que ocupaba al lado de las de Leonor, instalándolo en un ala distinta del edificio, y dándole como paje y tutor a Antonio, el mismo Antonio que se había quedado en Torremala a causa de su excesivo éxito como profesor de lenguas para papagayos. Tenía Antonio unos quince años más que Alonso. Era ya todo un hombre apuesto, alegre, bravo, dicharachero y aunque no precisamente inteligente, bastante instruido. Don Rodrigo apreciaba mucho sus servicios como secretario particular y, hasta cierto punto, jefe de estado mayor de su casa feudal, pues Antonio escribía bastante bien, sabía las cuatro reglas y era excelente jinete y buen soldado de lanza y espada, aunque no muy ducho en armas de fuego.

7

En su nueva vida, a lo masculino, Alonso tenía que levantarse al rayar el alba, y después de un desayuno frugal, comenzaba el día montando a caballo. A la hora en que antaño solía sentarse a disfrutar de su cómodo desayuno con Leonor, tenía ya el cuerpo dolorido hasta los huesos a fuerza de trotar y galopar, y venía hacia casa sin otro deseo que dormir.

Mucho se gozaba el muchacho en el nuevo ámbito abierto a su actividad. El espacio se le había ensanchado maravillosamente. El mundo de las mujeres era suave, dulce y tibio, pero algo confinado. Ahora, todo el valle era suyo y solía galopar arriba y abajo a lo largo del curso sinuoso del río, por entre olivares moros y trigales cristianos, con todo el deleite de un descubridor.

Su padre comenzó a estimar su compañía casi tanto como si hubiera sido un caballo, un perro o un halcón. De cuando en cuando solía cabalgar con él y hacerle galopar, poniendo a prueba su arte como jinete y su serenidad. Una tarde, después de largo paseo, padre e hijo habían atado los caballos a un castaño en la avenida sombreada que llevaba hasta el castillo desde el camino real de Sevilla, y se habían echado a descansar, cuando un muchacho de hasta dieciocho años que pasaba camino adelante se les acercó a preguntarles si podían decirle cómo se iba a la casa de don Rodrigo Manrique.

—Creo que sí —contestó don Rodrigo sonriente—, ¿pero quién sois y adónde vais, buen mozo?

El muchacho se dio cuenta del tono de autoridad de aquella voz, y contestó:

—Todo lo contaré a vuestra merced, pero... ¿me podrían dar algo de comer?

Era en efecto un buen mozo y revelaba en su rostro y modales buena cuna y buen hogar, que desmentían la mala calidad y peor estado de su ropa. Los zapatos, en particular, eran tan viejos y usados que se le veían los dedos de los pies por los agujeros del cuero. No llevaba calzas.

Don Rodrigo no hacía más que mirarlo, mientras Alonso, cumpliendo tácita orden de su padre, exploraba una bolsa colgada del arzón de la silla de su caballo, de donde sacó una empanada de jamón que el mozo devoró con ansiedad. Cuando hubo rehecho sus fuerzas de tan apetitosa manera, el desconocido se volvió a su huésped y le dijo:

—Señor, mi padre es amigo de don Rodrigo Manrique. Juntos lucharon en la guerra del señor de Monroy, el Clavero de Santiago.

Frunció el entrecejo don Rodrigo, por ser aquel episodio de su juventud recuerdo que le desagradaba, ya que en él se había dejado llevar de sus ímpetus juveniles hasta tomar una actitud rebelde frente a la reina Isabel.

—¿Quién es vuestro padre? —preguntó.

—Un hidalgo de Medellín —contestó el muchacho con más cautela de la que su edad prometía.

—Pues sólo puede ser Martín Cortés, el marido de mi prima doña Catalina Altamirano.

Y el muchacho, satisfecho, contestó: —El mismo, señor. Y yo soy su hijo. Me llamo Hernán.

—Pues mi señor Hernán Cortés, yo soy el amigo de vuestro padre cuya casa buscabais, y a ella os llevaré en seguida. —Luego con una mirada a la ropa del mozo, añadió:—Pero bien hubiera querido encontraros en mejores circunstancias.

—Perdone vuestra merced, señor don Rodrigo Manrique. No tiene la culpa mi padre, que la tengo yo sólo. Él me mandó a Salamanca, a estudiar, pero a mí me tiraban las armas, porque las letras me parecían cosa de poco, y así me resolví a irme a Italia para alistarme en las banderas del Gran Capitán. Camino del puerto, que había de ser Valencia, me distraje, y hasta me extravié, y he pasado cerca de dos años vagamundeando por Sevilla, Cádiz, Sanlúcar y Palos.

—¿Y se puede saber qué es lo que anduvisteis haciendo esos dos años?

—Mirar y más mirar, señor, que yo aseguro a vuestra merced que lo vale. Tanto barco que viene del Nuevo Mundo bastaría para contentar los ojos del más difícil. Hay que ver las cadenas de oro y los collares que hasta los marineros traen al cuello. Yo estoy resuelto a irme para allá. El mundo viejo, que es el nuestro, está ya todo conquistado. El rey Fernando ha echado a los moros. Ya no quedan conquistas que hacer para que un hombre de pocos años pueda fundar casa y blasón. Así que yo me voy al Nuevo Mundo.

Sonreía don Rodrigo, satisfecho de oír tanta ambición, como si aquel muchacho fuera su hijo propio.

—¿Y por qué veníais de camino hacia mi casa?

—Por necesidad, señor —contestó Hernán Cortés con juvenil franqueza—. Hace dos días que no había comido y no tengo un maravedí. Me acordé al pasar por aquí de que mi padre solía hablar de vuestra merced como de un amigo seguro, y así me decidí a llamar a su puerta, contarle todo y rogarle que me diera los medios para volver a Medellín, pues deseo pedir la bendición a mi padre antes de embarcarme para las Indias.

—Vámonos entonces a casa —concluyó don Rodrigo— y allí haremos todo lo necesario para que podáis seguir camino como quien sois.

Alonso había escuchado toda esta conversación con la mayor atención. El muchacho de Medellín le miró un rato y luego preguntó a don Rodrigo:

—¿Es este hijo de vuestra merced? El Señor se lo conserve. Si todo lo que yo quiero hacer me sale a medida de mi deseo, me complacería mucho pedirle que me lo mande para que a mi lado pueda servir a Dios y a los reyes.

—¿Y qué es lo que pensáis hacer, pues? —preguntó don Rodrigo. Extraño fuego encendió los ojos del mozo, que contestó:

—El Nuevo Mundo es muy grande y por fuerza tiene que haber allá muchos reinos y muchos imperios. Con la ayuda del Señor, pienso conquistar uno para Sus Altezas.

Alonso miraba al ambicioso muchacho con ojos llenos de admiración, y al oírle expresar con tanta sencillez su varonil proyecto, le vino a la memoria el refrán inolvidable de la canción que su madre solía cantar:

¡Ay, mira que el amor es una mar muy ancha!...

8

Volvían una tarde al anochecer Antonio y Alonso de un largo paseo a caballo cuando, al cruzar una hermosa avenida de castaños en un bosquecillo cercano a la casa de los Manriques, Alonso, que cabalgaba una jaquilla moruna, cayó súbitamente al suelo, mientras su montura salía volteada de extraña manera hasta recobrar, no sin dificultad, un mediano equilibrio. Antonio, que venía algo atrás, se tiró del caballo para socorrer al muchacho, que yacía en el suelo al parecer sin sentido, y cuando se inclinaba hacia él, divisaron sus ojos en la distancia raro movimiento detrás de un árbol. Pudo más la curiosidad que la caridad, y Antonio clavó la mirada en aquel árbol enigmático, hasta que vio salir de la sombra tras del árbol a un chico no mayor que Alonso que echó a correr como alma que lleva el diablo.

Dominando su impulso de perseguirlo, Antonio volvió entonces la atención hacia el caído, que comenzaba a rehacerse de su desmayo. Mientras Alonso descansaba sobre un lecho blando de monte bajo, Antonio fue a ocuparse de la jaquilla moruna, pero al intentar acercarse hacia donde el animal esperaba, todavía tembloroso, tropezó y a su vez cayó de bruces al suelo. Hubiera jurado que en la distancia había vibrado una carcajada. "Voto a Dios —gruñó con furia— que si le echo mano al cuello a ese hijo de puta..." Entonces vio que había un alambre de cobre atado de árbol a árbol a través del camino. Con rabiosa paciencia, lo desató, lo enrolló y se lo guardó cuidadosamente.

—Bueno, amiguito —dijo entonces con cierto buen humor—, ¿y si nos fuéramos a casa?

Alonso hizo vigoroso movimiento para incorporarse pero volvió a caer sobre la espalda, obligado por el dolor.

—No hay prisa, no hay prisa. Hay que tener paciencia —dijo Antonio—. Te voy a poner en mi caballo.

Con la atención más amorosa para con el menor detalle, levantó en vilo al muchacho, lo colocó como pudo sobre el caballo, y sosteniéndolo con ambas manos se lo llevó a casa.

En cuanto lo hubo confiado a su madre y a su niñera, Antonio se fue derecho a la armería de Esquivel. Tenía una idea. Esquivel se quedó muy sorprendido al verlo entrar en la tienda como si trajera mucha prisa.

—¿Tenéis aquí alambre como éste? —preguntó.

Esquivel se llevó el alambre al candil y contestó:

—¿Cómo que tenéis? Pues claro. Como que sale de aquí.

—Ya lo decía yo —exclamó ufano Antonio—. Bueno, ¿y un hijo? ¿Tenéis un hijo? ¿Cuántos años tiene?

—Pero... pero... —tartamudeaba Esquivel—, ¿qué tiene que ver mi hijo?...

Le estaba entrando el miedo, la sospecha de que algo había pasado; y precisamente entonces, el culpable, buscando de instinto el apoyo paterno, se entró en la boca del lobo, sin sospechar que allí estaba precisamente su perseguidor.

—Hola —exclamó, como el que no tiene nada sobre la conciencia. Antonio lo reconoció en seguida:

—¡Ah, bribón! —exclamó agarrando a Vicente de una oreja, que le tiraba con ímpetu salvaje—. ¡Ah, bribón! ¡Veníos conmigo, hala, en seguida!

Y antes que Esquivel se rehiciera de su sorpresa y cobrase ánimos para oponérsele, Antonio se había llevado a Vicente a caballo, y había desaparecido avenida arriba en silencio de mal agüero para su presa.

9

Cuando llegaron al castillo era ya de noche. No habían cruzado ni una palabra. Antonio iba gozando su venganza, que él llamaba justicia. Vicente iba temblando de miedo. Se apeó Antonio, arrastrando luego a Vicente al suelo de un tirón violento.

—Vamos, vamos, tunante —le gruñó—, vamos a enseñaros a jugar con alambre.

Y mientras esto decía arrastraba a su víctima hacia una escalera de piedra que se hundía en la oscuridad en un rincón del zaguán. Bajaron juntos casi a tientas hasta unos veinte escalones, y Vicente se encontró en un pasillo largo, frío y húmedo, andando a ciegas en la oscuridad, al impulso decidido de su apresador, que con mano de hierro le tenía agarrado el brazo. Poco a poco se dio cuenta el muchacho, a la luz débil y tibia que se filtraba de otro pasillo lejano, de que se hallaba en un subterráneo con varias puertas a derecha e izquierda, y cuando comenzaba a hacerse un dibujo mental del lugar, y en ello andaba como distraído, Antonio, de un empujón lateral, lo arrojó a un mundo oscuro y distinto del que venía descubriendo, y con rápido movimiento echó llave y cerrojo a una puerta que los separó.

Vicente se encontró en la oscuridad absoluta. Ni la más pequeña luz. Cerró los ojos y los volvió a abrir varias veces. No había diferencia. El suelo era resbaladizo, como de tierra húmeda, cubierto de paja mojada. No se atrevía a dar un paso por temor a caer en algún abismo. Tanteó en el espacio buscando un muro, una pared, y al fin halló la superficie fría y húmeda de una piedra rugosa. Poco a poco fue así explorando las cuatro paredes de su calabozo, con temblorosa mano y vacilante pie. En cuanto al centro, no se atrevía, por si celaba algún pozo en el que se hundiría para siempre. Mientras andaba así descubriendo aquel mundo negro y pavoroso dio con las rodillas sobre un obstáculo duro que reconoció ser un banco de madera. De repente, aguzó el oído. La paja se movía, aunque él no. ¿Quién se movía en el calabozo? Se le hundió el corazón en el pecho. "¿Quién va?"—preguntó en su pensamiento, sin aliento para que la pregunta saliera al aire en voz, pues si alguien le oía, a lo mejor el intruso, el fantasma, el monstruo, lo encontraría y lo devoraría. Se pegó contra la pared, paralizado por el miedo, temblando de pies a cabeza con tal vibración, que parecía como si la piedra húmeda que sentía a la espalda y la tierra pegajosa bajo sus pies y la paja que la cubría, todo se estremeciera, temblara, con un ruido como si las piedras del muro estuvieran castañeteándose la una a la otra en incesante trepidación, como estaban castañeteando sus dientes. Castañeteando repetidamente se le clavaban los dientes en la imaginación con un precipitado martilleo, agudo, blanco y como iluminado por una luz que debía venir de dentro, puesto que no la había fuera, una luz que reverberaba sobre los dientes agudos, los dientes enormes de un dragón que hacia él avanzaba en la noche del calabozo, desde el fondo del calabozo, dos colmillos enormes sobre los cuales se abrían en redondo dos ojos enormes en bola, disparados contra él. El monstruo dio unos pasos hacia adelante desde el rincón oscuro de sus sueños y de sus recuerdos en que medio se ocultaba, y súbitamente se hundió en el vacío negro. Otra vez lo negro. Lo negro todavía más terrible que el terrible dragón. El muchacho retrocedía cada vez más, metiéndose en la piedra, que parecía más blanda que el abismo negro, pues le acogía y se ahuecaba para que se refugiara en su blanda dureza, más lejos cada vez del monstruo desaparecido y apagado, tanto que llegó a creer, llegó a hacerse la ilusión de que podría desaparecer en lo hueco de la piedra o a través

142

de la piedra que a sus espaldas le acogía. El intruso-fantasma-monstruo seguía pegado a la masa oculta del enigmático vacío negro, pero de cuando en vez parecía como que arañara ligeramente la superficie de la paja. Toda una vida duró aquella agonía, lo menos un minuto de terror, durante el cual Vicente sintió que el monstruo-fantasmal-intruso intentaba sujetarle un pie pasando un miembro por entre la pierna y el muro, detrás del tobillo. El muchacho apretó el pie contra la pared, pero el miembro vivo, tibio y elástico del monstruo, al sentirse apretado, le atacó con violencia clavándole la garra en el tobillo. El muchacho dio un grito y cayó sin sentido.

El grito asustó a la rata, que salió corriendo a ocultarse en su madriguera a toda velocidad; pero también resonó con desgarradora intensidad en el alma de Isabel Manrique, que a la sazón se hallaba orando en acción de gracias por su hijo, en su oratorio situado precisamente encima del calabozo. Aunque tamizado por las vigas del piso, que era el techo del calabozo, el grito de Vicente la sacudió con violencia del estado de contemplación en que oraba, y comenzó a temblar con vibración igual a la de la pobre víctima que había gritado. Al principio llegó hasta a dudar de haber oído, y aun creyó que hubiera sido una alucinación; pero mientras seguía dudando, volvió en sí Vicente, y a medida que perdía el delicioso descanso y la libertad que su desmayo le deparaba, entraba otra vez en la tortura y la agonía al entrar otra vez en la vida, de modo que, presa de terror, volvió a gritar. Isabel salió corriendo de la capilla.

—Pronto, Leonor. ¡A ver qué pasa en ese maldito calabozo!

Pero no pudo esperar y, junto con Leonor, se fue corriendo al subterráneo. Suárez, el mayordomo, que las vio bajar a toda prisa por las escaleras resbaladizas sin llevar siquiera una luz, las siguió para acompañarlas, y se adelantó a ellas con un candil en la mano. Los gritos de Vicente seguían desgarrando el aire negro. Suárez corrió el cerrojo de la puerta y, a la luz polvorienta del candil, los tres contemplaron el lastimoso espectáculo de un muchacho de doce años cuyo intenso terror se derretía ahora en lágrimas ardientes.

—Por el amor de Dios —exclamó Isabel—, ¿quién ha encerrado a este chico aquí?

Suárez explicó lo ocurrido. Al oírse acusar del crimen que había cometido contra Alonso, Vicente elevó el tono de sus sollozos. Suárez le hizo ponerse en pie tirándole de una oreja, y el muchacho se puso a sollozar, avergonzado ante la madre de su víctima. Isabel no le dijo nada. Le miraba triste y desconcertada, preguntándose en el secreto de su alma por qué había ocurrido todo. Y una voz le contestaba: "Bien claro está. No hay más que verle. ¡Es tan feo y el mío es tan guapo!" Luego, volviéndose a Leonor, Isabel dijo:

—Lávale y dale de comer y mándaselo a su madre.

Mientras todos subían las escaleras hacia el zaguán resonó la voz de Antonio, fuerte y ruda, que decía: "Fuera de aquí mala mujer. El hideputa de tu hijo pasará la noche con las ratas." Isabel se

143

ruborizó hasta el pelo. Tomó al muchacho de la mano y se lo presentó a Susana Esquivel:

—Tomadlo. Lleváoslo y tenedle más la vista encima.

10

Aterradas al primer pronto al ver llegar a Alonso medio caído sobre el caballo de Antonio, Isabel y Leonor respiraron cuando se dieron cuenta de que el accidente no pasaba de haber sido un susto para todos.

—¡Pero si huele mal! —decía Leonor casi con lágrimas en la voz—. Segura estoy de que no lo han bañado ni una vez desde que nos lo quitaron. Y mire la señora cómo tiene el pelo.

Pasó un silencio, y luego, muy heréticamente, añadió:

—Por lo visto, Antonio debe ser cristiano viejo.

Isabel aprovechó la ocasión para arrancar al partido masculino algunas concesiones: se le daría al muchacho un baño por lo menos por semana y se le permitiría lavarse bien cada vez que volviera a casa de un paseo a caballo; también se le dejaría continuar estudiando latín con el padre Guzmán.

Mientras tanto, Alonso retornaba rápidamente a la salud y volvía a salir a caballo y a entregarse al placer de la esgrima. Era vivo y ágil, y pronto se halló en situación de enfrentarse con Antonio espada en mano. Como lo hacía bien, se le desarrolló gran afición a la esgrima. Alonso parecía adaptarse al mundo duro con tanta facilidad como se había adaptado al blando, y aun prosperar en el mundo duro con cierto goce. A caballo, lo que más le satisfacía era, no tanto el goce sensual de recibir con más intensidad y velocidad sobre su cuerpo juvenil el impacto del aire y del espacio, como la sensación espiritual de dominar al ser vivo del caballo. En la esgrima, lo que le satisfacía era el arte de imponer su voluntad al adversario.

Un día su madre le contó cómo había sido Vicente Esquivel quien, por venganza, le había puesto aquel alambre a través de su camino para derribarlo.

—Antonio lo descubrió y encerró al bribonzuelo en el calabozo —añadió Isabel.

—¿Cuánto tiempo? —preguntó Alonso.

—Hasta que me enteré yo. Y en seguida le abrí la puerta. El pobrecillo estaba muerto de terror a causa de las ratas.

Alonso sintió piedad, pero también desprecio dentro de la piedad, y cierto gozo dentro del desprecio.

—¿Por qué lo puso vuestra merced en libertad? —preguntó a su madre.

—Pero, ¿no hubieras hecho tú lo mismo?

Alonso le dio unas vueltas al asunto en silencio, y luego contestó: —¡Sí, claro, pobre chico!

144

VIII. Representación del pájaro mosca (Huitzizillin) y temas florales en el arte decorativo azteca. Estampas planas procedentes de Yucatán, Ciudad de Méjico y Veracruz.

Isabel tomó esta contestación de su hijo como una versión humilde del Sermón de la Montaña, y luego añadió:

—Además, me pareció mejor no hacer al muchacho aún más vengativo.

Sonriendo, observó Alonso:

—Pero, madre, eso es miedo más que amor.

A lo que Isabel contestó:

—Las dos cosas hacen falta... para quien es mujer.

Un día en que Alonso estaba leyendo con su madre los Evangelios, llegaron a la escena del Monte de los Olivos según la cuenta San Mateo, cuando Jesús dice a San Pedro: "Envaina otra vez la espada, porque quien toma la espada, por la espada muere."

Alonso paró la lectura.

—¿Por qué no sigues? —le preguntó su madre.

—¿Cree vuestra merced —preguntó a su vez Alonso— que a Jesucristo le gustaría la esgrima?

Isabel quedó pensativa un rato y luego comenzó a explicar:

—Jesús montó en cólera de verdad contra los mercaderes que deshonraban el templo y los azotó, de modo que, con tal de que el que maneja un arma lo haga con el corazón puro...

El muchacho interrumpió:

—No. Yo no pregunto eso. No pregunto si le gustaría a Jesucristo que yo maneje la espada, sino que lo que quiero saber es si a él le hubiera gustado la esgrima.

Isabel se echó a reír:

—¡Qué pregunta!

En el fondo temía comprender lo que su hijo andaba buscando, y deseaba no enfrentarse con aquella idea. Pero Alonso, sentado sobre su taburete a los pies de su madre, no hacía más que pensar y más pensar en aquella idea, con el libro abierto sobre las rodillas. Se daba cuenta de que el mundo de su madre era hermoso y hasta cierto punto era justo. El héroe de aquel mundo era Jesucristo. Pero había otro mundo: el de su padre, de acero, de granito, afilado, probablemente (aunque de esto no estaba todavía seguro) terrible. El arte de este otro mundo; tan distinto del de su madre y del de Jesucristo, era la esgrima. Ahora bien, a Alonso le gustaba la esgrima. Entonces, ¿cómo era posible que también amase a Jesucristo? Su imaginación evocaba a aquel apuesto mancebo Hernán Cortés, que un día se había encontrado con su padre en la avenida de los castaños, y todavía le sonaba en el oído aquella su voz sonora y segura con que anunciaba que se proponía conquistar un imperio para la cristiandad. Alonso tenía la seguridad absoluta de que a Hernán Cortés le gustaba la esgrima, y aún más, de que precisamente por saber la esgrima y el manejo de las armas, se sentía tan seguro de conquistar un imperio para Jesucristo. Pero, ¿a Jesucristo le gustaba la esgrima? Éste era el pensamiento que le conturbaba.

—¿En que estás pensando? —le preguntó su madre peinándole los rizos sedosos de su cabello de oro con los dedos largos y gráciles. Pero Alonso no era capaz de formular claramente aquel pensamiento que tan claramente concebía. No planteaba él la cuestión de saber si la guerra era cosa buena o mala a los ojos del cristiano; lo que le conturbaba era una íntima convicción de que si llegase un día en que tuviera que cruzar la espada con otro hombre, una espada de verdad, de las que hacen sangre, ya fuese su causa justa o injusta, se gozaría en el duelo por el duelo en sí.

—¿Es malo tener valor? —preguntó a su madre, y al punto en que lo preguntaba se daba ya cuenta de que no era precisamente aquello lo que quería preguntar.

—¿Tener valor? No. Es la virtud más hermosa del hombre. Pero Alonso proseguía su interrogatorio:

—¿Aunque sea un ladrón?

Isabel sintió inquietud. Su hijo la llevaba por terrenos desconocidos y peligrosos para ella. —Un ladrón valiente es malo por ladrón, pero no por valiente.

El muchacho miró un poco la contestación de su madre y luego arguyó:

—Pero un ladrón valiente hará más daño que un ladrón cobarde que echa a correr.

Isabel pensó que ya era hora de que el padre Guzmán se encargara del muchacho, mientras que Alonso sacaba en limpio que había en la vida muchas más cosas que las que su madre soñaba en el mundo blando en que vivía.

11

Una hermosa mañana, a principios de la primavera de 1504, el joven Hernán Cortés se apeó muy ufano de un magnífico caballo a la puerta de los Manriques. Venía sencillamente pero muy bien vestido. Tras él cabalgaba un criado en una buena mula cargada con el equipaje y las vituallas que la madre de Hernán había preparado para la travesía de su hijo. Hernán iba camino de Sanlúcar, para embarcarse a las Indias. Don Rodrigo lo recibió con los brazos abiertos. El joven traía para don Rodrigo una carta de su padre dándole las gracias por la hospitalidad que había dado a su hijo y explicando cómo se había inclinado ante el deseo de Hernán "de servir a Dios y a Sus Altezas en el nuevo mundo". Durante la comida, dijo Hernán Cortés que andaba a la busca de un muchacho para llevárselo a las Indias de paje, "por el yantar". Isabel, que hasta entonces había escuchado en silencio la conversación, abrió la boca por vez primera para decir:

—Quizá pueda yo ayudar en esto a vuestra merced.

Don Rodrigo la miró algo sorprendido, pero guardó silencio. Isabel había improvisado un plan mientras escuchaba al aprendiz de conquistador. Sentía vivo deseo de perder de vista a Vicente Esquivel, en quien veía constante amenaza para la seguridad de su hijo. "¿Por qué no mandarlo a las Indias?"—pensaba. Aquella misma tarde envió recado a Susana Esquivel que viniera a verla.

Cortés salió del castillo después de comer a dar un paseo para ver qué clase de villa era Torremala. Ocurrió que era día de mercado, y siguiendo a la gente se encontró en la plaza mayor de la antigua judería, adonde había emigrado el mercado después de la expulsión de los judíos. Era una plaza cuadrada, con soportales, pero en días de mercado como aquél, el bullicio y la actividad mercantiles invadían la parte central descubierta, bajo la protección temporal de unos toldos. Cortés iba y venía entre los puestos donde el paño negro y espeso de Toledo, Segovia y Sevilla, alternaba con la lana suave y pintada de alegres colores que venía de Granada, o con las mantas y alforjas de lana tejida en la región de Salamanca; aquí un moro cordobés vendía jubones de cuero y zapatos finos; allá un castellano de Talavera había dispuesto en hileras sobre el suelo las piezas azules y amarillas de la loza de su país, de donde el sol hacía saltar vivos destellos. Más vivos todavía los arrancaba el sol de los puestos de los caldereros, del cálido cobre de sartenes y cazuelas y del frío acero de cuchillos y asadores. Comestibles de toda suerte, sobre todo carnes y quesos, abundaban por doquier. Y en un rincón animado que atrajo inmediatamente la vista y la voluntad del joven aventurero, pisoteaban los pedruscos del suelo caballos andaluces, asnos de Castilla y mulas del Pirineo. Iban y venían buhoneros llevando sus mercaderías sobre bandejas colgadas al cuello por medio de una correa, y un aguador pasaba con un barril de agua fría a la espalda, sirviendo a sus sedientos clientes con habilísimo movimiento del hombro que vertía en el vaso de estaño con geométrica exactitud un parabólico chorro de agua brillante y cristalina. Cortés se paró a contemplarlo, recordando otros artistas por el estilo que había visto en las ciudades andaluzas, y se divertía como un muchacho no sólo al verlo, sino al contemplar el círculo de mozuelos y arrapiezos que rodeaban al artista. —¡Ahí viene Calero! —gritó uno de ellos, pequeño, oscurillo de tez, y todos salieron corriendo tras él.

"Ése debe de ser el caudillo"—pensó Cortés, y siguió yendo y viniendo, observando, aprendiendo, sonriendo de cosas y gentes.

A poco vio avanzar hacia donde se había parado, junto a un puesto de loza, a una comitiva de rapaces que pasaba por el centro del mercado, por entre hileras de puestos entoldados, cerca de la fuente, siempre seca, que adornaba el centro de la plaza. Iban siguiendo todos a Calero, cantando, en discordante coro, el cantar que le habían sacado:

Ramón Calero,
hijo de perra,
dientes podridos
y boca tuerta.

El tonto marchaba a la cabeza de la tropa juvenil, al parecer tan encantado como todos ellos, dejando a un lado y a otro estela de risas y sonrisas. Cortés le dio una monedilla de plata, pero Calero la rehusó, provocando verdadero entusiasmo en el auditorio juvenil. Era la escena tradicional de Torremala. Calero siempre se negaba a aceptar plata. "Calderilla. Calderilla sólo", decía insistentemente a su bienhechor, el cual, con sonrisa de desconcierto, le dio al fin una moneda de bronce que el tonto al instante sepultó en su faltriquera. La tropa volvió a alejarse en marcha triunfante a través del mercado. Llevaba Calero en la mano una rama de árbol apenas recortada, con la que aquí daba en la cabeza a una mujer, allá arrancaba una nota de un caldero; pero Cortés observó que siempre evitaba causar daño irreparable. "Menos tonto de lo que parece," pensó para sus adentros el aprendiz de conquistador. Entretanto, el muchacho que parecía dirigir a la tropa infantil estaba atando al chaquetón de Calero un cordel largo, cuya otra punta habían atado los chicos a uno de los dos caballetes de madera sobre los que descansaba el puesto de loza. Todos los muchachos aguardaban con gran expectación los acontecimientos que se esperaban, cantando a voz en grito el cantar de Calero para instigar al tonto a que se pusiera en marcha, poniendo tensa la cuerda. Calero, que sintió el tirón, creyó que era alguno de los chicos, y tiró más fuerte que nunca, hasta que todo el puesto se vino abajo con estrépito en un terremoto de loza rota sobre el que se alzaba la voz del alfarero, que juraba votos y prometía muerte a la tropa ya galopante de rapaces y arrapiezos. Cortés se dio cuenta de que Calero estaba en peligro, al ver al alfarero ir a él con una mirada de mal agüero en el airado rostro. Con paso firme se interpuso rápidamente entre el furioso y el tonto.

—¡Alto! —exclamó.

—Esto es cosa mía—le replicó el alfarero.

—¡Alto, he dicho! —repitió Cortés, autoritario, dando con el pie en el suelo—. No tiene la culpa él y a vos toca esperar a la justicia del rey.

El alfarero le miró de pies a cabeza:

—Ésta no es tierra del rey —le replicó, pero ya con más calma y como en retirada, al ver no sólo el ánimo que brillaba en los ojos del joven forastero, sino también que a espaldas de Cortés venía hacia ellos Vicente Esquivel, el caudillo de la tropa culpable, agarrado del brazo por un alguacil de don Rodrigo.

No había olvidado todavía Vicente la rata monstruosa del calabozo, y venía muy compungido. Sus cómplices seguían y rodeaban al grupo. El alfarero preparaba mentalmente el alegato contra Vicente, y mirando de reojo las ruinas de su puesto, procuraba calcular de memoria lo que pediría por el desastre. Y entonces ocurrió lo que nadie esperaba. Entró Antonio en escena.

—¡Hola, mozalbete! —exclamó de buen humor al reconocer a Vicente Esquivel—. ¿Otra vez en malas andanzas? —Luego, volviéndose a Cortés: —Señor, tengo órdenes de llevarme a este pica-ruelo al castillo.

El alfarero se alarmó:

—¿Y quién va a pagar todo esto?

Antonio le miró de arriba abajo con autoridad.

—Ya se arreglará todo —dijo tranquilamente, como quien tiene guardadas las espaldas y seguro el mañana; y dándole la espalda se dirigió hacia el castillo seguido del alguacil, que llevaba bien aga-rrado del brazo al pequeño culpable, y de la turbamulta de los rapa-ces, entre los cuales iba cojeando Calero, murmurándose a sí mismo cosas misteriosas y recónditas.

Susana Esquivel había obedecido las órdenes de la señora con gran apuro de su corazón. ¿Qué habría pasado? Se temía alguna loca aventura de Marta, cuyo tenso temperamento le daba miedo, y cuyo estado emotivo todo concentrado en el guapo heredero de los Manriques causaba a la triste madre muchas noches de insomnio. "O a lo mejor será otra jugarreta de ese Vicente", pensaba Susana, recordando la travesura del alambre y la rata del calabozo. Con gran sorpresa suya, se encontró al llegar al castillo con una Isabel muy afable y afectuosa, que la recibió sonriendo y le preguntó por la familia. Isabel pintó a Susana la ocasión que se le ofrecía con los colores más vivos y atrayentes, instándola a que se decidiera al punto en interés de su hijo. —Este señor hidalgo —añadió— se tiene que marchar mañana, porque su barco se hace a la vela dentro de ocho días. Sería lástima que fuese a escoger a otro.

Susana se resistía:—¡Pero si Vicente no tiene más que doce años!

—Pues eso es precisamente lo que quiere este señor.

Susana comenzaba a tomar la idea en consideración, y hasta a mirarla con ojos favorables. Al fin y al cabo, tarde o temprano, Vi-cente tendría que chocar con la gente del castillo, a quien odiaba, de modo que estaría más seguro lejos. Además era ventajoso el asunto, ya que todo el mundo decía que las Indias eran sitio de mucha riqueza, donde la gente lista recogía oro hasta de los ríos. Isabel había llamado a Antonio y discretamente le había dado orden de traerse al castillo a los dos Esquiveles, padre e hijo, lo antes posible. El primero en llegar fue el padre. No iba nunca Esquivel al castillo sin inquietud, y más todavía cuando tenía que hallarse en presencia de Isabel. Cuando Isabel le vio entrar, después de recibirle tan cor-dialmente como supo y pudo, le dejó con Susana, diciéndole:

—Esquivel, vuestra mujer os explicará lo que hay. Pensadlo bien con ella y yo volveré pronto.

—¿Cuánto paga? —fue lo primero que Esquivel preguntó a su mujer.

—El yantar —contestó Susana secamente. Y luego añadió—: Pero a lo mejor el muchacho hace fortuna por aquellas tierras.

Esquivel, con mueca de conejo, apuntó:

—Lo que ella quiere es echar a Vicente lejos de aquí. Tiene miedo por el hijo.

Se oyó un bullicio y algarabía en el pasillo. Antonio, creyendo que Isabel estaba en la estancia, abrió la puerta, y echándose a un lado dejó pasar a Cortés, y entró después con Vicente Esquivel bien agarrado.

—Aquí está el héroe del día —explicó, antes de darse cuenta de que Isabel no estaba allí.

—¿Qué has hecho? —casi ladró Susana a su hijo, pálida de cólera, al verlo otra vez traído preso por el alguacil mayor.

—¿Es éste tu hijo? —preguntó Cortés, y rápidamente contó a los padres lo del alfarero, terminando con esta inesperada proposición—: Dénmelo, y me lo llevo de paje a las Indias. Así me gustan a mí los muchachos, traviesos y con iniciativa.

Los padres vacilaban.

—Dénmelo y yo me encargo de cerrar la boca al alfarero.

Susana se santiguó: —El Señor se lo pague.

Al día siguiente salía Hernán Cortés de Torremala camino de Sanlúcar llevándose a su criado con la mula cargada y a su nuevo paje Vicente Esquivel. Calero salió con ellos de camino para decirles adiós fuera del pueblo. Apeóse Cortés y siguió adelante a pie para hablar un rato con el tonto sabio.

—Quiero que os guardéis este dinero como recuerdo de mi paso por Torremala —le dijo, ofreciéndole una moneda de oro.

—No, señor. Calderilla. Sólo calderilla.

Cortés le ofreció plata.

—Calderilla —insistió el tonto sabio—, sólo calderilla.

Cortés le dio unas monedillas de bronce que Calero aceptó.

—Bueno, y ahora explicadme por qué no aceptáis nunca oro ni plata.

—Ése es mi secreto —refunfuñó Calero por la boca torcida—, y no lo cuento a nadie.

El tonto sabio se puso a mirar a Cortés con ojos más fijos, más seguros de sí de lo que solía, y de pronto añadió:

—Mirad, señor, sois un generoso hidalgo que sabrá guardar mi secreto. La calderilla es un buen negocio, pero sólo mientras la gente sabe que yo no acepto ni plata ni oro. El día que aceptase una moneda de plata, todo estaría terminado y nadie me volvería a ofrecer calderilla.

Cortés se quedó plantado en mitad del camino contemplándole mientras él se volvía cojeando hacia su pueblo, cómica figura de tragedia, absurda figura de sabiduría.

12

Pronto descubrió Alonso que la persona cuyo pensamiento le era más cercano era el padre Guzmán. Lo mismo podía tener el padre Guzmán cincuenta que setenta años. En su humor de costumbre, tenía cincuenta: ojos brillantes que destellaban desde el fondo de las sombreadas cuevas bajo las arcadas de la frente; nariz aguda e inteligente; frente alta y ancha, y sonrisa fina pero bondadosa. Otras veces le invadía como una ola de tristeza cenicienta que le echaba encima hasta veinte años más. Su cuerpo huesudo y su hábito de ruda estameña eran para Alonso síntomas claros de que el fraile pertenecía al mundo duro, que era el de su padre; pero la paciencia del padre Guzmán, su bondad para con hombres y animales, su generosidad y su abnegación, obligaban al muchacho a colocarlo en el mundo blando de su madre y de Leonor. Al principio, no sabía cómo explicárselo. Poco a poco, comenzó a vislumbrar que pudiera muy bien existir otro tercer mundo, ni duro ni blando, o quizá blando y duro a la vez, y este misterio que adivinaba en el prior era el imán más fuerte que le atraía al monasterio todas las mañanas.

Salía al alba, a caballo, casi siempre solo, dejándose atrás la casa todavía envuelta en las gasas grises de la noche moribunda, y se dirigía hacia el este por un sendero solitario que se hundía en el bosque de castaños serpenteando cuesta abajo hasta cruzar el arroyo, y luego serpenteando cuesta arriba hasta que, ya dominada la cuesta, el muchacho contemplaba la fábrica austera del monasterio del Cerro del Moro, que a aquella hora solía destacarse sobre un cielo iluminado por la gloriosa aureola del sol naciente. Alonso llegaba justo a tiempo para ayudar a misa al padre Guzmán.

Entró de lleno Alonso en la vida de la iglesia, con una delicia que le recordaba la que solía hallar al bañarse en el río. Era una especie de baño espiritual. Las amplias vestimentas que se ponía para ayudar a misa le daban una sensación de libertad como si se hubiera desnudado para bañarse; y la nave espaciosa, elevada y silenciosa de la iglesia era para su alma como un río amplio y fresco. Los domingos, el organista del monasterio acompañaba la misa con un órgano portátil, maravilla alemana que Alfonso el Sabio había regalado al monasterio hacía doscientos años, y Alonso se prestaba a la ardua tarea de manejar los fuelles, no por humildad, como sinceramente creía él, sino sobre todo a fin de contemplar y oír mejor el maravilloso instrumento. La música le causaba honda emoción. Su alma se elevaba y caía con las melodías, y permanecía en suspenso durante las largas modulaciones del canto llano, y se ensanchaba hasta llenar la espaciosa nave con la voz del órgano que reverberaba bajo las bóvedas de piedra, y se sentía abrumada por la perfección interna de los acordes mayores como si estuviera en presencia del Señor. Esta emoción le hacía imaginarse la bóveda de la iglesia como un cielo estrellado. Así era de elevado, de vasto, de cristalino en su pureza. Y sin embargo, en los senderos de su alma, como en aquellas noches andaluzas bajo las estrellas frías y lejanas, vagaban también los dulces aromas de la tierra y de las flores, jazmines y claveles, que le causaban emociones inefables, dulces recuerdos como de pechos de mujer, bóvedas también de tierna feminidad que conturbaban su imaginación y alteraban su sentido aun en los éxtasis religiosos, cuando contemplaba a la Madre y el Niño, hallando en ella de pronto a la mujer y a la madre, y al amor. La misma palabra para todo. Amor de Dios. Amor al prójimo. Amor de hombre a mujer. Los tubos de bronce del órgano, al impulso del alma ardiente del padre Federico, que con los ojos perdidos en lejano ensueño se entregaba a la música con todo su ser, seguían vertiendo sobre la catedral las melodías sin fin del mundo blando, que fluían llevándose en su líquida corriente el alma del muchacho sensible, Dios sabía hacia dónde, deseos, esperanzas, vislumbres... y cuando ya se había callado la voz potente del órgano, todavía seguía vibrando con recuerdos y emociones sonoras.

Alonso no veía la hora de volverse a encontrar con el padre Guzmán después de aquellos goces tan intensos. En días de semana, después de misa, desayunaba en el monasterio y daba la lección. Los domingos, después del desayuno, salía con el prior de paseo. Aquella era la ocasión tan esperada durante la semana entera para explorar los misterios que sentía en la vida, con el auxilio del experto fraile. Lo que más le conturbaba entonces era el amor. ¿Sería posible que el amor fuera un remedio para todo? La divisa del cristiano era: "Ama a tu prójimo". Pero Alonso no estaba seguro de que fuera posible seguir a la letra tan hermoso precepto, ni de que funcionara o tuviera virtud efectiva en la vida. Aplicándose a sí mismo el consejo, se daba cuenta de que, aun suponiendo que consiguiera llegar a amar a Esquivel, sólo serviría para que Vicente se aprovechase de su afecto y se riera de él.

—Todo depende de lo que llamemos amor —argüía el padre Guzmán—. Obras son amores y no buenas razones, dice nuestro refrán, que de seguro le hubiera gustado a nuestro Señor Jesucristo. Obras. Hay que mostrar el amor en las obras. Pero no quiere decir eso que haya que complacer siempre a quien se ama, que también dice otro proverbio que quien bien te quiere te hará llorar.

Todo esto le parecía muy bien a Alonso, aunque dudaba de haberlo entendido a fondo. Le parecía combinar de modo muy feliz el mundo blando y el mundo duro.

—Amar —añadía el fraile— quiere decir, no que haya que hacer todo lo que el amado quiere, sino lo que nosotros creemos que es bueno para el amado.

—Pero, ¿quién soy yo?

—Sí —interrumpía el prior—, ya veo que has leído los Evangelios. No quieres ser el guardián de tu hermano. Pero si obras siempre con abnegación, Dios te dirá lo que debes hacer.

En este consejo halló Alonso el descanso mental que hacía mucho tiempo buscaba. Su alma altiva, deseosa de altas empresas, creía encontrar en la abnegación la empresa más alta que un hombre podía intentar. Orgullo y humildad se fundían en un todo, ya que al seguir este consejo el hombre hacía de sí mismo el más digno de sus enemigos. En adelante sabía cómo habérselas con la vida, y de vuelta a casa dejó que el caballo hambriento galopase con ímpetu hacia la cuadra, mientras él cabalgaba tan satisfecho como si fuera el rey del mundo.

13

Cuando llegó al castillo se encontró a Antonio adiestrando un neblí que le había traído a don Rodrigo un halconero moro.

—Cosa extraña, señor —había dicho Antonio a su amo—, que estos moros anden en compraventa de neblíes, que son pájaros del norte y tan seguros como cristianos viejos.

—Sí que es raro —contestó don Rodrigo—. Pero este moro suele venir con tagarotes, que son halcones de África.

—Eso es harina de otro costal —replicó Antonio—. Esos tagarotes no valen nada. Ni tienen color ni tamaño de halcón. Y luego, señor, el que es africano, africano queda. En cuanto pueden, allá se vuelven y le dejan a uno parado. Mientras decía estas palabras, divisó Antonio al moro traficante en halcones en animada conversación con Leonor, al extremo opuesto del jardín.

—¿Lo ve vuestra merced? —preguntó con intención a don Rodrigo—. El que es africano, africano queda. Dios los cría y ellos se juntan, como decimos en Castilla.

—Pues que cada palo aguante su vela, como también decimos en Castilla —apuntó don Rodrigo no menos intencionadamente—; y tú atiende a lo que te importa, que es este pájaro. Parece buena pieza. No se la vendería al rey de Francia por cincuenta francos de oro.

Y mientras esto decía alzó el brazo izquierdo cubierto con la lúa, sobre el que se erguía el neblí altivo y un tanto ridículo con la cabeza cubierta con una caperuza vieja de cuero grasiento. Era blanco, ligeramente coloreado de pardo, con un diseño amarillento sobre el pecho, alas largas y uñas afiladas. Antonio lo miraba con ojos críticos de halconero experto.

—A mí me parece como esos zorzales pintados que corren las palomas más que la garza o el ánade. Bueno será ponerle campanillas dobles para que se esté quieto.

No le gustaba la crítica a don Rodrigo sobre quien caía el rechazo como comprador.

—Bastante quieto está ya —observó secamente—. ¡Dios sabe qué le habrán dado de comer esos infieles! —dijo Antonio para distraer el enfado de su amo—. Carne de perro, todo lo más, y poca.

Se metió en la casa y volvió a salir poco después con otra lúa de cuero y los demás bártulos para vestir al pájaro. Se calzó la lúa y ofreció el brazo izquierdo.

—No —se opuso don Rodrigo—, yo lo tendré. Anda.

Antonio ató a las piernas del pájaro por encima de la garra las lonjas de cuero con dos campanillas de plata cada una en sendas pihuelas, operaciones todas que llevó a buen fin con suma habilidad, para evitar ofuscar al espantadizo neblí.

—Ahora, la caperuza —dijo el experto paje.

—¿No crees que será mejor meternos en casa para eso?

—No, señor. Aquí lo podemos hacer. No hay mucha luz, y además es cosa de maña.

En la diestra llevaba Antonio la caperuza de los Manriques, de cuero rojo con las armas de la familia repujadas en oro. Con dedos ligeros quitó la caperuza vieja hacia atrás poniendo la nueva sobre los ojos del neblí, y luego con rápido movimiento le colocó la airosa caperuza grana y oro antes que el neblí se diera cuenta de lo que ocurría. Apenas si se le erizaron levemente las plumas de las alas, pero al instante volvió a recobrar su postura altanera y casi ofendida, como de persona de alcurnia que se encuentra mal a gusto entre gente servil.

El neblí tenía ya otro aspecto, con sus campanillas de plata relumbrantes y su caperuza roja. Antonio lo trasladó a su brazo. El moro venía hacia ellos. Antonio gruñía entre dientes: "Ya has soltado a la paloma, ¿eh? No será por mucho tiempo."

Y cuando el halconero hubo llegado a tiro de pregunta, le asestó:

—¿Cuándo le habéis dado de comer la última vez?

El moro, que era latinado, respondió pero no claro. Antonio frunció el entrecejo.

—No tantas palabras. ¿Habéis robado este pájaro, o lo habéis estado matando de hambre?

Por los ojos del moro pasó fugaz relámpago de ira, pero guardó silencio, contentándose con alzarse de hombros con gesto de desprecio para con el perro cristiano. Antonio se alejó tan altivo como el neblí, que, ciego y cubierto como un grande de España, se erguía sobre la lúa, desdeñoso. Había resuelto Antonio tentarle inmediatamente al señuelo, pues sospechaba que era halcón ya adiestrado. Hizo que le trajeran un señuelo, ruda imitación de una gallina, hecha con plumas atadas a un palo, y escondió detrás una gallina viva. Luego, para conquistarse la simpatía del ceñudo animal, le ofreció trozos de pollo crudo, hablándole para que se acostumbrase a su voz. El neblí se apoderaba con vigoroso pico de la carne y la comía con un apetito que hacía exclamar a Antonio:

—Ni siquiera carne de perro te han dado esos perros moros.

A esta sazón llegó Alonso de regreso de su paseo matinal con el prior. Ya estaba el neblí atado a una cuerda larga y Alonso con el paje se llevó el señuelo bastante lejos. Antonio se quedó con el neblí de espaldas al sol. Cuando Alonso y el paje hubieron colocado el señuelo bien a la vista, Antonio le quitó al neblí la caperuza. El neblí se alzó en el aire, dio dos o tres vueltas sobre su presa y se abalanzó sobre ella, pero el paje, fascinado por la gracia inimitable del vuelo del neblí, se olvidó de quitarle el señuelo, y antes que Antonio pudiera avisarle, el neblí había hincado la garra asesina en

155

la garganta de la gallina y se estaba ensañando en la carne ensangrentada del cuerpo todavía vivo.

Antonio se precipitó desesperado al lugar, arrojando sobre el desdichado paje un torrente de palabrotas obscenas y de comentarios poco halagüeños para su genealogía materna. Con los ojos muy abiertos, e inundados de luz extraña, Alonso contemplaba el espectáculo como fascinado, presa de profundo horror y de asco a la vista de toda aquella carne ensangrentada que el neblí devoraba gozándose en ella, con alegría que le hacía vibrar las alas y erizársele hasta los menores pelos de las plumas. El espectáculo le atraía y repelía a la vez por su intensa obscenidad. Antonio observó el rostro tenso del muchacho, e interpretándolo a su manera, exclamó con orgullo:

—¡Qué ave más noble!

14

Mientras Antonio y don Rodrigo vestían al neblí, el moro departía con Leonor al otro extremo del jardín. Se había acercado a ella no sin cautela, y después de mirar en redondo, le había preguntado entre dientes:

—Hija, ¿hablas árabe?

—Alá sea bendito, soy una de los suyos —contestó Leonor. Brillaron los ojos del moro.

—¿Me ayudarías a encontrar una oveja que hemos perdido?

Leonor tuvo un movimiento de sorpresa. El moro prosiguió:

—Ya llevo años buscándola. Tengo un amigo en Marraqués. Es fuerte y poderoso, y joven también. Me tiene prometida buena recompensa si le encuentro una oveja que perdió siendo niño, poco después de caer Granada.

A Leonor se le dilataban los ojos. Estaba pálida de emoción y el corazón le batía las paredes del pecho.

—¿Su... nombre? —preguntó en un murmullo, no por cautela, sino porque no tenía voz para más.

—Hussein... —contestó el moro.

Pero Leonor volvió a preguntar:

—Hussein... ¿qué más?

El moro la miraba vacilando, y al fin soltó el nombre entero:

—Hussein ben Raman.

Durante unos instantes Leonor se quedó sin poder hablar. El moro la miraba con ojos de curiosidad y esperanza.

—¿Cómo se llama esa... persona que busca? —pudo preguntar al fin.

—Marién.

Esta vez de pálida que estaba, pasó a carmesí:

—Yo soy Marién.

Tranquilo y al parecer indiferente, el moro hundió las manos dentro de sus amplias vestimentas y saco un medallón de plata y oro que llevaba en un bolso de cuero.

—¿Tienes algo como esto?

Leonor tiró con el pulgar de la mano derecha de una cadenilla de oro que llevaba al cuello, hasta hacer salir del briol de seda que llevaba su propio medallón.

—Aquí lo tienes.

Los pusieron el uno al lado del otro. Eran gemelos.

—Los perros cristianos nos están mirando —murmuró el moro entre dientes—. Adiós. Ya volveré.

Leonor se fue corriendo a su cuarto y, fingiéndose enferma, se quedó en su habitación todo el resto del día.

15

Antonio, que era anfibio, nacido en la costa, entre pescadores y marineros, nadaba como un pez y había convertido a Alonso a su deporte favorito. Había un lugar en el río a cosa de una legua de Torremala, donde las aguas, saliendo del terreno rocoso de los últimos cerros de la montaña, donde tanto habían saltado y corrido, tomaban una marcha más lenta al entrar en el terreno blando del valle. En aquel lugar el río remansaba en una sábana traslúcida, sobre cuya sedosa superficie los cielos azules y los árboles verdes gozaban de cierta líquida movilidad y se fundían unos en otros como lo hacen en los ojos claros y contemplativos. Alonso y Antonio solían galopar hacia aquel lugar al caer la tarde, después de haber andado cabalgando durante el calor del día, y llegaban precisamente cuando el sol poniente, a través de los árboles, encendía en el agua verde y azul los últimos esplendores del atardecer de oro. Antonio venía sediento de bañarse y se desnudaba a toda prisa; pero Alonso, con el alma arrebatada por la belleza de la escena, solía quedarse a caballo, inmóvil, como encantado durante largos momentos, perdido en un ensueño.

—Anda, perezoso, ¿le tienes miedo a los tiburones? —le gritaba Antonio sacudiendo el agua con los brazos y borrando el paisaje líquido con el tumulto de sus miembros.

Una tarde en que se habían bañado más pronto que de costumbre, cuando ya volvían a casa, se encontraron con Marta Esquivel trotando sobre una burra en dirección contraria y, según creyó observar Antonio, con mucha prisa. Marta se ruborizó al cruzarlos. Alonso no observó nada, porque no se había fijado nunca en ella; pero Antonio guiñó un ojo de hombre ducho y gruñó entre dientes: "Adónde irá ahora esta hide... Mucho calor lleva. ¡Alguno le sobrará!"

Marta había seguido fiel a su primer amor año tras año. A medida que el muchacho de los Manriques iba creciendo, lo encontraba cada vez más hermoso y más deseable. Oculta tras de las persianas de su casa, solía verle pasar a caballo, y siempre se las arreglaba para saber exactamente adónde iba y por dónde venía y qué hacía Alonso Manrique, a fin de no perder una sola ocasión de echarle la vista encima. No tardó en observar el cambio de costumbres diurnas que produjo el descubrimiento del remanso, y en cuanto se dio cuenta de que Alonso se desnudaba al aire libre todas las tardes en aquel lugar, su naturaleza ardiente y sensual no le dio punto de reposo, y su imaginación febril le ponía delante las vívidas escenas que podría gozar con los ojos de la cara, con sólo que se atreviera a ir allá.

Durante días y días bregó fieramente contra aquella tentación, pero al fin tuvo que rendirse y preparó sus planes con el más exquisito cuidado. Para empezar se fue una mañana a aquel lugar tan deseado, a la hora en que estaba segura de no encontrar allí a nadie. No le fue difícil dar con el sitio exacto. Los árboles con la corteza usada por las riendas de los caballos atados, la hierba pisoteada por los cascos y mordisqueada, el borde del agua, sobre cuya arena se veían todavía huellas recientes de los pies, y otras señales definían el lugar sin error posible. Marta estudió bien la forma que presentaba el conjunto y se dispuso a buscar un puesto seguro de observación. Había que ver sin ser vista. Anduvo de aquí y de allá con toda paciencia, mirando y remirándolo todo, casi toda la mañana, y al fin dio con lo que buscaba. Frente a la diminuta playa por donde los dos hombres entraban en el río, había como un promontorio que se adentraba en el remanso, de modo que venía a quedar muy cerca de la otra orilla, pero para llegar hasta él había que dar un rodeo bastante largo por tierra. Era además de difícil acceso desde el río, porque estaba un poco alto sobre el agua y en orilla fangosa y resbaladiza. Sobre este diminuto cabo se erguían varios árboles, y en particular un castaño gigantesco que le brindaba dos puestos de observación: la copa de espeso follaje, de acceso relativamente fácil para persona tan ágil y decidida como Marta, y un hueco amplio que había en el tronco mismo, con la entrada hacia el soto, y que, aunque cerrado por espesa corteza del lado del agua, podía, caso de necesidad, perfeccionarse abriendo un par de agujeros.

Ya resuelto el problema en cuanto a ella misma, volvió su atención al de la burra. Era menester colocarla donde no pudiera observarla nadie. No le fue difícil encontrar lugar adecuado, porque más allá del pequeño promontorio el bosquecillo se quebraba bajando una vara y algo más, hasta una pradera de hierba fresca que todo burro sensato ansiaría para su retiro. Muy satisfecha de lo observado aquella mañana, Marta regresó a casa y su madre observó que le brillaban los ojos con un fuego nuevo.

16

La primera vez que Marta consiguió su propósito descubrió que a veces puede ser el placer más insoportable que el dolor. Llegó al remanso dando un rodeo por el campo, ató la burra al lugar ya preparado y trepó al castaño, donde halló un sitio cómodo y bien oculto para instalarse. Poco más tarde, vio llegar a los dos jinetes. Antonio se desnudó en seguida, sin que Marta perdiera ni un detalle, pues aunque era ya toda una moza, le había quedado vivaz la curiosidad de una niña a la vez ignorante y sensual. A medida que iban saliendo a luz los miembros de aquel cuerpo viril, se sentía más angustiada y más tensa, y su angustia y tensión estaban ya haciéndosele insoportables cuando Antonio desapareció en el río quebrando el agua con gran ruido y chapoteo. Entretanto, Alonso, objeto de sus deseos, seguía a caballo, sonriendo a algún ensueño interior. Desde su observatorio, Marta le veía de perfil. Se había quitado el sombrero colgándolo de la silla, y el cabello de oro le caía en largos rizos sobre el cuello y hombros. Marta bebía por los ojos, con delicia, la belleza de aquel perfil recortado como medalla sobre un fondo verde oscuro: la frente larga y bien modelada, la nariz aguileña, la boca de labio superior fino e inferior un poco más lleno y curvo, y el mentón, grácil pero definido y firme. Tenía la vista puesta en la lejanía, muy lejos, allende el río y los bosques. Sin dejar de ensoñar, había soltado los estribos y, de repente, con salto vigoroso, cayó de pie sobre la hierba suave. El corazón le empezó a batir a Marta con más rapidez. Alonso ató el caballo a un árbol y comenzó a desnudarse. Había vuelto la espalda al lugar donde Marta le observaba, siguiendo sus menores movimientos con creciente ansiedad. Veía la espalda brillar al sol poniente, luego el resto del cuerpo; pero su amor sensual y ardiente ansiaba verle de frente, contemplar al fin aquel sexo tantas veces imaginado en sus sueños, en la oscuridad de su alcoba.

—¡Vamos, anda! —gritó Antonio batiendo el agua.

Alonso se sacudió de su perezoso ensueño y giró en redondo. Marta le vio entonces tal como era, de pie sobre el borde del agua, frente a frente con ella, hermoso, libre, inundado de aire y de luz, vigoroso como un dios pagano. El corazón le palpitaba con violencia y se apoderó de ella un deseo tal, que creyó que iba a desmayarse y a caer a tierra. Luchó con verdadera furia por guardar la quietud más completa para no revelar su presencia, pero no le fue posible impedir un movimiento de las piernas. Una rama larga y fina se movió en el árbol hacia abajo y luego hacia arriba otra vez. Antonio, que había vuelto a tierra y estaba de pie sobre la arena, vio el movimiento del árbol.

—¡Qué raro! Esa rama se ha movido... Debe llevar encima un pájaro más grande que...

Marta no oyó más, porque Alonso se había tirado al agua, y Antonio tras él y ambos se alejaban nadando, mientras ella, apretándose los senos con las manos temblorosas, comprimía su ansiedad. Todavía temblando de emoción reprimida, se bajó del árbol, subió precipitadamente a la burra y se alejó al galope, asestando al animal salvajes latigazos, en parte por miedo a que la alcanzasen, en parte para dar libre curso a la furia ardiente que la consumía.

17

El temperamento de Antonio, siempre fuerte, se hallaba a la sazón soliviantado no sólo por ser la estación para ello, sino también porque acababa de perder a su querida, una muchacha que protegía y frecuentaba, que vivía con su madre a orillas del río. Se la había llevado súbitamente una fiebre ponzoñosa hacía pocos días. Sensual y vigoroso, pero no sentimental, Antonio sentía la pérdida en su cuerpo, que imperiosamente le reclamaba otra compañera. Se le llenó la cabeza de obscenidades y el corazón de proyectos. Un día, mientras vagaba por el jardín muy malhumorado y descontento con todo y con todos, divisó en la distancia una figura femenina que se alejaba, y el ritmo del andar, la graciosa alternancia del equilibrio del cuerpo ya en una ya en otra de las caderas, le llenó de placer, de admiración y de deseo. La figura se paró ante una hilera de macetas y se inclinó, hundiendo la cabeza en aquella masa de color; y Antonio, que la había seguido apretando el paso, adivinó el escalofrío de delicia sensual que corrió a lo largo de la espina dorsal tan sensitiva de aquel cuerpo femenino cuando el aroma embriagador de los claveles le penetró en la nariz. Durante breves instantes Antonio poseyó a aquella mujer en imaginación y al momento decidió poseerla de hecho. Mientras tanto, se había ella incorporado con un suspiro, y entonces, inesperadamente, se volvió hacia donde él la observaba. Antonio se puso como la grana, como un muchacho sorprendido en una acción prohibida: Leonor le estaba mirando, intrigada, algo temerosa, y como siempre triste.

Todavía no había llegado a los treinta. El dolor había conservado delgada y esbelta su figura, que de haber vivido en paz de cuerpo y alma, quizá hubiera engordado más allá de los límites de la elegancia. La palidez dorada de su tez realzaba la belleza de sus ojos negros, grandes y hondos; y el pelo negro azulado le atravesaba la frente en una curva en sesgo como el ala de un pájaro. Tenía las pestañas muy largas, que dejaban caer sobre su rostro una apariencia de paz mental, y la boca plena conservaba de los días de su niñez cierta curva de altivez y aun de desdén. No dejó de observar Antonio este matiz de superioridad en la mirada de la mora, que, con cierto sexto sentido femenino, había adivinado de instinto toda la situación. Antonio se sintió dominado y contenido; furioso, siguió avanzando y pasó adelante como quien va de prisa en busca de algo, y al huir del encuentro pensaba para consolarse: "Al fin y al cabo, es una esclava."

Salió del jardín y llegó hasta el bosquezuelo de castaños a paso vivo para ir quemando la furia que le ahogaba, y a medida que el aire fresco fue disipándole los humos, comenzó a considerar la situación. Al principio, le pareció harto sencilla. Leonor era una esclava de don Rodrigo, y don Rodrigo no le había nunca negado nada a él. Por lo tanto, Leonor sería suya. Luego, trató de imaginarse su entrevista con don Rodrigo. Había una cosa que el señor de Torremala evitaba siempre que podía: tener que enfrentarse con su mujer. Era seguro que a la petición de Antonio contestaría declarándose dispuesto a darle la esclava mora a condición de que doña Isabel estuviera de acuerdo. Pero sobre esto, ni pensar. Sólo quedaba una vía abierta: que la misma Leonor se prestara a ser suya. Se torció el bigote, sin saber primero a qué carta quedarse, satisfecho después. "En el fondo sigue mora —pensó—. Todo eso de la misa y los rezos es careta. Me iré a ver a Pérez." Pérez era el familiar de la Inquisición y debía no pocos favores a Antonio, poderosa autoridad feudal en Torremala. Si Pérez estaba dispuesto —y, ¡qué remedio le quedaba!— a amenazar a Leonor con la Inquisición, la mora oculta disfrazada de cristiana tendría que rendirse a Antonio para salvar la piel.

Muy ufano con su plan, se volvió a casa. Por el camino, lo retocó un poco. Hablaría primero con Leonor. Atraído por misterioso imán, fue a pasar por el mismo sendero del jardín donde la había visto por la mañana, y hasta se bajó a oler las flores en el mismo lugar en que ella se había inclinado. Hundió la cabeza entre los claveles, como ella lo había hecho, y entre dos macetas vio brillar un pequeño objeto en la sombra. Lo recogió y vio que era como un medallón cuadrado de plata y oro, con una cadenilla de oro. Anduvo buscándole la vuelta para ver de abrirlo, pero el medallón se defendía tercamente. Sin embargo, Antonio observó la hendidura, fina como un pelo sobre el metal, que prometía victoria, y con el filo de un cortaplumas consiguió abrirlo. Al primer pronto, le defraudó el contenido: un trozo cuadrado de cuero, al parecer. Le recordó los escapularios que solían llevar sobre el pecho hombres y mujeres. Tenía fuerte aroma de jazmines y estaba cubierto de curiosos diseños. Se puso a mirar aquellos diseños con mayor atención, abriendo los ojos cada vez con más sorpresa a medida que se confirmaba su impresión de que se trataba de un escrito árabe. "Se lo enseñaré a Alonso y le pediré que me lo traduzca", pensó. Pero pronto reaccionó en contra. "No. Más vale callar. No puede ser otra cosa que un escapulario moro. Se le cayó del pecho. Ya es mía."

18

Al desnudarse aquella noche, Leonor notó la falta de su *hijab* o amuleto. Aquel hijab no era sólo lazo secreto que la ataba a la religión de sus pasados, sino último recuerdo de Hussein. Estaba sin consuelo. Sabía que le sería imposible dormir hasta encontrarlo. Buscando en su imaginación dónde podría haberlo perdido, se acordó de las macetas. Sin poder dominar su impaciencia, se volvió a vestir, echó mano a un candil y salió al jardín. Brillaba tanto la luna, que dejó el candil a la puerta y se fue derecho a las macetas. Anduvo buscando por el suelo pero nada halló, y cuando ya iba a

161

retirarse desesperada, oyó pasos en el sendero. Era ya tarde y se preguntó quién podía ser, pero recordó entonces que Antonio solía a veces pasarse la noche entera velando a algún neblí nuevo, y se dispuso para la lucha que preveía.

—¿Lo has encontrado? —preguntó, tuteándola, como esclava que era.

Sorprendida, contestó ingenuamente:

—No.

Y él, con sonrisa de mal agüero:

—Claro. Como que lo tengo yo.

Se quedó desconcertada.

—¿Qué es lo que tenéis?

—Tu hijab —respondió con el vocablo árabe que había sonsacado a Alonso sin revelarle nada de importante.

Leonor sintió que se le apretaba el corazón y se puso pálida de miedo, cólera y humillación. Su religión profanada, el secreto de su amor en manos extrañas, en peligro.

—Aquí lo tienes —le dijo, enseñándole el medallón en la palma de la mano, a prudente distancia. A la luz de la luna, que le arrancaba destellos azules, lo reconoció.

—Dámelo acá —quiso gritar, pero apenas le salió débil murmullo.

—Según y conforme —dijo Antonio regateando.

—Dámelo acá —repitió Leonor ya con más voz, reanimada por la misma agresividad de su adversario.

—Según y conforme —repitió Antonio con más intención aún.

La encontraba más deseable que nunca a la luz de la luna que rebrillaba en su pelo negro y echaba sombras sobre su cuello y hombros, ligeramente cubiertos de seda blanca.

—Has de ser mi esclava. Don Rodrigo estará conforme si lo estás tú. Y es menester que lo estés.

Una oleada de sangre le invadió el corazón. Se abalanzó sobre Antonio para arrancarle el medallón de la mano, pero él estaba en guardia. Más alto y más fuerte, la agarró con el brazo derecho, la apretujó contra sí, le dio en los labios un beso ardiente y la soltó, casi la arrojó de sí con violencia:

—Para que aprendas —le dijo, y ya tranquilo se alejó muy gentilmente con el medallón en la mano, indiferente a sus sollozos.

Leonor le dio tiempo a que desapareciera en la distancia, y a paso lento y triste retornó a su soledad. Se daba cuenta de lo desamparada que estaba. La raíz de todo el mal, de donde cobraba Antonio todo su poder sobre ella, era demasiado cierta. No era ni había sido nunca cristiana, y en su corazón había seguido fiel a su fe natal, quizá no tanto por convicción ni por tesón heroico de resistir la adversidad, como por mera costumbre, por mero apego a los suyos, por esa sensación tibia y tierna de pertenecer a un rebaño humano —formas naturales de vivir, sentir y pensar que las extrañas circunstancias del país y del tiempo transfiguran en horrendos crímenes—. La Inquisición la hubiera condenado como hereje depravada por aquellas virtudes sencillas y caseras que por un contragolpe de la Historia se transformaban en traición tan sólo porque hacía setecientos años sus antepasados habían invadido una tierra cristiana. Leonor se daba cuenta de todo esto. Sabía que no le sería posible oponerse a los planes de Antonio. Don Rodrigo (que tenía conciencia de no vivir sobre una base muy sólida en cuanto a fe, a causa de su matrimonio con una conversa, precisamente una de aquellas personas cuya dudosa sinceridad religiosa había inducido a los Reyes a crear el Santo Oficio) no podía serle baluarte muy seguro si Antonio la atacaba en aquel terreno. No le quedaba más que aguantar la tormenta y ganar tiempo hasta ver si Hussein llegaba para salvarla.

Pero este mismo pensamiento venía ahora a angustiarla más. Si llegase ahora su prometido y le preguntara dónde estaba el medallón, y ella no pudiese responderle, ¿qué pasaría? ¿Cómo era Hussein ya hombre hecho? ¿Era prudente y paciente, o seguía dominado por la fogosa impulsividad de sus tiernos años? Cuando se separaron tenía él quince y ella doce. Si descubriera que un objeto tan íntimo e inestimable, tan empapado en recuerdos y en amor, había pasado a manos de otro hombre, ¿qué sería capaz de hacer? Así iban sus pensamientos, tristes y deprimidos, sin que la mora hallase refugio ni esperanza en su tribulación.

19

Fue pasando el tiempo y Leonor seguía viviendo a la sombra de aquel peligro mortal. Un día, se hallaba reposando sobre el lecho en la oscuridad. Eran las once de la mañana, pero tenía el alma tan llena de dolor, que no se sentía con fuerzas para moverse en el ir y venir de los quehaceres domésticos. Tres golpes a la puerta. Leonor tembló como una hoja. Giró la puerta sigilosamente y entró el jardinero con aire de misterio. Muy rara vez se hablaban, por no causar sospechas, y siempre en castellano. Pero esta vez, la primera en que el jardinero había entrado hasta su estancia, le habló en árabe:

—Alá sea bendito. Hay buenas nuevas. —Y le dio un papel.

Corrió las cortinas y leyó: "Prepárate para medianoche. Cancela del jardín. —Hussein". Apenas tuvo voz para murmurar: —Allá estaré.

El jardinero desapareció.

Leonor sintió en sí como un nuevo caudal de energía, y echó a correr por el pasillo adelante para alcanzarle y pedirle más detalles. Pero el jardinero no aparecía por ninguna parte, y ella a su vez no se atrevió a salir a plena luz. Un súbito pensamiento le heló el corazón. "¿Y si me encontrara vieja, o fea?" Más valdría esperar hasta la noche. Se sonrió en medio de su angustia y de su alegría.

"No —replicó con orgullo—, tiene que verme a la luz del sol

antes de llevarme consigo." Volvió a su estancia del pasillo oscuro donde había vivido aquel instante tan largo y tan hondo de su vida en unos cuantos segundos, y se puso a retocar su vestido y rostro. Y después se aventuró a adentrarse en la nueva vida.

Pero si era valiente era también cauta. No se trataba sólo de su aspecto. También quería darse tiempo para pensar qué hacer y decir sobre el medallón robado. ¿Se lo diría a Hussein? ¿Y cuándo? Si se lo decía antes de emprender la marcha, estaba segura de que habría una escena violenta, y quizá sangrienta. Si aguardaba a que estuvieran en camino, el peligro de una mala inteligencia mortal sería mucho mayor. Era menester que tuviera tiempo para decidir, y, sin poder explicárselo, sentía que a fin de poder decidirse tenía primero que ver el rostro de Hussein.

A lo largo del pasillo oscuro siguió hasta las escaleras del piso primero y subió a una habitación donde Isabel solía pasar las veladas del invierno, lugar siempre vacío en el verano. Esta estancia tenía sobre el patio-jardín un mirador moruno desde donde se podía ver todo sin ser visto. Junto a la puerta de la estancia de Antonio, que se abría hacia el jardín, a media distancia del mismo lado del edificio, Leonor divisó cuatro hombres: dos eran Antonio y Alonso; el tercero era el halconero moro que le había anunciado la llegada de Hussein. Pero, ¿y el cuarto? Estaba de pie detrás del halconero, en actitud como de criado, y volviendo la espalda al lugar desde donde le observaba Leonor. El corazón se le adelantó para decirle en seguida con repetidas palpitaciones: "Es él, es él." Y ya estaba segura Leonor de que era Hussein cuando dio un paso adelante en el grupo. ¡Oh, qué paso! Era él.

Antonio estaba de pésimo humor, tenía la impresión de que su proyecto de apoderarse de Leonor se le echaba a perder. Sólo podía salir bien si Leonor se dejaba amilanar por la amenaza de una denuncia a la Inquisición. Pero si corría el riesgo y se resistía. ¿Qué haría él? ¿Denunciarla? ¿Y qué ganaría con ello? Preso en un cerco de fracaso, Antonio estaba furioso contra sí mismo, contra Leonor y contra todo el mundo moro.

En este estado de ánimo le halló el halconero moro que a la sazón regresó. Traía un halcón tagarote, altanero y vistoso, sobre una lúa de esparto en el brazo derecho.

—¿Por qué no lleváis los halcones en el brazo izquierdo como cualquier cristiano que se respeta? —le dijo malhumorado. Y el moro, riéndose, le contestó:

—Pero si yo no soy cristiano.

—¿Y a eso llamas tú un halcón? —exclamó Antonio mirando al pájaro con desprecio.

Alonso, entretanto, no hacía más que mirar al tagarote, envidiando en secreto la facilidad con que Antonio juzgaba de los méritos de los halcones. Al moro no pareció importarle mucho la opinión del experto, y en árabe le dijo a su criado:

—Para la garza que andamos buscando tengo yo mejor tagarote. Hussein se sonríe. Alonso les echó a los dos una mirada de inteligencia y de curiosidad que les hizo cerrarse como ostras.

—¿Cuánto? —preguntó Antonio.

—Veinte castellanos de oro —contestó el halconero.

—Muchos castellanos son para ese moro —replicó Antonio, y la respuesta provocó un relámpago en los ojos fogosos de Hussein—. Y además, ¿quién me dice que no alzará el vuelo y se volverá al África en cuanto pueda? Siempre hacen lo mismo estas hijas de...

Hussein se estaba frotando las uñas de la mano derecha sobre la palma de la izquierda, como si estuviera afilándoselas, y se oía el ruido del roce.

Hacía calor. Antonio se había desabrochado el jubón. Llevaba una camisa abierta. Extendió el brazo hacia el halcón, y, al hacerlo, puso al descubierto el velludo pecho. Hussein dio un paso adelante, para acercarse, clavando los ojos en el pecho de Antonio, y de repente agarró el medallón y lo arrancó con un tirón salvaje del cuello.

Tras la rejilla de madera negra del mirador, Leonor había visto toda la escena y cayó temblando sobre un asiento. Hussein arrojó en árabe al rostro de Antonio un violento: "¡Perro!"; y luego a su compañero: —Vámonos. No hace falta ocuparse de la perra. Es inmunda.

Antonio echó mano a la daga, y en el momento en que iba a abalanzarse sobre Hussein, el moro, más rápido, con un alfanje que llevaba oculto bajo el albornoz, le asestó tal golpe sobre la muñeca, que le dejó la mano casi separada del brazo. Cayó sangrando Antonio en brazos de Alonso, y los moros salieron a toda prisa hacia la cancela del jardín. Allí se encontraron a Leonor, que se echó a los pies de Hussein intentando echarle los brazos a las rodillas para retenerle:

—¡Escucha! ¡Escucha! —le gritaba. Pero Hussein pasó adelante sin siquiera mirarla, saltó a caballo y se alejó al galope, mientras Leonor caía con el rostro sobre el suelo, llorando en amargas lágrimas su esperanza perdida para siempre.

20

Aquella mañana, con la indiferencia de la desesperación, Leonor contó a Isabel y a Alonso todo el episodio con Antonio. Para hacerlo, tuvo que revelarles los dos secretos de su vida, su fidelidad secreta a la ley de Mahoma y su amor a Hussein, que había mantenido vivaces durante tantos años. Asombrados quedaron madre e hijo al darse cuenta de cómo había fluido ante sus ojos tantos años la vida subterránea de aquella mora esclava; pero mientras Isabel rumiaba así sobre el pasado, Alonso era todo acción.

—Leonor, todavía no hace dos horas que se han marchado. Yo les vi los caballos. Eran malos pencos de alquiler. En seguida los alcanzo. Yo les explicaré...

Leonor movía la cabeza, sin ánimo, sin fe. Pero él seguía hablando en pro de su plan, y sin aguardar a convencerla, sin escuchar las objeciones y las dudas de su madre, hizo ensillar su mejor caballo y salió al galope.

El jardinero le había dado algunas indicaciones para ponerle sobre la pista de los fugitivos, y en efecto, se los encontró en el momento en que se levantaban de una bien ganada siesta y se disponían a galopar otra etapa camino del Guadiana, donde les esperaba, discretamente oculto en una caleta, un carabelón. Súbitamente, los moros vieron surgir a Alonso en su presencia. Hussein desenvainó el alfanje. Alonso paró el caballo con la mayor serenidad, y en árabe, lo que añadió no poca sorpresa a la que tenían, dijo:

—Paz, Hussein. Vengo como amigo. Mira —añadió alzando ambos brazos—, no traigo ni un arma.

Este detalle, debido a la rapidez impulsiva e irreflexiva de la salida del muchacho, vino a ser la causa principal de su éxito. Explicó el caso con sencillez y propuso a Hussein que retornase a Torremala para buscar a Marién-Leonor.

—Pero, ¿está tu padre dispuesto a dármela? —preguntó Hussein.

Alonso no había pensado en esto.

—¡Pues claro! —contestó por él una voz segura; pero otra voz más adentro, preguntaba: "¿Y tú qué sabes?" Había salido al galope sin siquiera intentar hacerse una idea de la actitud que su padre tomaría, y comenzaba a preguntarse en aquel momento si se había dado plena cuenta de todas las complicaciones que planteaba el hecho de ser Leonor una esclava. El muchacho seguía vacilante y silencioso. Hussein entró en sospecha otra vez. No dudaba de Alonso, cuya sinceridad y buen deseo le parecían evidentes, pero se preguntaba si el joven Manrique no sería instrumento inocente de otros, y si al seguirle al castillo no se expondría a una emboscada. Al fin habló Alonso:

—A mi padre no le he visto desde... desde esta mañana. Pero estoy seguro de que hará lo que todo cristiano bien nacido haría en este caso, y de que te dará a Leonor.

Hussein rumió esta respuesta unos instantes. Era valiente y le atraía la aventura.

—Bueno —decidió—. Vámonos a Torremala y sea lo que Alá quiera.

Cabalgaron los tres en silencio. Alonso iba meditativo. La pregunta de Hussein había sido como una catapulta que le había derribado de un golpe brutal sus ensueños. ¿Qué sabía él de lo que su padre haría? ¿Cómo se atrevía a asegurar lo que cualquier cristiano bien nacido haría, si apenas vislumbraba lo que en tal caso dictaba el deber? Con la imaginación evocó al padre Guzmán, norma viva de conducta para él. ¿Qué aconsejaría el padre Guzmán? "Olvido de sí mismo y el Señor indicará el camino", tal era su regla de oro. Bueno, pues, en este caso, el olvido de sí bien claro estaba: Alonso cedía a Leonor, a quien tanto quería, segunda madre para él, más joven que su propia madre y no tan íntima, lo cual, en cierto modo que no sabía definir, era más sabroso. La cedía para siempre a aquel extraño, surgido súbitamente para reclamarla. Y en cuanto había sentido vibrar en su alma aquella abnegación, había salido al galope en busca de los dos moros. ¿Qué mal había en ello? "Varias cosas —contestaba el padre Guzmán en su imaginación—. Haces volver a Torremala bajo la protección de tu palabra de honor a un hombre que ha causado herida grave, quizá mortal, a una persona de tu servicio; ¿y para qué le haces volver? A fin de entregar en sus manos, manos de infiel, a una mujer que tu familia había hecho cristiana." Aquí, Alonso interrumpía al prior en su diálogo imaginado: "¡Pero si no es cristiana! Si ya sabemos que ha pasado toda su vida

IX. Así veían los artesanos aztecas la cabeza del cojolite o chachalaca, especie de faisán. Estampas procedentes de Veracruz.

167

secretamente fiel al Islam." "Eso —argüía el padre Guzmán— puede ser sólo una fase, aunque larga. ¿Cómo vas a condenar para siempre a un alma que te está confiada? ¿O crees tú que la Iglesia os permitiría a vosotros, los ricos, que tuvierais esclavos moros si no fuera ése un modo fácil de tenerlos apresados en las redes de una sociedad cristiana?" Así iba y venía en su mente el dudar y el explorar y el preguntarse por el secreto de la vida, haciéndosele todo cada vez más embrollado e inquietante a medida que se iban acercando a Torremala.

Cuando llegaron al vado, a eso de una legua del pueblo, vieron al borde del río a un jinete contemplando en calma cómo bebía su caballo.

—Suárez, nuestro mayordomo —explicó Alonso.

El halconero lo conocía bien. Suárez se les acercó al paso en cuanto hubieron cruzado el río.

—No sigan adelante —les dijo—. Quédense aquí junto al río hasta que hayamos hablado un rato.

Hussein frunció el entrecejo. Se estaba poniendo el sol y junto al río las sombras de la noche comenzaban ya a extenderse sobre la falda de la colina. Pinceladas rojizas caían sobre el agua transformando las onduelas en pececillos colorados. Suárez no sabía el árabe y Hussein conocía poco el castellano. Alonso vio la ventaja de que el halconero supiera bien las dos lenguas.

—Vuestro padre —explicó Suárez al muchacho— lo sabe ya todo, y está dispuesto a dejar marchar a Leonor con este... caballero, sin compensación para él. Pero no quiere que se sepa, porque ha consultado con los letrados y le dicen que es muy delicado el asunto. Lo que propone es que Leonor se escape. Le daremos camino fácil. Todo está ya dispuesto. Si este señor y su compañero quieren aguardar aquí hasta que el pueblo esté dormido, digamos hasta las once, traeremos aquí a Leonor en un caballo mejor que esos dos... —concluyó el mayordomo, no sin cierto desdén para con los jacos de los dos moros.

El halconero explicó la situación a Hussein, que la escuchó y meditó en silencio. Seguía abrigando cierta sospecha de que le estaban jugando una mala pasada. Alonso lo adivinó, lo que no era difícil, ya que podía leerse en el rostro transparente del impulsivo moro y en el modo como escudriñaba con la mirada ya el rostro del mayordomo, ya el de Alonso.

—Si Hussein teme aburrirse aquí tanto tiempo —dijo el gentil caballero con generosa discreción—, me podría quedar yo con él hasta que venga Leonor.

El rostro varonil del moro se tiñó de rojo.

—No —contestó—. Gracias. Ya esperaremos solos.

Moros y cristianos se separaron; los unos quedaron junto al río y los otros subieron a caballo la cuesta que llevaba al castillo. La llegada de Alonso transfiguró a Leonor. Lloró lágrimas de alegría y le besó ardientemente, con ardor que Alonso no había sentido nunca en ella, y que ella sin duda le prodigaba de su cuerpo joven, hambriento de amor renovado, y de su alma, que derramaba gratitud.

Las pocas horas que quedaban transcurrieron en preparativos de viaje, promesas y recuerdos. Al fin, se adormeció el pueblo. Don Rodrigo se había ido de caza para no saber nada; Alonso ayudó a Leonor a montar una espléndida yegua árabe, regalo de despedida de la casa de los Manriques, y la acompañó hasta el vado. Hussein y el halconero oyeron los cascos resonar en la noche silenciosa.

—Sólo vienen dos caballos —dijo el halconero.

A pocos pasos de los moros, Alonso dijo a Leonor:

—Adiós. Alá sea contigo. Para siempre... —Y sin esperar respuesta, dio vuelta al caballo y desapareció rápidamente en la sombra.

Cuando llegó a su cuarto, aún dudando, preguntándose lo que había hecho, percibió fuerte aroma de flores. Ardía la lamparilla como siempre ante la imagen de la Madre y del Niño. La estancia estaba llena de jazmines.

21

Toda la noche la pasó bañado en aquel mar de amoroso aroma, gozando por primera vez en su vida de la amarga dulzura de una separación desgarradora, uno de los placeres más hondos que reserva la tristeza humana a quien sabe gustarlo. Leonor había sido para él la puerta viva que le había abierto el acceso al mundo de las mujeres. Todo en sus relaciones con ella había tenido una calidad aterciopelada como sus ojos y su piel. Era amorosa por naturaleza y había encarnado el amor para él, aun cuando no había estado nunca enamorado de ella ni siquiera consciente de que el menor barro sensual viniera a enturbiar la límpida y clara calidad de su afecto.

Toda aquella noche se entregó a la melancólica delicia de soñar, ya despierto, ya dormido, con Leonor, mientras ella cabalgaba con su Hussein hacia los suyos. Pero al llegar la mañana, cuando tuvo que incorporarse y acoplarse a los quehaceres del día, le decayó el ánimo a un nivel de tristeza más común, al rememorar la conducta de Antonio. Antonio se había cuidado mucho de no hablarle nunca de sus asuntos privados. Alonso no sabía que su ex tutor tenía una querida, la había perdido y andaba en busca de otra. El caso es que Alonso no se había ocupado nunca ni poco ni mucho de la vida carnal y no se daba cuenta clara de que constituyera un problema aparte. Le dolía el corazón al pensar que un hombre en quien su padre había depositado tanta confianza hubiera intentado perseguir de tan vil manera a una mujer para obligarla a ceder a sus deseos. Así pensaba mientras ensillaban el caballo, y así siguió pensando mientras se alejaba de paseo, rumiando el modo de vivir y de pensar de Antonio, su compañero más frecuente. Recordó entonces que una noche, hallándose con Antonio velando un neblí, había dicho su ex tutor de repente: "Las mujeres, más putas que las gallinas." Como una bofetada en la cara sintió Alonso el insulto a su madre, pero a punto de responder con energía, le obligó a callar un contraimpulso más fuerte que el de proteger a su madre contra el insulto: el de protegerla contra el insulto peor todavía de defenderla. Guardó silencio, y en aquel silencio sintió abrirse la primera grieta en su compañerismo para con Antonio.

¡Qué cosas dice la gente!... Y sin embargo, por bajo de su indignación, Alonso vislumbraba la fuerza de una realidad concreta y dura, que yacía oculta bajo las inmundas palabras de Antonio como una piedra limpia en sí bajo el estiércol. Muchas veces había oído al párroco tronar contra las mujeres por ser de la piel del diablo, y con todo respeto para el señor cura, no estaba de acuerdo. Pero tampoco le convencía la visión de la mujer como un lirio de inocencia y blancura, siempre recto y siempre inmaculado, que surgía de los cantos de trovador en que su madre solía complacerse. En la estancia de su padre había descubierto Alonso un libro que estaba leyendo a la sazón con verdadera delicia, y que ahora, después del episodio revelador de Leonor y Hussein, le parecía todavía más lleno de luz. Se llamaba *La tragicomedia de Calisto y Melibea* y pintaba las aventuras de una joven dulce y hermosa que, por no poder resistir a su amor hacia Calisto, que la amaba como un iluso trovador, manejaba a una vieja entrometida para llegar más pronto a sus fines. Era un libro trágico, como tenía que serlo, puesto que los dos amantes habían sembrado imprudentemente las semillas de su propia desgracia; pero lo que atraía a Alonso en aquel libro sin igual era que por primera vez en todo lo que había leído se encontraba con una mujer tal y como vislumbraba él que debían serlo todas: ni como decía el tosco y rudo Antonio, putas, ni como los trovadores parecían creer, ángeles, sino meras compañeras del hombre, amantes, fuertes y a veces débiles. La pasión que súbitamente había revelado Leonor le había abierto los ojos sobre las mujeres y el mundo. Se daba cuenta de que en el amor, que hasta entonces había atribuido al mundo blando, había también algo duro, ardiente y quizá destructor, y así le volvió a la memoria con un valor nuevo aquel refrán que cantaba su madre:

¡Ay, mira que el amor es una mar muy ancha!...

En aquella mar tan ancha había una isla, sólo una que le parecía roca incólume y segura adonde sus ojos se volvían en la zozobra de la tempestad: el monasterio. Los hombres que allí vivían, vivían en paz. El camino para la paz era sencillo: abnegación. No sólo abnegación de esto o de aquello en esta o aquella ocasión, sino de toda la vida para todo el tiempo. En cuanto tenía valor para afrontar tal olvido de sí y salir vencedor, el hombre era libre. Alonso veía en aquella libertad del claustro una especie de anticipo de la muerte para gozar de un anticipo de la gloriosa libertad del cielo. Un hombre como el padre Guzmán lo había dado todo, pero al hacerlo había ganado su verdadera libertad. Alonso comenzaba a pensar en serio en adoptar la vida religiosa y hasta llegó a confiarle sus proyectos al prior. "Eres todavía muy joven —observó el prior— para darte cuenta de lo que te pasa: no sabes si te atrae el monasterio o si te repele el mundo."

22

Una mañana muy calurosa volvía Alonso a caballo del monasterio a casa, atravesando un bosque de castaños en que la vida de miríadas de insectos mantenía un constante zumbido como acompañamiento *obligato* a los solos estridentes de las cigarras y de los grillos. Los rayos del sol atravesaban el follaje en sesgo y en soslayo, dibujando caprichosos diseños de luz amarillenta sobre las sombras de intenso azul, atrapando en redes de luz aquí una ardilla corredora, allá una araña de circo colgada de un hilo de plata como de un trapecio. El arroyo seco dejaba al descubierto las piedras blancas por donde solía saltar en invierno, como la dentadura de un gigante que bostezara atado a la tierra por las ligaduras que le formaban las raíces de vigorosos árboles. Los pájaros estaban adormilados con el calor y hasta las lagartijas verdes buscaban la sombra bajo las rocas de granito para echar la siesta del carnero.

Alonso se había adentrado a caballo por el sendero hundido que bajaba al arroyo. Se sentía feliz aquella mañana y más en calma que de costumbre, pues salía de una de aquellas conversaciones con el padre Guzmán que tanto le reconfortaban e iluminaban. Y sin embargo, a medida que se iba hundiendo cada vez más en el bosque sombreado y sombrío, rebosante de vida terrena, se le iba entrando en el cuerpo y en el alma una sensación, una impresión oscura pero concreta, como una inquietud al convivir con toda aquella vida oculta de la floresta que imaginaba obscena. ¿Ocurría todo a los ojos de Dios o había recovecos y cavernas donde los ojos de Dios, como los rayos del sol, no penetraban nunca? De haber sido un pensamiento, lo hubiera arrojado de sí como ponzoñosa blasfemia; pero no era un pensamiento: era menos claro pero más penetrante, y casi le mareaba el cuerpo. Arañas que comían moscas, pájaros que comían gusanos, toda aquella actividad que a sí misma se devoraba, ley y norma de la naturaleza animal, le parecía pertenecer al mundo duro del espíritu, y sin embargo era natural y venía de la mano de Dios...

Un quejido débil, y luego otro, le arrancó de su ensueño y le hizo parar el caballo para escuchar. Otro gemido quejumbroso, más largo y más fuerte. "Voz de mujer" —pensó. Y dirigiendo la vista al lugar de donde la voz emanaba vio en efecto a una mujer sobre la

171

hierba, al parecer sin sentido, casi desnuda sobre un montón de ropa, sin duda la suya.

Alonso no había visto jamás a una mujer desnuda, y aquel espectáculo le produjo tremenda impresión en que entraban sentimientos y emociones nuevos para él. Seguía inmóvil a caballo, sin saber qué hacer. La vergüenza le obligaba a apartar la vista. Una atracción irresistible le hacía volver a clavarla sobre el cuerpo yacente, parte a la luz del sol, parte en sombra, cuerpo extraño, inmóvil pero no pasivo y sin vida, sino más bien vibrante y como sacudido de cuando en cuando por misteriosa onda de estremecimiento. Así pasó un largo instante, hasta que de la cabeza oculta en la sombra bajo los vestidos salió otro gemido, más débil e inseguro, que vino a conturbar hondamente al joven jinete. ¿Qué hacer? Algo le pasaba a aquella mujer. Quizá había sido víctima de algún malhechor o quizá estaría enferma. Con todo, le retenía, indeciso y suspicaz, cierto instinto de desconfianza, un dejo de misoginismo, de Eva y la serpiente, de toda la tradición eclesiástica sobre la mujer.

Al fin le dominó el ánimo un impulso generoso y varonil; se apeó de un salto, ató a un árbol el caballo y penetró en el bosque.

Ella no se movió salvo un ligerísimo cambio de postura de la cabeza, que pareció hundirse algo más en los vestidos que la cubrían. Yacía como presa de algún dolor, con parte de la espalda cubierta pero enseñando todo el resto del cuerpo de la cintura abajo. A Alonso le golpeaba las costillas el corazón. Estaba encarnado de vergüenza y emoción y sentía un malestar como no lo hubiera creído posible.

Se quedó en pie frente a ella sin saber qué hacer. La mujer seguía inmóvil y muda.

—¿Estáis herida?

Del montón de vestidos salió otro quejido. El cuerpo comenzó a moverse lentamente, dando vuelta muy despacio. Hasta entonces, estaba recostada sobre el vientre; poco a poco fue dando vuelta hasta que terminó ofreciéndose sobre la espalda, desnuda e impúdica, con las piernas apartadas, temblando un poco.

El obsceno espectáculo de la gallina devorada viva por el neblí se agolpó súbitamente en la imaginación de Alonso con tanta fuerza y presión, que llegó a la alucinación superpuesta sobre el espectáculo de aquella impúdica mujer que ante sí tenía, confundiéndose con ella pero sin borrarla. Mujer en celo y gallina devorada, en abrumadora confusión, se apelotonaban juntas en torrente ardiente adentrándosele por los ojos abiertos, ensanchados por la fiebre, llenándole el corazón, el alma y los sentidos de un tumulto repulsivo, fascinador y salvaje de sensaciones violentas, tales que se le desvaneció la cabeza como nadando en un horno de llamas rojas, y el bosque entero ardía también y todo aquel resplandor rojizo invadió cielo y tierra hasta prender fuego al mundo entero, y en pleno incendio cayó Alonso al suelo desplomado.

Marta se puso en pie de un salto. ¡Qué distinto de lo que había soñado! ¡Cuántos días, cuántas noches había pasado en la soledad de su alcoba ensayando aquella escena según se la pintaba la fiebre de sus sentidos y de su imaginación! Y ahora, en lugar del desenlace que había esperado y había gozado tanto de antemano, el desastre, el espanto. ¿Estaría muerto?

Se vistió a toda prisa, en un tumulto interior, preguntándose qué haría, cómo huiría, qué le pasaba a Alonso, si se quedaría o no. Le puso la mano sobre la frente. Todavía ardía. Parecía como que se iba a mover. Se había estremecido al contacto de su mano. Aun en el terror en que estaba, y temiendo verse descubierta, tuvo que acariciar aquel cabello de seda, de oro... Se fue a esconder en el bosque detrás de él, pensando que sería mejor esperar oculta hasta ver si se ponía bueno, para dejarle ir, y si no, simular que se lo había encontrado por casualidad en aquel estado e ir a buscar socorro. Allí se quedó un buen rato, triste y angustiada. "¡Qué poco pensaba yo que la primera vez que lo tendría en mi poder sería así!" Aquel plan tan bien preparado, nacido a la vez de deseo ardiente y de frío cálculo, ¡qué mal había terminado! Por fuerza tenía él que pensar que algo le había ocurrido al verla sobre la hierba del bosque, y dejarse conmover, y acercarse y tomarla en sus brazos —esta idea la hacía estremecerse todavía de pies a cabeza— y... la naturaleza hubiera hecho lo demás. Ahora todo estaba perdido y sólo quedaban las consecuencias. Tenía que desaparecer sin que nadie, ni siquiera Alonso, adivinase quién era. No era probable que Alonso contase a nadie lo ocurrido —pensaba Marta—, salvo quizá a su confesor. Pero ni el mismo Alonso sabía quién era. Volvió a mirarlo, tendido a corta distancia, inmóvil. ¿Se moriría? El pensamiento le heló el corazón. Le oprimía un sentimiento amoroso hacia él, como una gratitud por no haber podido resistir la vista de su cuerpo. No era, no había sido su intención. Pero cuando lo sintió de pie ante ella, no había podido resistir aquel movimiento... Se ruborizaba toda al recordarlo. Eran sus sueños, sus sueños de amor, que la habían obligado a ofrecerse. Con tanto soñar, con tanto vivir en sueños... Se agachó rápidamente, quedándose quieta, reteniendo hasta el aliento. Alonso volvía en sí. Le dolía la cabeza atrozmente. Se incorporó, procuró recordar, procuró olvidar, echó una ojeada al bosque, con curiosidad y también con temor de que anduviera por allí todavía aquella mujer. No vio a nadie. Se puso en pie y se dirigió hacia donde aguardaba el caballo. Tenía un terrible cansancio. Se subió al caballo y se dirigió hacia casa, pero a los pocos pasos volvió riendas, pensando: "Me iré al monasterio a confesarme. No quiero llevarme tanto veneno en la conciencia."

23

Alonso iba cabalgando lentamente, en su humor meditativo de costumbre. "¡De modo —se decía— que eso es el deseo! No me atrae gran cosa. Y esa moza... Porque no era más que una mozuela..." Y en aquel instante, algo, no sabía qué, le dio la seguridad absoluta de que había sido Marta Esquivel. Además, cuadraba con alguna que otra actitud de Marta para con él en otras ocasiones y con las cosas que Antonio solía dejar caer en la conversación. Este descubrimiento le llenaba de inquietud. La idea de Marta, y en particular la de su cuerpo, le era muy desagradable. Pero había sentido el deseo masculino al verla desnuda ante él, aunque estaba seguro de que se hubiera roto el encanto al verle el rostro. ¿Cómo se compaginaba todo aquello con los designios del prior? Abnegación de sí mismo, decía el buen fraile, y Dios marcará el camino. En este caso, ¿dónde estaba la abnegación? ¿En satisfacer los deseos de Marta, o en negarle aquella satisfacción? El monasterio se alzaba a pocos pasos, frío y pétreo aún bajo el sol ardiente de verano, libre de las tentaciones de la carne (pensaba Alonso en su inocencia), y todavía no estaba seguro de lo que diría al prior: ¿toda su experiencia espiritual, como lo haría a un confesor, o tan sólo una aventura como se cuenta a un amigo íntimo? En cuanto se halló en presencia del padre Guzmán, no vaciló más. Le contó todo, hasta su angustia, hasta sus dudas. ¿Por qué lo ponía el Señor en aquella situación tan difícil? ¿En qué hubiera consistido entonces la abnegación? Y de todos modos, no le había sido posible dilucidarlo y obrar a impulsos de la razón, como buen cristiano. Sólo había podido actuar bajo impulsos más violentos y oscuros. El prior le escuchaba en silencio. Alonso había terminado y aguardaba la respuesta.

—Sí. Pero no te preguntes lo que hubiera ocurrido, sino lo que ocurrió. Caíste sin sentido. De este modo te salvó Dios del dilema que no tenías tú bastante fuerza para resolver.

No se esperaba Alonso esta contestación, y le impresionó profundamente. Se caía de sueño y los párpados se le cerraban. Vio el fraile lo cansado que estaba, pero no se dejó ablandar.

—Ahora véte a dar al Señor las gracias por la ayuda que te ha prestado para que resistieras la tentación.

Tomó a Alonso de la mano y se lo llevó a la iglesia, se arrodilló a su lado, rezó un momento y lo dejó ante el altar con las rodillas sobre la piedra fría. "Éste sí que es un mundo blando por fuera y duro por dentro" —pensó Alonso luchando por dominar el sueño. Admiraba al fraile por su fortaleza y era demasiado orgulloso para contentarse con ser menos que él en punto a fuerza. Se mantuvo pues firme en su decisión de orar, terco en concentrar sus pensamientos en Dios. Gradualmente vino a prestar a aquella su lucha íntima como una calidad material y luminosa: su voluntad de orar se hizo luz, esplendor que ya avanzaba, ya retrocedía ante su soñolencia, a su vez proyectada al exterior como una especie de niebla oscura. Era como una lucha entre la hueste de la luz y la hueste de la sombra. En medio de esta batalla, la Madre y el Niño que acababa de ver sobre el altar parecieron elevarse al empuje de nubes blancas y lanosas, pasando ya a la luz, ya a la sombra. Parecióle que aquel campo de batalla hervía en seres extraños, quizá humanos, pero muy distintos de los hombres que el conocía: cobrizos de color, desnudos o casi, armados con rodelas de madera y largas lanzas con punta de cobre, la cabeza tocada con grandes plumeros de colores que les colgaban del pelo. "¿Quiénes serán estas gentes?"—se preguntaba, y cuando así dudaba de lo que veía, ocurrió lo más extraño de todo. La Madre y el Niño cambiaron de aspecto. El Niño, en quien tantas veces se había soñado a sí mismo en su infancia, era en efecto su propia imagen, y sin embargo, a la vez, cobrizo y de rasgos parecidos a los de aquellos guerreros; y la Madre era una hermosa mujer de tez cobriza y pelo entre castaño y negro, sobre cuyo pecho, entre los senos redondos, relucía un corazón de piedra verde y luminosa como no lo había visto nunca. Un fraile que pasaba se lo encontró dormido a los pies del altar.

24

Antonio había perdido la amistad y la compañía de su joven amo, y los un tiempo inseparables compañeros ahora se rehuían y evitaban. Alonso pasaba cada vez más tiempo en el monasterio, y en particular, horas enteras en la celda del prior estudiando libros devotos, y horas enteras orando en la iglesia. Antonio, pasadas las semanas de inacción que la grave herida de la mano le impuso, había recobrado el pleno uso del brazo y de la mano y vuelto a sus actividades usuales. Marta, que siempre se las arreglaba para observar lo que ocurría en el castillo, pronto echó de ver que Antonio reanudaba sus paseos a caballo por la tarde para ir a bañarse en el remanso.

Esto causó a la muchacha no poca excitación. Su aventura del bosque la había dejado en un curioso estado que venía a resolverse en una atracción irresistible hacia Antonio. Allá en su fondo seguía poseída por un amor sensual hacia Alonso, a quien pertenecía en cuerpo y alma, pues su alma era sólo la doncella activa y febril de su cuerpo. Pero desde la escena del bosque, Alonso era para ella pensamiento prohibido, que le hería en las entrañas. Y precisamente por eso venían a concentrarse sobre Antonio sus intenciones sensuales. Cuando observó que volvía a frecuentar el remanso, y además solo, su alegría no tuvo límites y no perdió ni un día en plantarse en su observatorio. Una tarde tranquila de setiembre, al llegar con la burra a su escondite, después de atarla en la praderilla de abajo, junto a un árbol, iba a instalarse en el hueco del castaño cuando en el fondo del hueco se encontró con medio pan bastante duro y un

buen trozo de queso manchego no mucho más blando. "Algún vagabundo habrá estado durmiendo aquí"—pensó, y se puso a recorrer
los lugares, ojo avizor para estar segura de que el intruso se había
ido; pero como no vio a nadie, dio por resuelto el problema y no
pensó más en ello. Sin embargo en vez de instalarse en el hueco
prefirió subir a la copa, como había hecho en otras ocasiones. Antonio estaba nadando a cierta distancia del lugar y a poco le vio volver
hacia su observatorio. Salió del agua, se revolcó sobre la hierba y
comenzó a vestirse. Marta gozaba de la escena indeciblemente, pues
le gustaba en sumo grado aquel cuerpo viril, y cuando se hallaba en
lo más alto de su goce, la burra comenzó a rebuznar estruen-
dosamente. Antonio miró hacia el árbol y al instante adivinó lo que
ocurría. Marta perdió la cabeza, y, en lugar de quedarse quieta y
oculta, se bajo del árbol lo más aprisa que pudo, pero sólo para
encontrarse presa entre dos robustos brazos, que desnudos y húmedos la apretujaron rudamente, casi con furia; Antonio la arrojó violentamente sobre la hierba y la desnudó de cuatro tirones. La rabia
masculina acumulada por su forzada castidad, la furia de haber
perdido a Leonor, todo fue a descargar sobre Marta. Le azotó las
posaderas con mano salvaje, cubriéndola de una catarata de insultos groseros, le dio vuelta en el suelo y la forzó, encontrando en ella
primero débil resistencia y luego un entusiasmo ardiente.

25

Cuando Antonio la dejó al fin sin pronunciar palabra, Marta se
quedó inmóvil, con los ojos cerrados, indiferente a todo lo que no
fuera su sueño interior. Había vivido una hora profunda e inefable.
Lo que para Antonio había sido suelta de energías acumuladas sin
otra significación que la puramente animal, había sido para ella un
instante demasiado breve de felicidad en el que se había entregado a
Alonso en el cuerpo de Antonio. Por maravillosa alquimia aquel pensamiento de Alonso que había rehuido durante semanas enteras, retornó con triunfante trepidación a tomar posesión de su alma en
cuanto Antonio tocó su cuerpo. Su goce fue tan intenso como si hubiera sido directo y no por obra de Antonio, y allí se quedó tumbada
sobre la hierba, abrumada por la revelación de profundas sensaciones
que para su mente y su alma emanaban de Alonso. Antonio entretanto, tranquilizado por la inesperada aventura, volvió a vestirse sonriendo con cierta ufanía y cierta ironía para con la "caliente moza".
"Todas son unas —pensó, refiriéndose a las mujeres en general—.
Siempre dispuestas a hacer un favor", y se encogió de hombros con
superioridad de varón. Ya había terminado de vestirse, pero algo le
faltaba y no sabía qué. "¡Ah, la daga!" No la encontraba por ninguna
parte. Anduvo buscándola por la hierba, fue hasta el borde del agua,
retornó hacia los árboles y finalmente se dio por vencido. "Debo

habérmela dejado en casa", se dijo, y con otro encogerse de hombros montó a caballo y se fue en paz, sin dirigir ni una mirada a donde Marta seguía soñando en el rinconcito de la pradera.

Al tiempo que Calero, unas varas más abajo del lugar donde Marta descansaba, oculto por un desnivel del terreno que avanzaba en construcción natural de tierra y de raíces formándole como un techo, sentado al borde del agua, estaba merendando pan y queso. El queso lo cortaba con la daga de Antonio, y como la arena estaba algo húmeda, se había sentado sobre un refajo de franela encarnada que Marta llevaba cuando había llegado, pero que ya no volvía a llevar cuando lentamente, soñolienta con la nueva vida que en su seno abrigaba, se volvió a casa sin encontrarlo. Calero seguía comiendo en paz y en gracia de Dios, riéndose para sus adentros y de cuando en cuando murmurando misteriosos monosílabos, gotas de su peculiar filosofía, que destilaba en soledad. Cuando las sombras de la noche comenzaron a disolver su tinta negra en el azul del río, se levantó con calma, subió a la pradera donde poco antes había descansado Marta tan largamente, y se fue derecho al castaño hueco con el paso firme y seguro de sí del dueño de casa que cruza su jardín. Dobló el refajo con la mayor pulcritud, lo sujetó con la mano izquierda contra la pared interna de la corteza en el hueco del árbol, y con vigoroso golpe de la derecha clavó la daga a través de la franela. "¡Me parece que la punta ha atravesado toda la corteza!", se dijo con satisfacción.

Se aovilló en el agujero y se quedó dormido.

26

Marta pasó semanas enteras en una especie de encantamiento. Sola los días y sola las noches, se había envuelto en un mundo de su propia creación hecho en parte de recuerdos y en parte de fantasías. El centro y sol de este mundo era una mezcla de sus dos horas cálidas, la de Alonso en el bosque, la de Antonio en el río, fundidas en unión feliz con el hermoso Manrique. Su madre, acostumbrada a las manías solitarias de Marta, no prestó al principio gran importancia a aquel ensimismamiento. Pero cuando la muchacha comenzó a hacer ascos a la comida, y luego a sentir constante mareo, y el padre se puso a hablar de llamar al médico, Susana movió la cabeza e hizo prevalecer su opinión de que era mejor por el momento callarse y ver venir las cosas. La sospecha de que su hija estaba embarazada fue creciendo en la infortunada mujer. Pero Marta seguía indiferente a todo lo que no fuera su ensueño íntimo, que ni aun la incomodidad de su constante mareo bastaba para turbar. Tiempo llegó en que su estado se hizo evidente para ella, como para su madre. A boca de jarro, le preguntó Susana quién era el padre de su hijo, y Marta, sin vacilar, contestó:

—Alonso Manrique.

Había dicho la verdad, su verdad. Poco importaba que la carne que la había fecundado fuera la de Antonio. Ella se había entregado a Alonso, y le era totalmente imposible separar a su amante ideal de los cálidos abrazos de su ensueño. Susana se sintió abrumada por aquella revelación. Furiosa todavía, le soltó la noticia a Esquivel.

—¿Dónde? ¿Cuándo? —rugió Esquivel a su hija.

—En el bosque, junto al río —contestó Marta mezclando como siempre las dos escenas. A Esquivel casi le alegraba poder infligir una humillación así a los Manriques, y sin aguardar a conocer a fondo lo ocurrido, salió hacia el castillo azotándose la indignación para montarse en cólera.

—Tengo que verle al instante —vociferó a Suárez que intentaba cerrarle el acceso de la estancia de don Rodrigo. Pero se abrió la puerta y apareció don Rodrigo con un trozo de carne cruda en la mano, pues estaba dando de comer a su neblí favorito.

—¿Qué ocurre? —preguntó. Vio que era Esquivel, y sin aguardar respuesta ni escuchar lo que traía, le dijo—: Pasa, pasa. ¿Qué te ocurre?

—Lo que ocurre, señor, es que mi hija está preñada del vuestro.

Don Rodrigo se quedó suspenso. Hacía meses, como no fueran años, que Antonio le había hablado muy por encima de la pasión de Marta por Alonso, y aún creía recordar que le había contado algo del río, pero no le había concedido la menor importancia al asunto. Don Rodrigo se fue a la puerta y dio una voz a Suárez:

—A Antonio, que venga en seguida.

Esquivel aguardó en silencio, gozándose de antemano en su venganza. Llegó Antonio, y en cuanto vio la cara de Esquivel adivinó lo que pasaba.

—Antonio, Esquivel dice que su hija está preñada.

—Es muy posible, señor.

Esquivel triunfaba.

—¿Sabes tú algo? —preguntó don Rodrigo secamente.

—Señor, cuando una pu... digo, una moza, se pone a jugar junto al río con un hombre hecho y derecho, es seguro que a los nueve meses tiene trabajo la comadrona.

—Pero...

Don Rodrigo se había quedado algo desconcertado ante la actitud serena y cínica de Antonio, el cual, con una sonrisa algo fatua, continuó:

—Y hasta sería yo capaz de decirle a Esquivel para cuando será... el acontecimiento.

Esquivel comenzaba a perder la seguridad. Antonio se volvió súbitamente contra él:

—¡Bellaco!.. Perdone el señor... Anda y dile a tu hija que demasiado sabe por qué está como está y quién le ha hecho esa barriga, que soy yo, como no se haya acostado con medio Torremala desde entonces...

—Sois un embustero y queréis proteger a vuestro amo —le gritó Esquivel blandiendo el puño frente a las narices de Antonio. Don Rodrigo, apenado y humillado, paralizó con mirada de acero a Antonio, que se disponía a estrangular a Esquivel sin más tardar, y volviéndose a Esquivel le dijo con severidad:

—Yo no miento. Y me importa sacar a luz todo este negocio. El prior lo investigará. Pero desdichado de ti y desdichada de tu hija si resulta que me calumniáis.

27

La noticia corrió rápidamente por todo Torremala y nadie hablaba de otra cosa. Unos se ponían del lado de Marta, otros del de Alonso, aun aceptando que fuera responsable del accidente. Esquivel había perdido su poder sobre la multitud, pero todavía le era posible hacer valer sus derechos ante la opinión. Cuando se sintió seguro de que Marta decía la verdad y cuando además se encontró con que ya el episodio era público, movió Roma con Santiago para poner al pueblo de su parte. Marta no tenía idea de la amargura que producía todo aquel escándalo en el alma de Alonso, al que tanto creía amar. Entrada en sí, como casi todos los seres sensuales, hallaba un placer inefable en exhibirse así ante todos como la mujer que Alonso había poseído. Era como si la poseyese de nuevo cada vez que una persona más se enteraba o hablaba de ello.

Esta discusión pública, toda esta maledicencia, todo este dominio público de asunto tan delicado e íntimo era para Alonso una tortura. Al principio había tomado el incidente con relativa calma. Herido y afrentado, había reaccionado pronto y hasta sentido compasión para con la pobre muchacha descarriada. Demasiado sabía que ni una de las personas cuya opinión le importaba creerían a Marta contra él, y menos el padre Guzmán, a quien se había confesado después de la escena del bosque. Pero al ver su fama en lenguas del vulgo se dio cuenta de que en él había dos personas: su ser real y su ser social, la persona tal como la veía la gente entre quien transcurría su vida; y vio bien claro que en aquel momento la segunda persona, la social, aparecía como desdibujada y borrosa a causa de Marta.

El padre Guzmán hizo lo que pudo para sostenerlo en su tribulación, y también su madre. Pero ambos tenían que reconocer que no estaba en su mano salvar el buen nombre de Alonso, ni siquiera después que el prior anunciara su sentencia. Era menester un testigo independiente, una prueba irrefutable. Este hecho anonadaba a Alonso. La verdad, la fe del Señor, no brilla con brillo propio a ojos de los hombres, sino que ha de recibir la luz prestada de testigos humanos. La idea le torturaba el cerebro, pero el prior y su madre le repetían: "Confía en Dios. Él hablará por ti."

28

El padre Guzmán terminó su pesquisa. No necesitó ni mucho tiempo ni mucho trabajo para darse cuenta de que Marta mentía o era víctima de una alucinación diabólica. Su decisión estaba tomada, pero no la anunciaba en espera de que la bondad divina indicase mejor camino. El pueblo se iba moviendo. Había algunos cabecillas que excitaban a la gente y hablaban de dar una lección a los señores del castillo, que parecían creer que todas las mujeres eran suyas. Esquivel atizaba este fuego, aunque más discretamente que en sus días de caudillo de motines contra los judíos. Como nada ocurría de lo que el castillo esperaba, el padre Guzmán tuvo que anunciar por fin que haría pública su sentencia; y aquel mismo día, los más levantiscos del pueblo se amotinaron, subiendo las avenidas hacia el castillo armados con palas y azadones y gritando: "¡Abajo los tiranos!" No parecían tener caudillo alguno. Esquivel seguía oculto. Calero, desde luego, formaba parte del batallón, cojeando al margen de la tropa de amotinados con tanto entusiasmo como el que más. Poco a poco comenzó a mezclarse con ellos yendo del uno al otro y repitiéndole confidencialmente: "Yo sé dónde está". Nadie le hacía caso al principio, pero cuando los levantiscos llegaron al terrero ante el castillo no había uno de ellos que no le hubiera oído decir lo menos una vez aquella frase enigmática e intencionada: "Yo sé dónde está"; y aunque nadie sabía de cierto lo que quería decir, todos llegaron arriba con cierta convicción doblada de inquietud de que el tonto del pueblo tenía la clave del misterio. La cosa llegó a oídos del padre Guzmán, que se hallaba en el castillo, donde había convocado a Esquivel y a los regidores de Torremala. El prior hizo llamar a Calero. El tonto se le acercó y confidencialmente le dijo:

—Yo sé dónde está.

—Bueno —replicó el prior—. Vamos allá.

Calero se puso en camino al instante, atravesando con decisión de hombre que sabe adónde va, la tropa de amotinados, los cuales, perdida la presión y urgencia de su rebeldía, se habían quedado desconcertados en el terrero, silenciosos y ceñudos, apoyados en sus palas y azadones. El prior pasó ante ellos detrás de Calero. Esquivel detrás del prior. Antonio tras de Esquivel. La multitud los siguió como carneros, y todo el pueblo, al verlos pasar, les acompañó en tropel, estela humana que seguía la dirección y guía del tonto. Don Rodrigo, que todo lo había visto desde la ventana, sin poder refrenar la curiosidad, los siguió también a caballo en compañía de Suárez. Alonso y su madre se quedaron solos en el castillo y se fueron al oratorio a arrodillarse ante el altar.

El tonto se llevó al pueblo hasta el remanso del río, al lugar tan conocido por él. Allí, en torno a la pradera, cada cual se sentó o se instaló como pudo, sobre la hierba, al borde de la llanura de arriba y hasta en las copas de los árboles. Todos parecían esperar una importante revelación. Calero se llevó al fraile, a Esquivel y a los regidores al castaño que solía ser su hogar, y les enseñó el punto donde la daga de Antonio sobresalía al otro lado de la corteza. Para ponerlo bien en claro ante todos pasó un dedo por la punta y lo enseñó sangrando a la multitud. Luego se llevó a su auditorio inmediato al otro lado del árbol, e hizo que el prior, Esquivel y los regidores viesen lo que había dentro, la daga y el refajo; metió el brazo dentro, forcejeó para arrancar la daga, sacó daga y refajo al sol y los enseñó al pueblo entero. Echó una ojeada en redondo, vio a Antonio y le entregó la daga; volvió a echar otra ojeada, vio a Esquivel y le entregó el refajo. Todo el mundo sabía en Torremala que Alonso no usaba daga, y todo el mundo conocía en Torremala la daga del alguacil mayor de don Rodrigo. La multitud se dispersó comentando la escena con calor. Esquivel había desaparecido. El prior cayó de rodillas. Don Rodrigo observaba la escena a distancia, en silencio.

29

Cuando la noticia llegó al castillo, Alonso estaba todavía orando con su madre en la capilla. El espectáculo del mundo revolcándose en el fango del error le repugnaba y le hacía enfermar. Temía no tener ni la fuerza ni el deseo de enfrentarse con el mundo. Se daba cuenta de que nada podía hacerse por medios meramente humanos para lavarle del crimen que no había cometido. Por lo tanto, pensaba, el mundo no está en manos de los hombres, sino en las de Dios, pero pertenece al diablo hasta que Dios se decide a recobrarlo. Recordaba una pintura de Jesús que había visto en el monasterio, llevando el mundo en la mano. Y se decía que así era en efecto. Dios llevaba el mundo en la mano, pero a veces lo dejaba caer. Y muy inesperadamente, por este camino de la conciencia de su impotencia, alcanzó la paz que ansiaba. Estaba seguro de que Dios no le abandonaría, puesto que era inocente.

De modo que cuando su padre volvió al galope y le trajo el relato de la dramática escena ocurrida al borde del río, Alonso no se sorprendió. Había crecido mucho en los últimos dos años y estaba casi tan alto como su padre, delgado y pálido. Llevaba el pelo largo como era costumbre entonces, e iba afeitado de barba y bigote. Al saber la noticia le brillaron los ojos con alegría serena. Dios lo había hecho. Y por medio del tonto. ¿Qué signo más claro? No había otra ancla segura en el mundo que el Señor. Dirigió a su madre una mirada significativa, que ella le reflejó con sonrisa grave. Se volvió hacia su padre, cayó de rodillas y dijo:

—Señor, hacedme merced de dejarme entrar mañana en el monasterio. Deseo servir a Dios.

181

Capítulo V

ENCUENTRO DE XUCHITL Y DE LA REINA DUENDE

1

El fantasma se iba instalando en el ánimo de Xuchitl no sólo en sus pensamientos sino en la cueva por debajo de ellos. Cada vez le iba dominando más la impresión de que ni su padre ni Ixcauatzin se podían comunicar tan directamente con ella como el fantasma si un día podía llegar hasta él. Le desagradaba Ixcauatzin. ¿Cómo era posible que un mozo tan apuesto tuviese el corazón bastante duro para avenirse a la muerte de Gorrión y aun para darla por buena?

—Eres una egoísta —le había dicho con tono de maestro de escuela— gimiendo y llorando porque se te llevan los dioses al niño que quieres para que tengamos buena cosecha. ¿Con qué derecho te guardarías tú a ese niño que hace falta a los demás?

—No es por mí; es por su madre —argüía Xuchitl.

—¿Y qué derecho tiene su madre? Gorrión no es sólo el hijo de su madre; es también el hijo de todos sus abuelos y bisabuelos, es decir, el hijo de todo el pueblo. De modo que si muere por todo el pueblo, no hace más que devolver lo que le dieron.

—Pero, ¡matarle cuando era tan feliz! —replicaba Xuchitl.

—Más feliz es ahora, libando flores en el paraíso como un colibrí —le replicaba infalible Ixcauatzin.

¡Qué odioso era!

—¿Qué leemos hoy? —preguntó Ixcauatzin aquella mañana. Xuchitl había crecido mucho durante el año y casi le iba alcanzando, o por lo menos se iba poniendo algo más a su altura, aunque también Ixcauatzin crecía. Cuando se sentaban juntos, el hombro le llegaba casi a la altura del de su joven maestro. Una o dos veces le había sorprendido mirándola en silencio mientras ella procuraba desentrañar el sentido de las figuras que leía. Xuchitl comenzaba a preguntarse cuáles eran los sentimientos de Ixcauatzin para con ella. Ella le odiaba. Sobre esto no había duda. Era un ser que siempre se imaginaba tener razón. Y no era verdad.

—Leeremos la historia de Nezahualcoyotl, tu abuelo...

—Y el tuyo —interpuso Xuchitl.

—Y el mío, y la historia de su mujer Azcalxuchitl.

Abrieron el libro y Xuchitl se puso a leer. De cuando en cuando, Ixcauatzin le corregía las faltas.

"El rey Nezahualcoyotl estaba triste porque, aunque tenía abundantes concubinas, no había encontrado mujer. No quería una princesa cualquiera, sino una mujer cuyos atractivos no hubiera podido resistir. El hechicero Huitzilíhuitl le había dado un amuleto inestimable: era un corazón de piedra verde..." Xuchitl paró de leer. Ixcauatzin lo observó, recordando a su vez la noche en que había visto el corazón de piedra verde goteando sangre fresca sobre el pecho del rey. Mientras rememoraba aquella escena, distraído, Xuchitl consiguió dominar su emoción. Las palabras que habían distraído a Ixcauatzin habían resonado en la memoria de Xuchitl con los tonos angustiados y apasionados del fantasma que oyó en la noche del Fuego Nuevo; y se preguntaba si en aquellas páginas que tenía a la vista iba a leer el misterio y la revelación que su alma aguardaba. Pero se dio cuenta de que era menester continuar: "...un corazón de piedra verde para gozar la delicia del amor, a condición de llevarlo puesto sólo al unirse con una mujer irresistible. El rey Nezahualcoyotl no había encontrado nunca una mujer que no pudiera resistir; pero un día que había ido a Tepechpan, el señor de aquella ciudad, que se llamaba Cuacuatzin, le recibió como quien era y le hizo servir a la mesa por su esposa Azcalxuchitl, todavía niña y virgen. En cuanto Nezahualcoyotl la vio, se puso a desearla ardientemente, y dándose cuenta de que no sería capaz de resistirla, ansiaba tener a mano el corazón... de... piedra verde..." —Xuchitl no podía leer aquellas palabras tan rápidamente como el resto. Ixcauatzin lo observó.

—¿Lo has visto alguna vez? —le preguntó.

—¿Qué? —preguntó a su vez Xuchitl con voz temblorosa.

—El corazón de piedra verde.

—¿Cuál?

Xuchitl se había quedado reducida a monosílabos, falta de aliento por la emoción.

—El de nuestro abuelo.

Ixcauatzin se dio cuenta de su imprudencia. Para cubrir su confusión, ordenó perentoriamente:

—Sigue leyendo.

Xuchitl siguió leyendo: "Pero Azcalxuchitl tenía marido y el rey Nezahualcoyotl retornó a su capital desconsolado. Estaba entonces preparándose el ejército para la guerra de Tlaxcala, y el rey pensó en una estratagema: otorgó a Cuacuatzin el mando del ejército y dispuso que dos de sus capitanes le hiciesen caer en manos de los enemigos. Cuacuatzin adivinó todo lo que se tramaba en cuanto recibió la noticia de su nombramiento, que no tenía ninguna razón de esperar, y dándose cuenta de que era preferible dejar al rey campo libre, se dejó hacer prisionero y murió sacrificado a los dioses por los tlaxcatecas."

Xuchitl se indignó.

—Pues hizo mal el rey —exclamó con vehemencia.

Pero Ixcauatzin era de opinión contraria.

—Si un hombre cualquiera hubiera hecho tal cosa, el rey le habría castigado con razón. Pero puesto que era menester que el rey se casara en interés del pueblo, y su elección había recaído en mujer ya casada, obró prudentemente.

Xuchitl, demasiado irritada para discutir, siguió leyendo: "Azcalxuchitl dio al rey un hijo que se llamó Tetzahualpilli. Pero la concubina favorita del rey odiaba al príncipe y se ingenió para robar el corazón de piedra verde ocultándolo en la estancia del príncipe, donde el rey lo encontró después de haberlo buscado largo tiempo. A ruegos del rey, el emperador de Méjico y el rey de Tlacopan examinaron el caso y, sin duda engañados por la concubina, condenaron a muerte al príncipe. Vinieron a visitarle al palacio y so pretexto de echarle al cuello una guirnalda de rosas lo estrangularon."

—Supongo —dijo Xuchitl interrumpiendo la lectura, con voz que apenas ocultaba su desprecio— que también eso te parecerá bien.

—La concubina hizo mal pero los dos jueces regios hicieron bien. —Ixcauatzin había hablado dogmáticamente. Luego, como explicando, continuó: —El príncipe no tuvo ventura. Quizá fuera piedra de mal agüero ese corazón verde. Sigue leyendo.

"La reina Azcalxuchitl dio al rey Nezahualcoyotl otro hijo que se llamó Nezahualpilli, y es el rey actual. Al morir su padre, tenía siete años."

Xuchitl terminó la lectura.

—Y no hay más —dijo defraudada.

—Pues no hay más —repitió Ixcauatzin, pero recordaba el corazón de piedra que sangraba sobre el pecho del rey Nezahualpilli.

2

Aunque no tan completo como lo deseaba, este descubrimiento vino a aguzar la curiosidad de Xuchitl para con el fantasma y el corazón de piedra que desde luego el fantasma conocía. No había cesado nunca de vivir en su alma aquella curiosidad, aún sepultada bajo espesas capas de miedo. Claro está que Xuchitl no sabía qué lazo unía el corazón de piedra verde regalado por el hechicero Huitzilíhuitl a su abuelo el rey Nezahualcoyotl y el corazón de piedra verde por el que con tanta angustia clamaba el fantasma en la noche del Fuego Nuevo; pero tenía la convicción de que el camino del uno al otro pasaba por su padre.

Xuchitl se puso pues a estudiar metódicamente el palacio y la situación de las habitaciones prohibidas. Era el palacio a la vez morada real, corte de justicia, edificio ministerial y granero, amén de encerrar un harén para dos mil mujeres y una casa de fieras; venía pues a ser un mundo en sí, enorme laberinto de numerosos cuerpos de edificio, jardines internos y patios. Poco a poco consiguió Xuchitl hacerse una idea bastante exacta de la situación relativa del cuerpo de edificio que ocupaba o frecuentaba el fantasma, y de los patios adonde se abrían sus puertas y ventanas, que eran dos.

Las ventanas de las habitaciones prohibidas daban al patio cerrado y por consiguiente aquellas ventanas que tanto ansiaba ver estaban precisamente enfrente del ala que ella habitaba. Sus propias habitaciones no formaban parte de aquel patio, pero el ala que constituían tenía un ángulo común con otra ala perpendicular que formaba parte del patio cerrado. Xuchitl descubrió que una escalera que hasta entonces no había explorado llevaba desde el piso bajo de sus habitaciones al piso alto de aquella ala del patio prohibida, comunicando con una serie de estancias que por fuerza tenían que ser paralelas a las de la Reina Mala. Este descubrimiento le decidió a hacer de aquella serie de habitaciones la base para sus operaciones futuras. Después de cuidadosos sondeos halló con asombro que a nadie le importaba un bledo que fuese o no a las habitaciones en cuestión. Eran altas y espaciosas, y estaban vacías. Parecían haber sido salones de gran fuste, ahora afeados por un enorme almacén de ropa construido sobre la pared que daba al patio y, por lo tanto, sobre todas las ventanas que sin duda habría en aquel lado. Como eran precisamente las ventanas por donde Xuchitl suponía que se podrían ver enfrente las de la Reina Mala, no le desagradó la observación.

Desde aquel día consagró suma atención a la ropa blanca, explicando a Citlali que era menester ir preparando su ajuar para el día de su boda, que ya no podía estar muy lejos. A Citlali le pareció excelente la idea, y ambas mujeres comenzaron a acumular sábanas, mantas de algodón, servilletas, huipillis y cuetls de las colecciones más admirables de reinas y princesas pasadas, amén de mucha ropa nueva que se pidió a los mejores tejedores y bordadores del país. Xuchitl dio entonces orden de que se vaciasen las estanterías del armario grande de arriba para colocar ella su ropa, y se pasaba las horas muertas poniendo en orden su tesoro de algodón, clasificándolo, colocándolo aquí y descolocándolo allá, hasta que logró hacer aceptar por toda su casa la idea de que aquella era su ocupación favorita, de la que no deseaba la distrajera nadie.

De este modo consiguió explorar el armario grande a sus anchas. Estaba segura de que las ventanas que el armario grande cegaba se abrían frente a las de la Reina Mala. En cualquiera de los departamentos del armario grande se hubieran podido instalar varias personas mayores a dormir, pues tenían cada uno cuatro pies de hondo y lo menos doce de alto, y estaban divididos en tres o cuatro secciones por espesas tablas transversales. Xuchitl se pasaba mucho tiempo en el interior de estos departamentos, cosiendo o bordando cuando no estaba segura de la situación en casa, explorando o trabajando para sus fines cuando las circunstancias la favorecían. Estaba intentando cortar una rendija en una de las tablas de madera que formaban el fondo del armario y cegaban la ventana que Xuchitl suponía detrás, y esta operación le costó muchos días de paciente labor. Pero su recompensa fue doble: había en efecto ventana y además había una ventana enfrente.

Durante el resto del día estuvo sobre ascuas. La hendidura era demasiado estrecha, y la tabla demasiado espesa, para permitirle ver gran cosa. Sin embargo, se pasó horas enteras intentando divisar signos de vida a través de aquella cinta estrecha de luz prohibida. Le pareció ver como una sombra que iba y venía por el estrecho campo de su visión, pero tuvo que bajarse de su observatorio con el cuello dolorido y retirarse no sin cubrir la hendidura con capas y más capas de mantas de algodón. Su curiosidad había subido de punto con el escaso alimento de que había gozado.

3

La esclava que vino a limpiarle la habitación aquella mañana no era la de todos los días. Había pasado de un extremo a otro de la escala de las esclavas. La acostumbrada era una vieja de pelo blanco y escaso, toda desdentada, con una calva en mitad de la coronilla que la había salvado más de una vez de la pira funeral. Pero aquella mañana vino a manejar el trapo de henequén y la escoba de maguey una muchacha no mayor que Xuchitl misma. Xuchitl la miraba con discreta curiosidad. Le había llamado la atención la actitud digna y hasta arrogante de la nueva esclava y el aplomo que revelaba en el aire erguido del cuello y de la cabeza, como si aun en la esclavitud supiera que podía llevar alta la cabeza por una especie de derecho natal. Barría el suelo con altivez, como si el polvo fuera una hueste enemiga que expulsaba de sus reinos, y la mano con que pasaba el paño húmedo sobre maderas y metales no era suave y acariciadora como la de su vieja predecesora, sino mano de mando, como si transmitiese a metales y maderas secretas instrucciones imperiosas.

Xuchitl observó aquellos matices de su nueva esclava mientras intentaba leerle también el rostro. Era un rostro extraño, construido sobre una armazón angular de rasgos huesudos, que acusaba todavía más una carencia total de músculo y grasa. La frente era estrecha y los bordes de las sienes tan agudos, que parecía como que fueran a cortar la piel bronceada y amarillenta que apenas la cubría; entre los huesos de la mejilla, muy salientes, y los del maxilar, muy salientes también, pasaba de oreja a oreja una banda hueca, y aunque tenía siempre la boca cerrada con gesto de obstinación y resentimiento, tan terco que parecía datar ya de generaciones, se le adivinaban enormes colmillos que le daban un aire de ferocidad. Tenía los ojos negros y Xuchitl observó que los globos estaban inyectados en sangre. Rostro de extraño vigor no desprovisto de cierta belleza austera.

A Xuchitl le impresionó mucho y hasta quizá le metió un poco el resuello en el cuerpo. No sin dificultad, consiguió dar a su voz la autoridad suficiente para preguntar a aquella temible esclava:

—¿Cómo te llamas?

La esclava siguió trabajando sin levantar la cabeza, y con voz quieta, firme e incolora, contestó:

—Maxtla.

El nombre vino a aumentar el desconcierto de Xuchitl. Maxtla, abreviatura de *maxtlatl* o braguero, prenda de vestir sólo usada por los hombres, no era nombre de mujer. A Xuchitl le extrañó sobremanera que una muchacha se llamara Maxtla.

Mientras se preguntaba lo que este detalle quería decir, Maxtla salió en silencio. Xuchitl seguía meditando. Creía recordar que había habido un monarca llamado Maxtla, pero ¿dónde y cuándo? Algo había ella leído de que había sido un enemigo de su abuelo Nezahualcoyotl. Quizá descendiera esta esclava de aquel rey o emperador o lo que fuera. Xuchitl sintió hambre. Había unas tortillas de maíz en un armario del comedor. Echó mano de una y se fue a comérsela a la ventana, observando la vida de la calle recortada en paños negros y amarillos por la sombra y el sol, los chiquillos desnudos, de cuando en cuando un altivo guerrero que pasaba con el pelo atado en alto, o un sacerdote humilde, sangrándole las orejas, con la bolsa de tabaco a la espalda y el cucharón de madera para el incienso en la mano izquierda.

—¡Pero Xuchitlzin! —exclamó Citlali al entrar—. ¿Comiendo de pie?

—¿Y por qué no? —preguntó Xuchitl.

—No juegues con la suerte —amonestó Citlali con voz seria—. ¿No sabes que si comes de pie te han de llevar un día lejos de tu tierra?

—Poco me asusta a mí eso —contestó Xuchitl con un aplomo que le pareció a Citlali casi desalmado. Xuchitl la observó, o quizá cediendo a impulsos de su corazón, añadió—: Claro que, en ese caso, vendrías conmigo, ¿no? Mira: toma un poco de tortilla conmigo. No. No te sientes. Cómela de pie, para que así nos lleven juntas. ¿Quién sabe? A lo mejor te encuentras con Ixtlicoyu.

—¡Ay, no, que se ha ido a las regiones oscuras, sin puertas ni ventanas!

—¿Qué sabes tú? ¿Sueñas a veces con él?

—A veces... sí —contestó Citlali con sencillez.

—¿Quién es Maxtla? —preguntó Xuchitl de sopetón cambiando el tema con tanta rapidez que Citlali se quedó sorprendida. Pero a su vez Xuchitl, al pronunciar el nombre de Maxtla, recordó la escena dramática que había leído con Ixcauatzin: la derrota del traicionero rey Maxtla por los tres aliados de la laguna al mando de su abuelo Nezahualcoyotl, la muerte de Maxtla, y el corazón de Maxtla alzado hacia los cielos por la mano vengadora de Nezahualcoyotl... Todo lo veía Xuchitl en imaginación, mientras Citlali le preguntaba:

—¿Ha estado aquí esta mañana?

—Sí. ¿Va a quedarse a mi servicio? ¿Quién es?

—Es hija de Maxtla, el... uno de los amantes de la Reina Mala... Es largo de contar. —Y guardó silencio.

—Pero, Citlali, ¿cuándo me lo vas a contar todo?

—Eres todavía muy niña. Un día quizá...

4

Xuchitl meditaba sobre el descubrimiento que había hecho desde el armario de ropa y cómo aprovecharlo. Era menester primero cortar en aquella tabla del fondo un cuadrado bastante grande para observar mejor, y después procurarse bastante tiempo y libertad para explorar más a fondo. La mejor hora era la de la noche, puesto que se trataba de ver un fantasma.

—Citlali —le dijo un día a su niñera—, ya tengo doce años, y quiero dormir sola en mi habitación.

Citlali seguiría ocupando las habitaciones donde hasta entonces habían vivido juntas las dos y ella se instalaría en las del sur, que tenían la ventaja de dominar el acceso al piso de arriba. Xuchitl llevó estas negociaciones con arte consumado y sólo al final dejó traslucir cierta impaciencia, ya ganada la victoria, al obligar a Citlali a hacer la mudanza aquella misma noche. No tardó sin embargo en darse cuenta de su error, y por si había levantado sospechas, se obligó a permanecer en cama unas cuantas noches hasta que Citlali se hubiera acostumbrado al cambio. "Al fin y al cabo —pensaba—, hasta que haya cortado un buen agujero grande en la tabla no he de ver nada."

A las pocas semanas, había conseguido cortar en la tabla del fondo un cuadrado casi perfecto, que podía quitar y poner sin gran dificultad. Cuando terminó de arrancarlo era ya anochecido y estaba agotada por los esfuerzos del día, pero al fin consiguió recrearse los ojos contemplando el lado opuesto del patio. Entonces se dio cuenta del error que había cometido en su elección de aquella ventana. Había enfrente cuatro grandes ventanales que se abrían como puertas sobre un estrecho pasadizo entre el muro y el antepecho que corría a lo largo del patio. Tres de estas ventanas estaban cerradas con persianas de madera; una, no la del frente, sino la siguiente hacia la izquierda, estaba abierta. Xuchitl se decía que hubiera sido preferible abrir el agujero en una de las dos ventanas del centro, para dominarlo mejor todo. Mientras meditaba, tenía los ojos clavados en la segunda ventana, que era la única abierta. Y entonces vio al fantasma.

Era una mujer pequeña y bien conformada, con el pelo suelto hasta la cintura. Xuchitl la vio pasar alejándose hacia la izquierda, de modo que no divisó su rostro. Tenía el andar ligero y un poco

188

X. Diseño decorativo del antiguo Méjico que representa
a un hombre con máscara de coyote ataviado para una danza ritual.

brusco, tal y como se figuraba que andaría un fantasma. Y súbitamente desapareció como había aparecido, dejando a Xuchitl jadeando de curiosidad, esperando su retorno. Pero cayó la noche y Xuchitl, por temor a que notasen su ausencia, tuvo que abandonar su puesto de observación insatisfecha.

Aquella noche tuvo suerte. Citlali tenía dolor de cabeza y el hechicero le había dado unos polvos para dormir. Xuchitl aguardó a que hiciesen operación, y en cuanto Citlali se quedó dormida, corrió precipitadamente al piso alto, se encerró en el armario, abrió el ventanillo que daba sobre los territorios del fantasma y halló a la vez con gran contento y no menos terror que la ventana opuesta estaba abierta. Estaba la noche estrellada pero oscura y no se veía nada en la sala frecuentada por el duende. La ventana era un rectángulo negro. Xuchitl concibió un proyecto audaz: pasar el cuerpo por el cuadrado del ventanillo, salirse al pasadizo entre el muro y el parapeto y avanzar a lo largo de la pared hasta acercarse cada vez más a la ventana misteriosa. Sacó la cabeza y confirmó su primera observación de que el parapeto de piedra continuaba todo a lo largo del patio. El camino era estrecho, pero ella era delgada. Estuvo un rato estudiando la forma del camino, la distancia del suelo a su agujero y el mejor modo de salir, y mientras estaba así tan ocupada, le llamó la atención un reflejo de luz amarillenta que vino a cambiar el color de la piedra. Miró enfrente y se quedó atónita: había en la sala del fantasma una tea encendida que alumbraba todo con luz temblorosa. Pero, ¡qué escena!

A la luz fantástica de aquella tea, Xuchitl vio a un hombre sentado en aterradora inmovilidad, con los ojos obstinadamente clavados en ella —o al menos así le pareció—. Mediaba alguna distancia entre aquella espantosa aparición y la ventana, quizá toda la anchura de la sala prohibida, pues la visión parecía sentada con la espalda contra la pared de enfrente. A Xuchitl le era intolerable el espectáculo. Le dominó el terror y se ocultó en el fondo del armario por miedo a que la descubriera aquella visión que tan cerca estaba.

Pero el armario estaba también oscuro, y también empapado de terror; y al fin y al cabo, si no tenía siempre a la vista a aquel hombre espantoso, ¿quién le decía que seguía allí sentado y que no se venía a todo andar contra ella? Este pensamiento la hizo volver a toda prisa a su ventana secreta. Algo le alivió ver que el hombre inmóvil seguía sentado contra la pared, aunque en la misma actitud aterradora, inflexible, con los ojos clavados en ella. Xuchitl se decidió a no dejarse acobardar. Al fin y al cabo no era más que un hombre y no un fantasma, pues de lo contrario se hubiera movido algo en lugar de seguir inmóvil como si fuera un dios o una estatua... Esta idea le hizo pensar en dirección distinta. ¿Y si a lo mejor fuera una estatua? ¿Por qué no? Xuchitl seguía con los ojos fijos en la visión, tan fijos que le hacían daño, pero no llegaba a decidirse sobre lo que era, hombre o estatua. La luz de la tea vibraba en el rostro y era difícil saber si se movían sus facciones o si eran sólo las sombras y los súbitos saltos de luz que daba la tea y que lo hacían parecer como si fuese a hablarle. "Pero yo tengo que saberlo", se dijo Xuchitl resuelta a hacerse con la clave de aquel misterio. Al fin, tras mucho mirar y remirar, llegó a la conclusión de que era una estatua pintada para parecer un hombre.

Con esto se rehizo el ánimo para llevar a la práctica su audaz proyecto. Se desnudó, porque el huipil blanco que llevaba era demasiado visible en la noche, mientras que su piel cobriza se disolvería más fácilmente en la oscuridad, y se dejó caer sobre el camino de piedra entre el muro y el parapeto, no sin hacerse algunos arañazos y cardenales. Se quedó un rato de pie con la espalda contra el agujero que había abierto en el armario y el pecho contra el parapeto del patio, que le llegaba hasta la barbilla. Le fascinaba a tal punto el hombre inmóvil que tenía clavados los ojos en ella sin mover siquiera un dedo de las dos manos que yacían como muertas sobre sus rodillas, que Xuchitl tardó en darse cuenta de que había otra ventana abierta: la tercera de la izquierda. La luz de la tea emanaba del extremo derecho, donde Xuchitl suponía que estaría la puerta, aquella misma puerta desde detrás de la cual había oído al fantasma implorar que le trajeran el corazón de piedra verde. Hasta aquella ventana tercera de la derecha sólo llegaban de cuando en cuando vacilantes reflejos que danzaban caprichosamente en la oscuridad; pero Xuchitl observó una extraña constancia en cierta masa de negrura que parecía recortarse sobre el resto, hasta que una de esas pequeñas explosiones de luz que de cuando en cuando quebraban la atmósfera luminosa de la tea le permitió ver el conjunto como a la luz de un relámpago: era otro hombre sentado en posición idéntica al primero.

Esta vez estaba segura de que eran estatuas. Y como si esta conclusión fuera lo que esperaba para ponerse en marcha, Xuchitl se dirigió en seguida al lado opuesto del patio a lo largo del parapeto de piedra. El lado del patio que separaba sus habitaciones de las del fantasma era más corto, porque el patio no era cuadrado, sino un rectángulo doble de largo que de ancho. A aquella altura no había ventana ni puerta alguna en el muro a lo largo del cual tenía que pasar Xuchitl. Según sus cálculos correspondía este muro al largo corredor de palacio que unía el ala en que ella vivía con las habitaciones del rey. A lo largo de aquel muro pasaba entonces la niña midiendo cada paso con el mayor cuidado, por si había hoyos o lagartijas, y sin embargo, con la vista también puesta en las habitaciones del duende, donde tantas cosas inquietantes había observado ya. Cuando hubo llegado a unos pasos de la segunda esquina, antes de torcer camino hacia las ventanas del duende, se echó al suelo para seguir avanzando a gatas. Le latía el corazón en el pecho, tanto que llegó a temer que lo oyese el fantasma, o acaso aquellas estatuas... Echó una ojeada desde el rincón: ahora se veía un buen trecho de la larga sala, y en particular de la pared opuesta: de modo que allí se quedó un buen rato, acurrucada como un gato, observándolo todo, bebiendo con los ojos atónitos aquel increíble espectáculo. La luz saltarina de la tea alumbraba toda una fila de estatuas sentadas, todas en idéntica postura, con la espalda recta arrimada a la pared, las manos muertas sobre las rodillas, el rostro rígido y duro y los ojos clavados en la pared opuesta o en la ventana que tenía enfrente. Todas representaban hombres jóvenes, sin otra vestimenta que un braguero; y todas parecían hechas de una sustancia blanda y brillante, como cera. Los ojos eran de piedra: jaspe, turquesa, y aun algunos le parecieron de chalchivitl o jade, como el corazón de piedra verde.

Todo lo miraba con interés sin igual y todo le intrigaba; pero sentía hondo alivio y hasta llegó a cobrar ánimo para atravesar gateando el espacio de un lado a otro de la ventana, pues sentía invencible curiosidad por saber lo que había junto a aquella puerta de entrada desde donde el fantasma se había quejado tan lastimeramente aquella noche con voz inolvidable. Dio media vuelta como pudo y se instaló en el caminillo estrecho. Entonces sus ojos contemplaron otros dos hombres, pero no, esta vez no eran estatuas, sino que de pie, a derecha e izquierda, se erguían llenos de vida y decisión. El de la derecha estaba casi fuera del espacio para ella visible, pero el de la izquierda se veía muy bien y lo pudo observar a su sabor. Tenía la piel, no de cera como los otros, sino de verdad, viva, toda brillante de colores verdaderos bajo la tea que sostenía firmemente asida con mano vigorosa. Era un joven muy bien conformado, de alto rango, a juzgar por el peinado, todo recogido hacia arriba en una trenza de donde le colgaban las plumas cayéndole sobre la espalda en la forma prescrita para los guerreros de más alta clase, y el adorno de pluma que le cubría el labio superior como una especie de bigote artificial le colgaba de una piedra sin duda preciosa inserta en el tabique de la nariz. Su prestancia militar era perfecta, porque no se movía. Tan inmóvil estaba que... Xuchitl comenzó a dudar otra vez. Era mucha inmovilidad aquélla... y sin embargo los pies, las uñas de los dedos de los pies, la cicatriz de la rodilla... y con todo, parecía que hasta ni respiraba.

Se oyó un gemido largo, hondo ... ¡La voz del fantasma! Xuchitl la reconoció al instante. Se estremeció, perdió su frialdad de observadora y, presa de pánico súbito, echó a correr a gatas a través de la ventana sin atreverse a mirar atrás, y siguió corriendo, ya incorporada, por todo el trayecto transversal, con un espanto atroz ante la idea de que se podía haber caído la ropa cerrándole el acceso al armario y al retiro de su cama, y dejándola expuesta a la oscuridad poblada de estatuas y fantasmas. Pero no, cuando llegó jadeante por el esfuerzo y la emoción halló abierto el agujero y se coló en el armario tan aprisa como pudo. Sólo entonces se sintió bastante segura para echar otra mirada al país de los fantasmas de donde había huido. Se había apagado la tea y la más negra oscuridad envolvía otra vez la sala prohibida. Xuchitl intentó perforar la oscuridad con tercas miradas para penetrar en el misterio. Un momento creyó ver al fantasma deslizarse hacia la izquierda. Al menos estaba segura de haber oído otro quejido suave y reprimido. Tenía las manos ensangrentadas y sucias y no se atrevió a tocar la ropa del armario. Colocó la tapa de madera del agujero en su lugar y, confiando en la suerte para que la protegiera de ser descubierta, bajó en puntillas y se acostó.

Se durmió en cuanto echó la cabeza sobre la almohada, pero fue sueño sin descanso, en un mundo agitado y tan lleno de aventuras como las que acababa de vivir. Un hombre de aspecto terrible estaba sentado frente a ella, clavándole unos ojos incansables, y luego se levantaba adelantándose a grandes pasos que nadie podía detener, llevando en la mano una tea ardiente. Tenía los ojos negros e inyectados en sangre. Llevaba un plumero de plumas de colores colgándole del pelo, atado a lo alto de la cabeza como los guerreros. Los huesos de las mejillas le salían sobre el rostro como amenazadores, y también los de los maxilares, dejando entre ambos una banda hueca que le corría de oreja a oreja, rasgada en el centro por los labios finos como un hilo, porque llevaba además la boca muy apretada; sin embargo, Xuchitl adivinaba que tenía formidables colmillos. Aterrada, se echó atrás en su sueño, gritando:

—¡Maxtla! ¡Maxtla!

Y entonces se despertó, preguntándose intrigada por qué había llamado al fiero guardián de la puerta del fantasma con el nombre de su nueva esclava.

5

Ixcauatzin se presentó al sacerdote supremo del Calmecac, resuelto a confesarle los sentimientos que conturbaban su ánimo con relación a Xuchitl.

—Padre —le dijo, agachándose en el suelo con veneración—; no me encuentro tranquilo cerca de ella. Comencé a darme cuenta de que era ya mujer al ver que el huipil no le colgaba liso de los hombros sobre el pecho, sino que se lo sostenían un poco fuera los senos ya en flor.

—Eso es muy natural —contestó el viejo. Tenía el rostro todo arrugado y carcomido de cicatrices de años de sacrificio, y apestaba a una mezcla nauseabunda de incienso de copal, tabaco y sangre humana putrefacta, que era lo que entre los aztecas pasaba por olor a santidad. El anciano sacerdote miró al contrito novicio con sus ojuelos pequeños y rasgados—. ¿Y qué te propones hacer?

—Renunciar a darle lecciones.

El viejo se sonrió sardónicamente.

193

—Eso no. Cuando menos la veas, más pensarás en ella. No, no. Los soldados no ganan victorias echando a correr.

—¿Qué debo hacer entonces? —preguntó Ixcauatzin con humildad.

—Ir al bosque y sacrificar según costumbre.

—Ni un solo día he dejado de hacerlo.

—Pues entonces, si los medios usuales no bastan, habrá que aplicar otros más fuertes.

—Estoy dispuesto a todo lo que haga falta para hacerme dueño de mi propio cuerpo —afirmó Ixcauatzin con los ojos fijos y acerados.

—Perfectamente —concluyó el anciano sacerdote—. Toma un punzón de hueso, que los de maguey para eso no bastan, y atraviésate de parte a parte... el lugar del pecado. Luego te pasas unas cuantas varas de soga de maguey por el agujero. Haz la soga tan larga como tu deseo. Al fin y a la postre, triunfará la soga. Y ahora véte, que tengo que ir a las oraciones de la tarde.

6

Cuando Xuchitl e Ixcauatzin volvieron a verse para su lección siguiente, ambos estaban exhaustos y emaciados. Xuchitl llevaba sobre el rostro las huellas de una noche de sueños febriles. Ixcauatzin había llegado a su labor después de haberse infligido el cruel sacrificio prescrito por su confesor, y se le veía el sufrimiento en sus tensas facciones. Alumna y maestro se observaron mutuamente en silencio.

—Vamos a leer hoy las guerras entre Tetzcuco y Azcalpotzalco —dijo con voz que le pareció a Xuchitl muy tenue y como exangüe. Xuchitl abrió el libro y, todavía de pie, tiró de la tapa de madera hacia la izquierda de la mesa, mientras Ixcauatzin se sentaba con evidente necesidad.

—Ahí —dijo el maestro al ver pasar las pinturas de Nezahualcoyotl y de sus dos hijos.

Dobló cuidadosamente el resto del paño pintado y se sentó al lado de Ixcauatzin. Instintivamente se alejó él un tanto. "¿Me tiene miedo?" —pensó Xuchitl.

"Nezahualcoyotl tenía muchos hijos. Dos de ellos, Moxiuhtlacuitlzin y Xochicuetzalzin, se fueron a cazar tigres y leones a la montaña. Como no estaban acostumbrados a los valles tortuosos de aquella tierra extraña, se perdieron y fueron a dar a los territorios del rey Maxtla, el enemigo de su padre, cuyos soldados, seguros de la recompensa real, se apoderaron de ellos y se los llevaron a Maxtla. 'Señor —le dijeron—, hemos cazado dos cachorros de tigre en la montaña.' Maxtla se sonrió con los colmillos largos y contestó: 'Hacedlos disecar para mi sala de baile.' Estrangularon a los prínci-

194

pes, para no desgarrarles la piel, y Maxtla los hizo embalsamar y los colocó de pie a derecha... e... izq..."

Xuchitl se calló, pero siguió leyendo en silencio: "...izquierda de la puerta principal de la sala de baile, llevando en la mano trozos de *ocotl* que ardían para alumbrar la habitación."

—¿Qué? —preguntó Ixcauatzin—. ¿No sabes interpretar las pinturas?

—Sí —contestó Xuchitl casi sin aliento.

Ixcauatzin pensó que la había impresionado la crueldad del episodio.

—Tienes que tomar las cosas como vienen y no olvidar nunca que eres hija de rey.

—Sí —aceptó Xuchitl sin prestar atención, con la vista del alma puesta en la figura que había visto de pie a la puerta de la Reina Mala, también llevando en la mano muerta una tea de ocotl, aquella figura que le había hecho gritar en sueños más tarde: ¡Maxtla! ¡Maxtla! Echó una mirada implorante a Citlali, que, plácida e indiferente, seguía cosiendo sentada sobre la estera. ¿No le había dicho que la pequeña esclava era hija de un príncipe Maxtla? ¿No sería este Maxtla hijo de aquel rey Maxtla? ¿No sería una venganza, y de ser venganza, quién era el vengador sino su propio padre, el rey Nezahualpilli? Ixcauatzin entretanto aguardaba a que Xuchitl se rehiciera, pero ella se daba cuenta de que no podía seguir leyendo.

—No he dormido bien, y me duelen los ojos —explicó. Como él a su vez se había agotado, dio por terminada la lección.

7

En cuanto se quedó sola con Citlali, Xuchitl pidió a Citlali le contara la historia de la Reina Mala sin más tardar, y a fin de anticiparse a las tretas negativas de Citlali añadió: —Tienes que decírmela ahora mismo, porque ya he visto algunas cosas.

—¿Qué has visto? —preguntó Citlali alarmada.

—Pues, por ejemplo, una hilera de estatuas junto a la pared.

Xuchitl le había asestado el golpe de aquel dato concreto, a fin de quebrantar su resistencia con la vaga esperanza de que las estatuas tuviesen algo que ver con la Reina Mala. Así era en efecto, porque Citlali, verdaderamente asustada, le preguntó: —¿Y cómo las viste?

Xuchitl se dio cuenta de que se había traicionado a sí misma, pero al instante imaginó hábil retirada: —Las he visto en los libros quise decir.

Citlali suspiró. Menos mal que no había visto más. Con todo, se preguntaba si debía o no hablar y no hacía más que mirar a Xuchitl vacilando. En el fondo deseaba con toda el alma contarle la historia, pero andaba buscando una razón para justificarse a sí misma.

—Al fin y al cabo —le dijo—, pronto te casarán y entonces te podrá ser muy útil. Unos cuantos años antes de nacer tú, debió ser allá por el 2- Conejos, o quizá el 1-Casas, los mejicanos mandaron a tu padre como presente unas cuantas muchachas muy hermosas. La más hermosa era una hija del emperador Axayacatl.

—Entonces era hermana de Moctezuma, ¿no?

—Eso. Era muy niña, de tu edad o quizá menos, y muy guapa. Cuando nació, el sacerdote-estrellero vio cosas muy extrañas en las constelaciones sobre ella. Parece ser que viviría toda su vida entregada a la diosa del amor carnal, y por eso el sacerdote-estrellero le dio el nombre de Chalchiunenetl. Debió de ser hombre de mucha vista. Cuando Seno-de-Piedra-Verde vino aquí, se trajo a toda una hueste de criados, cerca de dos mil, mandados por un mayordomo, que se llamaba Cualqui, y el capitán de su guardia, que se llamaba Maxtla.

—¡Maxtla! —exclamó Xuchitl.

—Sí. El padre, precisamente, de la esclava que te barre el piso por las mañanas.

—Oye, Citlali. ¿Sabes si ese Maxtla que dices era hijo del rey Maxtla que le hizo la guerra a mi abuelo?

—Sí. Él era. No. Creo que no. Era su nieto, me parece. De todos modos, venían todos estos Maxtlas del mismo linaje. A éste le habían educado en Méjico para que Nezahualpilli no le diera muerte. Pero no hay quien escape a su estrella. Aquellos dos malvados, Cualqui y Maxtla, fueron la causa de la perdición de la niña reina. Tu padre la encontraba demasiado niña, y además por aquel entonces no tenía ojos más que para la señora de Tula y le había hecho una casa, a la de Tula digo, para que viviera sola y separada de las demás concubinas. De modo que la pequeña Seno-de-Jade se encontró muy sola, y como de todos modos ya de nacimiento le tiraba el nenetl, se apasionó de Maxtla. Claro que era todavía muy niña para Maxtla también, pero andando el tiempo, yo creo que fue el primero en gozarla, y has de saber que era mucho de gozar, que eso lo dicen todos, y el mismo Maxtla se lo dijo al rey al morir: "Señor, muero contento porque lo valía." Bueno, ya ves que te cuento todo al revés. El caso es que también a ella le gustaba mucho, y aun demasiado, porque no contenta con Maxtla, también se entregó a otros dos mozos que se llamaban Cinco-Culebras y Colibrí, que con Maxtla hacían un buen trío de libertinos. A Cualqui el mayordomo lo corrompieron de modo que encubría todo. Habías de ver las orgías y los bailes y el teometl y lo demás. Pero Seno-de-Jade fue la peor de todos ellos, y le creció tanto el apetito que, no contenta con sus tres amantes, se las arregló para gozar a todo hombre que se le antojara; y luego, para no correr riesgo alguno de que la delataran, los hacía matar.

—¡Oh! —exclamó Xuchitl horrorizada.

—Espera, espera —continuó Citlali—. Tenía entre sus criados a uno que sabía muy bien modelar en cera, y le hacía modelar el retrato de todos aquellos desdichados amantes de un día —cosa de írselos trayendo poco a poco a su lecho—. Cuando el retrato estaba terminado se gozaba en ellos y después, Cualqui o Maxtla o Cinco-Culebras o Colibrí despachaban discretamente al triste a las regiones oscuras y Seno-de-Jade colocaba en su cámara la estatua toda cubierta de joyas.

—¿De modo —preguntó Xuchitl impulsivamente— que todas aquellas estatuas contra la pared eran...?

—¿Cómo lo sabes? —preguntó Citlali.

Xuchitl volvió a acogerse a su misma excusa de antes:

—Lo he visto en los libros —explicó.

—¿Y cuántos había? —preguntó Citlali.

—Pues... no me acuerdo —contestó la niña.

—¡Qué lástima! Nadie sabe cuántos eran. Unos dicen que doce, otros que ciento. Sólo tu padre lo sabe de seguro.

—¿Y cómo lo descubrió?

—Pues él solía ir a ver a su mujer-niña de cuando en cuando; primero muy rara vez, pero a medida que fue creciendo, iba menudeando las visitas. Cada vez que venía, veía una estatua más. "¿Quiénes son éstos?", le preguntaba, y Seno-de-Jade contestaba que eran sus dioses familiares. Has de saber que el rey tenía una piedra mágica para gozar del amor cuando se llevaba puesta.

—¿Qué piedra era, lo sabes? —preguntó Xuchitl, con tensión casi intolerable.

—¿Te acuerdas aquella noche —preguntó Citlali— cuando oímos al fantasma que se la pedía?

—El corazón de jade —murmuró Xuchitl temblando de emoción.

—Sí. Es un corazón tallado en un chalchivitl maravilloso. La Reina Mala sabía que el rey Nezahualpilli tenía aquella piedra, y para qué servía, por el mismo Maxtla, y no sé cómo engatusó al rey para que se la dejara llevar una noche. Éste es un punto que no he comprendido nunca en la historia, porque Seno-de-Jade no le interesaba al rey como mujer, aunque yo creo que ya comenzaba a mirarla con ojos tiernos. A no ser que... No se me había ocurrido nunca antes —añadió como pensando en alta voz en mitad de su relato, con un hilo entre los dientes y la aguja esperando entre el índice y el pulgar. Se quedó silenciosa un instante y luego prosiguió—: Es posible que comenzase ya a sospechar algo y que al ver su deseo de llevar el corazón de piedra verde, creyera bueno dárselo como cebo. El caso es que se lo dio. A los pocos días, el rey se cruzó con el capitán Maxtla en palacio. El guerrero intentó evitar a tu padre, pero ya sabes la vista penetrante que tiene el rey, que nada se le escapa: y en seguida se dio cuenta de que Maxtla llevaba al cuello una cadena de oro muy sospechosa. No se veía lo que colgaba de la cadena, porque iba debajo de la manta de color del guerrero. El rey se paró a hablar con Maxtla muy afablemente, mirando con atención la cadena, hasta que llegó a convencerse de que lo que el capitán llevaba al cuello era el corazón de piedra verde. No dijo nada y se separó de él en paz y buena amistad. Aquella noche tu padre se presentó a la hora en que nadie lo esperaba, en las habitaciones de la reina Seno-de-Jade. Era muy tarde. Se paró ante la puerta, la misma desde donde la oímos a ella aquella noche... —y Xuchitl se decía a sí misma: donde ahora está Maxtla con la tea en la mano...— y se adentró decidido por entre la doble hilera de estatuas, hasta la alcoba de su mujer. Ardía en un rincón un brasero de copal con llama débil, pero que daba bastante luz para que el rey divisara a Seno-de-Jade dormida. Se arrodilló al lado del lecho y muy suavemente la destapó. Ella no se movió. Pasó algún tiempo. El rey, que la contemplaba, se extrañó porque no se movía. La reina le volvía la espalda, de modo que no le veía el rostro. Con la mano buscó la boca: no había aliento. Asió el rostro con la palma. Era de madera. Aquella figura durmiente era una estatua. El rey se incorporó de un salto y se precipitó hacia la habitación siguiente, en la que vio a dos o tres sombras huir arrastrándose por los suelos. Siguió avanzando por la oscuridad, y al fin encontró una tea. Por todas partes en las enormes habitaciones de la reina iban y venían criados asustados, todos huyendo. Corrió de un tirón una cortina y vio a la reina, desnuda, bailando sobre una mesa cubierta de manjares, bebidas y acayetls todavía encendidos, que azulaban el aire con el humo de tabaco. Cinco-Culebras, Maxtla y Colibrí, borrachos de teometl, se reían a carcajadas y tamborileaban sobre la mesa con los mangos de oro de sus cuchillos.

—¿Y qué pasó después? —preguntó Xuchitl.

—Ya te lo puedes imaginar. Los llevaron a todos a los tribunales y los ejecutaron.

—¿La reina también?

—Pues claro. Al fin y al cabo, era la principal culpable. La estrangularon en la Plaza Mayor. Estaba llena de gente. Yo lo vi. Y el cuerpo lo quemaron.

—¿Y el cuerpo de Maxtla? ¿Lo quemaron también?

—Eso no sé —contestó Citlali—. No me acuerdo.

—¿Y de dónde sale nuestra Maxtla, nuestra esclava? ¿Qué tiene que ver con aquel Maxtla de la Reina Mala?

—Es su hija, porque me olvidé de contarte que Maxtla estaba casado y tenía una niña. Pero cuando Seno-de-Jade se enamoró de él, hizo que ahogasen a su mujer en la laguna. Entonces, todos creíamos que había sido un accidente. Cuando ejecutaron a Maxtla, la niña se quedó esclava de tu padre.

Xuchitl guardó silencio. Era evidente que el rey había decidido que todo quedase intacto en la escena de los crímenes de la Reina Mala, y que aun había prestado a aquella escena una especie de vida póstuma disecando tan a lo vivo a dos de los principales cómplices de Seno-de-Jade.

Sólo el fantasma tenía la clave de aquel misterio.

Aquella misma noche, hacia medianoche, fiándose en su suerte, pues Citlali no había tomado polvos para dormir, Xuchitl volvió a situarse en su puesto de observación. ¿Vendría otra vez el fantasma a visitar los lugares que en vida había habitado? La curiosidad le hacía desear que sí; el miedo, esperar que no. ¿Cómo se comportaba uno para con los fantasmas? Y el fantasma, ¿qué haría si la viera? ¿Atacarla? ¿Podría ella resistir? ¿Se la llevaría para siempre al país de los fantasmas? Todas estas preguntas se atropellaban en su imaginación, mientras sus ojos siempre activos estudiaban el terreno. Había salido la luna detrás de donde ella estaba y un poco a la izquierda, asomando por encima del tejado, y su luz azul pálido bañaba la fachada de enfrente, que era la del fantasma dejando caer manchas de luz fría sobre la cámara de las estatuas por las cuatro ventanas abiertas. El fantasma no se veía por ninguna parte. Tampoco había luz artificial.

Xuchitl aguardó largo rato, pero como nada ocurría, se quitó el huipil, pasó el cuerpo por el agujero de la madera y se fue a gatas a lo largo del camino ya explorado, hacia la ventana primera del fantasma. Cuando iba a dar la vuelta a la segunda esquina, vio a la Reina Duende. Estaba de pie en la última ventana, al otro extremo del patio; llevaba un huipil largo, iba descalza, y el pelo negro le colgaba hasta la cintura; en lugar de ojos, dos enormes agujeros negros que le llegaban hasta media mejilla. Tanto le fascinó a Xuchitl, que no pensó en asustarse. El fantasma estaba mirando al cielo inundado de luna, inmóvil. A Xuchitl le dolían las manos, apoyadas en el suelo, porque la piedra arenosa le clavaba cristales en la piel. Un momento se puso a mirar si había mejor superficie. Cuando volvió a alzar la vista, la Reina Duende había desaparecido.

Xuchitl aguardó con paciencia a que volviera hasta que le dolían las manos y las rodillas, y le ardía en impaciencia el corazón. Pero nada ocurría, salvo que de cuando en cuando parecía como que oía extraños sonidos venir de la derecha, precisamente del lugar donde Maxtla se erguía inmóvil junto a la puerta. Eran como murmullos acariciadores. Al fin, sin poder resistir la curiosidad, se armó de valor y corrió gateando al otro lado de la ventana, volviéndose para mirar por el borde.

La Reina Duende estaba abrazada al cuerpo rígido de Maxtla, tan estrechamente, que cuerpo y duende eran una sola figura. El rostro de la reina descansaba sobre el pecho de su amante, tenía uno de los brazos en torno al cuello del guerrero, y el otro en el hombro. Había pasado su propia cintura entre la cintura de Maxtla y el brazo rígido cuyo puño seguía asiendo vigorosamente el agujero vacío de tea, con tanta energía como si allí estuviera la tea que se suponía llevar. Las piernas de la Reina Duende estaban entrelazadas con las de Maxtla de tal manera que Xuchitl no podía comprender cómo no se caían al suelo los dos. Le estaba hablando ella a él en voz baja, muy baja, con palabras que caían en su oído muerto, mientras él seguía con la vista clavada en aquel vacío que sus ojos muertos habían contemplado durante largos años.

La Reina Duende tenía los ojos cerrados. Suspiró largamente y a poco abrió los ojos sin moverse. Tal y como estaba, tenía a la vista la puerta, que era de cobre fundido. Poco a poco se le fueron abriendo los ojos cada vez más. Alzó la cabeza, todavía como fascinada por el espectáculo del cobre bruñido de la puerta, y súbitamente, con un salto felino, soltó a Maxtla, giró sobre el talón izquierdo y se enfrentó con Xuchitl al par que exclamaba con voz de otro mundo, que parecía salirle de las entrañas:

—¡Oh!

Se le había deslizado el huipil de uno de los hombros, desnudándole un seno pleno, pero firme, todo cubierto de cardenales. Tenía la frente estrecha y alta, la boca larga y llena, las mejillas huecas; pero nada contaba en aquel rostro al lado de los ojos, dos inmensos charcos negros que hacían más grandes todavía enormes ojeras amoratadas. Venía avanzando lenta, lentamente hacia Xuchitl con sus ojos profundos inundados de asombro, increíble extrañeza, alegría, emociones todas cuya irradiación helaba de terror el corazón de la niña.

—¡Mi plumita preciosa, piedrecita verde de mi corazón! —exclamó con voz cálida, un poco masculina, y envolvió a Xuchitl en un tierno abrazo; pero Xuchitl, al sentir sobre el hombro las manos del fantasma y su hálito ardiente sobre el rostro, se desmayó.

La Reina Duende se llevó en brazos a la niña hacia un lecho de pieles de tigre situado entre dos estatuas de sus amantes. Con exquisita ternura, la acostó sobre el lecho y se recostó a su lado, poniéndose a hablarle sin tener en cuenta para nada el desmayo de Xuchitl, y como si fuese a oírle lo que decía.

—Oh, mi plumita preciosa, ¡qué delicia eres! Me emborracha tu aroma. ¿Por qué me gustas tanto? —Aspiraba el aroma del cuerpo de Xuchitl, que hacía estremecer las ventanas de la nariz de aquel ser sensible y ávido—. Ah, ya sé por qué. Hueles a él. Tienes el mismo aroma que mi deseado verdugo. ¡Mi piedrecita verde! ¡Y qué mujercita eres ya, como yo lo era a tu edad! ¡Ya te florecen los senos! Se puso a acariciarle y besarle los pechos. —Y ¿quién serás que así vienes a verme al infierno?

Xuchitl abrió los ojos. La Reina Duende se sonrió.

—¿Tienes miedo?

Xuchitl comenzaba a preguntarse si después de todo aquella persona acostada a su lado sería o no un fantasma. Tenía la cabeza apoyada sobre el brazo de la Reina Duende. Era un brazo de carne y hueso y hasta fuerte. No se había imaginado ella así el brazo de un fantasma. Ahora le estaba pasando la mano por todo el cuerpo.

—Qué bonita eres. Y qué bien hecha. Pero sobre todo, tu olor,

¡oh tu olor! ¿Quién eres? —se dio con la mano en la frente—: La hija del rey —exclamó—. Pues claro. Apuesto a que eres la hija del rey. ¿La de Pezón-de-Fruta? —Xuchitl contestó que sí con los párpados, y ella, tomando con los dedos el pezón naciente de Xuchitl, dijo: —Tan sabroso será el tuyo como lo fue el de tu madre —y luego, súbitamente—: Y yo, ¿sabes quién soy yo?

Sin esperar contestación, siguió hablando:

—Soy Seno-de-Jade. ¡Qué nombre tan raro!, ¿eh? Pero muy propio, ¿sabes? Mira. Todos éstos... —y señaló con la mano la doble hilera de estatuas—... todos éstos están aquí para probarte de que el nombre dice la verdad. Todos murieron contentos con tal de gozarme. No creas lo que te dicen —le amonestó con una sonrisa muy seria, y Xuchitl observó que tenía los dientes agudos, como las uñas manchadas de sangre—. Yo no maté a ninguno. Se mataron ellos mismos. A todos les di a escoger: o muerte conmigo o vida sin mí. A cada uno le dejé vivir bastante para que le diera su opinión al siguiente. —Xuchitl la miraba con ojos de asombro y la Reina Duende proseguía:— Sí, ya sé. Quieres preguntarme: "¿Para qué matarlos?" No creas lo que te dicen, que los maté por miedo a que me descubrieran, como si tarde o temprano no tuviera que suceder. Les puse aquella condición por otro motivo... —Y pareció como perderse en un ensueño.

—¿Cuál? —murmuró Xuchitl con una curiosidad que a ella misma le asombró.

—¿Cuál? —repitió la Reina Duende, imitando la voz infantil de Xuchitl con amorosa sonrisa que le retorcía los labios largos y finos—. ¡Qué voz tan bonita tienes! Pues te lo voy a decir. No quería que hombre que me hubiera gozado gozase a otra. Y en cuanto a mí, ¡si vieras qué goce, enfrentarse con un cuerpo que quema su última llama en tu honor! ¡Oh! —exclamó apretando apasionadamente a Xuchitl contra sí—, ¡oh, que alegría! Sólo la muerte es capaz de dar sabor al amor. ¡Muerte y deleite! —volvió a perderse en el ensueño. Sus ojos, como cielos de terciopelo, se abrían en vasta mirada sobre Xuchitl, mientras todo el brazo izquierdo acariciaba el cuerpo de la niña:— Por eso no me dio muerte. Ansiaba gozar de mí cuando volviera intacta de la pira funeral. Me condenó a muerte y luego hizo creer a todos que me había estrangulado. Hizo vestir y enmascarar a mi doncella y la hizo estrangular como si fuera yo... y aquella noche vino a verme, tan seguro de su deleite, que traía puesto el corazón de piedra verde.

Xuchitl temblaba de pies a cabeza.

—¿Sabes lo que es el corazón de jade? —preguntó Seno-de-Jade con su voz profunda y cálida. Se le habían puesto los ojos soñadores otra vez, pero con un matiz de locura que atemorizó no poco a Xuchitl: —Es una piedra preciosa. Siempre la trae cuando viene a verme. Se olvidó de mí durante años, mientras tuvo a... —Iba a decir Pezón-de-Fruta, pero no terminó la frase y prosiguió:

—No puede pasarse sin Seno-de-Jade, y de jade a jade, el seno vale cualquier corazón, puedes estar segura de ello, mi plumita preciosa. Sin embargo, yo adoro el corazón de jade. ¡Mira! —Se desnudó hasta la cintura, descubriendo sus hermosos pechos, llenos, pero duros, que la luz de la luna modelaba con sombras de tinta.— Mira, y aquí, y aquí —decía apuntando con una uña larga y aguda, manchada de sangre—. Cardenales que me ha hecho el corazón de jade que me mete en el pecho apretando, apretando... precisamente porque sabe que me hace daño. Pero un daño que es una delicia. Pero todos estos hombres —añadió con un gesto de la mano hacia las figuras de cera sentadas en fila a lo largo de la pared—, todos ellos son capaces de darme igual deleite con tal de que lo quiera yo y de que esté de humor. Y si va a ser Cinco-Culebras o Maxtla —dijo, apuntando a los dos portateas de pie junto a la puerta—, con que yo los abrace basta para que vuelvan a vivir si yo quiero. O ellos viven o muero yo. Eso no sé, no estoy segura, no, no estoy segura. Es... lo... único.

Se puso a mover la cabeza con gesto de duda sincera que parecía cómico a Xuchitl.

—¿Por qué te sonríes? ¡Qué bonita eres! —Se acostó del todo al lado de Xuchitl y apretujó el cuerpo infantil contra el suyo, con pasión nerviosa y vigorosa:—¡Oh, quién me diera que fueras hombre, cómo te gozaría ahora! ¡Te enseñaría tantas cosas! —Se incorporó, descansando sobre el codo y dejando caer sobre el rostro de Xuchitl la vasta mirada de sus enormes ojos negros. —¿Por qué no eres mozo? Si hubieras sido un mozo, te hubieras acordado de esta noche toda tu vida...

—Me habrías muerto —se atrevió a decir Xuchitl.

Relampaguearon los ojos negros:

—Jamás he matado a nadie. ¿Quién te dijo que maté yo a esos hombres? Pregúntaselo a ellos. Ven... Pero no. No comprenderás. Véte. Véte pronto. Tengo... que quedarme sola un rato. Me aguarda Cinco-Culebras —se hizo confidencial y secreta, y le murmuró—: Es muy hermoso. Pero muy cambiante de humor. ¡Si vieras qué cambiante! ¿Ves aquella estrella? Ya empieza a rebasar el borde del tejado. Cuando esté —miró a Xuchitl de arriba abajo— a una distancia del techo como tu talla poco más o menos, ésa es la hora de Cinco-Culebras. Es cuando está más en forma. Siempre lo fue, aun antes que... pasara todo aquello. De modo que tengo que prepararme para él. —Se puso en pie y ofreció las manos a Xuchitl para que se levantara, agregando luego:—Ven. Te enseñaré el camino. No diré nada a tu padre de que has venido. Ya sabes que está loco. Pero lo oculta tan bien que nadie se lo ha notado.

Mientras hablaba iba llevando a Xuchitl hacia la puerta.

—No —dijo Xuchitl—. Quiero irme por aquí. —Y se dirigió hacia la ventana.

—Vuelve a verme —dijo Seno-de-Jade, y dejándola fuera corrió hacia la puerta otra vez, diciendo con voz que quería calmar una impaciencia imaginada—: Ya vengo, ya Cinco-Culebras, mi piedra preciosa, ya vengo.

9

Aquella noche Xuchitl no pudo dormir. Le bullía en la imaginación la escena que había vivido con Seno-de-Jade. Lo que más le impresionaba era la luz que se le hacía sobre el carácter de su padre. El rey Nezahualpilli, el prudente y el justo, había salvado de la hoguera a la reina adúltera, tras una cortina de justicia, a fin de gustar la calidad de su deleite. Su padre seguía siendo para ella el caudillo de la hueste de la luz. Pero había cambiado el sentido de lo que era luz. El hombre tenía por tarea inquirir las cosas y relacionarlas a medida que ocurrían. Y como parte de este proceso, la de adentrarse en el infierno de un deleite insensato para darse cuenta directa de lo que allí ocurría.

La reina estaba loca. ¿Cómo era posible, si no, que viviera entre las imágenes de sus amantes muertos? Tenía además manía de deleite. Xuchitl recordaba que Citlali le había hablado de mujeres así, que se vendían casi por nada, con tal de gozar al día de unos cuantos hombres. Pero le impresionó a Xuchitl la seriedad con que Seno-de-Jade concebía el deleite. Parecía estar siempre dispuesta a morir por el deleite y además a vivir de modo tal que el deleite fuera algo que valiera la pena de morir por alcanzarlo. Todo esto daba a Xuchitl una alta opinión del deleite que realzaba todavía la idea de que su padre viniera a encontrarse con la Reina Mala llevando al cuello el corazón de piedra verde.

Bien pensado, le parecía todo perfectamente normal. Por lo visto —se decía—, la muerte es la piedra de toque de todo lo que en la vida vale la pena de vivirse. La muerte en la guerra ponía a prueba el poder; la muerte en el amor ponía a prueba el deleite. Comenzaba a vislumbrar cierto sentido oculto tras el conformismo dogmático que tanto le irritaba en Ixcauatzin, y a preguntarse si al fin y al cabo la muerte de Gorrión no vendría a ser condición indispensable para probar la fe del pueblo de Tlaloc. "Pero, el caso es que yo no creo en los tlalocs." Se acariciaba el cuerpo como lo había hecho Seno-de-Jade y se preguntaba si tendría bastante fe en el deleite para morir por él. Todavía no lo sé —meditaba—, pero no creo que llegue a tanto, y se decía: A mí se me figura que algo hay de errado en eso de probar las cosas con la muerte, porque es como darlo todo a cambio de un trocito solo, por muy precioso que sea, corazón, o seno, o piedra verde.

Nezahualpilli echó sobre un brasero de copal el aromático acayetl que estaba fumando, se adentró en su cámara, buscó en la oscuridad con la mano el corazón de piedra verde, se lo echó al cuello y salió de la estancia. Fuera, los largos salones de palacio estaban vacíos, y sobre los pisos oscuros y brillantes de la madera encerada las teas de pino que ardían de aquí y de allá lanzaban ondas de luz rojiza que semejaban fuego líquido. Iba Nezahualpilli avanzando sobre este fuego a paso sordo, en el espacio silencioso —iba descalzo—, hasta que llegó a la primera de las tres pesadas cortinas que separaban el mundo de los vivos de la puerta de las habitaciones prohibidas. Allí asió con mano firme una tea que ardía sobre un pie de cobre y desapareció tras de la cortina, apagando el verde subido de la tela al robarle la luz que lo hacía brillar. El rey pasó una tras otra las tres cortinas y al fin se halló ante la puerta secreta. La abrió y, sin mirar siquiera, dejó descansar la tea donde solía, en el puño muerto de Maxtla siempre dispuesto a recibirla. Pero esta vez la tea cayó al suelo, donde extraño espectáculo lo dejó atónito. Seno-de-Jade yacía sobre el piso en estrecho abrazo con el cuerpo inerte de Maxtla, que había caído encima del suyo. Mientras el rey, asombrado, contemplaba la escena, la tea prendió fuego a las ropas secas, a la piel, las plumas y el cabello y hasta la parte interna, ya seca y combustible, del cuerpo de Maxtla, y todo ardía vivamente. Nezahualpilli intentó separar a la Reina Loca del cadáver ardiente, pero la Reina Loca no había gozado en su vida tamaña felicidad.

—¡No, no, déjame! ¡Déjame! —exclamó, estrechando cada vez más íntimamente el cuerpo en llamas—. ¡Al fin, al fin te poseeré y tú a mí! ¡Al fin! ¡Al fin... al ... fin...!

Se habían apoderado las llamas de su pelo negro y del huipil, y a los ojos fascinados de Nezahualpilli, la Reina Duende exhaló su último suspiro, a la vez de deleite, de vida y de dolor, sin soltar ni un punto el íntimo abrazo que la unía a la imagen de su amante.

El rey miró arder los dos cuerpos durante unos instantes. Las resinas y gomas olorosas con que estaba embalsamado el cuerpo de Maxtla alimentaban el fuego, que pronto comenzó a invadir también el piso de madera pulimentada. Había entre cada dos estatuas de la sala lechos de mantas de algodón y de pieles, como aquel en que Xuchitl y la reina habían descansado juntas. El rey cubrió los cuerpos requemados con varias capas de mantas echando sobre todo ello dos o tres pieles de tigre. Luego, por una especie de devoción póstuma que le dictó el corazón más que el cerebro, depositó sobre el montón fúnebre el corazón de piedra verde.

"¡Ya estás —pensó— como siempre soñaste llegar a estar: muerta en el deleite! ¿Estás mejor que viva? Como no sea que aquel instante fugitivo en que gozaste a la vez tu combinación tan deseada de deleite y muerte viva para siempre en un mundo desconocido para mí... Pero mereces sentir sobre tus cenizas el peso del corazón de jade como tantas veces lo sentiste sobre tus pechos palpitantes. ¡Adiós!"

Echó sobre el montón de mantas y de pieles una última mirada y se alejó lentamente, dejando el corazón de piedra verde sobre las cenizas de los dos amantes.

11

Unos días más tarde, reunió Nezahualpilli a sus hijos y a su hija para comunicarles la noticia de los desposorios de Xuchitl con el hermano de Moctezuma, Macuil Malinaltzin. Mientras la familia real comentaba el acontecimiento, Pájaro-de-Fuego y Citlali murmuraban confidencias agachados juntos sobre la estera de la antecámara.

—¿Sabes la noticia? —preguntó Pájaro-de-Fuego.

—Sí. Se desposa Xuchitl.

—No digo ésa. Digo la del fantasma.

—¿Cuándo se va a estar quieta? —preguntó Citlali con voz muy baja, y con una mirada intranquila hacia la puerta por donde la Reina Duende podía aparecérseles en cualquier momento. Pero Pájaro-de-Fuego continuó:

—Ahora se estará quieta. Para siempre.

—¿Pues qué ha pasado?

—Tres-Cañas lo guarda muy secreto, pero ya se sabe. —El tutor acercó la boca al oído de Citlali: —El rey le ha dado alcance. Se metió en la piel de Maxtla para atraerla, y luego se abalanzó sobre ella y la quemó viva.

—¿Viva?... ¡Pero los fantasmas no están vivos!...

—El caso es que la ha quemado para siempre. Y ya no volverá.

—Se quedaron silenciosos un rato. Y luego dijo Citlali:

—A este rey no hay quien le gane a hechicero. Lo que es con los fantasmas; nadie tiene mejor mano. Si no fuera rey, sería un estupendo tonalpouhque.

Otro silencio, en el que surgieron dudas:

—¿Estás seguro de que es verdad?

—He visto el agujero que hicieron las llamas en el suelo. Y hasta me he traído esto.

—¿Qué es? —preguntó Citlali sin tocarlo.

—Una pluma del plumero que llevaba Maxtla. Toma. Guárdatela —y le ofreció la reliquia con generoso gesto.

—¡No! —exclamó Citlali, alejándose con sensación de terror.

Cuando Xuchitl y Citlali llegaron juntas a sus habitaciones de regreso de las del rey, venían las dos muy pensativas. La primera en sacudirse la preocupación fue Xuchitl.

—Esta vez no parece que le tuvieras miedo al fantasma, porque no pasaste con tanta prisa como siempre lo hacías junto a las tres cortinas.

Citlali se sonrió:

—Ya no hay fantasma.

—¿Qué dices? —preguntó Xuchitl con una alarma que asombró a Citlali.

—Ya no hay fantasma —volvió a afirmar—. Tu padre lo ha quemado.

—¿Pero qué es lo que estás diciendo, Citlali? ¿Cómo es posible eso?

—Para mí sería imposible —contestó Citlali moviendo modestamente la cabeza—. Pero tu padre es un hombre extraordinario. No hay fantasma que se le resista. Éste, desde luego que no.

—¿Pero cómo lo sabes? ¿Qué es lo que ha ocurrido?

—Tu padre se metió en la piel de Maxtla para atraer a la reina, se echó sobre ella, la arrojó al suelo y la quemó.

En imaginación, Xuchitl reconstituyó al instante la escena tal y como había ocurrido, o poco menos. En breves instantes se dio pues a sí misma una explicación racional de la hazaña de hechicería que ya el rumor popular atribuía a su padre. En suma, Seno-de-Jade había muerto. Xuchitl rompió a llorar, pues le dolía el corazón perderla.

—¿Qué te pasa? —preguntó Citlali—. ¿Lloras por el fantasma?

Xuchitl no contestó. Su dolor venía de un mundo al que Citlali no tenía acceso. Citlali se acercó a Xuchitl con ternura y la abrazó diciendo:

—Perdóname, mi piedrecita verde. Con esto del fantasma se me había olvidado la otra noticia. No te apures. Sé valiente. Todo el mundo dice que Macuil Malinaltzin es el príncipe más simpático de la casa mejicana. Todos le quieren. Todos quisieran que fuera emperador en lugar de su hermano.

Xuchitl no estaba muy segura de sus propios sentimientos en cuanto a sus desposorios y dejó que Citlali le consolara del dolor que no sentía para apartarla de su verdadero dolor. ¿Le alegraba o le entristecía ir a Méjico? Se alegraba por curiosidad; se entristecía porque iba a perder la libertad. Temía que la vida en la Ciudad-Isla fuera ceremoniosa y estuviera amurallada por los rígidos preceptos de la etiqueta mejicana; y también que Moctezuma, que era un beato, la obligara a asistir a las sangrientas ceremonias del culto que su padre, el rey de Tetzcuco, le había permitido hasta entonces desatender. Y luego, la curiosidad de su cuerpo también, ya muy despierta, sobre todo desde aquella noche inolvidable con Seno-de-Jade... ¡Qué lejos estaba ya! Y luego, todavía más hondo, en su alma, una extraña convicción de que aquellos desposorios no eran más que un episodio sin gran importancia, una especie de vida preliminar real que pronto quedaría anegada en la luz de su nueva vida, como la del sol anega a las estrellas.

XI. Estampa plana procedente de Tenayuca.
Representa una cabeza con un imponente tocado.

Maquinalmente en su abatimiento, iba Ixcauatzin recogiendo de aquí y de allá los diversos objetos que necesitaba para el sacrificio y la oración en el bosque: la ocarina de concha, la estera, el incensario de barro y el saquillo para llevar las espinas de maguey, el copal y los bártulos para encender el fuego. Salió del Calmecac hacia el bosque en un estado de ánimo muy deprimido, absorto en sus pensamientos. De modo que Xuchitl se iba a Méjico-Tenochtitlán, a casarse. Bueno. ¿Y qué? Él era un sacerdote y no tenía nada que ver con eso. Para él no existían las mujeres. ¿Qué le importaba a él que una muchacha todavía impúber viviera en Tetzcuco o en Tenochtitlán, se casara o no? ¿Y quién dudaba de que la hija del rey de Tetzcuco se casaría más tarde o más temprano? Todas estas excelentes razones no bastaban para disipar la bruma negra que le empapaba el alma. Xuchitl se casaba y se iba a Tenochtitlán y él estaba triste.

Iba andando, andando, procurando cansarse la tristeza o llegar a pie hasta el fin de ella, siempre más lejos, cada vez más adentro en el bosque, hasta que al fin se dejó caer sin ánimo sobre la hierba silvestre y, apoyando la espalda sobre un tronco de árbol, se concedió breve descanso. Pronto se levantó, llenó el incensario de granos de copal y lo encendió. En seguida se puso a orar y se clavó las espinas de maguey varias veces, con fiereza poco usual, como si su cuerpo fuera el de un enemigo. Estaba de pie, por temor a agacharse en la posición devota, por si el cuerpo le traicionaba, cayéndose dormido. Y después de mucho luchar contra el sueño y contra la pena, sangrándose de brazos y piernas, de orejas y hasta de la lengua, y de intentar rezar, súbitamente rompió en lágrimas y sollozos y cayó al suelo gritando:

—¡Xuchitl! ¡Xuchitl! ¡Xuchitl!

Estuvo gimiendo y sollozando hasta que entre sollozos y gemidos se durmió. El fuego terminó por apagarse. Se alzó un viento que soplaba de la Sierra y contribuyó a agitar todavía más el mundo en que dormía, insuflando a todo vida y movimiento. El árbol junto al que se había instalado era uno de los que habían provisto de máscaras a medio Tetzcuco. Le faltaban grandes trozos de corteza, otros le quedaban medio colgando, y el viento comenzó a sacudirlos y batirlos contra el tronco. Ixcauatzin se puso a soñar en el fantasma que lleva el pecho abierto de modo que al andar se le abre y cierra con ruido parecido quizá al que hacían aquellas cortezas colgantes. Era Ixcauatzin valiente y se dispuso a resistir al fantasma, y hasta a atacarlo en la forma tradicional, para obligarle a que le diera las espinas de rigor. En su sueño, consiguió Ixcauatzin asir al fantasma, que llevaba abiertas las puertas del pecho, y hasta verle el corazón, que era de piedra verde, todo brillante, con gotas de sangre que le iban rodando por la superficie. Intentó apoderarse de aquel inestimable corazón, pero sin lograrlo. "Suéltame, Ixcauatzin", imploraba el fantasma. "No te soltaré hasta que me des algo", contestaba Ixcauatzin, según estaba prescrito. Y ateniéndose fielmente a la leyenda ortodoxa, el fantasma le entregaba una espina de maguey. "Eso no basta", objetaba Ixcauatzin, siguiendo las reglas; y el fantasma le entregaba otra espina, pero Ixcauatzin seguía aferrado a él, como era lo prescrito, hasta haber recibido del fantasma las cuatro espinas del ritual, que al fin le entregó, clavándole la última en la palma de la mano. Se desvaneció el fantasma e Ixcauatzin se despertó. Tenía en la mano cuatro espinas de maguey, una de ellas clavada en la palma.

Comenzaba el alba a rasgar. Ixcauatzin recogió sus cosas, echó mano de la ocarina de concha y se volvió a casa tocando una melodía melancólica y desconsolada.

14

Aquella noche fue también noche de sueños agitados para Xuchitl.

—No puedes figurarte, Citlali, qué sueño más extraño. Era una canoa... No. No era una canoa. Era mucho más grande y más honda y más ancha, y tenía tres o cuatro bancos. Y venía luchando con las olas, porque era en el mar, y las olas eran tan altas como una casa...

—Eso no puede ser —interrumpió Citlali dogmáticamente, basándose en la laguna, que era toda el agua que conocía.

—Ya te he dicho que era un sueño muy extraño. Y al alzarse las olas, brillaban al sol como muchos, muchos, muchos chalchivitls verdes, de un verde precioso; y la canoa grande con sus hombres, que eran muchos, se subía encima de todos los chalchivitls, donde había mucha espuma blanca, y luego caía al fondo, y uno o dos de los que iban dentro salían botados y los otros gritaban y los buscaban, pero ya se los había tragado el agua, y así otra vez y otra vez hasta que ya no quedaban más que dos hombres en la canoa. El sol le dio en la cara a uno de ellos y entonces vi que no eran como los nuestros, porque eran blancos como el algodón, y aquél tenía una barba espesa, larga y negra; pero al otro no le veía la cara. Y luego vino un golpe de viento muy fuerte y la canoa se quebró sobre la roca, y los dos cuerpos saltaron en el aire y fueron a caer entre las zarzas más adentro. Y luego pasó lo más extraño. Uno de los hombres se levantó poco a poco y miró en derredor. Parece que le estoy viendo. El hombre más hermoso que jamás vi en mi vida. La cara era blanca y un poco encarnada y el pelo era como oro.

Citlali soltó la carcajada:

—¡Qué ridículo debía de estar!

—No te rías, porque no le viste. Ya te dije que era el hombre más hermoso que jamás vi. Tenía los ojos color de cielo a mediodía y una barba también como el oro. Era fuerte y tenía los brazos y las piernas muy grandes.

—¿Llevaba braguero? —preguntó Citlali.

—Llevaba una cosa puesta de tela más espesa que el algodón y negra que le cubría las piernas y todo el cuerpo hasta la cintura. Estuvo mirando, cayó de rodillas, se juntó las manos así con los dedos para arriba y se puso a mirar al cielo, de modo que yo adiviné que estaba rezando a su Dios. Luego se puso de pie. Era muy alto, más elevado que nadie. Estuvo andando de aquí y de allá, como buscando algo. Y era su compañero lo que buscaba. Terminó por encontrarlo, y en el momento en que se inclinaba sobre él me desperté.

—¡Qué sueño tan extraño! —dijo Citlali, al fin, impresionada.

—No —replicó Xuchitl—. Yo ya sé lo que es. Mi padre me lo ha dicho muchas veces. Es que vuelve Quetzalcoatl. No me importa que me casen con Macuil Malinal. Antes que llegue el tiempo de ser su mujer de verdad, habrá llegado Quetzalcoatl para salvarme.

Capítulo VI

EL CRIMEN DE ALONSO MANRIQUE

1

La decisión de su hijo de abrazar la vida religiosa fue para don Rodrigo un golpe muy rudo. Pero en aquella ocasión halló don Rodrigo un aliado donde menos se esperaba. No estaba convencido el prior, ni mucho menos, de que el paso que Alonso quería dar fuera prudente. El padre Guzmán creía que la juventud del muchacho le impedía darse cuenta de que, a pesar de aquellas crisis religiosas por que pasaba de cuando en cuando, le predestinaba su carácter a una vida caballeresca y militar, y se contentó con negociar hábilmente un acuerdo entre el padre y el hijo, a base de un noviciado muy largo bajo su dirección personal en el Cerro del Moro.

Estaba a la sazón don Rodrigo muy atareado con las consecuencias que acarreaba el dramático episodio cuyo feliz desenlace había provocado la decisión de su hijo. Era obligación del señor de Torremala imponer castigo a los Esquíveles, padre e hija, ya que cualquier debilidad de su parte hubiera podido interpretarse como confesión indirecta de que le faltaba fe en la inocencia de su hijo; pero, por otra parte, le repugnaba el castigo, no tanto por caridad cristiana como por altivez visigoda, mientras Isabel y Alonso le imploraban que fuera indulgente. Finalmente los sentenció al destierro e hizo lo necesario para que la familia vendiera su armería y clientela por una suma equitativa, a fin de que se marchara con fondos suficientes para instalarse en otro lugar. En cuanto a Antonio, ya era la segunda vez que en corto tiempo daba pruebas de su impetuosidad y hasta de su egoísmo. Así se lo recordó con franqueza don Rodrigo, haciéndole ver que sería mucho mejor para todos que se marchara cuanto antes y tan lejos como fuera posible; le pintó con relucientes colores la riqueza y porvenir de las Indias, y le ofreció su ayuda para hacerse a la vela con la primera flota que zarpara para las Antillas. Antonio, que sentía ya aversión hacia Torremala, aprovechó la ocasión y pocos meses después de aquellos sucesos cabalgaba alegremente camino de Sanlúcar sobre un magnífico alazán, regalo de don Rodrigo, hacia aquel Nuevo Mundo donde tanto abundaban las mujeres.

Don Rodrigo, con la tácita connivencia del prior, consiguió ir retrasando casi un año el ingreso de Alonso como novicio en el monasterio. Finalmente quedó decidido que el joven Manrique comenzaría su vida monástica el 1° de enero de 1510, año en que cumplía los dieciocho. Como presente para día tan solemne, le había preparado su madre una copia de oro de la medalla de plata de la Madre y el Niño que ella solía llevar al cuello, colgada de una cadena de plata. Pero Alonso se negó a recibirla, no sólo con firmeza (lo que pudo su madre haber interpretado como señal de humildad religiosa), sino también con horror y repugnancia que la desconcertaron. Alonso había concebido invencible aversión hacia el oro desde aquella escena en la estancia de su padre que tanto deseaba olvidar, cuando todavía tan niño había sentido sobre su cuerpo desnudo caer un río de monedas. El mismo Alonso no se daba cuenta consciente de este extraño sentimiento, tan fuerte aunque tan oculto en el trasfondo de su corazón, de modo que se le trababa la lengua y se le cerraba el cerebro cuando hubiera sido necesario explicar las actitudes que le inspiraba. En fin de cuentas, aceptó una transacción: se quedó con la medalla de plata que su madre llevaba, devolviéndole la de oro en su lugar.

Así santificado por aquel amuleto dos veces simbólico de amor maternal, entró Alonso en el monasterio. Su primer sacrificio a la nueva vida fue el de su cabello. Los largos rizos de oro cayeron ante las tijeras del lego. Al verle así mutilado Isabel se dio cuenta, quizá por vez primera, de lo que significaba el paso que su hijo iba a dar, y no pudo contener las lágrimas. Alonso vistió el hábito de burda estameña. Era un hombre distinto. Así pensaba y, sobre todo, así sentía Isabel. Ya no le pertenecía. Ésta fue su segunda impresión, no menos amarga que la primera.

La misa solemne, la música que el padre Federico hacía brotar del órgano y que llenaba la majestuosa nave de la iglesia con su grave sonoridad, la luz de centenares de cirios y candelas, el incienso, las flores (idea suya que hizo fruncir el ceño a alguno que otro fraile), toda aquella atmósfera de felicidad religiosa que Isabel había soñado de antemano como una nube espiritual en que su alma gozaría de la gloria en aquel día tantas veces imaginado, nada consiguió penetrar su ser más íntimo. Lo que allá dentro dominaba eran aquellas dos heridas de su corazón: era otro hombre y ya no era suyo.

Porque, con la cabeza ya desnuda de su esplendoroso cabello, dejando ver el pescuezo todo en cuerdas y tendones y el perfil de las orejas y la línea redonda del cráneo, vestido de lana grosera con hábito mal cortado que le venía grande, Alonso se sentía feliz y distante, perdido en su sueño, que era suyo propio, con el pie en el umbral de un mundo de abnegación que se disponía a descubrir y explorar.

El novicio Alonso tomó su nueva vida muy en serio. Era el primero en la oración y en la labor, el último en el descanso, y el más pronto en acudir a todo lo difícil, lo desagradable y hasta lo repugnante. En el culto manifestaba un celo ejemplar. Le complacían en particular las tareas más humildes. Había sentido el entusiasmo más ferviente al revestir el hábito de fraile en lugar de la ropa rica y elegante que hasta entonces solía llevar, y nada le hacía más feliz que el poder evitarle a algún fraile más viejo alguna de las faenas penosas o sucias que de cuando en cuando, por fuerza, ha de producir una comunidad de hombres. La sensación de que se estaba venciendo a sí mismo era para Alonso compensación suficiente a lo que más pudiera repugnarle en la acción misma, fuera cual fuere, de modo que en fin de cuentas, solía pensar, no había en la vida abnegada del verdadero fraile sacrificio alguno. Era un esfuerzo, una lucha, casi una guerra, el mundo duro, y en último término la victoria.

Desde luego, algunos de aquellos combates eran muy rudos. La comida, por ejemplo, le hizo sufrir no poco en los comienzos de su vida monacal. Su madre y Leonor le habían acostumbrado a comer de lo mejor, y todo admirablemente aderezado. De súbito, se encontró reducido al alimento más insípido y monótono que cabía imaginar. Coles cocidas, muchas veces hasta sin sal, constituían la base de todas las comidas, y sólo para celebrar ciertas fiestas grandes se permitía a los más delicados aderezar la col con gotas de aceite de oliva. Alonso aceptó este sacrificio sin murmurar. Mucho más difícil le fue vencer a otros dos enemigos: la suciedad y el mal olor. Pronto se dio cuenta de que el llamado olor de santidad no tenía nada de agradable. Los frailes eran unos santos, pero apestaban. Agua y jabón se consideraban como elementos paganos, y había frailes que parecían creer que un piojo o dos en el hábito les servirían de buena recomendación ante San Pedro a las puertas del cielo. A Alonso le parecía tanto más extraño y difícil considerar, como ellos parecían hacerlo, santidad y porquería como inseparables, puesto que los hombres andaban sucios y malolientes mientras todo en el monasterio estaba siempre maravillosamente limpio. El novicio se preguntaba por qué era menester tratar al cuerpo humano peor que a bancos, mesas y suelos.

Sin poder resistir esta duda, la expuso al prior. El padre Guzmán le explicó que la limpieza del cuerpo era excelente en sí pero que solía degenerar fácilmente en peligroso placer sensual; que los hombres fuertes, capaces de vencer a la tentación, podían permitirse el lujo de ser limpios; pero que para los hermanos de menos espíritu, más expuestos a las artes y mañas del Malo, cuanto menos se ocuparan del cuerpo, mejor.

—De modo —concluyó el prior— que más vale piojos en el hábito que piojos en la conciencia.

Esta contestación conturbó en sumo grado el ánimo del novicio. Le parecía implicar la rendición antes del combate. "Si la limpieza —pensaba Alonso— es buena en sí, es menester ser limpio. Si nos expone a peligrosas tentaciones, tanto mejor. Más méritos hará el espíritu cuanto más obstáculos venza." Pero no se atrevió a replicar al prior por temor a caer en el pecado de orgullo.

3

Llevaba Alonso luchando así dos años con la vida monástica en el Cerro del Moro, cuando hizo la visita al monasterio el Padre Provincial de la Orden. El Padre Provincial distinguió en seguida a aquel novicio singular. No le agradó la situación. La actitud escéptica del prior para con la vocación del novicio le pareció censurable. En fin de cuentas, decidió que Alonso saliera del monasterio del Cerro del Moro para seguir sus estudios y noviciado en otra institución menos familiar y más lejana al hogar materno: un pequeño seminario fundado por el cardenal Cisneros en las cercanías de Toledo.

Quince días más tarde, Alonso con un compañero fraile salió de Torremala para Toledo. Cabalgaban sendas mulas que los fueron llevando con paciencia y perseverancia cuesta arriba desde las floridas vegas andaluzas hacia la meseta castellana, por vueltas y rodeos cada vez más duros de suelo, más fríos de aire, más desnudos de vegetación. La piedra granito y su polvo seco hacían el camino cada vez más fatigoso, prestando al paisaje cierto carácter pétreo desconocido hasta entonces para Alonso, y que le llenaba el corazón de una austera inquietud, cada vez más honda a medida que se iban acercando más al norte.

Los hombres con los que se encontraban iban cambiando también; eran menos vivaces, de menos gracia, más taciturnos, y en sus ojos parecía como si la luz del sur se tornase fuego, pero sombrío. La tierra era más pobre, los seres humanos más escasos, el cielo no tan azul, a veces cruzado y recruzado por trazos coléricos del gris oscuro y aun negro, y entre las rocas se veían de vez en cuando rebaños de carneros que vigilaba un pastor solitario, con mandil de cuero y gorra de pelo de perro para defenderse contra el viento frío que soplaba de la Sierra desnuda, que lo dominaba todo.

Alonso y su compañero llegaron al seminario después de anochecer, un día muy frío, muy silencioso, en el que sólo se oía el tintinear de las campanillas de un rebaño de cabras, que parecía recoger en sus punteadas vibraciones todos los elementos metálicos dispersos en el granito y en las arenas de los huesos rocosos del descarnado valle. Una linterna difundía luz nebulosa y ahumada sobre cosas y rostros. A la puerta del seminario observó Alonso a un cura redondo a fuer de grueso, que le miró de arriba abajo sin cortesía y aun sin respeto y le cortó el paso cuando se disponía a entrar.

—Oiga, hermano —ladró el cura, con voz tal que transformaba hasta la palabra "hermano" en un insulto—, ¿se han creído que se entra aquí como en un molino?

Desconcertado, Alonso no contestó.

—Ocúpese de la mula primero.

Salió de la oscuridad un mozo doméstico que guió a Alonso y a su compañero a la cuadra. Venían los dos muy cansados y hambrientos. Cuando al fin se les permitió entrar en la casa, se encontraron al cura gordo en el refectorio.

—Traerán hambre —les dijo el cura—. Ahí tienen pan y queso.

Ni era mucho ni era bueno, pero tanto el fraile como el novicio estaban hechos a privaciones y tenían hambre. Comieron y lo agradecieron. Entonces el cura gordo les dijo:

—Vayan a la capilla, que están rezando el rosario. Arrodíllense con los demás sin molestar. Después del rosario, sigan a los otros.

Hablaba imperiosamente y con desprecio.

4

El seminario de San Juan Bautista, fundación del cardenal Cisneros, arzobispo de Toledo y a la sazón regente del Reino de Castilla, era un colegio para veinticuatro educandos. Su rector, nombrado por el gran cardenal, era un sacerdote muy santo que se pasaba la mayor parte de la vida en oración y tenía gran reputación de místico. Los estudiantes lo veían de cuando en cuando, pero él no veía casi nunca a nadie, pues casi siempre estaba como retirado en sí mismo, en un sueño extático. Era un ejemplo para todos, pero no tomaba parte en la vida corriente de la casa. El verdadero jefe y aun tirano del colegio era el deán, colocado bajo el santo rector por la mano oculta de la intriga, quizá para entregar al diablo el fruto de aquel árbol plantado por el cardenal en servicio de Dios. Era sensual, violento, de enorme vientre y mandíbula agresiva, y cuando montaba en cólera, lo que ocurría con frecuencia, los ojos, que tenía grandes y saltones, se le llenaban de sangre, dándole el aspecto de una fiera.

El edificio era sencillo y noble: casa de piedra que quizá perteneciera en tiempos anteriores a algún caballero granjero, buen servidor del rey contra los moros. Construida en tierra quebrada, tenía varios niveles. Había dos habitaciones o celdas pequeñas que ocupaban el rector y el deán; un dormitorio para los veinticuatro estudiantes; un refectorio; dos o tres aulas y una capilla. Rodeábala bastante terreno plantado de olivos y alguna que otra huerta para el consumo de la casa.

Cuando Alonso Manrique entró en la capilla vio hasta una

veintena de muchachos de su edad revestidos de sotanas negras, arrodillados sobre el piso de baldosín, y en el púlpito, que era bajo, apenas por encima del nivel de la capilla, al rector, el padre Javier, que guiaba el rosario con los ojos medio cerrados y una voz sencilla casi desnuda, que penetró hasta la médula del alma sensible de Alonso. El cura gordo se había quedado fuera.

Alonso se arrodilló junto a un estudiante, al parecer tan absorto en el rosario que no prestó atención a su llegada. Alonso no tenía rosario. Instintivamente miró el de su vecino, y se quedó atónito al observar que lo tenía colgado del pulgar y del índice por la cruz, es decir al revés. Al instante se dio cuenta Alonso de la carencia de piedad y devoción que sin duda afligía a aquel estudiante de cura. Mientras así meditaba, el vecino le murmuró sin moverse de su posición externamente devota:

—¿Eres el nuevo? —Y sin esperar contestación prosiguió:— ¿Has visto al Jabalí?

Molesto, conturbado, intrigado y divertido a la vez, adivinó Alonso en seguida que el jabalí era el cura gordo que le había recibido tan adustamente.

—Ándate con ojo —seguía cuchicheando el vecino—; parece un jabalí, pero es también una mula y un zorro.

Alonso guardaba silencio pero no pudo reprimir una sonrisa. El recogimiento en que había entrado en la capilla se había desvanecido. Parecía como si, con aquel compañero que le había salido, estuviera sentado a la orilla de un río de emoción y de devoción que pasaba a sus pies murmurando con ondas iguales, ya de oración individual, ya de oración colectiva, ya con la voz sencilla, emocionante y tensa del rector, ya con el murmullo redondo y oscuro de la veintena de voces arrolladas en una sola que le seguía con ritmo y sonidos similares.

Sobre la orilla seca del río de oración, el estudiante seguía cuchicheando:

—Eres mi compañero de catre. Ojo: prohibido comer cebolletas. El Jabalí las da muchas veces. Cuestan poco. Se queda con la diferencia. ¿Has oído alguna vez el refrán sobre los curas? De seguro que lo hicieron para él.

A Alonso le venció la curiosidad, y preguntó:

—¿Qué refrán?

El estudiante le echó de soslayo una mirada, y con sonrisa de malicia comenzó:

—Guárdate de delantera de mujer...

La imaginación de Alonso le arrebató de aquella escena llevándoselo al bosque donde había visto a Marta impúdicamente desnuda. El vecino seguía hablando, terminó el refrán, aguardó a que estallase la hilaridad inevitable de Alonso, y sorprendido por el silencio del novicio que, lejos, muy lejos de él, no había oído nada después de la palabra "mujer", preguntó:

—¿No has oído?

Siguió Alonso en silencio.

—¿Palomita tenemos? Pues cura o no cura, también tú tienes que tener tu delantera, como cada cual... Silencio... Vaya por Dios... Otra vez será...

Y así siguió comentando la situación a su manera, mientras Alonso luchaba con su mundo interior. ¡Mujer! Delantera de mujer. Más putas que las gallinas... Voz general del arroyo. Alonso volvía el pensamiento a su madre, a Leonor, a las mujeres que amaba y respetaba. Volvía a sumirse en la desesperación del episodio de Marta, en aquellos días en que todo el mundo había visto en él a un hombre que creía en la opinión del arroyo sobre las mujeres y obraba en consecuencia. Y ahora volvía a oír la misma opinión del arroyo, cuchicheada para mayor vergüenza precisamente cuando otras veinte voces murmuraban la gracia divina de la Virgen María.

Alonso extendió la mano hacia el vecino:

—Déjame el rosario. Ya veo que... no lo necesitas. —El vecino se lo entregó al instante.

—Ahí lo tienes. Ya me lo contarán como una obra de caridad, Yo soy muy caritativo...

Se reía tapándose la boca con la manga de la sotana. El estudiante que tenía enfrente movió el pie de arriba abajo dos a tres veces para que se callara. Terminó pues por callarse dejando que Alonso se deslizara poco a poco de la orilla hasta el río de oraciones que seguía fluyendo murmurando avemarías y padrenuestros en la media luz de la capilla, pasando sobre las veinte espaldas negras como sobre veinte rocas de basalto lavadas por las olas de los años.

5

Terminó el rosario y los estudiantes fueron saliendo de la capilla. Iba a salir también Alonso, cuando un estudiante ya mayor le tocó con el codo:

—El rector os llama.

El rector, en efecto, le esperaba al pie del altar. Alonso le besó la mano.

—Bienvenido —dijo la voz sencilla y serena, con tono más afectuoso del que esperaba el novicio. Pero no dijo más. El padre Javier miraba a Alonso con ojos escrutadores, en silencio. Duró tanto tiempo aquella mirada, que Alonso comenzó a sentir algún malestar, como si aquellos ojos le penetrasen hasta lo más íntimo de sus pensamientos—. Oremos juntos —dijo el rector—. No oraciones hechas. Oración mental y meditación. —Se **arro**dillaron ante el altar. Alonso no había recobrado todavía la paz interior que había deshecho su vecino con aquellas bromas impías y obscenas. Después de un largo rato, que a él le pareció más largo todavía, se levantó el rector:

—Tenéis que venir a la capilla muchas veces. Necesitáis mucho de la oración. —Y con sonrisa afectuosa le dejó marchar.

6

Cuando salió de la capilla no vio a nadie por ninguna parte. Todavía no conocía la forma del lugar y se quedó parado a la puerta de la capilla un momento, sin saber adónde ir ni qué hacer. Todo estaba oscuro y la linterna que ardía al extremo más lejano de una especie de claustro casi no servía para otra cosa que para aumentar su confusión con sombras vagas y luces difusas.

—¿Qué demonios hacéis ahí? —gritó una voz ruda; y a poco salió de la sombra la voluminosa figura del Jabalí.

—Señor... —comenzó Alonso, pero el Jabalí no le dejó continuar.

—¡Fuera de aquí! ¡Al dormitorio!

—Señor —comenzó otra vez Alonso para explicar que no sabía dónde estaba el dormitorio.

—¡Fuera he dicho! —rugió el Jabalí.

Alonso no había oído jamás hablar a nadie con aquella voz, y menos que a nadie a él. Jamás en sus meditaciones, jamás en sus pruebas mentales, había considerado posible o imaginable tal situación, ni soñado siquiera que la subordinación a un jabalí con piernas de hombre pudiera formar parte de la verdadera vida monástica. Le ardió en las venas la sangre visigoda.

—¡Señor! —esta vez no lo dijo, se lo vociferó al Jabalí en pleno rostro. El Jabalí dio un paso atrás. A él tampoco le había gritado nadie así. Mientras se rehacía de su sorpresa el Jabalí, pudo al fin Alonso explicar su caso—: No conozco esta casa. Enséñeme el camino.

Hablaba imperiosamente, como no había hablado en su vida a nadie, asombrado de sí mismo, y bien podía estarlo, pues aquel tono y aquella voz no eran precisamente suyos, sino que se los dictaba de muy atrás, de mucho antes de su nacimiento, Dios sabe qué imperioso godo o qué moro impaciente de su linaje. El Jabalí no reaccionó. Dios sabe qué paciente y humilde antepasado de su sangre oscura le hizo bajar la cabeza y obedecer. Ambos se pusieron en marcha, subieron la escalera y llegaron ante la puerta del dormitorio. El Jabalí la abrió, se apartó a un lado, dejó pasar al novicio, volvió a cerrar y se alejó.

Sintiendo todo el peso, el físico de su cuerpo y el moral de la situación, bajó el Jabalí las escaleras furioso y se metió en la celda, jurándose a sí mismo venganza próxima. Alonso entretanto se había quedado de pie junto a la puerta, para acostumbrar la vista a la oscuridad. No había en todo el dormitorio más luz que la de una diminuta llama, una lamparita de aceite que ardía ante una imagen en la pared de enfrente de la larga sala, a cuya tenue luz se veían a derecha e izquierda dos hileras de seis camas. A poco rato, debajo de la imagen, al lado derecho, brilló otra luz, o más bien el reflejo de una que pareció encenderse muy cerca del suelo, más allá de la última cama. No se veía a nadie y no había movimiento alguno ni siquiera sombra alguna sobre la pared que alumbraba la luz misteriosa. Alonso dio un paso. Al punto, la luz se apagó y hubo como un ruido general de pies y piernas al otro extremo del dormitorio. Silencio otra vez. Dio otro paso. Se oyó una carcajada y una voz que decía:

—Pero si es el nuevo. ¡Mal rayo lo parta!

Otra vez el ruido de pies y piernas y la lámpara que brilla detrás de la última cama. Entretanto ha llegado Alonso al fondo del dormitorio y echa una mirada al rincón. Un grupo de estudiantes sentados en el suelo estaba jugando a las cartas.

Su compañero de cama era uno de los mirones. En cuanto le vio llegar, se levantó y le dijo:

—Ven conmigo y te enseñaré nuestra cama.

Alonso vio que estaba hecha de tres tablas sobre dos caballetes de madera. Sobre las tablas, un jergón de hojas de maíz y borra. Sobre el jergón, una manta. Los estudiantes dormían vestidos.

—Aquí la tienes —dijo su compañero, mostrándole la cama con un gesto cortesano, como si le indicara la puerta de un palacio—. Cuando quieras puedes echarte a dormir. A ese lado, si no te importa. Yo voy a ver jugar.

7

Tan cansado estaba que se durmió en cuanto dejó caer la cabeza sobre la almohada. Y lo que ocurrió después le pareció extraño e inexplicable. El rector, vestido de blanco, con ropaje que le parecía hecho del tejido luminoso de las nubes al sol, le llevaba de la mano por los aires, cada vez más arriba. Así pasaron por un jardín de jazmines, jazmines por todas partes, que llenaban el aire con su fuerte perfume; luego otro jardín de claveles que brillaban al sol con sus pétalos rizados, frescos y fragantes; y luego otro jardín de rosas, donde el aire estaba saturado de un aroma penetrante que le conturbaba el alma, rosas que bajo los pétalos color de carne de mujer, ocultaban espinas agudas que se ruborizaban, delicadas y sensibles a lo largo del tallo. "Pero si esto no puede ser. ¿Cómo es posible que vea yo tantos detalles cuando no hago más que pasar?"—se preguntaba con una parte de su ser, mientras que la otra se entregaba sin discutir a gozar de lo que ocurría. ¿Cuánto duró aquel viaje de ensueño? No lo sabía. De repente, mientras volaba en el aire por el jardín de rosas hacia algo que esperaba sin poderlo adivinar, todo se vino abajo. El cielo enrojeció y Alonso se cayó a tierra.

Se levantó rascándose la cabeza, mientras en torno suyo resonaba un coro de risotadas. Su compañero de cama había echado fuera de un puntapié el caballete de cabecera derribando al durmiente. La luz del alba iluminaba toda la escena. Alonso se miró los dedos. Tenía la mano ensangrentada de una pequeña herida en la cabeza. —Te hemos salvado la vida —dijo el compañero—. Como no te despertabas... Si te llega a ver dormido el Jabalí. ¡Dios sabe lo que hubiera pasado! A lo mejor te devora.

Alonso estaba avergonzado y tuvo que hacer varoniles esfuerzos para dominar su furia goda.

Salieron los estudiantes del dormitorio y él se fue tras de ellos. Los observaba con su curiosidad siempre alerta. Su compañero era uno de esos tipos del arroyo que producen las capitales, rápido de manos y de ingenio. Era de Toledo y llevaba probablemente en las venas tantas sangres como Alonso, aunque quizá en proporciones distintas, pues era entonces Toledo una de las poblaciones más moras y también más judías de España, y más prósperas también, de vida animada e ilustre, verdadera capital del naciente imperio. En sus calles retorcidas y abigarradas, los campesinos venían a vender los productos de sus tierras; los comerciantes, los funcionarios de la Corte y de las oficinas del cardenal y los nobles pasaban codeándose sin mezclarse, yendo cada uno a lo suyo. Julián había contemplado muchas nobles procesiones y muchas pintorescas comitivas, hecho víctimas de no pocas tretas a ingenuos campesinos, tirado no pocas piedras a no pocas ventanas, clavado infinitos papeles a infinitas colas de infinitos letrados, jugado a las cartas todos los maravedís que poseía y muchos más, hasta que al fin un tío suyo, canónigo de la catedral, había decidido mandarle al seminario por ver de salvarlo moral y materialmente. Era Julián pequeño, nervioso, rápido de ingenio, y a la vez perezoso y activo. En el seminario había alguno que otro estudiante como él; otros de evidente origen campesino, fuertes y hasta rudos, algunos honrados y sencillos. Otros tortuosos y astutos, a juzgar por su aspecto. Ninguno de aquellos estudiantes le parecía a Alonso poseer la verdadera vocación sacerdotal; antes bien, creía que habían venido a la carrera eclesiástica lo mismo que hubieran podido escoger cualquier otra profesión. Había unos cuantos de honda piedad y de vocación sincera. Se les veía en seguida y, sin que ellos quisieran, se destacaban al punto del resto del grupo.

Al salir del dormitorio los estudiantes habían bajado las escaleras corriendo, y siempre corriendo habían salido al terrero apelotonándose en torno al pozo. Pero Alonso, al desembocar puerta afuera se quedó como encantado, con los ojos clavados en el espectáculo inesperado que se le ofrecía: Toledo, sobre su pedestal de roca, se elevaba sobre el horizonte rosa con sus torres anhelantes, grises deseos puntiagudos tendidos hacia el cielo matutino. Parecía como si algún mago le hubiera arrancado el alma y la hubiera proyectado sobre una pantalla en el horizonte, para que todo el mundo la viera.

Toledo era su alma, o al menos así se lo imaginaba. Montaña rocosa que se elevaba al borde de un río de aguas hondas y fangosas, lanzando sus torres, agujas y minaretes hacia los cielos inaccesibles. Se quedó tan sobrecogido por la emoción que tuvo que apoyarse contra la pared junto a la puerta, porque la ciudad, la colina, el río, las rocas, el alambre vegetal del monte bajo, los olivos tortuosos y huecos, y hasta los granos de arena donde retrillaba el sol naciente, todo parecía poseer un ser seco, fuerte, afilado, metálico, incisivo; todo salía hacia adelante, avanzaba, agredía, penetraba, se metía hasta el cogollo de aquel andaluz con el poder perenne de Castilla.

—¿Qué hacéis ahí? —rugió el Jabalí. De una sacudida dolorosa volvió Alonso a la realidad. Entonces se dio cuenta de que había estado contemplando a Toledo mientras sus camaradas se lavaban en la pila de piedra junto al pozo—. ¡Ah, ya veo que no le gusta lavarse! Hay gente para todo —dijo el Jabalí, con desprecio deliberado. La imagen de Leonor se alzó en la memoria de Alonso y le hizo sonreír. Al deán le desagradó aquella sonrisa—: Más respeto, ¿eh? Podéis ser todo lo sucio que queráis, pero no hace falta ufanarse de ello. De todos modos, sois el hombre que me hace falta para las letrinas. Vamos por aquí. —E inmediatamente se llevó a Alonso al lugar más inmundo de los terrenos, confiándole la labor más repugnante del seminario: la de vaciar las letrinas transportando las materias a un estercolero especial al otro extremo de la huerta. —Espero que una hora bastará —explicó amablemente y se alejó murmurando entre dientes—: Para que aprendas a chillarme.

Alonso se quedó contemplando el inmundo lodo, abrumado por su desgracia. Había sido tan rápido el cambio entre el espectáculo noble de Toledo y el innoble de la inmundicia, que apenas se daba cuenta de cómo había ocurrido. Tenía en la mano una pala que el Jabalí le había entregado. Abatido, humillado, sintió que las lágrimas le nublaban la vista. ¿Era esto? ¿Para esto había sentido él aquel anhelo de servir a Dios? Y una voz le amonestaba en sus adentros: "¿Pero qué esperabas? ¿Venías a Mí o huías del mundo? Estás en el estercolero, el lugar digno de los cobardes." Le vino a la cara la sangre al oír el insulto con los oídos del alma. Él no era cobarde. Y luego le avergonzó su vergüenza. "Estoy a oscuras. Primero tengo que buscar la Luz, para que me dé fuerza para todo esto." Tiró la pala, y allí mismo, al borde del apestoso lugar, se arrodilló e intentó ponerse en oración. Luchó una y mil veces, pero en vano. El rosario vuelta abajo, las gracias obscenas de Julián, el hocico bestial del Jabalí, la peste del infame foso le separaban de Dios.

Fracasó miserablemente, tanto más por haberse obstinado en orar, alimentando su esfuerzo con aquel espíritu de lucha, mucho más cercano al odio que al espíritu de comunión y de amor que anhelaba alcanzar. Se puso en pie y, con furia viril, apechugó con la labor que tenía por delante. Al fin y al cabo, no era la primera vez que limpiaba letrinas. Ya lo había hecho en el Cerro del Moro un día en que el fraile que se había impuesto a sí mismo aquella labor por espíritu de sacrificio estaba enfermo, y él se le había adelantado para que no se levantara. Lo que le disgustaba esta vez no era el hecho en sí, sino el espíritu, el conjunto servil en que lo había colocado el tirano y villano Jabalí.

Se quitó la sotana y la puso lo más lejos posible de aquel lugar, llenó los cubos, se echó a la espalda la cuerda con los dos ganchos para llevar dos cubos al cuello, se metió en el marco de madera que llevaba descansando sobre los dos cubos para tenerlos separados de las piernas mientras avanzaba, enganchó los cubos y se puso en marcha a través de la huerta. La cuerda se le metía en la piel de la nuca, clavándole los eslaboncillos de la medalla de plata de su madre, que iba y venía pendularmente sobre el pecho en ritmo con los cubos de inmundicia. Y así de ida y de vuelta durante una hora, tan absorto en la labor, que ni siquiera oía los chismes que a sus expensas cambiaban en alta voz sus compañeros, mientras con pala y azadón trabajaban en la huerta, como decía el Jabalí, "para ganarse el desayuno".

Cuando hubo terminado, se quedó un instante vacilando. Le repugnaba volverse a poner la sotana sin lavarse primero. Julián surgió ante él, súbitamente:

—Mira, hermano. Demasiado sé lo que estas pensando. Vente conmigo, que no nos vea el Jabalí. Yo te llevaré la sotana. —Y le enseñó a Alonso un lugar sombreado y discreto de la huerta donde había una pila de agua que servía de abrevadero.— Yo estaré al acecho del Jabalí, mientras tanto. Anda, que tienes tiempo.

Alonso se lavó al aire libre. La mañana estaba fría. La sensación de limpieza y de agua fría en el aire frío le estimuló el cuerpo y el ánimo. Le parecía que era un hombre nuevo, y las cosas también tomaban aspecto muy distinto. Julián tenía bromas obscenas, pero buen corazón. Sintió un hambre juvenil. La campana de la torrecilla cuadrada y blanqueada sonó tres toques.

—Vámonos pronto que es el desayuno, y el Jabalí no aguarda. Entraremos por puertas distintas.

8

El deán, que presidía la mesa, bendijo la comida rápidamente y sin la menor devoción, y la cocinera sirvió el desayuno: un plato de sopa de ajo para los estudiantes y uno de huevos con jamón para el deán. Había dos sitios vacíos; los de dos estudiantes que ayunaban aquel día y que, según costumbre, tenían permiso para pasar en la capilla las horas consagradas al refectorio.

—¿Os han avisado? —preguntó a la cocinera.

—No, señor —contestó.

—¡Id a buscarlos!

La cocinera se fue a arrancar a los dos criminales de sus meditaciones.

—¿Qué demonios hacéis que os vais sin avisar, malgastando la comida? ¿Para qué diablos sirve el ayuno si...?

Se interrumpió, dándose cuenta del disparate que su avaricia le iba a hacer decir, pero sólo cuando vio fruncirse en maliciosa sonrisa los rostros de sus pupilos. Para el Jabalí, el ayuno sólo servía para ahorrarse gastos de cocina que iban a engrosar su bolsa.

—¿Ayunáis todo el día? —preguntó el Jabalí.

—Sí, señor —contestaron.

—Ya lo habéis oído, Teresa —dijo a la cocinera; y luego, a los dos estudiantes—: Ya os podéis volver. Y rogad a Dios que os dé más memoria.

Cerrado el incidente, el deán se volvió hacia Alonso.

—¿Se terminó la faena? —preguntó guiñando un ojo con placentera malicia.

—Sí, señor —contestó Alonso con una brevedad que desconfiaba de sí mismo.

—¿Cómo andáis de latín?

—Bastante bien —contestó Alonso con ingenua objetividad.

—La modestia es una virtud cristiana —le disparó el Jabalí como autoridad en virtudes.

—No hice más que contestar a la pregunta de vuestra merced —replicó Alonso.

El Jabalí dio con un puño sobre la mesa y se le hincharon las venas de la mandíbula en el pescuezo corto y espeso.

—¡No se replique!

Alonso veló con los párpados el fuego que le ardía en los ojos y se le coloreó el rostro. Silencio.

—¿Qué habéis leído? —preguntó el Jabalí, sabiendo que tenía clavados encima los ojos cáusticos de todos los estudiantes.

—Los *Comentarios* y las *Confesiones* de San Agustín.

El deán, que no esperaba tanto, se impresionó, lo que le desagradó sobremanera.

—¿Sabéis alguna otra lengua antigua?

—Sí, señor. El hebreo. —Lo declaró con su voz de siempre, bien dominada y fría.

Alzó las cejas el deán hasta la mitad de la frente.

—¡Ah! —exclamó con tono cargado de mala intención—. Ya lo decía yo.

Hubo un silencio.

—¿Quién es esta semana el Hermano Mayor? —preguntó el Jabalí.

Contestó Julián:

—Yo, señor.

—Miel sobre hojuelas —observó el Jabalí frotándose las manos

223

e intentando sonreír, lo que no le era fácil por no tener piel de reserva para tales trotes—. El hermano Alonso no necesita que le ayudemos en latín. Sabe más que cualquiera de nosotros. Ya se lo habéis oído. De modo que como esta mañana la vamos a dedicar casi toda al latín, el Hermano Mayor, que se sabe bien a Toledo, se lo llevará para allá y entre los dos podrán traerse de vuelta el cofre con las casullas nuevas que el sacristán mayor de la catedral nos ha reservado. No digo yo que sea muy ligero, pero los dos son fuertes y jóvenes y les hará el paseo mucho provecho. Y a la vuelta, podréis pasaros por casa de Esquivel y traeros el asador que quedó allá la semana pasada para que lo arreglase.

9

Julián y Alonso se pusieron a los pocos instantes en camino hacia Toledo. Alonso tenía comezón por preguntarle a Julián quién era Esquivel, pero un oscuro instinto se lo impedía. Iba saltando como cabra de peña en peña cuesta abajo del seminario al puente.

—Ya habrás podido observar —le decía Julián— que el Jabalí te tiene especial cariño. Yo no sé lo que le has hecho, pero puedes tener la seguridad de que no te va a dejar en paz. —Alonso escuchaba en silencio.— Ya te ha dado dos faenitas de las que reserva a sus amigos más queridos: la porquería y el cofre. Y todo con un plato de sopa de ajo por todo alimento. Pero... ya veremos quién se ríe más. Yo supongo que llevarás mucha hambre.

—Mucha —contestó lacónicamente Alonso por primera vez.

—Entonces, si me vieras entrar en una de las primeras posadas de Toledo y pedir dos raciones de cordero asado con ensalada y comerme una, ¿dejarías que se llevasen la otra a la cocina?

Alonso se rió de buena gama y fue aquella la primera risa franca que disfrutó desde que había salido de Torremala.

—Pero ¿de dónde van a salir las misas? —preguntó.

—¡Toma! —exclamó Julián. Estaban cruzando el puente de San Martín al par que bajaba la cuesta de la ciudad hacia ellos un rebaño de ovejas y carneros envuelto en una nube de polvo—. No te apures. Tengo yo una oveja... —dijo misteriosamente, y luego, todavía más enigmático, añadió—: ...o mejor dicho, me tiene ella a mí. Pasaron la puerta y entraron en el laberinto de callejuelas que tan familiar era para Julián como desconocido para Alonso, por lo que no le fue posible al andaluz darse cuenta de que el toledano tomaba un camino que no era el de la catedral. Además parecía que no tenía prisa alguna. Iba tranquilamente por su ciudad natal como quien no tiene nada que hacer, echando miradas curiosas a derecha e izquierda, observando hasta los menores cambios en las calles, casas y personas. Atravesaron el Zocodover y tomaron por una calle en cuesta hacia abajo, hacia el otro lado de la ciudad. Julián se paró:

—Aguárdame unos instantes, que vuelvo en seguida —y desapareció en el portal de una casa amarilla, grande pero al parecer no muy próspera.

Alonso se apoyó sobre un parapeto de piedra que dominaba todo el valle. "¿Qué tienen estas tierras del norte —se decía soñando, según su costumbre cuando se quedaba solo— que me hacen sentir el mundo duro tan cerca? Parece como si estas rocas y aun estos árboles me ladrasen con furia. No son éstas tierras de paz..."

Una mano le tocó el hombro. Julián, con la cara radiante, con un pequeño envoltorio en una mano y la otra oculta bajo la sotana haciendo resonar unas monedas con alegre retintín metálico, estaba de vuelta. Agradable ruido —tal fue la sensación que se infiltró en el corazón de Alonso—. Ya deseaba el metal que había arrojado de sí, ya lo deseaba porque tenía hambre. Al lado de su compañero echó a andar por las callejuelas pedregosas gozando de antemano el festín y sin pensar ni un sólo minuto en el origen del dinero, como nunca lo había hecho en su vida, porque el dinero le había venido siempre como cosecha natural. Al poco tiempo Julián se adentró en una posada, con aire de hombre que vuelve a su casa, mientras que para Alonso, que le seguía, todo era nuevo y extraño. Atravesaron un amplio portalón en donde un asno aguardaba con paciencia ejemplar atado a un rincón oscuro, y después un patio central en torno al que se habían congregado, como en conferencia, edificios de varias formas, tamaños, edad y rostro, contemplando al parecer una variedad no menor de vehículos, caballos, mulas y burros, amén de la tropa menor de turbulentos perros. Julián piloteaba a su amigo con habilidad de experto por entre todos aquellos obstáculos animados e inanimados, llegando al fin a puerto, que esta vez fue puerta, la de la sala de comer, después de subir tres escalones de piedra rebajados por el uso.

—Buenos días —dijo a una mujer de buen aspecto y como de cuarenta años que estaba sentada detrás de un mostrador al fondo de la sala.

—¿Y qué os trae por aquí? —preguntó la hostelera, que conocía a Julián desde que andaba correteando y aun gateando por la calle.

—Vengo en busca de dos raciones de cordero asado con ensalada, y aquí están mis cartas credenciales.

Y al decirlo, colocó sobre la mesa una moneda de plata. La hostelera la recogió, la miró y remiró, le dio la vuelta, la volvió a mirar, la hizo saltar sobre la mesa para oírle la voz y finalmente le dio un mordisco para probarle el carácter. Luego llamó:

—¡Juana!

Vino una sirvienta y la hostelera le recomendó bien a los dos clientes que moneda de tan buen temple manejaban.

Instalados a limpia mesa, los dos mozos devoraron el cordero y la ensalada, estimulados por sendos tragos de delicioso vino del país. Julián estaba de muy buen humor.

—Si no fuera por esto, ¿quién aguantaría al Jabalí?

—¡Qué sacerdote tan extraño! —observó Alonso, con una inge- nuidad que provocó sonrisas en Julián.

—¿Extraño? Nada de extraño. Dios sabe que soy buen cristiano —y se persignó—, pero es gran vergüenza y gran pecado permitir que tomen órdenes sagradas personas sin vocación como el Jabalí... o como yo, y sólo por ser buen negocio el oficio.

—¿Será por eso que hay tantos sacerdotes malos? —preguntó Alonso. Pero esta vez, a pesar de su ingenuidad, la pregunta no hizo sonreír a su campanero, que con toda seriedad y aun gravedad con- testó:

—Es todavía peor. Porque cuando uno no nació para cura y le hacen cura, se avinagra por dentro y no sólo es mal cura, sino que es mal hombre, peor de lo que nació. Por eso tienen los curas tan mala fama. Pero nadie habla nunca de los buenos, sino de los malos, y de éstos siempre está hablando la gente. ¿Te acuerdas el refrán que te dije en la capilla?

—Me distraje al principio y no te oí el final.

—¿Por qué te distrajo el principio?

—Dímelo otra vez.

—Guárdate de delantera de mujer, de trasera de caballo, de costado de mula y de todo alrededor de un cura.

Alonso soltó la carcajada. Y al instante se avergonzó y enrojeció.

—Pero no me gusta. Es un insulto para las mujeres.

—¡Las mujeres! —sentenció Julián—. Todas más putas que las gallinas.

Alonso se quedó asombrado al oír idénticas palabras en Julián que en Antonio. Julián seguía perorando:

—Fíjate en esto —decía apuntando a la mesa. Estaban comién- dose sendos trozos de queso manchego con pan blanco muy entrado en harina, del que hacen en Castilla—. ¿Sabes quien paga? —y al preguntar clavaba la vista en Alonso, aguardando lo bastante para que madurase la sorpresa—: El Jabalí.

—Pero, ¿cómo? —exclamó Alonso con verdadero horror.

—El Jabalí —repitió Julián rebosando satisfacción—. Deja que te explique el misterio. El seminario lo sostiene el cardenal, y muy generosamente. Por ejemplo, las raciones de carne para cada uno de nosotros son de dos libras diarias. Pero el Jabalí nos mata de ham- bre y se queda con el dinero. Con ese dinero, o al menos con parte de ese dinero, mantiene a una querida...

—Pero, pero... —tartamudeaba Alonso—; ...¿un sacerdote?

Julián se reía de la inocencia de su compañero:

—¡Anda, un sacerdote! ¿Pero qué te has creído? ¡Si todos lo hacen!... Los que yo digo, vamos. Pues bien, como te decía, con el dinero que nos roba mantiene una querida mucho más joven que él. Y ella, la pobrecilla, claro está, pues le pide el cuerpo algo mejor que ese jabalí de colmillo retorcido, que sólo le sirve para pagarle las deudas, y... parece que para distraerse no le va mal conmigo. De modo que yo hago lo que puedo por complacerla y ella me lo agradece, y en fin, que aquí comemos de lo nuestro a cuenta de lo que allá nos roba el jabalí.

Alonso, con la cabeza entre las manos y los codos sobre la mesa, se había sumido en miserable meditación. "¡Qué mundo!"—pensaba.

Julián no se daba cuenta del estado de ánimo de su compañero, y creía que había cambiado de postura tan sólo para escuchar mejor:

—Hay veces que me río por dentro al pensar cómo robamos al ladrón. Lo que él gana por un lado se lo saco yo por otro. Bueno. Vámonos, que hay que pasar por la armería de Esquivel.

Se levantó y comenzó a buscar el envoltorio.

—¿Dónde andará? ¿No te acuerdas de aquel envoltorio que traía cuando salí de su casa, y que me dio para que se lo entregara a su padre?

Alonso, que acababa de encontrarlo sobre un asiento y se lo iba a dar, palideció.

—¿Su qué, dices?

—Sí —contestó Julián—. La amiga del Jabalí... y la mía... es la hija de Esquivel.

10

Fue como un golpe de maza en la nuca. La revelación de un hecho tan concreto fue tan súbita, que se quedó como atontado, mudo de habla y mudo de imaginación. Como un sonámbulo salió siguiendo los pasos de Julián hasta la calle, sin darse cuenta de lo que le rodeaba, rumiando toda aquella negrura repugnante: él, Alonso Manrique, había comido un almuerzo pagado por Marta Esquivel con dinero ganado vendiendo su cuerpo a un sacerdote. "Todas más putas que las gallinas"—comentaba cínicamente Antonio en su oído mental.

—Vamos primero por casa de Esquivel —le oyó decir a Julián.

—¿Esquivel?.. ¿Esquivel?... —preguntó, esforzándose en ajustar el mundo externo y el mundo interno, ambos girando en sentidos opuestos en torno a aquel nombre fatal—. ¡Ah!... el asador.

Siguió andando al lado de Julián, y al entrar en la calle donde estaba situada la armería, se paró y dijo:

—Véte tú a por el asador, que yo voy a meterme aquí un momento.

Era una iglesia. Julián le miró de arriba abajo, preguntándose qué clase de hombre era aquél. "Vé tú a saber. A lo mejor es una verdadera vocación" —pensó, y encogiéndose de hombros echó a andar otra vez diciendo:

—Bueno. Pero no me hagas esperar. Sal al atrio.

La iglesia estaba oscura, tranquila y solitaria. Alonso se arrodi-

227

lló ante el altar pero no pudo entrar en oración. Ya sabía que así tenía que ser, pero se separó de Julián porque necesitaba quedarse a solas con lo que acababa de ocurrirle. Todavía no llevaba un día entero en Toledo y ya se sentía envejecido varios años. De modo que Toledo era eso: hombres como el Jabalí cuando eran peores y como Julián cuando eran mejores; mujeres como Marta. La religión, una comedia. Los sacerdotes, jabalíes. ¡No! Su alma se rebelaba. El rector era un santo. Hablaría con el rector. Le contaría todo, cualesquiera que fueran las consecuencias. "Pero —objetaba una voz interior— Marta sacará a relucir el cuento de lo de Torremala, que todo el mundo se tragará aquí, sobre todo si dijera que has hablado por celos... y luego está Julián. ¿Vas a delatarlo?... Delatarlo... Lo que voy a hacer es salvarlo de la mentira en que vive..."

La voz de Julián le murmuró al oído:

—Vamos, ¿te vas a comer a los santos o qué?

Salieron a la luz del sol y Alonso sintió que se le palidecía la decisión como si fuera la llama de una candela. Siguieron camino hasta la sacristía de la catedral, se encontraron con el cofre ya preparado, y, asiéndolo cada uno de una de las asas, se pusieron en marcha de regreso hacia el seminario. Hacía calor y el cofre pesaba mucho. Tuvieron que hacer varias paradas. Durante la última, ya no muy lejos de las casas divisaron al Jabalí que les esperaba desde la azotea, con cara de pocos amigos.

—Vas a ver como paro yo en seco a este toro —dijo Julián entre dientes, mirando al suelo—. Nos vamos a divertir la mar. No digas nada hasta que hable yo y confirma todo lo que yo diga.

—¿Qué demonios habéis estado haciendo? Corriendo de taberna en taberna, apostaría yo.

—No, señor —contestó Julián, tranquilo—. Tiene la culpa Esquivel. Resulta que no estaba en casa y de la armería nos mandaron a casa de su hija. —Pausa durante la cual le salieron al Jabalí gotas de sudor en la frente.— Pero no la encontrábamos. Y eso que nos dieron todos los detalles. El encargado de Esquivel no hacía más que repetir: "El señor deán sabe muy bien dónde está." Pero claro que no íbamos a venir aquí a preguntar a vuestra merced. Sería bueno que nos explicara vuestra merced dónde es para otra vez... De modo que...

—Bueno, bueno —interrumpió el Jabalí con voz más suave—. No malgastemos más tiempo en explicaciones. Llevadle el asador a la cocinera. Las casullas, a la sacristía. Y luego al refectorio, que ya aguardan los demás. ¿Tenéis hambre?

—Muertos de hambre, señor.

11

Alonso no probó bocado, sobre todo por haber comido ya y bien. Pero además estaba sombrío y preocupado. El Jabalí aprovechó la ocasión:

—El hermano Alonso no parece tener apetito a pesar de lo que ha trabajado esta mañana. Quizá esté pensando en su pueblo, donde están enterrados sus abuelos...

Alonso se ruborizó. Era el único en darse cuenta del veneno que llevaba la flecha del deán. El Jabalí sabía que uno de los abuelos de Alonso había sido expulsado por judío y quería que Alonso supiera que lo sabía.

Así continuó la tensión semanas y semanas, tan aguda y tan sin descanso por parte del Jabalí, que no permitió a Alonso resolver en

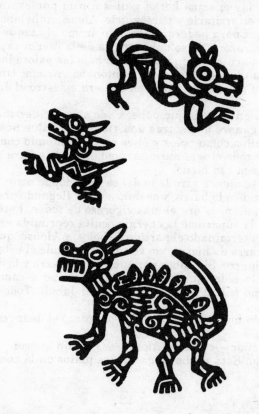

XII. El perro visto por los artesanos indígenas mejicanos. Estampas planas procedentes de Veracruz y Cempoal.

paz el grave problema de conciencia que tenía planteado. ¿Hablaría o no hablaría? ¿Cubriría con su silencio toda aquella inmunda corrupción? Siempre que se acercaba a este asunto surgía en su alma la sensación de la animosidad personal contra el Jabalí que empañaba la limpieza de su propósito. Poco a poco fue aclarándose el problema en su mente. Le repugnaba la idea de informar al rector sin hablar primero con el deán. Aunque en último término quizá tuviera que hablar con el rector, era indispensable primero plantearle el asunto cara a cara al deán. En cuanto a Julián, no lo delataría, y por otra parte pensaba que una vez purgada la mayor vergüenza, no sería difícil curar la menor.

Entretanto seguía el ciclo diario, semanal, mensual, de la vida del seminario girando en torno suyo con toda regularidad, pero siempre con aquella tensión que, como un clavo en una rueda, venía a herirle en las mismas horas y días con la perseverancia que el Jabalí ponía en irritarle y perseguirle. Alonso anhelaba unos cuantos días de paz para poder preparar su ánimo al ataque purificando primero su corazón. No se daba cuenta de la fuerza explosiva de la ira que venía acumulando en su alma bajo las palotadas de paciencia que día a día y mes a mes amontonaba encima. Un día en que observaba un partido de bolos, en que era maestro el Jabalí, le dijo Julián:

—Fíjate en la cara que pone. Cada vez que derriba un bolo es como si nos ganase a nosotros una victoria. Porque nosotros somos delgados y altos como bolos y él es corto y redondo como una bola. De modo que todo el seminario es como una bola contra veinte bolos. Y por eso juega tan bien.

Alonso se alejó a otro lado del campo, donde otros compañeros estaban tirando a la barra, y se unió a ellos, llegando pronto a tomar parte principal, pues era el más vigoroso de todos. Este ejercicio le hizo sacar a la superficie la energía oculta reprimida en el fondo de su ser. Había terminado el partido de bolos, y Alonso, que llevaba en la mano la barra de hierro, vio venir hasta donde él estaba una bola también de hierro. Sin saber por qué, alzó la barra y la dejó caer con furia sobre la bola, que salió a toda velocidad a campo traviesa, pasando como bólido junto a los pies del Jabalí. Todos le miraron asombrados.

—¿Quién ha tirado esa bola? —preguntó el deán, con voz trepidante de furia.

—Yo, señor —contestó Alonso—. Fue sin querer.

—Bueno. Esta noche fregaréis los platos en la cocina.

12

Ya fuese porque le hubiera impresionado aquella escena o por cualquier otra causa, el deán dejó en paz a Alonso durante varios días. Había llegado el momento. Alonso pidió permiso para no asistir a lecciones ni servicio durante todo un día, por necesitar auxilio espiritual para dedicarse al ayuno y a la oración. El deán le miró de arriba abajo como quien observa a un animal curioso:

—Si en ello tenéis gusto...

Aquellas veinticuatro horas se las pasó en la iglesia sin comer y casi sin dormir. Rezaba, meditaba y volvía a rezar. La pregunta que se hacía constantemente era: "¿Lo hago por venganza?" Y siempre se contestaba igual: "Es verdad que tengo resentimiento porque me trata mal; pero estoy seguro de que ese resentimiento no entra para nada en mi decisión de hablarle cara a cara." Al terminar las veinticuatro horas que se había concedido, estaba tan resuelto como al iniciarlas.

Llegó al refectorio a tiempo para el desayuno. Todos sus compañeros observaron que traía un aspecto distinto. Los ojos duros, el entrecejo fijo como de piedra. Comió con apetito. Terminando el desayuno, y cuando ya los demás se habían dispersado, según costumbre, Alonso se acercó al deán y resueltamente abordó el problema.

—Señor, tengo un deber grave y duro que cumplir para con vuestra merced y creo que cuanto antes mejor.

El Jabalí no había oído jamás palabras dichas con tanta autoridad y por tal persona. Pero la misma decisión de Alonso le halló desprevenido, y mirándole con ojos de animal perseguido, contestó:

—Ya os escucho.

—¿Aquí mismo? —preguntó Alonso—. Vámonos ahí fuera, al terrero, que estaremos más solos.

Se pusieron a pasear por el terrero, a lo largo de un murete bajo, más asiento que parapeto, ya que apenas les llegaba a las rodillas. Todo se silueteaba sobre el cielo azul, todo en tejados, torres y agujas.

—Señor —comenzó Alonso con voz firme—, cuando llegué a este lugar, y antes, cuando entré en el monasterio de novicio, mi propósito era y sigue siendo hacerme sacerdote. Tengo una opinión altísima de este ministerio.

El deán escuchaba en silencio, todavía bajo el dominio de la voz autoritaria de Alonso.

—Todo esto lo tomo en serio, muy en serio. De modo que ya se imaginará vuestra merced mi asombro y mi dolor cuando me encontré con que en esta casa se dan los peores vicios que puedan jamás deshonrar a la Iglesia.

—¿Quién ...? —rugió el deán. Había cambiado de humor. Había olido el peligro y se preparaba al combate. Alonso permaneció imperturbable.

—Ya dije a vuestra merced que lo tomo muy en serio. Estoy resuelto, cueste lo que cueste, a limpiar esta casa de su inmundicia. Yo imploro a vuestra merced que vea la luz...

El Jabalí se paró de repente al borde del murete bajo, con los ojos saltones clavados en el rostro de su acusador —la bola mirando al bolo, como diría Julián.

—¡Ah!, ¿y eso es lo que os traías en el buche?

En los ojos saltones le brillaban las pupilas con fuego salvaje y las córneas biliosas se le inyectaron en sangre. Se le puso la boca cuadrada por el odio y el desprecio, y los labios se le cubrieron de espuma.

—¡Conque era eso! ¡Perro judío!

Allá en lo hondo del cuerpo de Alonso se elevó súbito clamoreo que venía del pasado más lejano, de los horizontes de más allá de su nacimiento. Sus antepasados visigodos que habían atravesado al galope salvaje de sus caballos media Europa y toda España; sus antepasados moros que habían atravesado al galope salvaje de sus caballos media África y casi toda España; las largas líneas de capitanes del norte y de capitanes del sur que en su propia vida hubieran azotado con delicia y degollado con satisfacción a cualquier judío que se hubiera atravesado en el camino de sus monturas, ahora en su sangre galopaban a todo meter por las avenidas convergentes del pasado de sus dos familias ecuestres, para defender en él al judío que venía de la tercera familia —de la familia errante—, para defender a aquel judío ya amasado en un alma dentro de una piel con todos ellos, galopaban a todo meter por las avenidas de su familia y de su sangre, hasta que irrumpiendo en tumultuoso tropel por su brazo derecho lo alzaron en alto como una lanza de acero, arrojándolo luego con violencia contra el rostro vasto y redondo del Jabalí... el cual, cuerpo pesado y redondo harto de carne, vibró un instante en desequilibrio sobre el murete bajo y cayó dos estados sobre las losas de piedra del jardín, masa inerte e inanimada.

13

Tiempo sombrío, toda una vida le pareció, al borde del abismo. Las preguntas que le hizo el pesquisidor, uno de los familiares del cardenal, sus respuestas, el resultado de toda la pesquisa, meros sueños, meras alucinaciones. El mundo de verdad era la tormenta que llevaba dentro: su fe destrozada. Su fe... ¿en quién? Su fe en sí mismo, su confianza en la luz interior que le permitía darse cuenta, o al menos adivinar si la Luz que veía fuera era la verdadera o no. En la cárcel del arzobispo, tratado con la consideración debida a quien llevaba en las venas la sangre del Gran Cardenal de España, predecesor de Cisneros, Alonso tuvo todo el tiempo necesario para meditar. Le parecía que la acción violenta que había cometido demostraba su carencia de vocación para la Iglesia. Para él, era el sacerdote vivo ejemplo del que ha vuelto hacia adentro el mundo duro, dejando para sus relaciones con los demás hombres todo lo que

232

para Alonso era la esencia del mundo blando. Lo que había ocurrido le demostraba que él no era una persona así. Y sin embargo...

El cardenal había tomado interés personal en el caso, y su pesquisidor, clérigo recto y sagaz, le había presentado un cuadro exacto de hechos y personas. El cardenal escribió a don Rodrigo y convocó a Alonso a su presencia.

Cisneros estaba sentado ante su larga mesa negra, sobre la cual reposaba adosada a un atril una Biblia grande encuadernada en cuero, abierta y con la página señalada por ancha cinta escarlata. Vestía, según su costumbre, de fraile franciscano. Alonso observó la nariz aguileña y los ojos negros en que ardía un fuego perenne. Le miró con severidad, pero no sin caridad, y ante aquella mirada, en aquella cámara austera y grave, Alonso se sintió tan abrumado por su culpa, culpa de hombre que había matado a otro hombre, que cayó de rodillas y se cubrió el rostro con las manos. Durante unos momentos, guardó silencio el cardenal, y luego con voz paternal y hasta afectuosa, le mandó:

—Levantaos y venid a mí.

Dio vuelta entonces, haciendo un gesto con la mano para indicar a Alonso el camino en torno a la larga mesa, a fin de que se acercase. Allí, junto al gran sillón frailuno le madera negra, había un reclinatorio, que era el del cardenal. Lo ofreció a su visitante, diciéndole:

—Arrodillaos. —Y luego:— No os pido que os confeséis, pero sí que habléis con tanta confianza y con tanto valor como si fuera confesión. —Alonso sollozaba.— ¿Es seguro, estáis absolutamente seguro, de que no había resentimiento en vuestra alma? —Alonso, que guardaba silencio, con el rostro oculto entre las manos movió la cabeza con gesto negativo. El cardenal prosiguió:— Ya tengo resuelto con don Rodrigo Manrique que saldréis para las Indias antes de un mes. Habréis de abandonar vuestro deseo e intención de tomar las órdenes. No os lleva el Señor por el camino del sacerdocio. Pero por vuestra salvación habréis de hacer penitencia toda vuestra vida. Os impongo la obligación de observar el voto de castidad como si fuerais sacerdote.

Alonso alzó el rostro y le miró asombrado:

—Señor, pensaba ofrecer a Vuestra Eminencia este sacrificio.

—Bien se ve que la idea viene de lo alto —dijo el cardenal, y alzando la mano para bendecirle, dio por concluida la entrevista—: Id. Todo está dispuesto.

14

Lo primero que vio en el horizonte fue la flecha del monasterio. ¡Cómo le dolía el corazón! ¡Qué retorno de su primera aventura camino de sus altos ensueños! Ya no llevaba ropa eclesiástica ni cabalgaba mula. Venía caballero en un buen potro árabe de su casa. Se había vuelto a dejar crecer el cabello. El hermano Alonso había muerto —muerto vergonzosamente—, y Alonso Manrique volvía a vivir.

Tenía miedo de su primer encuentro con su madre, pero Isabel se había preparado cuidadosamente para recibirlo y no le demostró ni dolor por el pasado ni preocupación por el porvenir. Su padre no podía estar más contento, y hubiera confesado sin ambages que la muerte de un cura plebeyo y bien cebado no era precio excesivo con que pagar la libertad de su hijo y su retorno de fraile a caballero. En cuanto a Suárez, no cabía en sí de gozo, y sin andarse con rodeos, declaró a su joven amo:

—No nacisteis para chupa-lámparas.

Aunque con palabras distintas, tal fue precisamente el comentario que hizo el padre Guzmán:

—No te llevaba Dios por ese camino; pero se le puede servir lo mismo en todos los caminos de la vida, y no te faltarán ocasiones de hacerlo en las Indias.

Alonso veía cosas y gentes con ojos nuevos. Antaño había sido Torremala el mundo entero para él. Ahora ya no era más que un rincón del mundo. El puerto tranquilo de serenidad, autoridad y propiedad en que había vivido hasta que salió de aventuras en busca del camino de perfección, se le volvía ahora remanso artificial del río poderoso y temible de la vida. Se había adentrado en aquel río profundo y temible antes de saber que existía, y la corriente le había arrojado con violencia otra vez al remanso pero sólo por breve tiempo. Pronto tendría que volver a partir y era menester prepararse. Esta vez se lanzaría a la corriente sabiendo que no hay descanso en sus aguas para los hombres.

Con la sentencia del cardenal no se podía jugar. Ya había pasado una semana y el único barco posible era una carabela que iba a salir de Palos a los quince días. No había tiempo que perder. Alonso se iba a llevar una yegua, pues se tenía recomendado por la Corona a los españoles que iban a las Indias y que tenían medios para llevar montura, que llevasen yeguas por ser allá más necesarias que los machos. Al fin todo se halló dispuesto y don Rodrigo hizo venir a Alonso a su estancia. Sobre la mesa vio Alonso una hilera de montoncitos de monedas de oro y una bolsa de cuero rojo vacía.

—Aquí tienes cien ducados para tus primeros gastos en las Indias. —Alonso se puso tan encarnado como la bolsa. El oro le hacía ruborizarse todavía:— Mételos en esa bolsa.

Tiempo hubo en que Alonso no hubiera podido obedecer, pero ya venciendo su honda repugnancia a tocar las monedas del obsceno metal, fue haciéndolas desaparecer en la bolsa. Su padre le dio también cartas para Hernán Cortés y para Miguel de Passamonte, tesorero real en Santo Domingo.

Alonso atrevió lo más que pudo su última entrevista con su

madre. El río de la vida, tal y como lo iba conociendo, era demasiado repugnante para conversar con su madre sobre las inmundicias que sus aguas arrastraban. También para con el padre Guzmán sentía Alonso nueva reserva. Al igual que su madre, el prior había cesado de ser su consejero confidencial. Alonso pensaba, no sin cierta petulancia juvenil, que ambos pertenecían al mundo limitado de su infancia y de su juventud. Solicitó la bendición de ambos, pero sentía impaciencia por alejarse de ellos.

Un domingo por la mañana, al rayar el alba, salió de Torremala con su padre. Detrás de ellos cabalgaba Suárez con un mozo a cargo de las acémilas. Cuando llegó a lo alto del cerro, volvió la vista para echar una última ojeada al valle natal, como lo había hecho su abuelo el rabino. Pero en contra de lo que esperaba, no sintió la menor emoción. Sus ojos lo veían con la frialdad de todos los días, y sin saber qué decir, con indiferencia, dijo a su padre:

—Hoy va a hacer calor.

A los pocos días decía adiós con el pañuelo a su padre y a Suárez, que, desde la orilla, al parecer serenos, ocultaban su emoción al ver la carabela deslizarse suavemente río abajo hacia el mar. Alonso seguía en su humor frío, casi indiferente, y no le tembló ni una pestaña cuando el puerto, en que su padre quedaba viéndolo marchar, se esfumó en lo gris de la lejanía. Horas y horas siguió navegando río abajo; pasó a lo largo de la Isla de Salles y llegó al fin a la mar, la mar que no había visto nunca. Se disolvió la costa en el horizonte. No quedaba más que la mar. Norte, sur, este y oeste, nada más que mar. Era tan evidente, y sin embargo tan incomprensible. "Nada más que mar"—se repetía, como atontado por la inmensidad líquida sobre la que flotaba. Y de lo hondo de la memoria surgió en su imaginación aquel refrán que su madre solía cantar:

¡Ay, mira que el amor es una mar muy ancha!

Libro II

LOS DIOSES SANGUINARIOS

Capítulo I

ALONSO MANRIQUE DESCUBRE EL NUEVO MUNDO

1

A los pocos días de navegar ya se había acostumbrado Alonso al movimiento pendular de la carabela que hacía crujir el maderamen con regularidad de reloj, y a la vibración de los tres mástiles cuando algún golpe de mar venía a descargar sobre el costado, y a los quejidos estridentes de las cuerdas distendidas por sus constantes esfuerzos, ruidos todos que prestaban a la carabela una personalidad casi humana. Aunque Alonso disfrutaba de una cabina especial en el castillo de popa, no le era posible evitar aspirar el aire espeso y nauseabundo que subía de la bodega, con sus olores de cocina, cuadra, excusado, hospital, lavadero y puerto de pesca, sobre cuya mezcla pestilente pasaba como una bendición de Dios el viento limpio y estimulante que, cargado de sal, soplaba de la mar.

Al anochecer, los marineros cantaban la Salve, según añeja tradición de la gente de mar. Era un momento que le conmovía siempre. Se transfiguraban los rostros, aun de los peores bellacos de a bordo, en aquella hora augusta, que les daba una luz y como una tensión austera, elevándolos sobre lo que en sí eran y expresaban. Alonso, que con los demás pasajeros se unía al coro de la tripulación, se quedaba horas enteras purificado por aquella emoción, y en la noche, mecido con más o menos violencia por el mar, meditaba sobre la vida de los navegantes, dándose cuenta de cómo aquella cáscara de nuez que los sostenía sobre el abismo estaba en la mano de Dios. Muchas veces en textos religiosos y en imágenes sagradas se había encontrado con aquella idea, que Dios tiene al mundo en Su mano. Ahora se daba cuenta de que era un hecho, pues cada vez que la carabela se hundía en el vacío era como si el Señor súbitamente retirase la mano para hacerles sentir a todos que sin Él caerían instantáneamente en el abismo.

Este pensamiento le llevaba a meditar sobre las Indias. Había oído muchas veces a los frailes del monasterio discutir sobre el derecho de los españoles a conquistar el Nuevo Mundo. Para el padre Guzmán el problema no podía ser más claro: los españoles no podían justificar su presencia en las Indias más que como portadores del Evangelio. Alonso veía ahora bien claro que era la mano del Señor la que llevaba sus carabelas sobre el mar. Y sin embargo, pensaba, sólo él sabía ya de tres personas que un pueblo tan pequeño como Torremala había mandado a las Indias, no para predicar el Evangelio, sino al contrario, para deshacerse de ellas por no ser grata su presencia en el país. Amargo pensamiento para un alma seria.

Una hermosa mañana de enero de 1514, la grácil carabela se adentró en tierra por el río Ozama y fondeó en Santo Domingo. Sus ojos se gozaban en aquellos espectáculos nuevos para él: los árboles altos y esbeltos, la multitud de indios y de negros entretejiendo movimientos y trabajos en el muelle activo, los colores fuertes y la luz límpida que lavaba y bañaba todo con nueva vida. La ciudad en sí no le era tan extraña; se parecía a los pueblos andaluces que ya conocía, con sus casas blancas y cúbicas entre jardines de naranjos y limoneros. Era nueva, pues el último gobernador, Ovando, había trasladado a aquella orilla la que Bartolomé Colón había fundado en los primeros días del descubrimiento al otro lado del río.

Un anciano, derecho como un huso, de prestancia digna y, al parecer, universalmente respetado, atrajo al punto la atención del recién llegado. Alonso se acercó a él.

—Señor —le preguntó—, ¿podría vuestra merced indicarme la morada del tesorero del rey, Miguel de Passamonte, para quien traigo esta carta?

El anciano, sonriendo, contestó:

—Dad acá el papel y no perderéis tiempo... Yo soy el tesorero.

Iba vestido de negro, a pesar del calor, y llevaba al cuello pesada cadena de oro. Tocaba su cabeza blanca con un bonete de terciopelo negro que le hacía sudar profusamente. Rompió el sello de la carta y leyó su contenido. Alonso aguardaba.

—Señor don Alonso, bienvenido. Seréis mi huésped. Mis gentes se ocuparán de la yegua y del equipaje.

2

Passamonte vivía en la calle Real, en una de las casas de piedra que el gobernador Ovando había hecho construir, a fin, según escribía a los Reyes, "de ennoblecer la ciudad". Era una casa fresca y espaciosa, saturada del olor de las maderas aromáticas que cubrían sus paredes. En el jardín relucían naranjas y limones sobre el fondo verde del follaje. El tesorero dio al joven recién llegado unas indicaciones sobre la situación. Dos eran los imanes que atraían a los españoles en cuanto desembarcaban de Castilla, llevándoselos a otras tierras: el oro y la conquista. Pero para él, el mejor consejo que podía darse a un recién llegado era que se quedara y cultivara la tierra.

—Bien sé yo —añadió— que no nacieron los visigodos para manejar el azadón o el arado. Pero aquí, gracias a Dios, no faltan indios que trabajen. Os daremos tierra y os daremos indios. No os pedimos más que dotes de mando, perseverancia y buena conducta. Habréis de firmar que os quedaréis cinco años. Y no os pedimos más.

—¿Quedarme cinco años? —dijo Alonso—. No entiendo eso.

—Viene a ser una promesa de no salir de aquí para irse a conquistar islas y tierras firmes en lo menos cinco años.

El joven guardaba silencio.

—Sin duda pensáis en el oro —observó Passamonte, ya acostumbrado a aquella decepción.

Alonso se sonrió enigmáticamente.

—No. No tengo intención de buscar oro... Ni me interesa.

El tesorero le miró asombrado. Le costaba trabajo creerle. Pero Alonso proseguía:

—Estaba dudando si la granjería y el ganado y la tierra...

No terminó la frase, pero el tesorero era buen entendedor.

—No esperaba yo menos de un Manrique. Pero en fin, si preferís la guerra, no os faltará dónde escoger: la Isla de San Juan (quería decir Puerto Rico) anda todavía muy alzada, y en este momento está en marcha la conquista de Cuba. —A Alonso le brillaron los ojos.— Pero —añadió Passamonte—, a decir verdad, no creo que los españoles ganen en estas guerras laureles comparables con los que ganaron sus antepasados con los moros. Estos isleños no valen gran cosa para la guerra, ni tampoco tienen armas que puedan oponerse a las nuestras. Allá vos. Yo en vuestro lugar me quedaría primero con unas granjerías; de este modo tendría tiempo para acostumbrarme al país en espera de alguna guerra de verdad que añadiera lustre a mi blasón.

Una muchacha india, vestida con una especie de camisa de algodón, con el pelo negro suelto hasta la cintura, se deslizó sin ruido en la sala, posando el pie descalzo sobre la madera lisa. Traía una bandeja con naranjada y limonada. Alonso la miró con curiosidad, por ser cosa tan nueva para él, pero Passamonte, solterón que tenía fama de no haber conocido nunca a mujer alguna, observó la mirada de su huésped y la interpretó de través.

—Otra maldición de esta isla —apuntó intencionalmente en cuanto hubo salido la muchacha— es la facilidad excesiva para procurarse mujeres. Muchos españoles pierden así todo el vigor que traían y no pocos caen enfermos de las bubas.

Alonso guardaba silencio, pensando: "Si ahora le digo que no me tientan las mujeres, después de haberle dicho que no me tienta el oro, me tomará por un farsante o por un embustero."

Entretanto Passamonte creyó haber descubierto al fin el punto flaco de Alonso.

—Mis años me dan derecho a aconsejaros, señor don Alonso Manrique. Guardaos de las mujeres, como yo he hecho toda mi vida.

Para cambiar de conversación, preguntó Alonso si Hernán Cortés estaba en Santo Domingo. Passamonte le clavó una mirada desconfiada. Era, pues, cierto que había adivinado el flaco de Alonso. Cortés tenía fama de ser el hombre más mujeriego de las Indias.

—No. No está en la villa, ni siquiera en la isla. Anda con Diego Velázquez, en la conquista de Cuba. ¿Lo conocéis?

Alonso explicó que traía cartas para él.

—Es buen granjero, uno de los mejores. ¡Pero en lo de las mujeres!...

El viejo meneó la cabeza.

3

Alonso pasó unas semanas como huésped del tesorero. Passamonte había puesto a su disposición un indio para que le sirviera de criado personal y de mozo de caballos y a una india vieja como ama de llaves, cocinera y lavandera. El viejo tesorero daba por seguro que el joven Manrique le presentaría alguna queja u observación sobre la edad y la fealdad de la india, y le intrigó no poco el silencio de Alonso sobre el particular. "¿Qué clase de pájaro será éste?", se preguntaba.

Entretanto Alonso iba explorando las cercanías de Santo Domingo y familiarizándose con los hombres y la naturaleza. Su espíritu juvenil, generoso y deseoso del bien, sufría numerosas decepciones al darse cuenta de la terrible distancia que separaba los hechos que en Santo Domingo observaba de los principios que había oído discutir en el monasterio. Le atraía la acción, y parecía obedecer de hecho a la regla que sólo la acción es capaz de enderezar lo que la acción ha torcido. El tesorero le dio un pueblo con toda su gente. Alonso Manrique comenzó su vida de granjero.

Al principio pasó por una fase jubilosa de esfuerzo creador, en la cima de la autoridad y del poder sobre una mancomunidad de un millar de almas. Los indios le habían construido una casa provisional de rollizos de madera y hojas de palma, sobre un cerrillo que dominaba la aldea. Un día se presentó en la casa el viejo cacique Marionex para enseñarle el lugar del río donde había oro y podía lavarse —no sin trabajo— sacándolo de las arenas y guijarros en ciertos agujeros y remansos. Pero contra lo que temía y suponía el cacique, Alonso no se dispuso al instante a organizar las cuadrillas de trabajadores que en otras granjerías solían consumir horas enteras lavando arenas bajo el sol del trópico; sino que explicó a Marionex que si alguien encontraba oro, podía quedarse con él después de abonar el quinto para el rey y el quinto para el dueño. Cuando los indios se enteraron de aquella respuesta, comenzaron a sospechar que el amo no estaba en su juicio cabal; pero les esperaba una sorpresa todavía mayor. La experiencia había enseñado a los indígenas que era prudente ofrecer a los españoles algunas mujeres antes que ellos se las tomasen a su capricho. A los caciques no les era nunca difícil encontrar mujeres para los españoles, que ellas solían preferir a sus indolentes varones, aun cuando no tuviesen la gallardía y belleza del joven Manrique. Pero cuando Marionex llegó a casa del amo con su ramillete de jóvenes indias, Alonso las rechazó.

Al día siguiente, el viejo cacique se presentó en casa de Alonso con un puñado de jóvenes indios cuidadosamente lavados y pintados y peinados, para ofrecérselos a Alonso en vista de que no le agradaban las mujeres. Y al fin pudo descubrir Marionex que los ojos de Alonso brillaban a veces con fuegos de cólera. Enrojeció de rubor y de ira, le ardió la mirada y arrojó sobre el inocente Marionex una catarata de insultos afortunadamente en castellano. Huyeron despavoridos el cacique y sus miñones, sin saber a qué carta quedarse sobre aquel extraño español, y Alonso, a medida que se iba calmando, se iba asombrando más de la presión con que había salido de la boca en su ira el vocabulario más obsceno de Antonio. No sentía vergüenza ni humillación, sino tan sólo sorpresa. "¿Dónde andará?", se preguntó, dedicando un recuerdo al compañero de su juventud.

A partir de aquel día, fue conquistando gradualmente el joven granjero el respeto y el afecto de sus indios, salvo un corto número de Pompadours y de Antínoos que no le perdonaban la humillación de su desdén. Alonso se hizo construir una casa de dos pisos, de piedra y madera; plantó campos de algodón, maíz y otras ricas cosechas y compró vacas, carneros y cerdos. El tiempo fue así pasando en paz y gracia de Dios, o al menos así lo creía él. Sus vecinos estaban muy descontentos. Les estaba estropeando el oficio de granjero. Los indios de Alonso Manrique vivían como ninguno de los demás. Los indios de sus vecinos trabajaban más y comían menos. En la capilla de su hacienda se decía misa los domingos, y él en persona, según lo requerían las leyes de repartimiento, dedicaba una hora todos los días a la instrucción cristiana de sus indios. Pero aunque en esto sólo se limitaba a cumplir la ley, era Alonso Manrique uno de los cinco o seis propietarios de la isla que tomaban en serio y cumplían al pie de la letra aquella obligación.

Poco a poco fueron llegando quejas a Santo Domingo. En particular, convergían estas quejas en el paciente Passamonte. Alonso maltrataba a sus indios y era una especie de sultán ante quien no había mujer segura. Las despechadas Pompadours habían entrado de lleno en la conspiración. Todas habían tenido aventuras con granjeros de los alrededores, con lo cual había algunas embarazadas para aportar prueba documental a las calumnias contra Alonso Manrique. La vida suele entretejer diseños parejos en torno a las mismas personas. Esta vez Alonso, todavía casto, tuvo que habérselas no con una sino con varias Martas indígenas, de quienes no sabía nada. Passamonte, que era hombre sedentario, siguió cómodamente instalado en su casa de Santo Domingo y llegó a la conclusión de que el joven Alonso era un hipócrita que le había engañado con su simulada indiferencia para con las mujeres. Tal era su estado de ánimo cuando llegó a sus manos una carta de España, contestación a otra suya en que pedía informes sobre Alonso Manrique. "Por aquí se dice que la causa de su marcha bastante repentina a las Indias fue una historia poco airosa que le ocurrió cuando estudiaba para las Santas Órdenes, en Toledo. Parece que allí dio muerte a un sacerdote —hay quien dice que era maestro suyo en el seminario— cuando descubrió que compartían ambos los favores de la misma mujer."

Reciente todavía esta carta en el ánimo del tesorero, llegó Alonso a Santo Domingo y fue a visitarle. Se encontró a Passamonte muy cambiado. Antaño cordial y afectuoso, le recibió esta vez con fría severidad.

—Me han dicho que en vuestra estancia sólo se dice misa los domingos y no todos los días, como el buen cristiano está obligado a oírla.

Alonso no se esperaba aquel ataque.

—Señor tesorero, yo me dedico en persona todos los días a la instrucción cristiana de mis indios. La misa diaria es una devoción, pero no una obligación.

Passamonte frunció el entrecejo.

—Una devoción muy santa y muy necesaria, generalmente acatada en esta isla.

Alonso oyó estas palabras con amargura.

—Señor —repitió con alguna petulancia—, en Santa Isabel se paga bien a los hombres y se respeta a las mujeres.

Passamonte le miró asombrado. ¿Se burlaría de él aquel joven libertino?

—Se respeta a las mujeres... ¿Quién las respeta? Según se me informa, lo que pasa es todo lo contrario. Y si... respetáis a las mujeres en vuestra hacienda, mucho habréis cambiado desde vuestros días de Toledo.

Alonso se ruborizó y le relampaguearon los ojos. No pudo explicar los hechos. Se lo impedía el ardor mismo de su furia contra el mundo insensato que le rodeaba y le acosaba, y con altivez y vehemencia contestó:

—Señor tesorero, vuestra merced me ha insultado, y ya que prefiere esas bajas calumnias a la palabra de un caballero, no me queda nada más que hacer aquí.

Dijo, y salió de la estancia del hombre más poderoso de la isla.

4

Cuando llegó a Santa Isabel se encontró con un forastero que aguardaba su regreso, sentado tranquilamente sobre una mecedora al fresco, en el atrio, con el aire de quien está en su casa. Alonso lo observó con curiosidad, mientras se acercaba a caballo por la avenida de palmeras y de pinos que llevaba a su puerta principal. Era un hombre como de hasta cincuenta años, de pelo gris, tez amarillenta y pocas carnes, los ojos hundidos bajo las cejas y el cuello descarnado, dejando ver tendones y huesos como en una anatomía.

—¡Alonso!

Al instante reconoció la voz, aunque ronca y quebrada.

—¡Antonio! —Y ni el gesto ni la voz pudieron ocultar, antes bien, expresaban, la emoción de ver tan envejecido a su antiguo compañero.

—Sí, ya sé. Veinte años más en veinte meses, ¿eh? Malditas mujeres. Cuidado con ellas, Alonso. Llevan en el cuerpo una peste del demonio. Le llaman bubas. Ya lo habrás oído decir. Dios te guarde de ellas.

Entraron juntos en la casa y Alonso le ofreció su hospitalidad:

—Todo el tiempo que quieras.

XIII. El mono de acuerdo con el arte decorativo azteca.
Estampas planas halladas en Chiapas, Veracruz y el valle de Méjico.

Antonio se sonrió descubriendo una hilera asaz dilapidada de dientes negros.

—Toda la vida, amiguito. No tengo un maravedí en la bolsa ni una gota de sangre en las venas. Ni ando, ni cabalgo, ni llevo armas, ni como, ni bebo, ni... lo demás. Esto es una sombra y no un hombre. ¿Tienes árboles de guayacán? Es lo mejor para las bubas.

En los largos atardeceres, sentados al fresco, Antonio contaba a Alonso sus aventuras, casi todas en el campo femenil, y cómo le habían malherido en las batallas de Venus. También le dio noticias de Vicente Esquivel, que había estado unos cuantos años al servicio de Hernán Cortés y se hallaba a la sazón en Cuba con Diego Velázquez. El ex paje de Cristóbal Colón dejaba caer una mirada melancólica sobre su cuerpo, aquella piltrafa temblorosa que le impedía tomar parte en combates y conquistas.

—Malditas mujeres... También está la isla de San Juan... —Parecía perseguir un hilo soterraño de pensamiento.— Allá sí que se lucha de veras. Aquí también de cuando en cuando hay algo que hacer, pero nada que satisfaga a un hombre joven y sano como tú.

—¿Pero qué hay que hacer aquí? —preguntó Alonso.

—Ya lo verás cualquier día. De cuando en cuando desembarcan unos caribes Dios sabe de dónde. Son gente que comen carne humana y tiran flechas envenenadas. Muy simpáticos.

—¿Y para qué vienen?

—¡Toma!, a buscar carne. Se llevan a los muchachos y los capan para engordarlos. Se acuestan con las mujeres y se comen a los hijos. A los hombres ya hechos, los matan, pero no se los comen. Demasiado duros, quizá...

—No creo que lleguen hasta aquí —observó Alonso.

—No. Hasta aquí no. Pero no eres tú quién para dejar sin apoyo a tus vecinos de la costa. Aparte de que ya tendrás comezón de echar mano a la lanza y a la espada. Y eso que tus vecinos no te tienen mucho cariño, según me han dicho. Es menester que arregles eso.

—¿Arreglar qué? Si ni siquiera me han visto ni yo a ellos.

—Pero te han sentido... ¿Tienes tabaco? —preguntó Antonio de repente.

Alonso se quedó asombrado.

—Pero... ¿te has dejado vencer por ese vicio como cualquier indio indecente?

Antonio enseñó otra vez los dientes negros y desiguales con cínica sonrisa de satisfacción.

—Pues sí, señor. El único vicio que me queda. Anda, di que me traigan unas hojas.

Alonso llamó a un criado:

—Trae unas hojas de tabaco para este señor y arróllaselas bien.

—¡Ah, sí! Decíamos que los vecinos. Pues verás, en primer lugar estás viciando a estos perros indios.

—Pero... —Alonso no encontraba ni palabras para expresar su

246

indignación, y mientras tartamudeaba, le interrumpió Antonio, continuando:

—Mira, Alonso; déjate de sandeces. Son un hato de perros, todos ellos. Demasiado lo sabes tú. Sodomitas, embusteros, perezosos; eso, lo que es perezosos... Y las mujeres, todas putas.

—Eso lo son las mujeres en todas partes, según tú —observó Alonso.

Pero Antonio dio de lado al argumento con la palma de la mano.

—Hay zorras y zorras, hombre. Tienes que vivir en este mundo y no en sueños. Haz que trabajen para ti estos perros. Tratarlos bien, eso sí. Además, yo no estoy de acuerdo con sus intrigas...

—Intrigas, ¿de quién? —preguntó Alonso, que no comprendía bien las vueltas y revueltas del pensamiento de su amigo.

—Quiero decir estos estancieros que están cerca de ti. Ese Eguilaz, el Vizcaíno... Me lo sé de memoria. No es mala persona. Pero te tiene una rabia terrible, porque es un avaro que no paga a sus indios más que la comida, y aun eso, poca y mala. Y ése es el que va por ahí contando tus cosas con las chicas esas...

—¿Qué chicas?

Antonio se rió de buen humor.

—Bueno, mira, yo no he de ser quien te lo eche en cara. No eres fraile, gracias a Dios. Y a las chicas, parece que les gusta, a juzgar por lo ufanas que van por ahí enseñando las barrigas... ¡Esta vez no podrás echarme a mí la culpa!

—Pero ¿qué estás diciendo? —preguntó Alonso irritado—. Yo no he tocado a una sola india, para que lo sepas... Ni a ninguna otra mujer en mi vida tampoco. Mis razones tengo para ello, y son mías, no tuyas.

Antonio se quedó asombrado y confundido.

—Mira, Alonso, eso no puede ser. Por el honor de tu nombre no puede ser. Si vas a tratar a los indios como si fueran cristianos, y encima no te acuestas con las indias, ¿quién va a saber que eres un hombre?

A Alonso se le agolpaba en el corazón, en el cerebro y hasta en la boca un torrente de emociones, argumentos y palabras. Ya iba a hablar cuando un súbito dique se interpuso entre él y su compañero, y volvió a recaer en silencio. ¿Para qué explicar? El mundo era un lugar imposible que no merecía más que desprecio y silencio.

—Toma —dijo con frialdad, ofreciendo a Antonio el tabaco arrollado que acababa de entregarle el criado indio—. Date al único vicio que te queda, y que te aproveche.

5

Pocos días después estaban sentados en sendas mecedoras ante la puerta; a la sombra de un cobertizo. Súbitamente vieron aparecer un jinete a la vuelta de la avenida que hacia ellos conducía, y seguir galopando hacia la casa.

—¡Anda! —exclamó Antonio—. Si es la yegua de Eguilaz... y su negro también.

El negro tiró de las riendas, paró el caballo, jadeante como un forja, todo brillante de sudor, se apeó de un salto, y dijo:

—Amo me manda aprisa. Hay caribes. Son muchos. Pide ayuda.

Alonso echó una mirada a Antonio, que no se había movido de su mecedora.

—¿Quieres quedarte encargado de Santa Isabel mientras voy? —le preguntó.

—Pues claro. Los caribes no van a venir tan lejos...

Alonso le dio unas cuantas explicaciones e instrucciones, mandó que le trajeran un caballo y sus armas y salió al galope con el negro de Eguilaz.

Al galope siguieron largo tiempo hasta que llegaron a la hacienda en peligro. Los indios de la isla habían huido en cuanto vieron llegar las canoas de los caníbales, y Eguilaz estaba defendiéndose bravamente con un mayordomo español y un puñado de esclavos negros, frente a un enjambre de salvajes terribles, pintados de negro, encarnado y blanco, en diseños tan complicados que, aunque estaban desnudos, parecían llevar trajes ajustados a la piel como atletas de circo que fuesen a la vez payasos, pero payasos furibundos y trágicos que aullaban y lanzaban a los sitiados rociadas de flechas envenenadas. Con el ruido y la furia que ponían en el combate no se dieron cuenta al principio de la llegada de los refuerzos. Alonso se entró al galope por entre aquella abigarrada multitud, sin prestar atención a los consejos de prudencia que le gritaba el negro, y agarrando a un caribe por el mechón de pelo que llevaba en la coronilla como punta de casco, lo alzó en vilo, dejándolo caer con todo su peso a los pies del caballo del negro. Eguilaz, el mayordomo y los negros se quedaron atónitos ante la hazaña. Alonso la repitió una, dos y tres veces. Los hombres que iba tirando al suelo perecían pronto o quedaban mal heridos a golpes de una matraca de madera y hierro que manejaba el negro a caballo. Los sitiados se rehicieron, salieron de súbito y cayeron sobre los sitiadores, matando o hiriendo a unos cuantos de los más cercanos. Entretanto, el capitán de los invasores, que llevaba una mecha de pelo doble de alta que las de los demás, dándose cuenta de la situación, se dispuso a atacar al nuevo enemigo, y de un salto de tigre echó el brazo izquierdo a la cintura de Alonso, mientras con el derecho trataba de acuchillar al caballo con un formidable machete de hueso de pez. Alonso vio el peligro a tiempo, evitó la

248

cuchillada con rápido movimiento del caballo, y de un poderoso golpe de espada desarmó a su feroz enemigo. Pero al hacerlo, se desarmó a sí mismo, pues la espada cayó al suelo. El cacique trató de soltarse para apoderarse del inestimable trofeo, pero Alonso le agarró el pescuezo con garra férrea, apretándoselo contra el muslo, y el indio, retornando a la naturaleza de la que tan poco se había apartado, hincó dos hileras de afilados dientes en la pierna de su apresador. La furia y el dolor le hicieron a Alonso apretar todavía más la cabeza del indio, que a su vez hincaba cada vez más los dientes en el muslo del español. Alonso metió espuelas al caballo, que arrancó como una fiera llevándose al galope al extraño grupo, Alonso a caballo, apretando contra sí la cabeza del indio que colgaba al flanco, violentamente balanceado en el aire al ritmo loco de la galopada. Desaparecido el cacique huyeron sus guerreros y terminó el combate en la hacienda de Eguilaz, que saltando sobre su caballo, salió también al galope al socorro de su valiente aliado.

Pero Alonso llevaba una idea. Iba derecho hacia el río, y antes de que el caribe se diera cuenta de lo que ocurría, había metido el caballo en el agua, donde el animal temblaba de alivio y de placer, y seguía oprimiendo la cabeza del enemigo contra el muslo, pero ya bajo la corriente del agua fresca que le iba calmando la herida y gradualmente privaba de resuello y vigor al indio, que terminó por caer sin vida en el lecho arenoso.

Se oyó un galope y Alonso miró a la orilla.

—Por el Señor Santiago —exclamó Eguilaz con sonrisa de admiración—. Señor don Alonso Manrique, es vuestra merced todo un hombre.

6

Alonso se volvió a casa a poco bajo el sol ardiente. Se había negado a aceptar una comida y hasta una siesta o el menor descanso en casa de su vecino agradecido y quizá comido de remordimientos. Anhelaba estar solo a fin de darse cuenta exacta de lo que ocurría. Los árboles, las flores, los colibríes y los loros tenían suerte. No tenían nada que hacer más que ser. Pero los hombres... Los hombres no sabían nunca lo que les pasaba ni lo que hacían ni por qué lo hacían. ¿Por qué él, Alonso Manrique, se había jugado la vida para ir a socorrer a Eguilaz, que maltrataba a sus indios y le estaba robando la honra y la fama? ¿Por qué? De todas las explicaciones, la más cristiana, ayudar al necesitado por amor al prójimo, era la que menos servía. No. Estaba seguro de que su impulso más fuerte al salir al galope de Santa Isabel no le había venido del mundo blando de su madre, ni siquiera del mundo blando y duro del prior, sino del mundo duro de su padre y de Antonio, de aquel mundo duro en el que los hombres eran unos bellacos y las mujeres eran todas... El caso es que aquella corta escena en el atrio de la casa de Eguilaz había sido sin duda el momento más feliz de su vida.

¿Cuántos guerreros visigodos, cuántos jinetes árabes de las largas venidas del pasado de su raza se habían recreado en aquel combate, al sentir otra vez en sus seres, dormidos durante tanto tiempo, la onda de la vida? Y mientras cabalgaba hacia Santa Isabel al paso espacioso de su caballo, a pesar del dolor intenso que le causaba la herida del muslo, Alonso se iba hundiendo en aquellos ámbitos de goce íntimo en que oscuramente sentía su vida prolongarse hasta pasados ignotos tras el horizonte de su propio nacimiento. "¡Bien lo hemos pasado!", se decía a sí mismo. Y aquel plural, "hemos", iba dirigido a toda la legión de seres que en su ser se recreaban.

Era tarde y no había probado bocado desde el desayuno. Sentía cansancio y hambre, y la herida necesitaba pronta atención. Y sin embargo, avanzaba sin prisa. Algo en él se resistía a volver a casa. Había cambiado el humor. No era que le estorbase Antonio. Lo que le repelía en la casa no era precisamente la falta de soledad. Era más bien la rutina de los quehaceres diarios que aquella casa implicaba. Siempre lo mismo. ¿Por qué le abrumaba ahora aquella idea? En Santa Isabel, iba todo bien. Todo el mundo estaba contento. Las cosechas eran buenas. Pronto sería rico. Estaban a llegar de Castilla más vacas y más ovejas. ¿Por qué sentía aquella aversión súbita hacia la estancia que había creado y que iba creciendo con tanta felicidad?

Antonio le recibió anhelando oír de sus labios todo lo ocurrido. Pero Alonso le hizo esperar. Se echó sobre una hamaca y mandó llamar al curandero, disponiendo además que se diera al caballo pienso y descanso. El curandero era un indio viejo de sonrisa bondadosa y ademanes suaves. La hondura y forma de la herida le asombraron. Sin perder tiempo, extrajo de un saco muy complicado, en cuyo interior se abrían otros sacos pequeños de diferentes colores, unas yerbas que masticó en la boca hasta formar una especie de cataplasma fría que colocó sobre la herida y aconsejó al herido que no saliera nunca a la intemperie durante un año en noches de luna llena, pues todo el mundo sabía que la luna llena era enemiga mortal de las heridas producidas por dientes humanos.

En cuanto se marchó el curandero, Alonso se sentó a comer con apetito devorador y se puso a contarle a Antonio mientras comía las peripecias de aquel día fatídico. Cuando al fin llegó a la escena con Eguilaz al borde del río, Antonio exclamó con gran satisfacción:

—¡Cuánto me alegro! Para que aprendan. Ahora que valdría más que te dejases de tonterías en eso de la castidad.

Alonso se sonrió.

—Vamos, lo que tú quieres es verme con bubas, como tú.

Antonio le devolvió la sonrisa con harta melancolía.

De repente, a boca de jarro, preguntó Alonso:

—¿Te gustaría quedarte aquí encargado de todo esto?

Antonio le miró asombrado:

—¡Cómo... como encargado...! ¿A tus órdenes?

—No. Supónte que yo me fuera, para mucho tiempo...

Antonio le miró fijamente durante unos instantes, y luego exclamó:

—¡Ah! Has probado sangre. Al fin y al cabo, perro de buena raza. Tú no eres perro de pastor.

7

Alonso no pensaba más que en su nuevo anhelo: evadirse hacia el oeste. Una mañana de aquel otoño mientras cabalgaba por la hacienda con Antonio al paso calmoso que su compañero podía permitirse, vio avanzar hacia ellos un jinete forastero.

—Dios sea con vuestras mercedes —dijo el desconocido—. Supongo sea vuestra merced mi señor don Alonso Manrique, para quien traigo un recado de sus amigos de Santo Domingo.

Regresaron juntos a la casa, donde el mensajero explicó que era un caballero de Santo Domingo cuyo hermano se había hecho a la vela en la primavera para explorar la costa de tierra firme con cuarenta hombres y una carabela y no había vuelto todavía. El forastero venía a proponer a Alonso —de cuyo valor y dotes de mando hablaba todo el mundo tan bien— que se encargara de un barco de socorro que se estaba armando en la ciudad. La empresa podría ser además fructuosa, pues se trataba de unas tierras rodeadas de pesquerías de perlas. No hacía falta aportar dinero, pero si deseaba entrar a parte de gastos, también entraría en los provechos.

Al día siguiente, Alonso se puso en camino para Santo Domingo, y en menos de una semana quedaba convenido el contrato y escrito en verbosos pliegos de estilo leguleyo en las oficinas del tesorero real. Alonso sería capitán de la expedición y aportaría la mitad del capital, incluso cien tocinos de sus granjas y grandes cantidades de pan casabe. Le encantaba su carabela, la *Santa Cruz*, y ya se la sabía de memoria hasta en sus menores recovecos. Escogió a la gente con gran cuidado, se llevó tres caballos, por no haber sitio para más, y lo que más trabajo le costó fue hallar un buen piloto, pues había pocos y gran demanda.

Cuando todo estaba listo, volvió a Santa Isabel para dar a Antonio sus últimas instrucciones. Insistió cerca de su amigo y apoderado en que tratase bien a los indios, dándoles buen salario, y dejándoles tiempo bastante para que cultivaran sus propias parcelas; y sobre todo le encargó que se les diera educación cristiana todos los días.

—¿Quién se la va a dar? —preguntó Antonio—. Ya sabes que yo no he estudiado en un seminario.

Alonso se rindió ante aquella objeción.

—Pero algo habrá que hacer. Díselo al cura que venga de Santa María, y si no, buscas otra cosa. Si no vuelvo y terminas por perder la esperanza de volverme a ver, abres el pliego sellado que hay en la caja fuerte y escribes a mis padres.

Cabalgaron juntos hasta la linde de la hacienda, donde se separaron. Antonio retornó a la cómoda casa, saturada del aroma de las maderas tropicales y se sentó a beberse un vaso de naranjada, observando el respeto especial con que le miraban y rodeaban los indios del servicio de la casa, que se daban cuenta de que durante mucho tiempo, quizá para siempre, era aquél el amo.

8

Una mañana, a fines de setiembre de 1516, la *Santa Cruz* zarpó de la bahía de Santo Domingo. El plan de Alonso consistía en navegar a lo largo de la costa sur de la isla, pasando entre Jamaica y Cuba, siguiendo un rumbo al oeste a lo largo del grado 20 hasta topar con tierra, y luego seguir la costa de aquella tierra que suponía sería tierra firme, hasta dar con la expedición perdida. El piloto le había asegurado que era lo más seguro para aquella época del año.

La primera fase de la travesía fue deliciosa. El tiempo era espléndido y el mar derrochaba todos sus encantos, brillante, sedoso, sinuoso y sensual como una serpiente de dos dimensiones; la vida se deslizaba sobre sí misma sin anhelo ni nostalgias. No pasaba nada. No faltaba nada. Alonso vivía en un estado de perenne felicidad y todas sus dudas y preguntas sobre la vida se las había disuelto en el verde transparente del agua la mano ligera y vacía del tiempo. Pero a medida que el piloto se iba acercando a la punta occidental de Cuba, aquel humor de ocio y de encanto pasó de buen tiempo a variable y de variable a borrascoso. De cuando en cuando, una ráfaga de viento caliente batía la carabela desviándola violentamente o lanzándola hacia adelante. El cielo se oscureció tomando tonos metálicos de mal agüero, y finalmente se abatió sobre la grácil y frágil embarcación una furiosa tempestad de viento y lluvia que la entregó como juguete a los aires y las aguas.

No quedaba más remedio que dejarse ir a la borrasca. Sobre cubierta, empapado en agua de mar y de cielo, gritaba el piloto a Alonso:

—Señor capitán, mi único consuelo es que no hay nada al norte y éste es viento sur.

Así fueron corriendo hacia el norte a palo seco una distancia que no podían calcular y durante un tiempo que les pareció una eternidad. Día y noche apenas se distinguían en cuanto a oscuridad, y la poca luz que había era agresiva y diabólica y relampagueaba con espasmos de energía púrpura y explosiva que les llenaba el alma de terror. Los marinos iban y venían murmurando oraciones y blasfemias; los animales, presa de terror, temblaban y se apelotonaban, los caballos coceaban y relinchaban con violencia. Las bolas de piedra, municiones del único cañón que Alonso llevaba a bordo, rodaban por la bodega, chocando contra los costados del barco con siniestra violencia, mientras que con frecuencia abrumadora las olas batían los flancos de la carabela con golpes tan rudos que toda la armazón se quedaba vibrando largo rato.

Pasados dos días y una noche en esta intolerable tensión, observó el piloto que el viento había cambiado del sur al este, cambio todavía peor, puesto que la carabela pudiera muy bien hallarse todavía frente a la tierra firme. ¿Cómo saberlo? Ni sabía dónde estaba ni lo podía calcular, pues ni había sol ni estrellas, y nadie había podido medir la distancia recorrida, y sólo tenía vaga idea de la dirección en que iban a la deriva. Al alba se dio cuenta de que el viento y la corriente se los llevaban en rápida carrera hacia el poniente. Le pareció al piloto que hacia el sur, allá por el horizonte, se veía como una línea que pudiera ser la costa, quizá la de Yucatán, que entonces creían ser isla, pero la visibilidad era demasiado poca para poder asegurarlo con certeza, y en cuanto a dirigirse hacia allá, hubiera sido una locura. Sólo quedaba seguir confiando, si no en los elementos, al menos en la Providencia.

De pronto, de la oscuridad del poniente surgió una masa gigantesca que se precipitó a toda marcha contra ellos.

—¡A los bateles! —gritó el piloto. Hubo un momento de febril actividad a bordo, y luego un choque estrepitoso. Alonso se encontró en el agua. La carabela había desaparecido. A corta distancia subía y bajaba en el mar una masa negra. Después de algunos esfuerzos, consiguió asirse a ella con la mano, y reconoció el batel mayor. Con desesperado esfuerzo se izó a bordo y cayó en el fondo como un plomo. Más tarde, cuánto tiempo más tarde, ¿cómo decirlo?, se incorporó y halló que estaba solo. Echó mano de dos remos que en el fondo había, se instaló en uno de los bancos y se dispuso a remar. Echó una ojeada en derredor. Nada. No se veía nada. "¡Qué extraño!", pensó. Pero a poco tiempo, comenzó a observar cosas. Se dirigió hacia la primera forma oscura que divisó en la distancia. Era una tabla arrancada del puente de la carabela. Más allá, bailaba sobre el agua un barril vacío, pero le pareció que una cuerda atada al barril se tendía a veces como por un esfuerzo humano. Se quedó observando, y en efecto vio a un hombre salir a flote, sobre la espalda, agarrado a la cuerda. Remó hacia el náufrago, le ofreció un remo, y después de breve lucha con las olas, recibió a bordo a Nuño Quintero.

Mucho se alegró de verle, en aquella necesidad, pues Quintero era uno de los hombres más robustos de la tripulación. Sin perder tiempo en palabras, el marinero se sacudió el agua de la melena espesa y de la barba, y se agarró fuertemente a los remos.

—Vámonos hacia tierra —exclamó.

—Veamos antes de salvar a más gente —propuso Alonso.

—Inútil, señor. Todos se los ha tragado el mar. Casi me tragó a mí y era el más fuerte. El hideputa del batel se quebró al último momento, cuando más falta hacía.

Pero Alonso le obligó a seguir algún tiempo buscando más compañeros, hasta que al fin, muy a contragusto tuvo que abandonar la búsqueda.

El sol terminó por atravesar las espesas nubes que hasta entonces habían cerrado el firmamento, y hasta por disiparlas del todo, pero el mar seguía de humor violento. Parecía haber fuerte lucha de corrientes en la esquina de las dos costas. Se veía la tierra verde, amena e increíblemente quieta en sí, aunque subiendo y bajando a sus ojos, al movimiento recíproco de las olas. Remaron con tesón durante más de una hora y cuanto más se acercaban a tierra más violento se les ponía el mar, y las olas subían y bajaban con ritmo más airado. Súbitamente, cuando ya se creían en salvo, una ola de fondo los lanzó al espacio arrojándolos fuera del batel a través de los aires.

9

Alonso volvió en sí, sintiendo fuerte dolor en la espalda. Se hallaba tendido cara arriba y con las manos sobre un suelo húmedo y arenoso. No sin dificultad, pues tenía todo el cuerpo molido, consiguió sentarse, y luego ponerse de pie. A poca distancia, descubrió a Quintero, que yacía inmóvil entre la maleza. Se acercó a él y le llamó por su nombre. Quintero abrió los ojos. Con las manos asió la tierra en que yacía, se puso en pie de un brinco con increíble agilidad, y exclamó:

—¡Voto a Dios! ¡Estoy salvado!

A Alonso le afligió aquella blasfemia.

—¿Así agradecéis a Dios el favor?

Quintero se encogió de hombros. Estaba vivo y no estaba en misa, de modo que, ¿por qué no jurar? Se pusieron a buscar el batel, y al fin lo encontraron hecho pedazos sobre unas rocas cercanas. Con gran contento descubrieron que se había salvado buena parte de la provisión de víveres que traían a bordo, aunque alguna estaba tan empapada de agua de mar que no era para comer. Con todo, hallaron una ración generosa de tocino bien seco bajo la protección de una tela encerada, algún bizcocho y una bota llena de vino. Se sentaron sobre las peñas, bajo un sol abrasador, y comieron y bebieron a sus anchas.

Quintero se quedó dormido. Alonso se echó también sobre la roca, pero no podía dormir, y, según su costumbre, daba vueltas a sus cavilaciones. Todos en la carabela habían perecido menos Quintero y él. ¿Era tan sólo la suerte? "Pues claro que no" —contestaba el padre Guzmán en la cámara de su ser íntimo, y el buen prior añadía—: "No hay suerte. No hay más que Providencia. Todo ocurre por propósito divino". Así afirmaba el prior en el debate interno, mientras en el mundo externo roncaba Quintero a más no poder. Alonso tenía los ojos puestos en el cielo azul, elevado y perfecto. Estaba en tierra desconocida, casi desnudo, con unos gregüescos negros por toda ropa; ni tenía armas ni apenas alimento. ¿Había ocurrido todo aquello adrede, con propósito ulterior que el tiempo se encargaría de revelar, o era tan sólo un respiro para darle tiempo a prepararse a bien morir? ¿Y si se encontrase en tierra de caníbales? Quintero volvió a roncar. De todos modos, allí estaba solo, a pesar de aquel compañero, sin socorro ni esperanza de socorro, abandonado a sus propias fuerzas y a Dios. Quintero volvió a roncar.

Pero esta vez el ronquido resultó ser una especie de vigorosa *coda* a aquel sueño tan sonoro. El rudo marinero se despertó, se desperezó, se puso en pie de un salto, se dio de palmetazos en brazos, piernas y pecho, y anunció en alta voz:

—A la primera hideputa que me encuentre, la tumbo.

Alonso sintió el insulto como una bofetada en el rostro, pues al cabo él era el capitán y Quintero era un marinero. Pero, ¿dónde estaba la carabela, dónde el mundo en el que uno y otro habían representado aquellos papeles? Al cabo de un rato, la mera necesidad humana de asociación y un resto de don de mando le hicieron tomar una decisión.

—Vamos a recoger todo lo que podamos del batel y nos echamos a andar a ver si encontramos gentes...

Quintero le siguió. Encontraron ya poco que llevarse. Quedaba algún vino en la bota. Quintero se la echó a la espalda con un envoltorio de provisiones, todo ello colgado de una bandolera improvisada que se hizo con unas cuerdas, y cuadrándose, exclamó: —Listo.

Los dos náufragos echaron a andar por un sendero que atravesaba la maleza. Hacía mucho calor. Las arenas y la maleza que las cubría a trozos se extendían durante largo trecho. Siguieron andando más de una hora. De pronto vieron una mujer que estaba al parecer cosechando flores o plantas de entre la vegetación silvestre y espinosa que de aquí, de allá, brotaba sobre la arena. Era de color más oscuro que el de los isleños de Santo Domingo y estaba completamente desnuda. Parece que oyó sus pasos, porque se irguió, se volvió hacia ellos y se quedó tan asombrada al verlos que, presa de santo terror, los miraba inmóvil y paralizada, creyéndoles sin duda dioses. Quintero saltaba de gozo.

—Ya es mía —vociferó.

—No la toquéis —mandó Alonso con autoridad póstuma.

—¡Quita de ahí, bellaco! —gritó Quintero.

Los dos hombres se precipitaron hacia la india, cada uno con su intención: Quintero para forzarla, Alonso para impedirlo. Pero Quintero puso el pie en través, haciendo caer a su compañero, y, caído ya, le dio un golpe en la cabeza con el pie calzado con pesada bota. Alonso perdió el sentido.

La joven india vio entonces al dios hirsuto, cubierto el pecho, rostro y cabeza con espeso pelo negro, aquel dios que, según ella creía, acababa de matar al dios de pelo de oro, acercársele con ojos ardientes y jadeante aliento. La niña esperó fascinada ante el increíble espectáculo, y en espera de alguna extraordinaria revelación, pues era virgen, lo que hubiera podido inferir Quintero al verla desnuda, de haber conocido las costumbres tradicionales de los totonaques. El dios hirsuto se le acercó, sonriendo, enseñándole una doble hilera de dientes blancos en el fondo de aquel bosque de pelo negro, le echó un brazo al cuello, la obligó a recostarse sobre la arena y la poseyó. A la india le gustó. A él también. Se quedaron tumbados juntos un buen rato, y el dios volvió a poseerla. Y luego, se pusieron ambos en marcha hacia el pueblo. Iban del brazo como dos novios de aldea.

10

Era un pequeño pueblo de indios totonaques hecho de casas de rollizos de madera y hojas de palma, al borde de un riachuelo. Apenas los vieron venir, rodearon a la extraña pareja multitud de hombres, mujeres y niños. La india no decía nada, limitándose a sonreír de cuando en cuando al dios hirsuto que la llevaba del brazo. Quintero, a su vez, recibía aquellas sonrisas con sumo agrado, no por motivos sentimentales, de lo que era incapaz, sino por temor. Era hombre de espesa encarnadura, sin apenas poderes de intuición, y con el justo mínimo de razón indispensable para permitirle atravesar el valle de la vida en forma de bípedo. Pero precisamente por esto, tenía los instintos muy alerta, y allá en lo hondo de su cuerpo robusto le decía un oscuro sentido que en aquel pueblo en que se iba adentrando había demasiado orden para que él se sintiera en seguridad después de haberse tomado las libertades que se había tomado con aquella muchacha. Su modesto bagaje de razón, estimulado por el miedo, le indicaba que si uno de aquellos indígenas que en su torno veía naufragase cerca de Palos y, después de haber forzado a una muchacha de la villa junto a la costa, se entrase con la muchacha del brazo en la ciudad terminaría siendo pasto de los cuervos colgado de la horca. Y sin embargo, la multitud que los rodeaba y seguía parecía más curiosa que hostil de modo que Quintero avanzaba entre el miedo y la esperanza, procurando que nada trasluciera de lo que le rondaba por dentro. La muchacha le fue guiando a través de un laberinto de chozas, hasta que llegaron a una más grande, mejor construida que las demás, la residencia del cacique.

Este cacique, que se llamaba Ocutli, era un guerrero alto y fornido, de unos cuarenta años, ágil, vigoroso y expeditivo. Adornábale el labio inferior largo cilindro de cobre que le colgaba de un agujero atravesado en la carne. La muchacha le llamó, y al instante apareció en el umbral. La multitud rodeaba a la extraña pareja.

—Ocutli, estaba yo cosechando flores de lana en los arenales, cuando vi de repente salir de la arena a dos dioses: este que viene conmigo y otro que tenía el pelo de oro. Se pusieron a luchar y éste mató al otro. Luego se vino a mí y me poseyó dos veces y aquí te lo traigo.

Ocutli contestó:

—El del pelo de oro no era sin duda un dios. Tú, tú y tú —dijo apuntando con el dedo a tres hombres jóvenes de entre los que miraban la escena— os vais a volver para encontrármelo. Taitla os explicará el sitio. Y a este dios que aquí ha venido, le honraremos como se merece.

Quintero se sonreía, porque aunque no se daba cuenta de lo que ocurría, deseaba hacerse amable por si la muchacha le estaba delatando y todo terminaba en la horca. Seguía preocupándole el contraste entre tanta organización y tan poca ropa. De pronto tuvo una idea: echó mano de la bota, la destapó y apretó el pellejo para que el vino se vertiera sobre el brocal, y después de beber un trago se lo ofreció a Ocutli. El cacique bebió un trago, y en cuanto se dio cuenta del sabor del vino no dudó ya de que aquel forastero era un dios.

—Vamos a llevar al Señor al templo, donde le daremos morada —decidió, y luego añadió con delicadeza—: Tú, Taitla, te quedarás a vivir con él.

11

Al instante se organizó la procesión. Abría la marcha un sacerdote de hábito negro, cuya cabellera espesa formaba sólida masa que cimentaban el polvo y la sangre humana de muchos años de sacrificios. Llevaba en la mano un cucharón de madera con incienso de copal. Le seguía un acólito, mozo de unos quince años, todo desnudo, con un saco de agujas de maguey y una bolsa de tabaco santo. Detrás avanzaba un esclavo prisionero de guerra, coronado con una tiara de papel, con un escudo también de papel al brazo izquierdo. Era la víctima que iban a ofrecer al dios recién llegado. Detrás de la víctima, una fila de cuatro sacerdotes con ropas talares negras. Luego el dios, solo, como convenía a su alta dignidad. Detrás, la mujer que le estaba destinada y, por último, todo el pueblo, a cuya cabeza avanzaba el cacique.

La procesión fue serpenteando a través del pueblo hasta el teocalli, al son de un canto monótono que en acción de gracias entonaban los sacerdotes y el acólito. Llegados al templo, la multitud se agolpó en el patio, mientras los cinco sacerdotes, el acólito, la vícti-

257

ma, el dios y Taitla, así como Ocutli, trepaban las empinadas escaleras que conducían a la plataforma superior, donde iba a celebrarse el sacrificio. Mientras subían, y no era poco trabajo, los sacerdotes estimulaban a la víctima clavándole en los muslos alguna que otra espina de maguey.

El sacerdote principal, que oficiaba, hizo a Quintero sentarse bajo la imagen de un dios monstruoso, enmascarado con careta de piedras azules, y le dirigió un largo discurso que el dios hirsuto y barbinegro escuchaba con desmayo, sin apartar los ojos negros de un descomunal cuchillo de obsidiana que el acólito acababa de sacar a luz. Estaba sobrecogido de terror, aunque algo le aliviaba el terror todavía más intenso que podía leerse en el rostro de la víctima coronada de papel, que con el corazón abatido aguardaba su próximo fin. El sermón fue largo —único rasgo común de todas las religiones humanas—, pero hasta los sermones tienen que llegar a su fin, y en cuanto la voz monótona del sacerdote mayor se hubo apagado, sus cuatro colegas asieron rápidamente los cuatro miembros de la víctima, le echaron encima de la piedra de sacrificio, sobre la espalda, y lo inmovilizaron sujetándole para dar tiempo a que el sacerdote principal, cuchillo en mano, le abriera el pecho de un tajo para extraerle el corazón y ofrecer la sangre al dios hirsuto, mientras Quintero lo miraba todo muy satisfecho de ver al fin que no era él el que iba a ser sacrificado...

Pero cuando el brazo erguido del sacerdote hacía brillar en el aire con brillo asesino la obsidiana negra del cuchillo, acumulando para aquel infame sacrificio todo el momento de energía que le aportaban generaciones de creyentes en aquella religión sangrienta, la legión de madres cristianas de corazón dulce y alma piadosa que durante siglos se habían venido arrodillando ante la imagen de la Madre y del Niño en las iglesias de Palos, se pusieron en marcha lentamente en las profundidades del alma oscura de Quintero; lentamente primero, avanzaron por los senderos oscuros de aquella alma, por los senderos oscuros cubiertos de maleza espinosa y espesas zarzas, y aquella legión de madres hallaba el camino tan difícil que tardaban mucho tiempo en llegar, tanto tiempo que algunas dudaron si no llegarían tarde... hasta que Quintero al fin las sintió venir e impulsado por ellas se irguió de su asiento, agarró el brazo del sacerdote y lo apretó con fuerza tan terrible que la obsidiana cayó sobre las losas haciéndose pedazos.

El asombro de lo increíble se apoderó de todos. Jamás se había visto tal cosa. Sacerdotes, víctima, Taitla y Ocutli descendieron las escaleras del teocalli, con una algarabía de comentarios sobre aquel milagro inaudito. Todos se preguntaban por qué se había negado el nuevo dios a aceptar a la víctima, misterio que el dios no quería explicar, pues así se imaginaban sus creyentes la impotencia de Quintero para explicarlo. Ocutli dio órdenes para que se le preparasen al enigmático dios hirsuto las mejores habitaciones del teocalli y para que se pusiera en libertad a la víctima que no había querido aceptar en sacrificio.

12

Taitla había explicado a los tres mensajeros de Ocutli dónde encontrarían los despojos del dios de cabellos de oro. Pero los tres emisarios tuvieron que darse por vencidos. El dios forastero no aparecía por ninguna parte. Uno de ellos tuvo una idea.

—Ocutli se va a disgustar mucho, ¿y quién sabe lo que Ocutli es capaz de hacer cuando se disgusta? A lo mejor nos hace dar una paliza, o nos condena a muerte o nos vende a los mejicanos para comer a cambio de tres tlaxcatecas para su despensa. De modo que lo mejor es que digamos que vimos al dios forastero, pero que, al acercarnos a él, se levantó en el aire y desapareció en el cielo azul —aguardó un momento y luego explicó—: Todavía no sabemos si era dios o no. Y al fin y al cabo, Taitla está segura de que tenía los ojos azules.

El argumento era decisivo. Quedó, pues, convenido que se daría a Ocutli aquella explicación. El emisario que la había propuesto sacó de entre los pliegues del braguero una espina de maguey, se pinchó un brazo y pinchó igualmente el brazo de sus dos compañeros, mezcló las tres sangres con un poco de arena, dividió el amasijo en tres partes y los tres conspiradores comulgaron de tan extraño modo para dar unión sagrada a su conspiración.

Así unidos, volvieron al pueblo, contaron el caso y fueron creídos. Y de esta manera ganó el cielo un santo más sin tener que privar a la tierra de un pecador.

13

Alonso abrió los ojos; le pesaban los párpados de dolor. Le dolía todo el cuerpo, pero sobre todo la nuca. Poco a poco consiguió obligar a su cuerpo reacio a sentarse. Sentía escalofríos. Había sangre en la arena. Se puso de pie. Tenía calor y una sed abrasadora. En la imaginación, vio brillar un río que subía y bajaba en el horizonte mientras él luchaba con las olas agarrado al remo en el batel. Se echó a andar al borde del mar, y pronto llegó al borde de un río; decidió bañarse; pero en el instante en que iba a arrojarse al agua se apoderaron de él por detrás tantos brazos que creyó haber caído en manos de algún gigante de cien brazos de los que había leído en los libros de caballería. Pronto se encontró acostado en el fondo de una canoa, mientras unos cuantos indios, sentados en bancos transversales sobre su cuerpo, remaban con vigor, y el jefe de ellos lo tenía inmovilizado con la cabeza apretada entre sus pies desnudos.

La fiebre le hacía delirar, comenzó a hablar en alta voz con la mayor volubilidad, en arengas apasionadas dirigidas a su padre, a su madre, al prior, al Jabalí, al cardenal, a Passamonte, a Antonio... Los indios le escuchaban con terror religioso. Eran también totonaques, de un pueblo y tribu en guerra perpetua con los de Ocutli. Vivían al otro lado del río, pero solían cruzarlo a hurtadillas y estaban pescando en la orilla de Ocutli cuando divisaron la extraña aparición de pelo de oro. Los ricos monarcas de la laguna alta, Moctezuma, emperador de Méjico-Tenochtitlán, y Nezahualpilli, rey de Tetzcuco, ávidos coleccionadores, estaban siempre dispuestos a pagar generosamente en oro, gemas, plumas valiosas y cargas de maíz o de algodón tales rarezas humanas. Era, pues, su deber para con Chicoatl, su cacique, apoderarse de aquel extraño ejemplar humano.

Cuando, acostado en el fondo de la canoa, el forastero de pelo de oro comenzó a lanzar por la boca más palabras por minuto que las que ellos —raza taciturna— eran capaces de expresar en un día, los indios comenzaron a sentir algún malestar. Siguieron adelante, Alonso en su delirio de locuacidad, los indios sumidos en un silencio poblado por el miedo, hasta que llegaron al pueblo, cuyas chozas de madera invadían en parte la orilla y en parte las aguas mismas del río, y la canoa se paró ante el desembarcadero frente a una hilera de chozas.

Era el cacique un hombre de hasta cincuenta años. Llevaba puesto tan sólo un pañete o braguero encarnado en torno a la cintura, pero pintado todo el cuerpo con diseños azules, blancos y encarnados de tan compleja perfección, que parecía vestido. Al cuello ostentaba tres collares de conchas.

—Traérmelo —dijo con voz autoritaria.

Chicoatl le pasó la mano por todo el cuerpo de arriba abajo, y todos los circundantes se dieron cuenta de lo bien que le parecía su nueva adquisición.

—Aquí hay mucha carne —exclamó al fin—. Y debe de saber muy bien. En la naturaleza —añadió, volviendo hacia su auditorio una mirada filosófica— son siempre las viandas blancas las más selectas y saludables. Cuando estamos enfermos nosotros, lo que siempre nos aconseja el hechicero es que comamos aves o cualquier otra carne blanca como el pescado. Este hombre tan blanco debe de ser cosa buena de comer. Y hay para muchos días.

—Moctezuma o Nezahualpilli pagarían por él muchas cargas de maíz —se aventuró a decir uno de los mirones.

—Al infierno —replicó Chicoatl con brío—. Este banquete es para nosotros, y no hay más que hablar. Que venga el hechicero para que le cure. En cuanto me lo haya curado, lo metemos en la jaula de tablones hasta que engorde bien, y después, a la cocina con él.

14

La enfermedad de Alonso duró varios meses. Cada semana se le ponía la cara más larga y más adusta a Chicoatl, al ver desaparecer de encima de los huesos de su víctima futura la carne que traía cuando sus súbditos lo habían apresado. Pero aunque delgado y desmejorado, Alonso consiguió sanar, y cuando hubo hecho algunos paseos, lo encerraron en la cárcel de los tablones.

Era una armazón, más jaula que cárcel, en forma de choza, salvo que los costados se componían sólo de las vigas verticales necesarias para sostener el techo, sin el resto de tablazón, piezas menores y hojas de palma con que solían terminarse y cerrarse las paredes de una choza corriente. Construida en parte sobre la tierra y en parte sobre el río, podía albergar varias docenas de prisioneros sin imponerles grandes incomodidades, pero a la sazón encerraba sólo a otro además de Alonso, un indio en quien observó al instante el español rasgos de pertenecer a tipo distinto del de la costa, y en particular, tez más clara, como de región más fría, nariz aguileña, y una cara de excepcional longitud.

A Alonso le servían una escudilla grande de mazamorra cada dos horas, sin otro descanso que el de la noche, en que le permitían dormir en paz. Cada vez le interesaba más su compañero, cuya conducta era singular, sobre todo su manía de tirar el alimento sin probar más que una exigua cantidad de lo que daban. Este descubrimiento, que Alonso hizo y confirmó a partir del tercer día, le intrigaba profundamente. La mazamorra, pasta espesa que se comía con los dedos, se les solía servir en unas escudillas de madera. El guardián las trajo aquel día y ambos empezaron a comer, pero Alonso observó que el indio trasladaba el mismo bocado de la escudilla a la boca y de la boca a la escudilla, cubriéndolo todo con la cabeza para que no lo observase el guardia; y al menor descuido del guardia echó todo el contenido de la escudilla en el agua y aguardó con paciencia a que se llevasen el plato vacío.

Al día siguiente, el indio volvió a repetir la faena, y esta vez no se contentó con echar al agua su comida, sino que, aprovechando una ocasión favorable, tiró la de Alonso también. Cuando se quedaron solos, el indio explicó a Alonso con profusión de gestos que les estaban cebando para comérselos. Alonso acabó por entenderle, por lo que sintió crecer en su alma un sentimiento de confraternidad para con él, y gradualmente aprendió a comprender su lenguaje. No hablaba la misma lengua de sus apresadores. Alonso llegó a absorber con relativa facilidad la lengua natal que hablaba su compañero de jaula y la lengua totonaque en que se entendían sus guardias y apresadores.

Pronto se dio cuenta, y le hizo gracia, de que el nombre de su compañero se componía de dos palabras nauatl que querían decir cara larga. Ixtlicoyu había pasado por toda suerte de aventuras en los diez años transcurridos desde que se había vendido a Tozan por un puñado de almendras de cacao. Había ido rodando por casi todos los mercados de esclavos de Tlaxcala hasta la costa, para ir a dar al fin, huyendo de su dueño anterior, en manos de aquel cacique totonaque que era un verdadero *gourmet*. Estaba resuelto desde luego a escaparse también de aquella jaula-despensa, y una noche, después de haber tomado las precauciones más cuidadosas, hizo tocar a Alonso el lugar oculto bajo la tierra donde, con asiática paciencia, había serrado toda la viga de parte a parte.

—¿Cómo hiciste eso? —le preguntó Alonso con no poca admiración.

Cara-Larga le enseñó una cuerda de henequén y un montoncito de arena. Con la cuerda frotaba la arena contra la madera. Era lenta la operación, pero tan segura que aun si la viga hubiera sido de cobre la hubiera serrado igual. El mejicano y el español conspiraron juntos desde aquel día. Alonso aprendió pronto el arte de su compañero y en corto tiempo estaba ya todo dispuesto para la fuga, no faltando más que una noche sin luna para intentarla. Súbitamente, los planes de los dos prisioneros se vinieron abajo con la llegada de tres personajes de muchas campanillas.

15

Se acercaron a la jaula una mañana soleada. Eran tres mejicanos, con el pelo atado en alto en la coronilla en mecha recta de la que colgaban sendos plumeros sobre la espalda. Traían la cara ligeramente pintada, lo que les ponía la tez de un moreno más vivo y rojo que el natural; el labio superior adornado con plumas azules en forma de bigote artificial que les colgaban de sendas piedras preciosas insertas en el tabique de la nariz; vestían ricas mantas de algodón prendidas sobre el hombro derecho con sendos broches de cobre. En la mano derecha llevaban unos bastoncitos de caña con puño de oro, no lo bastante largos para apoyarse en ellos, sino como insignias de ceremonia y autoridad. A su lado y un poco atrás, venían sendos criados moviendo suavemente grandes mosqueadores o abanicos de plumas vistosas para refrescar la cabeza de sus amos. Chicoatl los acompañaba un tanto achicado.

Los personajes miraron y remiraron a Alonso con el interés más reconcentrado, no consagrando a Ixtlicoyu más que una rápida ojeada de desprecio. Alonso se dio cuenta de que eran mejicanos en cuanto les oyó hablar. Aunque todavía no dominaba la lengua nauatl, ya la conocía bastante para darse cuenta del sentido general de la conversación, pero fingió no entenderla.

—Este hombre —dijo sentenciosamente el que parecía principal de los tres visitantes— tiene todo el aire de pertenecer a la vanguardia de Quetzalcoatl. Yo le he oído decir muchas veces a

Moctezuma que el retorno a nuestras tierras de la Serpiente de Plumas Preciosas debe tener lugar pronto, probablemente durante su reinado. Le enviaremos un retrato de este heraldo del dios de las plumas y del viento.

Eran *calpixques* o mayordomos de contribuciones, de los que solía enviar Moctezuma a tierras de sus vasallos para recoger el tributo que le pagaban como precio de su semiindependencia.

—¿Y tú, quién eres? —preguntó el calpixque mayor con frígida mirada a Ixtlicoyu.

—Soy... un mejicano —contestó el remero de Nezahualpilli con cauta economía de detalle, pues abrigaba dudas sobre lo que ocurriría si se descubriera el modo como había salido de Tetzcuco.

El calpixque se volvió hacia Chicoatl con fuego en los ojos:

—¿Qué hace aquí este mejicano? ¿Por qué no os coméis a vuestros perros totonaques?

Chicoatl explicó al indignado calpixque que había comprado aquel esclavo en el mercado de Cempoal sin saber que era mejicano, débil excusa que el calpixque fingió aceptar. Los calpixques dispusieron que Alonso e Ixtlicoyu saldrían al día siguiente para Méjico con ellos.

16

Aquella tarde vinieron a buscar a Alonso y se lo llevaron a una terraza soleada al borde del río para retratarlo. El artista trabajaba de cuclillas en el suelo. A su lado tenía una estera con una batería de pucheros de colores y de pinceles de todos tamaños y formas. Pintaba sobre una tela de algodón tendida sobre un bastidor. Trabajaba con suma rapidez. Los calpixques vinieron a ver el retrato y se declararon satisfechos. Era el artista hombre joven y atlético, como convenía a su doble función de retratista, y en general escritor pictográfico, y de correo imperial, y en cuanto hubo terminado el retrato, los calpixques lo enviaron a toda velocidad a Tenochtitlán —caminata de unas cien leguas—, a fin de que completara la pintura con aquellos toques verbales que fueran necesarios.

La caravana a su vez se puso en marcha para Méjico-Tenochtitlán al día siguiente. Se componía de los tres calpixques, los dos prisioneros, los tres criados de los calpixques y diez *tlamemes* o mozos de transporte, que llevaban a la espalda valiosas cargas de cacao, oro, plata, cobre, plumas y mantas de algodón, importe de los impuestos recaudados en la costa por los mayordomos de Moctezuma. Después de una marcha corta pero penosa a través de la llanura tropical, comenzaron la ascensión hacia las alturas de la sierra sobre cuya altiplanicie se extendían los dominios del emperador mejicano. Alonso no hacía más que mirar. No se esperaba lo que veía ni en la naturaleza ni en los hombres. La tierra, a pesar de su vegetación exótica, le recordaba la de España, sobre todo la de Castilla, pedregosa, quebrada, dura y a la vez severa y atrayente. Pero lo que más le llamaba la atención era el estado tan avanzado de civilización y comodidad que hallaba en las ciudades, algunas de las cuales le recordaban las mejores de España. Flores por todas partes y jardines admirablemente cuidados. Al observar el respeto y el temor con que se recibía por doquier a los tres calpixques, comprendió al fin el enigma que al principio le había trabajado el magín: que aquella caravana cargada con tanto tesoro se aventurase a hacer el viaje de la costa hasta la capital sin escolta alguna. No había nada que temer. Al contrario, los que tenían que temer eran los otros.

Poco a poco se fueron deteriorando el paisaje y el tiempo. Perdió la naturaleza su vegetación exuberante dejando ver cada vez más desnudos sus miembros huesudos y pedregosos, apenas cubiertos de aquí y de allá con escasos harapos de matas y monte bajo; mientras que el viento, la lluvia y más adelante la nieve hacían cada vez más desagradable el caminar. Alonso temblaba de frío. No llevaba nada puesto más que sus greg ü escos e iba descalzo. Al observarlo, los calpixques, celosos de conservar para el emperador tan raro ejemplar humano, le dieron dos buenas mantas de algodón y unas sandalias de piel de gamo para atar a los tobillos con correas de cuero.

Atravesaban a la sazón una región inhóspita, donde no se veía un alma, y la caravana llevaba ya algunos días viviendo de sus propios recursos. Una tarde, al anochecer, se adentraron en un barranco tan estrecho que tuvieron que tomarlo en fila india. Los calpixques decidieron encargarse de la vanguardia y de la retaguardia. Pasó primero el calpixque mayor, luego Alonso, luego los criados y tlamemes, luego Ixtlicoyu y finalmente los otros dos calpixques. De pronto, de lo más espeso del bosque que cubría las dos vertientes entre las que serpenteaba el barranco, brotaron dos rociadas de flechas, y todos los viajeros menos Alonso y los tlamemes cayeron heridos. De entre la espesura salió un enjambre de guerreros típicos, silenciosos y activos. Se encontraron con dos calpixques muertos y mataron al tercero. Los demás se rindieron.

17

El artista-correo, que se había extraviado, llegó a aquel lugar al día siguiente del desastre. Le había ya impresionado una nube de buitres que volaban en círculos y más círculos sobre el barranco, y durante algún tiempo vaciló en adentrarse en aquella espesura que tanto atraía a las siniestras aves. Apenas hubo puesto el pie en el sendero estrecho, cuando se detuvo presa de horror al ver a los tres calpixques, con toda su gloria y altanería marchita y acabada en muerte y desnudez. Contempló con melancolía los tres cadáveres y al punto se dispuso a cumplir con su obligación profesional. Sacó del equipaje sus pucheros y pinceles, su tela y su bastidor y se dispuso a pintar la triste escena que tenía ante los ojos. No quedaba allí nada más que los tres calpixques muertos. Tal cosa no había ocurrido nunca jamás. Tamaño desastre sólo podía deberse a la vera efigie de Quetzalcoatl que la caravana llevaba consigo.

Como a su vez también llevaba en el saco una imagen pintada de aquella vera efigie, el artista-correo siguió su marcha hacia Méjico-Tenochtitlán con preocupación creciente. Le impresionaba además el saber de antemano que al comparecer ante Moctezuma con nuevas tan infaustas, el emperador se vengaría sobre él de la crueldad del destino imponiéndole castigo no sólo mortal sino también cruel. Y así, con sus dos cuadros al hombro, siguió camino hacia la capital, cada vez más abatido y más angustiado.

Capítulo II

EL CRIMEN DE XUCHITL

1

Nezahualpilli decidió que al casarse su hija la acompañaran a Tenochtitlán sus domésticos, al mando de Citlali, y una guardia especial de tetzcucanos, al mando de Ixcauatzin. A Xuchitl no le gustó nada la idea.

El matrimonio era mera ceremonia. En la sala mayor del palacio' de Nezahualpilli, en presencia de su padre y de sus hermanos, el sacerdote ató un huipil de Xuchitl y un maxtlat de Macuil Malinaltzin. Nezahualpilli entonces tomó la palabra, pronunciando una alocución corta y sustanciosa que las personas de edad del auditorio condenaron severamente como impía a causa de su brevedad. En cuanto a Xuchitl, seguía lo que pasaba como si se tratara de alguna otra persona. El príncipe, su marido, le llevaba veinticinco años de edad, y esto le bastaba para darle la seguridad de que no sería jamás su mujer de hecho. No había lógica ninguna de ello, sino tan sólo una seguridad que valía mucho más que la lógica. Además, recordaba su sueño: el rostro pálido, el cabello de oro. . . y sabía, sin saber por qué, que aquella visión extraña e inexplicable venía a buscarla para salvarla de todo aquello. Por último, su mismo marido, casado por razones políticas a una niña de apenas trece años, se había limitado a mirarla sin gran atención, regalándole con sonrisa paternal una porción de joyas, de oro, plata, jade y plumas preciosas que Xuchitl recibió encantada, manoseó durante unos días y sepultó en sus armarios sin volverse a acordar de ellas.

La nueva princesa de Méjico se instaló en el palacio de su marido en Tenochtitlán, al borde del lago. Era espacioso, de piedra y adobe, con hermosa labor de madera en frisos y pisos. Una escalinata de jaspe bajaba hasta el lago. Había un jardín tan ingeniosamente diseñado que constantemente estaba uno encontrando a la vuelta de árboles y arbustos espejuelos de agua robados a la laguna, y que lo llenaban de cielo y de luz. Citlali se encargó de administrar la casa. Xuchitl, que veía apenas a su marido de cuando en cuando, siguió entregándose a sus estudios con Ixcauatzin, y el resto del día lo pasaba divirtiéndose de mil maneras, sobre todo en la laguna, para lo que contaba con una flotilla de primorosas canoas labradas y pintadas de abigarrados colores.

Pasadas unas cuantas semanas de aquella vida ociosa —salvo las lecciones de Ixcauatzin— tuvo Xuchitl que cumplir su primer deber oficial: la presentación a Moctezuma. Por primera vez en su vida, se sintió azorada. ¡Le habían dicho tantas cosas sobre el poderoso y tiránico emperador! Llovían sobre ella admoniciones y consejos, recordándole la estricta etiqueta que Moctezuma imponía a sus visitantes. La regla más rigurosa de todas era la que prohibía que nadie le mirase al rostro. Desde su coronación, nadie lo había hecho, so pena de muerte.

Macuil Malinaltzin llegó aquella mañana a buscar a su mujercita. Citlali la había vestido con toda atención. Llevaba el pelo teñido de color morado, trenzado con hilos de algodón negro y peinado sobre la frente; el rostro pintado de amarillo, encarnado y negro con incienso de copal quemado; los dientes pintados de color rosa y los pies de negro. Vestía un huipil bordado y llevaba al cuello un collar de oro y chalchivitls.

Al pie de la escalinata aguardaba una canoa de madera labrada pintada de rojo y oro. Macuil Malinaltzin, en traje de guerrero de la más alta graduación, tomó de la mano a su mujer y la condujo escalerilla abajo hasta la canoa. En el último peldaño, la levantó en brazos y entró en la embarcación sentándose, orgulloso y feliz, al lado de la primorosa princesa. Los remeros los llevaron por un laberinto de canales hasta la orilla del jardín privado del emperador, donde Xuchitl y su marido tomaron pie sobre un jaspe tan pulimentado que reflejaba sus formas y colores con no menos fidelidad donde la piedra estaba seca que donde el agua la mojaba; y luego por entre doble hilera de cortesanos y sirvientes palatinos, ávidos de ver a la nueva princesa, se adentraron en el palacio.

Uno y otro iban tejiendo sus pensamientos en el telar de su magín. A Xuchitl le impresionaba la solemnidad del día, y avanzaba por los salones algo preocupada, preguntándose si la escena transcurriría sin incidente. Macuil Malinaltzin había perdido hacia tiempo la esperanza de complacer a su hermano menor. Primogénito del emperador Axacayatl, hubiera podido ser el sucesor de su tío Ahuitzotl; pero por oscuras razones, había salido elegido su hermano menor Moctezuma; y cuando ya en el trono había dejado traslucir Moctezuma las tendencias dominadoras y tiránicas de su carácter, todo el mundo se daba cuenta del error cometido y volvía los ojos hacia él. Pero esto le hacía sospechoso a ojos de Moctezuma.

Así iban cavilando uno y otro mientras cruzaban salones y salones del suntuoso palacio imperial. Pisos de madera pulimentada, paredes que tapizaban los colores más sedosos y acariciadores, gracias al arte del tejedor de plumas preciosas. Algunos salones estaban vacíos; en otros pululaban servidores palatinos, funcionarios y guerreros, conversando en espera de sus múltiples quehaceres, que súbitamente apagaban el murmullo de la conversación, cayendo en absorto silencio al ver pasar a la vistosa y desigual pareja. Delante del príncipe y de su mujer avanzaba un heraldo descalzo con una varilla de plata en la mano.

Levantó el heraldo una pesada cortina negra toda bordada de oro y Xuchitl se quedó como en éxtasis. En la pared de enfrente se había congregado tanta belleza en tanto orden que sus sentidos y su intelecto sintieron simultáneamente un placer intenso rayano con el dolor. Haciéndole frente brillaba un sol, un mundo, una gloria, con esplendor circular de impecable perfección. Era tan perfecto y tan completo que a Xuchitl le pareció que llenaba todo el espacio y contenía todo lo que existe. Resplandecía con tan glorioso esplendor que parecía irradiar luz de su propia sustancia. El centro era de un color amarillo rojizo, profundo y como lleno de fuego; redondo como el sol, y sin embargo con las facciones del rostro humano, dos ojos que miraban de frente, una nariz recta y fina y una boca sinuosa con una sonrisa que no parecía residir en su perfil sino flotar sobre su forma, inasible y sin embargo clara... Y todos aquellos rasgos de aquel sol no resaltaban por estar dibujados con sombras sino porque emanaban más luz que el resto, pues la sombra parecía como si perteneciera a un mundo distinto. El sol lanzaba flechas de luz hacia arriba, hacia abajo y hacia los dos lados; y en torno a aquel rostro central, círculos y más círculos y todavía más círculos de colores que iban cambiando suave e imperceptiblemente desde el intenso amarillo rojizo del centro a un azul sereno y luminoso que dominaba el fondo en la lejanía de los círculos más amplios y cubría todo el resto de la pared... Y en cada uno de aquellos círculos pululaban enjambres de cosas vivas gozándose en su vitalidad con vigoroso deleite: flores que se abrían a un alba perenne, serpientes que se arrastraban sinuosamente en siempre ávida persecución de fugitivas presas, tigres que se abalanzaban en el aire con resorte irresistible, conejos, casas, lagunas, canoas, árboles y la actividad siempre en hervor de los hombres ubicuos, todo ello dando vueltas y más vueltas en una espiral de luz en constante evolución entre el rostro central inmóvil que sonreía en el centro con sonrisa enigmática y la serenidad vacía del espacio azul que llenaba todo lo demás.

A Xuchitl le parecía como si tuviera delante en concentrado esplendor toda la vida de todas partes en todos tiempos, pero también toda la vida que dentro de sí misma sentía vivir; como si aquella gloria que vibraba en la pared hubiera encendido en su seno otra gloria igual, de modo que todo lo que ella hiciera, pensara, sufriera y gozara, su pasado, su presente y su porvenir, todas las canoas, jardines, niños sacrificados a Tlaloc, avenidas de árboles, aves que salen volando despavoridas o siguen sentadas sobre el agua ante la amenaza de una cerbatana, pictogramas y lecciones, bodas y muertes, todo lo que dentro de sí misma veía en color, movimiento y emoción, hubiera tomado súbitamente una forma definida, se hubiera sometido a un orden y a un movimiento preestablecidos, y estuviera dando vueltas y más vueltas en torno a aquel sol central, aquel otro sol que era sin embargo el mismo que se había encendido en su pecho, de modo que ya no podía separar la rueda de luz de la pared y la rueda de luz de su alma y toda ella se transformó en luz y en gloria y en sol.

¿Cuánto tiempo estuvo así presa de aquel éxtasis? Gradualmente le fue invadiendo la sensación de que alguien le estaba clavando una mirada de potencia poco usual. Xuchitl desvió los ojos del muro de la gloria hacia aquella mirada magnética y los dejó posarse con inocencia en el Rostro Prohibido.

3

Como una bala de cañón que rompe a través de un ventanal coloreado de catedral, el rostro de Moctezuma destrozó el ensueño de Xuchitl, y durante unos segundos los ojos de la niña-esposa y su espacio interior se llenaron de un tumulto de colores y de formas en confusión, detrás del cual seguía inmóvil un rostro ya no luminoso y redondo, sino alargado, enjuto, huesudo, elegante, oscuro y opaco, que resistía las ondas de color que pasaban y volvían a pasar sobre él, dispersándolas con su persistencia hasta que se desvanecieron todas y se quedó él solo, inmóvil, oscuro, impenetrable. Esos ojos negros brillaban en lo hondo de las cuevas ocultas bajo las cejas.

Xuchitl se olvidó de todas las instrucciones que había recibido, de todos los consejos que se le habían prodigado como de sus deberes de princesa de la casa real. Ni hizo reverencia, ni bajó los ojos, ni dijo "mi señor" tres veces... Se quedó silenciosa e inmóvil, mirando fijamente aquella faz de tinieblas como había mirado a la otra faz de luz, con una perspectiva cósmica.

Era un hombre alto, bien formado, majestuoso y potente de cuerpo, aunque por peculiar dispensación de su espíritu, su actitud corporal semejaba más al acecho insatisfecho del tigre que al reposo consumado del león. El pelo negro y brillante le caía en mechas rectas sobre los hombros y del mentón pendía una barba sedosa y muy poco poblada, que caía hasta un jeme sin ocultar el perfil del rostro. No llevaba joyas ni en las orejas ni en la nariz, aunque las tenía agujereadas a tal fin, pero ostentaba una piedra jade o chalchivitl de inestimable valor inserta en el agujero del labio inferior, que dejaba al descubierto una hilera de dientes muy blancos, iguales y afilados como un cuchillo de marfil. Tocaba la cabeza con una tiara azul claro, de mosaico de la piedra divina o turquesa, y atada al colodrillo con un hilo de oro; cubría el cuerpo desnudo con el manto azul imperial, prendido sobre el hombro derecho con un broche de oro en forma de camarín; y calzaba cótaras de suela de oro y piel de tigre teñida de verde y constelada de chalchivitls.

269

No se había dignado contestar a los saludos de su hermano y seguía en silencio, de pie, contemplando a su juvenil cuñada. Xuchitl no se daba la menor cuenta de la impresión que estaba produciendo. Xuchitl comenzaba entonces a florecer. Moctezuma, que en materia femenina era hombre de gusto y de experiencia, se dio cuenta de ello a la primera mirada. Ya estaba el capullo fuera en toda su gracia prístina y cuando los ojos del emperador y los de aquella rosa en capullo se encontraron por primera vez, ambos sintieron honda turbación al darse cuenta de la calidad extraña e inesperada que había tenido aquella mirada fatídica.

Sólo entonces recordó Xuchitl que había cometido un crimen castigado con la pena de muerte. Había mirado al rostro del monarca, no con una de esas miradas furtivas que nadie podía sorprender, sino largamente, frente a frente y con los ojos en los ojos. Sin embargo, su instinto femenino la tranquilizaba, pues se decía que el emperador no la condenaría por haberle dado la ocasión de cambiar una mirada tal; aunque allá, más en lo hondo todavía, se daba cuenta de que en aquella mirada tan ambigua quizá se ocultara un abismo de peligro y aun la muerte.

4

Una de las primeras visitas que hizo Xuchitl fue a Papantzin, la hermana de Moctezuma, que desde la muerte de su marido vivía retirada en su casa y jardín de Tlatelolco, parte de la ciudad que su marido solía gobernar en vida. Xuchitl la encontró muy de su gusto. Era una mujer de hasta cuarenta años de edad, que parecía haber alcanzado una serenidad imperturbable. Papantzin recibió a su cuñada muy afectuosamente y al instante estuvo con ella en términos de la mayor amistad e intimidad, aunque sin efusión. En cuanto a Xuchitl, se prendió de ella desde el primer día y solía mirarla y remirarla con disimulo, pues hallaba un placer tan hondo como extraño en aquellos largos tragos de luz en que parecía beber el rostro de Papan, un placer que no sabía cómo explicarse hasta que un día se dio cuenta de que Papan era hermana de Seno-de-Jade, y entonces comprendió que el rostro de Papantzin le traía recuerdos del rostro añorado de la Reina Duende.

Y sin embargo, ¡qué diferentes eran! Papantzin parecía inaccesible a la pasión. Tenía una voz femenina, tierna y maternal, y sus ademanes y movimientos eran dignos y tranquilos. Amaba las flores y solía pasarse días enteros en el jardín gozando del aroma y del color de sus rosas maravillosas.

Un día en que había estado enseñándole los rosales a Xuchitl, llegaron las dos hasta una puerta que cerraba inesperadamente el sendero arenoso; era la entrada a una cavidad oculta bajo un montículo cubierto de flores.

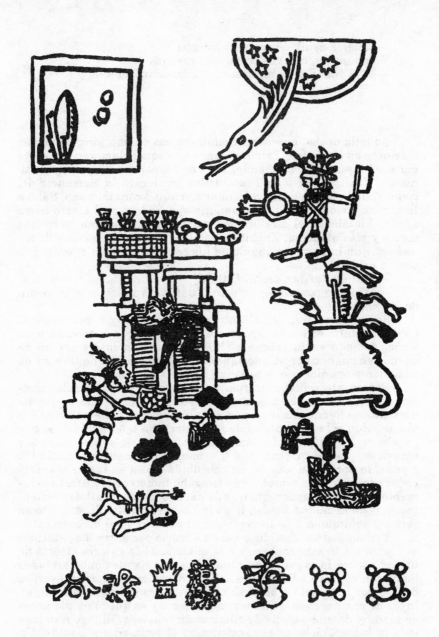

XIV. Ilustración indígena de la Conquista. Arriba, a la izquierda, el signo del año 2-Cuchillos. En el extremo superior derecho, un cometa. Abajo, Alvarado matando a indios en el gran templo. (*Códice Vaticano A.*)

271

—¿Qué es esto? —preguntó Xuchitl.

Y Papantzin, con voz tranquila, respondió:

—Es el lugar para mi descanso cuando me muera.

5

Aquella noche, mientras Xuchitl dormía en paz, surgió extraño clamoreo en la ciudad. Primero pensó que aquel clamoreo era parte del sueño que estaba soñando. Pero se despertó y el clamor continuaba. Era como si toda Tenochtitlán implorara la clemencia del cielo. Toda la noche parecía resonar con aquel coro humano. Salió a la azotea y vio a Citlali devotamente agachada con el rostro hacia arriba. Flotaba en el aire una luz curiosa, como de luna, pero más fuerte y más amarilla. Xuchitl miró al cielo y vio que estaba iluminado por un inmenso triángulo de luz con el vértice en el cenit y la base a oriente.

—¿Por qué gritan tanto, Citlali?

—Algo va a ocurrir —contestó Citlali con voz sombría, meneando la cabeza.

Se quedaron largo rato contemplando el prodigio, pero Xuchitl volvió a sentir el sueño apoderarse de su cuerpo y retornó a su lecho, dejando en la azotea a Citlali en oración interrumpida de cuando en cuando por una de aquellas olas clamorosas de terror y de sumisión a los dioses que pasaban sobre la ciudad.

Entretanto reinaba un tumulto espantoso en el palacio imperial. Los palatinos que buscaban a Moctezuma para informarle del portento no lo encontraban por ninguna parte. Nadie se atrevía a tomar sobre sí la responsabilidad de dejarle en ignorancia de lo que pasaba en los cielos, nadie tampoco a ir a buscarle dondequiera que estuviese, pues el que más y el que menos adivinaba que había ido a pasar la noche con una de sus concubinas, cosa en la que el emperador era de lo más secreto y no toleraba indiscreción. Afortunadamente para el mayordomo mayor de palacio, Petalcalcatl, las lamentaciones de la ciudad habían llegado hasta el recinto de su amoroso retiro y súbitamente se le vio llegar al salón central de palacio.

Venía pálido y abatido, pasó en silencio por entre los palatinos que ansiosos le aguardaban, y a la entrada de la galería abierta de un lado sobre la laguna que conducía a sus habitaciones privadas llamó con voz seca a Petalcalcatl. Seguido del mayordomo mayor, se dirigió por la galería a sus habitaciones, pero al llegar al final, en lugar de entrar, pasó a una terraza abierta y se quedó en pie presa de terror y de una especie de admiración religiosa. El lago reflejaba toda la luz del cielo, que transformaba el agua en oro liquido. Un tercio del espacio celeste ardía en luz, punta aguda que parecía clavada en el cenit como lanza de algún metal brillante y duro.

El emperador se volvió hacia su mayordomo ordenándole que le trajera el punzón de hueso de tigre, reservado para la penitencia imperial, y en la noche quieta, bajo la luz extraña que llovía del cielo y que había apagado el esplendor de las estrellas, se sacó sangre de brazos, piernas y lengua y la salpicó hacia oriente, murmurando fórmulas mágicas y encantaciones secretas.

6

Al día siguiente murió Papantzin de repente. No había estado enferma ni un solo minuto. Se estaba paseando tranquilamente por su jardín cuando de súbito se sintió flaquear, trató de apoyarse contra un árbol, perdió el equilibrio y cayó sobre la hierba. Allí se la encontraron sus criados horas más tarde, aquella mañana.

Moctezuma recibió la noticia con la mayor indiferencia. No tenía apego ninguno a su familia, ya muerta Seno-de-Jade, a quien había amado y cuya muerte misteriosa no había perdonado nunca a Nezahualpilli. Papantzin le era indiferente.

—¿Estás seguro de que ha muerto? —preguntó al mayordomo de su hermana—. Acuérdate que ya me trajiste dos veces la misma noticia y las dos veces resultó que era tan sólo un desmayo.

Pero el mayordomo, que mal podía olvidar aquellos dos percances, ya que en ambos había estado muy cerca de pagar su error con la muerte, aseguró al emperador que esta vez el hechicero-curandero tenía la certeza absoluta de que Papantzin había muerto. Moctezuma dispuso que se hiciesen los funerales en la forma acostumbrada; pero Papantzin había dejado instrucciones de que no se consumiera su cuerpo en la pira funeral, sino que se la dejara sentada en su silla de estera en la cueva que había preparado a tal fin bajo el montículo del jardín de su casa. El emperador accedió a aquella exigencia tan insólita, con gran sorpresa de magos y sacerdotes, que no se daban cuenta de cómo había socavado la fe del emperador el portento de la lanza luminosa.

Mucho afligió a Xuchitl la muerte de Papantzin. Era como si perdiera a Seno-de-Jade por segunda vez. Recordó entonces cómo Papantzin le había enseñado la puerta de su sepulcro y decidió que al cuarto día iría a llevarle flores. Llegado aquel día, escogió las más hermosas de su jardín, rosas sobre todo, que eran las flores que Papantzin prefería. Con sus rosas en la mano se fue derecho al montículo. Al volver una curva del sendero, vio a una mujer sentada en un asiento del jardín junto a la puerta del sepulcro. "¡Qué extraño! —pensó Xuchitl—. Tiene el mismo modo de sentarse que Papantzin, con las manos posadas sobre la rodilla derecha." Siguió andando. La mujer oyó los pasos y se volvió. Atónita, Xuchitl vio a Papantzin, y entonces se dio cuenta de que la puerta del sepulcro estaba abierta.

—Mi plumita preciosa, ¡qué gentil eres! ¡Qué flores tan bonitas me traes! Pero ya ves que he vuelto.

Xuchitl no se atrevía a acercarse.

—Ven, mi piedrecita preciosa. Estoy en vida. ¿Ves? Y quiero hablarte. Ya he pasado por esto otras dos veces, pero aquello fue sólo unas horas... Esta vez ha sido más largo y más hondo.

Xuchitl dio unos pasos, y aunque ya se sentía capaz de hablar, no sabía todavía qué decir, de modo que le entregó las rosas en silencio. Papantzin le tomó las manos en las suyas y Xuchitl observó que estaban calientes y que en su tez tenía un rosicler muy vivo, más vivo que... antes.

Papantzin la miró con cariño.

—Tengo que hablar con mi hermano de lo que he visto... —Pareció meditar un momento, sopesando lo que convenía hacer.— No. Creo que será mejor mandar un recado a tu padre para que venga. Vale la pena que venga. Es el único hombre capaz de explicárselo todo a Moctezuma sin perder la vida.

7

El artista-correo seguía su camino hacia Tenochtitlán con el corazón en un puño. A medida que se iba acercando a la laguna, se le iba haciendo más concreto el peligro y aguzando más el entendimiento para ver de salvar la piel. Súbitamente, al vencer la cuesta entre los dos volcanes y divisar la doble laguna de Méjico, concibió una idea que le quitó de encima gran parte del peso que le agobiaba. Era tetzcucano. Iría primero a ver a Nezahualpilli para contarle lo ocurrido. Sabía que el rey de Tetzcuco era un monarca muy raro que no sentenciaba a muerte a los correos que le traían malas nuevas. Abriría su pecho al rey y le confesaría sus temores. Y estaba seguro de que Nezahualpilli encontraría manera de salvarle.

Con paso ya más ligero tomó resueltamente el camino de Tetzcuco, tirando hacia la derecha. Cuando llegó a su pueblo natal se fue a palacio y consiguió al instante pasar a presencia del rey, a quien relató la escena en la jaula de Chicoatl, lo ocurrido en el barranco y por último el temor que le apuraba de que Moctezuma se vengara sobre su vida.

—Enséñame las pinturas —mandó Nezahualpilli.

El artista-correo desarrolló primero la de la matanza de los calpixques, pero el rey la separó a un lado sin decir palabra. Bastantes pinturas de matanzas había visto ya en su vida. El pintor le enseñó entonces el retrato del hombre blanco con pelo de oro. Nezahualpilli hizo al correo numerosas preguntas sobre el tamaño, los miembros y los movimientos del hombre nuevo. Le llamó la atención en particular el color de los ojos.

—¿Es como el del cielo o como el del agua? —le preguntó.

—Entre lo uno y lo otro —contestó el correo—, y cambia con aquello que mira.

Nezahualpilli guardó silencio durante largo rato.

—Está bien —le dijo al fin—. Vé a Tres-Cañas y dile que te aloje hasta nueva orden. Yo me encargaré de llevar tu relato al emperador.

8

Aquella mañana llegó Ixcauatzin a ver al rey Nezahualpilli con el recado de Xuchitl. Nezahualpilli se puso en marcha al instante llevando consigo el retrato del hombre blanco que el artista-correo le había traído. En Tenochtitlán mandó un recado al emperador, pidiéndole audiencia para aquella misma tarde, y fue derecho a casa de Papantzin, donde también encontró a su hija Xuchitl.

Papantzin recibió a Nezahualpilli con gran contento.

—Sois la única persona a quien puedo explicar mi extraordinaria aventura.

Xuchitl la miró con ojos implorantes.

—Sí, mi pluma preciosa. Quédate y escucha. No me era posible contártelo mientras estabas aquí sola conmigo, pero puedes oírlo ahora que tendrás aquí a tu padre para prestarte apoyo.

Luego, volviéndose al rey, contando:

—Ya sabréis que he andado cuatro días camino de la morada de Mictlantecutli y he vuelto. Vi una llanura muy ancha, tanto que no se veía el fin. En mitad de la llanura había un camino que se dividía en varios senderos, y a un lado un río potente que corría con mucho ruido. Cuando me iba a arrojar a las aguas para pasar al otro lado vi a un mancebo resplandeciente en el aire, que me dijo: "Aguarda. No es llegada tu hora. Dios te ama aunque todavía no lo conoces." Sobre la frente llevaba un signo como éste —y Papantzin hizo con los dos índices la señal de la cruz—. Entonces le seguí a orilla del río y oí unos lamentos desgarradores; luego el río se fue ensanchando, hasta formar una ensenada donde vi enormes canoas, tan grandes que las mayores de las nuestras parecían juguetes a su lado, y estaban llenas de hombres que tenían la piel del color del papel y unas barbas espesas, muchos de ellos del color del cobre o de oro, y muchos también con los ojos del color del cielo.

Nezahualpilli escuchaba esta descripción con la atención más sostenida, y Xuchitl fascinada y no poco impresionada. Papantzin entretanto proseguía:

—Aquellos hombres extraños desembarcaron. Traían con ellos unos animales parecidos a nuestros venados, pero más grandes, e iban y venían sentados a horcajadas sobre el lomo de aquellos animales, lo que les permitía moverse con maravillosa rapidez. Vi a algunos de ellos atravesar toda la llanura en menos tiempo del que le haría falta al mejor correo de mi hermano para atravesar esta sala. Abrí los ojos y me encontré ahí en el jardín.

El rey no se había fijado en su hija. Tenía los ojos clavados en Papantzin. Pero cuando Xuchitl oyó el relato de aquellos hombres que atravesaban la llanura montados en animales extraños, recordó el sueño que había tenido y sentía vivos deseos de comunicárselo a su padre. Ya estaba casada y le estaba por lo tanto permitido hablar a voluntad, pero se dio cuenta de que el rey estaba ensimismado en sus pensamientos y no se atrevió a distraerle. Nezahualpilli tenía en la mano un tubo de cobre. Sacó del tubo aquel una tela de algodón, la desenrolló y preguntó a Papantzin:

—¿Eran como éste?

—¡Oh! ¡Lo mismo! —exclamó Xuchitl.

Atónitos ambos, la miraron Nezahualpilli y Papantzin. —¿Qué sabes tú? —preguntó el rey a su hija.

Y entonces Xuchitl les contó el sueño que ya hacía tiempo había tenido.

9

Aquella tarde recibió Moctezuma a su pariente el rey de Tetzcuco. Desde la muerte de la Reina Mala había ido envejeciendo rápidamente Nezahualpilli. Era como si al quebrarse la cadena de la carne que le ataba a la vida, su espíritu hubiese cobrado más libertad para vagar por los espacios de la naturaleza visible e invisible. Había ido tomando un aspecto más triste y más hondo, una tristeza inconsolable nacida de la conciencia de su propia imperfección. Oyó las revelaciones de Papantzin con la convicción profunda de que se amoldaban perfectamente a sus propios presentimientos y presagios, a su vez fundados en deducciones razonables de hechos conocidos. Xuchitl vino a confirmar inesperadamente toda aquella fábrica con el relato de su sueño. Finalmente la pintura que le había traído el correo del emperador aportó una prueba externa y material a todos aquellos presentimientos convergentes. Fue pues Nezahualpilli a ver al emperador con la certidumbre de que habían llegado los hombres de Quetzalcoatl, y que por lo tanto tocaba a su fin el imperio de Anahuac.

Moctezuma sentía por Nezahualpilli más respeto y temor que gratitud. Aunque le debía la elección, el emperador, que era realista y sólo se movía bajo la presión de los hechos (los hechos del poder visible y las fantasías del poder invisible que su fe transformaba en hechos), no le tenía apenas gratitud alguna; pero respetaba a Nezahualpilli por creer que el rey de Tetzcuco poseía fuertes poderes mágicos y era capaz de transformarse en tigre, águila o león de un momento a otro; y por otra parte sabía que Nezahualpilli conocía al dedillo los movimientos de las estrellas, lo que a los ojos de Moctezuma era una ciencia de formidable eficacia práctica.

—Señor —comenzó Nezahualpilli—, me hallaba observando las constelaciones cuando vi una peligrosa combinación formarse en los cielos contra vos. Venía un correo hacia Tenochtitlán trayéndonos nuevas de la costa, portentosas en sí, pero que además, según me decían las estrellas, hubieran sido fatales para vos de haberos sido comunicadas directamente. Este descubrimiento me tenía muy angustiado, hasta que encontré una manera de evitar el desastre inminente. Conseguí llenar el corazón del correo de temor por su vida si venía a Tenochtitlán con las noticias y así le hice desviar del camino para que me las trajera primero a mí. Al instante me di cuenta del éxito de mi estratagema, pues a medida que se acercaba se iba disolviendo la conflagración adversa en los cielos.

Moctezuma había seguido este relato con apasionada atención, con la cabeza ligeramente inclinada hacia adelante, sentado en su ycpalli de oro.

—Padre —observó—, os estoy agradecido. Pero la ley es la ley, y desollaremos al artista-correo.

—Desde luego —contestó—... con una condición: de que la muerte del correo no venga a deshacer lo hecho. Como a mí lo que me interesaba era vuestra vida y no la del correo, es un punto que no he examinado. Pero lo veré esta noche sin falta.

—Yo me pregunto —dijo Moctezuma, haciendo lo posible por ocultar su preocupación— si ese desastre que habéis evitado era el que me tenía anunciado el meteoro de estas noches pasadas. De ser así —añadió lamentablemente— ya queda saldada esa cuenta gracias a vos.

Pero Nezahualpilli no le dejó reposar sobre pensamiento tan consolador.

—No, señor. Parece que habéis olvidado que el correo os traía un recado. Yo mismo me he encargado de comunicároslo. Pero antes de hacerlo, tengo que daros cuenta de un sueño y de una resurrección.

Nezahualpilli refirió entonces al emperador el sueño de su hija, que alarmó no poco a Moctezuma.

—¿Y decís que era parecido a Quetzalcoatl? —preguntó con ansiedad.

—Sí, salvo que tenía la barba color de oro y no de color negro.

—Quizá sea un señor todavía más poderoso —apuntó Moctezuma, pensativo. Y después de un momento de reflexión, volvió a preguntar—: ¿Y esa resurrección de que hablabais?

Nezahualpilli contó a Moctezuma la aventura de Papantzin en la región sin puertas ni ventanas.

—¿Y por qué no vino a decírmelo a mi primero? —preguntó Moctezuma con cierto resquemor.

—Por deferencia para con vuestra paz de ánimo. La noticia era tan grave que le pareció preferible dármela primero para que os preparase —explicó bondadosamente el rey de Tetzcuco.

—¿Y eran muchos?... ¿Y corrían por todo el país?

El infortunado emperador se hacía estas preguntas a sí mismo, con voz de desesperanza, sin aguardar respuesta alguna. Nezahualpilli le miraba con ojos de conmiseración, y sin embargo con una distancia que en él ponía la convicción de que ya nada importaba.

—¿Y creéis que sucederá pronto? —preguntó Moctezuma, esta vez en concreto y a su interlocutor.

Nezahualpilli desenrolló entonces la tela de algodón que traía en el tubo de cobre.

—Éste es el retrato de uno que ya anda por nuestras costas —dijo, y al punto dio al emperador breve noticia de todo lo que el artista-correo le había contado, con la subsiguiente desaparición del hombre misterioso de pelo de oro.

—Un dios. No cabe duda que es dios —murmuraba Moctezuma, entre asombrado y abatido, bebiendo el cuadro con ojos ávidos—. Y ya está aquí en la tierra, en cualquier parte... A lo mejor llega aquí hoy mismo... Ha matado a mis calpixques... Esos bestias de otomíes se prestarán a todo... Sin él no se hubieran atrevido... ¿Qué va a ser de nosotros?

Nezahualpilli tuvo piedad del desgraciado monarca:

—No, señor. Ya llevo algún tiempo estudiando las estrellas. No pasará nada todavía durante algunos años.

Y se despidió de Moctezuma dejándolo, si no resignado con su suerte, al menos consolado porque le quedaba algún respiro.

10

Fue pasando el tiempo y los hombres de Quetzalcoatl no acababan de llegar. El meteoro palideció, desapareció y no volvió a retornar. El río de los días y de las noches fue lavándolo todo, llevándoselo en sus aguas azules y negras que la lejanía del pasado tornaba grises, y con la usura de las aguas del tiempo la ansiedad del emperador fue perdiendo al menos las aristas que la hacían dolorosa, rodeándose y haciéndose soportable como un peso que la costumbre hace familiar... Moctezuma procuró además distraerse en excursiones de caza y en compañía de sus mujeres.

Moctezuma ordenó que Xuchitl entrase en turno con las doncellas nobles que solían servirle a la mesa. Xuchitl tomó la noticia como cosa corriente en la vida palatina. El emperador comía siempre solo. En la sala donde se le servían sus comidas ardía siempre en un brasero una corteza especial que daba aroma sin humo, y Moctezuma se protegía de la radiación directa del fuego por medio de una pantalla o biombo de madera primorosamente labrada y decorada en oro. Una hueste de criados colocaba en el piso a todo lo

278

largo de la sala docenas de platos diferentes, casi todos a base de carne, aves o pescados, cada uno sobre un braserillo de barro. Moctezuma pasaba a lo largo de aquella exposición y, con su varilla de oro, elegía el plato del día; luego se iba a sentar sobre un ycpalli bajo, ante el cual estaba colocado un amplio almohadón de cuero rojo repujado en oro, que le servía de mesa. Cubríalo un mantel blanco de algodón sedoso ricamente bordado, sobre el cual reposaban platos de loza de Cholula y cuchillos de obsidiana negra con mangos de oro. En cuanto Moctezuma se sentaba, se cerraban las puertas que separaban la parte de la sala donde él comía, del resto, en donde siempre había una multitud de palatinos. Las cuatro doncellas de honor se quedaban en el comedor y a veces también se permitía a algún otro enano o jorobado que acompañase y divirtiese al emperador con sus chistes y jugarretas.

Una de las doncellas le ofrecía agua para lavarse las manos en un aguamanil de oro, mientras que otra le sostenía la jofaina, también de oro, y la tercera —aquel día era Xuchitl— le presentaba una toalla blanca como la nieve. Era el primer día en que Xuchitl tomaba parte en el servicio. Moctezuma tomó la toalla asiendo a la vez la mano de Xuchitl que se la daba. Las otras tres doncellas le miraban sorprendidas, y en un rincón contemplaba el espectáculo un enano jorobado. Pero Moctezuma, sin darse cuenta de la impresión que estaba produciendo en los circunstantes, tomó de un plato que le ofrecía la cuarta doncella unas tortillas de harina de maíz y huevos. La primera doncella le sirvió entonces el guiso de perdiz con tomate y chile que aquel día había escogido. Moctezuma comía con los dedos, en silencio. Las cuatro doncellas aguardaban de pie, en fila, a respetuosa distancia. Moctezuma hizo ademán para que se acercase Xuchitl, tomó de su plato un trozo de perdiz y se lo ofreció. Xuchitl se ruborizó, aceptó el obsequio y se lo comió. Nadie había visto ni oído nunca que Moctezuma ofreciera un trozo de su propio plato a una de sus doncellas. Estaban las cuatro atónitas, y Xuchitl, además, confusa. El enano enseñó los dientes con sonrisa de sarcasmo y, con la peor intención posible, disparó al emperador:

—Señor, esa carne está todavía muy tierna.

El emperador le lanzó una mirada tan llena de fuego, tan feroz, que el pobre diablo, presa de terror, se refugió en un rincón del comedor a espaldas de su amo, con la esperanza de que se olvidase de él.

La comida imperial siguió su curso en silencio. Después de la fruta, la primera doncella sirvió a Moctezuma una copa de oro llena de cacao frío. El emperador solía hacerse mezclar con el cacao drogas para estimularle la potencia carnal. Tomó la copa de manos de la doncella y dijo secamente:

—De aquí en adelante me servirá el cacao Xuchitl.

Se bebió el refresco y extendió la mano para recibir el acayetl o caña de tabaco que le ofrecía la segunda doncella. Se arrellanó en el sillón y se puso a fumar con profunda delicia sensual.

—Xuchitl, hoy te toca bailar a ti.

Con la varilla de oro dio tres golpes en el tamborcillo de oro. Surgió Petalcalcatl.

—El tamborilero —dijo con autoridad.

El mayordomo salió y casi sin espera alguna entró un hombre ya entrado en años, sin más vestido que el braguero, que traía en la mano un teponaztli o tambor de madera y una varilla para tocar. Se sentó en el suelo y comenzó a hacer brotar de su instrumento un redoble fuertemente ritmado. Xuchitl no sabía qué hacer. Pero las palabras de Moctezuma eran siempre órdenes Se adelantó lentamente hacia el centro del espacio libre e improvisó como pudo. Moctezuma fumaba en silencio con los ojos entornados, y con la hendidura de los párpados envolvía en miradas de cálida sensualidad aquel botón de rosa humano que con tanta gracia y ligereza se estaba moviendo ante él.

11

A medida que Xuchitl iba creciendo y cobrando cada vez más encanto femenino, aumentaba el embeleso con que el emperador la miraba y la deseaba. Constantemente y bajo cualquier pretexto tenía que acudir a la presencia imperial: hoy para tomar parte en una excursión por el lago, mañana para una ceremonia en la corte. Al principio, el marido de Xuchitl no prestó mayor atención a lo que estaba ocurriendo. Mientras la corte entera cotilleaba sobre el caso, Macuil Malinal seguía entregado a sus quehaceres sin dársele un bledo lo que pasaba. En cuanto a Ixcauatzin, pasaba horas enteras orando ante la imagen de Quetzalcoatl, en espera de alguna inspiración que le permitiera salvar a Xuchitl de la catástrofe que veía venir.

Un día oyó decir en la corte que Moctezuma abrigaba el proyecto de declarar la guerra a la ciudad de Atlixco. La noticia le fue de gran alivio. Se presentaría voluntario para la guerra a fin de que la lucha le distrajera de los encantos de Xuchitl y de las maquinaciones de Moctezuma. Pero en el grupo de palatinos que estaba conversando sobre el plan, apuntó uno que Moctezuma iba a otorgar el tambor de oro a su hermano Macuil Malinal. El tambor de oro era la insignia del general en jefe. Nadie comentó esta noticia. En la mirada de tal o cual de los presentes pasó como un fugaz destello durante un pestañear, pero todo volvió otra vez en la suave normalidad de los ojos de cortesanos. Ixcauatzin se dio cuenta. No era tonto y sabía historia. Al instante, con el primer pretexto que halló a mano, se fue a Tetzcuco a ver al rey.

—Señor —explicó a Nezahualpilli—, lo que he visto y oído me

280

hace sospechar que Moctezuma está apasionado por Xuchitl y que acecha deshacerse de su hermano como vuestro padre el rey Nezahualcoyotl quitó de en medio a Cuacuauhtzin para casarse con Azcalxochitl.

Nezahualpilli meditaba en silencio, fumando un largo acayetl, mirando de cuando en cuando a Ixcauatzin. La educación del joven era tan excelente que aguardó en pie, recto e inmóvil, en perfecto equilibrio de cuerpo y espíritu, mientras el rey meditaba.

—¿No me habías dicho que Moctezuma se proponía ofrecer una fiesta a Xuchitl? —preguntó al fin.

—Sí, señor.

—Dentro de unos veinte días, viene a ser. ¿Crees tú que declarará la guerra antes?

—No, señor. Le hace falta lo menos tres meses de preparación.

—Muy bien. Yo me encargaré de que la fiesta sea brillante.

En el rostro de Nezahualpilli pasó como un reflejo fugaz de sonrisa, que Ixcauatzin observó y le hizo volverse a Méjico con la certeza de que el rey hechicero había descubierto el modo de evitar el desastre inminente.

12

La fiesta en honor de Xuchitl tuvo lugar en palacio una tarde de sol, en una de las grandes salas de recepción, con su terraza entre el palacio y la laguna. Los invitados pertenecían a las gentes palatinas, las familias más influyentes del Estado y las de los mercaderes ricos. Los hombres lucían mantos de algodón de sedoso lustre entretejidos con plumas preciosas de los colores más vistosos. Los guerreros llevaban el pelo recogido en lo alto de la cabeza, dejando caer sobre la espalda voluminosos ornamentos de largas plumas, verdaderas cataratas de color. Los que hacían vida sedentaria llevaban en la cabeza el *quetzalalpitoal,* ornamento compuesto de dos borlas de plumas y oro que colgaban a ambos lados del rostro desde la cabeza. La mayoría de los hombres llevaba pendientes de oro o piedras preciosas y pulseras de oro o piedras jade colgadas de la muñeca por medio de correas negras de cuero de venado. Casi todos ostentaban además un adorno que les colgaba de un agujero en el labio inferior, haciéndoles enseñar los dientes hasta la encía. Era ya un chalchivitl o un trozo de cristal dentro del cual venían insertas pequeñísimas plumas verdes o azules que transfiguraban el cristal en una gama iridiscente; o bien una media luna de oro. Muchos llevaban piedras preciosas; los más turquesas, insertas en agujeros a uno y otro lado de la nariz. Los guerreros ostentaban una especie de bigote artificial de plumas azules o verdes que les colgaban de un agujero perforado en el tabique de la nariz. Sobre el pecho de los hombres brillaban collares de oro, de chalchivitls, de camarones de oro o de perlas. Los más elegantes o los más ricos llevaban brazaletes de turquesas de donde colgaban largas plumas de la cola de algún ave rara de inestimable valor. Cubrían sus piernas grebas de oro, y en la mano llevaban casi todos una banderita de oro que coronaba un plumero de plumas preciosas. Tocaban sus cabezas con una especie de sombrero de plumas imitando la forma del ave del que procedían, con el pico hacia adelante y la larga cola cayendo sobre el cuello y las espaldas.

Algunos llevaban largos abanicos de plumas preciosas, verdes, azules, color naranja, morados o de un blanco resplandeciente. Otros llevaban ramos de flores, otros tubos aromáticos de tabaco que iban fumando e impregnando de humo la atmósfera ya cargada de toda suerte de aromas. A cada uno de los hombres que tan decorativamente circulaban por el salón seguía un paje desnudo —salvo un braguero bordado— que llevaba un espejo de piedra pulida para que su amo se mirase de cuando en cuando y apurase el armonioso conjunto de su tocado.

Todos aquellos hombres magníficos, destelleantes de oro, deslumbrantes por la multiplicidad de sus colores, iban y venían con soberbia prestancia y dignos ademanes por entre una multitud de mujeres vestidas con la mayor sencillez, descalzas, con el pelo teñido de morado colgándoles por la espalda hasta la cintura; el rostro pintado de amarillo, rojo o negro o de una combinación de colores, y algunas con diseños tatuados en los brazos, el pecho y los senos; los dientes pintados de rosa. Algunas llevaban collares y pulseras, joyas modestas y sencillas, pobrísima imitación de las que resplandecían en el cuello y brazos de sus maridos, hermanos e hijos.

A un extremo del salón aguardaba una batería de tambores de madera: el huehuetl, alto, hueco, vaciado en un tronco de árbol, pintado de vistosos colores, y cerrado con una piel de venado, instrumento para tocar con los dedos, capaz de sorprendente variedad de notas y sonidos; y el teponaztli, todo él de madera, incluso la superficie de percusión, para tocar con varillas, instrumento que aportaba el acompañamiento rítmico al canto del huehuetl. En las cuatro esquinas de la sala ardían grandes braseros quemando olorosas cortezas y gomas para suavizar el aire fresco que venía de la laguna.

El aire de la sala vibraba con toda suerte de corrientes de conversación que iban a fluir juntas en un río de murmullo cuando Moctezuma apareció en escena y todo cayó en el silencio durante unos instantes. Sólo muy de tarde en tarde se presentaba Moctezuma en persona ante sus súbditos, y todos se dieron cuenta del honor excepcional que aquel día otorgaba a Xuchitl con sólo su presencia. Llevaba el manto imperial y la diadema también azul. Al instante miró en derredor con ojos de soberano. Buscaba a Xuchitl. Ella se adelantó de la mano de su marido, y deteniéndose tres veces en el camino, según estaba prescripto por la etiqueta, pronunció con voz clara cada vez que se inclinaba, las palabras de rigor:

—Señor, mi señor, gran señor.

Llevaba puesto un huipil bordado de algodón morado tan suave como la seda y Moctezuma clavó la mirada en sus pechos chiquitos y duros que le levantaban el huipil. No iba pintada ni traía teñido el pelo, detalles ambos que merecieron los comentarios más hostiles por parte de las damas presentes, ya que parecían indicar en Xuchitl cierta tendencia a la desenvoltura. Moctezuma le sonrió y la tomó de la mano. Xuchitl entonces, con la mano izquierda en la del emperador y la derecha en la de su marido, cruzó el salón hasta el extremo opuesto a la batería de tambores, sentándose los tres en sendos ycpallis. El resto de los invitados se quedó de pie. El emperador hizo una señal con la varilla de oro y la danza comenzó.

Dos corifeos salieron de detrás de la batería de tambores danzando en ritmo perfecto con movimientos de brazos y piernas que revelaban excelente escuela. A cada uno seguían numerosos danzarines profesionales, a los cuales se fueron añadiendo los más jóvenes de entre los invitados, formando así dos hileras que, siempre en ritmo con los tambores, se colocaron en dos círculos concéntricos en el centro del salón. En cuanto se hubieron cerrado los dos círculos, comenzaron todos a cantar el poema a tono con los tambores. Tanto en el baile como en el canto había más ritmo que melodía. El canto era más bien un recitativo fuertemente acentuado por el batir de los dos tambores. El poema celebraba la belleza de Xuchitl y la felicidad que una mujer en flor aporta a la vida de un hombre. La danza prosiguió en orden perfecto mientras duraba su recitación. Todos los brazos, todas las piernas se movían en tan perfecta disciplina, que formaban superficies impecables. Era tanta perfección fruto sin duda de mucha escuela, pero también del temor que inspiraba el emperador que había condenado ya a muerte a más de un danzante por las menores imperfecciones en arte tan difícil. Esta vez parecía Moctezuma muy satisfecho de la fiesta, y cuando el poema (que se sabía de memoria) tocaba a su fin, hizo señal con la varilla de oro a Petalcalcatl, que al instante se puso a la cabeza de una comitiva de pajes portadores de ramilletes de flores, distribuyéndolos a los bailarines.

Después de breve interludio, también a una señal de la varilla de oro de Moctezuma, comenzaron los tambores otra danza. Moctezuma sólo sabía que era para acompañar un poema que había escrito Nezahualpilli, cuyos cantantes y danzantes se iban a encargar de dirigirlo. Según costumbre, los invitados se unirían a la danza, y aun al poco tiempo, aprenderían a repetir también el refrán de la canción. Habían adoptado los tambores un ritmo lento que iba poco a poco llenando el aire de la sala de un humor elegíaco y sombrío en contraste con el esplendor de las joyas y plumas de los invitados. Salieron los corifeos, avanzando lentamente con ademanes de anhelo y de pesar. Se cerraron los dos círculos de bailarines y comenzaron a cantar los corifeos con su acento de Tetzcuco suavemente modulado, y que tan melodioso sonaba a los oídos más duros de los tenochcas:

Éste es el canto de pena del rey Nezahualcoyotl,
Éste es el canto de pena que el rey Nezahualcoyotl
Suspiró del pecho triste, del tardo seso vertió,
Porque del amor vencido, quebró la ley y el honor
Y pagó la culpa con sangre del fruto de aquel mismo
amor...
Éste es el canto de pena del rey Nezahualcoyotl.

Todos los presentes conocían la historia del rey Nezahualcoyotl y de su mujer Azcalxuchitl, y cómo Nezahualcoyotl se la había quitado a su primer marido, Cuacuauhtzin, mandándole a la guerra para que lo matasen en la batalla. Todos sabían que Moctezuma abrigaba la intención de hacer lo mismo con Macuil Malinal. Estaba severamente prohibido mirar al emperador a la cara, ¿pero quién iba a vigilar a tanta gente? Las miradas furtivas que le dirigían sus invitados iban revelando la lucha que en su ánimo se desarrollaba. Los tambores seguían batiendo un ritmo triste y melancólico mientras los dos círculos de danzantes, sin darse cuenta de la tensión que iba subiendo en la sala, continuaban interpretándolo con sus ademanes en un conjunto de la mayor perfección:

¡Oh qué fugaz el placer! ¡Oh qué perenne el dolor! Los ojos de
una mujer me hirieron en el corazón.
No supe seguir el combate a la luz serena del sol.
Hice caer en mis trampas a aquel ufano ocelotl...
Mas ¡ay! que no basta el placer para anegar mi dolor...

Vibró con estridencia el tamborcillo de oro que colgaba del respaldo del ycpalli de Moctezuma: la danza se heló en inmovilidad y el poema se hundió en el silencio. Ni un movimiento, ni un murmullo en toda la sala. Todos los ojos bajos, pues nadie osaba incurrir en la cólera mortal del emperador. Se oyó su voz con un estremecimiento de terror.

—Petalcalcatl, yo no puedo tolerar que se cante mal y que se baile peor. Al jefe del coro y al de la danza, desuéllalos vivos. A todos los demás profesionales, los sacrificaremos a Uitzilópochtli. Sirve los refrescos.

Por entre los invitados circularon las doncellas con jarros de cacao frío. La mayor parte de los presentes, y sobre todo los que habían tomado parte en la danza, sintieron el alivio de verse en vida, y de no tener que seguir a los danzarines y cantantes en su negro destino. Xuchitl había pasado por aquella prueba terrible con gran dominio de sí, centro y norte de todas las miradas, sentada con perfecta calma exterior mientras se desencadenaba en su alma la borrasca de tantas emociones. Macuil Malinal parecía estar ya por bajo o por cima de los sucesos, que contemplada con frialdad, inmóvil en su prestancia de guerrero, y la curva de su labio inferior, que dejaba ver una hilera de dientes terribles, hubiera podido expresar el desprecio como no hubiera sido debido al peso de la media luna de oro que le colgaba del bezo. Ixcauatzin no estaba presente.

Poco a poco se fueron marchando discretamente los invitados, casi todos en canoas que venían a buscarlos al borde de la terraza. Quedó la sala vacía, y de toda aquella multitud abigarrada y vistosa sólo se veían, revoloteando por la superficie pulimentada de los pisos, a merced de los vientecillos que soplaban de la laguna, pelusillas sueltas, verdes, amarillas, rojas, blancas, azules, que habían perdido en el ir y venir de la vida los suntuosos ornamentos de los huéspedes.

13

Terminada la fiesta, Petalcalcatl pidió audiencia al emperador.

—Señor, resulta que los cantantes y bailarines condenados a muerte son todos hombres del rey Nezahualpilli.

El emperador frunció el entrecejo sañudamente. Estaba indignado con Nezahualpilli y su primer pronto fue contestar:

—Tanto mejor.

Pero lo retuvo el recuerdo de los poderes mágicos que atribuía a Nezahualpilli, y aun sospechaba que el rey hechicero había adivinado por brujería sus malévolas intenciones. Era, pues, menester ir con pies de plomo.

—¿Conoces a algunas personas con nombres iguales? —preguntó sin siquiera mirar al mayordomo.

—Las podemos encontrar, señor.

—Muy bien. Déjalos volver a Tetzcuco y castiga en su lugar a un numero igual de súbditos míos con los mismos nombres.

14

Pasaron unos cuantos meses y Moctezuma fue recobrando su aplomo usual. Declaró la guerra a Atlixco y otorgó el pandero de oro a Macuil Malinal. El príncipe comprendió en seguida lo que le esperaba. El día designado para la marcha se vistió de gala como jefe de los guerreros, con las insignias de los que habían tomado al enemigo por lo menos seis prisioneros vivos y jurado además no retroceder en combate singular contra veinte adversarios. Así vestido, era un espectáculo de gran colorido y esplendor, con el pelo recogido en alto, el plumero en cataratas de plumas de colores rebotándole sobre la espalda, el manto amarillo abierto sobre el costado derecho con dos soles blancos bordados por delante. En las orejas llevaba dos largos adornos cilíndricos y de su labio inferior pendía una larga barra de oro que le caía hasta el pecho. Un paje le seguía portador del estandarte de plumas verdes y de la espada de madera con doble filo de hojas de obsidiana. En bandolera sobre el hombro derecho, llevaba el pandero de oro, insignia de su dignidad.

Macuil Malinal venía a decir adiós a Xuchitl. Había rogado a Ixcauatzin que estuviera presente en la entrevista. Xuchitl le había visto muy raras veces en los tres años en que habían vivido legal y políticamente casados. Le llamó la atención su prestancia masculina, sus ojos claros y valientes y su afabilidad.

—Adiós, Xuchitl. Ya no volveré a verte. Eres el instrumento que los dioses han escogido para llevarme a su seno. Me hubiera gustado vivir contigo, pero moriré como debe morir un guerrero. Te dejó en las manos leales de Ixcauatzin.

Xuchitl lloraba. Ixcauatzin guardaba silencio. De pronto, desgarró el aire el sonido estridente de una trompeta de concha que puso fin a la escena. Macuil Malinal se trasladó al cuartel general, se despojó de sus galas y se puso el traje de campaña: el escaupil, o chaqueta de algodón de una pulgada de espesor, para defenderse contra las flechas; encima, la cota de cuero atada a la espalda, adornada con plumas y reforzada con planchas de oro y plata. El broquel plegable montado sobre una armazón de cañas duras y una pieza de cuero también cubierta con planchas de oro y plata, estaba adornado con camarones de oro, por ser Macuil Malinal caballero de una orden que le daba tal privilegio; llevaba las piernas defendidas con grebas de oro, y la cabeza con un casco de cuero en forma de cabeza de tigre, vistosamente repujado.

Salió de la ciudad a la cabeza de ocho mil guerreros que seguían en larga fila y de los tlamemes portadores de víveres y del resto de la impedimenta, y a derecha e izquierda les acompañaban bandadas ruidosas de mozalbetes que marchaban al paso de los bélicos tambores con entusiasmo juvenil.

Durante ocho días estuvo Tenochtitlán en suspenso en espera de noticias de la guerra. Una mañana llegó un correo con el cabello en desorden cubriéndole el rostro, abatido el paso, sin mirar ni hablar con nadie. Los que tenían parientes en el frente se retiraron al interior de sus casas para ocultar la pena y la vergüenza, pues aquel correo venía anunciando con solo su aspecto la derrota de los tenochca. En cuanto llegó a palacio el correo pasó inmediatamente a presencia de Moctezuma. Había convocado el emperador a su Consejo para escuchar las nuevas que ya él esperaba, puesto que todo se venía haciendo de acuerdo con sus planes. Los batallones mejicanos habían huido al primer ataque del enemigo y Macuil Malinal había muerto en el campo de batalla.

—¿Y qué más? —preguntó Moctezuma.

—No sé más —contestó el correo, con palabras convenidas que Moctezuma aguardaba.

Volviéndose a su Consejo, dijo el emperador:

—Hombres somos. Como hombres hemos de conducirnos. Esperemos mejores noticias.

Y en efecto, llegaron aquella misma tarde. Por las calles de Tenochtitlán pasó corriendo alegremente un segundo mensajero, con el cabello muy bien peinado y trenzado, una manta blanca de algodón sobre el cuerpo, una rodela al brazo izquierdo y en el derecho una macana que blandía con la mayor agilidad y robustez. Nadie necesitaba oírle para saber que todo aquello significaba victoria. Tal fue el mensaje que el correo comunicó al emperador. El enemigo se había rendido, declarándose dispuesto a pagar un tributo de oro, algodón y maíz. Se habían hecho más de mil prisioneros para sacrificar a Uitzilópochtli.

—El señor Uitzilópochtli ha recompensado nuestra fe —exclamó Moctezuma piadosamente. Y añadió—: Vamos al templo en son de gracias. Petalcalcatl, dile a mi paje que me traiga la caja de espinas.

15

Después de sus devociones, Moctezuma volvió otra vez la atención a Xuchitl. Preguntó por ella, y le contestaron que la niña-viuda se había ido a Tetzcuco. El emperador ocultó su cólera por temor a Nezahualpilli. Xuchitl se instaló en Tetzcuco. Todo estaba igual que antes, menos dos cambios importantes que observaba: las habitaciones prohibidas ya no lo estaban, sino que, al contrario, formaban parte del resto del Palacio, brillantemente decoradas y pintadas y vacías de los siniestros restos de aquella pesadilla; y el rey parecía mucho más viejo; había cambiado no meramente de aspecto sino en el fondo de su ánimo. Aquel envejecimiento exterior no se justificaba tanto por la edad, que no era mucha, como por cierta resignación tácita a desprenderse de la vida. Esta sensación de que su padre se iba poco a poco alejando del mundo se apoderó del ánimo de Xuchitl rápida pero sutilmente. Nezahualpilli, cada vez más aficionado a la soledad, gustaba no obstante de la compañía de su hija, única persona que tenía acceso a lo íntimo de su ser. Padre e hija solían pasar juntos largos ratos, ya en la galería del rey abierta hacia el jardín o en algún otro lugar tranquilo y retirado del parque, mirando los juegos y esparcimientos de las aves acuáticas en las albercas bordeadas de jaspe. Nezahualpilli dejaba a veces entrever su amargura por la conducta de Moctezuma.

—Es verdad —dijo un día— que al fin y al cabo no hizo más que imitar a mi padre. Pero mi padre quería a Azcalxuchitl por encima de todo y la hizo su mujer para siempre, mientras que él... es un perro miserable. Vergüenza me da haberlo elegido.

De este humor de desprecio para con Moctezuma y de crítica de sí mismo, pasaba Nezahualpilli a una especie de desencanto universal.

—Quizá hubiéramos llegado a una forma de vida mejor que la actual. Pero necesitábamos tiempo para ir perdiendo nuestros hábitos sanguinarios... Varias gavillas de años lo menos. No nos las darán. Los hombres de oriente han llegado y nos vencerán...

—¿Por qué? —preguntaba Xuchitl.

Y contestaba Nezahualpilli:

—Porque vienen. Los que vienen son siempre más fuertes que los que aguardan. Por eso vienen ellos y aguardan los otros. Y traerán dioses y costumbres diferentes.

—Pero —replicaba Xuchitl— es muy posible que las costumbres que traigan sean precisamente las que vos queríais que tuviéramos; y eso os debe alegrar.

Nezahualpilli contemplaba la idea unos instantes, para concluir.

—No, porque nuestras costumbres, aunque cambiasen, hubieran sido las nuestras, nacidas de nuestro ser. Como una serpiente que cambia de piel. Las de ellos serán como un traje que nos pondrán. No lo llevaremos a gusto.

Después de conversaciones de este género, solía Nezahualpilli guardar largo silencio en que su rostro se modelaba en un molde de tristeza y en sus ojos brillaba como una luz que a Xuchitl le parecía la puesta del sol. Era en efecto un sol poniente, y lo sabía. Quizá fuera en todo el Anáhuac el único hombre que se daba cuenta plena de la tragedia histórica a punto de comenzar entonces en la escena mundial, tragedia en que su país iba a representar el papel de víctima principal. Contemplaba entonces su palacio y el sinnúmero de objetos hermosos que contenía y en general todo el ambiente que le rodeaba, y los colores y formas en que vivía, con ojos de hombre que se despide para siempre; y desde la torrecilla de su observatorio veía la laguna y las ciudades en tablero blanco y oro, como formas de vida condenadas a muerte y transfiguración que sólo sus ojos proféticos adivinaban. A veces le sorprendían sus propios hijos cuando los estaba mirando con ojos intensos en que procuraba penetrar su porvenir. Adivinaba que su primogénito Cacama defendería a su país contra los invasores como un tigre bravo, tesonero y poco inteligente, mientras que Cara-de-Vainilla, impulsivo, ambicioso y ligero, se dejaría arrastrar a la tentación de conquistar una apariencia de poder poniéndose al lado de los extranjeros. ¿Cuál sería el destino de Xuchitl? Mucho le preocupaba a Nezahualpilli.

—¿Por qué no te casas con Ixcauatzin? —preguntó una vez a Xuchitl después de uno de sus largos silencios.

Sorprendida, se ruborizó e intentó rehuir una contestación directa:

—¡Pero si es un sacerdote! No puede casarse ni conmigo ni con nadie.

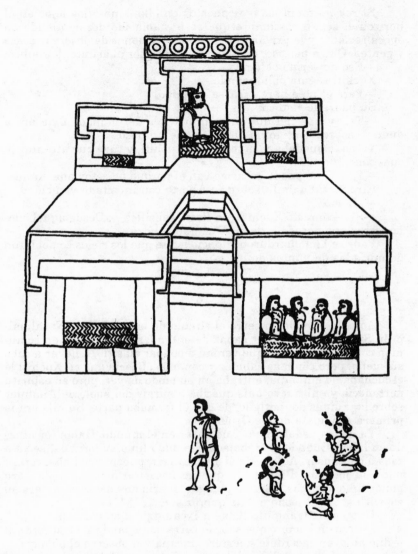

XV. El palacio de Moctezuma. Las habitaciones estaban sobre una plataforma, a la que se llegaba por una escalera. A derecha e izquierda, las cámaras de los jefes aliados de Tetzcuco, Culhuacán, Chiconauhtla, Tlacopán y Tenayuca. Abajo, a la izquierda la sala de los consejos de guerra. A la derecha la de los jueces, que están resolviendo un litigio. *(Códice Mendocino)*.

El rey no tenía los ojos puestos en ella, sino a los lejos en el horizonte, según costumbre que se le había ido desarrollando en época reciente y le privaba de no pocas ocasiones de observar cosas y gentes. Quizá por eso, en lugar de dejar caer el asunto, le replicó:

—Eso no sería obstáculo.

Xuchitl seguía obliqueando.

—Pero él no quiere casarse conmigo.

Su padre le replicó:

—Te es más fiel que ningún otro ser del mundo. Y de ahí a querer casarse contigo no hay más que un paso.

Ya no le quedaba más terreno a Xuchitl, y tuvo que afrontar la cuestión:

—Padre, no puedo casarme con él porque ya estoy enamorada.

Giró Nezahualpilli sobre su acierto con inusitada vivacidad.

—¿Cómo?

—Sí —contestó Xuchitl con firme sencillez—. Desde aquel sueño, estoy enamorada... de él. Y sé que vendrá.

Padre e hija guardaron silencio hasta que los cielos se poblaron de miríadas de puntos de luz.

16

Aquella revelación cerró el círculo de la soledad de Nezahualpilli. Su hija, el único ser capaz de entenderle, estaba ya en comunión con los Orientales que venían a ocupar su sitio, a llevar a cabo su sueño, pero con más rapidez y con más eficacia que él. Xuchitl le escuchaba, le entendía, entraba en su modo de ver, pero su espíritu pertenecía ya al nuevo país que iba a surgir del suelo de Anáhuac sobre las ruinas del antiguo, de que él formaba parte. Su hija era la primera conquista de los Orientales.

Ya no le quedaba nada que hacer en el mundo. Había terminado su labor. Cuando el trabajador ha dado fin a su jornada, se va a casa a descansar. Así se iría él a descansar, puesto que había terminado su jornada. Bien sabía que no necesitaría hacer nada para poner fin a sus días. La vida le abandonaría en cuanto recostara su espíritu sobre el lecho del no querer ser.

Una noche tranquila llamó a Ixcauatzin a su cámara.

—Eres un hombre que sabe encerrar una palabra en su corazón —dijo al joven sacerdote-guerrero. Ixcauatzin observó el pelo gris y los ojos tristes y hundidos del rey—. Ya me voy del mundo. Os dejo a todos. Ixcauatzin, tienes veintitrés años. Xuchitl tiene dieciséis.

—Al joven guerrero le latía el corazón y durante unos instantes sintió que le temblaba en el alma el temor de lo que creía que Nezahualpilli iba a decir. Pero Nezahualpilli no lo dijo.— Es esencial que alguien la proteja hasta... hasta que vengan los hombres nuevos. Cuando yo me haya ido, tienes que ser tú.

Ixcauatzin dio un paso hacia adelante para contestar, pero el rey le detuvo con la palma de la mano y dijo:

—No es tan fácil como parece, aun para un hombre tan valiente como tú. Ten en cuenta el poder de Moctezuma y la indiferencia de los hermanos de Xuchitl. Pero sobre todo, piensa en la mayor dificultad, que es tu propio... interés en Xuchitl. Si, ya sé que te animan las mejores intenciones. Pero tienes que vigilarte y que dominarte. Ixcauatzin, jura que en todo momento y de todas maneras harás lo que creas que debes hacer en interés de Xuchitl y no en el tuyo, y que en caso de duda, harás lo que ella quiera y no lo que tú quieras.

Con el entrecejo fruncido, Ixcauatzin replicó:

—Siempre haré lo que ella quiera.

El rey se sonrió gravemente:

—Eres generoso más que prudente. Las cosas no pasan así. Créeme, puesto que soy más viejo. Jura.

Ixcauatzin obedeció:

—En nombre del Sol y de Nuestra Señora la Tierra, no dejaré de hacer siempre lo que convenga al interés de Xuchitl y, en caso de duda, lo que ella mande. Y en prueba de fe, me como esta tierra.

Tocó el piso con la mano y se metió un dedo en la boca.

17

Pocos días después de esta escena recibió Nezahualpilli un recado de Moctezuma. El emperador deseaba verle y pedirle consejo. Nezahualpilli se encaminó para Tenochtitlán, donde halló a Moctezuma en un estado de profundo abatimiento.

—¿No habéis visto las señales? —preguntó el emperador.

—¿Qué señales y de qué? —preguntó el rey.

—No está Tetzcuco tan lejos de la laguna. ¿No la habéis visto hervir toda como cazuela al fuego?

Nezahualpilli guardó silencio. En efecto, había visto hervir la laguna, y además hacia mucho tiempo que sospechaba que en efecto, estaba sobre fuego, un fuego cuya chimenea pudiera muy bien ser el Popocatepetl. Como el rey guardaba silencio, el emperador prosiguió:

—De seguro que es señal de terribles novedades. Además, ese espantoso cometa que vino de oriente echando ascuas en la noche oscura, ¿no es señal segura de que se nos viene encima algún terrible desastre de la parte del oriente? Decidme, padre, que tantas cosas sabéis: yo llamé a mis hechiceros, pero son una tropa de mentecatos que no saben nada de nada, y los hice sacrificar a Uitzilópochtli. Que él nos libre de la muerte.

—¿De la muerte? —preguntó Nezahualpilli—. No hay protección posible contra la muerte. Todo tiene que morir, hasta nuestros dioses.

291

Moctezuma le clavó dos ojos que aguzaba el terror.

—¿Qué estáis diciendo, padre? ¡Qué blasfemia!

Pero Nezahualpilli seguía imperturbable.

—Hasta nuestros dioses tienen que morir si llegan otros mejores. Ahora llegan del oriente dioses nuevos. Yo no los veré, porque me voy pronto a descansar y ésta es mi visita de despedida. Pero vos los veréis todavía y sería mejor que os apercibierais a recibirlos. —Hablaba sin pasión, como quien ya se siente fuera de las cosas.— Por mucho que hagáis os dominarán. Hacedles frente como un hombre y velad porque vuestro pueblo sufra lo menos posible con el cambio.

Moctezuma no le escuchaba, y si le hubiera escuchado no le hubiera comprendido. No hablaban el mismo idioma mental. Nezahualpilli, aun quizá sin darse cuenta cabal, era un precursor de los dioses nuevos. Era en el fondo un racionalista. Moctezuma era un adepto de la vieja religión de sacrificios, maleficios y sortilegios. Mientras Nezahualpilli veía lo nuevo como distinto de lo antiguo, Moctezuma temía lo nuevo como un antiguo más fuerte, una magia más poderosa. No tenía simpatía alguna hacia Nezahualpilli, tan sólo temor, pero la idea de quedarse en el mundo solo, sin él, para hacer frente al nuevo adversario, le llenaba de terror.

—¿Y cuándo pensáis moriros? —preguntó con egoísta ingenuidad.

Sonriendo, con cierta ironía, contestó Nezahualpilli:

—Pronto. Muy pronto. Me llega mi hora.

Con algún resentimiento, observó Moctezuma:

—El guerrero no debe huir del campo de batalla.

Pero Nezahualpilli, con fría calma, replicó:

—Ésta no es guerra. Será como un Fuego Nuevo. Apercibíos. Moctezuma, apercibíos. Aun pudiera ser que lo encendieran sobre vuestro corazón palpitante.

—¿Adónde iré? —preguntaba el infortunado emperador—. Yo no soy cobarde. Ya lo sabéis. Pero decís muy bien, esto no es una guerra...

Nezahualpilli le miraba con piedad.

—El valor hace falta para todo en la vida, y no sólo para la guerra. Sois la cabeza visible de este pueblo. Guiadlo hacia los nuevos dioses.

Moctezuma le suplicó:

—Quedaos y ayudadme.

Nezahualpilli sintió la fuerza y aun la razón que latía en el fondo de aquella súplica, pero sabía que su vida había terminado. Ya no se trataba para él de valor o de cobardía, sino de que se había secado la corriente vital. Meneando la cabeza, contestó:

—Lo haría si pudiera, pero mi hora ha llegado.

Echó los brazos al cuello del emperador y se alejó con paso lento, pero firme, de aquel palacio que ya no volvería a ver jamás.

18

Tres-Cañas entró una mañana a ver al rey en su cámara de trabajo a la hora de costumbre, pero el rey no estaba. El mayordomo se quedó suspenso, porque Nezahualpilli era muy puntual y regular en sus costumbres y jamás cambiaba el orden de sus cosas. Sospechó Tres-Cañas que quizá se hubiera quedado toda la noche en la torre y allá se fue a buscarlo. Quizá, pensaba, se habrá quedado dormido. En efecto, allí se lo encontró descansando sobre su silla de enea, con la cabeza reposaba sobre el respaldo como si estuviera contemplando el cielo, en postura en que Tres-Cañas le había visto más de una vez. Pero esta vez el fiel mayordomo observó que el rey no hizo movimiento alguno al entrar él. En puntillas rodeó el asiento. El rey tenía los ojos abiertos, pero apagados. Observó además Tres-Cañas que no tenía puesto el corazón de piedra verde. "Y sin embargo —pensó intrigado—, estoy seguro de que cuando subió ayer noche lo llevaba."

Aquella mañana fue Ixcauatzin a ver a Xuchitl a darle la triste noticia. Ya hacía tiempo que la temía ella, por haberla leído de antemano en los ojos de su padre. Con todo, se le afligió el corazón.

—Ixcauatzin, tengo que pedirte un servicio por encima de todo. Es menester que me procures el corazón de piedra verde.

Al joven guerrero le brillaron los ojos con fuego sombrío.

—Lo tendrás —dijo con firme sencillez.

Al instante se fue a ofrecer sus servicios a Tres-Cañas para preparar el cuerpo del rey para las ceremonias fúnebres. En conversación con el mayordomo extrajo hábilmente los dos datos que le importaba poseer sobre la joya mágica: el rey la llevaba al cuello la noche anterior al subir a la torre; el rey no la tenía puesta cuando Tres-Cañas se lo encontró muerto. Ixcauatzin dio por terminada la conversación. El rey tenía el corazón de piedra verde en la boca, y aun estaba seguro de que precisamente por eso había vuelto a tomar la costumbre de ponérselo por la noche antes de subir al observatorio.

Ixcauatzin pidió permiso para velar el cadáver.

Habían vestido al cuerpo real con manto sobre manto, escogidos entre los mejores que había llevado en sus ceremonias de corte. En la cabeza, de la que había cortado Tres-Cañas la mecha funeral, le habían puesto una corona de papel, y sobre el rostro una máscara de mosaico de turquesas. El cuerpo estaba atado al trono con bandas espesas de papel de henequén. Sendos braseros de incienso de copal ardían con llama azulenca en los cuatro rincones de la cámara fúnebre.

De pie al lado del trono, Ixcauatzin miraba sin ver a los dignatarios del Estado y a los enviados especiales de los reinos circunvecinos, que venían a ofrecerle al cadáver alimentos, flores y esclavos para el viaje, con largos discursos de despedida dirigidos al rey difunto como si estuviera presente. Bajo un rostro impasible, meditaba Ixcauatzin sobre su apurada situación. ¿Cómo iba a apoderarse del corazón de piedra verde? Para él, era artículo de fe que todo cuerpo muerto debía respetarse hasta que las llamas de la pira funeral venían a ponerlo en libertad. Pero eso era para él. Xuchitl quería a toda costa apoderarse de la joya mágica, y él había jurado al rey que seguiría siempre los deseos de Xuchitl y no los suyos propios. Había terminado el largo desfile de personajes oficiales. Era medianoche pasada. Tres-Cañas le había pedido que se quedara solo en vela mientras él iba a descansar, durante breves instantes, de un día agotador. Ixcauatzin contaba con un par de horas de libertad para obrar como él creyera mejor. ¿Qué era lo mejor? Miró al rostro del rey, pero el rostro verdadero estaba oculto bajo la máscara de turquesa. ¿Qué es lo que el rey pensaba debajo de aquella máscara? Esta pregunta era en sí plausible pretexto para quitar aquella máscara que cubría el rostro del rey. Aparecieron otra vez a la luz de las teas las nobles facciones que tan bien conocía, desnudas y serenas, mate y cera, lejanía e indiferencia ante las dudas de Ixcauatzin. Siguió el guerrero-sacerdote, el guardián de Xuchitl, luchando consigo durante largo tiempo; pero al fin, sin poder resistir una orden imperiosa que le venía de dentro, osó poner la mano sobre el rostro real, asió la mandíbula, pero no los huesos, y a la vista de Ixcauatzin brilló doble hilera de dientes blancos, apretados y firmes, oponiendo terca barrera a su propósito. Ixcauatzin no se dejó vencer. Ya en aquel camino de profanación, siguió esforzándose por abrir la boca del cadáver, por vencer el tesón pasivo de aquella materia resistente, de aquel cuerpo cuya voluntad material parecía prolongar victoriosamente la voluntad espiritual que lo había abandonado. La boca siguió cerrada negándose a entregar su tesoro. Exhausto de cuerpo y de espíritu, Ixcauatzin se dio por vencido y volvió a colocar la máscara sobre el rostro, sintiendo inmenso alivio al ocultar los ojos muertos en que creía leer amargo reproche a su sacrilegio. Allí siguió inmóvil, al lado del trono, externamente inmóvil, pero con el corazón batiéndole febrilmente en el pecho. De la enorme masa rígida y quieta de las vestimentas reales, del mismo cuerpo que bajo su pirámide ocultaban, seguía emanando un oscuro reproche, que creyó haber tapado con la máscara, pero que atravesando los obstáculos materiales le invadía el costado, y la espalda, y la nuca, y le saturaba todo el ser.

Al rayar el alba, volvió Tres-Cañas y lo despidió para que pudiera descansar. Ixcauatzin cayó como un tronco sobre su lecho. Pero a mediodía ya estaba otra vez en su puesto. Le preocupaba cada vez más la promesa impulsiva que había hecho a Xuchitl. Era terco y soberbio. Pidió y obtuvo ser uno de los cuatro guerreros que velarían el cadáver durante la cremación. La ceremonia comenzó al anochecer. A medianoche, Ixcauatzin seguía firme en su puesto. Sobre una capa espesa de incienso de copal que ardía encima de la pira, se elevaba como estatua sobre pedestal la masa fúnebre del rey sentado sobre su silla de cañas que cubría una piel de tigre, y revestido de sus veinte mantos, con el rostro enmascarado con la careta de turquesas. La corona de papel había ardido ya hacía tiempo y la silla y la piel de tigre no eran ya más que formas carbonizadas. Pero seguía todo ello en ligero equilibrio, todo en posición como al principio, sustentado por la masa de los veinte mantos y las numerosas bandas de papel con fuerte apresto, que lo ataban dándole unidad y conjunto. El fuego había terminado por hacer una superficie resbaladiza que bajaba desde el pecho a los pies y aún más abajo a todo lo largo de la pira, una especie de camino que el incienso fundido y la cola del apresto de mantos y papeles hacían brillante como un espejo y escurridizo como una pista de hielo. Ixcauatzin, que estaba como en un trance, entre la tensión de la voluntad y el sueño del cuerpo, se sacudió violentamente de aquel encantamiento al oír un ruido metálico que vibró musicalmente en el silencio del patio. Sobre la hoja de cobre que rodeaba a la pira funeral había caído un objeto. Se agachó y sus ojos atónitos contemplaron el corazón de piedra verde. Miró al rey. Seguía enmascarado. Pero bajo la máscara, la boca, cediendo al fuego, había soltado su presa.

19

Ixcauatzin apretaba la joya mágica en la mano izquierda, fuerte, tan fuerte que la cadenilla de oro y las aristas de la piedra se le estaban incrustando en la piel, y todo el corazón de piedra verde se le iba imprimiendo en la mano y en todo el cuerpo batiéndole, palpitando en su sangre acalorada, removiendo todo su ser desde lo más hondo con ritmo de tierra que no había conocido nunca antes, alzándole en los sentidos deseos que siempre había temido, elevando en el aire de sus visiones soñolientas escenas que siempre había conseguido alejar de sí, escenas de felicidad prohibida y de experiencia pecaminosa que jamás había contemplado desde que una vez, una sola vez y nunca más, había asistido a las orgías de Cuicoyan, la casa de la Alegría de las Mujeres, donde los jóvenes guerreros y las bellezas de la ciudad danzaban juntos cada vez más licenciosamente a medida que iba entrando la noche hasta que todo terminaba en sacrificio universal y promiscuo a la diosa del amor carnal... Todas las visiones de aquel día en el que, tenso en su castidad febril, había contemplado a una multitud de hombres y mujeres sacudidos violentamente por las borrascas más crueles de la carne, surgían ahora, allí, al pie de la pira funeral de Nezahualpilli, se elevaban en el espacio; no fuera, donde hubiera podido combatir contra ellas y vigilarlas desde lejos, sino en el espacio interior, donde lo dominaban, se asimilaban a él, lo incorporaban a sí mismas fundiéndolo en cuerpo y alma con toda la pasión, el deseo y la borrasca de la carne tensa y dolorida. Ixcauatzin temblaba de pies a cabeza apretando en la palma de la mano la joya, que le hería la piel con las aristas y la cadena, sangrando, bañando el corazón de piedra verde con su sangre otrora casta y ahora cálida y lasciva. Mente, corazón y cuerpo se le habían vuelto hacia Xuchitl con una tensión tan fiera y atormentadora que, tan sólo para aliviarla, abandonó su puesto, cosa inaudita que dejó espantados a sus tres compañeros, y echó a correr desesperado hacia la alcoba de Xuchitl. Atravesó salas abandonadas, con pie descalzo y sordo como el de sediento felino que galopa silenciosamente en la floresta tranquila hacia un agua secreta, con el corazón palpitante y los ojos fosforescentes... Pasó puertas y alzó cortinas hasta que al fin, casi sin poder tenerse en pie, apoyó el cuerpo sobre el cerco de la alcoba de Xuchitl, levantando la cortina-puerta con la mano izquierda en que seguía apretando el corazón de jade, mientras pasaba la mano derecha sobre la frente febril donde la sangre le martillaba las sienes. Xuchitl estaba dormida, apenas cubierta. Dormía desnuda. La espalda sedosa y azulada le brillaba a la luz de la luna, mientras los volúmenes del rostro y pechos lucían con suave y tierno resplandor rojizo que venía de una tea lejana. Respiraba con calma y paz y todas sus formas se movían con el ritmo sano y tranquilo de la vida, ritmo que en vez de terminar destruyendo por completo el equilibrio ya tan comprometido de Ixcauatzin, le devolvió gradualmente su ansiado dominio de sí. Su agitado corazón pareció buscar secreta unión con aquel otro corazón que en calma respiraba tan suavemente ante sus ojos. Pasó algún tiempo. Ixcauatzin se adentró en la alcoba sobre la punta del pie, se acercó al lecho, depositó el corazón de piedra verde entre los senos de Xuchitl, que descansaban dulcemente sobre la manta de algodón bordada, y se alejó otra vez hacia su puesto al pie de la pira funeral.

Capítulo III

ALONSO MANRIQUE HACE DE DIOS INDIO, DIMITE Y HACE DE SANTO CRISTIANO

1

Mientras Alonso le curaba la pierna herida a Ixtlicoyu, éste explicaba en voz baja que sus captores eran otomíes, tribu rebelde que se había resistido siempre con cierto éxito a los esfuerzos de Moctezuma para reducirla a la obediencia. Eran gentes, explicaba Cara-Larga, buenas para la guerra pero no para el trabajo, a causa de su gran pereza, y veneraban a un dios especial y extraño que se llamaba Yocipa. Sin desatender sus deberes de enfermero improvisado, Alonso seguía con la vista a los otomíes, observándolos con curiosidad. Eran hombres fuertes, robustos, muy sencillamente ataviados para la guerra, bien armados y decorados con piezas de piedra o de metal insertas en agujeros perforados en las orejas y en el labio inferior. Tres de ellos se habían puesto a discutir animadamente, y a juzgar por sus ademanes, sobre Ixtlicoyu: ¿valía la pena dejarlo en vida, ya que por su herida retrasaría inevitablemente la retirada y regreso a su base de la expedición otomí? La decisión fue contraria a Cara-Larga, y uno de los tres guerreros venía ya hacia el herido empuñando la espada de madera con doble filo de obsidiana, para despacharlo separándole la cabeza del cuerpo.

Pero en el momento en que iba a levantarla para dejarla caer sobre el condenado a muerte, saltó Alonso en pie y se interpuso entre el guerrero e Ixtlicoyu con tal decisión que paralizó al otomí. Los otomíes pensaron que puesto que Alonso, sin arma alguna, osaba interponerse entre ellos —que estaban armados— y lo que ellos se proponían hacer, era evidente que poseía poderes sobrenaturales, confirmando así lo que el color azul de sus ojos y el oro de su cabello bastaban para indicar. Bajó los ojos al suelo el guerrero ante la mirada fogosa de Alonso y se alejó murmurando crípticas frases en que rodaba el nombre sagrado de Yocipa para explicar a sus compañeros que no era él ningún cobarde vulgar.

Uno de los tlamemes sabía bastante otomí para servirles de lengua. Los guerreros se acercaron a Alonso y se pusieron a hablarle con el mayor respeto.

—Quieren saber si les dais permiso para volverse a su pueblo con el botín —explicó el intérprete en lengua nauatl—, y prometen ofreceros parte de ello en el teocalli.

Alonso, suspenso al principio, contestó con urbanidad pero con firmeza que él no se movería de allí hasta terminar la cura. Convencido de que Ixtlicoyu no podía andar, hizo que los otomíes le entregaran dos lanzas y unas cuantas mantas de algodón del rico botín de los calpixques, que ató con unas correas, improvisando una camilla sobre la que instaló al herido. Alonso mandó a uno de los guerreros que se encargase de un extremo, tomando el otro. La caravana se puso en marcha hacia el pueblo otomí.

2

Llegaron allí al anochecer. Todo el pueblo les esperaba con curiosidad acuciada por los correos que habían traído nuevas de la victoria y del maravilloso hombre o dios nuevo. Alonso quedó asombrado al ver la mezcla de lujo y de pobreza que en aquel pueblo observaba; numerosas joyas de oro y chalchivitls, mantas y zapatos de excelente calidad y factura, pero las casas no pasaban de ser chozas de paja, incómodas y primitivas. Le recibió Olayetl, calpixque mayor del pueblo, guerrero de vigor poco usual, que adornaba su bezo inferior con un chalchivitl, y a quien acompañaba en la ocasión el sacerdote supremo del pueblo o Tecutlato, que no vestía más que larga manta blanca, pero cuyo olor delataba a distancia su profesión. El jefe político y el jefe eclesiástico se llevaron al hombre nuevo —quizá al dios nuevo— al gran teocalli, único edificio del lugar que presentaba aspecto algo completo y habitable, rogándole que se instalara a sus anchas. Alonso exigió que Cara-Larga se quedase con él.

Olayetl y el sacerdote no hacían más que mirarle, deseosos de averiguar si era hombre o dios. Ofreciéronle de comer un guiso de ratones y culebras con tomate y ají y unas tortillas de maíz. Alonso rechazó el guiso y se comió las tortillas, abnegación y sacrificio que predispusieron tanto al guerrero como al sacerdote, ambos de buen diente, a tomarlo por dios. Sin embargo, Olayetl, que era algo volteriano, propuso al sacerdote que antes de comprometerse definitivamente haciéndole objeto de culto público, sometieran a aquel extranjero blanco a las dos tentaciones supremas del hombre: el oro y las mujeres.

Por lo pronto le dejaron en paz. A las horas usuales le servían una comida siempre de legumbres. Alonso pasaba el tiempo recobrando la salud, descansando y cuidando a su compañero, cuya herida se curaba rápidamente. Cuando al fin vieron a Ixtlicoyu ir y venir completamente curado, Olayetl y el sacerdote fueron a visitar a Alonso y le explicaron que tenían que mandar a otro pueblo otomí a dos jornadas de marcha una carga de oro y que no veían otra persona a quien confiar tan delicada misión. El peso era tal que lo podía transportar Cara-Larga con facilidad y si querían encargarse los dos de aquella operación era mejor que no llevasen escolta alguna para no dar que sospechar sobre el valor de lo que transportaban.

Estas largas explicaciones se le dieron a Alonso en otomí y el lengua las tradujo al nauatl. Pero apenas había comenzado a traducirlas, cuando Alonso volviéndose a Ixtlicoyu, le preguntó:

—¿Qué es *teocuitlatl?*

Ixtlicoyu señaló con el dedo las orejas de Olayetl y contestó:

—La tierra —quería decir la sustancia, el metal— de esos adornos que lleva en las orejas el cacique.

Olayetl llevaba aquel día dos largos pendientes de oro. Pero Alonso sabía bastante nauatl para analizar la palabra teocuitlatl en sus dos elementos, que querían decir: "Excremento de los dioses." Se quedó mudo de asombro. El pueblo mejicano tenía por lo visto para con el oro actitud exactamente igual a la suya, a la actitud que él había sentido toda su vida desde aquel día fatídico que odiaba recordar en que su padre le había humillado con una lluvia de monedas de oro. ¡El oro excremento de los dioses, la sustancia inmunda y divina que los dioses dejaban entre los hombres para que se matasen unos a otros como fieras por la posesión de aquella deyección estéril! Miraba al sacerdote y miraba al guerrero pero no los veía. Estaba pasando por uno de esos momentos de deslumbrante iluminación que de súbito le revelaban con claridad la forma del mundo como un relámpago en la noche.

3

A la mañana siguiente se pusieron en marcha. Olayetl le guiñó un ojo al sacerdote.

—Es el único que va armado. Ya está visto. Dará muerte al guía. Por eso le he dado de guía a ese zángano que no nos sirve para nada. Lo despachará en el camino y no lo volveremos a ver, porque se llevará el oro.

El sacerdote contestó:

—No. Ya verás que volverá. No le gusta el oro. ¿No te has fijado que ni siquiera lo ha tocado?

Y Olayetl replicó:

—Ya veremos. Le he dado al guía instrucciones detalladas para mi hermano. Si no se va con el oro, le digo lo que tiene que hacer para tentarle con la mayor de las tentaciones: la mujer.

Y el sacerdote, que también era malicioso aunque a nivel más hondo que el cacique apuntó:

—Eso prueba que no estás seguro como dices de que va a matar al guía.

Entretanto Alonso, Cara-Larga y el guía se habían adentrado

en un país quebrado, pedregoso y vacío, pero no sin cierta grandeza. Ixtlicoyu llevaba la carga de oro, unas veinte libras en lingotes pequeños, envueltos en espesa tela de henequén atada con correas de cuero de venado. Después de un día trepando hasta las alturas a campo traviesa, por ser tierra sin senderos, y otro bajando con dificultad todavía mayor un verdadero muro de granito casi a pico, llegaron a la vista del pueblo otomí que regía Olotl, hermano de Olayetl, objetivo y fin de su viaje. Brillaba el pueblo al sol que transmutaba en oro la paja de sus numerosas chozas y mientras bajaban rápidamente hacia aquellas tierras calientes, vio Alonso con sumo placer que estaba a corta distancia de un lago, luminoso y azul como un trozo de cielo caído en tierra. Aquella misma tarde llegaron al pueblo y el guía los condujo inmediatamente a casa de Olotl, con quien mantuvo larga y detallada conversación. Olotl se volvió hacia Alonso apuntando al metal con el dedo, y Alonso dio orden a Cara-Larga de que se lo entregara. El cacique estudiaba con la mirada a aquel hombre extraño. Alonso veía en su rostro el asombro, la curiosidad y el respeto que su mero aspecto y color producían por doquier. Olotl lo llevo al teocalli —por si resultaba que era de índole divina— poniendo a su disposición buenas habitaciones y excelente comida, y se marchó a preparar inmediatamente la otra tentación.

Era menester primero escoger a la tentadora. No habla vacilación posible. ¿Quién era capaz de resistir a Tlali como no fuera un dios? ¿Cuántos corazones no habla destrozado ya? Sin duda alguna, Tlali se encargaría de todo, y si el extranjero resistía no era menester más prueba para demostrar que era dios. Olotl recordó además que Tlali, que había sido la querida de un guerrero azteca, hablaba nauatl. El cacique llamó a la tentadora poniéndola en autos sobre lo que había que hacer.

Tlali era una muchacha joven y agraciada. Tenía el pelo negro, largo sobre la espalda pero cortado en flequillo sobre la frente. Llevaba largos pendientes de obsidiana insertos en grandes agujeros que le comían casi todo el lóbulo de la oreja. La piel del cuello, de los brazos y hombros, del pecho y de los senos era un puro arabesco tatuado de azul. Se pintó los dientes de negro, detalle de refinamiento femenino que pocos hombres otomíes eran capaces de resistir; se cubrió el rostro con una crema amarilla, sobre la cual pintó de encarnado las mejillas. Se vistió un huipil de algodón blanco con atrevido escote en forma de V y muy calado para dejar ver el diseño azul de los senos tatuados. Cubrió brazos y piernas con plumas encarnadas pegadas a la piel con una pasta de miel silvestre. Pero como era una mujer de gusto delicado que se daba cuenta del valor de la sencillez, decidió no llevar ni una sola joya. Terminado su tocado, echó una última mirada a su imagen en el espejo de piedra pulida, y con sonrisa de satisfacción, pensó: "Ahora quisiera yo encontrar al guapo que se me resista."

Alonso se había quedado dormido en el patio del teocalli y estaba todavía flotando en un mundo fluido e indefinido, todavía en el mar del sueño, pero cerca de la costa del despertar, cuando comenzó a preguntarse si la superficie amarilla que brillaba bajo el sol ardiente frente a él no sería la pared del templo que había visto antes de dormirse frente a la galería donde estaba dormido, y antes de que llegara a resolver el problema, vino a complicárselo una extraña figura que se recortaba en silueta con colores abigarrados sobre el amarillo del fondo. Aquello no se parecía a nada de lo que había visto jamás en su vida. La cima era negra, pasaba luego a amarillo y rojo, luego una banda negra que la atravesaba de parte a parte, luego había algo de azul, de blanco y mucho de encarnado, pero tenía cara de mujer. De pronto comenzó la visión a agitarse de pies a cabeza con oleadas de risa que le hacían vibrar las plumas rojas de brazos y piernas como bajo la acción del viento. "Debe de ser uno de esos pájaros que se ríen", pensó medio soñando. Y sin saber resolverlo, renunció a resolver el enigma como suele uno rechazar los sueños que le molestan a uno por demasiado absurdos aun para sueños, y se volvió a dormir. Pero no era cosa fácil dormirse. Andaban muchas moscas volando, pesadas y persistentes, haciéndole cosquillas en el cabello. ¿Alzaría la mano? Intentó, pero no pudo porque estaba llena de sueño y pesaba un horror. Además el brazo le descansaba con tanta delicia sobre la manta suave... ¿Levantar? ¡Quién levantaría el brazo con tanto calor y tanto sueño? ¡Malditas moscas!... Pero... ¿eran moscas? Parecía como que pesaban demasiado y eran más grandes que moscas. A lo mejor eran bichos más desagradables, como cucarachas o ratones o algunos de esos seres repugnantes que pululan en los países tropicales... Alonso hizo un esfuerzo de energía suprema para alzar el brazo. Obró al fin el resorte. Se llevó la mano al cabello y agarró otra mano.

Se despertó y se encontró a Tlali acostada a su lado. Al punto reconoció a la mujer-pájaro que había visto en sueños con brazos y piernas cubiertos de plumas encarnadas. Estaba recostada a su lado, descansando sobre un codo y acariciándole el cabello. La mujer-pájaro le sonrió enseñándole una doble hilera de dientes, perfectos de forma, pero negros como la pez.

—¡Al fin despierto! —dijo con voz dulce y aflautada.

—¿Quién eres! —preguntó incorporándose.

—¡Oh, no te levantes! Sigue acostado. No tienes nada que hacer —apuntó la tentadora.

—¿Quién eres? —volvió a preguntar Alonso con un matiz de impaciencia que no dejó de observar Tlali.

—Tu compañera, mientras estés con nosotros. Es costumbre nuestra —afirmó mintiendo descaradamente— conceder a nuestros huéspedes una mujer que les haga la estancia agradable. Yo seré la tuya.

Alonso se dejó convencer por esta explicación plausible, y miró a la joven otomí con ojos afables que le hicieron concebir una idea más alta de su éxito de la que en realidad merecía.

—Ven —dijo echándole un brazo al cuello—. Vamos a acostarnos juntos.

Alonso le tomó la mano obligándola a quitarle el brazo del cuello, donde le molestaban las plumas en aquella tarde de calor, posándolo con movimiento autoritario a lo largo de la pierna, también cubierta de plumas.

—No... ¿Cómo te llamas?

Sorprendida, contestó:

—Tlali.

—¡No!, Tlali. Eres una chica que vale un chalchivitl —a Tlali le brillaron los ojos—, pero yo no quiero compañera. Dile a Olotl que se lo agradezco mucho, pero que me deje en paz.

Y de un salto se puso en pie y se alejó.

4

El cacique se disgustó mucho. Tlali pidió que la dejase probar otra vez aquella misma noche, porque de noche la diosa del amor es más fuerte. Pero Olotl tenía ya otros planes y la despidió. Pensaba que se había equivocado al escoger a Tlali, quizá porque el nombre no era propicio, quizá también porque sabía demasiado. "Los hombres —pensaba— son a veces más susceptibles a la inocencia que a la ciencia de las mujeres." Olotl mandó llamar a una virgen cuyo nombre, Icniuhyotl, le parecía de buen agüero, por significar *amistad* en lengua nauatl. (Estaba entonces de moda entre las muchachas otomíes llevar nombres aztecas.) Pero el manejo de la inocencia requiere métodos más sutiles que el de la ciencia.

Olotl explicó a Alonso con el intérprete que era costumbre en el pueblo que los huéspedes pasasen una noche a orilla del lago en un lugar frecuentado por la diosa del lago. Esta diosa solía encarnar en forma de una mujer joven y a veces se aparecía al huésped y a veces no. Si no se le aparecía, era obligación del huésped retornar al día siguiente para informar del hecho al cacique. En este caso, el agüero era indiferente. Si se le aparecía, podían ocurrir dos cosas: que se diera a él o que no. En el primer caso, gozaría el pueblo de paz y prosperidad; en el segundo, le sobrevendrían toda suerte de desastres como consecuencia de la llegada de aquel extranjero.

—¿Y se aparece con frecuencia? —preguntó Alonso medio en broma.

—Muy rara vez. Ni una sola desde que soy yo cacique.

Alonso se sonrió.

—Bueno. ¿Y cuándo tengo que ir a pasar la noche al lago?

Olotl lo organizó todo para aquella misma noche. Le dieron un guía, una hamaca y unas tortillas de maíz y salió al anochecer para su aventura. El aire tibio venía cargado de aroma de flores, pero a medida que se fue acercando al lago, fue aumentando el olor húmedo de las aguas. De aquí y de allá, sobre la superficie líquida, enjambres de diminutos insectos fosforescentes formaban firmamentos en miniatura que las aguas oscuras reflejaban con delicia. El guía designó a Alonso el lugar consagrado por el uso y se alejó.

Alonso se instaló para pasar la noche en silencio y soledad, los goces de la vida que más estimaba. Había observado un árbol cuyo ancho tronco le serviría de respaldo para sentarse cómodamente sobre la playa y contemplar el lago. Estaba casi al nivel del agua, sobre una playa de guijarros que arrastraban en frote constante arriba y abajo las onduelas, últimas consecuencias de movimientos lejanos que venían a morir a sus pies. Mientras así estaba sentado escuchándolas, asomó la luna al otro lado del lago dejando caer sobre las aguas una línea recta de plata, rota a veces en numerosas hojas, pero que cruzaban el lago negro todo derecho desde la luna hasta él. Alonso miró al satélite con gratitud. Era como si la luna le hubiera dicho: "Aquí estoy, contigo."

"La misma luna —ensoñaba— brilla en las noches de Torremala en aquellos días de verano de España." Con el pensamiento evocó a su madre, que ya después de tanto tiempo sin noticias habría pasado por la atroz agonía de creerlo muerto. ¡Qué lejos estaban ya aquellos días de España! Maquinalmente se llevó la mano al pecho y tomó entre los dedos la medalla de plata con la Virgen y el Niño que su madre le había dado, y que había llevado siempre sobre el pecho a través de todas sus aventuras y vicisitudes. ¿Volvería a ver a España? ¿Estaría condenado a perecer en aquella tierra extraña adonde había ido a rodar, inútil, perdido, sin siquiera el consuelo de saber que su muerte serviría para propagar la verdad de Cristo? El pensamiento se le llenaba de tristeza y de amargura. De pronto se dio cuenta de que se había dejado separar de Cara-Larga, su único compañero seguro en aquel mundo extraño en que arrastraba una vida tan precaria.

Pero era fuerte, joven y animoso. La noche era hermosa. El lago estaba tranquilo y fresco, aunque el aire era tibio y langoroso; y la luna impregnaba todas las cosas, árboles, colinas y hasta el mismo firmamento de una serenidad contemplativa y soñadora. Su luz azulada parecía caer suavemente sobre el paisaje como un polvo impalpable que brillaba sobre toda la superficie y que el agua del lago disolvía en silencio.

"Pues sí que tienen gracia con su diosa del lago —se dijo para sus adentros con desdeñosa sonrisa—. Si existiera, sería menester que fuera una criatura de olas y de luz lunar que encarnara de repente cuando tuviera necesidad de tomar pie en tierra, y entonces las olas se transformarían en sus miembros y la luz de la luna se refugiaría en sus ojos..." Así soñaba, mirando distraído la línea de luz lunar que cruzaba el lago llenándolo de hojas sueltas de plata. Y le pareció que de cuando en cuando alguna de aquellas olas tomaba más solidez de lo que su índole líquida parecía permitirle; se hacía más persistente. ¿Qué era aquello? En medio de la plata líquida, ¿no había visto alzarse un brazo azul-negro?... Y ahora un hombro... y, ¿sería posible?..., un pecho de mujer que salía de las aguas para recibir rápido beso de un rayo de luna y desaparecer al instante en el agua negra... Le batía el corazón, y los ojos, aunque todavía incrédulos, barrían con la mirada la superficie del agua, buscando con ansiedad y deleite nuevas visiones de belleza.

Del río de plata que fluía hacia él surgió de pronto la diosa y se quedó parada de pie sobre la playa. Le brillaba el cuerpo de agua y de luna, alumbrado por detrás por la claridad lunar que le hacía una orla de luz azul en torno al perfil, de maravillosa pureza. Estaba inmóvil. Era chiquita y perfecta. Alonso no había visto en su vida cosa más hermosa, ni aun en sueños. La diosa cambió la postura en que posaban sus pies sobre la arena y, descansando sobre el izquierdo, levantó ligeramente el derecho plegando la rodilla, lo que la hizo girar un poco, justo lo bastante para que la luz de la luna asomara por encima del hombro izquierdo echándole un velo de luminosidad azul sobre los senos chiquitos y redondos.

Instintivamente, Alonso tocó la medalla de la Virgen y el Niño que llevaba sobre el pecho, ya fuera buscando protección o por alguna razón más oscura, alguna sensación de que al fin tenía delante la "anunciación" del amor. Con los ojos, con el corazón y con toda el alma bebía como en éxtasis aquella visión, y hubiera dado la vida entera por el goce de contemplarla más y más. La diosa del lago no se movía. Era, y nada más. Alonso estaba como encantado; como si le hubieran raptado a otro planeta en donde todo el fatigoso y fastidioso proceso de hacer y deshacer se hubiera hundido en el polvo, dejando a las criaturas libres de gozarse en el mero vivir.

¿Cuánto duró aquel paraíso? Minutos quizá, quizá horas. La luna había tenido tiempo de elevarse más y de girar en torno a la diosa, que era ahora una estatua de azul de plata y de azul de agua. "Representa unos diez y ocho años", pensó Alonso, y observó que tenía la nariz pequeña y los labios llenos y que llevaba los dientes blancos, pues le sonrió una vez con sonrisa fugaz. Y otra vez que intentó sonreírle de un modo más insinuante se quebró el encanto. No había soltado ni un instante la medalla de la Madre y el Niño que tenía entre los dedos, pero no se había dado cuenta de ello. De pronto, sin razón especial, se le imprimió en la piel el perfil de la Virgen tan claramente, que vio la imagen a través de la piel. El efecto fue instantáneo. Se arrodilló y comenzó a persignarse y a exorcizar a la diosa del lago con el signo de la Cruz. Estaba seguro de que aquella visión tan adorable era la encarnación del diablo, una de esas figuras que el Malo pone delante de los anacoretas para tentar su virtud. *Vade retro,* murmuraba.

El instinto dijo a Icniuhyotl que las cosas se iban estropeando.

Dio un paso hacia adelante y se acercó a Alonso, tan cerca que la podía tocar. Y tal es la fuerza del diablo que mientras Alonso había permanecido puro ante la diosa del lago en su éxtasis pagano, cayó en el infierno del deseo en cuanto retornó a su conciencia cristiana, y con manos temblorosas se puso a acariciar aquel cuerpo que le ofrecía el Malo. El encanto de la carne le iba dominando y la niña otomí le sonreía, cada vez más satisfecha de sí misma.

¡Qué lejos estaba de darse cuenta del origen verdadero de su poder sobre él! ¿Quién hubiera podido explicarle que sólo había empezado a ser peligrosa para Alonso cuando la imaginación del extraño forastero la había transfigurado de una diosa del lago inexistente en una tentación no menos inexistente del diablo? Alonso le acariciaba el hermoso cuerpo, no porque era el cuerpo de una muchacha joven y sana, porque eso lo hubiera podido siempre resistir él victoriosamente, sino porque se imaginaba que aquel cuerpo era una criatura del demonio, fuerza que creía casi irresistible. Esta situación no se le alcanzaba a Icniuhyotl, que sintiéndole cada vez más tierno e íntimo, y ya segura de haber ganado la batalla, cometió el error fatal; le echó los brazos al cuello y con la voz más dulce y tierna, movida y ondulada por verdadero amor, le susurró unas palabras acariciadoras en otomí.

Por segunda vez, se rompió el encanto. Alonso sabía ya bastante otomí para darse cuenta de que le había hablado en aquella lengua. De modo que, al fin y al cabo, resultaba no ser ni diosa del lago ni alucinación del diablo porque Alonso sabía perfectamente que el demonio, que es por lo menos tan listo como el más listo de los ángeles, no le iba a tentar con una visión que sólo podía expresarse en otomí. Aquel cuerpo desnudo que todavía acariciaban sus manos era, pues, el de una de las muchachas del pueblo que a lo mejor se reiría de él al día siguiente. El cacique, por lo visto, se había querido burlar de él, a no ser que se tratase de alguna celada para ahogarle en el lago. Se le había muerto el deseo y se puso a rumiar sobre su situación, sin miedo, pero sin entusiasmo. Había seguido girando la luna y había recogido ya sus redes de plata del lago, dejándolo sumido en oscuridad. La muchacha aguardaba, un poco avergonzada, sin saber qué hacer, preguntándose cómo lo había perdido cuando estaba a punto de ganarlo. En silencio, Alonso tendió la hamaca entre los árboles, tomó a la diosa del lago en sus brazos como si fuera una niña y la acostó. Luego volvió tranquilamente. a sentarse, apoyado en el árbol que le servía de respaldo, a esperar pacientemente que llegara el alba.

Cuando se despertó, estaba el lago bañado de sol. El agua azul, sin algas ni otra vegetación ni animales acuáticos, aunque poblada de pececillos que parecían divertirse unos con otros en el espacio líquido y transparente, le tentó con su frescor. Había desaparecido la diosa del lago. Se bañó, comió con apetito las tortillas de maíz, y cuando se disponía a retornar preguntándose cuál sería el camino, se presentó en el lugar Cara-Larga. El fiel compañero explicó a Alonso que el pueblo había llegado a la conclusión de que era un dios. Alonso se sonrió y dijo: "Haremos lo que podamos."

5

Se encontró a todo el pueblo aguardándolo con coronas de flores y una importante batería de tambores de madera. Al son de los unos y adornado con las otras le llevaron al teocalli, donde le ofrecieron una comida sin carne. Alonso, a quien le hubiera encantado comerse una gallina asada, creyó prudente atenerse al maíz. Después de la comida le ofrecieron un esclavo tomado prisionero en la guerra, y comenzaron al instante los preparativos usuales para sacrificarlo.

—¿Qué están haciendo? —preguntó a Cara-Larga, inquieto. Cara- Larga le explicó al detalle lo que se tramaba y Alonso ordenó inmediatamente al lengua que explicara que prohibía que se le sacrificasen vidas humanas. El sacerdote supremo se quedó suspenso y hasta escandalizado, pero Olotl, que como buen gobernante era hombre de muchos recursos, hizo redoblar de un golpe toda la batería de tambores para que cubriesen con su estruendo aquella retirada de los representantes de la única religión verdadera de los otomíes.

Se cruzaron por entonces varios recados entre los dos hermanos caciques Olotl y Olayetl para dilucidar cuál de los dos pueblos alojaría al nuevo dios, quedando al fin decidido someter el punto a su decisión. El laudo de Alonso fue tan sabio como era de esperar de su naturaleza divina: pasaría los seis meses de calor en el pueblo de arriba y los seis meses de frío en el pueblo de abajo. Por el momento se quedó, pues, en tierra caliente, por ser temporada de invierno, pero ordenó que se le construyera un teocalli nuevo sobre un cerro cercano al pueblo, pues le era intolerable la pestilencia del teocalli viejo, todo ensangrentado. Poco a poco llegó a ser el náufrago español una especie de jefe espiritual de las dos tribus otomíes, a quien los dos hermanos caciques venían a consultar en los casos difíciles de su gobierno.

Alonso no perdía nunca de vista la obligación de propagar su fe; estaba convencido de que era la mano del Señor la que le había elevado desde la despensa del primer cacique junto al río hasta aquel teocalli en que vivía como un dios o, como solía decir, de la carne al espíritu. De haber sido hombre de apetitos carnales o materiales le hubiera sido muy fácil hacer una fortuna fabulosa y reunir un sabroso harén. Sentía repugnancia irracional hacia el oro y había hecho voto solemne de castidad en penitencia por un pecado mortal. Como cabeza espiritual de aquella mancomunidad, había refrenado siempre todo intento de sus súbditos para emprender luchas civiles que le parecían injustas, exponiéndose a poner en tela de juicio su reputación. Los otomíes no habían alcanzado todavía en su evolución la fase en que el hombre guía su conducta por leyes morales abstractas y se guiaban por agüeros, profecías y hechizos. Los argumentos de Alonso les eran por lo tanto recónditos y misteriosos, había siempre el riesgo de que los interpretaran como falta de valor. De este desastre vino a salvarle su propio instinto bélico. Tenía comezón en las manos de manejar la espada y soñaba con caballos. Poco a poco se dejó llevar a tomar parte en alguna que otra batalla contra pueblos limítrofes. Su mera presencia, aparte de su arrojo, bastaban para poner en fuga a los enemigos más formidables de los otomíes, de modo que después de algunas campañas se extendió su reputación divina mucho más allá de las fronteras de su pueblo adoptivo.

Estudió con perseverancia el lenguaje de los otomíes a fin de predicarles el Evangelio; pero, entretanto, deseaba hacer algo tangible. Un día, al ver una larga hilera de tlamemes cargados, unos con fardos pesados de palma de maguey, otros con enormes pucheros de tierra llenos de miel de maguey para destilar, y otros con

XVI. Artistas y bufones de la corte de Moctezuma: músicos, acróbatas y jorobados.

307

cargas parecidas de las labores agrícolas, que subían por un sendero pedregoso jadeando bajo el sol tórrido, su corazón cristiano le inspiró una idea. Desde que había caído en aquella tierra extraña, no había visto ni una sola rueda. ¡Qué bendición de Dios es la rueda, se decía, sobre todo para un país sin animales de tiro! Concibió la idea de construir una carretilla. Aquel instrumento humilde que tantas veces había manejado en el jardín de su padre brillaba ahora a sus ojos como un símbolo de servicio espiritual. El dios blanco dotaría a su pueblo de la carretilla para salvar de su destino de bestias de carga a miles de seres humanos.

Algo le dificultaba la labor el hecho de hallarse en un país donde era desconocido el hierro, pues deseaba que la llanta, el eje y los cubos fueran de metal. Tuvo la satisfacción de encontrar en el pueblo a un obrero que había aprendido en Méjico a trabajar el cobre y que además hablaba nauatl. Alonso rodeó su labor del mayor misterio. Sólo confió a los carpinteros y al obrero del cobre piezas separadas, reservándose a sí mismo el trabajo secreto del montaje y de la creación del conjunto.

Después de no pocos fracasos menores, logró construir una carretilla útil y hasta elegante, con guarniciones de cobre sobre el eje, los cubos, la llanta y las varas.

A fin de presentarla al pueblo, organizó una ceremonia solemne. Explicó al pueblo convocado, por medio del intérprete, que era su deseo aliviar el trabajo de los tlamemes. La multitud, de pie o sentada en la pradera en torno al teocalli, se preguntaba: ¿para qué aliviar el trabajo de los que viven para trabajar? No alcanzaban a comprender por qué aquel dios no se contentaba con vivir tranquilo en su teocalli sin preocuparse de los tlamemes. Todo el mundo sabía que los tlamemes habían nacido para ir cargados, y cuanto más, mejor. Alonso adivinó sus pensamientos y cambió de táctica.

—Si aliviáis el trabajo de los tlamemes podrán llevar más peso, necesitaréis menos tlamemes y no gastaréis tanto maíz en darles de comer.

Esto ya hizo mejor impresión, y los hombres del pueblo se miraron unos a otros con aire de aquiescencia y con breves palabras que en su conjunto hicieron pasar sobre la asamblea una onda rumorosa de aceptación.

Alonso hizo que diez tlamemes levantasen un montón de piedras que había preparado en el atrio del teocalli cargándolas con ayuda los unos de los otros hasta no poder más. Después descubrió la carretilla, que tenía tapada con una sábana, e hizo que los tlamemes estibasen las piedras en la caja, siguiendo sus instrucciones a fin de que la carretilla no perdiera el equilibrio. Ya bien cargada, Alonso escogió al más pequeño de los tlamemes, y, por el lengua, explicó a la multitud:

—Este hombre se llevará ahora todas las piedras de una vez a donde estaban antes.

Sonó una carcajada general. Eso no podía ser. Era imposible aun para un dios. Alonso hizo que el tlameme asiera las varas, pero el indio le miraba, y miraba luego a la carretilla, tan asustado del dios como de su invento, y sacudiendo la cabeza se negaba a arriesgar la piel en aquella operación tan dudosa. Alonso se resistía a manejar él mismo la carretilla, porque no quería que la multitud tomase su éxito como un milagro. Llamó, pues, a Cara-Larga y le explicó lo que había que hacer para que la carretilla se moviera. No sin vacilación, levantó Cara-Larga las varas, pero, impresionado por el esfuerzo que creía necesario para mover aquella carga enorme, dio tal impulso que salió disparada hacia adelante la carretilla con toda su carga, haciéndole perder el equilibrio, y las piedras se vertieron en estruendoso desorden en medio de la hilaridad general.

La multitud seguía riéndose, pero Olotl no se reía. El astuto cacique se había dado cuenta de la importancia de aquella invención histórica. Dio un paso adelante, llamó a un esclavo que junto a sí tenía, y le mandó que se sentara en la carretilla, lo que el desgraciado tuvo que hacer, pálido de terror. Echó mano el cacique a las dos varas y empujándola con habilidad de piloto, dio un paseo a su esclavo durante el cual es de suponer que las emociones del paseado no diferirían mucho de las del primer peatón a quien llevaran a dar un paseo en aeroplano. La invención había triunfado.

6

El don de la carretilla fue la consagración definitiva de Alonso como dios de aquella tribu. No había en todo el Anáhuac un solo pueblo capaz de ostentar aquel objeto que los rebeldes otomíes exhibían con orgullo: una rueda. Ya poseía Alonso una serie completa de medidas y de modelos que le permitieron montar varias carretillas con piezas hechas según sus instrucciones por los obreros con quienes contaba. No eran, desde luego, tan lujosas y elegantes como la primera, que había regalado a Olotl, pero eran todas de buena labor y las regaló a los miembros más influyentes del pueblo, de modo que andando el tiempo la posesión de una carretilla vino a ser distinción indispensable para los notables otomíes.

Pero la competencia no suele ser base sólida para la amistad. El sacerdote del culto de Yocipa veía con muy malos ojos aquella invención moderna que no dejaría de corromper las costumbres sanas y sencillas de un pueblo religioso haciéndole la vida demasiado fácil y dándole la ilusión de que podría sacudirse las cargas de la vida echándolas sencillamente a rodar sobre un trozo de madera más o menos guarnecido de metal. Alonso, entre tanto, indiferente a esta oposición, seguía tranquilo y seguro de sí en el teocalli del cerro, otorgando sus dones a aquel pueblo que le había escogido por su dios.

309

Había observado que los otomíes tenían que andar siempre pensando en que no se les apagaran los fuegos, porque para encenderlos tenían que frotar con perseverancia unos trozos de madera contra otros. Alonso pensó otorgar a los simples otomíes el don inestimable de la chispa, que enciende el fuego en un santiamén, para lo cual se puso a buscar pedernal y algún metal duro. No sin fracasos y perseverancia, consiguió preparar una mecha muy vistosa y elegante, de algodón encarnado y un trozo de cobre duro al que dio la forma de llama y una piedra cuadrada de pedernal, y presentó los tres objetos con algún misterio al cacique Olotl.

—¿Para qué es esto? —preguntó Olotl.

—Para hacer fuego.

A Olotl no le sorprendió la respuesta, pues era lo más natural del mundo que un dios supiera encender fuego. Pero le interesaba saber cómo. Alonso hirió la piedra con el metal, junto a los hilos sueltos del extremo de la mecha que tenía apretados bajo el pulgar, y cuando brotaron las chispas —con gran asombro de Olotl— encendió la mecha soplando con energía. A poco había distribuido ya varias docenas de aquel mechero primitivo y su culto había progresado en proporción.

Este milagro preparó su ánimo para el tercero y más maravilloso de los tres dones que se había propuesto otorgar a su pueblo. Como todos los pueblos del nuevo mundo, los otomíes sólo conocían un sistema de luz artificial: la tea de pino o de ocote o de otra madera o corteza de árbol. Alonso decidió otorgar al pueblo otomí la candela o vela de cera. Pero a medida que iba encariñándose con esta idea, se le fue transformando y complicando, y finalmente concibió el plan de presentar al pueblo la nueva luz material para los ojos juntamente con la nueva Luz para el espíritu.

Con la ayuda de Cara-Larga comenzó a colectar cera de abejas. Había en el pueblo algunas colmenas, pero abundaban los nidos de abejas silvestres. Con industria y paciencia consiguió reunir grandes cantidades de cera. También acumuló algodón hilado para las mechas, cosa que le fue fácil, por ser el algodón planta muy cultivada en el país. Pero cuando intentó fabricar velas y cirios, se encontró con numerosos obstáculos técnicos. Al fin consiguió su propósito fabricando las velas por acumulación de la cera en torno a las mechas rodándolas sobre placas de cobre calientes. Por este proceso la dificultad consistía en que la mecha se quedara recta y en el eje de la vela. No había manera segura de obtenerlo, y después de muchos fracasos lo consiguió tan sólo por la práctica.

De este modo fabricó veinticuatro cirios de hasta una vara de largo y gran cantidad de velas menores. Había hecho construir también candelabros y candeleros de cobre de gran sencillez y elegancia, y también otra cosa que le había dado mucho más que hacer. Alonso había hecho venir a vivir al teocalli al obrero que trabajaba el cobre, y lo vigilaba severamente para salvaguardar el secreto de sus planes. En el mismo teocalli le había hecho un taller. Alonso y su cobrero consiguieron hacer una cruz de cobre de vara y media de alto y de una vara en través, sobre un pedestal también de cobre y con un fondo circular trabajado a imitación de un sol radiante.

Convocado el pueblo acudió todo él a la Fiesta de la Nueva Luz. Los éxitos anteriores de Alonso con la carretilla y con los encendedores habían hecho surgir la más alta expectación sobre el espectáculo que ahora ofrecía y de lo que en él se proponía revelar. A pesar del murmureo y de las admoniciones de los sacerdotes de Yocipa, todo el pueblo acudió a la fiesta, así como una fuerte representación del pueblo de arriba con Olayetl a la cabeza.

La ceremonia tuvo lugar en la sala grande del teocalli de Alonso. Cuando entraron en la sala los asistentes hallaron que al extremo opuesto pendía una cortina ante la cual se les rogó se pusieran de pie o se agacharan en actitud de reverencia religiosa. La cámara se fue llenando poco a poco. Alonso estaba de pie ante la cortina. Se había decidido aquella vez a hablar en otomí.

—Hermanos —comenzó—, os llamo hermanos porque somos todos hijos de un Dios que está en el cielo. De este Dios viene toda la luz: la luz de que gozamos durante el día y que nos vierte por un agujero que hay en el cielo, que es el sol; y la luz que sentimos cada uno de nosotros dentro y nos permite comprender las cosas que hasta entonces eran oscuras. Este Dios, que es el único que hay, nos da luz para que la reflejemos unos sobre otros, como pasa con los espejos de piedra cuando los ponemos al sol. Y me ha pedido a mí que os dé una luz mejor de la que tenéis. Y ahora vais a ver Su poder y Su luz.

Alzó la mano y Cara-Larga descorrió la cortina. Por la sala pasó una exclamación de asombro refrenada por cierto temor augusto. La cruz de cobre era como un sol. La sala, hasta entonces apenas alumbrada por rendijas de luz exterior que entraban por los bordes de dos espesas cortinas que cerraban las ventanas, reverberaba ahora con la luz del altar, que era un ascua de fuego, con velas y cirios hábilmente colocados en forma de pirámide de luz elevándose hacia la cruz como almas que arden consumiéndose abnegadamente a los pies del Misterio.

Alonso guardaba silencio, no sólo por respeto a la emoción de su auditorio, sino porque sentía él mismo honda emoción al ver la Luz Nueva iluminar los rostros tensos de su pueblo adoptivo; luego volvió a dirigirles la palabra, explicándoles el mensaje de los Evangelios en términos sencillos que intentaban verter a aquella lengua y a aquel modo de ser tan extraño la divina sabiduría del Sermón de la Montaña; y terminó anunciándoles que se acercaban los días en que la Cruz vendría a reinar sobre todo el país de mar a mar. Tomó dos de las velas pequeñas del altar y le ofreció una a Olotl y otra a Olayetl, enseñándoles cómo se apagaban y se volvían a encender. Dejando sólo los veinticuatro cirios ardiendo ante la cruz, todas las demás velas pequeñas las fue distribuyendo a quienes primero llegaron a pedírselas. Y se fueron alejando con las velas ardiendo a la luz del sol y con una nueva iluminación en el fondo de sus almas oscuras.

Cuando se quedó solo, cayó de rodillas ante la Cruz.

7

Cara-Larga, que estaba de pie en un rincón oscuro detrás del altar se dio cuenta de que un personaje extraño lo observaba todo con avidez y parecía estudiar de modo especial por un lado el altar y por otro las facciones del rostro de Alonso. Notó además que el observador no llevaba el pelo cortado a la manera de los otomíes: se trataba de un mercader mejicano y, por lo tanto, casi de seguro, de un espía. En aquel instante, el sospechoso, que hasta entonces había estado sentado sobre una estera, cambió la postura de las piernas, y Cara-Larga observó que el maxtlatl, blanco cuando limpio, llevaba numerosas manchas de encarnado, verde, amarillo y otros colores. "Está visto —se dijo Cara-Larga—. Éste es un pintor-escriba." En cuanto terminó la ceremonia, se echó a caza del sospechoso, pero ya había desaparecido.

La fiesta de la Luz Nueva causó hondo disgusto a los sacerdotes de Yocipa. No habían sido capaces de conferir a su pueblo dones tan maravillosos aunque tan sencillos como aquellas varas de luz que el dios blanco había creado combinando dos cosas tan vulgares como el algodón y la cera. Se dieron cuenta de que peligraba su prestigio y de que era menester hacer algo para reforzarlo. Expusieron pues a los jefes de los dos pueblos que era indispensable celebrar la Luz Nueva al modo usual, con las ceremonias del Fuego Nuevo, es decir, sacrificando a un prisionero sobre el altar de piedra consagrado a Yocipa. Olotl y Olayetl temían el efecto que tal ceremonia podría producir en el dios blanco. Después de pensarlo mucho, los dos prudentes hombres de Estado llegaron a un acuerdo con los sacerdotes: la ceremonia tendría lugar en el teocalli del país de abajo, pero no hasta que el dios blanco hubiera instalado su teocalli y residencia en el país de arriba; se guardaría secreto sobre ello para que no se enterara.

Los sacerdotes habían pasado muchos días en oración y meditación y muchas noches en vela y de ayuno a causa de aquel peligroso cisma que afligía a su iglesia, y el resultado había sido que si la ceremonia que iban a celebrar era satisfactoria, es decir, si lograban encender fuego con un pedernal colocado sobre el pecho ensangrentado de la víctima y luego encender una vela con aquel fuego, este éxito significaría que Yocipa los autorizaba a matar al dios blanco; pero a tal fin era menester que el cirio que se encendiera en el altar de Yocipa fuera precisamente aquel que ardía en la punta de la pirámide

312

de luz, precisamente bajo la cruz de cobre. Este detalle era aviso personal que Yocipa había dado en sueños al sumo sacerdote. Alonso había dejado el altar a cargo de Cara-Larga. Pero Cara-Larga, creyendo que Alonso preferiría que viniesen a ver el altar el mayor número posible de gentes, dejaba siempre abierta la sala. Los sacerdotes de Yocipa habían conseguido hacer un cirio lo más parecido posible al que ansiaban poseer. Como Cara-Larga no sospechaba nada, los sacerdotes lograron además intercambiar el cirio de su fabricación y el que ardía en la cima del altar, más cercano a la Cruz.

De modo que la noche designada para la ceremonia llenó la multitud el teocalli viejo dedicado al culto de Yocipa. Entre los asistentes figuraba una representación del país de arriba, con Olayetl a la cabeza. Se había preparado una víctima al modo acostumbrado, vestida y coronada de papel fúnebre. Colocaron los sacerdotes al desgraciado sobre la piedra del sacrificio y el sumo sacerdote del país de abajo, en cuyo territorio se había producido el cisma, le abrió el pecho con largo cuchillo de obsidiana y ofreció el corazón palpitante al dios enmascarado con careta de mosaico de turquesas, que todo lo miraba con ojos redondos y sonrisa cuadrada. El sacerdote del país de arriba hirió el pedernal con el trozo de cobre. Saltaron chispas y, al tercer intento, ardió la mecha. Con la mecha, el oficiante comunicó la llama al cirio robado del altar, y aquella luz híbrida y siniestra alumbró las sonrisas de beatitud que su éxito hizo florecer en los rostros de los sacerdotes. Yocipa había aceptado su víctima. Caería muerto el dios blanco. El cirio quedó ardiendo ante la imagen del dios victorioso.

8

Alonso había establecido la costumbre de encender los cirios del altar durante una hora después de la puesta del sol. Al día siguiente al de la ceremonia de Yocipa, Cara-Larga vino a encender los cirios según costumbre. Al poco rato, observó que el cirio alto se había apagado, y lo volvió a encender. Al poco rato, se había apagado otra vez. Otra y otra vez tuvo que encenderlo y otra y otra vez se apagó. Cara-Larga se quedó impresionado, tanto que al instante mandó un recado secreto a Alonso informándole del insólito suceso.

Al día siguiente se presentó Alonso en el país de abajo, con gran asombro de todos y no poca preocupación de los sacerdotes. Pronto se supo en el pueblo que el cirio de la punta del altar no ardía, lo que todo el mundo interpretó como un episodio de la guerra entre los dos dioses. Alonso observaba atentamente el cirio en cuestión, y no tardó en descubrir que la mecha era demasiado delgada y se quemaba antes de empaparse en cera. Aquel cirio no era suyo. "Por lo tanto —razonó—, me han robado el mío. Pero, ¿por qué el de arriba precisamente?"

Aquella noche, acostado en su hamaca, en un patio cerrado del teocalli, le pareció que una sombra se movía en la oscuridad. ¿Quién vendría hacia él desde aquella parte casi inaccesible de sus dominios? Poco después, la noche entregó su misterio, y a la débil luz de las estrellas y de una raja muy fina de luna, Alonso vio en la sombra a la diosa del lago. Venía con un huipil blanco, pero la reconoció en seguida: por el equilibrio de su cuerpo, la actitud de la cabeza y la curva suave de los hombros.

—Buenas noches —dijo con timidez, como no muy segura de ser bien recibida.

—Buenas noches —contestó él, con voz afectuosa—. ¿Por qué has venido a verme?

—No tenía más remedio. Pero tenéis que guardar el secreto. Por eso vine por este camino.

—Guardaré el secreto. Habla.

Icniuhyotl explicó entonces a Alonso todo lo que había ocurrido en el teocalli viejo y lo que significaba.

—¿Y por qué viniste a contármelo? —le preguntó.

—Porque estáis en peligro. Los sacerdotes creen que Yocipa los ha autorizado para quitaros la vida. Y os matarán.

—¿Cómo lo sabes? —volvió a preguntar.

—Soy monja al servicio de Yocipa —contestó.

—¿Por qué eres infiel a tu dios? —volvió a preguntar Alonso.

—Porque os soy fiel —contestó con sencillez.

Alonso guardó silencio mientras ella le miraba en la noche, aguardando.

—¿Cuándo crees que me matarán? —preguntó al fin con indiferencia verdaderamente masculina hacia sus sentimientos de mujer.

—Han estudiado las estrellas para buscar día propicio. Todavía es lejano.

—¿Cuánto?

—No estoy segura. Quizá tres meses. Por lo menos dos.

Alonso guardó otra vez largo silencio.

—No puedes volver por el mismo camino —observó él.

—No hay otro para mí.

—Entonces te llevaré yo.

Era un barranco hondo por cuyo fondo bajaba saltando entre rocas quebradas un arroyuelo. Para venir a ver a Alonso, Icniuhyotl había tenido que cruzar el arroyo y volver a subir una pared fragosa. Alonso la tomó de la mano, que le temblaba un poco, y ambos bajaron escogiendo con el mayor cuidado el lugar donde poner el pie para no caer al precipicio, hasta que llegaron al arroyo. Alonso sintió súbito impulso, la tomó en sus brazos, cruzó el agua y las rocas llevándola en vilo, la besó en los labios, la dejó del otro lado y echó a correr otra vez a terreno seguro para él.

9

No logró conciliar el sueño hasta el alba. ¿Por qué la había besado? ¿Quién la había besado? Le aturdía y apuraba la idea de que había en su ser una persona que, sin pedirle a él permiso, había besado a Icniuhyotl con sus labios. ¿Seríamos, pues, cada uno de nosotros una multitud de personas metidas juntas dentro de una sola piel, de modo que tan pronto mandaba uno como otro lo que se hacía? Idea abrumadora que le acosaba haciéndole dar vueltas en la hamaca toda la noche, mientras en plano a la vez más bajo y más profundo, las sensaciones que le bullían en manos y boca desde que había acariciado aquel cuerpo joven le excitaban los sentidos despertándole aspectos de la vida nuevos para él. Hasta entonces había conseguido permanecer a distancia del cuerpo de aquella raza indígena cuya alma y cuyo espíritu soñaba conquistar. Pero ahora, por aquella muchacha joven y tierna había tomado contacto, literalmente contacto, con el cuerpo indio, y se preguntaba con ansiedad si aquella prueba no vendría a quitarle la fuerza que necesitaba para su empresa espiritual.

Por este camino se unía la corriente de desconfianza de sí, que venía de los labios de Icniuhyotl, con la otra corriente, que procedía de la revelación de la ceremonia secreta. Aquel pueblo a quien había pensado inundar de luz le había traicionado sacrificando una víctima humana a su dios ancestral, sanguinario, precisamente con el instrumento de la Nueva Luz que le había conferido. ¿Cómo era posible que solo y sin ayuda de nadie lograra él producir tan portentoso cambio en materia humana tan resistente? Sus pensamientos evocaban la visión de una sociedad como la del Mundo Viejo, que un día vendría a florecer en el suelo del Nuevo Mundo si un conquistador de alma grande y luminosa consiguiera establecer la autoridad de un Estado cristiano sobre aquellas tribus paganas. El recuerdo de los colonos de las islas le llenó de amargura. Recordaba las ideas miserables que prevalecían en Santo Domingo, a pesar de los esfuerzos meritorios de los frailes sobre el modo de tratar a los indígenas. ¿Qué pasaría en Santa Isabel? ¿Cómo se las arreglaría Antonio? De pronto se apoderó de Alonso un deseo vehemente de retornar a los suyos. Por primera vez sintió el horror de su situación, separado, quizá para siempre, de la cristiandad. No. Había algo en su corazón que le decía que si no volvía él a la cristiandad, vendría la cristiandad a él. Durante todo el resto de aquella noche de insomnio se refugió en este pensamiento, y al alba había resuelto que, fuera cual fuere el riesgo, se instalaría cuanto antes en un lugar de la costa desde donde pudiera entrar en contacto con naves cristianas que vinieran a pasar. Aquella decisión le alivió la angustia de su corazón, y al fin se quedó dormido.

Pronto se encontró contemplando una escena extraña y dramática. Una mujer joven estaba dormida sobre un lecho bajo, de mantas de algodón tendidas sobre el suelo a la manera del país pero en un ambiente de mucho lujo. Aquellas facciones no le eran desconocidas. Después de perseguir el parecido con tenacidad, consiguió apoderarse del enigma: aquel rostro era el de la virgen extranjera que se le había aparecido en sueños al pie del altar en el monasterio de Cerro del Moro; y mientras gozaba plácidamente de la armonía de la belleza durmiente, se abalanzó sobre el lecho un tigre aterrador. La joven se despertó, presa del pánico, pero el tigre, en lugar de seguir avanzando, se paró al pie del lecho, como paralizado, con los ojos clavados en la pared donde súbitamente batió las alas un águila real, que con las garras abiertas y el pico afilado amenazaba caer sobre la fiera. Al ver al ave furiosa, el tigre dio la vuelta y huyó.

Alonso se despertó: "Yo me pregunto —se decía— si en la vida real un tigre huiría de un águila."

10

Nezahualpilli no había dejado instrucciones sobre su sucesión, lo que produjo una guerra civil entre su hijo mayor, Cacama (medio hermano de Xuchitl), y Cara-de-Vainilla, hermano de Xuchitl, príncipe inquieto y ambicioso. Moctezuma prefería a Cacama, que era devoto, valiente, conservador y dispuesto a seguir sus instrucciones. Moctezuma hizo que Cacama trasladase a Tenochtitlán el tesoro de su padre Nezahualpilli, alegando que estaría más seguro contra posibles ataques de Cara-de-Vainilla, con lo que quedó atado de pies y manos a Moctezuma. Cara-de-Vainilla se rebeló, pero fue derrotado. Para celebrar la victoria hizo sacrificar Moctezuma mil prisioneros en la fiesta conocida con el nombre de *Tlacaxipehueliztli,* que significa desollar vivo.

Cacama aceptó también sin dificultad otra indicación de Moctezuma: que Xuchitl volviera a entrar al servicio personal del emperador. A pesar de la vehemente oposición de Xuchitl, su medio hermano la obligó a obedecer, sin que obtuviera otra cosa que la promesa de que Ixcauatzin seguiría encargado de su guardia personal y que Moctezuma renunciaría al proyecto que había concebido de alojarla entre sus concubinas. Xuchitl exigió y obtuvo habitaciones especiales en el palacio.

Un día, después de comer, Moctezuma rogó a Xuchitl, que con otras tres jóvenes de alta alcurnia le había servido a la mesa, que se quedase con él unos instantes. Estaba Xuchitl de muy mal talante, pues le había servido al emperador un plato de carne humana, lo que el emperador comía muy rara vez y siempre de víctima de algún sacrificio religioso. Xuchitl sabía por experiencia que siempre que Moctezuma comía carne humana se le excitaba violentamente la sensualidad. Era una tarde de verano. Moctezuma se puso a fumar un acayetl de tabaco y liquidámbar que saturaba el aire de un aroma embriagador. Las puertas estaban cerradas y las ventanas abiertas.

—Xuchitl —dijo el emperador con palabras envueltas en el humo azul de su cigarro—, parece que has olvidado que un día cometiste un crimen castigado con pena de muerte.

Le sobrecogió la sorpresa.

—¿Cuándo, señor?

Moctezuma se sonrió, enseñando unos dientes blancos deslumbradores y le echó una mirada de propietario.

—Cuando me miraste al rostro, como lo estás haciendo ahora, aun sabiendo que está prohibido.

Xuchitl bajo los ojos.

—No lo volveré a hacer.

Moctezuma siguió fumando en silencio durante un rato. Se había reclinado sobre el respaldo de su silla baja y tenía enfrente el almohadón de cuero rojo que le servía de mesa. Sobre el almohadón brillaba un cenicero grande, redondo y pesado de oro macizo.

—Pero yo no quiero eso, yo quiero que me mires.

Xuchitl alzó los ojos y le miró. Llevaba la princesa viuda un huipil bordado de color morado y no iba pintada ni llevaba joya alguna. Desde luego, los pies desnudos.

—Pero, ya sabes el precio de tal privilegio, ¿no?

Xuchitl le clavó los ojos en los ojos.

—No, señor.

Moctezuma sonrió otra vez, pero con sonrisa intencionada:

—Puesto que me miras en los ojos, me tendrás que dar tu cuerpo.

Xuchitl sintió como un golpe violento en la boca del estómago y guardó silencio.

—Esta misma noche —sentenció la voz firme del emperador.

Ella permanecía inmóvil, sin saber qué decir ni hacer.

—Señor, eso no puede ser.

—¿Por qué? —preguntó el emperador.

—Porque ya estoy prometida.

Algo desazonó a Moctezuma aquella explicación que no se esperaba.

—¿A quién? —preguntó.

Y Xuchitl, como si le comunicase los desposorios más corrientes del mundo, le contestó:

—A uno de los hombres que nuestro señor Quetzalcoatl manda del oriente.

A Moctezuma se le cayó al suelo el acayetl. Xuchitl lo recogió y lo puso en el cenicero de oro. ¿Cómo era posible que estuviera prometida Xuchitl a uno de los hombres de Quetzalcoatl? Pero, entonces, ¿era verdad que venían? El emperador, mirando sin ver a Xuchitl con la vista mental vuelta hacia dentro, se esforzaba en ordenar su mente para someter a Xuchitl a un interrogatorio en regla cuando se oyeron tres sonidos metálicos en el llamador de oro de la puerta. Era la señal de Petalcalcatl. El mayordomo mayor no entraba nunca como no fuera muy grave el asunto.

—Señor, ha llegado un correo de los pueblos otomíes con nuevas pinturas que reclaman vuestra atención inmediata.

Xuchitl aprovechó la ocasión para escabullirse.

11

Entró el correo haciéndose pequeño y de lado, cubierto el cuerpo con una manta usada de algodón, por respeto para con el monarca. Le traía dos pictogramas en tela de algodón, que dejó sobre el almohadón rojo sin decir palabra, y con los ojos bajos, aguardó. Uno de aquellos pictogramas representaba a un hombre de rostro color de rosa, melena dorada y barba también dorada y ojos azules. El otro mostraba una cruz radiante como un sol y por debajo varias hileras de unas varas de luz, mientras que más abajo todavía se veían filas y más filas de otomíes en cuclillas, es decir, en actitud de adoración.

Moctezuma hizo al correo unas cuantas preguntas: ¿Existía un hombre así? ¿Era sólo uno o había más? ¿Le seguían los otomíes o no le hacían caso? El correo contestó que sólo había visto a uno y que tenía gran poder y autoridad sobre los otomíes. En cuanto a las varas de luz, Moctezuma no hizo pregunta alguna, pues convencido de que el hombre rosa y oro era un mago, tomaba como cosa natural que hiciese salir llama de cualquier palo que tuviera a mano. Concentraba su atención en lo positivo, y por lo tanto hizo que el correo le diera toda suerte de detalles sobre el lugar exacto de la región otomí donde había venido al mundo aquel fenómeno, su accesibilidad y las tropas que a su juicio se necesitarían para asaltarlo. Hecho lo cual, llamó a Petalcalcatl:

—Mete a este hombre en la jaula del tablón hasta asegurarnos de que lo que nos cuenta es verdad. De serlo, lo dejarás marchar. Y si miente, se lo darás a los sacerdotes de Uitzilópochtli, que este año andan muy escasos de víctimas.

El emperador se quedó solo son sus emociones y sus pensamientos. Era menester apoderarse del hombre rosa y oro. Sería difícil, porque de seguro era mago, pero aún quedaban magos en Méjico para darle la batalla. Echó otra ojeada a las pinturas. El retrato se parecía en todo al que le había traído Nezahualpilli. La Cruz y las luces eran sin duda signos mágicos. Con la varilla de oro llamó a Petalcalcatl haciendo vibrar el tamboril.

—Petalcalcatl, que vengan los magos del teocalli grande.

Salió el mayordomo y Moctezuma encendió otro acayetl. "¿Será este hombre el que aguarda Xuchitl? —se preguntó con los ojos entornados, medio soñando—. Tengo que darme prisa para llegar antes que él. Ese Ixcauatzin, que Uitzilópochtli confunda, no hace más que estorbar. Ahora le ha dado por dormir en través de la puerta de Xuchitl..." Se quedó pensativo un rato, y luego se dijo con sonrisa siniestra que hizo asomar el marfil de los dientes: "Sería un golpe maestro... Dos pájaros de una pedrada..."

Entraron en el salón los cinco magos del teocalli, uno a uno con la vestimenta y cabellera usual en los sacerdotes y la piel bien perforada de heridas de sacrificio.

—Mirad esas pinturas y decidme lo que pensáis —mandó el emperador con un ademán de la mano. Los cinco magos se inclinaron sobre los lienzos desenrollados encima del almohadón. No osaban decir palabra. Al fin, el decano aventuró:

—Éste es uno de los hombres de Quetzalcoatl.

XVII. Estampa plana que representa a Quetzalcoatl, dios del Viento y Serpiente Emplumada. El molde fue hallado en Tetzcuco.

Con el mayor desprecio, observó el emperador:

—Para eso no necesito yo a ningún mago.

Dándose cuenta de que pisaban terreno peligroso, los magos volvieron los ojos al otro pictograma, el de la Cruz radiante.

—Esa figura —dijo uno de ellos— es el *Tonacacuahuitl*, que quiere decir la vara de fertilidad. El trazo en través es la hembra y el de arriba abajo el varón, y el sol que está detrás quiere decir la vida que se extiende en todas las direcciones.

Moctezuma bramaba de furia.

—Perro inmundo, ¿te crees tú que te he llamado para que corrompas mi aire con tu aliento, a fin de que me recites las primeras lecciones que te dieron en el Calmecac?

El mago retrocedió al fondo de la sala temblando de pies a cabeza. Sus compañeros seguían silenciosos.

—¿Quién es este hombre? ¿Dónde ocurre esto? —preguntó el emperador con furia, apuntando a los pictogramas con la varilla de oro.

Los magos, presa de terror, no conseguían cobrar alientos para responder. El emperador pegó coléricamente con la varilla contra el sonoro tamboril de oro.

—Petalcalcatl, llévate a estos cinco perros malolientes. Ponles unas cuerdas al cuello y que los arrastren por toda la calzada hasta Iztapalapa y los echen luego a la laguna. Sus casas y todo lo que tengan se lo das a las viudas de la guerra contra Cara-de-Vainilla.

12

Quiso dormir y no pudo. Le vibraba dentro demasiada cólera y le angustiaba el miedo. De cuando en cuando echaba la vista sobre el cenicero de oro y luego miraba a otra parte y luego volvía a mirar. Era una obra maestra de orfebrería en forma de círculo, con una copa central para las cenizas y un brocal muy ancho sobre el cual brillaban cuatro gemas en cruz: un chalchivitl, una turquesa, un rubí y un ópalo. Aquel ópalo era como un imán que ya atraía, ya repelía los ojos de Moctezuma, hasta que al fin lo oprimió con un dedo y tiró de la piedra lateralmente. Descorrió así una tapa que reveló en el fondo del brocal del cenicero un hueco en el que metió los dedos extrayendo un polvo que mezcló con el tabaco de su acayetl. Cerró entonces el secreto del ópalo y siguió fumando.

Poco después se le cayó de las manos el acayetl y se quedó profundamente dormido. Había una rueda de oro que daba vueltas vertiginosamente. Se le fue acercando hasta que lo alcanzó haciéndole girar cada vez más rápidamente hasta transformarlo en la rueda misma, y aun siendo toda la rueda, se había quedado además tieso en el vacío en posición vertical, con los pies en lo alto y la cabeza hacia abajo, mientras Xuchitl estaba rígida de derecha a izquierda formando una cruz con él. Y más abajo millares de seres humanos lanzaban gritos amarillos que salían de sus cuerpos por las cabezas respectivas mientras la rueda amarilla, que era él mismo, rugía un rugido de oro inmenso que salía acribillado de gritos encarnados, de lamentos morados, de cataratas de carcajadas escarlatas, ríos azules de olor de tabaco, redobles atronadores de furia negra y rápidos relámpagos de terror lívido que se derretían en olas verdes de olor de peyotl... El águila que se ocultaba bajo el olor súbitamente se arrojó al espacio llenando la rueda entera con un torbellino de plumas en desorden, unas ardientes, otras húmedas, otras áridas como arena o suaves como seda, que daban vueltas y más vueltas con la rueda levantando un estruendo de oro, mientras que las garras del águila desgarraban la piel de venado del tambor en que por lo visto se había transfigurado la cruz, haciéndolo estallar en un torrente de rugidos rojos, amarillos y azules que iban redoblando truenos cada vez más amplios y más amplios hasta ahogar todas aquellas plumas estrepitosas en la laguna. Y la laguna se ponía derecha, colgando al cielo como un telón de agua, y veía Moctezuma el cielo entre el agua a la derecha y los arcos de puente a la izquierda, pero de súbito cerró el hueco una enorme bola azul de olor de tabaco que se precipitó en el aire chocando violentamente con una rueda verde de olor de peyotl que a su encuentro venía. Tan terrible fue el choque que se quebró el telón de agua de la laguna y la rueda de ruido se dispersó en todas las direcciones del espacio llenándolo de colores que no había visto nunca antes y de un estruendo nuevo que hacían los rayos del sol redoblando con luz furiosa contra un teponaztli hecho de siete colores que, al ruido de aquel olor, se transformó en una gigantesca imagen de Xuchitl que avanzaba de la mano con un gigante color de rosa y oro. "¿Cómo es —preguntó el emperador— que tenéis el pelo de oro y sin embargo no hace ruido?" Y cuando el gigante iba a abrir la boca, Moctezuma se despertó.

Con los ojos todavía extraviados por la orgía de sus sentidos, echó una mirada en derredor procurando comprender el mundo frío y fijo de colores, formas, ruidos y aromas, cada uno en su órbita separada, y no logró recobrar la seguridad en sí mismo ni reorientarse en el mundo material hasta observar repetidas veces que el almohadón de cuero rojo seguía fiel a sí mismo, soportando con equilibrio y ecuanimidad el peso del cenicero de oro. Más difícil le fue recobrar su orientación mental. Al fin consiguió recordar la escena con los magos, y más atrás, la del correo con sus pictogramas, y, más atrás todavía, su conversación con Xuchitl. ¿Dónde estaban los pictogramas? Habían caído a sus pies. Los recogió y volvió a mirarlos con atención, tan pronto a uno como a otro. Era indispensable ir al fondo del asunto apoderándose de aquel hombre de piel sonrosada y pelo de oro. El emperador hizo llamar a Ixcauatzin en seguida y le dio instrucciones de que se trajera al hombre blanco vivo o muerto. Podía llevarse cuantos guerreros quisiera, pero para evitar sorpresas y espías, le dio orden de ponerse en marcha aquella misma noche.

13

Lo primero que hizo Ixcauatzin fue ir a ver a Xuchitl. Se la encontró conversando con Citlali sobre las intenciones de Moctezuma. Cuando Ixcauatzin llegó con la noticia de su nombramiento de jefe del ejército que iba para capturar al blanco, la consternación de las dos fue completa. Moctezuma, pensaban las dos mujeres, enviaba a Ixcauatzin con unos traidores encargados de darle muerte. Pero Ixcauatzin las tranquilizó sobre este punto:

—No. Ya sé lo que estáis pensando. Pero os equivocáis. Esta vez va de veras, porque Moctezuma esta decidido a apoderarse de ese hombre blanco, vivo o muerto.

Xuchitl se estremeció y se puso pálida. Para ella aquel hombre blanco era su hombre. Ixcauatzin lo observó, pero guardó silencio.

—¿Cuándo te vas? —preguntó Xuchitl.

—Hoy mismo, a medianoche. Creo que debes marcharte a Tetzcuco al mismo tiempo.

Xuchitl meneó la cabeza:

—No. Cacama me volvería a mandar para acá sin aguardar un momento. Me quedaré. Haré cara al peligro. Segura estoy de que ganaré.

14

Moctezuma tenía fiebre y estaba desasosegado. Necesitaba olvidar su ansiedad. Sólo había un camino abierto para él en estos casos: el de la mujer. Pero aun este camino se le hacía monótono y terminaba por perder la virtud que en él buscaba, con mujeres que ya conocía. El emperador necesitaba algo nuevo. Esa Xuchitl es intolerable, pensaba. Había venido el momento de imponer su voluntad. ¿Qué historia era aquella de que estaba desposada con uno de los hombres de Quetzalcoatl? A no ser que... Moctezuma se puso a meditar con ansiedad sobre esta nueva idea... ¿Y si había heredado los poderes mágicos de su padre? Todo el mundo sabía que Nezahualpilli era capaz de cambiarse en león, en tigre, en águila. Había la mar de gente que conocía a personas que lo habían visto, y con toda seguridad seguiría poseyendo aquel poder tan formidable aun ahora que ya había emigrado al país de los fantasmas.

Sí. Al menos... eso le distraería de sus preocupaciones. Se sentó ante el almohadón rojo y apretó el chalchivitl del brocal del cenicero de oro. El agujero que destapó contenía un polvo hecho de la piel de una serpiente especial que tenía la virtud de excitar la potencia carnal de un modo increíble. Tomó con los dedos un poco de polvo y se lo dejó caer en la lengua. Se dirigió hacia la ventana y se quedó mirando las estrellas un rato, saboreando como una pasta el polvo misterioso. Volvió otra vez a su asiento y tomó los dos pictogramas poniéndose a mirarlos con gran atención primero y más tarde sin siquiera verlos, hasta que de pronto los arrolló apretándolos con furia en la mano y salió de la cámara, alejándose tan rápido y silencioso como un tigre sediento.

Ya cerca de la alcoba de Xuchitl, divisó a una persona que dormía a través de la puerta. "¡Ese perro ha vuelto del camino!", pensó con indecible cólera. Pero pronto se dio cuenta de que la figura durmiente era una mujer. Era Citlali, a quien Moctezuma no conocía. Pasó por encima de la durmiente sin que se despertara. Entró en la antecámara, alzó la cortina y contempló el objeto de sus locos deseos. En la mano tenía el rollo largo y rígido que había formado con los dos pictogramas de algodón, objeto que se había traído sin saber por qué y al que se agarraba sin saber tampoco por qué, como náufrago a cuerda. Le temblaba el cuerpo de deseo, y con los ojos dilatados bebía a grandes tragos aquella forma femenina que yacía inerme ante él. En la pared, encima del lecho, colgaba un tapiz suelto, iluminado por la luz de una tea que hacía resaltar el vigoroso diseño y los colores chillones de un águila real bordada con labor de plumería sobre un fondo azul y blanco.

Un latigazo de deseo venció su reserva y se abalanzó hacia adelante sobre Xuchitl. Al mismo tiempo una ráfaga de viento sopló de la ventana colándose por entre el tapiz y la pared, de modo que el tapiz se hinchó como una vela, haciendo que el águila en relieve pareciera saltar sobre el aire quieto de la alcoba. Presa de pánico, Moctezuma vio a Nezahualpilli transformado en águila encrespar las alas y erizar las garras para echarse sobre él. Despertó Xuchitl y vio al emperador despavorido, mascullando en salmos, perderse entre las sombras de la antecámara. El tapiz había vuelto a recaer en la tranquilidad pasiva de lo material en cuanto el aire dormido de palacio hubo absorbido la ráfaga nocturna. Xuchitl se frotó los ojos, procurando darse cuenta de lo que había ocurrido. Sobre la cama había un rollo de tela de algodón. Lo desenrolló y sus ojos contemplaron la figura del hombre blanco de pelo de oro. Sonrió a aquella figura tantas veces hallada en sus sueños, e ignorante de la parte tan importante que su padre había tomado en aquella escena fatídica, agradeció mentalmente al hombre de Quetzalcoatl el haberla salvado de la agresión del tirano.

15

Alonso explicó a Cara-Larga que había decidido ir a vivir solo y a orillas del mar.

—Conozco un sitio que no puede ser mejor —dijo Cara-Larga—. Lo descubrí cuando me escapé de un amo que tuve en Tlaxcala; el que me compró de Tozan. Es un campo sobre una meseta que domina el mar.

A partir de aquel día comenzaron a preparar su emigración con el mayor cuidado. Cara-Larga calculaba que había jornada y media de marcha hasta aquel lugar. Alonso comenzó por mandarle a reconocer el sitio, con una cantidad de víveres que no llamase la atención entre los otomíes, sobre todo maíz y algunos chiles. A los pocos días volvió Cara- Larga muy contento. El sitio era en efecto excelente, estaba desierto en absoluto. Tan sólo pájaros e insectos eran sus habitantes. Sólo tenía un acceso, difícil de encontrar y aún más de subir. Siguiendo instrucciones de Alonso, Cara-Larga había dejado las reservas de víveres en una de las muchas cavernas naturales del lugar.

De cuando en cuando, volvía a mandar a su amigo mejicano con otra carga de víveres o de cobre, cera, velas, cuerdas, mantas de algodón y de henequén, zapatos y cuero. Los otomíes eran gente ligera, indolente y poco observadora, y no se dieron cuenta de lo que pasaba, con una sola excepción: la diosa del lago. Sus ojos lo habían visto todo y todo lo había adivinado su corazón. Se dio cuenta de que era inevitable y se resignó a la pérdida que tanta angustia le causaba.

Una mañana llegó un mensaje de Olayetl a Olotl en el que el cacique del país frío decía a su hermano que había llegado un golpe de tropas mejicanas que, después de unas conversaciones, habían entrado de paz por haberle asegurado el jefe, un tal Ixcauatzin, que venían como amigos. Añadía Olayetl que la expedición mejicana se proponía apoderarse del dios rosa y oro. A Alonso no le dijeron nada. Olotl hubiera querido exponerle la situación, pero no se atrevió a oponerse a los sacerdotes, que con insistencia afirmaban que era menester guardar silencio. Para ocultarse a sí mismo su cobardía ante el poder clerical, Olotl se dio como pretexto que no le había sido posible encontrar a Alonso. Entretanto, el dios blanco y su acólito mejicano se habían marchado durante la noche. En el momento en que iban a salir de la casa en que ambos vivían por el jardín hacia el borde del barranco en precipicio, observaron una sombra que se movía en la noche.

—No os ocultéis —murmuró Icniuhyotl con voz suave e implorante—. Lo sé todo y no diré nada. Vine a deciros adiós.

Alonso le miró las manos.

—¿Qué es eso? —le preguntó.

—Un cuchillo —contestó la muchacha—. Lo traje porque quería pediros una mecha de pelo.

Alonso se sintió conmovido. Tomó el cuchillo, se cortó una mecha de pelo y la puso en la mano chiquita que temblaba al recibirla.

—Véte ahora —dijo afectuosamente— y guarda silencio. Ya volveré.

La niña no dijo nada, meneando la cabeza con incredulidad, y se quedó allí sola viéndolos desaparecer en la oscuridad nocturna.

16

Cuando ya no quedaba nada más que la negrura que la rodeaba, vaciló un poco, miró a las estrellas y se dijo que era todavía temprano para que notasen su ausencia en el convento. Tenía tiempo. Se decidió y entró en el teocalli, que hasta entonces había sido la residencia de Alonso y el templo de su culto. Entró en la sala donde estaba el altar con la cruz. Estaban cerradas las ventanas. Sólo ella respiraba en aquella soledad. La oscuridad era absoluta. A tientas se acercó al altar, subió a él, y se sentó al pie de la cruz de cobre: echó los brazos en torno a la cruz y la abrazó con toda la fuerza de su corazón solitario, quedándose allí sola horas y horas, medio dormida medio despierta, gimiendo, soñando, amando, sufriendo, consolada, desesperada y consolada otra vez... Al alba, los sacerdotes del convento se dieron cuenta de que no estaba en la santa casa y, a la indicación de una de sus compañeras, que había visto cosas y adivinado otras, mandaron gente a buscarla al teocalli del dios blanco. Los acólitos se la encontraron al pie de la cruz y se la llevaron al teocalli de Yocipa, entregándola al sumo sacerdote. Estaban explicándole lo ocurrido cuando redoblaron tambores de madera y resonaron trompetas de concha. Ixcauatzin avanzaba por la calle principal a la cabeza del grueso de su fuerza. Olotl no se proponía resistir y el jefe mejicano siguió derecho su marcha hasta el teocalli de Yocipa.

—¿Dónde está el dios blanco? —preguntó.

—Se ha ido —contestó el sumo sacerdote—. No tenemos nada más que esto, lo único que queda de él

Y mientras hablaba, enseñaba a Ixcauatzin la mecha de pelo que Alonso había dado a Icniuhyotl.

Ixcauatzin y el sacerdote hicieron a la muchacha una porción de preguntas, pero en vano. No sabía nada. Sin duda había dejado aquella mecha de cabello en el teocalli, donde ella se la había encontrado cuando, por mera curiosidad, había penetrado de noche en aquel sitio.

—¿Pero cómo sabías que ya no estaría él allí? —le preguntaron.

—No sabía que no lo encontraría —contestó—. Sólo me enteré de que no estaba cuando llegué allá.

Ixcauatzin le preguntó:

—¿Se ha sido para siempre o va a volver?

Abrió los ojos con sorpresa fingida, y contestó:

—¿Por qué no ha de volver?

Pero los acólitos explicaron que en su opinión no volvería, porque el dios blanco se había llevado todo lo que había en el teocalli para su uso personal.

El sacerdote e Ixcauatzin cambiaron una mirada de inteligencia, mientras Olotl fruncía el ceño. Ixcauatzin apuntó:

—Yo me tengo que llevar a esta muchacha a Méjico para que explique todo al emperador.

Pero el sacerdote se negó rotundamente, alegando que era indispensable que de todo aquel negocio saliera ganando Yocipa por lo menos una víctima. Al fin llegaron a un acuerdo: sacrificarían a Icniuhyotl sobre el ara de Yocipa, pero Ixcauatzin se llevaría a Méjico la mecha de pelo del dios blanco para que la viera el emperador. Icniuhyotl estaba presente cuando se discutió y concluyó este acuerdo, y ya concluido preguntó:

—¿Cuándo será mi sacrificio?

Contestó el sacerdote:

—Mañana, al anochecer.

La costumbre concedía un día entero a la víctima designada para morir al pie de la máscara de mosaico de turquesa que ocultaba las facciones de Yocipa. Icniuhyotl se fue al borde del lago a vivir otra vez aquella noche mágica que había pasado junto a Alonso. Volvía a su recuerdo hasta el menor detalle de aquella noche, tanto de lo acaecido en el mundo de las cosas como de lo sentido en el mundo íntimo de su alma, y sobre todo, la emoción indecible que se apoderó de su ser al verle solo, a la luz de la luna, "con el alma en la cara", como se había dicho a sí misma recordando aquella escena inolvidable. Se bañó y vino nadando hacia la playa, y se quedó de pie junto a él aunque estaba ausente, y se sentó donde se había sentado él y se durmió donde él se había dormido. Cuando se despertó, era ya cerca de mediodía. Vagaban sus ojos en derredor, bebiendo con delicia todo lo que veía en aquel lugar sagrado, hasta la hierba y la flor más chica. Al pie de un árbol fornido, entre dos raíces musculosas, le llamó la atención un manojo de "carne divina" u "hongos preciosos". Al punto se apoderó de su ánimo el verso popular que cantaba el mágico poder de aquella planta peligrosa que por la embriaguez llevaba a la felicidad y por la felicidad a la muerte:

Dos, lucha amarga.
Tres, dulce suerte.
Seis, vida en goce.
Diez, goce en muerte.

Y el ritmo se le pegó al oído y al corazón hasta que pareció aunarse con el de su pulso y de su sangre, y con los latidos de su corazón en el pecho. Se puso en pie y arrancó diez hongos de carne divina.

Lentamente se volvió al pueblo en la tarde calurosa. Largo era el camino y duro bajo el sol ardiente, pero ella iba feliz y con el corazón en paz. Se había sosegado el ritmo terco de los cuatro versos en el mismo momento en que había arrancado del suelo los diez hongos. Las calles del pueblo estaban vacías. Parecía que todo el mundo estaba durmiendo. Se fue al teocalli nuevo y penetró en la sala donde la cruz seguía erguido en soledad, en oscuridad y en silencio. Deslumbrada por la luz de fuera, se sintió ciega primero. A tientas encontró el altar y poco a poco fue reconociendo los objetos que buscaba. Con honda alegría hallaron sus dedos un trozo de cobre para sacar chispas del pedernal y mecha. Prendió fuego a la mecha y encendió un cirio, y luego todos los demás. Brilló la cruz y refulgió el sol de cobre en todo su esplendor. Separó uno de los cirios con su candelabro para hacer sitio y se sentó al pie de la cruz, como ya lo había hecho en la noche primera de su soledad, abrazándola con la mayor ternura, y así abrazada a la cruz con el brazo derecho se comió los diez hongos de la carne divina, mientras en la memoria y en la sangre le volvía a batir el ritmo de la copla popular:

Dos, lucha amarga.
Tres, dulce suerte.
Seis, vida en goce.
Diez, goce en muerte.

Diez, goce en muerte; diez, goce en muerte, se repetía, abrazando la cruz cada vez más estrechamente. Su ser interno se le hizo todo un lago de sueños, la cabeza le cayó sobre el pecho, los brazos rodeaban la cruz sin fuerza para apretar ni para desenlazarse, el largo cabello se le deslizó sobre el hombro, cayó sobre uno de los cirios y se inflamó. Pronto ardía en llamas todo el altar. Y cuando los sacerdotes de Yocipa vieron que el fuego consumía el techo del nuevo teocalli y, sospechando algún milagro del dios rival, se precipitaron al lugar, hallaron la Cruz y el Sol, refulgente, alzándose en triunfo sobre un montón de cenizas.

17

Xuchitl había pasado una noche borrascosa después del asalto frustrado de Moctezuma al secreto de su alcoba. En sus sueños veía escenas en que el violento emperador y su salvador esperado luchaban uno contra otro en bosques espesos que de súbito ardían en gigantescas llamas sobre las que se alzaban en triunfo refulgentes una cruz y un sol de oro. Cuando se despertó, inundaba el sol su alcoba con gloriosa luz de oro y Citlali iba y venía preparándole el baño. Xuchitl procuró volver a situarse en el ambiente de su vida diaria, ligando sus pensamientos del día con los del día anterior. Allá dentro en el fondo de su ser le oprimía la sensación de que algo grave y hondo había ocurrido. ¿Qué era ello? Cayeron sus ojos sobre los dos rollos de algodón que descansaban a los pies de su lecho, y al punto revivió toda la escena: el rostro ansioso de Moctezuma, su terror, su huida y el descubrimiento de los dos pictogramas abandonados por el fugitivo

—Mira —dijo a Citlali—, ésta es la pintura del hombre que manda Quetzalcoatl a buscarme.

Citlali se volvió con rápido movimiento. Tenía en la mano una raíz de *atmolli*, vegetal que servía de jabón a los mejicanos. Se agachó junto al lecho y se puso a mirarla con atención. Era un retrato del rostro de Alonso, casi tamaño natural, honrado y bastante logrado, aunque con ciertos ribetes de caricatura, porque el artista, sin darse cuenta, exageraba los rasgos para él nuevos, sobre todo el color dorado del pelo y de la barba, que había interpretado con amarillo rabioso, el matiz nunca visto de la piel, que había pintado rosa subido, casi rojo, y los ojos grandes y azules. Citlali no hacía más que mirar y mirar, absorta y fascinada por el extraño personaje.

—Y ahora —añadió Xuchitl desenrollando el otro pictograma, que representaba el altar y la cruz—, mira esto.

Citlali preguntó:

—¿Qué son esas varas de luz?

Y contestó Xuchitl:

—No sé. La cruz es el signo de Quetzalcoatl.

Citlali se había puesto a mirar muy de cerca un detalle que el pintor había dibujado al margen del altar. Era un hombre de pie, pintado a escala más pequeña.

—Mira, Xuchitl —dijo, como la cosa más natural del mundo—, me parece que este que está aquí de pie es mi marido.

Xuchitl se apoderó del pictograma.

—¿Dónde? Pues no me había fijado.

Citlali prosiguió:

—No hay nadie èn el mundo que tenga la cara tan larga como la suya. Fíjate que larga es la de éste.

—Es posible —indicó Xuchitl —que Quetzalcoatl, que todo lo puede, lo haya sacado del país sin puertas ni ventanas para que sirviera de guía a mi amigo y lo trajera hasta aquí.

Y entonces Xuchitl contó a Citlali la escena de la noche anterior, lo que mucho asombró y avergonzó a Citlali, que se preguntaba cómo era posible que hubiera podido seguir durmiendo sin enterarse de nada.

—Me parece que no debemos quedarnos en esta casa ni una hora más —dijo sentenciosamente.

—Y a mí también —confirmó Xuchitl, añadiendo—: Esta vez, Cacama no me obligará a volver, porque Moctezuma no se atreverá a reclamárselo.

Aquella misma mañana Xuchitl y Citlali se fueron a Tetzcuco. Xuchitl expuso la situación con toda crudeza a su medio hermano. Cacama, que era tan supersticioso como Moctezuma, creyó prudente abstenerse de toda iniciativa, de modo que Xuchitl se instaló tranquilamente en las habitaciones que había ocupado durante su infancia.

Allí vivía, cuando unas semanas más tarde llegó Ixcauatzin a visitarla. Iba el joven guerrero camino de Tenochtitlán, de regreso de su expedición infructuosa contra Alonso.

—¿Conque lo encontraste? —preguntó Xuchitl sonriendo, absolutamente segura del fracaso de Ixcauatzin.

—Había desaparecido antes de que llegase yo y nadie sabe dónde está —contestó Ixcauatzin.

Xuchitl volvió a sonreír.

—Nunca creí que lo hallarías —afirmó con la seguridad absoluta de la fe.

Pero entonces Ixcauatzin, hundiendo la mano en su saquillo de cuero, dijo:

—Esto traigo de él —y tendía a Xuchitl un trozo de papel sagrado.

Xuchitl lo abrió y contempló la mecha de cabello de oro. Se quedó sin voz. Lo miraba y remiraba, casi sin atreverse a creer lo que veía. Pelo de oro.

—Me quedo con él —exclamó al fin.

—No. Pertenece al emperador —dijo Ixcauatzin con autoridad.

—Me quedo con la mitad —replicó ella.

Vaciló él, y al fin cedió.

—Bueno. Pero, ¿por qué has venido a Tetzcuco otra vez?

Explicó Xuchitl la situación y contó la escena. Ixcauatzin se quedó pensativo un rato, y después afirmó:

—El que te salvó no fue el hombre blanco. Fue tu padre. Su fantasma se metió en aquella águila que hay en la pared encima de tu lecho y el emperador se asustó porque sabe quién es tu padre.

—Quizá tengas razón —contestó.

En cuanto Xuchitl se quedó sola, plegó la mecha de pelo de oro en un trozo nuevo de papel santo y la metió en la caja mágica junto al lugar donde ya reposaba la mecha de pelo que a ella le habían cortado el día de su nacimiento, y junto al lugar donde un día descansaría también su mecha funeral.

18

Moctezuma recibió a Ixcauatzin sin entusiasmo. Odiaba verse contrariado en sus deseos, y por lo común era de lo más cruel contra todo jefe guerrero que retornaba sin éxito. Ixcauatzin tenía excusas válidas. Era evidente que el blanco no era mero hombre, sino que procedía de estirpe divina. Había desaparecido sin dejar rastro y había hecho arder el teocalli. Ixcauatzin entregó al emperador la mecha de cabello de oro.

El emperador recordó al momento el pictograma, pero cuando se disponía a dar con la varilla de oro sobre el tamboril para que se lo trajeran, cayó de súbito en una meditación o ensueño que Ixcauatzin contempló en silencio respetuoso. Luchaba Moctezuma por recordar qué había sido de aquellos dos pictogramas, y durante largo tiempo le fue imposible apoderarse de ellos en su memoria. El sendero que llevaba a las dos telas de algodón parecía como cortado o interrumpido por un obstáculo que no podía salvar. Era como una caverna negra, que guardaba estrechamente un águila feroz. Poco a poco, se fue calmando el águila, metiéndose en el diseño tejido en un tapiz que colgaba de la pared. Moctezuma se atrevió a pasar el obstáculo, hallando entonces que debió de haber vuelto a la alcoba de Xuchitl dejándose olvidadas las telas sobre el lecho de la princesa. Se le ennegrecieron los ojos y le rechinaron los dientes. ¿Hasta cuándo iba a resistirle aquella chica tan terca? Bien sabía él que no era Xuchitl sola quien le resistía sino Nezahualpilli, que seguía ejerciendo sus poderes de mago y hechicero aún más allá de la muerte. Y luego, todavía quedaba aquel Ixcauatzin, el espía de Xuchitl, el perro de Xuchitl, que siempre se lo encontraba donde menos quería encontrárselo... Cayó su mirada, hasta entonces absorta, en el propio Ixcauatzin, que paciente y silencioso aguardaba en pie, a dos pasos de su dueño, y con rabia irrefrenable, le rugió:

—¿Qué haces aquí, perro inmundo?

Inmutable, contestó Ixcauatzin:

—Aguardando órdenes.

El emperador volvió a mirarle, y luego otra vez a la mecha de cabello de oro que seguía apretando con la palma de la mano izquierda, y luego otra vez a Ixcauatzin.

—Véte —ordenó.

Ixcauatzin dio media vuelta para salir de la cámara.

—Escucha —volvió a decir el emperador con voz tajante—: quédate en Tenochtitlán. No vayas a Tetzcuco hasta nueva orden.

Moctezuma se quedó solo con sus pensamientos, sentimientos y pasiones, y con la mecha de pelo de oro en la palma de la mano. Sonó el tamboril de oro. Silencioso, se deslizó como un fantasma en la habitación del mayordomo mayor.

—Petalcalcatl: primero, la Mujer-Serpiente; después, mi litera.

La Mujer-Serpiente era un hombre, alto dignatario cuyo nombre simbólico implicaba que se le suponía acumular las facultades de estas dos poderosas criaturas: la mujer y el reptil. En el Estado mejicano sólo cedía en majestad e importancia al emperador en persona. La Mujer-Serpiente no tardó en comparecer, desde luego, después de haber cubierto sus magníficas vestimentas con humilde manta de algodón.

—Manda a Tlaxcala —ordenó el emperador— a un hombre de tu mayor confianza a decir a los cuatro tlatoanis de la república tlaxcateca que les voy a declarar la guerra pero que sólo me propongo sacar de la batalla unos cuantos centenares de víctimas para Uitzilópochtli. Les dirás también confidencialmente que si necesitan de algún prisionero excepcional como víctima para su dios, pueden quedarse con Ixcauatzin. Yo haré lo necesario para que caiga en sus manos. Y en cuanto se hayan apoderado de él haremos las paces.

Hubo una pausa; preguntó la Mujer-Serpiente:

—¿Cuándo?

—En cuanto esté todo listo —contestó el emperador.

Se retiró la Mujer-Serpiente y vino Petalcalcatl a anunciar que la litera aguardaba. Moctezuma salió de la cámara, atravesó una espesa multitud de gente que llenaba los espaciosos salones del palacio y se quedó parado de pie bajo el arco central del patio mayor de su palacio. Avanzó la litera y el emperador se metió dentro. Era una obra maestra del arte mejicano. Los cuatro pilares, que eran de oro macizo labrado con toda suerte de animales (cuadrúpedos en uno, pájaros en otro, peces en el tercero y reptiles en el cuarto), sostenían un toldo de reluciente tejido de plumería. El suelo era una lámina de plata que imitaba una pradera florida. Moctezuma se sentó sobre un ycpalli de oro. Las cuatro varas eran de oro macizo, liso salvo en las manijas, donde figuraban esculpidos de mano maestra cuatro animales: un ocelotl, un venado, un águila y una serpiente. Cuatro nobles guerreros empuñaron aquellas cuatro nobles manijas para llevar la litera, no sobre el hombro, sino a brazo tendido a lo largo del cuerpo. Precedían a la litera tres heraldos en fila transversal, llevando cada uno en alto una varilla de oro, símbolo de la majestad de Moctezuma.

—Al gran teocalli —mandó el emperador en voz alta. Pero nadie se movió, porque nadie tenía derecho a haber oído la voz divina, salvo Petalcalcatl. Repitió, pues, la orden el mayordomo mayor y la litera se puso en marcha. Guardaban silencio los transeúntes, mirando al suelo, y así pasaba una ola de silencio por donde atravesaba el emperador de calle en calle de la ciudad tan limpia y ordenada de Tenochtitlán, más limpia todavía cuando avanzaba la litera, porque algo más adelante que los tres heraldos precedía al emperador una vanguardia de barrenderos para quitar del suelo hasta la pajuela o el trozo de papel más menudo que pudiera ofender la vista imperial.

En el teocalli, recibieron al emperador los dos sumos sacerdotes rodeados de una hueste de otros sacerdotes y acólitos. Se le había preparado, según costumbre, un camino de alfombras de algodón. Moctezuma manifestó deseo de subir a la capilla de Uitzilópochtli, y también, según costumbre, se le ofreció a tal fin la espalda de un robusto sacerdote. Sobre tan sagrado vehículo, subió el emperador hasta la plataforma superior, donde ya le aguardaban los demás sirvientes del dios.

—Aquí traigo —dijo el emperador, enseñando a los sacerdotes la mecha de pelo de oro— algo que podrá servir para el propósito.

Los sacerdotes miraban el cabello con curiosidad.

—Es una mecha de uno de los dioses blancos —explicó el emperador.

Separaron la cortina recargada de campanillas de cobre que servía de puerta a la capilla y penetraron en el sagrario, donde se alzaba el altar dedicado al dios de la guerra. Elevábase la figura gigantesca de Uitzilópochtli muy por encima del emperador y de sus dos papas, toda cubierta de perlas, el rostro oculto bajo una máscara de mosaico de turquesa, con ojos fijos, donde el círculo negro de la pupila resaltaba sobre el blanco de la córnea, y con una boca rectangular que dejaba ver una hilera doble de dientes blancos y cuadrados. Al cuello llevaba la imagen pesado collar de corazones de oro del que pendían largos camarones de oro admirablemente labrados. Calzaba botas negras que parecían de montar, de cuyo borde superior colgaban también camarones de oro. Ceñía a la cintura una cuerda de culebras de oro. En la mano izquierda blandía una flecha de madera negra, labrada y decorada con incrustaciones de plata, y en la diestra agarraba cinco flechas negras con puntas de plata.

Al pie del altar ardía una hilera de braseros. Los sacerdotes cubrieron el fuego con incienso de copal para ocultar los corazones de las víctimas humanas que aquella misma mañana habían sacrificado y que estaban ardiendo todavía sobre las ascuas. Cuando el emperador entró en la capilla, las codornices destinadas al sacrificio, atadas juntas en un rincón oscuro, estremecieron las alas durante unos instantes, volviendo pronto a recaer en su quietud. Cubría la piedra de las paredes de la capilla una costra negruzca de sangre humana reseca.

Del montón palpitante oculto en el rincón oscuro, cogió un sacerdote una codorniz y la ofreció al emperador, a quien el otro sacerdote presentaba al mismo tiempo un cuchillo de obsidiana. Moctezuma degolló el ave con golpe seco de mano experta, y después de ofrecer la cabeza al dios, la arrojo sobre uno de los braseros, frotando con el cuerpo en sangre la imagen de Uitzilópochtli. Uno de los sacerdotes le dio entonces un punzón de hueso con el cual se atravesó la lengua de parte a parte. El otro sacerdote le ofreció un bramante. Moctezuma ató con el bramante la mecha de pelo de oro y pasó mecha y bramante cinco veces a través del agujero de la lengua. Luego arrojo al brasero el cabello y salpicó los pies de la imagen con su sangre. Por último, el otro sacerdote le ofreció un acayetl de tabaco con un poco de peyotl. Fumó unos instantes y al poco tiempo cayó al suelo. Los sacerdotes aguardaron de pie a un lado y a otro del emperador, custodiándolo mientras se entregaba a sus sueños sagrados. De cuando en cuando, se pinchaban los brazos con punzones de hueso y salpicaban de sangre el altar.

Moctezuma, entretanto, veía los dientes de Uitzilópochtli elevarse hacia sus ojos, que se habían transformado en dos postes clavados en tierra, mientras que los dientes blancos se transfiguraban en otras tantas calaveras dispuestas en una hilera de poste a poste. Sobre aquel extraño espectáculo se elevaba el sol entre nubes blancas, y un rayo de luz, del color y de la forma de la mecha de pelo de oro, atravesaba de soslayo toda la escena. Pero no era un rayo de luz, sino una lanza de oro que le penetraba en el corazón a él, y de aquel corazón suyo salía Xuchitl, que echaba los brazos en torno a la lanza de oro, ya transfigurada en un hombre alto, de tez fresca y sonrosada y cabello rubio, y ambos desaparecían como un vapor tenue en el azul del cielo.

Volvió en sí el emperador, se puso en pie, y salió del teocalli, pensativo y cabizbajo.

19

Alonso se sintió recompensado de toda su previsión al subir de ligero y sin bagaje alguno la empinada escalera natural del muro de roca que a la vez daba y negaba acceso a su nueva residencia. Cuando al fin Alonso puso pie en la cumbre, le sobrecogió la admiración: el mar, quieto y medio dormido, era como una sábana de seda verde con manchas lanosas de azul y de gris, una inmensidad de color que se extendía a sus pies hasta el horizonte. Se apoyó sobre el borde de la roca, que parecía como un balcón natural, y se puso a gozar de aquel incomparable espectáculo. Al fin el mar. Siempre había pensado en el mar como el elemento que separa. Ahora se daba cuenta de que es ante todo el elemento que une, al hombre con el hombre y al país con el país. Gracias al mar, todavía podía esperar volver a ver a España y a su madre, que ya quizá le creería muerto. Le volvió a la memoria hasta la voz con que solía cantarle aquel inolvidable refrán:

¡Ay, mira que el amor es una mar muy ancha!...

No se cansaba de recorrer con la vista toda aquella llanura líquida, recreándose en su nueva libertad. De pronto, le pareció ver en el horizonte un trozo de cielo que era como una cosa puntiaguda, como el pico de alguna isla muy lejana. Pero, ¿no se movía? Llamó a Cara-Larga y le hizo mirar largamente, pero Cara-Larga opinó que no se movía. Sin embargo, Alonso siguió observándolo con tesón, esforzándose por penetrar el velo de la distancia, hasta que ya le dolían los ojos. Pues sí que se movía. No podía ser nada más que una vela. Parecía moverse a lo largo del horizonte, siempre a la misma distancia de tierra, con rumbo noroeste. Alonso la seguía en su movimiento con angustia terrible. Se puso a buscar algún mástil, algo elevado, para izar una señal. No había nada... "Sí, aquel pino, el más alto de todos, serviría." Trepó a lo alto y ató a lo más elevado de la copa una manta blanca de algodón. Pero no había viento y la manta colgaba pasivamente sobre el ramaje.

Fue pasando el tiempo, y la vela —ya estaba seguro de que lo era— no se acercaba. Alonso cayó de rodillas y se puso a pedir a Dios con ansia y fervor que le mandara aquel auxilio. Aquella vela diminuta que rasgaba el horizonte era toda su vida, su casa de

Torremala, su madre que le aguardaba, una base para cualquier acción que el Señor deseara inspirarle en bien de aquella tierra pagana donde le había hecho naufragar; porque era menester que volviera primero a vivir en comunión con sus hermanos de la fe cristiana. De cuando en cuando, echaba otra mirada de ansiedad al horizonte —gris, lejano, indiferente— sobre el que la vela tan deseada se iba esfumando hasta que ya no se veía apenas más que una mancha, un punto, una ilusión, un recuerdo, un sueño...

Cara-Larga le miraba mientras que él, en pie con los codos sobre la piedra y la barbilla en las manos, silencioso y ceñudo, seguía contemplando inmóvil aquel mar enigmático que se había tragado sus fugaces esperanzas. El fiel mejicano se daba cuenta de lo que pasaba en el ánimo de su amigo blanco. A fin de distraerle con la labor, se puso a ir y venir creando ocasiones para la iniciativa casi siempre animosa de Alonso, trayendo y llevando víveres y materiales para ordenarlos en las diversas cavernas que habían escogido para morada; hasta que al fin Alonso salió de su meditación y se dio cuenta de que Cara-Larga no había hecho más que trabajar mientras él soñaba y sufría. Sí, el Señor le imponía duras pruebas, pero al fin y al cabo, también le había otorgado a aquel hombre tan fiel y le había guiado hasta aquel lugar tan hermoso y tan indicado para su propósito. Había pasado aquella vela sin verle, pero otras volverían. Por lo pronto, su deber era trabajar.

Vivirían en una caverna mientras se construían una casa más cómoda. Tenían madera, herramientas y tiempo, de modo que pronto tendrían una casa. En los almacenes había acumulado bastante maíz, y en los alrededores sobraba la caza. Alonso y Cara-Larga se instalaron, pues, para hacer vida de soledad y observar la costa. Alonso dedicó toda su energía primero a la construcción de la casa, inspirándose en el modelo de las que había visto en Santo Domingo, y después, cuando la hubo terminado, a enseñar a Cara-Larga a hablar el castellano y a escribirlo. Como papel o encerado, tenía el suelo arenoso de las cavernas.

Volvía una mañana Cara-Larga de la correría que solía hacer casi a diario por el llano, en busca de caza, cuando se encontró con un objeto curioso y extraño que al llegar a lo alto echó a los pies de Alonso junto con unos cuantos conejos que había cazado con sendas trampas. Aquel objeto, misterioso para Cara-Larga, causó en Alonso honda emoción. Era una bota de vino. Desde luego, había contenido vino, aunque estaba vacía. Estaba en estado perfecto, con su tapón de madera y su brocal. ¿Cómo había llegado a aquel lugar de la playa donde se la había encontrado Cara- Larga? Alonso pensó primero en Quintero. Pero recordaba perfectamente que la bota de vino que Quintero se había llevado del batel era de forma distinta y de mejor cuero. Le pareció además que aquella bota que en la mano tenía era de fabricación isleña. Ya las hacían bien en Santo Domingo y en Cuba. La madera, no sólo por su contextura, sino sólo por su aroma, que a pesar del fuerte olor de vino se percibía todavía, era sin duda tropical. El cuello, que había sido redondo, estaba achatado toscamente al parecer por dos cortes paralelos de un cuchillo manejado por mano inhábil. Sobre una de estas superficies se veían letras labradas que no leía bien.

Al día siguiente bajaron ambos al llano, se fueron a la playa y se pusieron a buscar huellas posibles de algún desembarco de cristianos. Cara-Larga de pronto dio una voz anunciando que había encontrado algo.

—¿Qué es? —preguntó Alonso.

—No sé lo que es.

Alonso se acercó a todo correr, y Cara-Larga le entregó un casco todo mohoso. Era evidente que en aquel lugar había habido un desembarco de españoles. Se le cayó el alma a los pies. ¡Había llegado tarde! Más luego le consoló otro pensamiento: "Prueba de que este sitio es bueno para desembarcar y por lo tanto es probable que vuelva alguien por aquí otra vez." Siguieron buscando, y encontraron algunas huellas de hogueras más grandes de las que solían encender los naturales del país. A Alonso se le ocurrió una idea: "Vamos a subir a ese cerro." Argüía en efecto que si había habido desembarco de españoles, era seguro que habían instalado las tiendas en el cerro. En efecto, en cuanto llegaron al alto, vieron que había habido en aquel lugar un campamento español. Alonso reconoció al instante las estacadas, y además se encontró con una bala de piedra. "No era pequeño el cañón", pensó. También encontró una bota de soldado en muy mal estado, y por último una inscripción que fechaba el desembarco y aun lo firmaba con un nombre, ¡y qué nombre! Talladas rudamente con un cuchillo en la corteza de una ceiba, leyó las letras siguientes: Aq. estuo. VTE. ESQUEL CON LA ARMADA DE J. D. GRIJALVA EL X DE VI DE MDXVIII.

El nombre de Vicente Esquivel tallado en el árbol aquel al pie de su fortaleza solitaria le dejó pensativo: "Quién sabe —pensaba— si a lo mejor no volveremos a jugar juntos a justicias y ladrones, ya de hombres crecidos!" A Alonso no le cabía la menor duda de que Esquivel seguía formando parte del bando de los ladrones. Con el yelmo mohoso colgándole de la mano, se volvió todo pensativo a su puesto de observación.

20

Mientras Alonso había pasado años descubriendo y explorando la tierra firme en calidad de náufrago individual y suelto, Diego Velázquez, gobernador de Cuba, había procurado explorarla con flota tras flota bien armada y guarnecida. La expedición que había dejado aquellas huellas era la segunda de las armadas por Velázquez. El llano al pie de la roca donde se había instalado Alonso era uno de los lugares en los que Grijalva había desembarcado al paso para rellenar sus barriles de agua. Se había quedado allí unas semanas a fin de dar algún descanso a su gente y caballos y de rehacerlos permitiéndoles comer alimentos frescos, pues abundaba el venado y la caza menor. Pero los naturales, que los habían acogido con poca cordialidad, se declararon en hostilidad abierta, y Grijalva tuvo que reembarcar sus tropas a toda prisa, dejando abandonada una yegua que, por estar preñada y espantadiza, se resistía a poner pie en el batel.

A la yegua le fue indiferente que la dejaran sola. Con el buen sentido de una hembra experta, se adaptó inmediatamente a la nueva tierra, se buscó un abrigo confortable, descubrió los mejores abrevaderos y a su debido tiempo dio a luz un potro tan blanco como su madre. Pero a los pocos días del parto, cuando el potro se acercó a su madre para mamar, comenzaron a temblarle las piernas todavía delgaduchas e inseguras, se le estremeció el hocico y se le dilataron los ojos. La yegua había muerto y los instintos profundos le decían a la criaturilla recién nacida que se alejara del cadáver. Se quedó vacilando unos instantes, sin saber qué hacer ni adónde ir, y se alejó brincando de mata en mata.

Solo, anduvo recorriendo el valle buscando de comer. Pero no había nada que comer en ninguna parte. Había un sinfín de hojas verdes, de ramillas, de hierba y otras plantas, pero no había nada de comer, ni una sola ubre que chupar. El mundo era un lugar bien extraño.

"Hay que ver —rumiaba el animalito en su mente oscura—, hay que ver un mundo en donde anda uno lo menos medio tiempo de sol entre dos lunas sin encontrar ni una sola ubre. Esto no tiene sentido." Exhausto y hambriento se hizo un ovillo y se quedó dormido.

Bajaba un rebaño de venados a todo correr sierra abajo hacia los remansos del río, para beber. En vanguardia galopaba un cervatillo, apenas de un mes, que se creía capaz de correr y saltar más que el más pintado a pesar de los consejos de prudencia que su madre había intentado tantas veces hacer penetrar en su cerebro mirándole con gravedad en los ojos. El cervatillo corría de risco en risco y de riesgo en riesgo sin la menor vacilación, a pesar de que no tenía todavía los ojos adiestrados a medir distancias. De pronto, le salió corto un brinco y cayó en el vacío entre dos rocas, roto el cuerpo para siempre en los peñascales del barranco. Su madre llegó a los pocos instantes al borde de aquel barranco siniestro en cuyo fondo yacía su hijuelo muerto. Con las piernas temblándole, fue bajando poco a poco hasta el arroyo, olió y lamió el cuerpo todavía tibio, y, después de contemplarlo durante largo tiempo, se alejó lentamente con lágrimas en los ojos.

"Ya lo decía yo", pensaba con el corazón dolorido. Al andar sentía las ubres llenas de leche ir y venir de una pierna a otra al ritmo lento de su paso abatido y triste. "¿Qué haré yo con toda esta leche?" El rebaño de los venados había desaparecido. A corta distancia divisó la triste madre algo que no se parecía a nada de lo que hasta entonces habían visto sus ojos. Se acercó y vio que era como una especie de cervatillo, pero muy distinto de forma: blanco y bonito, pero más metido en carnes que solía ser su especie. De seguro que era de muy tierna edad. Estaba dormido. La madre se acostó a su lado, quizá movida por un oscuro instinto materno, y aguardó. Pasó algún tiempo y aquello blanco, bonito y vivo se despertó. Exploró el mundo circunvecino con el hocico. "¡Ubres!", se dijo con alegría. Y, ávido, se puso a chupar.

21

Durante muchos días Alonso consagró atención preferente a aquel yelmo que se había encontrado en la playa, consiguiendo transformarlo de un objeto sucio y mohoso, digno de una escombrera, en una pieza de museo. ¿Para qué tantos cuidados? Ni el mismo lo sabía. El caso era que aquel yelmo había sido para él el centro y como estrella polar de su vida desde que se lo había encontrado. ¿Quién diría las generaciones de antepasados que se habían recreado en su sangre con sólo verlo? Ellos eran los que desde el fondo de su pasado, ante el yelmo brillante y bien engrasado en las coyunturas, lo miraban con ojos amorosos a través de sus pupilas y ponían en sus manos aquella comezón que sentía de manejar espada, lanza y riendas. Un día, ya sin poder resistir la tentación, se lo probó. No le estaba mal, y, al verlo con el casco puesto, Cara-Larga, contemplándolo boquiabierto, pensaba que era Alonso la vera efigie del dios de la guerra.

De cuanto en cuando bajaba Alonso o bajaba Cara-Larga al llano para cazar algún venado. Solían cazarlos con red. Los rebaños bajaban de la sierra de enfrente a toda velocidad, brincando de roca en roca y pasando sobre un arroyuelo que separaba la altura de enfrente del cerro en que ellos vivían, tomaban después el camino del río. Un día, mientras estaban contemplando el pintoresco galope de un rebaño que bajaba de la altura, los ojos bien ejercitados de Cara-Larga distinguieron entre el grupo a un animal extraño, que no era como los demás.

—Aquél. ¿No lo veis? Yo no he visto nunca en mi vida un animal así. El blanco, digo. Blanco como el algodón.

Alonso miraba sin atreverse a creer lo que veía. ¡Un potro!

A partir de aquel día dedicaron ambos todo su ingenio y toda su perseverancia a apoderarse de aquel potro. Ya se habían comido no pocos venados del rebaño que había adoptado al huérfano, y curtido no pocas pieles, cuando al fin el éxito coronó sus esfuerzos. Alonso, que no pensaba ni soñaba en otra cosa desde que había visto al potro blanco galopar entre los ciervos, había tenido tiempo para preparar todo lo necesario a fin de domesticarlo. Con su acostumbrada previsión, había construido un acceso a la cumbre por donde pudiera subir el caballo, y con la ayuda de Cara-Larga había fabricado riendas, estribos y hasta una silla bastante presentable, y un bocado y herraduras de cobre. Un día llegó Cara-Larga arriba con sonrisa de triunfo. El "venado blanco" estaba entre redes, atado a un árbol.

Alonso bajó en seguida y se quedó encantado con el aspecto de su nueva adquisición. Todavía no había cumplido un año, a juzgar por la dentadura. Como no estaba seguro Alonso de que el potro se dejara llevar hasta arriba el primer día, decidió dedicarse a conquistar las simpatías del animal todavía salvaje, proveyendo a sus necesidades después de hacérselas sentir. Le hizo pasar hambre y le trajo de comer, le hizo pasar sed y le trajo agua. Cara-Larga le fue a buscar la hamaca y allí durmió aquella noche, esclavo del animal que quería hacer su esclavo. A los pocos días, ya era Alonso dueño del potro y pudo llevárselo hasta la cumbre, donde la pradera cubierta de suculenta hierba y un agua fresca y pura le hicieron agradable la reclusión y la falta de libertad. Alonso comenzó inmediatamente a domarlo para silla.

Con los medios de que disponía —madera, cuero, cobre— se había hecho una lanza y una rodela. A los pocos meses, el potro estaba perfectamente domado. Alonso lo montó, se puso el casco, ya refulgente, y con la rodela al brazo izquierdo y la lanza en ristre, anduvo trotando por las praderas de su fortaleza natural, diciéndose a sí mismo: "¡Qué lástima que no haya por aquí ningún enemigo!"

22

Pasaban los días, las semanas y los meses y Alonso oteaba el horizonte cada vez con mayor ansiedad. Ni una vela. Pasó el invierno y volvió la primavera. En su ocio forzoso, había enseñado el castellano a su compañero de destierro, que ya lo hablaba y escribía aunque sólo en mayúsculas, por ser las minúsculas más difíciles y también por haber creído Alonso que era prudente reservárselas como escritura para su uso exclusivo. Alonso solía trotar y galopar con frecuencia por las praderas de arriba, pero no había dejado que el caballo bajase al llano, por un prejuicio que no llegaba a formularse a sí mismo. Un día de primavera, los dos desterrados divisaron al fin una vela hacia el noroeste, que navegaba en dirección paralela a la costa, como estudiándola atentamente. Al instante preparó Alonso el caballo para bajar al llano y ponerse en contacto con aquellos cristianos, pero no había terminado de ensillar cuando la vela viró en redondo y desapareció.

Todo el día transcurrió en la soledad monótona de siempre, que hacía más tensa e insoportable la memoria de aquella esperanza muerta apenas nacida. Pero a la mañana siguiente, cuando según

costumbre echó su primera ojeada hacia el noroeste, vio Alonso
hasta una docena de naves que habían fondeado al otro lado del río,
junto a unos médanos, sobre las cuales divisó con emoción una
multitud de hormigas humanas que iban y venían con cargas a las
espaldas. Había desembarcado una expedición de las Islas. Alonso
cayó de rodillas y dio las gracias al Señor.

Se armó de lanza y rodela, colgó el yelmo del arzón por ser día
de mucho calor, se cubrió la cabeza con un sombrero de paja amarilla, de ala muy ancha, que le había hecho Cara-Larga, y explicando
a Cara-Larga que, o volvería o le mandaría un recado escrito con
instrucciones, bajó al llano llevando de la rienda al caballo.

Ya en el llano cabalgó hacia los recién llegados; pero era largo
el camino, que atravesaba primero una floresta espesa y luego iba

XVIII. Guerreros aztecas librando un combate ceremonial.
Sus atuendos corresponden a las respectivas órdenes guerreras a
que pertenecen.

serpenteando por los escasos pasos secos que cruzaban la marisma, hasta llegar al fin a la arena que en médanos sucesivos, como olas secas, lo separaba de los cristianos. Por entre aquellos médanos anduvo navegando en tierra durante largo tiempo, y al fin, cuando dominó la cresta del último, contemplaron sus ojos un espectáculo inesperado. A sus pies, la llanura era un torbellino de actividad. Un mar de guerreros indígenas batía en furiosa borrasca contra el reducido batallón de los españoles. Alonso calculó a ojos vistas que eran varios miles de indios frente a unos quinientos españoles, con poca artillería y ni un solo caballo. Este último detalle le intrigó durante un buen rato, hasta que, bastante más allá de la batalla, al borde de la marisma oscura, tierra adentro, divisó un pequeño escuadrón de hasta doce jinetes. Entonces se dio cuenta de la situación. Los jinetes habían intentado rodear a los indios para sorprenderlos por la espalda, pero la marisma les había obligado a dar un rodeo tal que de seguro llegarían demasiado tarde para socorrer a la infantería. Sin vacilar ni un segundo, Alonso echó mano de la lanza, embrazó el broquel y picó espuelas al caballo, que se lanzó al galope en plena batalla. Y los españoles vieron súbitamente a Santiago cabalgar por los aires sobre un caballo blanco herrado de oro que centelleaba en los cascos; a Santiago, con melena de oro y barba de oro, con los ojos azules, desnudo y noble y hermoso y bravo, con una aureola de oro en torno al rostro. Los indios huyeron en desorden, y Santiago, persiguiéndoles al galope, desapareció en los cielos.

Los españoles, salvados, cayeron de rodillas bendiciendo al Señor.

Capítulo IV

JUSTICIAS Y LADRONES

1

Hernán Cortés había visto desde lejos el galope de Alonso y la victoria singular que en aquel peligroso trance había alcanzado tan inesperadamente sobre los indios. Los compañeros de Cortés se persignaron devotamente, en la seguridad de que aquel jinete era sobrenatural —quizá San Miguel, o quizá Santiago. Cortés era un hombre muy devoto, pero tenía un sentido complejo de la vida que le inspiraba cierto escepticismo para con los milagros. Era además hombre práctico. Lo que más le sorprendió no fue el guerrero, sino el caballo. El guerrero no era misterio alguno, pues era cosa sabida entre exploradores que por aquella tierra habían quedado unos cuantos españoles de otras expediciones.

Cuando, en compañía de su escuadrón, llegó al fin al llano seco después de todo aquel rodeo, se encontró a Alonso que volvía al paso de su caballo blanco. Cortés paró su caballo para dejar que se acercase el extraño personaje. Era una figura pintoresca. Desnudo de la cintura para arriba, con el cuerpo curtido por el aire y el sol, lo que le daba un color rojo cobrizo, vestía tan sólo unos calzones cortos de algodón llevaba la barba muy larga y el pelo también, cayéndole en melena sobre el cuello y los hombros; el yelmo de acero colgaba del arzón. Sobre la espalda, formándole aureola, el sombrero de paja de ala ancha. Los estribos, las espuelas y la punta de la lanza, así como el borde de la rodela de cuero, eran de cobre. Sin acelerar el paso, se acercó al escuadrón cuyos dieciséis jinetes le miraban absortos, hizo alto y se quedó sonriendo, apoyándose con el brazo derecho sobre el asta de su larga lanza. El rostro requemado era como un sol en el centro de la aureola de paja.

Pausa. Casi todos los jinetes se sentían dominados por una emoción religiosa. Cortés estaba como remetido en cautela. Alonso habló primero:

—Doy gracias al Señor que os ha traído hasta aquí. Ya hacía mucho tiempo que venía esperando.

Cortés le sonrió con aquella sonrisa seductora que le distinguía:

—Nosotros también le agradecemos al Señor que os haya traído para socorrernos en el momento que más falta hacía. Pero, ¿dónde hallasteis ese caballo?

Alonso contestó:

—Eso es sólo parte de un cuento largo de contar.

—Señor —dijo el capitán—, nos haríais gran merced acompañándonos al campamento para contárnoslo.

Juntos siguieron hacia el campamento, donde hallaron a muchos soldados rezando todavía en acción de gracias por el milagro en torno al clérigo Juan Díaz, hombre beato y estrecho de espíritu, que sostenía que aquel jinete había sido Santiago en persona; mientras que los más se habían dispersado a sus quehaceres al oír al fraile de la Merced, padre Olmedo, decir con sonrisa maliciosa: "No creo yo que Santiago se viniera a caballo todo el camino que hay del cielo hasta acá para socorrer a una tropa de pecadores como vosotros." Cuando los soldados todavía crédulos vieron a "Santiago" cabalgando tranquilamente por la calle central del campamento entre chozas y tiendas, en plática amistosa con Cortés, el clérigo Juan Díaz se quedó solo rezando, y medio campamento se rió del otro medio.

2

—Claro que me acuerdo —iba diciendo Cortés—. Era entonces vuestra merced muy niño. Y también me acuerdo que había en Torremala un tonto que era el tonto más sabio que jamás he visto. Acababa de ser víctima de una escena en el mercado, que fue causa de que me trajera yo a las Indias a Vicente Esquivel. Por cierto, mi señor don Alonso, que Esquivel está aquí conmigo. Por ahí andará por el real.

Se ponía el sol y en el aire quieto vibraron las campanadas del Ave María. Se apearon los jinetes. Todos se arrodillaron ante una cruz gigantesca de madera que habían erigido sobre un médano, y el padre Olmedo dijo el Ave María. Alonso rezaba con el corazón inundado de gratitud. Había regresado al redil de los suyos, a aquella cristiandad de la que en sus momentos de desesperación se había creído separado para siempre.

Allí ante sus ojos, en lo alto de aquella duna, se alzaba sobre los hombres la Cruz, el símbolo del mundo duro para sí y blando para los demás, única unión de los dos mundos que todo hombre se encuentra en la tierra y trae a la tierra en su ser. En torno suyo se hablaba otra vez la lengua de su madre; y los ademanes, rostro y figura de su padre animaban todo el real y le habían reconfortado ya al reconocerlos en los nobles caballeros que le habían abierto los brazos al oír su nombre. Estaba salvado. Estaba más que salvado. Había vuelto a colocarse en la única situación en donde podría servir algún día a aquellos pueblos paganos donde el Señor le había hecho naufragar, comunicándoles la Luz y la Cruz desde lo alto del monte del poder. Aquella tarde, nadie oró en el real con más fervor que Alonso Manrique.

Una campanada sola dio fin a la ceremonia. El real volvió a moverse. Se encendieron fuegos para asar los venados que habían cazado por la mañana algunos jinetes, antes de la agresión de los indios; iban y venían soldados con cubos de agua o haces de leña; otros, sentados sobre la arena, a la puerta de sus chozas, se dedicaban a limpiar sus armas, a preparar flechas o a remendar sus ropas. Cortés se llevó a Alonso a su tienda. Los pajes trajeron unos cuantos taburetes y una silla de cadera para el capitán. El propio Cortés se metió en su tienda, de donde volvió a salir echando sobre los hombros de Alonso una bata de seda y terciopelo de color anaranjado:

—Aquí tenéis con qué cubriros las carnes, señor don Alonso Manrique. Y ahora contadnos vuestro cuento.

El respeto obligó a Alonso a aceptar la bata, aunque apenas si pudo usarla, pues la piel la rechazaba por haber perdido el uso de la ropa de modo que hasta la seda suave lo mortificaba. Se sentó en un taburete junto a la silla de Cortés, y los demás caballeros hicieron círculo en derredor, para oírle. A medida que iba desarrollando el largo cuento de sus aventuras se acercaban racimos de soldados, sentándose en la arena para oírle, hasta que al fin todo el real le escuchaba colgado de sus labios.

Terminado el relato, Cortés rogó a Alonso se quedara a comer con él. Deseaba en efecto tener una conversación instructiva con aquel valioso recluta. No invitó a nadie más. Cenaron dentro de la tienda, para mayor discreción. Cuando, terminada la cena, se retiraron los pajes, Cortés hizo a Alonso numerosas preguntas sobre los naturales, su modo de vivir y sobre todo de guerrear. Mucho le complació saber que Alonso hablaba el nauatl y el otomí, sobre todo cuando Alonso le explicó que el nauatl era una de las lenguas más importantes de todo el país. Mencionó entonces Alonso a su amigo mejicano Ixtlicoyu o Cara-Larga, añadiendo que ya hablaba y hasta escribía castellano. Al oírlo, guardó Cortés silencio, como rumiando la importancia de la revelación.

—Me hará vuestra merced un servicio, señor don Alonso Manrique —dijo al fin—. Mande vuestra merced a ese indio amigo que no diga nunca a nadie ni deje que nadie adivine que sabe nuestra lengua.

—Señor, yo no creí que hacía mal alguno en... —comenzó Alonso como excusándose, pero Cortés se sonreía al ver su ingenuidad:

—¿Mal? ¿Quién habló de mal? Es maravilla. Pero no conviene tirar esa arma que el Señor pone en nuestras manos. Pida vuestra merced a ese indio que oculte lo que sabe. El día menos pensado, puede sernos de gran socorro.

Al día siguiente por la mañana, Alonso se volvió a su fortaleza, donde explicó a Cara-Larga lo ocurrido y retornó al real con él, trayéndose todo lo que valía la pena de transportar. Alonso llegó pronto a ser el compañero indispensable o "lengua" de Cortés. Aquel mismo día llegó al real una embajada de los indios derrotados. Tenían poco oro que ofrecer, pero aun así, traían lo que tenían: cuatro diademas y unos cuantos lagartos de oro y algunos pendientes. También presentaron ofrendas de mantas toscas de henequén y algo de comer. Pero su ofrenda mejor fue un ramillete viviente de veinte muchachas jóvenes. Cortés recibió a los caciques con la mayor urbanidad, y luego, con Alonso al lado, que todo lo traducía, les explicó que había venido de tierras lejanas para enseñarles una fe nueva; que aquella fe requería que vivieran en paz; y que, aun agradeciéndoles la ofrenda de las muchachas, que aceptaba, ni él ni sus amigos podrían tomarlas por esposas hasta que aprendieran primero la nueva fe y la adoptaran.

Los caciques se quedaron desconcertados y los compañeros de Cortés no muy complacidos. Si iba uno a tener que aguardar a que las indias se hicieran cristianas para pecar con ellas, ¿cuánto tiempo iba uno a tener que hacer de santo de palo? Cortés aceptó una transacción basada en la rápida conversión de las muchachas después de cuatro días de instrucción cristiana que confió a Alonso, que había leído teología y estaba ordenado, aunque solo de menores, o al menos así lo creía Cortés. Alonso se encargó de sus nuevos deberes con la sinceridad que le era peculiar, y todas las mañanas, durante aquellos cuatro días, sentado en la arena con las veinte neófitas, les explicaba la hermosa historia de la vida de Jesucristo. Evitando toda teología complicada, y todo lo concerniente a disciplina y deberes, Alonso concretaba su enseñanza sobre el amor, el materno sobre todo, y enseñaba a las muchachas indias una imagen de la Madre y el Niño, explicándoles que era la diosa de los blancos.

Aquel domingo era domingo de ramos. Los soldados habían construido un altar de campaña en torno a la cruz gigantesca que se alzaba sobre la cima de un médano. Al pie de la cruz, sobre el altar, habían colocado la imagen de la Madre y el Niño, que sonreía rodeada de flores. Revestidos de casullas de oro y seda, oficiaron el padre Olmedo y el clérigo Díaz, y luego comenzó la procesión. Soldados y capitanes llevaban cada uno una rama verde en la mano. Cuando terminó la procesión, el padre Olmedo bautizó a las veinte indias, que inmediatamente Cortés distribuyó entre sus capitanes.

Mucho satisfizo a Alonso ver que Cortés no le ofrecía ninguna a él, y algo le sorprendió que el propio Cortés no se quedara con ninguna. En cuanto a las muchachas indias, pronto cayeron en la cuenta de por qué los españoles ponían tanta insistencia en el culto de la Madre y el Niño.

3

Aquella noche vinieron los pilotos a ver a Cortés para decirle que les inquietaba el cariz del tiempo. El fondeadero no era nada bueno. Soplaba cada vez más fuerte el viento norte. Era prudente prepararlo todo para zarpar al alba en busca de un puerto mejor. Cortés era hombre de decisiones rápidas. Al alba, salió la flota con rumbo noroeste, a lo largo de la costa. El día de Jueves Santo por la tarde echaron ancla en una bahía ya explorada por dos flotas españolas menos afortunadas, y bautizada por una de ellas con el nombre de San Juan de Ulúa.

Alonso había hecho la travesía en la nave de Cortés. El capitán favorito de Cortés, vástago de la ilustre familia de Puertocarrero, iba también a bordo. Cortés le había regalado la mejor de las veinte muchachas indias, una mejicana bautizada doña Marina (doña por ser de estirpe ilustre) y que era tan hermosa como discreta. Era hija de un poderoso cacique mejicano, muerto cuando era ella todavía una niña; y su padrastro se había desprendido de ella vendiéndola como esclava y fingiendo que había muerto. Doña Marina había contado a Alonso Manrique esta historia tan romanesca, y había manifestado que deseaba aprender el español. Alonso se puso a enseñárselo, y doña Marina lo aprendió con gran rapidez. "Yo me pregunto —confió Alonso a Cara-Larga —por qué tiene tanto deseo de aprender nuestra lengua"; a lo que Cara-Larga contestó discretamente: "Porque desea ser útil al general, porque está enamorada de él."

4

Los guardias y espías que tenía en la costa habían enviado a Moctezuma un pictograma completo de los sucesos de Tabasco, sin olvidar el milagroso galope de Santiago. Al ver la pintura del jinete, Moctezuma recordó la que había recibido antes y se había llevado Xuchitl en circunstancias que deseaba olvidar. ¿Y si resultara que aquel jinete era el del hombre de Quetzalcoatl con quien estaba desposada Xuchitl? ¿Y cómo y cuándo se había desposado? No cabía duda de que sólo podían haberlo hecho por artes de magia. Era sin duda cosa de Nezahualpilli. Por eso había reencarnado en aquella águila para defender a su hija, y por eso estaba tan seguro antes de morir de que se acercaban los hombres de Quetzalcoatl. Pero para Moctezuma era indispensable que aquellos hombres no llegasen al valle de Méjico. De ser posible, había que procurar que volvieran a embarcarse, si necesario fuera, obligándoles por la fuerza; si no, era por lo menos menester que se quedaran en las regiones de la costa, dejándole a él en posesión pacífica de la altiplanicie. Moctezuma convocó a uno de sus hombres de confianza, que se llamaba Quintalbor.

—Te voy a mandar de embajador a los hombres de Quetzalcoatl —le dijo— porque, a juzgar por lo que veo en los pictogramas, el jefe de ellos se parece mucho a ti, tanto que se diría que es tu hermano. Y como es muy posible que sean hechiceros, si emplean hechizos contra nosotros, puede ser que así el hechizo se equivoque por tu

345

parecido con el jefe y trabaje por ti y no por él. Te llevarás ofrendas de oro, plata y plumería, y también a este esclavo que se llama Cuitalpitoc —añadió, señalando a un apuesto guerrero, alto y fornido, sin duda prisionero de guerra, añadiendo—: por si manifiestan deseo de comer carne humana, como suelen hacer los dioses. Les presentarás a Cuitalpitoc, no como esclavo, sino como un gran señor, y a tal fin le pondrás todo el atavío que sea necesario, porque a los dioses no les gusta la carne de esclavo. Y si a lo mejor no se contentaran con menos que tu cuerpo para hacer festín, ten por cierto que yo me encargaré de tu viuda y de tus hijos.

5

La embajada llegó al real de los españoles una mañana de sol. Quintalbor y Cuitalpitoc, ricamente ataviados como embajadores de Méjico, traían numeroso séquito de secretarios y tlamemes. Cortés los recibió rodeado de sus capitanes y de algunos soldados. Después de hacer las tres reverencias de rigor, Quintalbor comenzó un discurso que tradujo Alonso. Moctezuma ofrecía su amistad y valiosos presentes, pero aconsejaba a los españoles que volvieran a embarcar y se marcharan a su tierra. Cortés no contestó por entonces a la embajada. Hizo además al fraile que a su lado aguardaba y, como todo estaba ya dispuesto, el ejército español entero se volvió hacia el altar y el fraile se dispuso a decir misa en presencia de los embajadores. Alonso les explicó en breves palabras que se trataba de un sacrificio religioso.

—¿Dónde está la víctima? —preguntó Quintalbor. Viendo que Alonso guardaba silencio, Quintalbor creyó que no sabía que contestar porque, como acababan de desembarcar, los españoles no habían podido todavía apoderarse de una víctima para sus altares.

—Si no tenéis víctima —dijo con cortesía, señalando a Cuitalpitoc—, mi amo tendrá verdadero placer en que aceptéis para vuestros altares a este notable de nuestro país. Lo podéis sacrificar y coméroslo después en la forma habitual.

El rostro de Alonso reflejaba tan fuertes emociones, que Cortés le preguntó:

—¿Qué es lo que dice? —Y al oír la explicación, se persignó, diciendo:— Demos gracias al Señor que nos trajo a esta tierra, donde tanto hay que hacer para un cristiano.

Quintalbor percibió el acento de honda gratitud que animaba en las palabras de Cortés, y dándole una interpretación según sus luces, dijo a Alonso:

—Mucho me alegro de que el jefe acepte nuestra ofrenda, pero decidle que no hace falta que nos manifieste tanta gratitud, porque le daremos tantas víctimas como quiera a condición de que permanezca con su gente aquí en la costa o se embarque para su tierra.

—Padre —dijo Alonso volviéndose al fraile—, ¿podría Vuestra Paternidad dejarme un momento la Sagrada Forma en la Custodia?

El padre Olmedo puso en sus manos con toda reverencia un pequeño viril de campaña con la Sagrada Forma en su sitio.

—Ved —dijo Alonso a Quintalbor—, este pan es nuestra víctima. Es la carne de un Cordero que murió por nosotros hace 1500 años. Siempre la llevamos con nosotros y no necesitamos de otras víctimas porque ésta, que es la única que sacrificamos, vive para siempre.

A Quintalbor le brillaron los ojos, por primera vez desde su llegada, con la luz del entendimiento. Al fin oía de aquellos extraños palabras que tenían un sentido claro. El hecho de que un cordero muerto hacía 1500 años viviera para siempre en una oblea de harina era para él una proposición evidente que no necesitaba otra base que la posesión de poderes mágicos por parte del que había matado el cordero. Al instante se dispuso a seguir el sacrificio, aunque personalmente le parecía que carecía de interés dramático por faltarle el elemento de sangre.

Quintalbor era hombre de gusto delicado, y la misa le aburrió bastante. El fraile tenía buena voz y cantaba la misa muy bien, pero los ademanes le parecían a Quintalbor siempre los mismos y, según se traslucía, no ocurría nada, por lo menos nada visible, aunque se decía que quizá las ceremonias aquellas, al parecer tan insignificantes y vacías, ocultaran bajo la superficie poderes mágicos formidables. De cuando en cuando se palpaba el cuerpo y miraba atentamente a Cuitalpitoc, por si de súbito se transformaban en serpientes o lagartos o alguna forma de vida animal; pero a medida que iba avanzando la misa, fue recobrando confianza al ver que los blancos no se proponían o no conseguían hacerle daño alguno. De repente, desgarró el aire el chillido de una trompeta. Había terminado el sacrificio.

Quintalbor pidió venia para descargar y presentar sus ofrendas. Los esclavos de su séquito extendieron sobre la arena unas mantas de algodón blanco sobre las cuales fueron depositando sus fardos los tlamemes. Los soldados españoles hicieron un cerco de codiciosos mirones en torno a la escena. A cada fardo que se abría, se les dilataban más y más los ojos de asombro, admiración y codicia ante la riqueza insoñada de los presentes que Moctezuma les enviaba: cargas y más cargas de ropa de algodón maravillosamente labrada, de plumería tan vistosa como nunca ha vista, de joyas de plata y oro, muchas de ellas imitación en filigrana de animales de toda suerte, y sobre todo dos maravillas: dos círculos labrados con figuras complicadísimas, tamaños como ruedas de carreta, uno de plata maciza, que representaba el calendario lunar de los aztecas, y otro de oro macizo, que representaba su calendario solar. Aquellos dos planetas deslumbraron a los españoles.

—Señores —resonó la voz clara de Cortés en el aire que la

admiración había acallado—, este Moctezuma debe de ser un gran monarca. Con la ayuda de Dios, hemos de ir a verle un día.

6

Aquella escena causó en Alonso honda impresión, confirmándole en su convicción de que era menester hacer la conquista política del país para sustituir la religión de los dioses sanguinarios por la de Cristo. Bien sabía él que, con frecuencia, no sólo el cristiano, sino hasta el mismo sacerdote cristiano, deshonraba su fe. No había olvidado —¿cómo olvidarlo?— el Jabalí del Seminario... y otras cosas más. Pero pensaba que tales vergüenzas de la cristiandad se debían a flaquezas humanas de cristianos individuales que para nada afectaban la excelencia de la fe de Cristo en sus principios, mientras que la religión de Uitzilópochtli era inhumana en su misma esencia.

A partir de aquel momento se puso a observar a Cortés desde este punto de vista político y religioso que le preocupaba. ¿Sería Cortés el hombre designado por la Providencia? Para Alonso no cabía duda de que al menos era muy superior a todos sus demás compañeros de armas, tanto en vigor mental como en vigor espiritual. Su inteligencia sabía elevarse a las altas esferas de la política de la historia y del destino humano, sin por eso perder jamás contacto con los movimientos de detalle de la vida diaria. Era sagaz y astuto. Alonso admiraba la mezcla de afabilidad y firmeza con la que había recibido a los embajadores de Moctezuma.

—Vengo —les había declarado— como el enviado del gran emperador cristiano a ver a Moctezuma y a llegar con él a un acuerdo de amistad. Tengo que verle en su capital y entregarle mi recado. Nada me distraerá de esta tarea.

—¿Y cómo hará vuestra merced para cumplirla? —preguntó Alonso al capitán una noche en su tienda—. Si apenas tiene cuatrocientos hombres de combate y dieciséis caballos y en un país tan vasto...

Con la mayor emoción oyó Alonso la contestación sencilla y sincera que su gran corazón dictó a Cortés:

—No lo haré yo, pero lo hará Nuestro Señor en mí.

Aquellas palabras conquistaron a Alonso.

—Pues entonces, señor —prosiguió, resuelto a ayudar en todo a aquel hombre de tanta fe—, vuestra merced podría comenzar purgando el ejército de los vacilantes que abundan en sus filas.

Cortés le clavó los ojos:

—¿Qué queréis decir?

Vaciló Alonso:

—Todos los soldados y capitanes no le siguen a vuestra merced con igual fidelidad.

Cortés se echó a reír:

—Eso ya lo sé yo.

—Algunos... muchos... casi todos amigos del gobernador de Cuba, quieren volverse a la Isla, a sus mujeres y a sus indios y a sus granjerías de azúcar.

Y Cortés, con una mirada de sus ojos serenos, volvió a decir:

—Eso ya lo sé yo.

7

Cortés decidió mudar el real a un sitio mejor, cosa de una legua al noroeste, que le había encontrado uno de sus capitanes, llamado Montejo. Había elegido a Montejo para mandar la expedición de descubierta porque era uno de los cabecillas del partido de Velázquez, por lo cual procuraba tenerlo contento confiándole cargos de honor, pero a la vez había tomado la precaución de ofrecerle a Cara-Larga como sirviente o *naboría*. A los pocos días de haberse instalado en el nuevo real, los españoles vieron llegar a unos naturales que deseaban departir con ellos. Eran totonaques y traían modestas ofrendas, al uso de los indios, con el ruego de que Cortés les prestase auxilio para resistir a Moctezuma, cuyos calpixques los tiranizaban, llevándose su oro y sus mujeres. Cortés los recibió con su afabilidad acostumbrada y les aseguró que los protegería contra la tiranía del monarca mejicano. Cuando se hubieron marchado los totonaques, se volvió a Alonso, diciéndole:

—Ved como ya comienza el Señor a protegernos. Esta tierra está dividida contra sí misma. Prevaleceremos.

Alonso se sonreía, guardando silencio.

—¿En qué pensáis? —preguntó Cortés.

—Señor, también nosotros estamos divididos.

Y Cortés replicó:

—Pronto volveremos a estar unidos otra vez, por la gracia de Dios.

Aquella noche, estaba el capitán Montejo en su tienda jugando a las cartas con otros tres capitanes. La mesa de juego era un tambor; las sillas, la arena del médano. Un candil emitía en un rincón más humo que luz y más olor que humo, arrojando sobre la escena radiaciones de sombra y sombras de luz. En el hueco de la entrada surgió de pronto una figura negra.

—¡Afuera o adentro! —mandó Montejo lacónicamente.

—Adentro —optó el visitante—, si lo permite vuestra merced.

Montejo levantó la vista que tenía puesta en el abanico de las cartas.

—¿Qué hay, Esquivel?

Esquivel estaba mirando rápidamente los rostros de los cuatro jugadores antes de decidirse a hablar.

—Hay que están pasando cosas; cosas que vuestras mercedes deben mirar con más cuidado que esas cartas. Andan por ahí unos señores, con Puertocarrero a la cabeza... ¿Habla castellano este indio? —dijo interrumpiéndose al descubrir a Cara-Larga acurrucado en un rincón.

—No. Es un mentecato que no sabe nada —contestó Montejo.

Pero Esquivel movía la cabeza, desconfiado.

—Pues a mí me han dicho que es el que vivió mucho tiempo con Manrique, y no me extrañaría que hubiera aprendido algo de nuestra lengua.

Montejo se impacientaba:

—¡Vamos, vamos! Si apenas sabe hablar en la suya propia.

Volvió a menear la cabeza Esquivel:

—Que el Señor nos libre de espías... Pues, como iba diciendo, esos señores andan de tienda en tienda, convirtiendo a la gente a que elijan a Cortés capitán general para que ya no dependa de Velázquez y pueda hacer lo que quiera... y ahorcar al que se le antoja...

Los cuatro jugadores le escucharon en silencio, con las cartas en la mano. Montejo, que tenía un juego excelente, opinaba que era mejor aplazar el asunto para más tarde. Velázquez de León, gigante cuya barba rubia cubría en forma de abanico el amplio pecho, tenía muy malas cartas. Echándolas sobre el tambor, exclamó:

—Ese Cortés es de la piel del diablo.

Pero Montejo, con la vista puesta en sus propias cartas, procuraba calmarle.

—No hay que apresurarse. ¿Qué vamos a hacer a estas horas?

Esquivel propuso ir también de tienda en tienda rebatiendo los argumentos del enemigo.

—¿Pero si todo el mundo está ya dormido a estas horas... —opuso Montejo—. Vamos a seguir jugando, que mañana será otro día.

Esquivel se quedó de mirón y Montejo ganó aquella vuelta. Comenzaron otro juego. Esta vez el de Montejo era pésimo.

—El caso es —dijo pensativamente— que Esquivel tiene razón. A lo mejor mañana es ya tarde.

Los otros tres le miraban. Velázquez de León, con un impulso súbito de hombre de acción se puso de pie.

—Vamos por esas tiendas y chozas, a ver qué dice la gente. No sé por qué no han de estar tan despiertos como nosotros.

Los cinco hombres salieron de la tienda y se perdieron en la oscuridad.

En cuanto la arena hubo absorbido el rumor de sus pasos, Cara-Larga levantó uno de los lados de la tienda y dejándose rodar médano abajo fue a parar a la playa. Con los pies en el agua, para no dejar huella de su paso, fue andando hasta llegar al pie de un acantilado que se sabía de memoria. En la cima estaba instalada la tienda de Alonso. Trepando con manos y pies llegó hasta lo alto, levantó la cortina que servía de puerta y pasó adentro.

8

Cortés pasó buena parte de la noche con los pilotos, a fin de ganar su asentimiento para los planes que abrigaba. Eran hasta una docena de hombres de mar, ambiciosos, esforzados y amigos del azar. Le escucharon con alguna desconfianza primero, pero dejándose ganar poco a poco por el encanto que de él emanaba y su elocuencia persuasiva. Cortés comenzó refiriéndose al sol de oro y a la luna de plata que tanto habían admirado todos.

—Los mentecatos que tenemos entre nosotros querían fundirlo y quedarse en seguida con lo que les tocara en el reparto para perderlo al día siguiente a los naipes sobre el tambor. Pero yo sé que vuestras mercedes pensarán conmigo que esos son planetas para que Su Majestad sepa poner su brújula donde conviene.

A los pilotos les gustó el símil y les hizo sonreír.

—No se trata sólo de los diez mil pesos de oro que pesan, sino del artificio, que es tan bueno como el que más de la cristiandad. Por lo tanto, estamos aquí en el umbral de un imperio muy poderoso y rico, que hemos de conquistar por la bondad de Dios, y entonces, el que más y el que menos de nosotros podrá ir en carruaje con una rueda como el sol y otra como la luna. Pero estos tontilocos y cobardes que decía a vuestras mercedes, que son pocos, pero que hacen mucho ruido, quieren volverse a Cuba. Y yo he resuelto oponerme a ello. Voy a mandar dos naves a Castilla con nuestras nuevas y con los planetas. Pero luego no me hacen falta ya las naves para nada. Quien quita la tentación, quita el peligro.

Los pilotos se miraban, preguntándose adónde quería ir a parar el capitán. Como si hubiera leído la pregunta en sus miradas, añadió entonces Cortés:

—Esto es lo que quiero decir —y al momento puso sobre la mesa doce bolsillos de cuero, añadiendo—: Estos saquillos son el adelanto de las partes de oro de vuestras mercedes. Un adelanto demasiado pequeño para lo que ha de venir, aunque ya cada uno de estos cueros pesa bastante para alegrarle el alma a cualquiera. Están a disposición de vuestras mercedes. Sólo les pido que me informen de que los barcos están comidos de broma y no sirven ya para navegar. De lo demás, me encargo yo.

Los pilotos guardaban silencio. El piloto mayor, que ya había venido a las Indias con Colón, dirigió a sus compañeros una mirada circular, a guisa de plebiscito tácito, y expresó la opinión conjunta con laconismo de marinero:

—De acuerdo.

Cortés desenvainó, enseñó la cruz de la espada, y dijo: —Juren todos silencio y fidelidad al acuerdo.

Sonaron las doce voces masculinas jurando. Se pusieron en pie, disponiéndose a salir de la tienda.

—Aguarden vuestras mercedes —dijo Cortés, y todos volvieron

los rostros—. Las bolsas —apuntó el capitán, señalando a la mesa donde aguardaban los bolsillos de oro.

—Pero... —objetó el piloto mayor—. ¿No sería mejor que vuestra merced las guardara hasta que hubiéramos cumplido nuestra parte del trato?

—No —contestó Cortés—. El honor ha de ser siempre libre.

Los doce hombres de mar desaparecieron en la noche con su oro seguro y su orgullo intacto.

9

Pocas horas después, a las siete de la mañana, entró Montejo en la tienda de Cortés.

—Tenemos poco tiempo —dijo Cortés— y mucho que hacer. Ya sé que vuestra merced ha andado de trajín toda la noche. Podría decirle cada una de las chozas y tiendas en que ha estado y lo que le dijeron en cada una y lo que en cada una dijo... No. No se agite vuestra merced. Sea razonable y escúcheme, que soy su amigo... Sí, ya sé lo que desea decir. Y tiene razón. Nos ha mandado aquí Velázquez, y no es cosa de que hagamos nada sin él. Todo eso está muy bien. Pero, ¿qué somos, hombres o muñecos de feria? Y cuando los hilos son muy largos, se quiebran por lo más delgado. Hay mucho de aquí a Cuba, y Velázquez no está aquí para decirnos lo que hay que hacer. Cuando nos mandó para acá, se creía que esto era una de tantas islas donde andan los indios desnudos matándose los piojos los unos a los otros. Pero ya ha visto vuestra merced ese sol y esa luna. Son los planetas de un mundo nuevo que tiene que ser para nosotros. Esos planetas saldrán los dos para España dentro de una semana, junto con muchos miles de pesos de oro y piedras y plumería, y los dos hombres que vayan a Sevilla con estos tesoros llegarán con tal esplendor que a la fuerza tendrán que sacar cosecha real de mercedes que el emperador les otorgará, porque no habrá honor en el país demasiado alto para quienes tales cosas traigan —y esos dos embajadores han de ser Puertocarrero... y vuestra merced.

Aún no había podido colocar Montejo una sola palabra.

—¡Ah! —exclamó, sonriendo con altivez y sarcasmo—. Vuestra merced quiere desprenderse de mí.

Cortés no se sonrió, sino que, mirándole con ojos rectos y fríos, contestó:

—Tómelo vuestra merced o déjelo, que las sonrisas de la fortuna suelen durar poco pero valen mucho. Le ofrezco ir como embajador a Castilla con diez mil pesos en oro en la bolsa y la esperanza de volver para acá el año que viene con Dios sabe qué honores y cargos de confianza que el emperador sin duda le otorgará. De otro modo, puede vuestra merced quedarse aquí entre mis capitanes...

—O volverme a Cuba y contárselo todo al gobernador —interrumpió Montejo.

—No, señor —replicó Cortés con la mayor firmeza—. De que eso no pase me encargo yo.

Ambos hombres guardaron silencio.

—¿Cuándo piensa vuestra merced despacharnos para España? —preguntó Montejo.

Cortés tomó nota mental de aquel plural que implicaba aquiescencia.

—Dentro de una semana —contestó.

—Acepto —dijo Montejo con sencillez.

—No esperaba yo menos del buen sentido de vuestra merced. Dentro de una hora habremos fundado la ciudad de la Villa Rica de la Vera Cruz. Los regidores elegirán a vuestra merced su procurador para ir a presentar nuestra obediencia a Su Majestad. Tiene vuestra merced veinticinco minutos para reclutar gente en su favor... y en el mío.

Montejo salió de la tienda y Cortés se quedó un rato a la puerta viéndole marchar hacia el real. "Dádivas quebrantan penas", pensaba con sonrisa contemplativa.

Caía de soslayo sobre la tienda un haz de luz amarilla. El día iba a ser de calor.

—Hernández —llamó hacia la parte oscura y fresca de la tienda—, ¿está ya todo?

Se oyó una voz juvenil que contestaba:

—Todo, señor. Sólo queda escribir en el papel el nombre de los dos procuradores, y claro está que no puedo hacerlo hasta que los haya elegido el cabildo.

—Pues escríbelos, y así ganaremos tiempo, que hay tantos papeles que hacer...

Hernández salió de la covacha:

—Pero, señor, es que no sé quiénes son. ¿Cómo vamos a saber...?

Cortés se sonrió al ver la ingenuidad de su joven secretario.

—¿Dónde está el acta de la elección? Mira. Aquí. *Y considerando que el capítulo con entera libertad y por propio movimiento, en la fe de Nuestro Señor Jesucristo y después de haberse encomendado al Espíritu Santo para que lo ilumine, etc., etc., los más indicados y más dignos... etc., etc., elige, etc., etc...* Aquí. Ahora, escribe: *Alonso Hernández Puertocarrero y Francisco de Montejo.* Ahora véte y copias los mismos nombres en todos los papeles.

Ahogó su voz poderoso redoble de un tambor que batía vigorosa mano.

10

El pregonero del real convocaba a capitanes y soldados a una reunión en la explanada frente al altar, lugar sombreado y fresco, especie de iglesia natural cuyos pilares y bóveda eran los árboles y el follaje de la floresta. En aquel lugar solemne iba a fundar, Cortés una ciudad española, célula viva de la república de España, donde se proponía ganar poderes revitalizados en nuevo e inmediato contacto con la soberanía del pueblo constituida en autoridad municipal, a fin de hacerse jurídicamente independiente de Diego Velázquez, gobernador de Cuba. Los capitanes afectos a él fueron entrando con rostro grave y majestuoso, como convenía a la dignidad civil que iban a asumir. Cortés había rogado a uno de ellos que presidiera. Era Pedro de Alvarado, un hombre alto y bien formado, de rostro alegre y cuerpo vigoroso, pelirrojo, sonriente y de voz clara. Cortés llegó último y se fue a sentar sobre una silla de cadera preparada para él a un lado de la mesa presidencial. Los soldados cubrían la explanada en grupos diversos, de pie unos, sentados otros sobre la arena o sobre troncos caídos. Alvarado se puso en pie y leyó una corta alocución que el propio Cortés le había redactado.

—Señores, no estamos aquí como soldados, sino como servidores de Su Majestad el Rey de España, para examinar la situación en que, por la gracia de Nuestro Señor, nos hallamos, y tomar decisiones libres como hombres libres. Oigamos lo que el capitán general tenga que decir.

Cortés expuso entonces su opinión ante aquel ejército democrático de ciudadanos españoles.

—Dicen algunos que hemos venido aquí a rescatar por oro y volvernos a casa corriendo con el botín; otros que venimos a fundar un reino nuevo para Su Majestad y a servir a Dios abriendo estas tierras paganas a la Luz de la verdadera fe. Yo no dudo de lo que hombres como vuestras mercedes prefieren.

Aguardó unos instantes en silencio, por si se manifestaba la oposición de los que deseaban volver a Cuba. Pero no hablaba nadie. El jefe de aquella oposición, Montejo, tenía sobre la lengua un buey de diez mil pesos de oro. Cortés prosiguió:

—Necesitamos una base. Ha de ser una ciudad española. Os propongo que la fundemos aquí. No es éste el mejor sitio, pero sabemos que hay uno muy bueno, descubierto por el capitán Montejo. Os propongo que llamemos a la ciudad la Villa Rica de la Vera Cruz. Porque bajo el signo de la Vera Cruz hemos de vencer; y nuestra villa por fuerza ha de ser rica, puesto que lo es todo este imperio, como ya hemos visto por la luna de plata y el sol de oro.

Mientras hablaba Cortés seguro de su auditorio, al que habían preparado cuidadosamente sus amigos durante la noche, su joven secretario Hernández iba y venía por entre los soldados enseñando papeles, cuchicheando nombres y alistando votos. Los nuevos magistrados desfilaron uno a uno ante el capitán general y justicia mayor, que era Cortés, para jurarle fidelidad en su nuevo cargo, ceremonia que apuntaba con toda solemnidad el escribano de la Armada. Alvarado, que hasta entonces había presidido tan sólo como un capitán distinguido, pero con carácter meramente particular, quedó transfigurado en alcalde de la flamante ciudad. Cortés puso en sus manos con toda solemnidad la vara de madera negra con puño de plata en que estaban grabadas las armas de Castilla, insignia suprema de la autoridad municipal y judicial entonces investida en los alcaldes. Apoyándose con grave dignidad sobre la vara, volvió el alcalde a su silla presidencial rodeándose al instante de los demás magistrados, y lo que hasta entonces había sido una reunión espontánea quedó así transformada en primera sesión oficial del cabildo de la Vera Cruz.

Era un cabildo abierto a la manera de los municipios españoles de aquella época libre, es decir, una sesión de la que formaban parte no sólo los regidores sino todos los vecinos del municipio. Alvarado se puso de pie y comenzó a leer un discurso apuntando que la Villa Rica de la Vera Cruz, ya constituida, venía obligada a examinar los poderes de las autoridades. Pedro de Alvarado se permitía abrigar dudas sobre los de Hernán Cortés, como capitán general y justicia mayor, y aun le parecía que aquellos poderes eran de tal importancia que Hernán Cortés debería entregarlos al cabildo. El auditorio se quedó desconcertado al oír tan inesperada proposición. Cortés se puso en pie y con el mayor respeto declaró que él no era más que el último de los vecinos de la Villa Rica de la Vera Cruz, en cuyas manos entregaba sus poderes.

El alcalde entonces declaró oficialmente vacantes los cargos de capitán general y de justicia mayor. Hubo un largo silencio. Un capitán, Andrés de Tapia, alzó la voz desde el auditorio:

—Señores, no es posible que esos poderes permanezcan vacantes más de lo que dura un avemaría, sin grave peligro para todos. Yo suplico al cabildo que se los otorgue en seguida al que crea más digno de ejercerlos.

El gigantesco Velázquez de León, pariente del gobernador de Cuba, sin poder refrenar la indignación, soplaba como una forja:

—¿Qué farsa es ésta? ¿Quién se burla de nosotros y para qué? Que el señor Andrés de Tapia hable claro.

Andrés de Tapia echó mano a la espada y aun comenzó a desenvainar:

—Yo no me burlo de nadie, señor Juan Velázquez de León, y mida sus palabras o tendré yo que medir...

Se oyeron dos golpes que dio sobre las tablas de su improvisada plataforma el alcalde mayor con la vara de madera negra de puño de plata.

—Señor Andrés de Tapia, más respeto para el cabildo. Señor Juan Velázquez de León, piense vuestra merced que el cabildo de la Villa Rica de la Vera Cruz no tolera que nadie se burle de nadie.

Hernández, el secretario de Cortés, cuchicheaba consejos de calma, prudencia, paciencia, para que madurasen promesas, explicaciones, al oído de Velázquez de León, que se dejaba querer con el ceño fruncido y el oído atento.

—¡Basta ya! —exclamó con voz fuerte un soldado—. Llámenle villa o cabildo a su placer, somos una compañía de hombres de armas. ¿Hay aquí uno solo que se crea que le puede tener la espuela a Cortés? Si lo hay, que salga, que lo veamos. Si no, que cierre la boca y nos deje elegir a Cortés capitán general y justicia mayor. Y no tengo más que decir, sino que el Señor me perdone mis pecados.

Pasó sobre el auditorio un rumor de asentimiento. En un rincón, Esquivel y otros descontentos andaban alzando objeciones. Alvarado, volviendo oídos de mercader a la oposición, golpeó el suelo con la vara, dando la voz:

—¡Todos por Hernán Cortés capitán general y justicia mayor en nombre de Sus Majestades doña Juana y don Carlos!

Se calmaron las aclamaciones y Alvarado prosiguió:

—Señores, tenemos que decidir ahora quiénes irán como procuradores de la Villa Rica para presentar a Su Majestad el sol de oro y la luna de plata, y para darle cuenta de todo lo que aquí hemos hecho en servicio de Dios y de los Reyes. —Y sin dar tiempo a que el común de los soldados se diera cuenta de lo que pasaba, añadió—: Propongo que nombremos procuradores a Alfonso Hernández Puertocarrero y a Francisco de Montejo.

Ya había decaído el interés de la multitud. Todo el mundo sabía que Cortés era el amo y todo el mundo estaba dispuesto a dejarse que decidiera aquellos detalles sin importancia. Se fue dispersando la gente y Cortés quedó con Alvarado y con algunos amigos y secretarios, trabajando en paz entre papeles y tinteros.

En el aire ardiente se iba difundiendo un olor de venado asado que venía de varias hogueras.

11

Alonso había seguido toda esta maniobra con el mayor asombro. Como el principal intérprete de la Armada, estaba al tanto de casi todos los secretos del capitán; había visto crecer el plan no sólo en su aspecto externo sino en su realidad íntima, y del contraste entre una y otro había deducido la profundidad y la astucia de Cortés. ¿Qué papel atribuir a la astucia en la conversión de un pueblo? Alonso no había intentado siquiera convertir a Cara-Larga, por creer que era inútil hacer conversiones individuales mientras la conquista no rodease a los individuos convertidos del ambiente necesario para que floreciera su conversión. Alonso creía que Cortés era el hombre para llevar a cabo tal conquista, pero le chocaba que el hombre escogido sirviera a Dios con armas que parecían venir del parque del diablo.

Por aquel entonces, le atraía la atención un problema más inmediato y personal. Iba a hacerse a la vela una expedición de dos naves para España. Hacía más de tres años que no sabía nada de sus padres y, peor todavía, que sus padres no sabían nada de él. Era natural que Antonio, al ver pasar el tiempo sin que ni Alonso regresara ni le mandara noticias, hubiera escrito a Torremala desde Santa Isabel informando a don Rodrigo de la desaparición de su hijo, y que todos le dieran por muerto. Solía pensar con frecuencia en el efecto que tal noticia habría producido en sus padres, que así privados de su heredero se verían obligados a aceptar como tal a un primo lejano de quien tenían poca noticia, y mala. Si le hubiera sido dado traspasar con la mirada el velo de la distancia, habría visto que sus temores se quedaban cortos. Pero por el momento le absorbía la atención la tarea inmediata de redactar largas cartas en donde contaba sus aventuras a su padre y a su madre.

Cuando fue a entregar las cartas a Puertocarrero para que se las llevase a España, se encontró en la tienda con doña Marina, la barragana de Puertocarrero.

—¿Conque nos vais a dejar? —le preguntó.

Ya había hecho grandes progresos en castellano, pero Alonso le hablaba siempre en nauatl. La bella mejicana le miró con sincera sorpresa: —¿Por qué? —preguntó a su vez.

—¿No os vais a España con el capitán Puertocarrero?

Doña Marina no había pensado en ello ni un momento.

—No. ¿Cómo queréis que me vaya? Hago demasiada falta aquí y ninguna allá.

Se ruborizó al decirlo, y Alonso recordó la aguda observación de Cara-Larga. Doña Marina estaba enamorada de Cortés.

Las naves se hicieron a la vela aquella misma tarde con el sol de oro y la luna de plata, infinidad de presentes que capitanes y soldados mandaban a sus familias y amigos, y fardos de papeles que los oficiales, regidores, escribanos y tesoreros en torno a Cortés mandaban a sus congéneres de la metrópoli, certificados, actas, testimonios, amén de cartas, mensajes, recomendaciones, ruegos y votos mil. Todo el ejército se agolpó a la costa para ver zarpar a las carabelas, pero pocos envidiaban a los que se iban, y cuando apenas habían desaparecido las velas en el horizonte, casi todos volvieron la espalda al mar y el rostro a la tierra misteriosa que los provocaba a altas empresas.

12

Aquella noche Alonso vino a ver a Cortés. Cuando alzó la cortina de la tienda vio a doña Marina salir de la cámara del general a la antecámara.

—¿Qué...? —iba a preguntar, pero con la mayor sencillez del

357

mundo dio ella espontánea explicación que en persona menos sencilla y natural hubiera sido embarazosa.

—El capitán me ha pedido que venga a vivir a su tienda.

Alonso se quedó silencioso, rumiando la lección que le daba la
vida sobre cómo pasan las cosas en este mundo.

—¿Queríais algo? —preguntó doña Marina.

Alonso había olvidado lo que le traía a aquel lugar.

—Quería verlo, cuanto antes mejor.

Entró doña Marina y salió Cortés. Llevaba puesta una bata de
seda anaranjada, la misma que había ofrecido a Alonso el día de
retorno a la cristiandad.

—Señor, Cara-Larga ha oído conversaciones entre Escudero y
otros, entre ellos el clérigo Díaz. Parece que conspiran para hacerse
a la vela esta misma noche, robando un barco.

Alonso sabía, además, que Esquivel era uno de los conspiradores, pero no mencionó su nombre. En aquel mismo momento, se
deslizó en la tienda Esquivel; Alonso echó mano a la daga que llevaba al cinto. Esquivel no le había visto. Tenía los ojos puestos en
Cortés.

XIX. Cortés, con doña Marina como intérprete, recibe a los
representantes de Tlaxcala, el pueblo que llegó a ser fiel aliado
de los conquistadores. Los tlaxcatecas ofrecen un
presente de maíz, tortillas y guajolotes. *(Lienzo de Tlaxcala.)*

—¿Qué pasa? —preguntó el capitán.

—Señor, nuevas graves...

Echó una mirada en derredor y vio a Alonso. Los dos ex compañeros de niñez se evitaban por instinto. Esquivel siguió diciendo:

—Pero sólo para vuestra merced.

Había salido de la otra tienda doña Marina.

—Hablad —mandó el capitán—. Estos dos amigos son seguros.

Esquivel dio entonces a Cortés una versión de la intriga idéntica a la que Alonso le había referido.

—¿Y por qué me venís ahora con ese cuento? —preguntó Cortés a Esquivel.

—Señor, porque tengo sentimiento... me habían... me dejé convencer al principio... por alguno.

Con el bezo superior hinchado expresó Cortés su desprecio.

—Está bien. Idos. Quedaos en vuestra tienda.

Esquivel se retiró.

A la mañana siguiente anunciaba el pregonero que el justicia mayor y capitán general en nombre de la reina y del rey había condenado a muerte a dos hombres, cuyos cuerpos se veían colgados de las horcas sobre la cima de un médano al borde del real. Esquivel estaba a la sazón desayunándose con una gallina asada en compañía de otros soldados.

—Dios los perdone —dijo entre bocado y bocado—, pero no es posible hacer la guerra llevando traidores en las filas.

—Yo me pregunto —apuntó un compañero— cómo se habrá enterado el capitán.

—Pues yo sospecho que sería por el lengua, ese Manrique, que es converso. Y ya se sabe que un judío siempre sigue siendo judío.

Dicho lo cual clavó una dentellada en el muslo de gallina que blandía a guisa de argumento.

13

Alonso sabía que Cortés estaba decidido a avanzar sin vacilar tierra adentro, por lo cual creyó necesario primero cumplir un deber de conciencia yendo a buscar a Quintero, su compañero de naufragio, para volverlo al seno de la cristiandad. El lugar en que había quedado Quintero no estaba lejos. Era territorio totonaque, y, en compañía de Cara-Larga, que lo conocía bien, pudo Alonso llegar pronto a aquella costa, inolvidable para él. Llegaron al pueblo que regía el cacique Ocutli al anochecer. Taitla lo reconoció. Estaba la india servidora del dios Quintero sentada a la puerta de su choza de juncos y hojas de palma, con dos niños pequeños junto a ella. Al verle, se puso de pie de un salto y en lengua castellana exclamó:

—¡Señor!

Alonso se quedó asombrado.

—Soy la mujer de vuestro compañero. Me enseñó a hablar el lenguaje divino. Por eso se lo hablo ahora.

Alonso preguntó:

—¿Dónde está?

Ya entonces había reconocido en Taitla a la muchacha desnuda que estaba cogiendo flores y que había sido causa inocente de su separación de Quintero.

—¡Ah! —exclamó—. Éstos serán sus niños.

Eran, en efecto, mestizos, los primeros que Alonso veía en aquella tierra.

—¿Pero dónde está Quintero? —volvió a preguntar.

—En el teocalli —contestó Taitla con la mayor sencillez, y echó a andar para llevarle allá.

Gradualmente se les fueron uniendo todos los naturales que los veían pasar y que se quedaban absortos a la vista del dios blanco de pelo dorado, de modo que cuando llegaron al pie de la escalinata del teocalli iban a la cabeza de una verdadera multitud. Taitla y Alonso con Cara-Larga subieron en silencio. Levantó Taitla la cortina cargada de campanillas y Alonso se quedó atónito: sobre el altar de piedra negra, el cuerpo de Quintero, admirablemente embalsamado, parecía vivo. De pie, con todos los atributos del dios de la guerra, con espantable barba negra, las cejas en zarza, la mirada fija, aterradora, el brazo vengador alzado en el aire, un puñado de flechas en la mano. A sus pies, huellas evidentes de sacrificios humanos.

Taitla quemaba incienso ante el dios. Se volvió hacia Alonso y explicó:

—Mientras vivió entre nosotros, ganamos todas las batallas. Pero una mañana bebió tanto teometl que se puso a hablar con palabras muy largas que no entendía yo, aunque eran palabras del lenguaje divino, que ya me había enseñado, y su fantasma se marchó de su cuerpo. De modo que ahora hemos puesto aquí su cuerpo para que el fantasma tenga dónde volver si quiere.

Alonso volvió al real más convencido que nunca de que sólo era posible salvar a aquel pueblo mediante la conquista política del país.

14

Cortés estaba sentado a la puerta de su tienda, frente al mar, rodeado de un grupo de capitanes y soldados. Se estaba poniendo el sol. El real estaba más quieto que de costumbre, pues Cortés había mandado a Alvarado tierra adentro con la mitad de la gente para hacerse con venados y maíz. Por el sendero que subía del puerto hacia la cima del médano donde se hallaban, vieron todos a un grupo de hombres que subían con paso lento y al parecer algo abatido. Eran los pilotos de la armada. Llegaron a lo alto limpiándose la frente del sudor y, poniéndose en semicírculo ante el capitán, dirigieron todos en silencio la mirada al piloto mayor, que iba a hablar por todos ellos.

—Buenas tardes nos dé Dios, señor. Aquí hemos venido a traerle malas nuevas.

Todos los presentes le miraron con cierta ansiedad.

—Hemos estado viendo un poco cómo andan las naves después de tanto descanso en puerto y nos encontramos con que están todas tan comidas de broma que no nos atreveríamos a confiárselas al mar.

Cortés, con rostro grave y preocupado, hundió la mano en la barba, frotándose con los dedos aquella cicatriz que en el bezo inferior le habían hecho en su juventud por trances de mujeres.

—¿Estáis seguros? —preguntó después de algún silencio, y añadió con voz grave—: ¡Mirad que de ser así como decís, las consecuencias serían tales que ha menester certeza antes de decidir!

Los pilotos meneaban la cabeza. ¿Cómo dudarlo? ¿No lo sabían ellos que habían estado agujereando los cascos toda aquella noche? El piloto mayor, meneando la cabeza cana, dando vueltas en la mano al bonete de grana, contestó:

—Estamos tan seguros que por eso hemos venido a ver a vuestra merced. Y porque sabemos lo grave que es hemos venido todos y no uno.

Cortés siguió guardando silencio. Sabía que basta hacer un silencio muy largo y muy hondo para que alguno en la rueda, sin poder resistir al vértigo, se precipite al hoyo. Así fue en efecto, y uno de sus capitanes exclamó:

—Bueno, ¿y qué? Maldito si necesitamos las naves para ir a Méjico. Si no pueden navegar, que se vayan al fondo.

Cortés se sonrió.

—Pero no las vamos a dejar hundirse con todo lo que tienen a bordo de bastimentos, sin contar el hierro que hay, y las cuerdas y brújulas...

Con la mano prolongaba en el aire el argumento en contra que exponía así para que lo destruyeran sus incautos oyentes. Otro espontáneo, esta vez mero soldado, propuso una solución intermedia:

—Se podrían vaciar y desmantelar las naves, y desembarcar todo lo útil, dejándolas luego que se hundieran.

Poco a poco iba dibujándose el plan de Cortés. El autor secreto de todo ayudó con otro toque:

—Pero mírenlo bien vuestras mercedes. Toda esa madera, esas tablas, esas vigas, esos mástiles... ¿Vamos a dejarlo todo a que se pudra en el fondo del mar?

Otro soldado, ufano de resolver las dudas de su jefe, y de ver lo que su jefe no había visto, arguyó:

—¿Y por qué hemos de hacerlo? No tenemos más que echar las naves a costa después de haberlas vaciado y desmantelado.

La musa popular había dado a luz el plan completo que Cortés le había hecho concebir. Siguió considerando la situación con rostro grave y preocupado, y con una mirada a los pilotos les preguntó:

—¿Qué piensan los pilotos?

El piloto mayor volvió a menear la cabeza cana con aire de resignación:

—Que no hay otra vía que ésa, señor.

Cortés dirigió una mirada circular a su auditorio, que había ido creciendo con todos los soldados del real que de cerca o de lejos habían visto la escena.

—Señores —exclamó—, mucho me duele perder esas naves, pero si el Señor lo ha querido así, según nos dicen estos pilotos, no hay más que bajar la cabeza y obedecer la voluntad divina. Seguiremos el consejo que todos vosotros nos dais. Algo me consuela, que por lo menos ganaremos hasta un centenar de marineros para nuestra empresa en tierra.

Los soldados pobres que adoraban a Cortés y ansiaban hacerse ricos a expensas de Moctezuma, hallaban de su agrado la idea de echar a monte las naves, porque era ponerse en través de los que deseaban dar por terminada la empresa. Cortés, cuyo oído mental era muy fino y percibía los matices más delicados de opinión, observó la honda preocupación que su decisión había causado en la minoría rica que ansiaba volver a Cuba. Despidió a los pilotos con un ademán que quería decir: "Andad tranquilos y echadme a monte las naves sin más tardar" —porque vacías y desmanteladas ya lo estaban—; y dirigió a sus soldados y capitanes una especie de homilía en aquel su estilo sencillo, llano y familiar que, sin asumir superioridad alguna sobre ellos, le situaba desde las primeras palabras en posición de jefe natural de aquella familia de soldados.

—Echaremos a costa las naves, como me lo habéis indicado. Ya me esperaba yo que tomaríais esta decisión, porque os conozco bien y sé que os crecéis ante el peligro y más avanzáis y con más esfuerzo a medida que más se os oponen los obstáculos. En esta contrariedad veo yo clara la mano del Señor, que quiere que dediquemos nuestras vidas a conquistar este rico imperio para Su servicio. Ya no hay volver atrás. De hoy más, lo que hagamos será todo nuestro. Cuando hayamos vencido, no habrá nadie que pueda disputarnos tal o cual parte en la honra o en el provecho. Honra y provecho serán nuestros y nada más que nuestros. De hoy en adelante no tendremos más socorro que nuestros corazones y la misericordia de Dios.

15

Al día siguiente se puso en marcha para Méjico. La primera etapa terminaba en Cempoal, villa en territorio totonaque, próspera y alegre. El cacique, hombre de descomunal gordura, recibió a los españoles con ramilletes de hermosas rosas. Cempoal era una ciudad de jardines, y los españoles se quedaron tan encantados al verla que la bautizaron Sevilla. El cacique gordo era un hombre sagaz, que tenía antigua rivalidad con su vecino el de Cingapacingo, pueblo situado más arriba, sobre la sierra, camino de Tlaxcala y Méjico; y había concebido la idea de congraciarse con los forasteros a fin de utilizar su fuerza contra el rival. Porque los hombres nuevos tenían una fuerza aterradora. Sus tubos de ruidos mataban a distancia y aquellos venados grandes y sin cuernos sobre los cuales viajaban a horcajadas eran a modo de fortalezas móviles desde las cuales era fácil vencer al guerrero más valiente y mejor armado. El cacique gordo comenzó por dar a los capitanes españoles alojamiento suntuoso, y ameno presente de mujeres. Cortés aceptó las mujeres, dando las más guapas a sus capitanes favoritos y aceptando para sí, con admirable buen talante, la más fea del ramillete, por ser sobrina del cacique gordo. Pero por una razón oscura que el cacique gordo no fue capaz de entender aun después de las laboriosas explicaciones de Alonso y de doña Marina, ni Cortés ni sus capitanes permitieron que las muchachas ofrecidas y aceptadas pasasen a vivir con ellos, hasta echar sobre sus cabezas cierta agua especial. El cacique gordo estaba dispuesto a consentir que echaran toda clase de agua sobre la cabeza de su sobrina o de cualquiera otra muchacha cempoalesa con tal de poder contar con los servicios de los blancos contra los de Cingapacingo, y ya se las prometía muy felices sobre este particular cuando de pronto se vino todo abajo.

Cortés había ido a ver el teocalli. Entre tantas flores, sonrisas y muchachas adolescentes, era el teocalli monumento horrendo de un culto sanguinario, coronado por monstruosas figuras de dioses enmascarados. El cacique gordo, sacudiéndosele el cuerpo como mole de gelatina de la litera que soportaban cuatro robustos mozos, y los sacerdotes malolientes, con sus espesas cabelleras enmarañadas en pasta de sangre humana, no hacían más que mirar con ansiedad y temor al capitán blanco que, a la cabeza de un grupo de sus compañeros, arrojaba sobre los dioses miradas chispeantes de indignación mientras se le hinchaban y enrojecían las venas de las sienes sobre la piel tensa y sudorosa. Volvióse Cortés al cacique gordo y con voz imperiosa exclamó:

—Es menester que esto se termine. Yo no puedo ser vuestro amigo de otro modo. No haya más sacrificios humanos.

Alonso lo tradujo al nauatl y Cara-Larga al totonaque, pero el cacique gordo sabía bastante nauatl y ya había entendido lo que Alonso había explicado. Así que en nauatl y directamente a Alonso se puso a explicar que jamás consentiría que nadie pusiera mano sobre sus dioses.

—Señores —dijo Cortés a sus compañeros que le rodeaban—, acordaos de lo que os dije cuando echamos a costa las naves. No tenemos otro socorro que la misericordia de Dios. Nada podremos hacer si no defendemos primero Su honor. Derroquemos estos falsos dioses que insultan al verdadero.

Alonso sintió como una ola de locura divina pasarle por las venas. Sí. Eso era lo que había que hacer. Hay que tomar al cielo por la violencia. Dio un paso adelante que siguieron hasta una veintena de soldados a su cabeza, subió rápidamente las empinadas escaleras del teocalli y derrocó las dos imágenes horrendas y sangrientas que fueron dando tumbos de peldaño en peldaño y rompiéndose y quebrándose en pedazos hasta caer en montón sin forma sobre el atrio inferior del templo. El cacique gordo y sus sacerdotes se habían tapado la cara con las manos.

16

Los españoles se pusieron en marcha al día siguiente hacia Cingapacingo. Tenían órdenes estrictas de marchar siempre en formación, con sus capitanes, tambores y banderas, como si en cualquier momento fuesen a entrar en batalla.

En la compañía que mandaba Pedro de Alvarado, marchaba Esquivel entre otros dos soldados, Pedro Gallego y Juan de Herrera. Iba gruñendo contra todo y contra todos, como era su costumbre, sin que sus dos compañeros le prestaran mayor atención.

—Ésta es la empresa más loca que jamás he visto.

A lo que Gallego apuntó con sorna:

—Para mí que no habrás visto muchas.

Esquivel fingió no darse cuenta de la intención de su compañero y prosiguió:

—O somos amigos de los naturales o no lo somos. ¿Tenemos fuerza bastante para vencerlos? Eso es lo que yo me pregunto. Cuatrocientos hombres y dieciséis caballos. Y ellos, miles, cientos de miles. Lo único que podemos hacer es engatusarlos con nuestra amistad para que nos abran los cofres y nos den el oro.

Gallego se sonrió:

—Vaya buena idea que tienes tú de la amistad —exclamó.

Y Esquivel, a la defensiva:

—Bueno, bueno. Ya sabes lo que quiero decir. ¿Pero qué es lo que hace ese loco de Cortés? Pues va y les tira abajo los ídolos. ¿Creéis vosotros que eso está bien?

Estaban entrando en Cingapacingo, venciendo increíbles obstáculos de incalculable valor militar, aunque naturales, pues el sendero rocoso trepaba por un muro casi vertical, de modo que con muy poca gente podía defenderse contra poderosos enemigos. Los de Cingapacingo recibían a los españoles con la mayor cordialidad, aun sabiendo que venían como aliados de los de Cempoal, a quienes Cortés deseaba complacer para calmar los efectos que en ellos había producido su acceso de furia religiosa. Los caciques de Cingapacingo, que habían salido al camino, se quedaron asombrados al ver los caballos. El cacique mayor, que llevaba el vistoso plumero de los guerreros de gran categoría colgándole de la espalda, y el bezo de abajo cargado con pesada piedra verde, se inclinó tres veces ante Cortés y, en lengua nauatl, le explicó que lo que le habían contado los cempoaleses era pura invención para vengarse de antiguas ofensas. Cortés se dio cuenta de que el cacique le hablaba con sinceridad y comenzó a sospechar que los cempoaleses habían intentado hacer del ejército español instrumento de política menuda. Temiendo que su gente tomase a Cingapacingo por país enemigo, mandó inmediatamente a Alonso a retaguardia dando órdenes de que se respetase a los naturales como si fueran aliados.

Cuando llegó Alonso a la parte de abajo de los arrabales del pueblo, halló que la compañía de Alvarado había roto filas y andaban los soldados dispersos por campos y chozas apoderándose de las gallinas a su placer. Ya venían algunos de vuelta al camino cargados con su botín, bajo las miradas que las mujeres desde las puertas de sus casas les dirigían, atónitas ante su tipo insólito, resignadas ante su poder demasiado usual. Alonso hizo tocar un toque de llamada por el trompeta, y cuando todos los hombres a la redonda se hallaron al alcance de su voz, les anunció que era orden del capitán que se devolviera todo lo robado a los naturales. Hubo no pocos gruñidos, pero no hubo desobediencia. Volvió Alonso hacia Cortés; pero a distancia vio a un soldado que, haciéndose el sordo a la llamada del trompeta, había seguido marchando hacia la ciudad con dos gallinas vivas colgándole de cada brazo. Echó el caballo a trote, y al adelantarlo, se encontró con Esquivel. Situación embarazosa para ambos. Iba a ser la primera vez que Alonso dirigía la palabra al que había sido compañero de sus juegos infantiles en Torremala. Justicias y ladrones otra vez.

—Parece que no has oído la orden —le dijo entre severo y cordial.

—¿Qué orden? —preguntó Esquivel sin mirarle.

Alonso explicó.

—Tú no eres capitán, de todos modos —comentó Esquivel, ceñudo y terco.

Se acercaba Alvarado al galope, volviendo intranquilo de donde Cortés al descubrir lo que pasaba en su compañía. Alonso le informó del caso de Esquivel. Alvarado montó en cólera y se precipitó contra Esquivel, espada en mano, con ánimo de atravesarlo. Rápido, Alonso cortó el movimiento con la lanza. Tan fuerte era el brazo de Alvarado que se quebró el asta de la lanza de Alonso. Con pavor en el alma y en el rostro, cayó Esquivel de rodillas juntando las manos en ademán de súplica.

—¡Qué...! —Alvarado no podía ni hablar, atónito ante el gesto de Alonso.

—Perdone vuestra merced, señor capitán. No he podido remediarlo —explicó Alonso.

—¿Pero, por qué lo hicisteis? —preguntó Alvarado. Y sin esperar respuesta, se volvió hacia Esquivel—: Anda y véte de ahí, perro,
que te peligra el pescuezo.

17

Alonso y Alvarado siguieron cabalgando juntos en silencio, trepando la cuesta hacia la ciudad. Alonso sentía gran alivio de lo
ocurrido. Un oscuro instinto le decía que en aquella familia fatídica
había peligro para él. El incidente que acababa de terminar había
venido a confirmárselo. Le intrigaba y preocupaba por entonces,
además, la persistencia, casi la obsesión con que venía aparecién-
dosele aquella extraña imagen de la Madre y el Niño que un día
había visto en sueños en el Monasterio del Cerro del Moro. Sin
motivo especial, ya en plena luz y despierto, ya en sueños, la veta,
ora en su imaginación, surgiendo sobre la superficie de sus pensamientos conscientes, ora de noche, en un sueño tan intenso que le
hacía despertarse... Y siempre, ya de día, ya de noche, aquella extraña criatura le miraba con ojos de ansiedad que parecían decir:
"Pronto, pronto, porque anhelo verte." A veces temía que fuera tentación del diablo. Era cosa sabida que el diablo solía recurrir a
mañas viles a fin de socavar las fuerzas del casto, y esta duda le
había puesto en trance de confesárselo todo al padre Olmedo. Pero
el buen fraile tenía cierta vena de sarcasmo y de ironía que le asus-
taba. Alonso, en cuanto a aquellas apariciones, se sabía tan pasivo,
tenía tan poca parte en ellas, que estaba seguro de que procedían de
alguna realidad con sustancia propia y que por una causa oscura
que ignoraba, había una criatura que le llamaba precisamente a él
para que viniera a socorrerla. Era además evidente que aquella
mujer le esperaba en el país hacia el que iba avanzando, porque
desde que habían salido de la costa se le aparecía cada vez con más
frecuencia e intensidad.

A los pocos días de haber salido de Cempoal, cuando ya atravesaban las llanuras frías e inclementes de la altiplanicie, sin apenas
otra defensa contra el viento frío que la armadura, al momento en
que Alonso salía con la retaguardia de una aldea, oyó un grito, se
precipitó en dirección de donde había salido la voz y vio a dos soldados que salían corriendo de una casa, la más grande y la mejor del
lugar. Parecían presa de gran agitación, de modo que le costó algún
trabajo reconstruir lo ocurrido con los trozos entrecortados del relato de los soldados fugitivos, tanto más cuando que no revelaban en
sus decires gran deseo de claridad. Alonso sacó en consecuencia que,
quebrantando las instrucciones terminantes del mando, habían penetrado en una casa rica, vacía como el resto de la aldea de todo ser
humano, por ver si sacaban algún provecho, y estaban absortos en
su fructuosa ocupación de cargar sus naborías con buenas mantas

de algodón y meterse en la bolsa gemas y joyeles, cuando surgieron en escena unos cuantos guerreros pintarrajeados y enmascarados que se abalanzaron sobre ellos llevándose a dos vivos. Alonso dio órdenes inmediatas de que se fueran hacia el grueso del ejército a toda prisa a buscar otros jinetes mientras él galopaba en la dirección en que le indicaron habían huido los captores. Llegaron sus compañeros de a caballo y recorrieron con él los lugares y caminos durante horas enteras, pero todo en vano.

Indignado, Cortés convocó a todos los soldados y desde la silla de su caballo les dirigió la palabra, afirmando que los culpables habían sido traidores a todos los demás por tres razones: primero por haber quebrantado la disciplina; después porque se habían conducido como ladrones y no como hidalgos; y por último, por haberse expuesto a riesgos inútiles; y terminó diciendo que, de haber estado en postura de permitirse el lujo, ahorcaría a los dos o tres que habían salido en salvo de la aventura. Aun así los hizo azotar en el acto en presencia de sus compañeros.

18

Eran los apresadores unos guerreros de Moctezuma que traían instrucciones del emperador de apoderarse de unos cuantos blancos muertos o vivos a fin de informarse sobre su naturaleza. Se hallaban ocultos en una espesura próxima a la aldea cuando al ver llegar a Alonso a caballo, temieron los hiciera prisioneros a todos, y para huir mejor decapitaron a los soldados presos.

Su jefe, guerrero de alta categoría, que ya había apresado en batalla campal más de seis prisioneros vivos y había jurado no retroceder frente a veinte enemigos, acudió en persona a los pocos días a presentar las dos cabezas al emperador. Había cubierto su esplendente manto de guerrero con una vieja manta de algodón, pero llevaba puesto el bigote artificial de plumas de colibrí prendido con un chalchivitl al tabique de la nariz, al que tenía derecho por su grado militar. Dos esclavos le seguían, uno con una cabeza rubia sobre arena en una bandeja de oro, otro con una cabeza de pelo negro sobre arena en una bandeja de ébano.

—Señor —dijo el capitán haciendo una reverencia. Adelantó tres pasos, hizo otra reverencia y dijo—: Mi señor. —Dio tres pasos más, se inclinó y dijo—: Gran señor. —Se incorporó, derecho como un huso, y aguardó en silencio.

—Habla —ordenó el emperador; mas luego, al observar a los esclavos, corrigió rápidamente—: Enseña, primero.

El capitán se volvió hacia los esclavos, el primero de los cuales se adelantó y puso la bandeja de oro ante el emperador. El capitán cogió la cabeza por el cabello y la levantó en el aire. Los párpados muertos se movieron un instante como si el muerto deseara echar una mirada fugaz a Moctezuma, y el emperador vio un segundo el color azul de las pupilas. Moctezuma palideció. Sin habla, con un ademán, manifestó su deseo de que le quitaran de delante aquel espectáculo. Se adelantó el segundo esclavo. El capitán alzó en el aire la cabeza hirsuta agarrándola por el cabello espeso. Era la cabeza de un hombre robusto, rudo, de barba negra y de rostro en verdad espantable. Moctezuma la contempló en silencio durante largo rato.

—Habla —dijo al fin con un suspiro.

El capitán relató el caso. Añadió que los extraños eran en todo hombres como los demás. No creía que fuesen dioses, pero sí formidables guerreros, aunque no invencibles. Los que más peligrosos le parecían eran aquellos venados sin cuernos sobre los que viajaban y unos tubos de una tierra como de cobre pero más oscura y ruda, que parecían poseer poderes mágicos porque mataban a la gente a distancia con sólo el ruido que hacían. Moctezuma le escuchaba como distraído. Parecía como si un maleficio se fuera apoderando poco a poco de todo su ser desde que había visto la primera cabeza. Estaba seguro de que era la del hombre que Xuchitl esperaba, o por lo menos la de un hermano. El mismo color de pelo y ojos, la misma expresión del rostro.

—Véte —mandó al capitán—. Deja aquí estas bandejas.

En cuanto se quedó solo, llamó con la varilla de oro a su mayordomo mayor.

—Petalcalcatl, cubre esas bandejas con una tela y llama a los Magos. Primero a los Negros, y luego a los Grises.

Entraron los Magos Negros inclinándose profundamente ante el emperador. Tenían el cuerpo todo tatuado de círculos y cuadrados negros, de donde les venía su nombre. Su prior era un hombre relativamente joven que traía el bezo inferior caído bajo el peso de una piedra de obsidiana.

—¿Quién viene, cuándo y cómo es? —preguntó Moctezuma con laconismo de mal agüero.

El prior de los Magos Negros se inclinó y con aplomo notable, dadas las circunstancias, contestó:

—Viene una especie de hombres nuevos. Vienen por las nubes. Tienen la cabeza en la boca del estómago y un pie muy grande, llano y abierto, que les sirve para protegerse del sol.

Dijo, y sonrió satisfecho de su penetración en el porvenir.

Moctezuma dio un golpe violento sobre el pandero de oro:

—Petalcalcatl, llévate a este animal inmundo de mi presencia y hazlo emparedar sin falta hoy mismo.

Entraron los Magos Grises. Venían vestidos con mantas de algodón del color que les daba su nombre, pero no iban tatuados. Su prior era un viejo que parecía un chino arrugado.

—¿Quién viene, cuándo y cómo es? —volvió a preguntar el emperador.

La grieta apenas visible que separaba los párpados del prior sólo le dejaba ver los pies del emperador, que descansaban sobre la tabla labrada en oro de la base del ycpalli.

—Señor. Los hombres que vienen son los compañeros de Quetzalcoatl. Tienen cara de pez. Se conducen como leones, viajan a horcajadas sobre venados sin cuernos y cuando van por el mar viven en casas que traen colgadas del viento por una telas grandes de algodón.

Moctezuma se quedó impresionado al oírle.

—¿Y cuándo llegan? —preguntó.

Contestó el Mago Gris:

—Ya han llegado.

Más impresionado todavía, preguntó por tercera vez Moctezuma:

—¿Y cuándo se marcharán?

Contestó el Mago Gris:

—Nunca. El señor Quetzalcoatl los ha mandado acá para siempre.

Moctezuma dio con la varilla de oro en el tamboril.

—Petalcalcatl, dale a este viejo una buena manta de algodón y no le dejes volver otra vez a palacio.

El emperador se quedó solo con sus temores y sus pensamientos. Se acercaba cada vez más el peligro blanco. El hombre que venía a llevarse a Xuchitl estaba ya cerca, si no era aquel a quien habla pertenecido la siniestra cabeza... Pero no. Era seguro que el hombre que esperaba Xuchitl estaba vivo y venía. Las dos ideas hacían una sola en su espíritu. La corona y el poder que se le iban, por un lado, y por otro la mujer objeto de sus deseos, que también se le iba, eran una sola cosa, una sola pérdida, una sola ansiedad. Allá en lo hondo de su ser, el impulso que le hacía abrazarse a su poder real y el que le llevaba a abrazarse a Xuchitl surgían de un mismo instinto oscuro. Se le iba la vida y a la vida se abrazaba. Sucediera lo que sucediese, le era indispensable ante todo poseer a Xuchitl. Había que llamar a Petalcalcatl y darle órdenes inmediatas para hacer que Xuchitl volviera al instante de Tetzcuco a Tenochtitlán.

Con el mayor asombro del emperador, surgió Petalcalcatl ante su presencia antes de que lo llamara y sin anunciarse. Estaba pálido.

—Señor, el lago está que mete miedo. Hierve todo él y salen unas olas enormes desde su mismo centro, que suben hasta el cielo. No sopla viento alguno.

Moctezuma también palideció. Echó una mirada de pavor a la tela blanca que cubría las dos cabezas de los hombres de Quetzalcoatl, dios del Viento. ¿Estaría Quetzalcoatl ofendido y en su furia habría desencadenado aquella tempestad mágica sobre el lago? Haciendo de tripas corazón, se puso en pie, y con su fiel mayordomo detrás, salió de sus habitaciones a la terraza. El lago parecía como si estuviera hirviendo sobre un inmenso fuego, que era precisamente lo que estaba ocurriendo. Moctezuma y toda la ciudad habían presenciado ya otras veces análogos hervores, pero jamás uno tan extraordinario. Enormes burbujas surgían en la superficie tumultuosa y de su seno brotaban trombas de agua y de vapor elevándose con increíble fuerza de aquí y de allá en frecuentes intervalos. Las frágiles canoas salían lanzadas en el aire para caer destrozadas, dejando flotar sus miembros dispersos a merced de olas más chicas pero todavía formidables, y otras veces se quebraban con estrépito sobre las aristas de piedra de las calzadas o puentes. El día estaba bochornoso, el aire pesado, el viento muerto. Moctezuma estaba abrumado.

—¡Trae las cabezas! —murmuró con voz ronca.

Petalcalcatl trajo la bandeja de oro y se la pasó al emperador. Al pie de la terraza subía y bajaba el agua quebrándose en violenta espuma contra el muro de piedra. El emperador arrojó la cabeza de pelo de oro, que se tragaron las fauces líquidas del monstruo. Petalcalcatl trajo la bandeja de ébano, que pasó al emperador, y el monstruo de fauces líquidas se tragó la cabeza hirsuta de barba y melena negra. No era fácil de aplacar el hambre del lago. Moctezuma aguardó con ansiedad durante algún rato.

—Vé —exclamó con voz entrecortada—. Córtales la cabeza a todos los Magos Negros y haz que las tiren al lago.

Salió Petalcalcatl, cabizbajo. El emperador corrió tras él y le gritó:

—Hacia el este.

19

Todo aquel día lo pasó en un estado de pavor abyecto. Tan pronto atribuía el desastre a Quetzalcoatl, como a Nezahualpilli, como a alguna oscura entidad que uniera las fuerzas de ambos. De cuando en cuando salía a la terraza para vislumbrar por los movimientos del agua la tendencia en que se iban moviendo las pasiones de Quetzalcoatl y si se calmaba o seguía en su cólera espantable. Al anochecer, casi exhausto a pesar de los estimulantes que había bebido y fumado, salió otra vez a la terraza, abrumado por la terca cólera de las aguas. Atónito, se quedó de pie durante largo rato contemplando el espectáculo que apenas se atrevía a creer: la laguna estaba de una hermosura como no la había visto en su vida —lámina de seda luminosa, ensueño de fuego líquido, sonriente, apacible, suave.

Cuando hubieron bebido sus ojos hasta hartarse de aquella paz que había anhelado durante todo el día, volvió a entrar en su estancia. Entretanto sus sirvientes habían encendido braseros y teas y la habitación era como un nido feliz y cómodo, bien instalado en sus colores, formas y humores de costumbre. Todo como ayer y anteayer. ¿Por qué se había alarmado tanto? El dios había pasado por un acceso de cólera y se había calmado ante los sacrificios y ofrendas del fiel emperador que era a la vez su sumo sacerdote. Los Magos Negros que habían insultado a Quetzalcoatl habían pagado cara su blasfemia. Todo había vuelto a su cauce y Moctezuma era tan poderoso como siempre. Dio con la varilla en el pandero.

—¿Qué hay de esa expedición a Tlaxcala? Parece que tardan mucho en prepararla —dijo a Petalcalcatl.

—La Mujer-Serpiente ha estado aquí esta mañana. Ixcauatzin quería salir esta tarde. Pero es posible que hayan preferido esperar...

El mayordomo mayor no dijo más. Ambos sabían que nadie se iba a poner en marcha para la guerra cuando estaba desencadenada la furia de un dios.

—Dile que se vaya esta noche. La luna les facilitará la marcha y así ganarán tiempo. En cuanto a Xuchitl, que vuelva de Tetzcuco mañana mismo sin falta al anochecer. Le darás alojamiento en el parque, en una de las mejores casas disponibles.

No pudo reprimir el mayordomo un leve ademán de sorpresa. Aquella última orden del emperador infligía a Xuchitl el estado social de concubina imperial. Petalcalcatl salió de la cámara con el alma oprimida por lúgubres presentimientos. Estaba seguro de que los dioses se vengarían de aquel insulto a sus leyes. Iba así avanzando por la galería abierta, sumido en sus pensamientos, cuando, al echar una mirada lateral al agua, antes de volver a entrar otra vez en palacio al otro extremo de la galería, se quedó parado sin atreverse a creer lo que veía. El lago estaba otra vez hirviendo, sin duda de indignación divina. Demasiado sabía él que tenía que ser así. ¿Volvería a decírselo al emperador? ¿Seguiría su camino a cumplir sus órdenes? Decidió volver.

—Señor —murmuró. Moctezuma estaba recostado sobre el respaldo de su silla, con los ojos cerrados—. Señor, el lago está otra vez hirviendo en furia espantosa.

Moctezuma salió a la terraza y se quedó atónito. Hubo un largo silencio.

—¿Cuántos presos hay en las jaulas del tablón? —preguntó con voz que el pavor hacía ronca.

Salía la luna, y sus rayos todavía rojos echaban sobre el torbellino de las aguas tintes cárdenos y sangrientos.

—Cerca de cuatrocientos, pero necesito la mitad para los sacrificios de este mes —replicó el mayordomo.

—Echa los demás al lago. Échalos vivos. A lo mejor las aguas exigen víctimas vivas para aplacarse. Ponles piedras al cuello.

—¿Y la expedición de Ixcauatzin a Tlaxcala?

—Que salga a medianoche.

—¿Y...? —El leal mayordomo no se atrevía a terminar la pregunta.

—Que se quede en casa de su padre por ahora —contestó Moctezuma, con las manos crispadas sobre el pasamano de piedra, los ojos clavados en el lago.

Petalcalcatl dio un paso para alejarse.

—Tráeme unos punzones de hueso —mandó Moctezuma. Y durante casi toda la noche se sacó sangre de los miembros para ofrecerla al lago airado. En la distancia, oía de cuando en cuando los ayes, los lamentos, los gritos de sus víctimas, que arrojaban al agua los sacerdotes para aplacar la cólera de la laguna, y al oírlos, el aterrado emperador sentía renacer en su pecho la esperanza.

20

Cuando llegó de madrugada la Mujer-Serpiente se encontró al emperador dormido. Esto era contrario al uso, pues Moctezuma, sumamente piadoso, observaba escrupulosamente su obligación sacerdotal de orar al alba. Petalcalcatl explicó a la Mujer-Serpiente que el emperador había pasado la noche entera en oración y sacrificio.

—¿Lo despierto? —preguntó.

—Sí —contestó la Mujer-Serpiente.

Era la única persona del Estado a quien se podía hacer aquella pregunta. Petalcalcatl despertó a su amo tocando en el llamador de oro. Moctezuma no se había acostado. Se había quedado dormido en su ycpalli poco antes del alba, al ver que el lago comenzaba al fin a calmarse por segunda vez. Cuando lo despertaron, estaba todavía en tensión, temiendo malas nuevas.

—¿Qué pasa? —preguntó con voz alarmada.

La Mujer-Serpiente contestó:

—Los Rostros Pálidos han cruzado el Muro Grande de Tlaxcala y han derrotado la vanguardia de otomíes que les mandó Xicotencatl para probarlos. El consejo de los cuatro tlatoanis de Tlaxcala duda si ir a la paz o a la guerra, pero Xicotencatl quiere atacar.

La noticia era todavía peor que la cólera del lago. Los rostros pálidos no eran más que quinientos pero resistían a los tlaxcatecas y habían derrotado a los otomíes, lo que ni en sueños pudieran hacer hombres que no fueran dioses o poco menos. Moctezuma cerró los ojos y se puso a meditar. La Mujer-Serpiente aguardaba en silencio, inmóvil. El emperador habló por fin:

—Manda una embajada con ricos presentes y un mensaje para decirles que no vengan a Méjico. Cualquier pretexto. Promete un tributo anual, tan valioso como quieran, con tal de que no vengan. Que vengan de vuelta unos embajadores para traerme la respuesta y que se queden otros para ver y oír. Es menester que los Rostros Pálidos sigan en guerra con Tlaxcala, y si los tlaxcatecas no consiguen deshacerlos, que mis embajadores se las arreglen con los de Cholula para montar una emboscada a fin de que no quede uno vivo. Hay para eso un barranco muy a propósito a este lado de Cholula. De todos modos, es menester que los Rostros Pálidos no lleguen hasta aquí. No quiero verlos.

XX. Sacrificio a Tonatiuh, el dios solar. Cuatro sacerdotes sujetaban a la víctima y un quinto le abría el pecho y le arrancaba el corazón

21

Aquella noche fue Ixcauatzin a despedirse de Xuchitl. Llevaba semanas enteras preparando su fuerza expedicionaria, y ya que todo estaba dispuesto, creyó de su deber ir a despedirse de su prima, pues en cualquier momento podría recibir la orden de marcha. Se la encontró tejiendo en compañía de Citlali.

—¿Cuándo te vas?

Se había quedado tan absorto al verla que no prestó atención a la pregunta. ¡Qué hermosa estaba! Se le veían claras las facciones de su padre, delineadas con tanta firmeza en su rostro como en el inteligente y activo de Nezahualpilli; y aunque más dulces, por ser mujer, ni más débiles ni más borrosas. El viento hacía penetrar en la sala los mil aromas de los famosos jardines reales de Tetzcuco y una tea dejaba caer sobre las dos figuras femeninas, inclinadas sobre el telar, una luz suave que modelaba sus contornos disolviéndolos en las penumbras del aire ambiente. Pero, ¡qué diferencia de la una a la otra! Aunque agraciada, era Citlali de encarnación más pesada y espesa, mientras que la línea, la superficie, el volumen de cualquier aspecto del cuerpo de Xuchitl parecía como la huella que una mano acariciadora hubiera dejado sobre materia, forma y espacio.

—¿Cuándo te vas? —volvió a preguntar ella.

—No sé. Ya estoy listo. Quizá esta noche.

Suspiro él. Sonrió ella. Le desagradaba menos desde la muerte de su padre y le agradecía su lealtad.

—¿Qué te pasa? —le preguntó.

Él parecía sorprendido.

—¿Por qué?

—¿No estás contento de ir a la guerra? ¿No es tu vocación?

Él no contestó. La estaba mirando. Xuchitl le había hablado sin levantar los ojos del telar.

—¿Te acuerdas cuando leíamos juntos la historia de tu abuelo?

—...y el tuyo... —interrumpió Xuchitl.

—Eso es precisamente lo que me dijiste entonces. ¿Te acuerdas cómo se deshizo Nezahualcoyotl de Cuacuauhtzin para casarse con la viuda?

Xuchitl le miró asombrada, diciendo:

—Ya he visto pasar eso otra vez desde entonces.

Se callaron ambos, y luego dijo Ixcauatzin:

—Si no vuelvo, y sobre todo, si me atrapan vivo, acuérdate de tu abuelo.

Xuchitl volvió a mirarle:

—¿Tienes alguna sospecha...? —No terminó la frase.

—Mis dos segundos me son desconocidos. No sé nada de ellos ni de su pasado militar.

Se quedó callado otra vez, mirando al cielo, donde brillaba un esplendor de luz purpúrea.

—¿Has visto el lago? Parece un caldero de bruja... He estado estudiando un poco las estrellas. No me son muy favorables... —Luego añadió—: Pero lo son para ti... Y eso prueba que ya no soy indispensable para tu seguridad, como tu padre creyó que lo sería.

Esta vez guardó Xuchitl la cabeza baja.

—Quizá haya pasado ya el peligro —apuntó.

Pero el joven guerrero meneó la cabeza con aire pesimista:

—No. Sigue tan inmediato como antes. Ándate con cuidado. No des pretexto ninguno. Procura no ofender ni contrariar a tu hermano, el rey Cacama. Y sobre todo, no creas ni un momento que Moctezuma haya abandonado la idea de apoderarse de ti.

Habló Ixcauatzin con insistencia de hombre a quien importaba de modo vital lo que estaba en juego. Pero Xuchitl se quedó serena hasta la indiferencia.

—Véte tranquilo, Ixcauatzin. A mí no me puede pasar nada. Estoy protegida.

—¿Quién te protege? —preguntó él.

—El sol —contestó Xuchitl, con el pensamiento fijo en la mecha de cabello de oro que atesoraba.

—Es curioso —pensó él en alta voz—. Precisamente es el sol el que viene a salvarte en el cuadro de las constelaciones que ayer estuve estudiando en el Calmecac, y... —levantó Xuchitl los ojos del telar, mirándole con curiosidad al observar que vacilaba— y también es el sol el que viene a punto para desatarme a mí el primer nudo que veo venir.

Entró en la sala un esclavo silencioso, de pie felino, descalzo:

—Xuchitzin —dijo—, viene recado de Tenochtitlán de que aguardan a Ixcauatzin en el Calmecac sin falta antes de medianoche.

—Adiós, Xuchitl —dijo el guerrero.

—Que el sol alumbre siempre tu camino.

22

Ixcauatzin tomó la calzada de Tetzcuco a Tenochtitlán lago adentro. Todavía hervía el agua por ambos lados y más de una vez le caló el cuerpo y casi se lo escaldó. Estaba seguro de que Moctezuma lo mandaba salir precisamente aquella noche por ser contrarios los agüeros. En el Calmecac, se encontró los vastos patios del colegio-monasterio repletos de soldados. Los jefes estaban todos en el templo, donde ya estaba preparado todo para el sacrificio. Ixcauatzin tomó asiento a la cabeza de una hilera de jefes. El sumo sacerdote hizo la señal y la víctima, prisionero tlaxcateca de la guerra anterior, salió al patio armado de una espada y una rodela de papel y atado a una enorme piedra redonda por una cuerda que le permitía cierta libertad de movimientos. Uno a uno, los guerreros que lo desearon salieron a combatir con él en duelo singular pero desigual, pues ellos llevaban armas efectivas, rodela de cuero espeso montado sobre madera y espadón de madera con filos de obsidiana. Algunos hirieron a la víctima haciéndole sangrar tanto que casi se desmayó sobre la piedra. Daban grandes voces los soldados. Los sacerdotes se apoderaron de la víctima y la sacrificaron al modo usual. Ixcauatzin primero, los jefes después, y por último los soldados, tocaron la piedra ensangrentada con espadas y lanzas. Había terminado la ceremonia.

A su voz de mando desgarraron el aire las trompetas de caracol y los guerreros comenzaron su marcha, saliendo hacia Chalco por la calzada de Iztapalapa. Ixcauatzin convocó a sus dos segundos y, para darles la impresión de una confianza que estaba muy lejos de sentir, les rogó se encargaran de dirigir al ejército por tierra hacia Chalco mientras él, con la sola compañía de dos jefes, iba derecho por la laguna. Ixcauatzin había escogido ya a sus dos compañeros y los tres se embarcaron juntos. En cuanto estuvieron solos, Ixcauatzin tomó la palabra:

—Os he escogido a los dos porque me conocéis bien y os educasteis conmigo en el culto de los dioses y en el servicio del emperador... —dijo con voz grave y lenta—. Voy a daros a cada uno un puesto de suma importancia en cada una de las dos alas de batalla que me propongo formar. Pero antes de seguir adelante, tenéis que jurar.

Ambos juraron fidelidad y secreto. Ixcauatzin prosiguió:

—Sé que los dos jefes que vienen a mis órdenes van a traicionarme. No puedo revelaros por qué ni cómo lo sé. Pero sé que frente al enemigo se proponen retroceder corriendo y sembrando pavor en las tropas de su mando.

Brillaron con fuego de cólera los ojos de los dos guerreros.

—Éstas son mis órdenes a vosotros: a la menor señal de que flaquean vuestros respectivos jefes, les daréis muerte, tomando el mando de la fuerza. No os separéis nunca de ellos en el campo de batalla.

Ixcauatzin y sus dos compañeros se reunieron con el grueso del ejército en Chalco, donde todos se alojaron en el teocalli. Chipeniliztli o Herida-Abierta, uno de los dos segundos de Ixcauatzin, salió a dar una vuelta por la ciudad, y sus pasos, al parecer ociosos, le llevaron a la plaza del mercado, ya vacía y oscura a aquella hora. Había en un rincón de la plaza un almacén de algodón. La puerta estaba abierta. El segundo de Ixcauatzin entró sin ruido.

—¿Tozan? —preguntó en un cuchicheo.

Un viejo de ojos mezquinos apenas visibles por la hendidura que separaba los párpados, se puso en pie en el rincón oscuro donde había aguardado sentado sobre un fardo de algodón. Los diecisiete años transcurridos desde que le había robado la libertad a Cara-Larga, engañándole en el juego, se podían contar en las arrugas de su rostro en torno a los ojos y a la boca.

—¿Cómo están las cosas? —preguntó Herida-Abierta.

—El ejército tlaxcateca —contestó el viejo— viene al mando de Chichimecatecuhtli. Aguardarán cerca del segundo puerto pasado Tetzmelucan. Primero fingirán retroceder, para que podáis capturar algunos prisioneros para los dioses, y también para salvar las apariencias. Luego contraatacarán y cuentan con que vosotros dos iniciaréis la huida cuesta abajo dejando a Ixcauatzin en sus manos. Os aconsejan que dejéis también lo menos veinte hombres más.

Herida-Abierta, con sonrisa de satisfacción, contestó:

—Muy bien. Vuélvete esta misma noche. Saluda de mi parte a Chichimecatecuhtli y dile que estamos de acuerdo. Calculo que estaremos allá dentro de tres días.

Tozan preguntó:

—¿No sería mejor que me diérais un sello para probar mi fe?

Herida-Abierta se desató una correílla negra que traía a la muñeca, de la que colgaba una piedra verde, lisa por fuera pero por dentro ricamente grabada con la insignia de la Milicia Secreta de Moctezuma, un corazón alzado en alto por una mano. Era aquella insignia universalmente temida en todo el país y ante ella todo el mundo bajaba la cabeza temblando de pavor. Tozan presentó una placa pequeña de madera cubierta de cera. Herida-Abierta imprimió el sello en la cera y sin más hablar desapareció en la noche.

23

Tres días más tarde, al alba, salió el ejército mejicano de Tetzmelucan. Tenían que pasar tres puertos muy peligrosos. Al pasar el primero, la vanguardia sorprendió a un grupo de tlaxcatecas sobre el cerro y se preparó a una escaramuza; pero los tlaxcatecas huyeron por un valle lateral. Eran exploradores oteando para el grueso de su fuerza. Los guerreros mejicanos se apretaron bien el escaupil, embrazaron la adarga y prepararon la espada de obsidiana o la lanza.

El segundo puerto era como una especie de cuenca alargada en la cima de una colina. Al llegar los mejicanos al extremo oeste de aquella cuenca, surgió de súbito en el aire un estruendo ensordecedor. Eran los tlaxcatecas que, cubiertos de plumas vistosas y alzando en el aire sus banderas de colores, arrojaban a sus enemigos un tumulto de improperios que dominaba el estrépito de los tambores y el estridente chirriar de sus trompetas de concha. Los guerreros mejicanos eran capaces de hacer tanto ruido como los tlaxcatecas, de modo que la batalla comenzó con un duelo de estrépitos y estruendos; luego, los honderos, con municiones sencillamente recogidas de la madre tierra con sólo bajar la mano, se dispararon sendas nubes de pedradas, preludio usual en las batallas indias a la entrada en escena de los guerreros veteranos de lanza y espada. Finalmente, a una voz de mando de Ixcauatzin, el ejército tenochca se arrojó contra el tlaxcateca, que retrocedió rápidamente, obedeciendo órdenes de su general, hasta llegar al borde oriental de la cuenca. Ya entonces venía a ser el ejército tlaxcateca el que ocupaba la posición fuerte, mientras luchaba el tenochca cuesta arriba. Herida-Abierta y su compañero de traición se miraron. Ixcauatzin luchaba solo contra veinte tlaxcatecas, todos deseosos de atraparlo vivo, y por lo tanto de no herirlo mortalmente. Los dos segundos sonaron la orden de retirada. Detrás de cada uno de ellos se irguió en el aire una espada de obsidiana. Al instante gritaron ambos a los jóvenes guerreros que les amenazaban:

—¡Corazón en mano!

Cayeron las espadas de obsidiana sin fuerza a lo largo del cuerpo de los jóvenes guerreros que con voz todavía colérica, pero ya asustada, demandaron:

—¡Dad prueba!

Ya había comenzado una retirada rápida de los tenochcas. El ejército tlaxcateca amenazaba rodear a los cuatro jefes que discutían. Herida-Abierta y su compañero se desataron sendas correas negras que llevaban a la muñeca y enseñaron la insignia secreta grabada en la piedra verde. Todos echaron a correr, pasaron el borde occidental del puerto y siguieron hacia el río. El ejército tlaxcateca se contentó con verlos huir.

Con el tendón del pie derecho acuchillado de un golpe de espadón, cayó Ixcauatzin al suelo. Sus vencedores lo llevaron a presencia de Chichimecatecuhtli, el joven general tlaxcateca, de su misma edad. El tlaxcateca le miró en silencio con admiración sincera, y luego:

—Morirás con orgullo —le dijo—. Nunca hemos ofrecido a nuestro dios una víctima tan noble como tú.

Capítulo V

ALONSO Y XUCHITL

1

Los cuatro portavoces o tlatoanis que regían los destinos de la república de Tlaxcala celebraban sesión en la casa comunal, en una espaciosa sala de paredes de piedra cuya desnudez le prestaba majestuosa sencillez. Sentábanse los cuatro gobernantes en ycpallis situados en hilera, sobre una plataforma que los separaba, elevándolos, del resto del salón. No había presidente, pero quería la costumbre que hiciera funciones de tal el vocal más antiguo, Xicotencatl el Viejo, nonagenario de rostro arrugado pero de ojos de fuego, padre del impetuoso comandante en jefe de las fuerzas de Tlaxcala, Xicotencatl el Mozo.

—Parece que ya ha vuelto Chichimecatecuhtli y que trae un prisionero de primera clase —dijo el anciano tlatoani—. Comencemos, pues, por este asunto para serles gratos a los dioses.

Iba a dar a los porteros la señal para que entrara Chichimecatecuhtli, cuando otro de los tlatoanis, Teohuayacatzin, le interrumpió:

—Como se trata de un asunto militar, propongo que llamemos también a nuestra presencia al comandante en jefe, Xicotencatl el Mozo.

Así quedó acordado, pasando primero a presencia de los tlatoanis Xicotencatl el Mozo, al que se dio asiento en un ycpalli, sobre la plataforma, junto al Consejo de los Cuatro. Poco después entró Chichimecatecuhtli, a quien seguía Ixcauatzin. El general victorioso explicó la batalla y dio a los tlatoanis breve resumen de la carrera de su prisionero. Xicotencatl el Viejo dijo entonces:

—Os felicitamos y damos gracias por vuestros servicios.

Durante el silencio que siguió a estas palabras, todos tenían la vista puesta en Ixcauatzin.

Otro tlatoani, Magiscatzin, preguntó:

—¿Parece que habéis sido muy severo en vuestros sacrificios para con vuestro cuerpo?

Ixcauatzin no contestó.

Teohuayacatzin observó:

—Sería mejor que esperásemos a que haya engordado un poco

antes de ofrecerlo a los dioses, pues de otro modo los fieles no tendrán gran cosa que comer.

Ixcauatzin le miró con suprema indiferencia.

Xicotencatl el Viejo preguntó:

—¿Queda acordado? —y ante el silencio general, concluyó—: Así se hará.

Los porteros se llevaron a Ixcauatzin.

—Desearía plantear un punto.

Los tlatoanis se volvieron hacia Xicotencatl el Mozo. ¿Qué tenía él que ver con todo aquello?

—Perdónenme los tlatoanis —dijo el impetuoso capitán—, pero tengo informes de fuente segura. Se ha tomado este prisionero por traición... —Sacudió a Chichimecatecuhtli un impulso de abalanzarse sobre él.— Y se ha montado toda esta batalla como una farsa.

Con los puños cerrados, rugió Chichimecatecuhtli a su rival:

—¡Mientes! A mí no me ha derrotado nadie. A ti te han hecho correr los Rostros Pálidos como un conejo.

Ya estaba en pie Xicotencatl el Mozo, pero su anciano padre temblaba de cólera:

—¡Silencio y respeto uno y otro si no queréis que os haga barrer de la sala del consejo por los barrenderos de la ciudad!

Los dos impetuosos guerreros se sentaron. Los cuatro tlatoanis sabían perfectamente que, ya desde hacía muchos años, eran las guerras entre la República de Tlaxcala y el imperio mejicano combates convencionales montados de común acuerdo para suministrar víctimas a los dioses respectivos, y que, si bien desde que reinaba Moctezuma tendían a transformarse en guerras efectivas y peligrosas, recaían en el convencionalismo cuando así le convenía al poderoso emperador. Era un estado de cosas que no se podía reconocer oficialmente, por lo cual el consejo opinaba por la tácita que Xicotencatl el Mozo había violado el decoro más elemental al aludir a aquel sistema, arrastrado por su odio para con su rival, quien, con laudable prudencia, se había contentado con las gracias de pura forma que el consejo le había otorgado por aquella victoria convenida.

Xicotencatl el Viejo prolongó el silencio lo bastante para que se calmasen las pasiones y para dar tiempo a que su hijo se diera cuenta de la gravedad de la falta que había cometido.

—Consideremos ahora la venida de los Rostros Pálidos —dijo al fin el anciano tlatoani, y volviéndose a Chichimecatecuhtli, añadió—: General, podéis retiraros. Contáis con la confianza y con la estima del consejo.

Con la cabeza alta salió Chichimecatecuhtli del salón, y, ante un ademán de Xicotencatl el Viejo, los porteros hicieron pasar a cuatro indios de Cempoal que en la antesala esperaban. Los cempoaleses se sentaron sobre una estera al pie de la plataforma, tomando las precauciones más escrupulosas para cubrirse el cuerpo con las mantas de algodón, y sobre todo para ocultar el ombligo, a fin de indicar a los tlatoanis que venían como embajadores oficiales.

—Hablad —dijo Xicotencatl.

Uno de los embajadores tomó la palabra:

—Tlatoanis de Tlaxcala, venimos como embajadores de Malintzin. —Era el nombre que los naturales daban a Cortés, formado a base de su amante e intérprete, doña Marina, con el sufijo *tzin*, que equivalía a príncipe. —Como credenciales os traemos este objeto que los blancos llevan en la cabeza.

Y con estas palabras presentó el embajador al consejo un magnífico sombrero de Flandes, de ala ancha, todo envedijado de cintas color violeta y bordado de arabescos de seda. Uno tras otro admiraron los cuatro tlatoanis aquel objeto extraño. Todos anhelaban probárselo, pero nadie se atrevía por si era portador de algún maleficio secreto, y aun hubo quien no se atrevió a tocarlo.

—También traemos estos papeles mágicos —añadió el primer embajador entregando en manos del anciano Xicotencatl dos cartas de Cortés dirigidas a los "señores de Tlaxcala", en castizo castellano, con las usuales ofertas de amistad eterna—. Estos papeles —explicó el embajador— tienen poderes mágicos que hemos visto obrar maravillas entre los blancos, pues aseguró a los tlatoanis con toda seriedad que los Rostros Pálidos comunican sus pensamientos unos a otros, sin necesidad de pintarlos, por medio de esas líneas negras que ahí van trazadas sobre el papel blanco.

Sólo Xicotencatl el Viejo, que ya pasaba de los noventa, se atrevió a poner la mano en aquellos papeles tan peligrosos.

El embajador prosiguió:

—Malintzin desea comprendáis que no viene como adversario sino como amigo. Ya os lo ha dicho antes, pero no lo creísteis y mandasteis una fuerza contra él. Pero él derrotó a vuestro general y volverá a derrotarle. Así dice, de modo que mirad lo que hacéis.

Xicotencatl el Viejo preguntó:

—¿Viene a quedarse? ¿Necesita bastimentos o esclavos?

El embajador contestó:

—Sólo desea que le deis paso hacia Tenochtitlán, adonde se dirige a entregar un mensaje que trae de su emperador para Moctezuma. No necesita más bastimento del indispensable para su paso. No quiere esclavos.

Los tlatoanis guardaron silencio, con la cabeza sobre las rodillas, meditando profundamente sobre lo que habían oído, como lo exigía la cortesía para aquellos embajadores, pues pobre era el mensaje que no necesitaba reflexión. Pasados los instantes de silencio que imponía la urbanidad, dijo Xicotencatl el Viejo:

—Podéis iros. Deliberaremos sobre el asunto y os daremos respuesta lo antes posible.

Salieron los embajadores con paso digno de su alto rango.

Magiscatzin habló primero:

—Estos blancos, o son dioses o son favoritos de los dioses. No nos opongamos a ellos. Roguémosles que vengan a vivir con nosotros, les daremos a nuestras hijas y así criaremos una raza de semidioses que vencerá a los mejicanos y los someterá a nuestro imperio.

Xicotencatl el Mozo interrumpió:

—No son dioses. Son hombres. Buenos guerreros, quizá. Pero no mejores que los nuestros.

—Entonces —preguntó Magiscatzin—, ¿por qué te derrotaron?

Y el impetuoso guerrero replicó:

—¿A mí? A mí no me ha derrotado nadie. De hombre a hombre, a nadie temo. Pero venían sobre unos venados grandes sin cuernos donde no había modo de llegar hasta ellos y tiraban por el aire un ruido mortal con unos tubos negros que parecen de cobre pintado.

Su padre le preguntó secamente:

—¿Pero qué propones tú?

—Que les demos la batalla de noche, porque en la oscuridad no podrán subirse a sus venados ni tirar con los tubos negros.

Los tlatoanis rumiaban esta propuesta en silencio. Tlihuexiolotzin opinó:

—Combatir de noche es deshonroso. No hay soldado que se respete que lo quiera hacer.

El general replicó al instante:

—No puede ser deshonroso, puesto que lo propongo yo. Es pura tradición.

—Pues no está bien ir contra la tradición —observó Magiscatzin.

—Lo concedo —contestó Xicotencatl el Mozo—. Pero algo hay que hacer para salir del paso y la necesidad militar es primero que la tradición. Ahora, cómo arreglárselas para hacer que el pueblo acepte ir contra la tradición, es cosa que no corre de mi cuenta.

El viejo observó, como pensando en alta voz:

—El único que puede cambiar las tradiciones es el sacerdote. Hay que decirles que es necesario que nos encuentren un motivo para luchar de noche con los Rostros Pálidos.

Magiscatzin no estaba todavía convencido.

—Eso vendrá más tarde. Primero hay que decidir si luchamos o si aceptamos la paz que nos ofrecen.

Furioso, Xicotencatl se puso en pie.

—Los hombres que son hombres no se plantean tales cosas —exclamó con pasión y con desprecio.

Magiscatzin, hombre de unos cuarenta y cinco años, robusto y ágil, se irguió de un salto, y antes de que el joven guerrero hubiera podido apercibirse para la defensiva, arrojó de un golpe violento abajo de la plataforma al comandante en jefe de los ejércitos tlaxcatecas. Los otros tres tlatoanis se precipitaron para separarlos. Unánime, el Consejo de los Cuatro condenó al general, y Xicotencatl el Viejo ordenó a su hijo que se retirara del salón. Su rostro reseco y su cráneo desnudo temblaban de indignación, y en cuanto hubo salido su hijo, dijo a sus colegas:

—Siento de corazón la conducta de mi hijo.

Magiscatzin era hombre generoso:

—Hay que excusar en un guerrero joven los errores del temperamento. Volvamos a nuestro negocio.

Teohuayacatzin propuso entonces una transacción:

—Demos al general otra ocasión de vencer antes de intentar la paz, y que los sacerdotes nos traigan un motivo para que pueda atacar a los blancos de noche. Si fracasa, recibiremos a los Rostros Pálidos como amigos.

Así lo acordó el Consejo, aunque Magiscatzin no dio su voto hasta obtener la promesa de que el ejército tlaxcateca iría al mando conjunto de Xicotencatl el Mozo y de Chichimecatecuhtli.

Uno de los tlatoanis planteó entonces otro tema:

—Convendría ofrecer al dios de la guerra las cartas y el sombrero, porque a lo mejor cualquiera de nosotros se pone ese sombrero y le cambian los pensamientos.

El argumento impresionó al Consejo, que al instante adoptó la proposición. Entretuvieron a los embajadores con varios pretextos todo el tiempo que fue necesario, y al día siguiente anunciaron los sacerdotes que, puesto que los Rostros Pálidos eran hijos del sol, sólo era posible vencerlos de noche.

2

—Pareces hoy algo cabizbajo —dijo Alonso a Cara-Larga. Se hallaban ambos en su choza del real construida por los españoles en un cerro que dominaba el camino de Tlaxcala—. ¿Qué te pasa?

—Recuerdos —contestó Cara-Larga—. En Tlaxcala fue donde comenzó mi vida de esclavo. Mi primer amo, Tozan, vivía allí. —Guardó silencio un rato, y luego prosiguió—: A lo mejor sigue viviendo en Tlaxcala... y me ve... porque habéis de saber que yo me escapé.

Alonso sonreía.

—Pero tú me contaste que te había robado la libertad haciendo trampas al juego.

—Sí. Pero la ley es la ley, y si fuera a los tribunales, creo que me aporrearía el verdugo hasta dejarme muerto.

En aquel momento Cara-Larga oyó con terror la voz mismísima de Tozan, que decía:

—¿Quién quiere dos gallinas bien gordas?

El ex esclavo se echó a temblar como un azogado. Era el fantasma de su amo. En el cuadrángulo oscuro de la puerta surgió una silueta negra. Cara-Larga se puso en pie de un salto. Tozan repitió:

—¿Quién quiere dos gallinas bien gordas?

Alonso se adelantó hacia la puerta y echó de allí al intruso. Cara-Larga seguía temblando.

—¡Era él! —murmuró.

—¿Quién?

—Mi amo. Tozan.

Se quedó silencioso, mirando a Alonso.

—¿No me habíais dicho que además de mercader era espía?

Cara-Larga asintió con la cabeza.

—Pues ya ves que está bien claro.

—¿Quién quiere una oca bien gorda?

Esta vez, la voz era distinta. Alonso volvió a despedir al intruso y creyó necesario ir a avisar a Cortés. Era evidente que Xicotencatl el Mozo había metido en el real todo un enjambre de espías.

—No te quedes aquí —ordenó a Cara-Larga—. Píntate como si fueras tlaxcateca, para que no te conozca Tozan y véte por ahí a ver lo que ves y oyes en las chozas.

Él también salió. Andaban por el real sombras en grupos de dos y de tres que se dispersaban y se volvían a juntar y siempre cesaban en sus cuchicheos al pasar él. Alonso se ocultó tras unas zarzas al ver a dos naturales salir de una choza.

—No. Por la parte del norte no se puede tomar —decía uno, guerrero de un contingente auxiliar oficialmente aliado de los españoles—. Estas gallinas no me convienen, pero por la parte sur es más fácil, y también es más fácil para sus venados sin cuernos. Yo te enseñaré el camino.

La oscuridad se los tragó.

Alonso siguió viendo y oyendo. De una de las chozas más grandes salía alguna luz y mucho clamor de voces. Se metió dentro a ver lo que era. Había hasta dos docenas de soldados, unos de pie, sentados otros, discutiendo a la luz de una tea que ardía en un rincón.

—Es locura —decía un soldado de color subido y barba negra, con un bonete grasiento en la cabeza— que nos lleve así a la muerte cuando apenas somos cuatrocientos y ellos más de cien mil. Y luego, ¿qué sacamos ganando? ¿Oro? Se lo mete todo en la bolsa. ¿Mujeres?

Se alzó una oleada de voces.

—Ahí le duele... Eso es... Mujeres, ¿eh?

Una voz dominó a las demás.

—¡Malas bubas se lleven a los capitanes! ¡Maldito si ve uno a una india guapa!

Reían unos y juraban otros.

—¿Y qué decís del lengua tan bonito? —preguntó una voz con intención ponzoñosa.

Alonso reconoció la voz de Esquivel, y en su rincón enrojeció de ira mientras sonaban algunas risas. Otro soldado se lamentaba:

—Había cortado yo cuatro rosas en flor hace una semana en nuestra salida de Tlepan. Luego vino la orden de entregar las indias

384

para recoger el quinto del real, ¡mala peste lo mate al quinto y al que lo inventó!, y no he vuelto a verlas. Dios sabe dónde andarán.

Sonaron otras voces:

—Una está en la tienda del capitán Lugo... Otra la he visto yo donde el tesorero... La estará probando con agua fuerte por si trae oro...

Carcajada general.

—Reíos lo que queráis, pero no es cosa de risa. Eso es una locura. A nosotros nos rompen los huesos, pero él se lleva el oro y la fama.

—Y las indias —añadió Esquivel.

3

Alonso se fue a ver al capitán. Cortés estaba en cama con disentería. Doña Marina le servía una tisana caliente de hierbas que había recetado un curandero indio.

—No me extraña nada —dijo Cortés—. Mañana les arreglaré las cuentas a esos espías. Los soldados, no hay que apurarse. Ya tendrán pronto qué hacer. Quizá esta misma noche. También yo tengo mis espías, como sabéis.

Se levantó y preguntó a su paje:

—¿Está el caballo?

—Sí, señor —contestó el paje.

Y Cortés volvió a preguntar:

—¿Se han puesto campanillas a los arneses de todos los caballos, como mande?

—Sí, señor —contestó el paje.

Cortés se volvió hacia Manrique:

—Vámonos todos. Traed vuestro caballo a la primera vuelta del camino. Hay que dar a los espías una pista falsa. Nos van a atacar esta noche.

Cara-Larga no volvió a la choza hasta el alba y se encontró a Alonso dormido. Después de haber pasado una hora o dos con los demás jinetes en el camino de acceso al real, para quitarles a los tlaxcatecas las ganas de atacarles, los españoles se habían retirado dejando tan sólo a los centinelas usuales. Cara-Larga aguardó con paciencia india a que su amo se despertase, aunque ansiaba contarle lo que había visto y oído. Alonso tenía suma confianza en su juicio.

—Señor —comenzó en cuanto le vio abrir los ojos—: por el real anda mucha traición. Todos estos mercaderes son espías, y aunque los cempoaleses nos son fieles, esos que hemos traído de Izta-maxtitlán nos van a vender. Es menester hacer algo hoy porque mañana será ya tarde.

Idéntico aviso había dado a Cortés el jefe de los cempoaleses

Teuch. Cortés hizo detener a todos los mercaderes que halló en el real y traerlos a su presencia. Sus soldados y sus aliados indios, los leales como los desleales, formaban un cuadro de rostros atentos en torno a los culpables. Cortés les dirigió la palabra desde lo alto de la loma donde había erigido su tienda. A su lado estaban los dos lenguas, Alonso y doña Marina.

—Yo os conozco, falsos mercaderes. Sois unos traidores espías. Merecéis la muerte, pero no os la daré. Perderéis tan sólo los miembros que permiten hacer al hombre el bien o el mal. Os quitaré las manos, pero os dejaré la lengua, para que vayáis a contar a Tlaxcala como trato yo a los traidores en mi real.

Cuando los cincuenta espías salieron del real hacia Tlaxcala con los muñones ensangrentados, Alonso se quedó todo abatido. Amaba la lucha, pero odiaba el castigo, y se volvió a su tienda en un estado de ánimo que Cara-Larga observó al instante:

—Tiene vuestra merced mucha razón, señor —dijo a su amo, interpretando a su modo la preocupación que en él veía—. No es castigo para espías quitarles las manos. Nosotros los atamos a un árbol y les cortamos el cuerpo trozo a trozo para que cada pueblo tenga su parte y vean todos lo que les ha pasado por espías. Y aun así, no conseguimos impedir que espíe la gente.

4

A la noche siguiente atacó el real Xicotencatl el Mozo, pero tuvo que salir huyendo en las tinieblas. El animoso guerrero no se dio por vencido y decidió dar una batalla definitiva en plena llanura y a la luz del sol. Pero entonces intervino Magiscatzin, recordando a sus tres colegas su promesa de que compartirían el mando del ejército Xicotencatl y Chichimecatecuhtli. La batalla tuvo lugar al día siguiente. Nadie que no hubiera tenido el fuerte corazón de Cortés se hubiera atrevido a hacer frente a cuarenta mil tlaxcatecas con sólo cuatrocientos ochenta españoles y unos cinco mil auxiliares indígenas, la mitad poco leales. El ejército tlaxcateca era vistosa y pintoresca pieza de museo. Cada batallón tenía su color; los jefes entraron en batalla vestidos y adornados con escaupiles y crestones de plumas de todos los matices del arco iris, y sobre todo aquel campo de color, el viento, desgarrado por las trompetas de concha y batido por baterías de tambores de madera, hacía flamear las banderas, la garza blanca de Xicotencatl, el ave verde sobre la roca, el lobo con flechas en las garras y el parasol de pluma verde de los otros jefes. La batalla fue fiera y larga, porque los tlaxcatecas volvían a cerrar sus batallones en cuanto abrían brecha en ellos ya el fuego de las culebrinas de Cortés ya las cargas de sus jinetes. Ya estaban heridos todos los caballos y los españoles comenzaban a preguntarse si saldrían con vida, cuando Chichimecatecuhtli, considerando ineficaz la táctica de su colega, decidió retirarse del combate con su gente. Entonces, para salvar a los suyos, Xicotencatl dio orden de retirada. Los jinetes españoles se lanzaron en persecución de los fugitivos, pero sin gran empeño, pues estaban agotados y los caballos apenas se tenían en pie.

Alonso no había podido tomar parte en aquella batalla, por haberle dado orden Cortés de que se quedara a disposición de los embajadores de Moctezuma, que habían llegado el día anterior con los presentes usuales de oro y joyas y el requerimiento usual de que los españoles no prosiguieran su marcha hacia Tenochtitlán. El astuto Cortés había creído muy útil que los observadores de Moctezuma asistieran a una batalla en regla, que estaba seguro de ganar, porque así se lo afirmaba su robusta fe. En cuanto terminó la batalla con la victoria de sus armas, mandó otra embajada a Tlaxcala aconsejando a los tlaxcatecas que fueran razonables y se aviniesen a tratar con él. La presencia de los embajadores de Moctezuma en el real de Cortés hizo reflexionar a los tlaxcatecas, que se mostraron dispuestos a negociar. El mismo Xicotencatl el Mozo fue en persona a ver a Cortés.

Terminadas con éxito las negociaciones de paz, toda Tlaxcala aguardaba con impaciencia la llegada de los españoles. Su victoria sobre el poderoso ejército de Xicotencatl les había valido una fama casi divina, y la ciudad, siempre temerosa de la tiranía de Moctezuma, anhelaba entrar en alianza con los hombres nuevos venidos de oriente, no sólo en lo político y militar, sino de un modo más íntimo; pues era para los tlaxcatecas evidente que, ya por fuerza divina o meramente humana, la sangre de los blancos tenía valor inestimable. Cortés, que había luchado tanto por entrar en Tlaxcala, hizo ahora que sus nuevos amigos tuvieran que aguardar para que lo desearan más. Pero entretanto mandó a Alonso con Cara-Larga para preparar debidamente aquel gran acontecimiento.

5

Cara-Larga conocía bien la ciudad donde habían transcurrido sus primeros años de esclavitud. Cortés quiso que Alonso fuera a pie, porque deseaba que sus caballos permanecieran rodeados de misterio lo más posible. Alonso fue, desde luego, objeto de general curiosidad en Tlaxcala, y dondequiera que iba le rodeaba multitud de asombrados admiradores. También él se maravillaba de todo lo que veía. Tlaxcala era una gran ciudad, no muy rica, pero bien construida y admirablemente administrada. Su primera visita fue a la Casa Comunal. Se presentó a Xicotencatl el Viejo y a sus colegas, que se asombraron al oírle hablar el nauatl con tanta perfección, y los cuatro tlatoanis le acompañaron al teocalli.

—Todo está dispuesto —dijo Magiscatzin, cabecilla del partido hispanófilo de Tlaxcala— para recibir a Malintzin. Nos proponemos celebrar su llegada con un gran servicio religioso en el que sacrificaremos nuestra víctima más ilustre, que veis aquí

Al lado derecho, pegado a la pared del atrio del que se elevaban las escaleras del templo, había una hilera de jaulas de madera pintadas de una variedad de colores chillones. En cada una de las jaulas, acurrucados en cuclillas los unos, otros tirados en el suelo dormidos o meramente abatidos, aguardaban, matando el tiempo como podían, los prisioneros que en los días venideros iban a perecer víctimas de los dioses. Sólo en una, precisamente la que Magiscatzin había señalado con un ademán, se veía a la víctima de pie. Era un hombre joven, de edad poco más o menos igual a la de Alonso, de cuerpo vigoroso y estatuario, de ojos duros y boca firme. Miraba desde la jaula a Alonso con una intensidad y una profundidad en sus insondables ojos negros, que Alonso no recordaba haber visto jamás en mirada humana alguna.

—¿Cómo te llamas? —preguntó en nauatl.

Y la víctima contestó:

—Ixcauatzin.

Cara-Larga, que acompañaba a Alonso, no pudo reprimir una sacudida violenta de todo su cuerpo, y en español murmuró al oído de Alonso:

—Preguntadle si es de Tenochtitlán o de Tetzcuco.

Acostumbrado a confiar en el juicio de Cara-Larga, Alonso le hizo la pregunta al prisionero.

—De Tetzcuco —contestó Ixcauatzin.

Cara-Larga le miraba intentando adivinar su edad, y calculando de memoria años y edades.

—Señor —dijo Alonso a Magiscatzin—, tengo órdenes terminantes de mi capitán. Es indispensable que no haya sacrificio alguno mientras resida en Tlaxcala, y además exige que las víctimas que tengáis esperando en vuestras jaulas se le entreguen inmediatamente. Estas dos condiciones forman parte inseparable del trato.

Magiscatzin se quedó desconcertado. ¡Qué difícil era contentar a aquellos blancos! Ahora tendría que cancelar todo lo que había preparado para la ceremonia religiosa a fin de ser agradable a Cortés, organizar una comida distinta para los notables guerreros y sacerdotes que tenían derecho a comer del cuerpo de la víctima, y preparar alojamiento para todas aquellas víctimas que había que poner en libertad, nada menos que treinta. Con todo, Magiscatzin pensaba que lo haría con gusto, a condición de que los blancos no salieran de Tlaxcala sin haber dejado el mayor número posible de muchachas fecundadas con tan inestimable simiente humana.

6

Al fin llegó el día tan deseado y la ciudad se entregó al júbilo de recibir a los hombres de Quetzalcoatl. Rosas, rosas y más rosas. Rostros, brazos, ojos. Gritos de "¡Ya vienen!" Grupos que se precipitan por atajos y callejuelas. Olas de seres humanos que van y vienen y se entrechocan. Marea humana que se eleva en la ciudad hasta desbordar sobre las terrazas y azoteas cubriendo como olas los balconcillos, como para precipitarse sobre el río de color que al fin se acerca hacia la ciudad. Ya se oye el ritmo repetido de los cascos cuádruples de los caballos sobre el cascote de las calzadas y poco después, pasadas ya las largas filas de cempoaleses, se ve en lo alto la bandera de seda verde con las letras F. Y. bordadas de oro, que anuncia la llegada del primer jinete, Gonzalo de Sandoval, el capitán más joven del ejército español. Miles de ojos convergen sobre su venado sin cuernos, tan alto, tan largo, tan elegante, a pesar de llevar entrapajada una pata; y luego sobre el mismo jinete, con su barba nunca vista y su prestancia majestuosa. Precedido de una ola de rumores pasa el propio Cortés a la cabeza de un pelotón de diez jinetes. Toda la ciudad le mira y él sonríe a la ciudad. Su caballo va cubierto de rosas. A su lado, a la derecha, los cuatro tlatoanis con sus crestas de plumería verde, roja, blanca y amarilla; a su izquierda, los cuatro embajadores de Moctezuma, no menos adornados de plumas que los tlatoanis, ceñudos ante la desconfianza y el temor que sienten en las miradas populares. Luego los tambores batiendo el aire, no con el ruido ensordecedor y duro de los tambores de madera a que están acostumbrados los naturales, sino con el tono más sordo y rodado de las cajas de piel con que los tambores españoles van gallardamente midiendo y rigiendo el paso de las cuatro compañías que siguen, escopeteros, ballesteros, hombres de espada y rodela y artilleros, con la mirada amorosamente puesta en sus cañones transportados por doble fila de pacientes y robustos tlamemes. Finalmente, en retaguardia, sobre su famosa yegua alazana, solo y con la cabeza descubierta, Alvarado, pelirrojo y barbirrojo, reluciente como un hijo del sol.

¡Qué espectáculo! ¡Quién había visto jamás tales hombres, tales animales, tales máquinas de guerra! ¿Quién dudaría que aquella marcha era un portento, el alba de una nueva era? En templos y teocallis sacudían los sacerdotes la negra melena cuajada de sangre humana, y las gotas de sangre todavía fresca de las últimas heridas que en sus orejas habían dejado los punzones del sacrificio les caían sobre los hombros: "Nueva era, sí. Pero, ¿hará más felices a los hombres?"

Había llegado el gran momento. La escena era sencilla pero no desprovista de cierta grandeza. Los capitanes españoles, con el padre Olmedo y el clérigo Díaz, estaban de pie a un extremo del salón; ante ellos había un espacio vacío. Enfrente, una puerta abierta por la que se veían otras salas inundadas de sol. Entró Xicotencatl el Viejo seguido de los otros tres tlatoanis y de los dos generales, cada uno de estos notables llevando de la mano a dos jóvenes indias vestidas de sencillos huipillis de algodón (lujo en Tlaxcala) y con el pelo colgando sobre la espalda hasta la cintura.

—Malintzin —dijo Magiscatzin para ahorrarle al anciano la fatiga de hablar—, bienvenido. Mucho nos has hecho esperar. Tenías desconfianza de nosotros, pero te perdonamos porque esos traidores mejicanos te habían engañado sobre nuestras intenciones.

Mientras hablaba el tlatoani iba traduciendo doña Marina.

—De hoy en adelante tenemos que ser amigos. Como prueba de amistad, aquí te presentamos a nuestras hijas y te las ofrecemos para ti y para tus capitanes.

Cortés aceptó el presente con su afabilidad habitual y luego, con gran sorpresa y dolor de los tlatoanis y generales, añadió:

—Pero, por ahora, es menester que sigan en casa de sus padres.

Los tlatoanis cambiaron entre sí miradas de duda o sorpresa.

—Primero —añadió Cortés—, para que entremos en intimidad con ellas, han de ser de nuestra fe. Por lo tanto, es menester que oigáis lo que este fraile os dirá. Y después aceptaremos a vuestras hijas.

Se adelantó entonces el padre Olmedo acercándose a doña Marina y comenzó a explicar que no hay más que un Dios, que vive en lo alto, y apuntó al cielo con el dedo. Los tlaxcatecas, que eran adeptos del sol, aceptaron esta primera afirmación como muy razonable y aun la relacionaron con el color del pelo de algunos de los españoles. Hasta entonces no parecía existir gran dificultad en acoplar una y otra fe. Los tlatoanis y generales se miraban satisfechos. Pero el fraile proseguía desarrollando su cosmogonía:

—Este Dios único —explicaba— había tenido un hijo también único, en una Virgen que había seguido siendo Virgen después de haberlo dado a luz. —Y al decir tales palabras, expuso a las miradas de los notables tlaxcatecas un cuadro de la Madre y el Niño que solía poner en los altares de campaña—: Ésta es la Virgen y éste es su Hijo, que tuvo por obra del Espíritu Santo, de modo que era, es y será siempre Virgen.

Los rostros viriles de los tlaxcatecas reflejaban honda preocupación. El caso era grave. ¿Y si resultara que aquellos hombres invencibles no nacían al modo usual, sino de mujeres que concebían sin obra de varón, tan sólo por la influencia del sol o de algún otro agente divino? ¿Iban a quedar sus hijas para siempre vírgenes o estériles? ¿Valía la pena ofrecérselas a hombres tan singulares? En los labios de Xicotencatl el Mozo pasó una sonrisa que quería decir: "Ya os lo decía yo", pues era evidente que hombres que le habían derrotado no podían ser como los demás. Los tlatoanis no hacían más que mirarse, sin palabras para expresar la confusión que los embargaba. El padre Olmedo, entretanto, proseguía:

—Habréis de abjurar de vuestros dioses, que no son dioses sino demonios, espíritus condenados al mal y a la impotencia ante el poder del único Dios verdadero. Y después, ya veremos.

Magiscatzin tomó la palabra:

—Malintzin, nuestros dioses son buenos para nosotros. Acabamos de oír cosas que nos han disgustado mucho. Nosotros no hemos ofrecido nuestras hijas para que se quedaran vírgenes toda la vida...

Doña Marina soltó la carcajada.

—¿Qué decía? —preguntó Cortés.

Doña Marina tradujo el exabrupto del tlatoani, y por los rostros españoles pasó una onduela de sonrisas mientras que los tlaxcatecas aguardaban con el ceño de la desconfianza en la adusta frente. Doña Marina explicó entonces a Magiscatzin que los españoles tomarían a sus hijas por mujeres en cuanto ellos abjurasen de sus falsos dioses. Pero Magiscatzin replicó que era menester pensarlo. Había quedado roto el encanto inocente de la primera amistad. Los notables tlaxcatecas salieron del salón con sus hijas de la mano.

8

Cortés los dejó marchar con una sonrisa. Era capaz de sonreír en las circunstancias más graves, y aquellas eran graves para él. Conquistador por naturaleza, era civilizador por fe. Su propósito más alto era abrir aquellas tierras todavía recónditas a la luz de la verdadera fe. No estaba dispuesto a permitir que su empresa se viniera abajo ante la terquedad de unos cuantos caciques ignorantes.

—Señores —dijo volviéndose a sus capitanes y soldados—, hay que vengar este insulto a nuestro Señor. No seríamos más que una tropa infame de aventureros si no estuviéramos dispuestos en todo momento a dar nuestras vidas por la fe.

Los capitanes se miraron unos a otros. Algunos, como el juvenil Sandoval, o Alonso, querían luchar a fin de que una vez conquistado el Estado fuera posible cristianizar en masa a sus súbditos con relativa rapidez. Otros, como Velázquez de León, que había venido por la aventura y el negocio, pero a quien maldito si le importaba que los naturales fueran a parar al cielo o al infierno, se echaron para atrás, pareciéndoles que Cortés era demasiado impulsivo. Pero nadie osaba opinar. Entonces habló el padre Olmedo.

Llevaba puestos unos harapos con los que a fuerza de milagros conseguía imitar pasablemente un hábito monacal. Era delgado de suyo y estaba además demacrado y amarillento como hombre que ayuna mucho y come poco cuando no ayuna. Pero era de fácil composición, mundano y razonable cuando se trataba de los demás.

—Señor, los cristianos no se hacen a lanza y espada, sino con el verbo y la gracia de Dios. Estos señores indios me parecen de buena amistad, lo que ya es un buen comienzo para llegar a cristiano. Será mejor que los aceptemos así, como gracia de Dios, para ir trabajando sobre ellos, poco a poco.

Velázquez de León, peinándose la larga barba rubia con los dedos gruesos y largos, aprobó:

—Bien dice el fraile, ¡voto a...! —perdone, padre, pero iba a soltarlo redondo en honor de Vuestra Paternidad—. Señor, bueno será que sigamos el consejo del padre Olmedo, que bauticemos a estas indias, que es lo que importa, y que nos las llevemos cada uno la suya para dar gusto a sus padres y a nosotros también.

Cortés echó una mirada en redondo; Sandoval y Alonso habían enrojecido de vergüenza y guardaban silencio, pero Cortés los provocó a hablar.

—¿Y vosotros, qué decís?

Alonso sabía que Sandoval, quizá el mejor soldado del ejército, no sabía expresarse, de modo que, hablando por los dos, contestó:

—Señor, concedo que el fraile habló con arreglo a la buena doctrina. Sin embargo, creo que cuando hay tanta seguridad como nosotros tenemos de traer a estos naturales la verdad de Dios, es deber nuestro apoderarnos de la tierra y establecer la ley cristiana desde arriba. Yo ya lo he intentado desde abajo y sé que no lo lograremos así. Sin embargo... —se interrumpió y se quedó callado.

—Sin embargo, ¿qué? —preguntó Cortés.

—Perdone vuestra merced, si me atrevo a darle consejo.

—Soy yo quien lo he pedido —observó Cortés.

Y Alonso prosiguió:

—Tlaxcala no es la cumbre del poder en esta tierra. A mi ver, vale más dejar las cosas estar aquí, apoderarse de Tenochtitlán y luego propagar la cristiandad en toda la tierra desde la cumbre.

Cortés sonrió con orgullo al juvenil capitán e intérprete que tan exactamente había expresado su propio pensamiento.

—Id y traédme otra vez a esos caciques —le ordenó.

Volvió Alonso con los tlatoanis y las muchachas.

—Amigos —les dijo Cortés—: Vamos a dejar por ahora en la sombra nuestras diferencias sobre los dioses. Os agradecemos el presente de vuestras hijas y lo aceptamos. Pero primero las vamos a bautizar.

Esto pareció razonable a los tlatoanis, tanto más por ser la palabra nauatl para bautizar la utilizada por ellos para designar una de sus propias ceremonias religiosas. Todavía agregó Xicotencatl el Mozo, pensando en la raza y en el enemigo mejicano:

392

—Pero nada de espíritus santos para estas muchachas. Nosotros lo que queremos son hombres y no fantasmas para nietos.

Cuando tradujo estas palabras doña Marina, cundió la hilaridad entre los capitanes y la obscenidad entre los soldados. Cortés se limitó a decir a Alonso:

—Dile que no se apure sobre eso.

9

Alonso creyó prudente alojar a Ixcauatzin en su propia casa. Aquella noche, después de un día muy atareado, pudo al fin conversar a sus anchas con su prisionero. Ixcauatzin le dijo:

—Os agradezco la buena intención, pero no creáis que me habéis salvado la vida. No hay ya quien pueda salvarla. Yo era guerrero de la clase más alta. Al caer prisionero, si no muero sobre un altar tlaxcateca, moriré a manos de mis compatriotas. Como debe ser.

Alonso pensaba: "Esta sí que es una fe fuerte. ¿Cuántos cristianos conozco que podrían envidiársela?" Alonso preguntó:

—¿Sin duda seréis de sangre bien nacida?

Ixcauatzin contestó:

—Mi abuelo era rey.

Cara-Larga, que todo lo escuchaba acurrucado en su rincón, murmuró en español:

XXI. Sacerdotes y seglares sacrificando dos víctimas a
Uitzilópochtli, dios de la guerra. Naturalmente sanguinario,
Uitzilópochtli reclamaba corazones humanos.
Obtuvo los de muchos conquistadores.

—Preguntadle qué rey.

Y Alonso replicó:

—Pregúntaselo tú.

Pero Cara-Larga no se atrevía, por sentirse demasiado humilde ante aquel rey de su país, y Alonso hizo la pregunta:

—¿Era vuestro abuelo rey de Tetzcuco?

Ixcauatzin contestó:

—Sí. Se llamaba Nezahualcoyotl, una de sus hijas fue mi madre.

Sin poder ya resistir la curiosidad, Cara-Larga preguntó directamente a Ixcauatzin:

—Entonces debéis de ser aquel muchacho que castigaron el día del bautizo de Xuchitzin.

Ixcauatzin miró a Ixtlicoyu en silencio un buen rato, y al fin dijo:

—Entonces vos debéis de ser el marido de Citlali.

Ixtlicoyu se quedó atónito.

—¿Conocisteis... recordáis todavía a mi mujer? ¡Pero si no tendrías más de siete años cuando se murió!

Ixcauatzin meneó la cabeza.

—Citlali no ha muerto. Hace pocas lunas la he visto.

Mientras Ixtlicoyu trataba en su alma de medir el alcance de aquellas palabras, añadió Ixcauatzin:

—Citlali cree que habéis muerto vos.

Ixtlicoyu guardaba silencio. Estaba ensimismado en la contemplación de aquel pasado remoto y veía con la imaginación a Citlali desaparecer de su vida sobre un fondo de cielo azul tierno de luz de aurora. Pero a su vez Ixcauatzin había quedado sumido en un sombrío ensueño pues le vino a la memoria que en el pictograma abandonado por Moctezuma sobre el lecho de Xuchitl había Citlali reconocido a Cara-Larga al margen del retrato del hombre blanco de pelo de oro. Era, pues, evidente que el salvador que Xuchitl esperaba, aquel mismo que Ixcauatzin no había encontrado en el pueblo otomí era el Alonso Manrique que ante sí tenía y que le había abierto las puertas de la jaula del tablón.

"¿Y por qué me ha de conturbar todo esto? —se preguntaba—. ¿No soy ya hombre muerto, de un modo o de otro?"

Pero a pesar de su lógica, allá en el fondo de su alma austera le torturaba una angustia insoportable que no era capaz de calmar ni de olvidar.

10

Cacama entró de súbito en la estancia de Xuchitl con ceñudo semblante y gesto decidido. Había heredado las facciones y las tendencias rígidas de su padre, sin las cualidades de gracia y prudencia que en su padre las dulcificaban. Era recto, pero estrecho.

—¿Qué estás haciendo ahí? —preguntó a su media hermana con tono imperioso e impaciente, y sin esperar respuesta, prosiguió—: ¡Perdiendo el tiempo en la ociosidad con libros de historias antiguas!... ¡Ya podrías hacer algo por tu país!

Xuchitl le miraba preguntándose cuál podría ser la causa de aquel exabrupto, pero el propio Cacama no tardó en írsela revelando poco a poco a su modo impetuoso.

—El país no puede permitirse el lujo de mantener a gente como tú, que no sirve para nada. Nos amenaza el enemigo más peligroso de nuestra historia. Es menester que todos echen una mano.

—Muy bien, pero cálmate y dime cuál es mi puesto —replicó Xuchitl con voz serena.

—¿Tu puesto? Demasiado lo sabes. Pero te sigues negando a ocuparlo, rehuyendo tu deber —le reprochó el joven rey con severidad.

Xuchitl comenzó a vislumbrar lo que le traía aquella mañana. Más de una vez le había criticado Cacama por negarse a volver al servicio de Moctezuma, aun como una de sus muchas concubinas más distinguidas. Con una mirada fría y altiva, dijo a su medio hermano:

—No sé ni por asomo a lo que te refieres.

Irritadísimo, Cacama replicó:

—Demasiado lo sabes. Si fueras una mujer disciplinada y leal súbdita mía como del emperador, no tendría yo necesidad de venir a amonestarte. El país está amenazado, el emperador tiene que defenderlo y concentrar su ánimo en el peligro exterior. ¿Es éste el momento para negarle nada? Y sobre todo, algo tan esencial a su bienestar como lo que te pide...

Xuchitl no contestó. Seguía sentada sobre una estera en el suelo, con un libro de pictogramas en las rodillas. Sobre la estera, a su lado, yacían dos telas de algodón, los dos pictogramas que describían el altar y la cruz de cobre y el rostro del mago blanco que los había construido.

Echó una ojeada a este segundo pictograma y se sonrió.

—De todos modos —le ladró su hermano—, te advierto que no estoy dispuesto a seguirte cubriendo contra los deseos del emperador.

—¿A seguirme cubriendo? ¿Y cuándo me has cubierto? —preguntó ella con el tono frío de quien pide un dato.

—Bueno. No discutamos más —cortó Cacama con autoridad—. El emperador no quiere tomarte por la fuerza. Desea que vayas a él por tu propia voluntad. Pero yo sí que pienso hacerte ir por la fuerza. Si dentro de veinte días no has cedido a sus deseos, te mandaré al palacio de Moctezuma cargada de cadenas o te entregaré a los sacerdotes para los sacrificios del mes.

Xuchitl volvió a echar una mirada al retrato del hombre blanco que era su consuelo y esperanza, y luego, mirando fijamente a su hermano, pareció aguardar en silencio, en plena tranquilidad.

—¿Qué dices? —preguntó Cacama impaciente.

—No digo nada —contestó Xuchitl. Y entonces el rey volvió los ojos al pictograma.

—¿Qué es esto? —preguntó Cacama intrigado.

—El retrato del hombre de Quetzalcoatl, que llegará a tiempo para salvarme de ti y del emperador —contestó Xuchitl con la sencillez de una fe firme.

Cacama asió la tela y se puso a escudriñarla con sus ojos duros como si quisiera aprenderse aquel rostro de memoria.

—¿Quién es éste que aquí se ve al margen del retrato? —preguntó a Xuchitl.

—Debe ser Ixtlicoyu, el marido de Citlali.

—Pero, ¿no había muerto? —preguntó Cacama.

—Eso creíamos, pero por lo visto ya no está muerto.

Cacama palideció:

—¿Quieres decir que...?

No se atrevió a terminar la frase. Xuchitl se daba cuenta de que estaba asustado, y aprovecho la ventaja.

—Y, además, ya sabes que Ixcauatzin ha sido víctima de una traición de Mocte...

Relampaguearon los ojos furiosos del rey y quiso hablar, pero no le dejó Xuchitl:

—Sí. Traición. Lo abandonaron a la esclavitud y a la muerte para privarme de su apoyo. Pero no os servirá de nada. Porque este hombre del sol que viene a salvarme le salvará también a él. Te lo aviso.

Cacama arrojó la tela pintada sobre la estera con mueca de desprecio y exclamó:

—Tonterías. Acuérdate de lo que te he dicho. Mi palabra es mi palabra. O te vas a servir a Moctezuma o te haré sacrificar. Te doy veinte días de plazo.

Y salió de la estancia con paso firme y duro.

11

Cuando Moctezuma recibió las nuevas de la victoria de Cortés sobre Tlaxcala cayó en lamentable estado de abatimiento. Aquellos Rostros Pálidos eran de seguro dioses. ¿Cómo era posible que quinientos hombres derrotasen a cuarenta mil aun con la ayuda de venados sin cuernos y de tubos de ruido? Moctezuma hizo venir a Cuitlahuac, su hermano, menor de Iztapalapa, y a Cacama, rey de Tetzcuco, para pedirles consejo.

Cuitlahuac opinó que era menester impedir que aquellos extranjeros llegasen hasta Tenochtitlán por todos los medios con que contaba el emperador, y en último término, por las armas. El argumento de Cacama era más complicado:

—Si los Rostros Pálidos son dioses, llegarán hasta acá que queramos o que no; si no son dioses, siempre tendremos bastante fuerza para hacer frente a quinientos hombres. Lo mejor es dejarlos venir para salir de dudas.

Moctezuma le preguntó:

—¿Cuál es vuestra opinión sobre ellos?

Cacama contestó:

—No tengo opinión, pero por lo visto tienen poder sobre los muertos.

Moctezuma se puso blanco:

—¿Sobre los muertos? ¿Cómo lo sabéis?

Cacama contestó:

—No lo sé de cierto. He dicho "por lo visto". Uno de ellos, al menos, anda por ahí en compañía de un remero que tuvo mi padre a su servicio y que murió hace diecisiete años.

Moctezuma se quedó ensimismado, contemplando en su ánimo aquella revelación. Se prolongaba el silencio y los dos príncipes, de pie, miraban al emperador con respeto, mientras él, angustiado y abatido, recordaba a su hermana Papan, que había vuelto a la vida con sólo haber visto a los Rostros Pálidos. "De seguro —pensaba— son criaturas sobrenaturales que tienen dominio sobre la región sin puertas ni ventanas." Con los ojos absortos, miraba sin ver a los príncipes que tenía delante, luchando en sus adentros por volver a la tierra. Lo consiguió al fin, no sin gran esfuerzo, y con un suspiro, dijo:

—Intentemos por última vez evitar que lleguen hasta aquí, y si escapan con vida, tendremos que dejarles entrar, porque sin duda serán entonces de origen divino.

Llamó a su mayordomo mayor y le dio instrucciones de que mandase a buscar a la Mujer-Serpiente.

—¿Recordáis el barranco a este lado de Cholula, de que ya os hablé?

Los labios finos de la Mujer-Serpiente se rizaron en una sonrisa que dejaba ver doble hilera de dientes brillantes.

—Allí les capturamos a los tlaxcatecas mil prisioneros para Uitzilópochtli el año 4-Cañas.

Impaciente ante tanta historia, prosiguió Moctezuma:

—Bueno, pues ahora hay que hacer que pasen por allí los Rostros Pálidos camino de Tenochtitlán. Pero que no salgan.

12

Muy contra los deseos y los consejos de sus amigos de Tlaxcala, Cortés llevó a su ejército por Cholula en su marcha hacia Méjico, pues, aun pensando que tendrían razón los tlaxcatecas en sospechar que Moctezuma le preparaba alguna emboscada, no quería dar la impresión de que temía al emperador. Los embajadores mejicanos que se habían quedado en su real, a fin de espiar mejor sus movimientos, aconsejábanle la vía de Cholula. Los cuatro tlatoanis de Tlaxcala se oponían a aquel camino con igual vigor. Cortés prefirió tomar el riesgo que Cholula presentaba, por ser menos peligroso que el de parecer timorato a ojos de todos.

Cholula era la ciudad sagrada de los aztecas, dedicada a Quetzalcoatl. Sus trescientos teocallis eran otros tantos testimonios de la fe de sus habitantes, y el mayor de todos, que se alzaba sobre el cerro más alto, estaba circundado de murallas que sólo podían repararse con un cemento especial amasado con sangre de niños. Cortés observó ciertas señales inquietantes al entrar en la ciudad: calles cerradas con barricadas, azoteas fortificadas y trampas para caballos hábilmente disimuladas en las calles y en los patios de los teocallis. Pero desfilaba a caballo, a la cabeza de sus tropas, sereno y sonriente, por entre la multitud congregada por la curiosidad.

Ya se estaba poniendo el sol cuando quedó al fin la fuerza instalada en sus cuarteles, adoptadas las precauciones usuales, distribuidas las raciones, y todo dispuesto para pernoctar. Entonces, y no antes, pudo Cortés volver su atención a la situación de fondo que sospechaba, y lo primero que hizo fue llamar a Alonso.

—No me agrada el cariz de esta ciudad. Id por ahí a ver lo que hay, y que vaya también Cara-Larga por su lado. Tomad: llevaos unos cuantos chalchivitls por si hay que comprar a alguien. —Y le puso en la mano un saquillo de cuero que Alonso se ató al cinto.

La ciudad hervía en extraña actividad. Jefes locales iban y venían, cuchicheaban, se guiñaban los ojos, se encontraban o se evitaban. El teocalli en donde estaba instalado el ejército español se convirtió poco a poco en lugar de reunión de una multitud, al parecer ociosa, de guerreros, que iba y venía entre los españoles sin razón alguna aparente. Alonso comenzó por darse una vuelta por el teocalli mayor. Se había atado a cada muñeca una tira de cuero con un magnífico chalchivitl. En el teocalli se encontró a dos sacerdotes y se puso a hablar con ellos de cosas indiferentes, dándoles tiempo a que se fijaran en el valor de las joyas que ostentaba.

—Esas piedras deben de ser de Cempoal —dijo uno de los dos sacerdotes, sin poder resistir la curiosidad, que como vanguardia de la codicia, venía sintiendo:

—¡Buen catador! —exclamó Alonso con admiración.

—Lo menos vale cada una, una bolsa de almendras de cacao —dijo el otro.

—Mi jefe —interpuso Alonso sin darle importancia a sus palabras— tiene muchas de estas piedras, para dárselas a sus amigos. A mí me regaló éstas porque le avisé a tiempo de una traición que le preparaban unos enemigos suyos disfrazados de amigos.

Hizo ademán de marcharse.

—¿Tenéis prisa? —preguntó uno de los sacerdotes.

Y el otro añadió:

398

—Si os quedaseis un rato, es posible que os contáramos algún cuento bueno.

Y el primero, con risa forzada, puntualizó:

—Quizá pudiéramos ganarnos algún buen chalchivitl.

Alonso fingió no comprenderle.

—Por lo visto, están ambos de buen humor —observó fingiéndose obtuso.

—Venid por aquí —dijo el primer sacerdote, y llevándole de la mano, condujo a Alonso a lo alto del teocalli.

Vista esplendorosa. La llanura de Cholula se extendía todo al derredor, manto pardo bordado de verde por los campos regulares de maguey; más cerca, al pie de la colina, los trescientos teocallis brillaban al sol poniente proyectando largas sombras paralelas —diseño de pirámides amarillas sobre el ajedrez laberíntico de la ciudad—. El sacerdote extendió el brazo izquierdo en dirección noroeste.

—¿Veis aquella mancha oscura, pasada la última casa al borde de aquel campo de maguey? Es el barranco camino de Tenochtitlán. ¿Veis ahora lo que está pasando allá junto a aquel barranco?

Alonso tenía una vista de lince.

—Aquellas manchas a este lado del barranco —dijo— son hombres. Y deben de ser muchos. Miles quizá. Y al otro lado del barranco también.

—Son mejicanos —explicó el sacerdote—. Si entráis en el barranco, no volveréis a salir.

Bajaron otra vez las ciento catorce escaleras del teocalli. Alonso se había desatado las correas de cuero de venado que llevaba a las muñecas y sin decir palabra las había puesto con los chalchivitl que las exornaban en las manos de sus dos compañeros de ascensión.

—Hay más —dijo al separarse, apuntando a los chalchivitls—, si me traéis más noticias. Si algo tenéis que contar, venid a verme.

A la puerta principal del real de los españoles se encontró a Cara-Larga, que le esperaba.

—No hay que dormirse —dijo el fiel tetzcucano—. Tengo nuevas para dichas a solas.

Alonso se lo llevó a su estancia.

—Me he tropezado con un antiguo conocido que no tiene idea de que estoy con vosotros. Es un chololteca. Un soldado. Me llevó a una pulquería y bebimos. Yo ya he aprendido a beber sin perder la cabeza, pero él todavía no. Quizá aprenda mañana. Se puso a charlar. Al alba van a caer sobre nosotros y no dejarán uno con vida, y además, si les sale mal lo que traman para dentro de unas horas, tiene Moctezuma a 50.000 guerreros esperándonos en el barranco camino de Tenochtitlán.

Alonso se fue inmediatamente a ver a Cortés. Hacía cosa de una hora que se había puesto el sol. Cortés hizo vaciar la sala grande del local donde le habían alojado los de Cholula, y convocó a los principales caciques de la ciudad por separado, invitándolos a venir a verle al instante para tomar medidas urgentes de común acuerdo. Todos acudieron preguntándose lo que el capitán español deseaba de ellos, pero Cortés no se molestó siquiera en dirigirles la palabra, limitándose a encerrarles todos juntos, privando así a la conspiración de sus cabezas. Hecho lo cual, y establecido un sistema de guardia continua de capitanes y soldados para vigilar posibles sucesos, se echó a dormir con completa serenidad.

A los primeros albores estaba ya a caballo en el patio principal de su cuartel, rodeado de una multitud densa no sólo de españoles y aliados naturales, sino de chololtecas también. Había dado orden de que ninguno de los chololtecas que se habían ido infiltrando en la ciudadela volviera a salir. Hizo bajar a los caciques que había encerrado y, sin apearse del caballo, dirigió la palabra a aquella multitud abigarrada y tensa:

—Todo lo sé. Me habéis traído aquí bajo la máscara de la amistad para conspirar contra mí y darme muerte a mansalva. Pero seréis vosotros los que moriréis.

Alzó el brazo izquierdo y, al instante, sonó un tiro de escopeta. Era la señal convenida. Enseguida comenzó la matanza. Gritos, pánico, sangre y muerte por doquier. Los tlaxcatecas, aliados de los españoles y feroces enemigos de Cholula, se entregaban al saqueo de la ciudad, llevándose además con el oro y las mantas a las mujeres y a los niños como esclavos y a los hombres como carne. Alonso apuntó el hecho a Cortés, quien le mandó ordenar a los tlaxcatecas se retirasen de la ciudad inmediatamente, devolviendo personas y bienes. Pero ya entonces el botín de oro, algodón y esclavos iba camino de Tlaxcala. Unos cuantos caciques chololtecas que estaban en la oposición contra la política promejicana y antitlaxcateca de los gobernantes de su ciudad, vinieron a ver a Cortés para implorar piedad. Cortés les confió el gobierno de Cholula y les encargó que enterraran a los muertos y que hicieran las paces con Tlaxcala. Los nuevos gobernantes echaban la culpa de todo a Moctezuma. Cuando así se quejaban del emperador de Méjico ante Cortés, se hallaban presentes los embajadores mejicanos, en quienes Cortés clavó una mirada glacial; y luego, dirigiéndose a los de Cholula, declaró diplomáticamente:

—Yo no puedo creer de un tan gran señor que hiciera tamaña traición a un huésped amigo.

Cuando salieron los chololtecas y se quedó solo con los embajadores de Moctezuma, Cortés se volvió hacia ellos y les dijo severamente:

—Decid a vuestro amo que estimo su honor en más de lo que él parece estimarlo.

Cumpliendo órdenes de Cortés, Alonso salió de Cholula para Tenochtitlán, a fin de preparar la llegada a la capital del ejército español. Llevaba consigo a Ixcauatzin y a Cara-Larga, y como escolta un pequeño contingente de cempoaleses. Ateniéndose al consejo de sus dos compañeros de viaje, decidió ir por Tetzcuco, pues aunque rodeaba un poco, era el camino más seguro por estar menos dominado por Moctezuma.

Iba poco a poco acercándose cuesta arriba al último de los puertos, desde el cual divisarían ya el valle de Tenochtitlán con sus dos lagunas. Cerró la noche clara y llena de luna. Cara-Larga conocía un lugar en lo alto del puerto donde los mercaderes solían alojarse. Alonso decidió seguir la marcha hasta allí.

De pronto, al volver un codo de la ruta divisaron todo el valle. Cosa común y corriente para Ixcauatzin y para Ixtlicoyu pero tan imprevista y asombrosa para Alonso, que se quedó parado con el aliento suspenso. Brillaba la luna con una luz fría y acerada que arrojaba sombras profundas de tinta negra sobre la tierra y el agua, y acusaba las superficies que reflejaban destellos de plata. La luna estaba detrás de ellos, de modo que el lago no podía reflejarla y se extendía a sus ojos como una llanura azul oscuro de perfecta serenidad, como una mesa lisa sobre la cual pueblos y ciudades descansaban como bandejas de cristales y joyas. No se veía ni un punto de luz artificial. Alonso contó tres lagos, aunque sólo había dos, el de agua salada y el de agua dulce: a su derecha, las siluetas de Zampango, Xaltocan y Cuautillan; enfrente, Tenochtitlán, la ciudad-isla, Meca de su peregrinación y premio supremo de la conquista, detrás de cuyas casas y blancos teocallis piramidales se divisaban las ciudades de Atzcapotzalco y Tacuba y los bosques de Chapultepec: mientras que a la izquierda, Iztapalapa cerraba con broche de plata el circuito del lago de Chalco. A sus pies, apenas se adivinaba Tetzcuco en el seno de la sombra proyectada por la colina desde cuya cumbre dominaban toda la escena.

¡De modo que allí estaba el corazón de aquel poderoso imperio pagano que él y sus compañeros iban a iluminar con la luz de Cristo! Allí estaba en toda su belleza, gozando de una paz que era suya, bañado de una luz que era suya, en espera de la luz del alba...

Aguardando el alba, Xuchitl estaba entonces contemplando con ojos a la vez de angustia y de fe, aquel paisaje bañado de luz lunar. Acababa de salir de su estancia su medio hermano el rey Cacama. Había venido a recordarle que los veinte días de plazo terminaban a medianoche, y que no estaba dispuesto a que nadie se burlara de su autoridad. Había dado su palabra real de que la haría sacrificar si no se avenía a satisfacer los deseos del emperador. Su palabra era ley. Al día siguiente, la sacrificarían los sacerdotes durante las ceremonias usuales en honor de Ylamatecutli.

—¿Cómo? —exclamó Xuchitl indignada—. ¿Yo víctima para Ylamatecutli, cuando esa víctima ha sido siempre una esclava comprada por las calpixques del rey?

—Ya lo sé —contestó el rey—; y no me importa. Es menester hacer un ejemplo.

Duro y rígido, más todavía ante su media hermana tan rebelde a su autoridad, más todavía entonces, por estar su autoridad real en entredicho con motivo de la rebelión en armas de su hermano Cara-de-Vainilla, Cacama no estaba para escuchar razones, y concluyó:

—Todo está dispuesto y no necesitas intentar escaparte.

Xuchitl se quedó sola con sus pensamientos. De modo que si nada ocurría en las doce horas que le quedaban, aparecería ante la ciudad entera ataviada como la víctima que solía ofrecerse aquel mes a Ylamatecutli. Vendrían los sacerdotes a mediodía a vestirla con unas enaguas, una falda de cuero con flecos también de cuero de donde colgarían unas conchas a modo de campanillas. Le calzarían zapatos de cuero blanco y le pondrían al brazo izquierdo una rodela enjalbegada con arcilla blanca y adornada con un cerco de plumas de águila. Le pintarían la cara de negro de la nariz para abajo y de amarillo de la nariz para arriba, y le pondrían una larga peluca coronada con plumas de águila colgándole sobre la espalda. Se le rebelaba el alma al pensar en aquella grotesca mascarada. Pero también ella era rígida y dura y sabría resistirlo todo, viniera lo que viniere. Y no era el disfraz lo peor que la aguardaba. Tenía que bailar ante el populacho mientras la multitud cantaba en torno suyo. La intención de Cacama no podía ser más clara. Al ver que Cara-de-Vainilla se iba haciendo cada vez más popular, Cacama buscaba la popularidad sacrificando a su hermana para que la gente viera que, en delante, hasta la familia real podía aportar víctimas a los dioses. Xuchitl se rebelaba contra su suerte, porque adivinaba que en el fondo el celo de Cacama no era puro ni estaba libre del deseo de asegurarse el apoyo de Moctezuma en la guerra civil que entonces dividía a Tetzcuco sobre la corona real.

¿Qué tenía que ver ella en toda aquella disputa entre Cara-de-Vainilla y Cacama? Mejor era morir. Se negaría a bailar y no daría a la multitud el espectáculo en que tanto solía gozarse, el sufrimiento de la miserable esclava gimiendo y sollozando camino de la muerte. Iría a la piedra de sacrificio con calma y frialdad, único ser humano sereno entre los sacerdotes enmascarados y los sanguinarios fieles, hasta que le hubieran cortado la cabeza y ofrecido el corazón a la diosa, y luego que el sacerdote continuara la fiesta como quisiera según los cánones, alzando su cabeza, tomándola por el pelo y, con ella en la mano, bailando a su placer en torno al teocalli. Xuchitl se estremeció de pies a cabeza. Allá en el fondo de su ser había una fuerza que le hacía descreer en todo aquel rito abominable. No, decía aquella fuerza secreta. Eso es todo imaginación, pero nada ocurrirá. Xuchitl recordaba sus sueños y las señales cada vez más frecuentes de que se acercaba el hombre de Quetzalcoatl; el corazón le decía que con su llegada quedaría salvada. Pero... ¿Dónde estaba aquel hombre de Quetzalcoatl?

Así soñaba Xuchitl contemplando la laguna tan hermosa y tan llena de paz a la luz de la luna. Allá lejos, en medio del agua quieta, dormía Tenochtitlán, la ciudad que para ella había encarnado siempre la muerte. Su marido, Ixcauatzin, ahora ella misma. Xuchitl aguardaba el alba.

15

Frente a ella, de pie en la terraza de sus habitaciones, Moctezuma contemplaba la noche llena de luna. Acababa de recibir las nuevas de lo ocurrido en Cholula. Los Rostros Pálidos no habían tardado en penetrar hasta lo más secreto de sus planes. La tropa que tenía emboscada en el barranco se había retirado prudentemente a los puestos de la montaña. Estaba visto que no era posible ocultar nada a los blancos y que nadie era capaz de detener su ímpetu en el campo de batalla. No cabía ya duda sobre la índole divina de aquellas gentes. ¿Qué hacer? Además, hasta parecían ejercer poderes especiales sobre los muertos. A lo mejor se presentaban en Méjico trayéndose a Macuil Malinal de la región sin puertas ni ventanas para explotar su popularidad contra él. Y entonces, ¿cómo iba Moctezuma a sostener la mirada de su hermano, a quien había mandado a la muerte para quedarse solo con Xuchitl? Y Nezahualpilli... ¿Y si volviera Nezahualpilli? Apoyado sobre el balconcillo de la terraza Moctezuma temblaba de miedo sólo ante la idea, y, sin poder remediarlo, echaba de cuando en cuando una mirada de inquietud hacia atrás. "Qué oscuro está esto", pensó. ¿Quién ganaría? Aquella muchacha había conseguido resistírsele años enteros. Parecía disponer de toda suerte de poderes mágicos, porque siempre había conseguido rechazarlo por medio de algún suceso sobrenatural. Cacama no parecía darse cuenta. ¡Amenazarla con el sacrificio!... Moctezuma estaba seguro de que aquella terminaría con otra victoria mágica de Xuchitl. De pronto le atravesó el cerebro una idea: ¿y si había heredado la fuerza mágica de su padre? En ese caso, ¿no sería mejor aprovecharse de su magia para detener a los blancos en su avance? No, se contestó a sí mismo. Por dentro Xuchitl ya es blanca. Otro terror le hizo temblar: ¿Y si fuera Xuchitl en realidad el fantasma de una mujer blanca metido en el cuerpo de una tetzcucana? Nezahualpilli hubiera sido perfectamente capaz de tal cosa. Aparte de que el mismo Nezahualpilli... Todos los que habían estado en contacto con los blancos decían que eran gente sin dios, que no creían en sacrificios humanos. Precisamente el modo de pensar de Nezahualpilli... y de Xuchitl. Nunca asistía a una ceremonia religiosa. Moctezuma comenzaba a sospechar que aquella familia por lo menos el padre y la hija, pudieran muy bien ser la vanguardia de los blancos disfrazados con cuerpos de tetzcucanos. En cuyo caso, se decía, será mejor dejar que las cosas sigan su curso y que sacrifiquen a Xuchitl mañana. "Pero ya me hubiera gustado gozarla antes de su muerte."

Como si aquel pensamiento secreto hubiera resonado en las cuevas de alguna negrura abismal, oyó entonces Moctezuma una voz lúgubre como eco que la noche le devolvía de su última palabra mental: ¡MUERTE!... Se incorporó, temblando de pies a cabeza, haciendo esfuerzos para penetrar con los ojos la noche ilimitada y para recibir en los oídos tensos la más ínfima vibración de su aliento. ¡MUEEERTE!... repitió la voz. Era una voz de mujer, continua en su melancólico *diminuendo*. Pasó un largo silencio y luego la misma voz se alzó en la noche con desgarrador lamento: "¡Oh, hijos míos! ¡Hijos míos!"... Parecía surgir de la misma laguna, como si las miríadas de lengüecillas de agua que rizaba la brisa sobre la superficie líquida unieran su coro de murmullos en un lamento común: "¡Oh, hijos míos! ¿Adónde os llevaré? ¿Adónde?" Silencio otra vez. Y luego, lejos, cada vez más lejos, débil, cada vez más débil, hasta morir en un suspiro suave como el viento y el agua: "Adónde... mis... hijos... a... don... de..."

Abatido por el terror, Moctezuma cayó sin sentido sobre las losas de la terraza.

16

Cuando Alonso se despertó estaba saliendo el sol. Siguió acostado un rato, intentando captar un sueño que se le iba, sueño en el que había estado sumido toda la noche.

Sólo recordaba la figura central: aquella Madre cuyos rasgos indios conocía tan bien por haber lucido ante sus ojos, ya de día en imaginación, ya de noche en sueños, con expresión de tanta urgencia y ansiedad. Aquella noche, el rostro hermoso había brillado con luz todavía más intensa en las tinieblas. Parecía como si aquella mujer huyera perseguida, echada de la vida por una especie de monstruo, y sus ojos se clavaban en Alonso con una expresión indescriptible de esperanza y, sin embargo, de angustia, de fe y, sin embargo, de duda...

¿Qué significaría aquel misterio? Se levantó y salió de su alojamiento. La vista que se le ofreció a los ojos le llenó de admiración. El sol inundaba de vida esplendorosa el agua y la tierra dando a cada rasgo del paisaje su forma y color familiares. Los tres lagos eran

404

como tres espejos para el puro azul del cielo que así adquiría en la tierra morada temporal, dotándola de aire, de luz y de serenidad. En torno a las sábanas de quieta contemplación que recortaban los lagos, se elevaba la tierra y volvía a caer y otra vez a elevarse con todo el movimiento y toda la agitación de la actividad, ya cubierta aquí de cosechas fértiles y sustanciosas o de vegetación ociosa y retórica, ya desnuda allá en calvicie vacía y estéril, ora un hoyo oscuro, insano por falta de luz, ora una cumbre que aspiraba a lo alto o una montaña ambiciosa que se elevaba hasta el cielo coronada de nieve helada y cristalina. Al borde del agua, las ciudades lacustres, mitad en tierra, mitad en la laguna, cubos amarillos en hileras regulares o en caprichosos diseños convergentes hacia los teocallis; y cortando netamente las aguas azules con sus líneas rectas artificiales, cruzaban la laguna hacia la altiva Tenochtitlán, sola y señera en su aislamiento.

"Ha salido el sol y ha cambiado el mundo —pensó Alonso—. Hace unas horas, estaba el mundo negro y hasta la luz era fría y carecía de penetración. Ahora, la vida y el calor y el color por todas partes. Que este cambio sea símbolo del que la Luz del Señor ha de aportar pronto a esta tierra."

17

"Que este cambio sea simbólico —pensaba Xuchitl meditando sobre la vida que el sol vertía por toda la laguna y sus ciudades—. ¡Qué profundo misterio! Nada más que porque sale el sol y sus rayos caen sobre el lago y todo el valle, todo cambia; de modo que ahora es azul la laguna, parda la tierra y verdes los árboles, pero sólo porque luce el sol. Así, ni es azul la laguna ni parda la tierra, ni verdes los árboles, sino que el sol lo es todo... Símbolo ha de ser esto. ¿Quién supo jamás cómo era la tierra hasta que llegara el sol a decírselo? ¿Cómo sabré yo quién soy hasta que salga un sol y me lo diga? ¡Oh sol, padre de la luz y padre de toda la verdad!, ¿saldrás hoy? ¿Tendré que bajar a la noche oscura de la vergüenza o vendrá el sol a revelarme a mí misma? ¿Moriré o volveré a nacer?"

No se había acostado ni había dormido en toda la noche. Ahora que había venido el día a disipar las sombras y los sueños de la noche, aquel día que quizá fuera el último para ella, tenía sueño. Se resistía a entrar, a abandonar aquella vista tan hermosa que conocía tan bien.

Pero al fin, vencida por la fatiga, se retiró a su alcoba y se durmió.

Poco antes del mediodía vino a despertarla Citlali. Xuchitl observó que los ojos de su fiel niñera estaban hinchados y encarnados de llorar. No dijo nada. No había nada que decir. Mientras Citlali iba y venía preparándole el baño, seguía acostada más en calma y en paz de lo que hubiera podido creer posible en la mañana de aquel día atroz. Citlali se irguió de la labor, se puso derecha frente a Xuchitl, y con voz firme que no admitía contradicción, anunció:

—Yo me voy contigo. —Xuchitl le sonrió desde el fondo de sus ojos profundos.— Yo me voy contigo —repitió Citlali—. Ya me debí haber ido con tu madre.

La vergüenza de su debilidad pasada y de su traición le amargaba todavía el corazón.

—No puede ser, Citlali. Acuérdate de que vuelve tu marido.

Citlali se quedó parada en silencio. Seguía siendo la misma mujer serena, de ojos radiantes como estrellas, y parecía casi tan joven a pesar de alguno que otro hilo de plata que brillaba en el ébano de su cabello. La piel era suave y fresca, pese a los años transcurridos.

—¿Cómo lo sabes? Total, un pictograma y esas historias sobre los hombres de Quetzalcoatl. Hay muchos hombres que tienen la cara larga... —Se quedó pensativa un rato, contando recuerdos en los campos de su ensueño.— Lo que yo vi era su fantasma. De esto estoy segura...

Volvió a caer en silencio: —Claro es que si el hombre de Quetzalcoatl tiene poder para traerse a la gente de la región sin... sería raro si llegara aquí Ixtlicoyu y se encontrara con que me acabo de marchar...

Por virtud de cierta sutil alquimia mental, este pensamiento que Citlali acababa de expresar vino a reforzar la fe de Xuchitl en la llegada oportuna de su salvador blanco. Sería absurdo que Citlali se marchara en el mismo momento en que llegase Ixtlicoyu, y que la sacrificasen a ella cuando tan cerca estaba su salvador. Estaba bañándose en el baño redondo de barro, para su sacrificio o para su entrada gloriosa en una vida nueva. No sabía para cuál de aquellos dos destinos. Pero con la mayor compostura y calma, se acicaló lo mejor que sabía y podía. Se puso un huipil blanco bordado y sandalias blancas y, guiada por un secreto instinto, no se puso más joya que el único y solitario corazón de piedra verde.

18

Al llegar el sol al cenit, resonó un redoble del tambor sagrado. Citlali tembló como una hoja.

—No fue en el teocalli. Fue aquí en el patio.

Xuchitl no tuvo tiempo de contestar. Cacama había alzado la cortina-puerta de su estancia y apareció ante ella vestido con su traje oficial: el manto azul, los zapatos o cactli azules, la diadema azul. Del labio inferior le colgaba un chalchivitl obligándolo a descubrir una hilera de dientes blancos y hasta la encía roja y húmeda.

—Por última vez, Xuchitl, evítame este día.

Estaba furioso con ella. No deseaba dar al pueblo aquella exhibición de crueldad cuyos efectos temía. Pero estaba resuelto a imponer su voluntad.

—No tengo nada que decir. Ya sabes mi decisión —contestó Xuchitl con voz firme.

El rey le volvió la espalda y dio una orden con voz imperiosa.

19

Uno a uno fueron entrando los sacerdotes en la estancia. Venían a buscarla para la primera parte de la ceremonia, que consistía en vestir y pintar a la víctima. Cada uno traía los instrumentos y vestimenta necesarios sobre sendas bandejas de madera negra. Entraron en la estancia en ritmo con un teponaztli que se oía desde la ventana abierta y fueron a colocarse en una fila imponente, vestidos de negro y enmascarados de negro, a lo largo de una pared. El sumo sacerdote venía el último. No traía máscara. Traía el rostro pintado, la parte de abajo de negro, la parte de arriba de amarillo, los dos colores que pronto iban a cubrir el hermoso rostro de Xuchitl. Tomó a Xuchitl de la mano y la condujo hacia fuera de la estancia, seguido de los demás sacerdotes en orden inverso al de su entrada. Citlali acompañaba a su ama. Nadie se lo impidió. Nadie le prestó atención.

Seguía batiendo con ritmo regular y repetido el lúgubre teponaztli, y la procesión, a tono con él, llegó al fin a plena luz al patio cuadrado, aquel mismo patio en el que, hacía diecinueve años, había tenido lugar el bautizo de Xuchitl y la comadrona había sorprendido en flagrante distracción a Ixcauatzin. La galería estaba tan repleta de mujeres como en aquella ocasión, y muchas recordaban cómo habían predicho que el primer hogar de Xuchitl quedaría destruido por la violencia, como en efecto lo fue, y cómo terminaría desterrada y con un cambio de nombre. "Pero no habíamos predicho esto", decían, meneando tristemente la cabeza. Algunas lloraban.

El sumo sacerdote había colocado a Xuchitl en el centro de un semicírculo de sacerdotes, de modo que la víctima estaba en pie frente al arco de entrada al patio. Estaba pálida pero muy segura de sí. Los sacerdotes le habían ofrecido un plato de hongos sagrados o carne divina, droga embriagadora que se solía dar a las víctimas para que tuvieran fuerza a fin de ir danzando, como lo prescribía el ritual, hasta la piedra del sacrificio; pero Xuchitl la había rechazado, y los sacerdotes, teniendo en cuenta su cuna, no habían creído prudente insistir. Comenzó la ceremonia con una corta alocución del sumo sacerdote a la víctima:

—Hija —comenzó el sumo sacerdote—, te dedico a...

Súbitamente, se transfiguró el rostro de Xuchitl. Los ojos le brillaron como dos estrellas, el rostro se le iluminó de júbilo, pareció crecer de estatura; se puso en puntillas, casi flotando en el aire. Todos siguieron la dirección de su mirada. Bajo el arco de la entrada, un hombre alto, con el pelo de sol y los ojos de cielo, vestido de cobre negro, sonreía a Xuchitl. A su derecha, ceñudo, Ixcauatzin. A su izquierda, curioso, Ixtlicoyu.

20

Los sacerdotes, al pronto paralizados por un terror sacro, huyeron despavoridos ante la visión. Un murmullo de asombro, que refrenaba el temor, corrió sobre la multitud de mujeres que ocupaba la galería baja. En la galería alta, donde oculto a las miradas del público seguía la ceremonia, Cacama, a la vista del hombre blanco y aún más de Ixtlicoyu e Ixcauatzin, se sintió presa de pánico que comunicó a los que le rodeaban, quienes todos recordaban a Ixtlicoyu y lo creían muerto. Alonso y Xuchitl se sonreían mirándose a los ojos. Se habían visto tantas veces en sueños que se reconocían mutuamente los rostros ya familiares. Alonso pensó en sus apariciones frecuentes. No en vano le instaba la visión de noche y de día a que llegara cuanto antes. Ahora lo veía todo en aquellos ojos que le bañaban con luz de amor. Conocía ya lo bastante las costumbres del país para darse cuenta de que Xuchitl había estado a punto de perecer sobre el ara de alguna deidad sanguinaria. "Gracias, Señor —oraba mentalmente—, por haberme permitido salvar esta alma." Entretanto, Xuchitl, como en un sueño, vivía aquella hora tan esperada y tan increíble. Había llegado su salvador, y a tiempo. Como si las blancas alas de alguna ave no terrena se le hubieran abierto de repente en el corazón, echó a correr hacia él, a volar hacia él, pues le parecía que iba atravesando los aires sin peso corporal alguno, hasta que fue a posarse con las alas plegadas a su lado. Alonso echó el brazo derecho en torno a su cuerpo y la apretó contra sí.

Libro III

FE SIN BLASFEMIA

Capítulo I

LA MADRE Y EL NIÑO,
Y EL CORAZÓN DE PIEDRA VERDE

1

Alonso sintió que de pronto su dulce carga le colgaba inerte del hombro. La levantó en los brazos como a un niño.

Citlali corrió hacia él gritando:

—Aquí, señor, por aquí.

Cara-Larga se fue detrás del grupo. Alonso depositó a Xuchitl sobre su lecho y al poco tiempo volvía en sí y le sonrió con sonrisa de felicidad. Sin separar los ojos de él, dijo a Citlali:

—Prepara habitaciones para mi señor. Pregúntale al mayordomo de Cacama. ¡Ni siquiera sé cómo se llama! Están vacías todavía las de mi padre. Procura que se las den.

Alonso pensaba: "¡Qué voz, y cómo penetra en mi ser con esos tonos serenos y claros!" Luego, en alta voz:

—Mi señora no ha menester ocuparse de eso. Ya estoy alojado en el teocalli.

Quedó desilusionada Xuchitl:

—¿Pero no os voy a ver de cuando en cuando?

Y él contestó:

—Tanto como me lo permitan mis deberes.

Le miró asombrada:

—¿Deberes? ¿Tiene mi señor deberes?

Alonso se sonrió al ver su ingenuidad:

—He venido a preparar la llegada de mis compañeros. Son muchos y vienen de tierras lejanas, de costumbres muy distintas. Hay que pensarlo todo de antemano.

Xuchitl había escuchado la música de las palabras, pero no el sentido.

—¡Es como un amanecer! —se decía a sí misma, aunque lo dijo en alta voz y a él.

—Sí —le contestó él—. Así tiene que ser. Un amanecer sobre esta tierra hermosa. Cuando ayer noche vi el valle y las dos lagunas a la luz débil y fría de la luna, soñaba en...

Xuchitl se incorporó, sonriéndole con los ojos, y terminó la frase: —...el alba, sí, la luz del alba, y pensé en mi alma que había

411

vivido todos estos años en la oscuridad de la noche, anhelando que saliera el sol.

Tenía las manos extendidas hacia él. Pero él seguía de pie, al pie del lecho en que estaba sentada, sin moverse hacia ella. Jamás le había conmovido más las entrañas una mujer. Le iban penetrando sus rasgos, su voz, su modo de moverse y hablar, haciendo entrar en él un ambiente de ternura inefable y despertando sus deseos viriles; pensaba en las repetidas apariciones durante las cuales la había contemplado tantas veces desde aquel día en que había caído sin sentido al pie del altar en el Cerro del Moro. El Señor la había elegido para él. Ésta era la idea que se elevaba en triunfo dentro de su alma desligándolo de su voto de castidad. Pero los largos años de disciplina que hasta entonces había logrado imponerse, lo tenían todavía encadenado a sí mismo, aunque con cadena tirante y tensa, y así que seguía de pie, externamente sereno y dueño de sí, aunque por dentro en el ápice de un apasionado anhelo que ya duraba años interminables.

—Mi señor, mi señor —exclamó Xuchitl con los brazos, las manos, los dedos tendidos hacia él.

Alonso la miró con tanto amor que se sintió bañada de felicidad. "Esto es el cielo" —pensaba, bajo lo que para ella era la milagrosa impresión de sus ojos color de cielo. Pero él seguía inmóvil.

—Sólo hay un Señor —le dijo con voz grave—, que mora por encima de mí y de ti. Me ha mandado aquí a salvarte... —creo que te ha mandado a ti a salvarme.

Le brillaron a Xuchitl los ojos con honda delicia.

—A mí... a salvaros... —repetía como saboreando la idea.

—Sí —repitió él también—: a salvarme a mí. Un día, podré explicarte este misterio. Es un misterio profundo y maravilloso. Ahora que te veo, aunque no por vez primera, porque te vi muchas veces en sueños...

Xuchitl volvió a interrumpir:

—¡Oh, y yo también! Os he visto tantas veces... desde aquel día en que os arrojó con tanta violencia entre las rocas aquella canoa grande con un hombre de barba negra.

La revelación impresionó a Alonso hasta el fondo de su alma y le hizo elevar la mente a Dios: "Señor, gracias, gracias." Y luego, a ella, en voz alta, más firme y segura todavía:

—Eso confirma mi fe. Seguro estoy de que has sido elegida para ser mía y yo para ser tuyo y ambos para servir a Aquel que nos ha traído el uno al otro. Mi nombre es Alonso.

—Y el mío Xuchitl —dijo ella, y se ruborizó.

Por primera vez, cesaron sus ojos de mirarle. Tenía los párpados entornados y Alonso estaba como fascinado por su belleza. Su tez blanca, ligeramente amarilla, como rosa de té... ("sí —decía su memoria sensual—, ése es precisamente su aroma") vibraba como un latido de color al ruborizarse cuando le dio su nombre, su perso-

XXII. Plano de Tenochtitlán (Ciudad de Méjico). A, templos de
Uitzilópochtli y Tlaloc; B, sacerdote; C, casa sacerdotal; D, plataforma
de los templos; E, casa de los guerreros Águilas; F, juego de pelota;
G, empalizada de cráneos; H, templo de Xipe, el dios viejo, revestido de
una piel humana; I, piedra de los sacrificios; K, antiguo templo de
Uitzilópochtli; L, 5-Lagartija (fecha) y Macuilxóchitl, dios de las flores;
M, 5-Casa (fecha) y el mismo dios; N, lugares para danzas; P, puertas
del recinto sagrado; Q, imagen de Xipe. *(Códice florentino.)*

413

na. Tenía las manos cruzadas sobre el pecho. Alonso se precipitó hacia ella movido por un impulso de todo su ser, se arrodilló y la apretó contra sí durante largo tiempo, luchando con el loco deseo que sentía de besarle la boca. "¿Por qué no?"—preguntaba el deseo. Y la terca voluntad contestaba: "¡Porque no, todavía!". Ganó la voluntad. Se puso en pie y le dijo:

—Xuchitl, mi alma —ella se estremeció toda al oír aquella caricia verbal, ignorada en su lengua—. Xuchitl, tengo que ir a mi obligación. Quédate en paz. Eres mía y nadie puede ya hacerte daño.

Le sonrió amorosamente y salió a toda prisa.

2

Cuando Cacama vio al hombre de Quetzalcoatl con dos tetzcucanos que todo el mundo creía muertos, se quedó sobrecogido de terror sacro. Al instante se fue a su canoa y atravesó el lago a todo remar para informar a Moctezuma.

—¡Cómo! —exclamó el emperador—. ¿Ixcauatzin? Pero si estoy seguro de que era el primero de la lista de víctimas de Tlaxcala hace ya un mes.

Los dos monarcas se miraron el uno al otro, abrumados.

—Ese hombre tiene tal poder —añadió Cacama—, que con sólo verle salieron huyendo todos mis sacerdotes.

—¿Cómo vamos a defender a Tenochtitlán contra los Rostros Pálidos si uno cualquiera de ellos basta para poner en fuga a nuestros sacerdotes? —preguntó Moctezuma.

Aunque aterrado por los poderes sobrenaturales de los invasores, Cacama era hombre valiente.

—Va mucho de sacerdote a soldado —protestó.

Pero Moctezuma sentía mucho más pavor ante los poderes sobrenaturales que ante cualquier peligro que soldado alguno pudiera correr como tal soldado.

—Comencemos —explicó— por congraciarnos con los dioses blancos, si es que podemos. ¿Dónde está Ixcauatzin?

Nadie lo sabía.

—Hay que buscarlo. Petalcalcatl, hay que restaurarlo en toda su dignidad y privilegios, como si no hubiera pasado nada. Y en cuanto a esos dos traidores, Herida-Abierta y el otro, que permitieron que los tlaxcatecas lo hicieran prisionero, hay que desollarlos vivos.

En cuanto a los dioses blancos, sólo quedaba una política posible: dejarles entrar en Tenochtitlán. Si eran en efecto dioses, lo harían de todos modos; y si no, los mejicanos podrían destruirlos en la ciudad mejor que afuera. Moctezuma dio instrucciones a Cacama para que saliera a recibirlos e intentara persuadirlos a que se volvieran.

Pero si insistían, los conduciría en persona hasta Tenochtitlán con el mejor semblante posible.

3

Cuando desde el arco de entrada del patio vio Ixcauatzin a Xuchitl correr en volandas a abrazar a Alonso, desapareció de la escena sin que nadie lo observara. Se fue derecho al Calmecac y entró por la puerta trasera, reservada a los esclavos encargados de los servicios humildes del monasterio. Llevaba el pelo fláccido y caído e iba vestido de henequén, al modo de la parte más despreciada del pueblo. Un sacerdote que allí se hallaba dando órdenes al personal, lo reconoció y lo cubrió con una mirada de desprecio.

—He de morir pronto —dijo Ixcauatzin—, pero, entretanto, es menester que coma. He andado ya cinco leguas desde que salió el sol.

Poniéndole unas tortillas de maíz al alcance de la mano, preguntó el sacerdote:

—¿Cómo ocurrió?

—Es un cuento largo y no muy claro.

—¿Qué piensas hacer? —preguntó el sacerdote.

—Ofrecerme para los sacrificios del mes. Cuanto antes mejor.

El sacerdote miraba con atención aquel cuerpo vigoroso y ágil.

—Entretanto, podrías trabajar para el monasterio. Andamos cortos de hombres. Todos se los lleva Moctezuma para las guerras. Podrías hacernos unas jaulas de madera para las víctimas tlaxcatecas. Las que teníamos se nos quemaron en el último fuego.

Iba a preguntar Ixcauatzin: "¿Qué fuego?", pero se acordó de que a un esclavo le estaba prohibido hacer preguntas, y guardó silencio. Siguiendo al sacerdote, pasó al corral donde había madera y herramientas. Fuese el sacerdote y se quedó solo Ixcauatzin, trabajando.

"Ésta es una vida bien rara —pensaba cortando tablas con hachas y sierras de obsidiana—. Tanto los pictogramas de Xuchitl como mis observaciones de las estrellas, han resultado ciertos. El hombre de pelo de sol nos ha salvado la vida a los dos. ¡Qué pronto lo reconoció Xuchitl! ¡Cómo salió en volandas a colgársele del cuello! Ya no me queda nada más que morir... Pero resulta que mi constelación no era profética del todo, porque salir salvado de los tlaxcatecas para retornar a Tenochtitlán como víctima de otro sacrificio o morir pudriéndome de asco, no es salvación."

Con un golpe violento del brazo abrió en dos una madera que tenía delante. Parecía aliviado de alguna furia íntima. Ante él surgió una sombra.

—Señor —dijo. Había reconocido al sacerdote supremo. El rostro todo arrugado del viejo sonreía.

—Ixcauatzin, el emperador sabe que has sido víctima de una

traición. Ha dado órdenes de que se restauren tus honores y privilegios. Se va a sacrificar a Herida-Abierta y a su compañero por haberte traicionado.

Ixcauatzin se quedó sin habla. ¡Cómo! El emperador lo sabía todo. Él y sólo él, había sido el causante de lo ocurrido. Y ahora, volver a empezar, volver a cargar otra vez todo aquel fardo de deberes y de sacrificios, cuando la vida no valía la pena de vivirse... Pero, ¿por qué no valía la pena de vivirse la vida? Estaba seguro, pero no sabía por qué. Se lo estorbaba aquel viejo arrugado que tenía delante, que le estaba sonriendo, pero en cuanto se quedara solo con sus tablas y sus herramientas, se acordaría y podría entregarse tranquilo al goce de su dolor y de su desesperación, y ser feliz pensando que moriría pronto sobre la piedra como un cobarde y terminar con todo... Pero ¿qué estaba diciendo aquel viejo arrugado?

—Pues te has quedado sorprendido de verdad... No me extraña. Es un caso sin precedente. Ven pronto conmigo a prosternarte ante Uitzilópochtli y Quetzalcoatl, y mientras rezas en acción de gracias, prepararemos tu noble atavío. Hijo mío, sigues siendo el orgullo del Calmecac.

Ixcauatzin le siguió, cabizbajo y abatido, condenado a vida.

4

—Aun así —argüía Ixtlicoyu—, ya podías haberte llegado a mí, en lugar de salir corriendo...

—¿Cómo iba yo a pensar —se defendía Citlali— que me ibas a dejar sola toda la noche precisamente la víspera de mi marcha para la región sin puertas...?

Ixtlicoyu cortó con una observación de carácter general y desinteresado:

—Gente extraña, esos blancos...

Se quedó contemplando la idea en silencio.

—¿Son dioses o son hombres? —preguntó Citlali.

—Yo no creo que sean dioses, a no ser que lo sea mi amo —contestó Ixtlicoyu.

No parecía muy seguro sobre este punto concreto.

—¿Por qué tu amo y no los demás? —preguntó Citlali.

—Mi amo no es como los demás. No le atrae el oro y no toca nunca a una mujer. Si encima exigiera sacrificios humanos, estaría seguro de que era dios. Pero el caso es que tampoco quiere sacrificio. De modo que no lo entiendo.

Citlali recogió de este esbozo de Alonso el rasgo que le interesaba.

—¿Estás seguro de que no toca nunca a una mujer?

Ixtlicoyu contestó sin vacilar:

—Yo no respondo más de lo que he visto. Los otros Rostros

416

Pálidos se precipitan sobre ellas en cuanto pueden. Él nunca. —Volviendo a su tema principal, añadió—: Y luego, estos blancos son muy devotos de sus dioses.

—¿Tienen tantos dioses como nosotros? —preguntó Citlali.

—Creo que sí. Pero el más importante es uno que ponen derecho en cuanto llegan a cualquier lugar. Está hecho de dos piezas de madera, una derecha de arriba abajo y otra cruzada y algo más corta. Representa un dios-hombre-animal que nació de una mujer y de un fantasma, y tan pronto es como un fantasma y anda por las nubes o sobre el agua —eso es cuando es dios— y tan pronto lo hacen prisionero y le dan bofetadas en el rostro y le escupen en la cara y le ponen una corona de espinas en la cabeza —eso es cuando es hombre—, y tan pronto se hace un animalito que tienen allá en su tierra que se llama cordero, que es como un venado, solo que también es como un árbol porque todos los años da una cosecha de algodón.

Citlali había escuchado este epítome de teología cristiana vista a través de ojos y mente aztecas, con creciente admiración hasta que llegó a aquello de la cosecha de algodón que daba un venado.

—Bueno, mira, eso se lo cuentas a otra. Un venado no puede dar una cosecha de algodón.

Pero Ixtlicoyu no era tan escéptico como su mujer.

—¿Y por qué? Todos los venados tienen pelo. Basta con que les salga el pelo más largo y más rizado. No digo que fuera algodón, pero sería lo mismo.

Citlali meditaba, y el prosiguió:

—Luego, tienen también una diosa que es la madre de ese dios, y se quedó virgen toda su vida.

—Eso —observó Citlali— ya no me parece tan difícil, porque al fin y al cabo Uitzilópochtli era hijo de una mujer y de una bola de pelusa, y su madre pudo haberse quedado virgen toda la vida sin que a Uitzilópochtli le importara nada.

—Y luego tienen otros muchos dioses, lo menos uno para cada día.

Citlali se quedó aterrada.

—¡Qué espanto la de gente que necesitarán para los sacrificios! ¡Si nosotros que sólo tenemos un dios cada mes apenas si les sacamos a los tlaxcatecas bastantes víctimas para los sacerdotes!...

Ixtlicoyu la calmó:

—Los blancos no sacrifican a hombres. Ya te dije que eran muy raros. Tienen muchos dioses, pero no matan a nadie en su honor y nunca me han explicado por qué. A ellos les parece natural.

Todo esto desconcertaba profundamente a Citlali.

—Pero, ¿qué hacen entonces en el servicio religioso? —preguntó.

—Rezar. Y además, el sacerdote come y bebe. Muy poco. Lo que come es un trocito de pasta de harina que no llega a la palma de la mano, y tan delgado que se ve la luz al través; y lo que bebe es un vasito muy pequeño de un teometl que hacen. Pero todos creen que lo que come y bebe es la carne y la sangre de ese dios que te decía.

Marido y mujer guardaron silencio durante largo rato.

—Entonces, ¿qué te parece? —preguntó Ixtlicoyu.

—Pues... No sé.... Muy raro, ¿no?

—¿Te animas a hacerte cristiana?

Citlali abrió los ojos todavía más radiantes que de costumbre:

—¿Por qué me lo preguntas?

Su marido la miró con alguna vergüenza y confusión. Siempre se había sentido algo inferior a su mujer en cosas de juicio.

—Pues verás —comenzó, sin fuerzas para guardar su secreto para con ella—, es que prometí a mi amo que te convertiría a nuestra religión.

La explicación no era exacta. Cara-Larga, que adoraba a Alonso, creía causar a su amo profunda satisfacción convirtiendo a Citlali.

—¿Entonces tú ya eres cristiano? —preguntó Citlali sin emoción especial en la voz.

Ixtlicoyu sonreía aliviado al ver lo fácil que había sido aquella revelación que tanto había temido. Citlali no decía nada. Parecía meditar sobre la proposición de su marido.

—¿Qué ocurre después de la muerte? —preguntó al fin.

—Hay tres sitios: los que mueren sin pecado, o con sus pecados perdonados...

—¿Qué es pecado? —preguntó Citlali.

Ixtlicoyu se rascó la cabeza:

—Mi amo lo explica maravillosamente, pero no me acuerdo de sus palabras...

De pronto se le iluminó el rostro.

—Verás. Es muy fácil. Hay diez reglas. No hay que violarlas. Sencillo, ¿eh? Ya te las diré. No matar... No mentir... todas son así.

—Vamos, como lo que enseñamos aquí a los niños... —comentó Citlali.

—Sobre poco más o menos. Bueno, pues, como decía, si mueres sin haber quebrantado esas reglas, vas al primer sitio, donde eres feliz y vives para siempre. Si has quebrantado pero quisieras no haberlo hecho, vas al segundo sitio, donde estás ardiendo en llamas durante mucho tiempo, hasta que el fuego te limpia, y luego subes al primero; y si eres un bellaco sin remedio, que no sólo quebrantas las reglas sino que te alegras de haberlo hecho, entonces vas al tercer sitio, donde te atormentan para siempre unos fantasmas terribles que se llaman demonios.

—¿Y es así como dices, sin tener en cuenta la causa de la muerte o la enfermedad? —preguntó Citlali.

—Absolutamente. La causa de la muerte no tiene nada que ver con lo que pasa después —afirmó Ixtlicoyu, satisfecho al fin de saber con certeza un punto concreto de teología.

Citlali era una mujer práctica y positiva.

—Tú me has dicho que los que iban al primer sitio eran los que no habían violado las reglas o, si lo habían hecho se lo habían perdonado...

—Así es —confirmó Ixtlicoyu.

—Pero ¿quién perdona?

Ixtlicoyu tuvo que pensarlo.

—Me parece que el perdón ha de venir del jefe-dios mismo. Pero el que lo dice es el sacerdote.

Citlali se callaba. Pasó un rato.

—¿Qué, te decides? —volvió a preguntar Ixtlicoyu.

—Bueno... como quieras... pero no serán esos sacerdotes muy difíciles en lo de perdonar. Que si no, ese primer sitio que tú dices debe de andar muy solitario, y yo no sé cómo va a ser la gente feliz en una casa tan vacía.

Ixtlicoyu consideró que aquellas palabras de su mujer equivalían a aceptar, por su parte, la fe cristiana, y al instante se fue a informar a Alonso de la primera conversión que había hecho.

5

Cuando se quedó sola, Xuchitl sintió que se le había revelado un nuevo mundo del espíritu. Había soñado muchas veces en el amor; pero nunca se lo había imaginado como aquel estado de felicidad tan profunda. De aquella hora inolvidable sobrevivían dos instantes que no hacían más que pasar y volver a pasar en ondas de delicia rememorada sobre su nueva sensibilidad —aquel en que se había encontrado con la mirada amorosa de sus ojos azules y profundos, y aquel en que se había hundido con los ojos cerrados en el seno de su fuerte abrazo. ¿Era posible que un ser humano se absorbiera tan profundamente, tan instantáneamente en otro ser humano? De pronto, recordó las preguntas pueriles que solía hacer a Citlali siempre que recordaba aquella escena escabrosa entre la hija del rey Huemac y el indio tobeyo. "Cuando vea al hombre con quien me quiero casar, ¿sentiré cosquillas...?" Retrocedió su ánimo horrorizado ante aquel pensamiento vergonzoso y en la soledad de su alcoba se ruborizó. ¡Qué lejos estaban ya aquellos días! ¡Qué transfigurada estaba ya, tan sólo por haberla bañado su mirada azul en un nuevo amor! Xuchitl recordó las miradas furtivas de deseo reprimido que había sorprendido a veces en Ixcauatzin; los ojos sensuales y glotones de Moctezuma, aquellas miradas de Moctezuma tan sinuosas y viscosas que, como reptiles, parecían enroscárseles en torno al cuerpo; otras miradas significativas de otros hombres sensuales... Eso era lo que el amor había sido para ella hasta que aquellos ojos azules la habían bañado con su luz clara, habían penetrado hasta lo más hondo de su ser, despertando en ella una felicidad sin peso corporal. Existía un mundo, pensaba, un mundo de luz, en el que era posible alcanzar el goce perfecto —puesto que sólo con la luz azul de sus ojos la había él hecho feliz. Cuando era pequeñita y, ya con su padre, ya a solas, solía contemplar las estrellas, sentía a veces un júbilo especial, no sabía por qué, tan sólo al ver la luz plateada que irradiaban; le parecía que las estrellas eran como ojos con mirada clara y decidida que se proponían decir algo. La luz, pensaba, no tiene nada que ver con las cosas grávidas. El amor vive en la mirada. El amor más hondo está en una mirada. La unión, la unión más profunda e íntima se alcanza al encontrarse dos almas que se funden en una como en una se funden dos miradas que se miran.

Toda su vida pasada le parecía mero preludio para aquel instante único. Toda su experiencia no había sido más que la recolección de cosechas sucesivas a fin de enriquecer el ser que ahora podía darle a él. Había vivido dentro de un mundo cerrado en el que todos los ojos eran como los suyos propios, de modo que ahora le era más fácil ver la diferencia entre aquel mundo y el que él había venido a descubrirle. Se daba cuenta de que el impacto inolvidable de su mirada se debía precisamente a aquella distancia entre los mundos en que uno y otro habían vivido hasta entonces. En sus ojos azules no había visto nada de lo que le era familiar. Eran orbes de vida nueva para ellas, nuevos planetas, nuevas estrellas jamás observadas. En su luz se había bañado entera. Día vendría en que los conocería mejor y el mundo de que venían también. Pero ya sabía que desde aquel momento en que había entrado en el mundo de Alonso por las puertas límpidas de sus ojos, era un nuevo ser. Había renacido.

6

Alonso había andado toda la tarde yendo y viniendo por la ciudad, atento a su labor. Su misión era doble: preparar los detalles materiales para la recepción de los españoles en Tenochtitlán, y hacerse con todos los datos posibles sobre las fuerzas e intenciones de Moctezuma. A tal fin había creído prudente establecer su cuartel general en Tetzcuco, cerca de la capital y, sin embargo, fuera del radio de observación directa del emperador. Al anochecer, se retiró a sus habitaciones, dando órdenes a Ixtlicoyu de que no dejase pasar a nadie. Deseaba estar solo. Dos rostros iban y venían en su imaginación: el semblante tierno, sonriente y anhelante de Xuchitl, rosa que abría sus pétalos húmedos de rocío a los primeros albores del amanecer del amor, y la faz austera y severa del cardenal, perdonándole su crimen, pero imponiéndole terrible y larga penitencia. La voz más fuerte y honda en él le decía que en la lucha ganaría Xuchitl. ¿Ganaría el amor sobre el deber? Se rebelaba en su alma el mundo duro. No. No cedería. Tenía la obligación de cumplir ante todo con la ley de Dios, que mandaba que no cediera. "La ley de Dios... pero Dios es amor... y el amor me lleva a ella...,"—pensaba. Ya estaba otra vez preso en aquel dilema que tanto le había intrigado toda la vida. Alonso no se daba cuenta hasta qué punto el acero de su carácter, que debía a sus antepasados visigodos y árabes, es decir, a los paganos del norte y del sur que en su alma vivían, reforzaba su virtud contra las añagazas del amor que llegaban hasta él por los canales sensuales de su sangre judía y de los antepasados latinos que tanto amaban el placer; ni tampoco de la fuerza que para resistir a la violencia de los árabes y visigodos le aportaban sus sangres judía e hispano-romana, disciplinadas por siglos de cultura bajo la égida de Roma y Jerusalén.

No era sólo un español. Era un occidental completo, epítome de todas las tendencias del mundo europeo. Xuchitl era una azteca pura, pero por cierta inclinación predestinada, así como por el peculiar racionalismo que había heredado de su padre, vivía en la frontera espiritual de su raza y de su mundo, en espera y en observación de otros mundos posibles. Eran, pues, sus ojos como las ventanas espirituales de su mundo, abiertas sobre los demás. Aquellas ventanas hondas, claras receptivas, le habían permitido a Alonso a su vez penetrar hasta el misterio azteca.

Todo esto, confusamente sentido, le confirmaba en su convicción de que su encuentro con Xuchitl era cosa preordenada por la Providencia. Pero esta convicción venía a aumentar la violencia de su lucha íntima, pues era evidente que le llevaba a amarla y que el amor entre un hombre sano y una mujer sana, por fuerza tenía que crear una situación incompatible con su voto de castidad. La faz austera del cardenal surgía otra vez en la cámara de su alma.

¿Qué hacer? Todavía no lo sabía. Quizá el padre Olmedo... pensaba vagamente, sin atreverse a perseguir sus pensamientos hasta el fin. Le desagradaban la farsa y la hipocresía. Decidió en su ánimo no ver a Xuchitl hasta haber tomado una resolución.

7

Estaba sentado en un ycpalli bajo en la estancia de uno de los sacerdotes supremos donde se había instalado. Tenía la ventana abierta. La brisa cargada del aroma complejo de las miles de flores de los jardines de Nezahualcoyotl, cercanos al teocalli, venía a purificar el aire de aquella estancia cuyas paredes impregnaba la repugnante mezcla de los olores sacerdotales: copal, tabaco y sangre humana putrefacta. Apenas había muebles, pero Alonso no los necesitaba. Poco a poco, se dio cuenta de que alguien estaba detrás de él. Flotaba en la habitación una media luz crepuscular. Volvió la cara y vio a un guerrero mejicano ataviado con las espléndidas galas del rango más alto de la profesión bélica, alto y altivo, inmóvil, en silencio. El pelo negro alzado en mecha vertical, erguido para soportar largo y vistoso plumero multicolor que le caía sobre la espalda. Llevaba el manto de los que han jurado no retroceder ante veinte enemigos: dos soles blancos sobre fondo amarillo. Del labio inferior le colgaba largo ornamento de oro cuya punta le tocaba el pecho.

—Soy Ixcauatzin, don Alonso —comenzó (Ixcauatzin había pedido a Ixtlicoyu le explicara cómo había que dirigirse a un noble español)—: El emperador ha dispuesto se me restaure en mis privilegios y rango. Ahora me es posible revelaros que caí prisionero sólo por traición de mis dos segundos, que ya han pagado su crimen con la vida. Mi primer pensamiento fue venir a veros, porque ahora lo que habéis hecho por mí toma un cariz distinto. Ahora sí, pero no hasta ahora, es verdad que me habéis salvado la vida.

Las palabras del mejicano despertaron el espíritu caballeresco del español. Estaba como fascinado por la índole escénica y dramática de lo ocurrido, la súbita transfiguración del esclavo deshonrado y deprimido, presto a morir en la piedra de sacrificio, en un guerrero orgulloso, dos pulgadas más alto, de mirada recta, pecho henchido y vestimenta refulgente. Lleno de sincera alegría se puso en pie.

—¡Cuánto me alegro! ¡Os deseo toda felicidad en vuestra nueva vida!

Habló con sencillez, pero de corazón. El rostro de Ixcauatzin no se inmutó. Ni una pestaña vibró en sus ojos, ligeramente pintados en torno a los párpados.

—Una cosa más deseo deciros —añadió Ixcauatzin con voz que hacía monótona por oculto esfuerzo—: Xuchitzin... —Alonso se ruborizó como un adolescente— ...es hija de nuestro gran rey Nezahualpilli, ya muerto, que era medio hermano de mi madre. —Ixcauatzin aguardó durante breves instantes a que el dato produjera su efecto en Alonso. —Al morir, su padre la confió a mi cuidado. Sólo tengo un fin en la vida: que nadie le haga daño.

—¿No tiene hermanos? —preguntó Alonso.

Sabía que tenía tres, y hasta había ya conversado más de una vez con el rey Cacama y con Cara-de-Vainilla, el turbulento rebelde que andaba en tratos con Cortés. Pero la pregunta era puramente táctica, para darse tiempo a reflexionar y a vislumbrar lo que Ixcauatzin buscaba con aquella conversación.

—Sus hermanos, el rey actual y... otros, andan cada cual ocupados en lo suyo, sin pensar gran cosa en su hermana. Xuchitl no tiene más guardián que yo —explicaba Ixcauatzin. Hablaba con rigidez y no se movía de su actitud de bronce.

Hubo un silencio.

—Entonces celebro dos veces que hayáis vuelto a vuestros privilegios y rango. Por vos y por ella. Tened la certeza de que si necesitáis mi auxilio para protegerla, no os faltará.

Hubo otro silencio que al fin rompió Ixcauatzin:

—Pero ¿y si el peligro... viniera de vos?

El primer impulso de Alonso fue romper aquella figura rígida y pétrea con violento golpe en el rostro. El puño se cerraba por sí solo. Pero el rostro sonriente e irónico de Hernán Cortés surgió en su memoria calmándole la furia, y se limitó a preguntar:

—¿Peligro de mí? Cuidado con lo que decís, Ixcauatzin. No tentéis mi paciencia.

Ixcauatzin seguía erguido y rígido, absolutamente dueño de sí, frío.

—Tenéis que ser paciente... como yo lo soy. He jurado guardar a Xuchitl; os debo la vida. Si el peligro de Xuchitl viniera de vos, tendría que quebrar o mi juramento o mi obligación para con vos. Os pido que me prometáis no ponerme en trance tal hasta que me vea yo libre de mi obligación para con vos... por ejemplo, salvándoos la vida.

Alonso estaba furioso.

—Basta ya. Yo no soy hombre para poner en peligro la vida de una mujer.

—Hay cosas en una mujer más valiosas que la vida —replicó Ixcauatzin

—Ixcauatzin —vibró la voz de Alonso con tonos claros, hechos a mandar—. ¡Me estáis llamando ladrón!

Sin un ademán, sin siquiera una modulación de la voz, preguntó Ixcauatzin:

—¿Quedamos, pues, en que no tenéis la intención de tomar a Xuchitl nada que Xuchitl no os dé por propia voluntad?

Rígido también y erguido también, preguntó a su vez Alonso:

—¿Creéis necesario hacerme a mí tal pregunta? —De pronto cambió de voz, y con el tono más cordial, exclamó—: Ixcauatzin, sed razonable. Yo también tengo una obligación para con vos. ¿Creéis justo venir a provocarme la cólera cuando yo sé que no os podéis defender si la pasión me fuerza a agrediros?

Por primera vez, vaciló Ixcauatzin. Cambió la postura de sus pies. El rostro seguía inmóvil. Alonso continuó:

—No hay peligro alguno para Xuchitl. Os lo digo precisamente porque no tenéis armas contra mí, que si no, ni hubiera mencionado su nombre ni hubiera consentido... —Se paró en seco, se dominó otra vez y continuó:— Me alegro de que Xuchitl tenga para defenderla a un guerrero tan valiente y tan recto, y también me alegro de veros otra vez libre y dueño de vuestros destinos. No pidáis más. ¡Ah! —añadió—, en cuanto a peligro, os diré que de aquí en adelante tendrá Xuchitl centinelas míos.

Ixcauatzin luchó consigo mismo unos instantes, y terminó diciendo:

—Adiós, don Alonso. Sois un hombre valiente. No tardaréis en darme ocasión de salvaros la vida. Entonces podremos volvernos a

ver de igual a igual. —Y salió de la estancia, al parecer derecho
como una lanza, pero con el alma en ruinas.

8

Apenas se había marchado, oyó Alonso extraña música de silbi-
dos estridentes. Cara-Larga vino a explicarle lo que ocurría.

—Se llevan las ruedas de heno a lavarlas a la laguna para el
sacrificio de mañana.

—Vamos a verlo —dijo Alonso.

Por el camino, explicó Cara-Larga en castellano que en el mes
de Tepetlhuitl (montañas altas) se consagraba una fiesta especial
a las deidades que viven en las cumbres. En cada casa había todo
el año colgadas de las vigas de la cocina unas ruedas de heno en
espera de aquel mes. Lo primero que había que hacer era ir a
lavarlas a la laguna para quitarles el polvo. Todos los vecinos se
reunían con las ruedas de heno y se las llevaban calle abajo en
alegre comitiva que precedía una tropa de músicos improvisados
tocando pitos de barro cocido o bocinas de concha. Alonso y Cara-
Larga vieron una de aquellas comitivas que bajaban la cuesta hacia el lago. No había ni un sacerdote. Era una fiesta espontánea y
popular. Venían primero danzando alegremente jóvenes con
ocarinas de barro tocando estridentes y discordantes melodías, y
después los padres de familia, cada uno con su rueda de heno.
Algunos llevaban un trozo de ocotl ardiendo, como tea para guiar
sus pasos por la oscuridad, pues la luna no había salido todavía.
Alonso y Cara-Larga aguardaban en la sombra para verlos, y cuando pasaban cerca de ellos, oyó Alonso las dos palabras "Xuchitl,
Techcatl". Esta segunda palabra quería decir "piedra del sacrificio". Bajaba más gente y alguno que otro repetía "Xuchitl,
Techcatl". Alonso se volvió a Cara-Larga y con voz que procuró
hacer serena e indiferente, preguntó:

—¿Qué van diciendo?

—Van hablando de los sacrificios de mañana. Hay cinco víctimas: cuatro mujeres y un hombre.

Era inquietante la explicación, aunque algún consuelo le daba
que hubiera cinco víctimas, ya que no era probable que los
tetzcucanos fueran a sacrificar a la hija del rey en un grupo con
otras cuatro víctimas comunes.

—Pero... ¿por qué van repitiendo "Xuchitl-Techcatl"?

Pasó entonces precisamente un hombre que repitió las dos palabras de corrido, como formando una sola: "Xuchitl-Techcatl."
Cara-Larga seguía imperturbable.

—Es una de las cuatro mujeres sacrificadas. Cada víctima tiene un nombre especial, y a una de ellas la llaman "la flor de la
piedra de sacrificio".

—¡Ah! —suspiró Alonso.

Con todo, se apoderó de él una angustia especial por la seguridad de Xuchitl.

—¿Vamos a bajar hasta el lago? —preguntó Cara-Larga.

—Sí —contestó Alonso después de breve vacilación. Uno y otro echaron a andar con la multitud. Algunos de los que habían bajado antes volvían ya con las ruedas de heno limpias chorreando agua fresca; otros estaban congregados al borde de la laguna donde cada padre de familia, con una escoba improvisada con hojas verdes que mojaba en la laguna, quitaba el polvo de su rueda de heno. Salía la luna bañando la escena con su luz fría.

—Vámonos a casa rodeando por los jardines del rey —dijo Alonso con una imitación perfecta de la indiferencia. No era grande el rodeo y la noche estaba hermosa. Alonso anduvo paseándose por los jardines que había plantado el rey Nezahualpilli y recorrió todos los puestos donde había colocado centinelas cempoaleses, hallándolos a todos alerta.

Brillaba una luz en la ventana de Xuchitl. "¡Que lástima —pensó— no tener libertad para entrar un momento a verla!"

—¿Estás seguro —preguntó a Cara Larga— de todo eso que me has contado para mañana y de que... no corre peligro alguno?

Con un ademán de la mano señalaba a la ventana de Xuchitl. Claro que lo estaba, y también lo estaba él y apenas si prestaba oído a las seguridades que le daba Cara-Larga.

Salieron del parque real y, camino de casa, vieron algunas familias preparar los "montes" para el día siguiente. Cada monte tenía una cabeza con dos caras, una de persona y otra de culebra. Untaban la cara de persona con *ulli* (hule o goma) derretido y hacían unas tortillas de masa de bledos amarillos que le pegaban en las mejillas; de una parte y otra cubrían los montes con unos papeles que llamaban tetehuitl, poniéndoles unas coronas con penachos; y colocaban la imagen entera así preparada sobre un lecho de juncos.

A Alonso le inspiraban todos aquellos ritos honda repulsión. Por contraste, le recordaban las fragantes fiestas de su España natal, la música solemne en el crepúsculo matinal bajo las bóvedas oscuras de la iglesia, frente a la luz gloriosa de centenares de cirios; o las melodías de la guitarra popular que vibraban en las calles bañadas de luna. ¿Cómo era posible que una criatura como Xuchitl hubiera nacido y se hubiera criado en el seno de una religión tan sangrienta? Y en su pecho contestaba una voz: "¿Cómo es posible que el Jabalí naciera y se criara en el seno de la religión de Cristo?" Y sin embargo, subsistía en su ánimo la convicción de que una y otro eran excepciones y de que, si bien la palabra de Cristo tenía todavía mucho que hacer en España, lo tenía todo que hacer en Méjico.

Se durmió con una duda en su corazón —una duda que no se atrevía a formular. ¿Sería posible que Xuchitl llevase en el alma toda aquella superstición tan negra? Sabía que poco había cambiado

Cara-Larga después de tantos meses de conversaciones sobre Dios y sus ángeles, y aun después que el mismo Alonso, con la esperanza de atraer sobre el neófito la gracia de Dios, le había bautizado sin esperar a tener a mano a un sacerdote. Le torturaba aquel misterio. ¿Era la luz divina que viene de lo alto bastante fuerte para vencer la luz natural que sale de dentro? ¿Eran estas dos luces la misma o distintas e indiferentes la una a la otra o contrarias y enemigas? Y si eran la misma, ¿de dónde sacaban aquellos mejicanos su luz interior tan oscura y sanguinaria, y sin embargo, luz, aunque siniestra?

En este estado de ánimo acabó por dormirse. El enigma. El enigma constante, que era una de las formas de la tensión entre su fe sencilla y fuerte y su inteligencia siempre despierta y crítica y a su vez consecuencia de su sangre mezclada. Su ser era como la asamblea donde discutían de continuo cuatro razas: la hispano-romana, la visigoda, la mora y la hebrea, en debate nunca interrumpido allá en la cámara soterraña de su ser, abierta a las luces del norte, del sur, del este y del oeste, que iluminaban los objetos con claridades y sombras distintas, ya en conflicto, ya en armonía. Y al irse empañando y amortiguando su propia luz individual tras los velos del sueño, fue cayendo cada vez más bajo el imperio de sus antepasados, cuyas tendencias divergentes tiraban cada una por su lado, de modo que en los mares del dormir se sentía como un marinero en plena borrasca a merced de vientos y mareas.

9

Se levantó ya tarde. El sol inundaba la habitación. Sonaba en las calles vecinas extraña cantilena.

—¿Qué pasa? —preguntó a Cara-Larga.

—Están cantando en el atrio del teocalli. Va a empezar pronto la procesión.

Recordó entonces Alonso la fiesta en honor a las deidades de los montes y salió con Cara-Larga a ver la procesión. De camino vieron los "montes" ya hechos en varias de las casas que pasaban, que tenían delante los guisados de ritual, hechos de gallina y perro, con chile y tomate; el padre de familia ofrecía a la imagen en una cuchara de barro incienso de copal ardiendo.

—¿No podríamos encontrar algún sitio donde verlo todo sin que nos vean? —preguntó a Cara-Larga; y su fiel compañero le llevó a una terraza situada en el edificio del teocalli donde ambos vivían. Todavía recordaba Alonso aquella primera escena de su llegada a Tetzcuco, cuando al aparecer bajo el arco de entrada del palacio, habían salido huyendo los sacerdotes que... Y a propósito, ¿qué hacían allí ese día? Todavía no se había enterado.

La cantilena se acercaba cada vez más, en tono bajo y monótono, con sólo voces masculinas en su constante fluir, que de cuando en cuando se elevaba como una ola de imprecación, cayendo luego en un hoyo de imploración para volver a seguir fluyendo en su normal monotonía. Venía primero una fila de sacerdotes con togas negras, cantando, con rostro solemne y paso lento. Después una litera que llevaban a hombros cuatro mujeres con huipillis grises bordados y el rostro pintado en complicados diseños de gris y amarillo. En la litera —explicó Cara-Larga— venía sentada Tepoxch, o Piedra-Suave, la primera víctima. Era una mujer joven, que llevaba una corona de papel, y vestía un huipil de igual color que el de las cuatro portadoras de la litera, pero con un bordado de mucho más artificio. Inmóvil, llevaba los ojos como paralizados por el terror. Seguía la segunda litera que llevaban también a hombros cuatro mujeres con huipillis verdes. Era la de Islatlalquac, o Cabeza-Verde, la segunda víctima, vestida de huipil verde y coronada de papel, también verde. Era también joven e iba llorando ríos de lágrimas que le corrían por las mejillas y le mojaban el pecho. Llevaba las manos descansando sobre las rodillas como dos aves muertas. Soportaban la tercera litera cuatro hombres vestidos tan sólo de lujosos bragueros de algodón verde de gran calidad, y el pecho cubierto de guirnaldas de flores. En la litera iba sentada la tercera víctima, Xuchitl-Techcatl o Flor-de-la-Piedra-de-Sacrificio. Vestía huipil negro y tocaba su cabeza con una tiara de flores de papel rociada de gotas de goma derretida. Era una mujer joven y hermosa, de rostro duro, y firme, sin duda de corazón fuerte, resuelta a no ceder a la emoción. Luego, siempre fluyendo en el mismo río monótono de sonido, venía la última víctima femenina, Mayavel, o Echadora de dios, símbolo del generoso maguey, alimento, bebida, aguja, viga, cuerda, madera, todo, en fin, para los aztecas. Mayavel venía en una litera que llevaban a hombro cuatro mozos con bragueros de palmas de maguey; la víctima también iba vestida con hojas de maguey. Parecía de más edad que sus tres compañeras, aunque todavía joven, y al pasar ante los ojos conmovidos de Alonso, llevaba la cara oculta entre las manos. Cerraba la procesión la víctima masculina, Milnauatl, o Hermosa Heredad, que representaba el mundo de las culebras. Los cuatro postes de su litera iban tallados en forma de culebra. Las cuatro mujeres que lo llevaban a hombro vestían huipillis de un verde amarillento decorados con culebras. Él a su vez llevaba en la cabeza una corona de papel del mismo color, cubierta de gotas de goma derretida, e iba desnudo, con sólo en torno a la cintura un braguero puesto en imitación de las vueltas y revueltas tortuosas de los reptiles.

Pasó la procesión espantosa y lúgubre. Alonso se volvió a Cara-Larga y le preguntó: —¿Y ahora qué pasa?

Iba a explicarlo Cara-Larga, pero cambió de opinión y propuso: —Si nos fuéramos ahora por el jardín del rey viejo y entrásemos en el teocalli por detrás, llegaríamos a tiempo para ver... lo demás, desde la terraza del sumo sacerdote. No nos verá nadie porque todos estarían mirando a otro sitio.

Así lo hicieron, atravesando a buen paso calles vacías, y al poco tiempo se encontraban en la terraza del sumo sacerdote, viéndolo todo quizá un poco de lado, pero en perspectiva que les permitía abarcar toda la plataforma superior y la escalinata delantera del teocalli.

Una a una llegaron las víctimas al pie de las escaleras, desde donde, a fuerza de exquisita paciencia, los portadores consiguieron ir elevando las literas en equilibrio paso a paso hasta el ápice. Llegadas a la plataforma superior, las víctimas caían en manos de los sacerdotes, que las colocaban al modo usual sobre la piedra en cruz y ofrecían sus corazones palpitantes al dios de las montañas. Luego echaban abajo los cuerpos rodando grada a grada, pero con cierto cuidado para que no se quebrasen o se dañasen.

—¿Por qué ponen tanto cuidado? —preguntó Alonso, que todo lo observaba con horror.

—Porque mañana es el día de Texinilo.

—¿Y eso qué es? —preguntó Alonso.

—Ah, claro que no lo sabéis. Mañana cada barrio de la ciudad celebrará el hecho de haber dado a los sacerdotes una u otra de esas víctimas. En cada barrio se comen a su víctima. Mirad a aquel hombre al pie de las escaleras. Está cortándole la cabeza a Xuchitl-Techcatl.

Alonso se estremeció de pies a cabeza.

—¿Pero qué hacen ahora?

Cara-Larga no necesitaba ni siquiera mirar para explicarlo:

—Atravesar el madero de sien a sien. Así lo pasan a través de las cuatro cabezas y luego se lo llevan al teocalli. Le llaman piedra de cabezas. Y aquellos tres que allí se ven, que llevan bragueros del mismo color... son los delegados del barrio que ha dado la víctima. Ahora se llevarán el cuerpo y lo distribuirán a trozos para que pueda comer de él la mayor cantidad posible de familias.

10

Aquella ceremonia dejó a Alonso en un estado de angustia y de tensión que casi no podía soportar. Afortunadamente para él vinieron otros acontecimientos a distraerle la atención. Su primer deber como enviado militar de Cortés había sido colocar en Tetzcuco, Tacuba y otros puntos estratégicos de la laguna, toda una red de observadores y espías. Aquella mañana vinieron algunos a informarle de que habían salido de Tenochtitlán numerosas fuerzas mejicanas al encuentro de Cortés por los dos caminos que había para bajar de la sierra. Alonso consideró probable que aquellas fuerzas tuvieran por principal objeto preparar una celada a los españoles. Dedicó, pues, el resto del día a enterarse de la verdadera intención de Moctezuma y comunicar a Cortés el nuevo aspecto de las cosas.

Al caer de la noche, ya cumplido su cometido, sintió Alonso que la angustia reprimida todo el día volvía a subir a la superficie de su alma. Pero esta vez había tomado forma nueva, fluyendo toda hacia el destino que aguardaba a Xuchitl. El hecho de que una de las víctimas de aquella atroz ceremonia llevara por nombre Xuchitl-Techcatl le roía las entrañas de una manera irracional, sólo a causa de la asociación entre una y otra palabra que le sugería la asociación intolerable de una y otra idea, haciéndole sufrir lo indecible. Luego, la sensación de que Xuchitl, "su" Xuchitl, anduviera todavía mezclada con todo aquel culto sanguinario, formando parte de él, fiel a él quizá... ¿creyente?... No. Rechazaba esta idea con toda la fuerza de su corazón. Pero al mismo tiempo, le quedaba todavía bastante duda en los posos de su pensamiento para llenarle de impaciencia, para añadir impaciencia a la que ya por otras razones sentía de ver a Xuchitl convertida a la fe de Cristo.

Resolvió en su ánimo ir en seguida a ver a Xuchitl. Es verdad que se había prometido no volver a verla, por temor a quebrar su voto. Pero tenía que ir. Sería bastante fuerte y guardaría su voto de

XXIII. Arriba, una estampa mitológica del estado de Méjico que representa figuras humanas con máscaras y un ave no identificada. Abajo, una estampa plana de Oaxaca con diseño mitológico.

castidad hasta que el padre Olmedo le dijera qué hacer. Pero no era posible que por mero temor a ser débil se abstuviera de salvar a Xuchitl cuanto antes del infierno de aquella sangrienta abominación. En cuanto sus propios argumentos le hubieron arrancado una conclusión positiva a la ya favorable voluntad, la prisa que le entró en el alma no tuvo límites. Echó mano de una raja de ocotl para alumbrarse en el camino y salió a toda prisa. Le parecía como si cada minuto que perdía en el camino bastara para tender a Xuchitl sobre la piedra del sacrificio asesino, y a poco rato se sorprendió a sí mismo corriendo a todo correr. "Calma, calma" —se murmuró. Estaba solo. No había encendido la tea, a pesar de la densa oscuridad que reinaba en aquellas avenidas umbrosas del parque de Nezahualpilli. Vio una sombra recta en la distancia —sin duda un centinela— que no se movió. Alonso siguió su camino. "Y sin embargo —iba pensando—, en ese lugar no creo que haya centinela. Será mejor que vuelva a ver quién era." Pero había otro en él que no quiso y le hizo seguir, a pesar de que el primero seguía dudando: "Me pareció de una prestancia... no creo que fuera centinela..." Pero el otro seguía avanzando a toda prisa. Tiró el ocotl apagado sobre un brasero que había a la entrada y pasó a las habitaciones de Xuchitl.

11

Estaba Xuchitl sentada sobre unos almohadones en el suelo. Tenía sobre las rodillas desplegado un pictograma de algodón. Detrás de ella ardía sobre un candelabro de cobre una tea de pino.

—¡Oh! —exclamó con voz en que vibraba su delicia sin límites—. Pero... ¿qué os pasa?

El rostro de Alonso la había asustado.

Se arrodilló ante ella. No llevaba armadura, sino sólo un jubón de ante y una camisa abierta de algodón que le dejaba el cuello en completa libertad. La cabeza desnuda. Le tomó las manos en las suyas y se las besó.

—No tenía más remedio. Tenía que venir a verte —dijo, excusándose a sus propios ojos, pero claro está que ella no le entendía.

—Pero... ¿por qué no?

Entonces se dio cuenta Alonso de que sus palabras no podían tener sentido para Xuchitl.

—Me había prometido a mí mismo no volver a verte hasta que... Es un poco difícil de explicar, y largo. No quería... quererte demasiado... demasiado pronto.

Ella se sonrió, más bien contenta que otra cosa ante el enigma. Él la miró en los ojos, lo que todavía producía en ella una sensación de inmensidad —por la poca costumbre que tenía de aquellas pupilas color de cielo—, y le dijo: —Quiero que me ayudes a guardar... la promesa que me hice a mí mismo.

A Xuchitl le pestañearon los ojos.

—Pero —se sonrió con algún ribete de malicia—, ¿por qué teníais que venir?

El rostro de Alonso volvió a tomar aquella expresión de angustia que tenía al entrar.

—Xuchitl, ¡oh, Xuchitl!, ¡he visto la fiesta de este mes!

Ella se entristeció:

—¿Este mes? ¿En qué mes estamos?

Demasiado sabía ella que eran todas espantosas, cualquiera que fuera el mes. Pero .a Alonso le consoló el ver que Xuchitl no parecía llevar muy estrecha cuenta del calendario de los ritos del país.

—¡Ah, sí! ¡Las Altas Montañas! ¡Es terrible! —Señalando al libro que tenía abierto sobre las rodillas, continuó:— Este libro lo escribió mi padre para explicar el origen de todas estas cosas. Aquí está dicho cómo empezaron esas costumbres sangrientas.

Con voz en que temblaba el temor a una respuesta espantosa, preguntó Alonso:

—¿Y creía él... en todo eso?

La luz de los ojos de Xuchitl bastó para consolarle y aliviar sus dudas.

—Ésta era su manera de acostumbrar al pueblo a algo distinto. Enseñándole cómo había empezado todo, y que hubo un tiempo en que no existían los ritos de sangre.

Ya era Alonso un hombre distinto.

—Parecéis más contento —le dijo Xuchitl.

—Sí. Venía aterrado por si... Dime, tu padre ha debido de ser un hombre fuera de lo común.

Le pasó a Xuchitl por los ojos como un ensueño.

—Sabía muchas cosas que no conoce el común de las gentes. Algunas que se encontró en la naturaleza, y otras que descubrió en su corazón. Sabía que veníais.

Se callaron ambos, mirándose en los ojos el uno al otro.

—¿Y sois todos... como vos? —le preguntó—. Quiero decir, ¿de ojos azules y pelo de oro?

Alonso se ruborizó. No podía remediarlo. La palabra "oro" le hacía ruborizarse todavía, y la idea de que se aplicase a su cabello le humillaba.

—Algunos de los nuestros tienen el pelo y los ojos negros —contestó.

—¡Ah!, claro, ya me acuerdo de que así era el que llegó en aquella canoa grande con vos.

Este recuerdo hizo meditar a Alonso sobre la premonición que Xuchitl había tenido de la llegada de los españoles, recordándole el propósito que con tanta prisa le había traído aquella noche.

—¿Sabes lo que ha sido de él? Una tribu de totonaques lo ha adoptado como dios de la guerra.

Xuchitl no reaccionó. Parecía acertarlo como cosa común y corriente.

—Extraño, ¿verdad? —preguntó Alonso.

Y ella contestó con otra pregunta:

—¿No hacéis vosotros dioses de algunos hombres? (La lengua azteca no distingue entre "dioses" y "santos".)

Este detalle desconcertó un tanto a Alonso, pero salió de la dificultad elevándose en triunfo sobre ella.

—Hemos hecho de Dios un hombre.

Xuchitl se quedó impresionada con tan inesperada respuesta.

—¡Oh! ¿Cómo sucedió?

Cerró Alonso los ojos un instante, como metiéndose en sí mismo, y luego habló:

—Dios es sólo uno. Y es amor. Nos hizo por amor y por amor nos hizo libres. Y por amor sufrió para vivir los mismos dolores que nosotros vivimos en cuanto somos libres. Y para salvarnos de la destrucción total, decidió tener un Hijo y mandarlo a vivir entre nosotros la vida de un hombre. —Xuchitl bebía sus palabras con un rostro que la expectación y la fe hacían casi infantil—. Nació de una Virgen en una humilde aldea, muy lejos de aquí. Enseñó el amor a los que pensaban que no había nada mejor que la justicia y la conveniencia. Los hombres lo condenaron a muerte. Y murió en una cruz. Como ésta... —dijo señalando a una cruz que se veía sobre una colina en el libro de pictogramas que tenía Xuchitl sobre la rodilla—. ¿Qué es esto? —le preguntó Alonso como en un paréntesis.

Ella estaba todavía bañada en su ensueño y en su emoción.

—Es la cruz de Quetzalcoatl —le contestó—. Mi padre sabía mucho sobre esto y creía que Quetzalcoatl había sido un sacerdote de vuestra religión que había llegado hasta acá hace muchas gavillas. Por eso estaba seguro de que vendríais. —Hablaba con voz velada, luchando contra las lágrimas que pugnaban por brotarle de los ojos. —Alonso, ¿podría yo... podría yo entrar en vuestra fe tan hermosa?

Alonso le había soltado las manos y seguía arrodillado en la misma postura en que había caído al llegar, con las manos descansándole sobre los muslos. Sintió fuerte impulso de abrir los brazos como un crucifijo, pues tal era la sugestión visual que le dominaba, y, luego, de volver a cerrarlos apretando contra su cuerpo aquella bienamada flor azteca... Pero luchó contra sí mismo y venció. Permaneció inmóvil y, con una voz más cálida, de todo el amor que no había echado en torno a su cuello le contestó:

—Murió por ti como murió por mí y sus brazos están abiertos para recibirte.

Xuchitl rompió en lágrimas de júbilo y su rostro cayó primero sobre sus manos de ella, luego sobre las rodillas de él. ¡Felicidad! ¡El alma libre al fin de la esclavitud de la sangre! Aquellos días solitarios llenos de dudas y de repugnancia que la habían desterrado al desierto privándola de toda compañía con los suyos, aquellos años sin tierra ni raíces, sin luz del cielo, sin follaje, aquellos años habían pasado. Se habían desvanecido. Ahora era ya otra vez un ser humano entre seres humanos, y —¡júbilo de los júbilos!— allí tenía bajo su frente fatigada, pero feliz, al hombre en cuya alma se sentía como en su hogar. A través de aquel hombre vivía en comunión con un mundo inmenso, con un mundo sin límites. Desde sus primeras palabras: "Dios es uno", había disipado aquella pesadilla espantosa de los dioses sanguinarios cuya multiplicidad de rostros y figuras repugnantes y crueles la habían oprimido toda la vida. ¡Qué clara y libre era la vida ahora! Dios era aquel espíritu que había visto en la primera mirada de Alonso y que había adivinado en todas las cosas hermosas de la vida, flores, amaneceres y atardeceres, y la sonrisa fugaz de las lagunas, y la emoción que el pequeño Gorrión sacrificado a los tlalocs solía levantar en su alma de niña y... sí, también y sobre todo en la dicha que inundaba su alma de mujer en aquel momento con la cabeza en abandono sobre las rodillas de él. ¡Aquel hijo de Dios muerto por los hombres a quienes había venido a salvar! ¡Cómo debió de haber sufrido su madre!

—¡Cómo hubiera deseado conocerla! —exclamó.

Adivinó Alonso sus pensamientos. Con las manos le levantó el rostro y le dijo:

—Mira. —Se quitó la medalla que llevaba al cuello y le enseñó la imagen de la Virgen y el Niño.

—¡Oh! —exclamó Xuchitl—. ¿Es su retrato?

Él contesta que sí con los párpados.

Tenía Xuchitl la medalla en las manos y estaba mirando la imagen del Niño Jesús, y pensando en el pequeño Gorrión sacrificado a los tlalocs, y sin darse cuenta, imitando con su cuerpo y rostro la postura y sonrisa de la Virgen con aquella su tan dulce sonrisa que había heredado de su madre azteca.

—Esa medalla me la dio mi madre. La llevaba siempre puesta —dijo Alonso.

La cadenilla de oro colgaba de las manos de Xuchitl. Deshizo Alonso el gancho, pasó la cadena al cuello de Xuchitl y la cerró. Xuchitl se dio cuenta perfecta de lo que estaba haciendo. Dejó caer la medalla, y la Madre y el Niño cayeron sobre el corazón de piedra verde.

Xuchitl se echó la mano a la nuca y desató la cadenilla de oro.

—¿Qué es? —preguntó Alonso.

—Un corazón. Fue de mi padre y de mi abuelo.

Alonso observó el joyel con ojos de curiosidad y admiración. Tenía Xuchitl la cadena en la mano.

—Ponéoslo al cuello —le rogó.

Alonso se echó al cuello el corazón de piedra verde. Al instante se apoderó de Xuchitl el temor de que los mágicos poderes de aquella piedra misteriosa le obligasen a violar su promesa. En vano le decía su nueva fe que Alonso triunfaría sobre tales sortilegios. Seguía impresionada por la fuerza del corazón mágico. De antemano le acongojaba el dolor que le causaría a Alonso caer derrotado en aquella lucha.

—Alonso —se obligó a decir—, es muy tarde. Es mejor que os vayáis.

Sólo palabras, pero claras para él en su sentido íntimo. Querían decirle: "Me pedisteis que os ayudara y, como os amo, os pido que os vayáis."

Le apretó las manos en las suyas y se fue, feliz, más feliz que nunca lo había estado en su vida.

12

Se durmió en paz consigo mismo. Había tenido un día bueno como soldado, como cristiano y como hombre. Había convertido a la ley de Cristo a una de las almas más hermosas de las que vivían fuera de la cristiandad, y gozaba de la dicha suprema del amor. El dulce peso del corazón de piedra verde sobre el pecho le recordaba a la criatura luminosa y tierna entre cuyos senos como en un nido yacía ahora la medalla de la Madre y el Niño. El sueño en que se deslizó fue como un lago subterráneo, quieto y límpido.

Pero en cuanto dejó la barquilla de su ser suelta sobre el lago de aquel sueño, se alzó una violenta borrasca. Los deseos viriles que hasta entonces había dominado tantos años se alzaron en rebelión al asalto de todo su ser, amotinando ante su imaginación las imágenes más carnales y obscenas, ya rememoradas, ya construidas en su pensamiento con una riqueza de detalle vivo que le torturaba los sentidos, le atormentaba la mente y le avergonzaba el alma. Era un torrente de personas, escenas, actos, españoles, mejicanos vivos, muertos, conocidos, desconocidos, en tumultuoso desorden, en una orgía sin fin de sátiros y de ninfas arrastrados y abandonados a la esclavitud del soberano poder de la carne.

Alonso daba vueltas y más vueltas en el lecho, gimiendo miserablemente. En su sueño, luchaba por separar la imagen de Xuchitl de todo aquel infierno de infamia en que había caído; pero Xuchitl volvía siempre y volvía a volver y aun entraba de lleno en aquel torbellino infame, o lo intentaba, a no ser que fuera él, Alonso, quien trataba de poseerla en su sueño, arrojando de sí a los demás monstruos para guardarla a ella cerca, a su lado, como su mujer única y secreta que se disponía a gozar, cuando de súbito una vigorosa reacción de su sentido de honor la expulsaba de su lado y se encontraba otra vez hundido en obscena catarata de ninfas y sátiros vomitados en la noche por un enorme cardenal, sátiro a su vez, que corría descaradamente tras las ninfas, todas más putas que las gallinas, y Marta misma pasando por el bosque con su cuerpo abierto ante él como una gallina sangrienta devorada por un neblí, mientras Antonio juraba y perjuraba y el Jabalí se transfiguraba en un macho cabrío que salía huyendo al ver a Alonso en el bosque oscuro.

Le batía la sangre en el corazón y las sienes y le martilleaba la nuca. Se despertó. No. Ya no podía esperar más. Que le perdonara el cardenal. De todos modos ya había muerto. Había cumplido su promesa tantos años —cerca de diez—, mucho más de lo que se puede exigir a un hombre sano; y Xuchitl era ya cristiana, al menos en espíritu, y se iba a casar con ella. ¿Por qué esperar? Y de todos modos no podía esperar. No era cosa de elegir. Era que no podía... Y no quería.

Se levantó y se vistió en las tinieblas. ¿Se pondría el peto de acero? Era más seguro. Pero la noche estaba bochornosa, y le daría mucho calor. La llevaría sin abrochar. En la noche se escurrió, sin despertar a Cara-Larga, que en la habitación de al lado dormía tranquilamente, y a través de las calles oscuras cruzó la villa y parque hacia Xuchitl.

Al sentirse el rostro bañado por el aire húmedo de la laguna, se le fue calmando el ardor hasta permitir el retorno de su pensamiento. "¡Qué locura! —decía su pensamiento—. ¿Adónde vas corriendo? ¿Qué le dirás a ese ser que adoras? ¿Cómo le explicarás tu regreso, tu derrota?" Pero Alonso no escuchaba su pensamiento. Seguía quemándole la sangre su ardor que, aunque ya no en posesión única de su ser, era todavía más fuerte que su pensamiento. Fingía, pues, no oír a su pensamiento y seguir a toda prisa impulsado por un ímpetu irresistible, mientras que ahora ya aquel ímpetu no era tan irresistible y había entrado a apoyarle su propia voluntad.

Apenas si divisó a dos centinelas, que al reconocerle le dejaron pasar, y así se hundió en las tinieblas de las avenidas umbrosas del parque real en cuyo centro dormía Xuchitl.

13

Ixcauatzin había salido de la estancia de Alonso en un estado de honda agitación. El hecho clave era aquella escena en el patio del palacio real cuando, al ver aparecer a Alonso con él a un lado e Ixtlicoyu al otro, Xuchitl había cruzado el espacio en volandas hasta ir a posarse como en un nido en el pecho del español. Xuchitl no había visto nunca a Alonso.

Tenía el alma tan deshecha que no se atrevió a comparecer ante Xuchitl, a quien no había visto desde su regreso de la esclavitud y de la deshonra; y, sin embargo, no conseguía permanecer lejos de ella. Al día siguiente al de su visita a Alonso, el mismo día en que Alonso pasó bajo la impresión de los sacrificios a las deidades de la montaña se impuso Ixcauatzin severos ejercicios religiosos para dominar su congoja. Se sangró profusamente, ofreciendo la sangre a Quetzalcoatl, su deidad favorita. Pero llegaba la noche y seguía sin mejoría alguna en su ansiedad. Aquella cuerda oculta que en su corazón le ligaba a Xuchitl, seguía tirando tan fuerte como siempre, hasta que al fin le obligó a salir del Calmecac y a irse a rondar de un lado para otro en los jardines del rey. Allí, en la sombra, ya al pie de la ventana de Xuchitl, ya lejos, ya al borde de alguna de las numerosas albercas, ya bajo un árbol copudo, descansando su mente atribulada y su cuerpo ensangrentado, el soldado sacerdote anduvo vagando en la noche, sin poder descansar ni dormir ni marcharse ni quedarse, en el infierno sin esperanza de los indecisos y de los inconfesos.

Se le habían cerrado los ojos, apoyado contra el tronco de uno de los árboles majestuosos del jardín más hermoso de Tetzcuco, cuando —dormido o despierto, no lo sabía bien— oyó el ruido característico del fantasma que lleva el pecho abierto, de modo que al andar le baten las paredes del pecho. Ixcauatzin conocía bien aquel ruido por haber tenido ya con el fantasma una lucha singular en la que le había obligado a entregarle las cuatro espinas de maguey, signo de la victoria más alta a que el más valiente guerrero en lucha con un fantasma podía aspirar. El chacoloteo de las paredes del pecho del fantasma venía aumentando en la noche. Era que el fantasma se acercaba. La noche estaba oscura, más todavía bajo la vasta copa de follaje de aquel árbol junto al que aguardaba Ixcauatzin, hasta que en efecto lo vio avanzar a grandes zancadas atravesando una mancha de relativa claridad entre dos árboles, con pasos que parecían gigantescos. Ixcauatzin no se dejó amilanar. Tenía ya su plan maduro. Ya una vez le había sacado las cuatro espinas. Esta vez, según lo establecido, le tocaba arrancarle el corazón. Ya estaba a mano. Se le veía el lado derecho del pecho ir y volver en la sombra, colgando del hombro, en ritmo con los pasos. Calculó el tiempo con cuidado, clavó los ojos en la abertura del pecho donde pronto iba a meter una mano despiadada, y de súbito, dio un salto adelante, cayó sobre el fantasma, hundió la mano bajo la pared del pecho que seguía flotando —¡qué fría y dura era! —y agarró algo... ¡Su corazón sin duda! ¡Oh, gloria!... Ixcauatzin tiró desesperadamente. El fantasma le agarró la mano izquierda. Pero Ixcauatzin, con un movimiento rápido hacia abajo primero, a un lado después, eludió el gesto y desapareció en las tinieblas llevando bien preso en la mano derecha el corazón del fantasma.

Siguió corriendo, corriendo hasta llegar cerca del centinela de la puerta del parque. Todos lo conocían. Se paró para calmarse, al menos externamente, y pasó con paso digno frente al buen cempoales. Ya libre, volvió a caer en honda agitación. Sabía que no había modo más seguro de destruir su presa inestimable que intentar verla antes de la mañana siguiente. Llegó a su celda y en la oscuridad encontró papel santo, echó el corazón del fantasma encima y plegó el papel para cubrirlo como estaba prescrito por la tradición. Luego, agotado, cayó sobre el lecho y se durmió.

14

Alonso recobró el equilibrio, miró en derredor y pensó: "¡Si no le hubiera agarrado el brazo, era cosa de creer que había sido un fantasma!" Sentía como un arañazo en la parte de atrás del pescuezo. Se echó la mano al lugar frotando la piel de arriba abajo. "¿Dónde está la cadena?" Se palpó el pecho. Había desaparecido el corazón de piedra verde y con él la tensión que le había torturado alma y cuerpo. Se encontró frío, dueño de sí, a medianoche en el parque de Xuchitl, sin objeto alguno que pudiera explicar a nadie su presencia en aquel lugar y habiendo perdido —¿a quién? —aquella joya única que Xuchitl le había entregado horas antes como prenda de amor.

Lentamente retornó a su casa, de humor meditativo. "¿A quién?", se repetía para sus adentros. No estaba todavía en humor de examinar el asunto como lo hubiera hecho un alguacil; iba tan sólo sintiéndolo, echándole en la noche tentáculos de instinto a través de aquel mismo aire en que el hecho había ocurrido. Y el aire y la noche le murmuraron al oído: "¡Ixcauatzin!"

"Pues claro que sí —contestó él al aire y a la noche—. Tenéis razón. ¿Quién si no?" Había tenido una escena con él el día anterior, debida a todas luces a celos. Alonso simplificaba lo ocurrido reduciéndolo a celos, lo que sin duda era hasta cierto punto verdad, pero sin ver la rica superestructura de vida y de leyenda que lo cubrían y lo vestían con numerosos rasgos tan sutiles como complejos.

Ixcauatzin estaba celoso. Estaba enamorado de Xuchitl. Anhelaba verse libertado de la esclavitud de deberle a Alonso la vida y el honor, a fin de poderse medir con él de igual a igual cuando se planteara entre ambos aquel duelo personal. Todo esto estaba claro. Xuchitl le amaba y él amaba a Xuchitl. Ixcauatzin no sería el primer hombre ni el último en sufrir de amores contrariados. A cada hombre su destino, y nadie ha menester responder por los demás. Pero el noble azteca no debió haberle atacado en ninguna circunstancia, menos que en ninguna, de noche, sin previo aviso y echando a correr en cuanto le había robado el corazón de piedra verde. Alonso seguía andando, reconstituyendo la escena, desconcertado ante la conducta de Ixcauatzin, a quien tenía en alta estima.

De pronto se quedó parado como si hubiera visto algo en su camino. Estaba ya a la puerta de su casa, y hasta oía los ronquidos de Cara-Larga por la ventana abierta. Pendía de la ventana, cubriéndola sin cerrarla, una especie de cortina de estera colocada en una cuadro de madera, y el viento la movía haciéndola chocar a intervalos regulares contra el quicio de la ventana. "Eso ha debido de ser", se dijo Alonso. "Ahora recuerdo que Cara-Larga me había contado esa curiosa superstición. El fantasma con el pecho abierto. El ruido regular de los costados al andar..." Se puso la mano sobre el peto de acero que le colgaba del hombro. "¡Sí, claro está, y el corazón también! Y el mismo Ixcauatzin, también al bajar sierra abajo me aseguró que ya había luchado una vez a brazo partido con ese fantasma del pecho abierto..."

15

En cuanto el sol inundó su celda de luz, saltó Ixcauatzin fuera del lecho, se puso en pie y corrió derecho a la estera donde había dejado su tesoro. No tuvo que desdoblar el papel santo. El viento había descubierto lo que contenía y sus ojos atónitos contemplaron el corazón de piedra verde. Presa del mayor asombro, se quedó mirándolo fijamente.

¿Sería el verdadero corazón de jade? Su aspecto era idéntico al que él recordaba bien. Pero ¿era en verdad el que había visto un día sangrar sobre el pecho del rey Nezahualpilli, el mismo que había recogido de las cenizas al pie de su pira funeral? Con los ojos fijos en la joya, a cierta distancia, en postura de temor y aun de terror, con las manos y los brazos un poco hacia atrás: "No, no quiero tocarte", parecía decir todo su cuerpo. Pero poco a poco comenzó a inclinarse cada vez más, a perderle el miedo a la joya y hasta a sentirse atraído por ella, de modo que, sin atreverse todavía a tocarla, se arrodilló y se inclinó hasta que los ojos ya casi la tocaban... y la nariz también. De pronto, le abrumó la sensación de que Xuchitl estaba presente allí en su misma celda. Era el aroma de Xuchitl. Ixcauatzin se dio cuenta. El corazón de piedra verde estaba impregnado del olor de Xuchitl. Se puso a temblar todo él, asió la joya con sus manos y se la iba a llevar a los labios en un movimiento de pasión... pero no, no cedió, y volvió a colocarla sobre el papel sagrado.

No había vencido a un fantasma. Había luchado con Alonso. No. No había luchado con nadie. Le había robado una alhaja a un transeúnte. Alonso estaría ahora diciendo que Ixcauatzin era un ladrón vulgar que le había asaltado en el camino echando luego a correr como un cobarde en la oscuridad, con su mal ganado botín. Hundió la cabeza en las manos. Y además, lo llevaba Alonso al cuello... ¡Aquella joya inestimable, aquella prenda de amor, talismán de felicidad íntima, iba colgando sobre el corazón vivo de Alonso!... Alonso era el heredero de la tradición de amor de la casa real de Tetzcuco por virtud de la voluntad soberana de Xuchitl. Ya no le quedaba a Ixcauatzin nada más que inclinarse ante el destino y morir.

16

Aquella misma mañana entró Ixcauatzin, erguido y la cabeza alta, en la estancia de Xuchitl.

—Xuchitl, ¿dónde está el corazón de piedra verde?

La mano derecha, que traía apretada, se tendía con violento esfuerzo que le obligaba a llevar el brazo rígido. La voz procuraba ser fría, pero Xuchitl percibió la trepidación bajo aquella frialdad. No se esperaba la pregunta, y la contestó con otra:

—¿Por qué preguntas hoy lo que no has preguntado otros días? —dijo para irse preparando a la defensa.

—Pronto lo sabrás. Pero entretanto, dime, si es que me otorgas tu confianza, dónde está el corazón de piedra verde.

—Alonso lo lleva ahora —contestó con la mayor sencillez.

Ixcauatzin aguantó la puñalada sin inmutarse.

—Recordarás que tu padre me hizo jurar que te guardaría. Permite que te pregunte: ¿Le has dado el corazón de piedra verde como le hubieras podido dar cualquier otra alhaja o...?

Xuchitl se sonrió.

—¿Para qué preguntar? ¿No ves que el corazón de piedra verde es un talismán de amor? Le di el corazón de piedra verde al darle mi corazón.

Erguido y rígido, inmóvil, se mantuvo Ixcauatzin contra la presión espantosa que sentía sobre la boca del estómago. La garganta la tenía seca de fiebre. Procuró tragar una o dos veces antes de hablar y al fin dijo:

—¿Entonces, su... mujer?

—No. Tengo primero que entrar en su fe.

Contestaba como para satisfacer su curiosidad, aun dándose cuenta del daño que le estaba haciendo.

—Aquí tienes el corazón de piedra verde —dijo abriendo y tendiéndole la mano derecha como una bandeja ante sus ojos que dilataba el asombro—. Ayer noche me lo encontré en la oscuridad y creyendo que era el fantasma de pecho abierto...

Se paró en seco. Un sexto sentido le dijo que Xuchitl no creía en aquel fantasma, y una ráfaga de duda penetró en el teocalli enmurallado de su pecho hermético.

Xuchitl sonreía por encima de la cabeza del tenso mejicano. Había entrado Alonso en la estancia. Vio que Xuchitl tenía el corazón de piedra verde en la mano. Vio a Ixcauatzin y tomó la delantera:

—Lo había adivinado. Sólo Ixcauatzin era capaz de haberme quitado el corazón de piedra verde, y era hombre demasiado valiente y honorable para salir corriendo en fuga. De modo que me di cuenta de que me había tomado por el fantasma del pecho abierto.

La humillación de Ixcauatzin era completa. Le habían otorgado la excusa y el perdón. El hombre blanco y la mujer mejicana le habían juzgado y absuelto.

—Xuchitl —dijo—, tu padre no creería ya, si viviera, que mis servicios son necesarios. Ya tienes quien te cuide mejor que yo. Pero tu padre me hizo prometer que no haría nada contra tus deseos. Así, pues, yo te pregunto: ¿me desatas de mi obligación para contigo?

Xuchitl estaba muy conmovida:

—Jamás olvidaré tu abnegación.

—Bueno, de modo que me desatas.

Xuchitl lo confirmó con un movimiento de cabeza. Ixcauatzin hizo ademán de salir, pero Alonso le detuvo:

—Ixcauatzin, dos palabras. Primero, se acercan días en que podrán surgir... dificultades entre vuestro pueblo y el mío. Acordaos de que soy vuestro amigo. Y... yo también os desato de vuestra obligación. Quedáis libre de toda gratitud para conmigo.

El guerrero azteca miró con frío orgullo al español.

—Nadie puede desatarme de eso más que yo mismo, o los dioses.

Y salió, rígido y erguido, sin mirar atrás.

17

Este episodio reforzó la voluntad de Alonso contra la tentación, permitiéndole frecuentar a Xuchitl. Instintivamente, llevaba siempre sus conversaciones con ella a temas mentales y religiosos, a los que ya era ella inclinada por naturaleza y crianza. Se sabía tan bien los Evangelios, que le pudo ir relatando la vida de Jesús casi con las palabras de los evangelistas que iba traduciendo mentalmente mientras hablaba. Aquellos días de Tetzcuco, ya en la estancia de Xuchitl, ya en los jardines frondosos de Nezahualpilli, mientras él iba desarrollando ante la imaginación de su amada la historia más conmovedora que atesora el mundo, le llenaron de las alegrías más puras y profundas. La vida del Salvador era para ella nueva en un sentido mucho más profundo del que lo hubiera sido para cualquier persona del Viejo Mundo que la oyera por primera vez, pues revelaba un paisaje asombrosamente nuevo en su conjunto y en sus detalles, como fondo de una vida maravillosa. ¡Qué vida tan maravillosa! Xuchitl se conmovía ante los actos y las palabras de Jesucristo. Alonso, a su vez, que tan intensamente sentía la vida de Jesucristo, desarrollaba su relato con habilidad y fuerza dramática; de modo que los inolvidables episodios se sucedían los unos a los otros como perlas engarzadas en el hilo de oro de la divina personalidad, y Xuchitl iba de asombro en asombro y de emoción en emoción.

No le era posible, claro está, olvidar el fondo de su propia religión, y a cada paso se veía llevada como de la mano a comparar la inefable sabiduría de Cristo con la espantosa crueldad de los dioses sanguinarios. De modo que cuando la vida divina llegó a su final en esta tierra y quedó el gran sacrificio consumado que hace a todos los hombres deudores para siempre en la cuenta del amor, lloró lágrimas de dolor por la historia misma, de júbilo por su maravilloso sentido, que no hubiera podido concebir nunca persona humana.

—Hay una cosa que no llego a comprender —le dijo un día

después de haberle oído el episodio de la Samaritana—, y es que hubiera vivido como ha vivido entre seres humanos. ¿Puedes imaginarlo? Ha debido dejar el país y el pueblo en que vivió inundados de luz para siempre.

Alonso le sonrió enigmáticamente, sin atreverse a contestar.

18

A los pocos días de aquellos sucesos, el ocho de noviembre para los españoles y uno de los primeros días del mes del Flamenco para los mejicanos, alumbró el sol una de las escenas de más color y de más fuerza dramática que su ojo radiante contempló y trajo a luz en esta oscura tierra. Sobre la calzada de Tenochtitlán que unía a la ciudad isla con Iztapalapa, dos comitivas iban lentamente a su mutuo encuentro. A un lado y otro de la calzada, arrimados a la línea de casas y teocallis que formaba la avenida, pasaban sendas hileras de notables mejicanos, espaciados a intervalos de una vara poco más o menos, esplendorosamente ataviados, rutilantes de joyas y plumas, pero descalzos. Este último detalle anunciaba a la multitud que el emperador en persona venía en la comitiva. Pero ya habían pasado muchos de aquellos esplendentes notables y todavía no se veía señal de los barrenderos que precedían a la litera imperial para dejar la calle impecablemente limpia antes de que llegara el emperador.

Moctezuma se había metido en su capilla. Era una sala que resplandecía de oro y plata en todos sus cincuenta pies de ancho y sus ciento cincuenta de largo. Las paredes estaban forradas con planchas de oro de pulgada y media de espesor encuadradas en pilares de plata maciza. Sobre candelabros de oro macizo ardían teas especiales con llama sin humo que arrancaban refulgentes reflejos de infinidad de esmeraldas, rubíes, topacios, chalchivitls y otras piedras que constelaban la bóveda. La capilla era pues una cámara de metal, cristal y fuego, especie de crisol en que no podía animar sentimiento humano alguno. En aquel templo secreto se había adentrado Moctezuma para templar el metal de su alma, que el miedo y el deleite habían deteriorado.

Tenía proyecto de prepararse para aquel día de prueba con un sacrificio especialmente concebido. Por medio de la red administrativa de sus calpixques y espías se había procurado un hombre con barba poblada, cosa no usual en el pueblo mejicano. El Cuauhxicalli de aquella capilla privada, sobre el que se solía arrojar el corazón de la víctima después de sacrificio, era un maravilloso barreño de oro de una vara de diámetro con un agujero en el medio. La piedra de sacrificio, tallada en agudo lomo de cruz, estaba también cubierta con una hoja espesa de oro. Sólo en ocasiones muy excepcionales se utilizaba aquel templo para el sacrificio, y siempre era entonces Moctezuma en

441

persona el sacerdote oficiante. Quetzalcoatl, adornado con cuerdas de camarones de oro colgándole del cuello y de las rodillas, contemplaba el espectáculo y sus ojos blancos y redondos parecían como fascinados por la hoja brillante de obsidiana negra que, inserta en un mango de oro, aguardaba al corazón de su víctima.

Moctezuma entró en el templo y echó una mirada a la presunta víctima, que, atada a la piedra dorada del sacrificio, con el rostro hacia arriba y los brazos en cruz, aguardaba la muerte. El emperador se quedó satisfecho del aspecto de aquel hombre. "Es exactamente como los pictogramas y hasta como las cabezas que eché en la laguna" —pensó. Asió el cuchillo, se puso en cuclillas ante el altar y oró en alta voz. "Oh señor Quetzalcoatl, revela tu misterio. Habla. ¿Son tus hombres? ¿Debo entregarles mi imperio sobre esta tierra? Habla. Te ofrezco esta víctima elegida por su semejanza a ellos para que comprendas lo que hay en mi corazón."

Se puso de pie. Echó hacia atrás el manto azul que le caía sobre el hombro, dio un paso hacia la víctima, levantó el brazo, recogiendo en el espejo negro de la obsidiana vívidos reflejos de las llamas del brasero de incienso, y con toda su fuerza asestó un golpe con el cuchillo contra el pecho desnudo de la víctima. Chocó la hoja de obsidiana contra una costilla y la obsidiana se quebró en añicos que fueron a caer sobre el piso de oro en lluvia de campanilleo metálico. Moctezuma dio un paso atrás, pálido de terror santo, con el mango de oro vacío en la mano, los brazos hacia atrás, la cabeza hacia adelante, los ojos clavados en la víctima. El desdichado atado a la piedra de oro del sacrificio había cerrado los ojos, y ni un movimiento, ni el más leve aliento parecía animar su cuerpo inerte.

Moctezuma dejó caer al suelo el mango de oro de sus dedos sin fuerza, y sin atreverse a mirar a Quetzalcoatl, salió del templo lentamente, muy lentamente. Al llegar al portal, dio un golpe en el pandero de oro. Petalcalcatl, que esperaba fuera, corrió las tres cortinas que los separaban de su amo.

—Que lo sacrifiquen en el teocalli —dijo el emperador con un ademán hacia atrás.

Aguardaban los tres heraldos de vara de oro. Al instante alzaron las varas, rectas a la altura del rostro, se formaron en fila y echaron a andar. Moctezuma los siguió. Cuando la comitiva salió al patio exterior, halló allí la litera. Era una magnífica construcción de plata y oro, más rica todavía en su artificio que en sus nobles materiales. Sobre los pilares de maravillosa talla descansaba un toldo de plumas preciosas tejido sobre cañamazo de oro. Al cruce de cada dos hilos de oro centelleaba una piedra preciosa. Iba Moctezuma a entrar en la litera, cuando salió a la luz Petalcalcatl, que volvía del templo.

—Señor, la víctima está muerta.

Moctezuma se paró un momento al lado de la litera, con una mano descansando sobre la columnilla de oro mientras que en la otra tenía la varilla de oro que nunca abandonaba; los ojos puestos en el tapiz rojo y azul que cubría las losas del patio. Las dos larguísimas hileras de notables y capitanes que le precedían aguardaban en la calzada de Iztapalapa. El emperador meditaba: Quetzalcoatl no había aceptado su sacrificio. Moctezuma se disponía a salir al encuentro del jefe blanco y seguía en completa tiniebla interior. ¿Qué hacer? Partir del supuesto de que Cortés era el hombre de Quetzalcoatl. Entró en la litera, se arrellanó en el ycpalli de plata e hirió el borde del ycpalli con la varilla de oro. Los cuatro portadores, magníficamente ataviados pero descalzos, se pusieron en marcha.

19

Mientras tanto, Cortés había salido de Iztapalapa y tomado la calzada a través del lago hacia Tenochtitlán. La laguna había desaparecido, literalmente borrada por las canoas abarrotadas de hombres, mujeres y niños, de pie sobre las embarcaciones, bebiendo ávidamente por los ojos el asombroso espectáculo. Muchos hombres llevaban en hombros a niños pequeños. Abrían la marcha los auxiliares cempoaleses; venían después dos lebreles que dos soldados españoles llevaban atados con sendas correas. De la multitud se elevó un murmullo de asombro a la vista de aquellos extraños animales y de aquellos hombres más extraños todavía; asombro que subió de punto cuando apareció Cortés sobre su yegua castaña a la cabeza de cuatro líneas de tres jinetes cada una, uno de los cuales era Alonso, que se había agregado al ejército en Iztapalapa. La vista de aquellos hombres barbudos, muchos, y aun los más, pelirrojos o rubios y de ojos azules, a horcajadas sobre los animales de más talla que jamás habían visto los mejicanos, llenaba las almas de una especie de terror religioso, pues en aquellos millares de seres, como en tantos seres humanos de todos los tiempos y países, eran el culto y el terror sentimientos contiguos. Las filas apretadas de los soldados de a pie, con sus armaduras y cascos de acero, seguían en perfecta formación, y tras ellos los tlamemes que transportaban los cañones, y una retaguardia compuesta de varios centenares de indios aliados al mando de un jinete español.

El asombro de los españoles ante lo que veían no era menor del que causaban. Ni uno de ellos, ni aun su jefe, tan osado e imaginativo, había soñado a Méjico como era en realidad, ciudad de encantamiento, Venecia exótica que tantas señales revelaba de orden, de civilización y de riqueza, tanta dignidad arquitectural, tan vasta población en la que los ojos prácticos de los españoles contaban mentalmente posibles soldados, eventuales enemigos...

Y mientras gozaban del espectáculo, de los colores bañados de sol de la multitud morena, rojiza, amarillenta, las casas blancas, los teocallis, el cobre brillante de los cuerpos, el color variado de huipillis y bragueros, las plumas de los guerreros, el azul del cielo y el blanco inmaculado de los picos de la sierra, soldados y capitanes iban rumiando los peligros de la conquista, comparando su propia corte- dad de fuerza militar con la inmensa fuerza que podía adivinarse en el seno de aquel pueblo tan numeroso y ordenado, y se refugiaban en el Señor, que los había acompañado hasta tan lejos y elegido para la conquista más gloriosa jamás intentada en Su nombre.

Entretanto, en vanguardia, Cortés se había apeado del caballo. A corta distancia, unos notables mejicanos estaban colocando en el suelo, a lo largo del eje de la calzada, el tapiz azul del emperador. Los portadores de la litera la habían colocado en través al borde del tapiz. Moctezuma se apeó e hizo una inclinación de cabeza. Cortés avanzó para echarle los brazos al cuello. Era el gesto natural —la unión de lo viejo con lo nuevo— que su corazón le inspiró. Pero Cacama y Cuitlahuac, que en regio atavío, con manto y diadema, acompañaban al emperador a derecha e izquierda, interpusieron sendos brazos para impedir aquel gesto de Cortés, sacrílego a sus ojos. Moctezuma estaba mirando a Cortés en los ojos. Jamás desde el día de su coronación había cruzado la mirada con nadie, excepto con Xuchitl. Cualesquiera ojos humanos, con ese sentido misterioso de presencia espiritual que aciertan siempre a dar —no sólo la pre- sencia de otra criatura, sino la presencia del Otro, de ese Espíritu que anima en todas las cosas, siempre entre nosotros y siempre misterioso—, hubieran bastado quizá a conmoverle al cabo de los años en que se había separado voluntariamente de toda comunica- ción visual con otras almas. Pero, además, los ojos de Cortés poseían un vigor y un magnetismo muy por encima de lo común, y cuando su mirada cruzó la de Moctezuma sintió el emperador que le invadía el ser un torrente de vida impetuosa e invencible. "Sí —pensó—. No cabe duda. Es el hombre de Quetzalcoatl." Se volvió hacia su mayor- domo y le dijo:

—Las insignias del dios. Pronto.

—Señor —dijo entonces Moctezuma a Cortés—, habéis vuelto a vuestro país y a vuestro pueblo. Aquí está vuestra ciudad. En vues- tras manos la entrego.

Alonso tradujo estas palabras, que Cortés contestó diciendo:

—Señor, habláis como un monarca grande, noble y generoso. No vengo a quitaros nada. Vengo enviado, como ya os explicaré con más tiempo, y os agradezco que hayáis salido a mi encuentro.

Entonces echó al cuello de Moctezuma un collar de margaritas de vidrio que traía puesto.

Petalcalcatl había entregado a Moctezuma un paquete envuel- to en un paño de algodón. El emperador echó al cuello de su huésped dos collares de camarones de oro, de los que colgaban de la imagen de Quetzalcoatl en la capilla imperial. Por la multitud, que vio aquella escena, pasó una ola de terror sacro, cuyo largo murmullo fue a levantar miles de ondas de agitación por todos los contornos de la laguna.

Uno a uno, los notables y capitanes fueron pasando ante Cortés, poniendo una rodilla en tierra, tocando el suelo con un dedo que luego se metían en la boca —juramento de fidelidad—. Sus deslumbrantes plumajes verdes, rojos, azules, amarillos, barrían la limpia avenida cuando se inclinaban profundamente ante aquel extraño a quien su emperador y sumo sacerdote había rendido honores divinos. Alonso estaba de pie al lado de su jefe. Había observado a Ixcauatzin esperando su turno en la cola de los brillantes notables y capitanes de Moctezuma que aguardaban para saludar a Cortés. Llevaba todo el soberbio atavío con el que había venido a visitar a Alonso recién recobrada su dignidad. Ya no quedaban más que dos hombres en la cola entre Ixcauatzin y Cortés. Ixcauatzin le había visto, pero no daba señales de ello. Parecía otra vez sumido de lleno en su ser mejicano, ignorante de cosas y gentes del mundo blanco. Llegó el turno de Ixcauatzin. Hizo la reverencia, echó la mano hacia tierra, pero no tomó la tierra. Acercó la mano a los labios, pero no tocó los labios.

Alonso se dio cuenta de todo.

20

Para Ixcauatzin aquella llegada de la fuerza española, para suplantar al emperador de Anáhuac, no era más que la llegada de Alonso para suplantarle a él en el corazón de Xuchitl, a más vasta escala. Moctezuma, echando el collar de camarones de oro, símbolo de Quetzalcoatl, al cuello de Cortés, no era más que otra encarnación de Ixcauatzin devolviendo a Xuchitl la cadena de oro y el corazón de piedra verde que se había encontrado al cuello de Alonso. Terminada la odiada ceremonia, retornó a su celda solitaria y se encerró en una sombría meditación en torno a la muerte como la única redención de una vida ya en adelante estéril.

Meditando así se encontraba cuando llegó a sus oídos suave melodía de una flauta quejumbrosa que acompañaban alegres campanillas y el murmullo sordo de una multitud. Ixcauatzin salió a la ventana. Pasaba por la calle un joven curiosamente ataviado que seguía una multitud de fieles tratándole como si fuera un dios. Al verle, los transeúntes se ponían en cuclillas, en la postura prescrita para ante los dioses, hasta que había desaparecido. Era hermoso sin tacha. Iba pintado de oscuro, casi negro, de pies a cabeza, y llevaba en la cabeza una cresta de plumas de gallina blancas, pegadas con resina. El pelo, largo como el de una mujer, le colgaba hasta la cintura. Sobre el pecho llevaba una piedra blanca colgada de una cadenilla de oro, y una guirnalda de flores. Llevaba otras dos guirnaldas en diagonal cruzándole el pecho de un hombro al costado.

Bajo las flores, en la espalda, un ornamento cuadrado de algodón blanco con fleco largo y borlas. En ambos brazos, brazaletes de oro que le cubrían todo el brazo desde el codo hasta el hombro, y del hombro a la muñeca cascadas de brazaletes de piedras preciosas. El braguero era lujoso y complicado, y ostentaba además de la tela usual una larga pieza decorativa de algodón que caía desde la cintura hasta las rodillas. Llevaba el resto del cuerpo desnudo, pues la "manta" de algodón que vestía era más bien como una red de pescador, salvo que era muy rica y adornada con numerosas borlas. En las rodillas llevaba bandeletas de algodón sobre las que tintineaban melodiosamente collares de campanillas en ritmo con su paso. Los zapatos eran de cuero de venado pintados de colores.

Ixcauatzin reconoció en seguida al joven elegido aquel año para encarnar a Tetzcatlipuca, dios de los dioses, destinado al sacrificio en el mes de toxcatl. Iba y venía durante su año divino con un ramillete de rosas en la mano derecha y en la izquierda un acayetl de tabaco fino y aromático, saboreando ya el aroma de las flores ya el humo embriagador de la hierba sagrada. De cuando en cuando, llamaba con la mano a uno de los ocho pajes que ricamente ataviados le acompañaban siempre, le entregaba las flores y la boquilla de lata de su acayetl y tomaba en la mano la flauta de hueso sobre la cual tocaba plañideras melodías como quien sabe lo que vale el aliento a medida que se va acercando a la muerte.

Ixcauatzin conocía bien a aquel muchacho. El Joven Divino de aquel año había sido uno de sus alumnos en el Calmecac. Se puso a medio meditar, medio ensoñar, sobre el destino de aquel joven. A los pocos meses, le prepararían sus últimos veinte días; le lavarían del cuerpo toda aquella pintura, le cortarían el pelo a lo militar, atándoselo en una mecha recta sobre lo alto de la cabeza con una cinta adornada con dos borlas de oro; y le presentarían a cuatro hermosas doncellas —desde luego ninguna tan hermosa como Xuchitl, pero, al fin y al cabo, cuatro hermosas doncellas que transfigurarían los últimos veinte días de su vida en un verdadero paraíso—. Sería su vida como esos días grises que de pronto se llenan de luz y belleza al anochecer. ¿No era entonces la vida del Joven Divino sacrificado a los dioses la verdadera vida ideal? Una vida sin cuidados ni responsabilidades; ocho pajes; la belleza para todos los sentidos; apenas un poco de disciplina para no engordar, lo que pondría en peligro la belleza física indispensable para encarnar al dios de los dioses, y si necesario fuere, unos cuantos tragos de agua salada para seguir delgado; pero por lo demás, los manjares más finos, los aromas más delicados, las suaves melodías de la dulce flauta; y aquel atardecer maravilloso, profundo, recostado sobre el lecho de amor en plena conciencia de que aquel amor jamás sería rancio y polvoriento y triste, porque moriría antes de envejecer, moriría en plena floración de su vigorosa primavera. Sí. Aquélla era la verdadera vida. Le llenaba el corazón de tristeza pensar que había dejado pasar aquella hermosa ocasión (pues su cuerpo era tan impecable y perfecto como el que más), y que había consentido en bajar al palenque de la lucha diaria y empañar su cuerpo con el polvo y el sudor de la batalla y su alma con las lágrimas de la desilusión.

El Divino Joven volvió la esquina y el desdichado Ixcauatzin se quedó en el fondo de su meditación y de su soledad, escuchando la libre melodía de la flauta del amor y de la muerte que se iba diluyendo en la luz del anochecer.

21

Cortés había dado orden de que su ejército quedase acuartelado durante algunos días, a fin de evitar todo posible incidente en una ciudad tan grande y poderosa. A los pocos días de acuartelamiento, les permitió ir saliendo en grupos de dos o tres, para que se prestasen mutua ayuda, y se hiciesen también mutua vigilancia. Por todas partes donde iban, hallaban los españoles a los mejicanos haciendo flechas. El capitán llamó a Alonso: los mejicanos estaban entonces en el mes de Quecholli o del Flamenco, en el cual se celebraban ceremonias tradicionales y en particular se hacía a Uitzilópochtli una ofrenda de flechas. "No son buenas para la guerra, aunque son de muy buen artificio. La punta y el casquillo son de roble, pero la varilla es sólo de junco." Cortés le escuchaba con atención, y terminó diciendo:

—Bueno será tener la vista en esas flechas y ver adónde van a parar.

Había nombrado a Alonso alguacil mayor de Tenochtitlán con orden rigurosa de evitar pendencias e incidentes con los mejicanos. La mayoría de los españoles invadía el tianguiz o plaza del mercado. El aire era fresco, pero el sol lo entibiaba. Los toldos del centro de la plaza parecían como tejidos de luz, luminosos por ambos lados de sus superficies hinchadas como velas, y como estaban dispuestos en hileras regulares, sus líneas curvas formaban un diseño de bóveda de luz y de sol invertidas que semejaban la réplica de los arcos de sombra bajo las bóvedas de los soportales.

—Parece un mercado de sordomudos —decía Vicente Esquivel, que con un grupo de compañeros acababa de entrar en la plaza.

Por dondequiera que iban arrastraban los españoles una cola de hombres, mujeres y niños, atraídos por su extraño aspecto y lenguaje. No menos asombro les causaba a ellos lo que veían, no precisamente por extraño y nuevo, sino al contrario, por lo que ni de nuevo ni de extraño tenía. Habían salido de aventuras al nuevo mundo en expectación de algo maravilloso y nunca visto —hombres con la cabeza en el vientre, o con cola, casas hechas de vidrio y hasta cosas menos imaginables y nunca imaginadas—; pero cuando se encontraron en un mercado igual que un mercado de España, regido por ordenanzas como las de España, con mercancías de todas suertes dispuestas en hileras de puestos, como en España, y alguaciles yendo y viniendo para ver si los mercaderes no engañaban en el peso, como en España, y permitiéndolo hasta cierto punto, como en España, su asombro no tenía fin. Vieron barberías, posadas donde se podía comer y tabernas donde se podía beber.

—¿Dónde? —preguntó Gallego.

—Allí, en aquella esquina de los soportales —contestó Esquivel.

Allá se fueron, cruzando la avenida de los mercaderes de pájaros, donde se pararon a contemplar los papagayos, hasta que les tiró la sed y desaparecieron en la sombra de la pulquería. Ya se habían aficionado al teometl del país, espíritu de maguey, y cuando, al cabo de un rato salieron de la fresca concavidad de la taberna, con el rostro encendido y el humor alegre, les pareció que la plaza estaba mucho más animada. Iban excitándose unos a otros a la broma y al jaleo con ribetes de camorra, y así llegaron ante los papagayos, donde formaron un círculo atento y agresivo que se esforzaba a porfía en trabar conversación con aquellos pájaros de colorines, tan dados de suyo a la elocuencia. Pero los papagayos sólo hablaban el nauatl. Los españoles habían ido aprendiendo alguna que otra palabra del nauatl, aunque no precisamente las más delicadas.

—Oye, tlatoani... —interpeló Esquivel, dirigiéndose a uno de los papagayos.

—Anda éste, ¿y para qué le llamas "gobernador"? —preguntó Gallego.

Esquivel le miró con desprecio.

—Pero, ¿no sabes lo que significa esa palabra? Aquí le llaman al jefe *tlatoani* porque es el único que habla, de modo que vale tanto como hablador. Déjame a mí este pandero, que yo lo sé tocar.

Satisfecho y doctoral, se volvió al papagayo:

—Oye, tlatoani. Háblanos un ratito, que te oigamos la voz.

El pájaro siguió silencioso y altanero, encaramado sobre la alcántara, por encima de aquellas cabezas hirsutas que contemplaba con desdén, mientras que el mercader, sentado sobre una estera en el suelo, donde estaba separando simientes, echaba miradas inquietas a aquellos turbulentos intrusos. "¡Tlatoani! Tlat..." —repitió Esquivel. El pájaro le miró con ojos duros como cabezas de alfileres y le arrojó a la cara con voz violenta: "¡Mauhqui!" Y luego, más vigorosamente todavía: "¡Mauhcatlacatl!"

Los españoles dieron un paso atrás, pálidos, y Gallego echó mano a la espada.

—Pero qué... —exclamó con furia—. ¿Vamos a dejarle que nos llame cobardes?

Era una de las pocas palabras que los españoles conocían bien, por habérsela oído a los tlaxcatecas en la fase de insultos que solía preceder a las batallas en todo el Anáhuac. Esquivel reía a carcajadas.

—¿Estás loco? ¿Te vas a ofender por un loro?

Pero en el ánimo de Gallego, los vapores del pulque habían borrado por completo la frontera entre hombre y loro (que, justo es confesar, no es ya muy clara en la naturaleza) y estaba resuelto a vengar su honor.

—¿Cómo dicen aquí hideputa? —preguntó.

Esquivel, que era el lingüista del grupo, contestó:

—Tetelpuchaaviani.

Gallego se volvió hacia el papagayo, y tomando un atajo a través de su castizo castellano, gritó hecho una furia: "¡Oye tú, tetelputa!", y le asestó en pleno rostro una bofetada. Batieron el aire las alas del papagayo, erizadas como si estuvieran cargadas de electricidad, y el ave se lanzó contra su agresor, pero la cuerda que le ataba a la alcándara cortó en seco su fiero vuelo, y el ave de fuego cayó colgando lamentablemente de la pata presa, saco de plumas inertes. El paciente indio se precipitó en su socorro y los seis españoles se encontraron súbitamente rodeados de otros tantos alguaciles mejicanos que, hablándose unos a otros entre dientes y sin mirarse, se los fueron llevando gradualmente hacia fuera del tianguiz sin hallar en ellos mayor resistencia.

Los alguaciles informaron del asunto a los jueces del mercado que, según costumbre, celebraban sesión permanente en la sala de justicia aneja al tianguiz durante las horas de venta, y los jueces enviaron al instante un recado a Alonso como alguacil mayor. Alonso acudió en persona con unos cuantos soldados de servicio. Los seis españoles se habían adentrado en una de las calles cercanas, cuando oyeron el sonido de una flauta que acompañaba un tintinear de campanillas. Era el Joven Divino que paseaba su ocio de atardecer por las calles de la ciudad. Los soldados se quedaron atónitos. El Joven Divino dio fin a su melodía, entregó la flauta a uno de sus pajes y tomó en la mano el ramillete de rosas amarillo-pálido. Cuando los soldados le vieron aspirar con delicia el aroma de las flores, se miraron unos a otros, sonrieron primero casi con incredulidad ante lo que veían y luego soltaron todos a coro estruendosas carcajadas.

—¡Qué bonito es! ¡Qué ufana debió de quedarse la puta de su madre! —exclamó Esquivel, y todos los demás fueron mejorando la frase cada uno a su modo con una catarata de chistes a cual más obsceno. La multitud de devotos adoradores que seguía al Joven Divino se indignó. Los españoles seguían cada vez más desmandados. Una mujer que pasaba se puso en cuclillas, devotamente. El Joven Divino procuraba mantener la dignidad de su representación, que siglos de tradición hacían grave y que la muerte santificaba. Los españoles se reían. Esquivel se adelantó y se puso a acariciar al Joven Divino bajo el mentón con cómica ternura. "¡Ay qué niño más bonito, y cómo lo querrá su mamá!" Un guerrero mejicano que pasaba lo derribó de un manotazo. Refulgieron las espadas al sol y el guerrero y el Joven Divino cayeron a tierra echando sangre a borbotones de hondas heridas en sus cuerpos desnudos. Un terror religioso sobrecogió a los mejicanos presentes.

Llegó entonces Alonso con veinte hombres. Hizo cerrar la calle, colocando cinco hombres armados a cada extremo y mandó a buscar refuerzos. Al oír el breve informe que le dio el soldado, Cortés envió instrucciones concretas a su alguacil mayor: no perder de vista a nadie, español o indio, que hubiera presenciado el choque. Encerrar a todo el mundo. Era menester que el incidente quedara secreto.

22

Se habían trasladado los cuerpos durante la noche con el mayor sigilo al cuartel general español, y gracias a discretas negociaciones de Alonso, vino uno de los más altos dignatarios de la iglesia mejicana a discutir el asunto durante aquella misma noche.

El hecho en sí no parecía conturbar gran cosa a aquel alto sacerdote. Lo que le conturbaba era que no había precedentes. Jamás había salido un Joven Divino de este bajo mundo más que al golpe certero del cuchillo de obsidiana de un sacerdote de Tetzcatlipuca. El pueblo no entendería otra cosa. ¿Cómo iban a explicarle los sacerdotes que el Joven que encarnaba al dios de los dioses había perecido a manos de un Rostro Pálido? De haberse sabido, el hecho bastaría para confirmar en el pueblo la creencia que, con gran disgusto de los sacerdotes, atribuía a los españoles el nombre de dioses —*teotl*.

Su primera decisión fue, por consiguiente, la de hacer sacrificar inmediatamente a todos los naturales del país que habían presenciado la muerte del Joven Divino. El sacerdote, de pie en el patio principal del palacio de Axayacatl, donde estaban alojados los españoles, no hacía más que mirar con ojos de duda y preocupación, tan pronto a Alonso, tan pronto al cuerpo del Joven Divino, que negro y ensangrentado yacía sobre una sábana blanca bajo la luz de una luna fría e indiferente. Volviendo hacia Alonso los fogosos ojos negros bajo la frente hondamente arrugada, que coronaba espesa cabellera blanca y gris, dijo al fin:

—Decid al Gran Jefe que no encuentro manera de resolverlo. Mi consejo es: quemar esta misma noche el cuerpo del guerrero; dejadnos llevar el cuerpo divino y ya veremos de arreglarlo. Más interés todavía que vosotros tenemos nosotros en que no se sepa.

Por las calles desiertas, bajo la luna silenciosa, se llevaron el cuerpo del Joven Divino desde el palacio al Calmecac dos soldados españoles, encuadrados en una compañía española al mando de Alonso para alejar a los curiosos. Recibiéronlo los sacerdotes y lo colocaron sobre un lecho de esteras y mantas de algodón en el patio central del monasterio; se retiraron los españoles y las puertas del Calmecac volvieron a cerrarse. Los sacerdotes se sentaron sobre esteras en el suelo en torno al cuerpo divino; Ixcauatzin era uno de ellos.

Comenzaron por cantar un responso, especie de melopea monótona en que cada uno de los sacerdotes entonaba por turno el canto principal y los demás repetían el refrán o letanía. Terminado el responso, el sacerdote que había acudido al cuartel general español explicó la situación, y todos los demás guardaron silencio largo rato meditando sobre ello antes de debatirlo. El sumo sacerdote habló después:

—Paréceme que si esta encarnación de Tetzcatlipuca ha muerto, sólo puede ser porque el propio Tetzcatlipuca así lo ha querido.

Rodó por todo el cuadro sacerdotal un rumor de aquiescencia, y uno de los sacerdotes comentó:

XXIV. Sacrificio del Joven Divino, representación de Tetzcatlipuca, gran dios del Cielo. La víctima fue durante un año objeto de toda clase de atenciones y homenajes. Un mes antes de su muerte le fueron ofrendadas como compañeras cuatro bellísimas doncellas.
El Joven Divino ha roto en las gradas del templo las flautas que tocó en los felices tiempos de su encarnación.

—Nada tiene de extraño, considerando los tiempos de impiedad en que vivimos.

Otro sacerdote le opuso:

—No veo yo eso. El emperador es un hombre devoto. No pasa mes ni día sin que venga a ofrecer sangre humana a nuestros templos.

Pero el primero seguía en su actitud crítica:

—¿Qué vale eso comparado con aquellos tiempos del emperador Ahuitzotl, que sólo en un día ofreció a Uitzilópochtli veinte mil víctimas y nuestros compañeros tenían que servir por turno en la jícara del águila, porque se les cansaba el brazo de darle al cuchillo de obsidiana, y la cola de las víctimas llegaba al campo?

El sumo sacerdote hizo volver la discusión a su cauce.

—Dejémonos de argumentos históricos. El caso es que nos han muerto al Joven Divino, y por lo tanto ha tenido que morir por voluntad del dios que encarnaba, pues sólo así tienen las cosas sentido y el sentido es la condición suprema del hombre. Nuestra obligación es hacer que nuestro pueblo vea esta verdad mediante alguna versión de lo ocurrido que le entre por los ojos; o sea que el Joven Divino, hallándose en oración ante el altar de Tetzcatlipuca, cayó muerto de una lanzada que le dio el mismo dios.

Nuevo rumor de aquiescencia pasó por la asamblea.

—Para que nos sea fácil recordar los detalles, os recordaré que el dios dio muerte a su encarnación en el instante en que tocaban a oración de medianoche. ¡Jurad!

Todos tocaron el suelo con la mano llevándose después el dedo a los labios.

El sumo sacerdote tomó otra vez la palabra:

—Es menester ahora elegir a otro Joven Divino.

Habló entonces Ixcauatzin:

—Con vuestra venia, señor, deseo hacer constar que convendría elegir al nuevo Joven Divino teniendo en cuenta lo ocurrido. Sería necesario escoger, en vez de un muchacho todavía sin ejercitar, a un soldado ya hecho, capaz de defenderse.

Tras de una pausa, durante la cual meditaban los sacerdotes aquellas palabras preñadas de sentido, expresó el sumo sacerdote la pregunta que todos se formulaban para sus adentros:

—¿Conoces tú a algún guerrero bastante hecho para defenderse y, sin embargo, bastante joven para complacer a Tetzcatlipuca y bastante libre para ofrecerse a morir?

—Sí, señor —contestó Ixcauatzin—. Yo mismo.

23

Cuando Cortés se dio cuenta de la plena gravedad del incidente que había causado la muerte del Joven Divino, su indignación no tuvo límites. Después de alguna reflexión, llegó a convencerse de que le había protegido otra vez la mano del Señor, pues de no haber sido por la comedia del papagayo que había atraído a Alonso a aquel lugar, la tragedia del Joven Divino habría sido irreparable. En conclusión resolvió hacer un ejemplo condenando a muerte a Esquivel, a Gallego y a sus dos compañeros.

Los cuatro soldados pasaron inmediatamente a la cárcel cargados de hierro. El padre Olmedo fue a visitarles para prepararlos a bien morir. Esquivel estaba inconsolable y rezumaba ponzoña. Todo se le volvía acusar a Alonso de su infortunio.

—Es un perro vengativo, padre, se lo aseguro. No ha olvidado... cuentas antiguas.

Esquivel no entraba en detalles.

—Pero —objetaba el buen fraile— ya os salvó la vida cuando lo de Alvarado.

Esquivel se rascaba la cabeza grasienta, que rodeaba una venda, pues le había herido ligeramente el guerrero al tirarle al suelo de un bofetón.

—Todo es farsa. Si no me hubiera acusado no hubiera tenido que salvarme la vida después. Y es un hipócrita. Va por ahí echándoselas de que ni quiere oro ni mujeres, pero... yo bien sé lo que sé.

El padre Olmedo le oía con gran tribulación:

—Guardaos lo que sabéis si no es cosa de caridad. Éste no es el momento... —se interrumpió, pensando que bastaría aquella indicación. Y, en efecto, bastó para recordar al desdichado el pensamiento de su próxima muerte, que le hizo romper en lágrimas y sollozos entrecortados con maldiciones contra su enemigo.

—Y pensar que tiene una mujer, sí señor, una mujer que tiene en Tetzcuco, que yo la he visto en el palacio del rey, y ella le da chalchivitls y uno está hechizado y bendito por el diablo... ¡y que esté yo aquí en capilla por culpa de ese maldito judío!

Volvió a romper en sollozos, y luego, alzando el puño:

—¡Lástima que no tengamos aquí una Inquisición!

El padre Olmedo le curó la herida y la volvió a vendar, y luego intentó hacer un trato con él:

—Si me prometéis cambiar de actitud para con don Alonso Manrique, yo os prometo que haré por que os perdone el capitán.

Vicente Esquivel prometió y el fraile, aunque dudando de la intención de aquel pecador, se fue a ver a Alonso.

—Padre —le dijo Alonso—, quería verle para un asunto personal.

—Pues yo también a vuestra merced —contestó el fraile.

—Empezaré, pues, por escucharle —replicó Alonso.

Y el fraile prosiguió:

—Tenemos que hacer que el capitán perdone a esos cuatro desgraciados.

—Si a eso venía Vuestra Paternidad, se ajusta su negocio con el mío, porque mi intención es que me case mañana y que tomemos ambos la ocasión para hacer que hable el corazón del capitán.

Olmedo se quedó asombrado:

—Pero todo eso es maravilloso, sólo que necesitaremos... una novia.

Alonso, sonriendo, añadió:

—Ése es mi secreto, o al menos uno de ellos. —Y pasando súbitamente a un tono grave y serio:— Son las nueve de la mañana. Tengo un cuento largo y grave que contar. Ha de ser una confesión. ¿Estáis dispuesto, padre?

Terminó de hablar Alonso, y el padre Olmedo se quedó silencioso mirando al suelo durante un rato que pareció un siglo a Alonso.

—Padre, ¿tenéis poderes para desligarme del cumplimiento de mi obligación?

El padre Olmedo seguía absorto en meditación y Alonso seguía esperando en tensa agonía. Pero se sonrió el fraile, y habló al fin:

—Vamos a ver, de modo que habéis guardado este voto... ¿cuántos años?

—Ocho años, padre.

Volvió a sonreír el padre Olmedo:

—¡Ocho años! —exclamó con admiración—. Seguro estoy de que si el cardenal viviera os perdonaría el resto de la penitencia. Mañana os casaré y lo tomo sobre mi conciencia.

Alonso se hundió la cara en las manos para ocultar el júbilo que le inundaba.

—Pero, un momento. La dama, ¿es cristiana?

Alonso tenía el alma tranquila en cuanto a este punto.

—En todo, menos el nombre y el agua bendita. La bautizaréis primero, y luego nos casaremos. Pero —añadió— todavía queda lo más difícil. Vuestra Paternidad hablará con el capitán para prepararle al perdón. Y yo haré que Xuchitl le pida como regalo de boda la vida de esos cuatro soldados.

24

Mucho complació al padre Olmedo ver que Cortés recibía con agrado la noticia de la boda de Alonso. El buen fraile se había temido que al capitán no le gustara la idea, y Alonso también. Tanto Cortés como sus compañeros habían tratado a las mujeres mejicanas con toda deferencia: las que habían adoptado como concubinas o barraganas los capitanes de Cortés, vivían en un todo como si fueran sus esposas; pero hasta entonces ningún capitán se había casado con sacramento de Iglesia con una mujer natural del país. Ello no obstante, en el ánimo de Cortés no había el menor prejuicio contra el matrimonio mixto. Cortés consideraba el asunto como puramente personal y no oponía objeción alguna a que su capitán intérprete se casara con la hija de Nezahualpilli. Antes al contrario, veía ventaja en ello, ya que la hija de Nezahualpilli era media hermana de Cacama, el joven rey de Tetzcuco, enemigo jurado de los españoles. Día vendría quizá en que Cortés tuviera que tomar medidas enérgicas contra Cacama, y entonces sería provechoso tener a mano una princesa con ciertas pretensiones a la corona de Tetzcuco casada con un español y bautizada.

Los españoles habían construido una capilla en una de las salas del palacio de Axayacatl. Era sencilla y humilde, en el estilo de las iglesias de Castilla, con paredes enjalbegadas, suelo de ladrillo y un altar sin otro ornamento que una tabla flamenca de la Madre y el Niño salvada de la capilla de una de las naves echadas a monte en Veracruz. Pero flores y velas de cera son maravillosos elementos decorativos, y Cara-Larga se había encargado de transformar la capilla en un ascua de oro, lo que hizo con tanto éxito que no pudo retener un movimiento de admiración al ver el resultado de su propia labor.

Xuchitl había revestido el traje de novia a la española, de blanco, con una guirnalda de flores blancas y un velo de muselina de algodón que había encontrado en su riquísimo ajuar. Se sentía feliz, pero grave y como retirada en sí misma, y se movía como en un sueño. Era como si se hubieran abierto de pronto las puertas del paraíso y se dispusiera a entrar en una vida de felicidad. Cuando llegó a la puerta de la capilla del brazo de Cortés y vio a la Madre y el Niño en el vértice de una pirámide de velas de cera ardiendo —ella, que no había visto jamás ni una vela arder—, se sintió tan abrumada por la belleza de aquel espectáculo (la llama de una sencilla y humilde vela de cera es una de las cosas más hermosas de la tierra, salvo que ya nos hemos acostumbrado a verla, y cien velas ardiendo todas juntas en diseño geométrico constituyen la más alta representación del espíritu consumiéndose a sí mismo, pero en orden mental), que Cortés sintió el peso de su cuerpo y creyó que iba a desmayarse. Todos los ojos convergían sobre la joven y hermosa mejicana, todos vieron cómo palideció. Sus propios ojos se dilataron irradiando luz. Se echó la mano al corazón... pero era de buena raza y se rehízo; floreció una sonrisa en sus labios y se abrieron rosas en sus mejillas. El padre Olmedo y el clérigo Juan Díaz habían revestido sus vestimentas pontificiales. A un lado del altar refulgía una pieza maravillosa del tesoro de Moctezuma, una concha de cerca de una vara de diámetro, de oro macizo, llena de agua bendita. El padre Olmedo bautizó a Xuchitl. Alonso alumbraba con una vela de cera el libro del fraile. Cuando Xuchitl sintió las gotas de agua bendita caerle en la cabeza, se estremeció de arriba abajo y le miró. Él luchaba desesperadamente contra la emoción, sabiéndose observado por sus compañeros, pero cuando se cruzó su mirada con la de Xuchitl, perdió un instante el dominio de sí y le rodaron dos lágrimas, anegándole por un momento la visión de aquella inolvidable escena. Había terminado la primera parte de la ceremonia. María Rosa —que tal iba a ser su nombre de cristiana— fue del brazo de Cortés a sentarse en una silla preparada para ella, a fin de que descansara y meditara durante la misa, que dijo el clérigo Juan Díaz, mientras el padre Olmedo, de rodillas en oración, se preparaba para el sermón. Cuando llegó su turno, el fraile se dirigió a aquella feligresía de soldados explicando la lección de los sucesos del día. Sólo la conversión de los naturales a la luz de Cristo, les dijo, podía justificar la conquista. Por lo tanto, no sólo cualquier acto de su parte que no fuera cristiano, sino todo acto indiferente y no directamente orientado a la conversión de los naturales, haría de ellos, no soldados de Cristo, sino ladrones y malhechores. Cortés aprobaba con la cabeza. Celebróse entonces la ceremonia del matrimonio, con Cortés y doña Marina como padrinos. Entre los numerosos tesoros ya reunidos de los regalos enviados a Cortés por Moctezuma en diversas ocasiones, halló el capitán dos anillos de oro, uno con esmeraldas que regaló a Xuchitl, otro con rubíes que regaló a Alonso. Xuchitl-María Rosa seguía los detalles conmovedores de la ceremonia con una fascinación realzada por el hondo carácter simbólico que en ellos adivinaba. El cambio de anillos, en particular, le pareció tan lleno de sentido que le recordó el cambio del corazón de piedra verde y de la medalla, especie de preceremonia de su matrimonio que Alonso y ella habían ideado por instinto a poco de conocerse. Cuando la última bendición se posó sobre sus cabezas inclinadas, después de un instante de silencio y de oración, Xuchitl se puso en pie y echó los brazos al cuello de su marido y apoyó la cabeza contra su pecho. Todo el ejército español allí presente sintió el valor simbólico de aquel momento. Unión y amor entre ambos pueblos. Era más elocuente que tomos enteros de leyes y de sermones. Era hermoso, significativo, irrefutable. Pero sobre todo, no hablaba: era.

Cortés se había retirado discretamente a segundo término y estaba sentado al lado del altar. Xuchitl miró en derredor, buscándole. Sabía muy pocas palabras de castellano y a fuerza de trabajo se había aprendido de memoria la frase que iba a pronunciar. Se fue derecha con paso firme y rostro sonriente hacia el capitán y se arrodilló a sus pies; y con voz tan alta como pudo, que resonó con modalidad suave y tono inesperado y extraño acento, dijo:

—Señor, os imploro que perdonéis a los cuatro hombres que habéis castigado.

Frunció Cortés el entrecejo con desagrado. Pero fue solamente una nube pasajera. Sonrió a Xuchitl, le tomó las manos en las suyas, ayudándola a ponerse de pie, y le contestó:

—Vivirán, señora, para bendecir vuestra caridad.

25

Cortés y sus capitanes, con sus damas indias, doña Marina y las bellezas tlaxtecas, ofrecieron brillante fiesta a los nuevos esposos. La sala, uno de los salones de ceremonia del emperador Axayacatl, maravillosamente decorado de suyo, no había visto nunca en su larga vida, entre sus cuatro paredes tapizadas de primorosa labor de plumería, espectáculo igual: una mesa puesta a la española, con sillas que tenían patas, y los cubiertos a lo menos a una vara del suelo, cosa fantástica y exótica. Cortés amaba, como renacentista, el lujo bello y le gustaba hacer las cosas bien. Vajilla y cubiertos eran de plata o de oro, y los manjares abundantes y admirablemente aderezados y preparados por el servicio de su casa, pues ya vivía como un príncipe. Sólo tenía un pero el banquete: no había vino. El padre Olmedo había informado a Cortés que quedaba tan poco que pronto tendría que cesar de decir misa, de modo que Cortés tuvo que limitar el regalo de aquella noche a una copa para la novia, una para el novio y una para él, para brindar.

El padre Olmedo no tomó parte en la fiesta. Había ido a informar del perdón a los cuatro soldados, y le afligió ver que mientras tres de ellos vertían lágrimas de gratitud, Esquivel seguía frío y empedernido. Había recibido la noticia con honda alegría; pero le afrentaba y le hacía todavía más resentido pensar que le debía el favor a Alonso. A Esquivel le era imposible tragarse tanto insulto. Porque sí, era insulto, y lo peor era que no podía explicarlo con palabras... Y ahora le venía el fraile con que fuera a arrastrar su humillación a los pies de Alonso y de aquella mujer. Pues no. Eso, jamás.

El padre Olmedo subió a los salones con Gallego y los otros dos indultados.

—Sí, padre —le decían de la abundancia de su corazón—, besaremos la tierra donde esa señora pise.

Se encontraron a Alonso y a Xuchitl en un grupo de capitanes y damas mejicanas con Cortés, en una sala vecina de la del banquete. Había terminado ya la comida.

—Don Alonso, aquí hay tres soldados que vienen a besar los pies de mi señora. Esquivel lo siente mucho, pero está malo y no puede subir.

Entraron los tres soldados y se arrojaron a los pies de Xuchitl, llorando, procurando besarle los pies, que llevaba desnudos en blancas cótaras mejicanas de piel de venado. Pero ella les dio las manos, que cubrieron de llanto, y sus ojos también le brillaban de lágrimas retenidas. Se puso en pie y se llevó a los tres soldados hacia Cortés.

—Alonso —dijo en nauatl—, diles que den las gracias al capitán.

Pero los soldados no necesitaban la indicación y ya vertían ante Cortés agradecimientos profusos y confusos. El capitán, con ojos severos les contestó:

—Otra vez, señora o no señora, pagaréis con las vidas. Acordaos de que el hombre no es hombre si lo vence la bebida.

26

Cortés había cedido a Alonso un grupo de habitaciones en el palacio para que se instalara con su mujer y el servicio de su casa, entre los que desde luego figuraban Citlali y Cara-Larga. Era una casa cómoda y agradable de vivir, amueblada e instalada al modo azteca. En aquel rincón se refugiaron Alonso y su mujer, ya cristiana, después de las escenas conmovedoras de aquel día inolvidable. Tenían una azotea que corría a lo largo de todas las habitaciones, frente a la laguna por el lado de las salas de estar, y a lo largo de una calle y plaza de la ciudad del lado de la alcoba. Alonso y Xuchitl se quedaron un rato en la azotea mirando la luz brillar sedosamente sobre el agua dormida. Ambos anhelaban calma para ir disolviendo en el recuerdo todo el torbellino de fuera a fin de que el torbellino de dentro, el de su ardiente amor, pudiera más tarde, durante la noche, surgir sin otra fuerza que la de su propio ímpetu. Poco a poco el aire fresco de la noche húmeda fue absorbiendo la fiebre de su agitación mundana y comenzaron a sentir la calma que les incitaba a volverse uno hacia el otro, solos, dos en uno, uno en dos. Se retiraron a la alcoba y Xuchitl abrió un estuche en el que había traído de Tetzcuco los tesoros que más estimaba.

—Alonso, aquí tienes otra vez tu joya —y le ofreció el corazón de piedra verde que le había guardado, a ruego suyo, hasta que se casaran. Alonso bajó la cabeza muy bajo, porque era alto y ella chica, y Xuchitl se lo puso al cuello.

Ya podía aceptar con la conciencia tranquila aquella joya de amor. Ya podía entregarse libremente en cuerpo y alma al goce del amor completo. Y poco después, todos los recuerdos pasados, buenos y malos, que en su memoria corporal como en su memoria mental y la de sus emociones había dejado el mundo de las mujeres, ardían juntos en fuego glorioso de apasionado amor que los transfiguraba a todos en una hora nueva y luminosa de vida —la bienamada poseída al fin, el secreto de la vida al fin penetrado y percibido para que el ser se bañara en él para siempre y pudiera renacer—.

Parecía como si ya no existiera el tiempo. No es que se hubiera parado. Es que había cesado de existir. Las cosas eran pero no fluían. Felicidad sin principio ni fin. Ni recuerdos ni anhelos. Acostados sobre la espalda, el uno al lado del otro, en perfecto equilibrio consigo mismos. Ni un pensamiento, ni un sentimiento. Ni una voz.

—Pero escucha: campanillas. ¿Son campanillas? Sí, campanillas. Y... ¿es una flauta? No... Sí. Es una flauta. Y parece que se acerca... Cada vez más. Sí. ¿Sabes lo que es? Estoy seguro de que es el Joven Divino. Pero... si... se murió ayer.

—Sí, pero habrán nombrado a otro.

Alonso salió a la azotea. La luna iluminaba la ciudad proyectando sombras azules que acusaban el relieve de las formas cúbicas de casas y teocallis. Se acercaba el Joven Divino. Ya daba la vuelta a la esquina de la plaza. Venía tocando la flauta, acompañándose hacia la muerte con melancólica melodía.

—¡Xuchitl! —llamó Alonso—. Ven un momento.

Salió Xuchitl a la terraza y vio al Joven Divino.

—¡Oh! ¡Ixcauatzin! —exclamó.

Se pegó a Alonso, se ocultó en él, temblando. La flauta iba hilvanándose lenta y melodiosamente por el velo azul de la noche, transmutando el aliento del Divino Joven en melancólica melodía a que ponían fleco de música las campanillas; y gradualmente flauta y campanillas se disolvieron en la lejanía azul. Silencio. Silencio otra vez.

—Ven —dijo Xuchitl—. Hace fresco —y tomándole de la mano, tiró de él hacia adentro. Alonso la siguió, sonriendo, con la mano izquierda en la suya y la derecha jugando con el corazón de piedra verde que le colgaba del pecho.

Capítulo II

LA MÁSCARA DE TURQUESA Y LA VIRGEN

1

Aquella noche de felicidad para Alonso y Xuchitl fue para Cortés noche de meditación. Ni por sueños hubiera podido ocurrírsele que la riqueza y pujanza del emperador del Anáhuac fueran tan formidables y magníficas. Día a día, hora a hora, percibía nuevas señales, agradables en cuanto manifestaban riqueza, desagradables en cuanto implicaban poder, pues ya que había penetrado tan lejos tierra adentro y no podía retroceder, se daba cuenta de la gravedad de su situación al mando de apenas quinientos hombres frente a un imperio que contaba con reservas ilimitadas de hombres, armas y víveres. No le arredraba la situación, porque no era esa su manera de afrontarse con el peligro. Le ocupaba el ánimo y la mente, en busca de solución. Consideraba que una vez que el monarca estuviera bajo su imperio, el país, ya sin cabeza visible, pasaría a su vez también a depender de él. Para Cortés, pues, el plan estaba claro: apoderarse de Moctezuma y tenerlo bajo su mano, no precisamente como prisionero, pero sí como huésped estrechamente vigilado.

Iba y venía por su estancia con las manos cruzadas a la espalda y la vista en la madera brillante del piso, rumiando su plan, todavía no decidido. La ciudad podría revolverse con violencia. ¿Le sería posible resistir una oleada de furia popular? ¿Le apoyarían sus soldados y sus capitanes en aquel plan tan osado que meditaba? Ya muchos de ellos venían hacía tiempo echándose atrás, ante la magnitud de aquella empresa que creían descabellada... Cortés iba y venía de una esquina a otra de su estancia, con los ojos en el piso, pero con la vista en la imaginación.

—¿Da venia vuestra merced? —dijo una voz a la puerta, y la figura monumental de Velázquez se adentró en la estancia, llenándola, con sólo entrar, de robusto y espontáneo optimismo.

—Sepa vuestra merced que Yáñez, el carpintero de blanco, que andaba dando con los nudillos en las paredes para hacer un altar, se ha encontrado una puerta secreta, cerrada con argamasa y enjalbegada para disimular.

—No sabía nada —dijo Cortés.

—Pues el Yáñez, sospechando que había alguna cámara oculta detrás, ha andado por ahí sondeando a los indios, y estamos todos convencidos de que lo que hay detrás es el tesoro del emperador Axayacatl.

En el centro de la estancia, de pie, con las manos todavía en la espalda, Cortés siguió en silencio, meditando sobre la revelación. Al oír hablar a Velázquez de León, se decía que aquel tesoro oculto le llegaba por mano de la providencia en aquel preciso momento para darle la solución al problema que le preocupaba. Sólo con ver aquel tesoro se enardecerían los más tibios y le apoyarían para llevar a cabo su atrevido pensamiento.

Salieron juntos y siguieron por un largo corredor a cuyo final cuchicheaban tres o cuatro hombres como otros tantos conspiradores. Uno de ellos, el carpintero de blanco, Yáñez, estaba explicando su descubrimiento a un capitán joven, alto y vigoroso, de barba castaña cerrada. Era Gonzalo de Sandoval. Cesó el cuchicheo al aparecer Cortés en escena, y todos entraron en una sala vecina, donde Yáñez llevó a Cortés a un rincón, a primera vista como todos los demás.

—Aquí, señor.

Yáñez dio con los nudillos en dos lugares distintos de la pared:

—¿Oye vuestra merced la diferencia? Aquí... y aquí.

Cortés probó el ruido con su propia mano.

—Sandoval, poned aquí unos cuantos hombres con orden de que nadie entre, y vos, Yáñez, echadme abajo esta puerta con el menor ruido posible y sin que nadie se entere.

A Yáñez le fue posible sin gran dificultad situar la puerta mediante cuidadosa auscultación, y luego, cortando el estuco, para volver a colocarlo bien, abrió el hueco que se había cerrado. En realidad no era puerta, sino sólo quicio temporalmente cegado con adobe y estuco. Cortés y los capitanes entraron en la sala secreta. Yáñez llevaba en la mano una rebanada de ocotl ardiendo para alumbrar. A las llamas temblonas de la tea, contemplaron los españoles un espectáculo increíble fuera de los libros de caballería o de los cuentos orientales que en su tierra natal circulaban. La sala ardía en oro y gemas que generosamente devolvían en fuegos y destellos refulgentes cada rayo de luz que de la tea caía sobre las joyas. Sobre armarios tan espaciosos como alcobas que amontonaban inauditas cantidades de mantas y otras prendas de algodón, gradas y más gradas en estanterías sucesivas de madera pulida con hileras apretadas de lingotes de oro, filas donde figuraban todas las alimañas del aire, de la tierra y del mar imitadas en oro con perfecto artificio, realzado con piedras preciosas de varios colores para los ojos, alas y otras partes coloreadas de sus cuerpos: anaqueles cargados de esmeraldas, rubíes, turquesas y chalchivitls, ya ordenados en hileras, ya amontonados como guijarros o maíz en grano; joyas de todas formas y usos expuestas en estantes increíblemente largos e increíblemente hondos, alineadas por orden de tamaños, desde lingotes hasta pendientes y adornos de nariz, brazaletes, aros de

461

tobillos, collares, adornos para el bezo inferior, de oro, de obsidiana, de chalchivitls; diademas que centelleaban esplendor de luz y de orden que coronaban filas de plumeros de colores de tal esplendor que competían con todos aquellos tesoros en color, iridiscencia e irradiación, y parecían como surtidores de llamas a la luz estremecida de la antorcha.

El brazo de Yáñez le temblaba, no de cansancio, sino de emoción, y todos tenían el alma tensa ante aquel espectáculo de ensueño. ¡De modo que aquél era el tesoro! Ni uno solo de aquellos hombres había visto jamás tal cosa, ni aun en sueños. La noticia fue rezumando poco a poco por el palacio, y los soldados fueron llegando en grupos de dos y de tres, entrando de puntillas como si fuera en la iglesia a media misa. Un murmullo, una explicación, un ademán de inteligencia y otra boca abierta de admiración, dos ojos más fascinados por la tentación refulgente del demonio de la riqueza y del poder mundano. Cortés sonreía. Fingía no ver lo que estaba sucediendo, cómo iba pasando poco a poco toda su gente bajo la influencia la que había él deseado someterla, sintiendo el aguijón de oro que la estimulaba a la osadía, espoleada a la acción por el insinuante tentador, el reptil de oro y ojos de esmeralda. Rompía el alba cuando con voz fría y serena dio orden de que se mantuviera secreto el descubrimiento y que se volviera a tapar la puerta dejándolo todo como estaba para que no se enteraran los mejicanos de lo ocurrido.

Y así hizo Cortés encerrar en su jaula al cuerpo del reptil de oro y ojos de esmeralda, cuyo espíritu rondaba ya disperso entre los españoles.

2

Mientras ocurrían estos sucesos en el palacio de su padre Axayacatl, estaba Moctezuma en conferencia con su hermano Cuitlahuac, gobernador de Iztapalapa, y con su sobrino Cacama, rey de Tetzcuco. Cacama estaba de humor agresivo y resentido.

—Ya os lo había dicho yo, señor —argüía—. Estos extranjeros no tienen nada de divino. Son hombres y nada más que hombres. Este hombre, porque sólo es un hombre —afirmó con pasión, adivinando las dudas que todavía se ocultaban tras el silencio de sus dos tíos—, este hombre se ha casado con mi hermana aquí mismo, ante nuestras narices.

Moctezuma se había enterado de la noticia con celos como cualquier hijo de vecino, pero también con hondo desmayo como monarca. Los Rostros Pálidos habían venido para quedarse. No se trataba de una mera embajada como Malinche asiduamente le solía explicar. Y ese Alonso... ¡Qué pronto había cortado la rosa más hermosa del jardín azteca! Moctezuma sentía la espina clavada en su corazón. Algo de divino deben de tener. Ya hacía mucho tiempo que Xuchitl le había anunciado que estaba enamorada y prometida y que su novio era el hombre de Quetzalcoatl.

—¿Y qué proponéis que hagamos? —preguntó a Cacama.

—Que los ataquemos y deshagamos por completo. Somos más que ellos.

Moctezuma se volvió hacia su hermano, que, con el entrecejo fruncido y una mirada significativa hacia Cacama, apuntó:

—Yo siempre os aconsejé que no los dejaseis llegar hasta aquí. Esos... seres no son hombres. Tienen una diosa mágica que lleva un niño en brazos que los hace invencibles y les dice dónde hay que atacar.

Moctezuma confirmó esta indicación:

—Su capitán tuvo la desvergüenza de pedirme que colocara a esa diosa mágica en una capilla, al lado de la de Uitzilópochtli, en el teocalli mayor.

—¿Y aceptasteis? —preguntó Cacama con desprecio apenas velado, descontando ya una respuesta afirmativa.

—No —contestó el emperador, con gran sorpresa y alivio de su sobrino—. Uitzilópochtli sabe qué desastres nos hubiera acarreado mi debilidad. Pero con todo, esa diosa mágica es tan poderosa como Uitzilópochtli. Sobre eso no haya duda. Y desde que me negué a aceptarla en el teocalli he estado esperando algún desastre a cada momento.

Como una sombra había surgido en el quicio de la puerta Petalcalcatl, erguido y silencioso.

—¿Qué hay? —preguntó Moctezuma.

—Mi señor, un correo del señor Quauhpopoca, calpixque mayor de la costa.

Dio su asentimiento Moctezuma con un ademán de la cabeza, y al instante compareció en su presencia el correo, que se puso en cuclillas ante el emperador, a cuya derecha e izquierda, de pie y cubiertos con mantas pobres y raídas, se erguían Cacama y Cuitlahuac.

—Señor, mi señor, gran señor, Quauhpopoca envía sus respetos y os informa que a fin de serviros atrajo a los Rostros Pálidos a una emboscada matando al capitán y a otros muchos más. Aquí está la pintura —y ofreció una tela enrollada—, y aquí está una cabeza.

De la sombra surgió a luz otro hombre que presentó al emperador, sobre una bandeja de ébano, la cabeza de un español robusto, barbudo y de aspecto feroz.

El correo esperaba alta recompensa, pues la noticia era excelente o, al menos, así la creía él. Los españoles de guarnición en Veracruz habían sido derrotados. ¿Qué más desear? Moctezuma llamó a Petalcalcatl.

—Haz que sacrifiquen a este hombre a Uitzilópochtli al rayar el sol, sin falta.

El segundo, que había traído la cabeza, temblaba como un azogado con la bandeja en las manos.

—Petalcalcatl, no quiero volver a ver esa cabeza. Que la ofrezcan en un templo de provincias. Llévatela. ¡Pronto!

Los tres monarcas se quedaron solos. Moctezuma se pasó la mano por la frente sudorosa.

—¡Qué locura! —exclamó—. ¡Qué espantosa locura!

Cacama no le entendía.

—¿Qué tiene el suceso de mal agüero? —preguntó, pues para él la muerte de aquellos españoles era un buena nueva que merecía rica recompensa y no el sacrificio.

—¡Espantosa locura! —repitió el emperador—. Uitzilópochtli sabe lo que ahora me vendrán a reclamar los Rostros Pálidos... ¡Como si la situación no fuera ya bastante difícil!...

Volvió a llamar al mayordomo mayor.

—Petalcalcatl, ¿tengo yo algunas hijas ya mujeres y bastante bonitas? Quisiera hacer un regalo a... una persona importante.

Petalcalcatl se puso a pensarlo.

—Se me ocurren tres, señor: Ayacyuan, Celic y Metztli.

—¿Y cuál te parece la mejor? —volvió a preguntar el emperador. Después de breve pausa, contestó el mayordomo:

—Mi señor, son como sus mismos nombres: Metztli es como una luna, sosegada y como subyugada en presencia del sol, pero brillante en su ausencia; Celic es como una planta tierna y fresca; y Ayacyuan es incomparable.

Moctezuma, que no conocía a ninguna de las tres, contestó:

—Haz que me preparen a Ayacyuan para mañana por la mañana, a la hora en que suele venir a verme el Gran Cacique Blanco. ¿Quién es su madre?

Petalcalcatl se quedó cortado:

—Me enteraré, señor.

Cacama había contemplado la escena con asco. ¿Iba ahora el emperador del Anáhuac a sobornar a los blancos ofreciéndoles sus hijas? En cuanto salió el mayordomo, pidió venia al emperador para volver a Tetzcuco.

—¿Para qué seguir aquí? —preguntó Cacama.

—Desearía saber qué hay de cierto en un rumor que ha llegado hasta mí —dijo Moctezuma, y volviéndose a su hermano—: Cuitlahuac, podéis dejarnos.

Ya solo con su sobrino, Moctezuma le preguntó:

—Me dicen que vuestro padre tenía una joya mágica que le permitía triunfar de cualquier mujer que deseara.

Cacama le dirigió una mirada asesina en la relativa oscuridad de la cámara. "¡De modo que eso es lo que estaba pensando!" Y luego, en alta voz:

—Es posible, pero yo no he visto nunca tal cosa.

—Pero, ¿conocíais el rumor? —insistió.

—Sí. Creo que era una piedra chalchivitl en forma de corazón.

—¿Y dónde está ahora? —preguntó Moctezuma.

—No sé —contestó con voz seca e impaciente.

Decía, además, la verdad.

—Podéis marcharos —dijo Moctezuma, irritado ante su sequedad y falta de interés.

3

El emperador volvió a llamar a su mayordomo.

—¿Dónde está alojada Xuchitl?

El mayordomo le puso a la vista una tela donde estaba pintado el palacio de Axayacatl, en plano y en elevación.

—Aquí. Todas estas habitaciones. La entrada es por el pasillo. También se puede entrar por la azotea.

Pero Moctezuma apenas le escuchaba. Le torcía los labios una sonrisa de maldad.

—¿Está ahí el maestro de obras?

—Sí, señor.

—Dile que pase.

Entró en la estancia, vacilante y de lado, como lo exigía la etiqueta, un anciano doblado hacia adelante, con el pelo muy blanco y una barba muy rala, tanto que se podían contar los pocos pelos que la formaban. Venía descalzo y mal cubierto con una manta de henequén.

—Calcitetl —dijo el emperador—, fuiste tú quien construyó el palacio de mi padre.

—Sí, mi señor.

—¿Lo recuerdas bien?

—Sí, mi señor. Podría andar por todo el palacio a ciegas.

El viejo sonrió.

—Hay toda una red. Se puede ir desde casi cualquier sitio a casi cualquier sitio por entre paredes sin que nadie lo sepa. ¡Al menos si no es uno muy gordo! —añadió no sin cierto gracejo.

—Mira —dijo Moctezuma echando sobre el gran almohadón de cuero rojo y oro que le servía de mesa, una vasta tela de algodón. El viejo se puso en cuclillas.

—Sí... sí... sí... excelente dibujo... Pero... pero... si es mío, lo hice hace muchos, muchos años.

El emperador sonreía satisfecho.

—¿Podrías dibujarme aquí las líneas de los pasillos secretos y los puntos del friso de madera donde hay que apoyar el dedo para entrar?

El viejo estudiaba la pregunta:

—Sí... me tomaría mucho tiempo, pero...

—Tiene que estar a la hora del alba. Aquí tienes tinta. Te prohíbo que uses otra. Trabajarás aquí en esta misma estancia.

465

Y, al decirlo, lo encerró en una habitación sin salida. La tinta era "mágica". Sólo se veía poniendo la tela junto a una llama.

—Navalli —llamó el emperador hablando en un tubo oculto en la pared. Se alzó una trampa en la esquina del salón y surgió en escena una vieja. Era su *navalli* o bruja familiar, una aldeana que le habían recomendado por sus poderes mágicos. Llevaba el poco pelo que le quedaba suelto sobre los hombros y vestía un huipil negro con lunas blancas.

—¿Qué harías para transformar a un hombre en animal?

Navalli se puso en cuclillas:

—Necesito cabello suyo.

—Yo te lo encontraré.

—Pues entonces es fácil. Pero no dura mucho.

—¿Cuánto? —preguntó el emperador.

—Un día o dos.

—Con eso tengo bastante —dijo el emperador. ¿Y en un pez? ¿Sabes transformar a un hombre en pez?

—Sí. Yo os daré la receta. Hay que echarle al lago por la mañana, en ayunas, sin que nadie lo vea. Y es seguro que se transforma en pez. Pero tiene que ser en ayunas.

—Véte —mandó el emperador.

La navalli se metió trampa abajo en su sótano.

—Petalcalcatl —dijo el emperador mientras se dirigía a su alcoba—, cuando el viejo termine esa labor, te quedas con la tela pintada y la guardas bien, y a él lo echarás a la laguna. No le des nada de comer y asegúrate de que no lo vea nadie. Es muy importante.

Se metió en cama y se durmió tranquilamente.

La luz matinal lo despertó sumiéndolo en sus preocupaciones. Lo primero que vio a su cabecera fue la tela que le había preparado el maestro de obras. Le trajeron el desayuno, caliente sobre un brasero portátil. Aguardó a que saliera el criado, y pasó la tela por encima de la llama. ¡Qué revelación! Toda una red de pasillos por dentro de las paredes, comunicando habitación con habitación. En seguida concentró su atención sobre los pasillos que daban acceso a la morada de Xuchitl. Era evidente que, si llegase ocasión de que escogiera morada en el palacio de su padre, las habitaciones que le convenía ocupar eran las que daban al patio central. Aquel pasillo secreto era fácil y corto, el mejor para ir sin ser visto al cuarto de Xuchitl. El emperador arrolló otra vez la tela. Había tres partes en su proyecto: tenía que deshacerse de Alonso, para lo cual lo transformaría en alguna alimaña, por lo menos una noche o dos, con auxilio de la navalli; tenía que habitar durante unos días al menos el palacio de su padre, donde estaban ahora alojados los españoles; y, por último, tenía que aparecerse a Xuchitl durante la noche de un modo tan inesperado, que se asustara dejándose arrebatar el corazón de piedra verde. Entonces, por la virtud de aquella joya, conseguiría poseerla.

Tlaculteutl, diosa del amor carnal, le murmuraba al oído que su lucha por Xuchitl era lo mismo que su lucha por la corona y por el Anáhuac. Y el solitario y voluptuoso emperador rumiaba en paz consigo mismo sobre la mejor manera de arrancar a Xuchitl de las manos de su marido blanco. Su plan era bueno, pero tenía una falla. El emperador salía en aquel momento de su lujoso baño de piedra negra, brillante como un espejo, en que había estado recociéndose en agua muy caliente, y seguía meditabundo y ensimismado, mientras un criado le frotaba el cuerpo cobrizo y coriáceo con una toalla ruda de henequén. "Sí, el punto difícil era que había que pasar por lo menos una noche en el palacio de Axayacatl, cosa que sería difícil de explicar... A no ser que se las arreglase para que Malinche le invitara y él aceptase como cosa de cortesía..."

4

—Los dioses blancos se acercan —anunció Petalcalcatl. El emperador echó el acayetl sobre el brasero de copal y salió de la estancia. Tenía por costumbre recibir a los españoles en una de sus salas de ceremonia, y con la mayor pompa posible. Aquel día eligió la Sala de los Cuatro Signos, estancia cuadrada decorada con tapices de plumería en marcos de oro, simbolizando los cuatro signos del calendario: casas, cañas, cuchillos y conejos. La pared del norte tenía fondo amarillo (que era el color de la sequía) acuchillado de hojas de obsidiana negra. En la parte alta del cuadro se veía la imagen temida de Mictlantecuhtli, dios de la muerte y de la región sin puertas ni ventanas. La pared de poniente estaba pintada de verde, como dedicada al signo de las casas, y se veían algunas sobre un paisaje de vegetación que dominaba la imagen de Coatlicue, diosa de la tierra. La pared del sur, bajo el signo de los conejos, tenía fondo encarnado y hervía de vida y agitación. Recorríanla innumerables conejos apenas menos rojos que el fondo, y parecía bordada a costa de una hecatombe de papagayos. Dominaba aquel incendio la imagen llameante de Xiuhtecutli, dios del fuego. Moctezuma hizo que le colocaran el majestuoso ycpalli de oro junto a la pared de levante, dedicada a los dioses del viento y de la lluvia, Quetzalcoatl y Tlaloc, y bordada primorosamente en tonos azules y verdes y en diseños fluidos y fugaces.

Apenas se había sentado, cuando entraron los capitanes españoles en el salón. Llamóle al instante la atención que venían más numerosos que de costumbre y traían rostro más grave. El corazón se le hundió en el pecho, y le vino al pensamiento el recuerdo de Quauhpopoca, el imprudente gobernador de la costa.

—Malintzin —dijo a Cortés—, ya sabéis cuánto deseo complaceros y ser vuestro aliado; y así, en prueba de amistad quiero ofreceros hoy a una de mis hijas.

Petalcalcatl presentó entonces a Ayacyuan. Era joven y bonita, apenas dieciséis abriles.

Cortés hizo una profunda reverencia:

—Señor, siempre sabéis mostrarme vuestro generoso corazón. Cuidaré de vuestra hija —y la pasó con ademán galante a doña Marina, que se hallaba presente. Pero seguía sombrío y casi ceñudo, y añadió—: Sería mejor, señor, que estas pruebas de amistad no padecieran mentís por parte de vuestros gobernadores. Me han llegado nuevas de la muerte de algunos de los nuestros a mano de vuestro calpixque mayor de la costa; y como tengo que responder ante mi emperador de las vidas de mis compañeros, es menester aclarar este asunto.

Moctezuma se desató la correa negra que llevaba a la muñeca, dejando ver el sello de piedra verde oculto entre el cuero y la piel.

—Petalcalcatl, da este sello a uno de nuestros hombres y que se ponga en camino al instante y se traiga a Quauhpopoca y a todos los que estén en este asunto.

Cortés volvió a hacer una profunda reverencia mientras pasaba por las filas de los españoles un murmullo de satisfacción. Sin embargo, el capitán español no se consideraba satisfecho todavía. No quería estarlo. El episodio de Quauhpopoca era para él cómodo pretexto. Su principal objetivo era secuestrar al emperador.

—Os doy las gracias, señor. Pero mientras llega vuestro calpixque de la costa, es indispensable que yo pueda responder ante mi emperador, pase lo que pase. De modo que habréis de venir al palacio de vuestro padre, a vivir temporalmente entre nosotros.

Se dilataron de asombro los ojos de Moctezuma. ¡Cómo! ¿Quería decir el cacique blanco que él, emperador del Anáhuac, iba a vivir prisionero de sus huéspedes?

—Yo no soy persona para ser tratada así —replicó con desprecio tajante y frío como un cuchillo.

Los españoles, detrás de Cortés, se crecieron al oír a doña Marina traducir la respuesta que ya habían leído en el rostro indignado del emperador. Pero Cortés parlamentaba:

—Señor, tendréis plena libertad y se os tratará como quien sois, con arreglo a vuestro rango y casa. Todos os respetaremos como al gran monarca de estas tierras. Pero habréis de venir.

Moctezuma se mantuvo firme. Cortés también. Moctezuma ofreció a Cortés sus tres hijos legítimos como rehenes. Cortés se negó a aceptarlos. El emperador seguía en sus trece, pero de cuando en cuando se quedaba silencioso, de modo que a los españoles les parecía como que aflojaba en su resistencia, a pesar de que las facciones de su rostro seguían duras. Era que Moctezuma se paraba a escuchar las corrientes ocultas de su esperanza sensual, el deseo secreto que se le había insinuado en el corazón de verse derrotado, obligado por los españoles a ir a vivir bajo el techo de Xuchitl; y luego retornaba el sentido de su dignidad real y se le endurecía y erguía la voluntad. Entre estas vacilaciones fue pasando el tiempo, hasta que de pronto resonó la voz espesa de Velázquez de León.

—Ya basta, señor —le gritó a Cortés—. O le llevamos preso o dalle hemos de estocadas.

Los demás capitanes y soldados aprobaban con el rostro y la mirada. El emperador se alteró. Jamás había oído a nadie hablar en aquel tono en su presencia. Volviéndose a doña Marina, solicitó una explicación. Pero la sagaz "lengua" tomó la iniciativa de darle un consejo:

—Señor, no os importe lo que dicen, sino lo que hacen. Yo sé que os trataran bien. Id con ellos o, de otra manera, aquí quedaréis muerto.

¿Qué hacer? No era culpa suya. Si se resistía, le darían muerte, la ciudad se alzaría contra los dioses blancos y ellos, por arte de magia, destruirían la ciudad. No tenía más remedio que dejarse llevar al palacio de su padre. Al menos, en aquel trance tan humillante, tendría el consuelo de ir a vivir cerca de Xuchitl, y... ¿quién sabe?

Dos horas después salía Moctezuma de su palacio en una litera de plata y oro camino del palacio de su padre, que iba a ser para él cárcel dorada con Cortés por carcelero. Los cuatro notables que le llevaban a hombros iban llorando.

XXV. Los españoles atacando un templo convertido por los aztecas en fortaleza. *(Lienzo de Tlaxcala).*

469

Sentados a la mesa, a la española, no en el suelo, sino a una vara de él, Xuchitl y Alonso conversaban en la azotea de sus habitaciones.

—No me agrada esta novedad —decía Xuchitl—. Moctezuma es terco y poderoso y se me acerca demasiado.

—¿Qué temes que te haga? Está muy vigilado.

—Si te quedaras conmigo, no temería nada. Pero como no puedes...

La ciudad estaba movida, desde la sumisión de Moctezuma a los españoles. Las noticias que tenía Alonso, como alguacil mayor, no eran nada tranquilizadoras. Cacama, rey de Tetzcuco, y un sobrino de Moctezuma llamado Cuauhtemoc, de dieciocho años, animoso y valiente, eran los espíritus directores de la indignación popular contra los españoles y aun contra el emperador. Alonso había colocado piquetes de españoles y de auxiliares indios en todos los puntos estratégicos de Tenochtitlán y se proponía pasar la noche a caballo.

—Alonso, ¿crees tú que sería capaz de transformarse de pronto en algún animal o de atravesar una pared? —preguntó Xuchitl a poco, con los ojos dilatados por el temor y por el misterio.

Alonso meditaba aquella pregunta.

—El diablo todo lo puede. Pero no sé si lo haría por Moctezuma.

—Entonces fíjate, si fueras a dejarme sola y de pronto se me plantase en la alcoba atravesando la pared.

Le miraba al fondo de los ojos azules, que le sonreían con ánimo de quitarle la preocupación:

—Te dejaré mi mejor lebrel. Está bien adiestrado y se abalanza a la primera persona desconocida que ve o huele. Con él no tendrás que temer ni hombre ni diablo.

Alonso no abrigaba temor alguno. Su vida había ido fluyendo de aquí y de allá al parecer sin objeto, pero en realidad hacia ella. ¿Qué importaba que su nido estuviera todavía a merced del oleaje de la guerra? Sabía que ambos tendrían que atravesar días difíciles, pero estaba seguro del porvenir. Ni siquiera se le había ocurrido pensar si era su ánimo lo que sostenía su fe, o su fe su ánimo. Eran como las dos alas de su alma.

—¿Sabes lo que estoy pensando? —le preguntó Xuchitl—. Que si fueras tú emperador de Méjico, en lugar de Moctezuma, valdría mucho más.

Alonso se rió de buen humor.

—¿Por qué?

Pero Xuchitl lo decía en serio.

—Porque va demasiado despacio eso de convertir a la gente una a una, mientras que, si fueras emperador, darías órdenes desde arriba y podrías transformar la vida de todos mucho más pronto.

De modo que también Xuchitl había descubierto que la conquista era un atajo hacia la conversión.

—Te diré, Xuchitl: nuestra fe es mucho más exigente que la de tu pueblo. Nos es mucho más difícil a nosotros vivir con arreglo a lo que manda. Ya no es fácil a los hombres de tu país no emborracharse y no robar; pero eso no es nada al lado de la obligación que nos impone la Cruz de amar a nuestros enemigos. ¿Cómo iba yo a convertir al Anáhuac a que amase a sus enemigos? Y aun yo mismo, si amase a Moctezuma, ¿te dejaría mi lebrel para que se echase sobre él?

—Si viniera impulsado por un espíritu malo —observó Xuchitl—, el lebrel serviría para salvarme. Y de todos modos, tienes que escoger entre amarle a él y amarme a mí.

—¡Ah! —exclamó Alonso—, eso es un amor distinto.

Y se sonreían con los ojos.

6

El emperador cuchicheaba por si le oían las guardias españolas, que ya comenzaban a entender algunas palabras de nauatl:

—Navalli, tiene que ser esta misma noche. Petalcalcatl te dará una mecha de pelo suyo. Tienes que volvérmelo en animal, uno muy pequeño.

Navalli, con los ojos fijos en los pies del emperador, preguntó:

—¿Bastará una rata?

Y el emperador contestó:

—Sí. Acuérdate: medianoche. Para entonces me lo habrás quitado de en medio.

Navalli salió de la estancia, y cuando pasaba por entre las guardias españolas de la antecámara, dijo un soldado:

—¿Quién será esta bruja vieja?

Otro soldado contestó: —El mayordomo le ha dicho al capitán que es una que fue nodriza de Moctezuma y que le sigue siempre fiel Y el emperador a ella.

—Pues eso está muy bien —aprobó el primero.

—Vosotros diréis lo que queráis —intervino un tercero—, pero a mí no me gusta la vieja. Vamos a decir que sea bruja, y, ¿qué queréis que sea sino bruja con esa cara que tiene? Pues más valdría tenerla lejos de aquí. En Castilla la Vieja, le daríamos un paseo en burro con un traje de plumas pegadas con miel.

El primer soldado se estremeció:

—¿Y si anduviera preparando con el Moctezuma alguna redoma para cambiarnos en cerdos o cualquier otra alimaña?

El segundo se reía.

—¿Cerdos? ¿Cómo quieres que nos haga cerdos cuando no los hay en esta tierra y no saben lo que son?

Esta observación abría tan vastas perspectivas sobre la cuestión abstrusa de saber si brujos y hechiceros eran capaces de trascender su experiencia personal, que los soldados se dieron cuenta de no poder abarcarlas, y tácitamente decidieron sublimar la discusión en un juego de dados.

7

Alonso trajo a Xuchitl el lebrel y se quedó un rato hasta que el animal se familiarizara con las personas y objetos, y sobre todo con el olor de su hogar. Dejó a Xuchitl en cama, con el lebrel tranquilamente recostado al pie del lecho, y a las puertas de palacio se encontró a su escolta y a su caballo. Salieron de ronda. Cada dos hombres con una linterna, mientras que el propio Alonso llevaba una linterna colgada del arzón de su caballo blanco. Iban con ellos unos cuantos exploradores indios al mando de Cara-Larga. Por consejo de Cara-Larga, fueron primero al Calpulli o Casa Comunal, donde se encontraron a los esclavos que iban a morir al día siguiente, en las ceremonias religiosas del mes de Quecholli. Había unos cuantos hombres, pero los más eran mujeres. Ya tenían todos cortado el mechón fúnebre, y estaban dispuestos en semicírculo ante una hoguera donde ardían sus objetos personales: una banderilla de papel, una manta de algodón, el braguero, las cañas de fumar y hasta las tazas de barro en que bebían los hombres, así como los huipillis y los utensilios de hilar de las mujeres. Pronto los vestirían de papel fúnebre y se los llevarían a la sangrienta piedra del sacrificio. Alonso y sus compañeros contemplaron unos instantes la escena que iluminaban las llamas, y luego salieron otra vez, no sin husmear cómo andaban de humor en el Calpulli claustros y salas. Todo les pareció tranquilo.

La ronda se dirigió hacia la orilla del lago. Todos taparon las linternas. Cara-Larga y dos de sus compañeros se metieron en el agua sin explicaciones. La noche estaba oscura. Alonso, con ciega confianza en su fiel compañero de aventuras, aguardó en silencio. Pronto volvió Cara-Larga chorreando agua, y le dijo:

—Vámonos a Xoloc. Me parece que valdrá la pena.

Alonso vacilaba: —¿No es un poco lejos?

Cara-Larga explicó:

—He oído una conversación. Aquí no hay nada hacer esta noche. Pero en Xoloc están reunidos los príncipes, Cuitlahuac, Cacama y Cuauhtemoc.

—Vamos allá —decidió Alonso.

Y tomaron a buen paso la calzada de Iztapalapa.

8

Moctezuma estaba en cama, pero no dormido. La habitación reservada para su alcoba era espaciosa. Había sido la alcoba de Axayacatl, en el ala central del edificio. La separaban del resto de la sala unas puertas dobles, ricamente doradas como todo lo demás de aquel palacio suntuoso. Por orden de Moctezuma, Petalcalcatl tenía que dormir en través de aquellas puertas, pero era la primera noche de la estancia del emperador en su nueva morada y las cosas no habían entrado todavía en caja. Fuera, pasadas tres cortinas, había un puesto de guardias españolas. Las habitaciones del emperador no tenían otra salida más que por la antecámara donde se hallaba instalado aquel puesto.

Poco después de medianoche, se levantó el emperador y se fue a donde dormía Petalcalcatl, tocándole en un hombro. El mayordomo, que estaba adormilado, se puso en pie de un salto. Moctezuma señaló su propio lecho con el dedo y Petalcalcatl se fue a acostar en él, volviendo el rostro a la pared. No había más que un débil resplandor reflejado por un brasero de copal que ardía al otro extremo de la larga alcoba.

Moctezuma salió en puntillas de la alcoba hasta llegar al espacio que mediaba entre la primera y la segunda cortina. Estaba en la oscuridad más completa, y con la mano, suave, húmeda y sensible, se puso a explorar el friso de madera en busca del lugar secreto marcado en la tela por el maestro de obras. Con tres dedos apretó simultáneamente tres lugares distintos. Al instante se abrió una puerta ante él. Moctezuma penetró en el pasillo oscuro y cerró la puerta tras sí. Al pronto se encontró en la oscuridad más completa; pero aguardó con paciencia a que se acostumbrasen sus ojos a la luz muy tenue que reinaba en aquel mundo secreto, filtrándose por un sistema de claraboyas con espejos de obsidiana. Poco a poco le fue posible ir avanzando con la ayuda de las manos y de aquella débil claridad.

Pronto se encontró en un lugar contiguo a la habitación de Xuchitl, pasando la mano por el revés del paño de algodón pintado que se extendía en la pared frente al lecho de Xuchitl, buscando con los dedos los botones a cuya presión se arrollaría la tela haciendo desaparecer la pared. Estaba temblando de tensión. Moctezuma se obligó a aguardar hasta haber dominado su agitación, y luego apretó los tres botones. Sin ruido ninguno, se arrolló la tela sobre sí misma dejando un espacio suficiente para permitirle pasar a la habitación. Con los ojos acostumbrados a la oscuridad, vio Moctezuma la alcoba de Xuchitl en todos sus detalles: la puerta-ventana abierta sobre la terraza, el brasero, casi apagado, en un rincón; Xuchitl, dormida tranquilamente con los brazos fuera de las sábanas. Moctezuma observó que no tenía puesto el corazón de piedra verde. Un ladrido estridente y un rápido salto. Moctezuma apretó los tres botones. La tela volvió a rodar sobre sí misma cerrándose otra vez, y en la oscuridad del pasillo sintió Moctezuma el aliento ardiente y las garras de un animal largo, ligero, pero poderoso, que le buscaban el cuerpo en la noche.

Se echó hacia atrás, con la tensión interna ya diluida en toda aquella furia que le subía de dentro hacia Navalli, la vieja bruja. "¡Y le dije que todo lo más una rata!" Moctezuma seguía retirándose, andando hacia atrás. El lebrel le seguía inquieto, subyugado por la sombra. Moctezuma comenzó a sospechar que Alonso le seguía para morderle en cuanto salieran a luz... o quizá, sencillamente, para volverse a la alcoba de su mujer. Llegó al fin a la otra puerta secreta, por donde había entrado, y apretó los tres botones. Giró la puerta en silencio. Fuera flotaba una luz rojiza. El lebrel se escurrió por entre Moctezuma y la puerta y salió antes que él.

Moctezuma le siguió, volvió a cerrar la puerta, y aterrado retornó a su lecho. Petalcalcatl roncaba a pierna suelta.

—¡Fuera, perro!

Y se acostó, fingiendo dormir.

9

El soldado que estaba sentado de cara a la cortina tenía en la mano un cubilete y se disponía a echar los dados sobre el tambor.

—¿Qué pasa? —preguntó el que estaba enfrente.

Se había quedado con el brazo en el aire, como paralizado de súbito. Los compañeros se volvieron hacia donde estaba mirando.

—Ya os decía yo que era una bruja. Ha cambiado a Moctezuma en lebrel para que le dejáramos escapar. Agárrale.

Una mano vigorosa rodeó el cuello del lebrel con cuatro dedos como cuerdas.

—¡Anda, pero si es el Moro, el perro de don Alonso!

—¿Y quién te dice a ti que es el Moro?

—Mírale la mancha blanca que tiene aquí en la garganta.

—Pues yo lo que te digo es que se parece al perro de don Alonso, pero eso, cualquier bruja puede hacerlo. Por si acaso, vamos a verlo.

Uno tras otro entraron en puntillas hasta la sala donde tras las puertas dobles dormía Moctezuma. Estaban cerradas las puertas, y Petalcalcatl yacía inmóvil en través.

—Vamos... —dijo el más animoso, pero el más prudente interrumpió:

—No. No vamos. Tenemos orden de no faltar al respeto a Moctezuma.

—Sí, pero también nos han dicho que no lo dejemos escaparse.

Y otro observó:

—Y si el perro no es Moctezuma, ¿de dónde viene ese perro?

La pregunta no era fácil de contestar.

De pronto, reinó completo silencio. Se había alzado la tercera cortina y había aparecido en escena el propio Cortés.

474

—¿Qué pasa? Parece que estáis algo desconcertados.

Uno de los soldados explicó lo ocurrido. Cortés se sonrió:

—¿Estáis seguros de que no entró primero desde fuera y luego quiso volver a salir?

Los soldados se miraban. El caso es que no estaban seguros, pero no era cosa que convenía confesar al capitán. Cortés no necesitaba que lo confesaran con palabras.

—Pues claro que no lo estáis. Veo que estabais jugando a las cartas. Así no se puede vigilar bien. Guardad bien ese perro, de todos modos, y mañana será otro día.

10

Cortés salió pensativo. Anduvo yendo y viniendo por el palacio, los patios y el parque, con la vista en todo, centinelas, luces, movimientos en la laguna. ¿De dónde venía aquel lebrel? Y si resultara que los soldados tenían razón, ¿de dónde había salido? Cortés pensaba en que las habitaciones destinadas al emperador tuvieran otra salida. Siguió recorriendo todas las puertas del palacio. Al llegar a la principal, se estaba apeando del caballo un español, dejando las riendas en manos del centinela.

—¡Alonso!

—¡Señor, mucho me alegro ver a vuestra merced tan pronto, porque traigo nuevas!

Se alejaron de los soldados.

—Vengo de Xoloc, donde están en conferencia Cuitlahuac, Cacama y Cuauhtemoc. Cara-Larga ha conseguido meterse allí bastante cerca para oír lo que decían. Están preparando un alzamiento con Moctezuma, y si fuese necesario, contra él.

Cortés estaba pensando con su rapidez usual, el pulgar hundido en la barba, frotándose la cicatriz.

—De buena gana echaría un galope hasta allí, ahora mismo, para darles una lección. Pero, decidme, ¿dónde dejasteis a vuestro lebrel, el Moro?

Alonso se quedó asombrado ante la pregunta:

—Sobre el lecho de Xuchitl. Tenía algún temor de que Moctezuma... Yo no sé si vuestra merced sabe, señor...

Cortés alzó la mano.

—Sí, ya sé. Pues, precisamente por eso... —Se interrumpió y, con tono de mando, terminó:— Pronto. Al cuarto de Moctezuma.

Por el camino, Cortés explicó a Alonso cómo se habían encontrado los soldados al lebrel en la antecámara de Moctezuma. Alonso ardía en acudir a su casa primero, pero obedeció al capitán. Pasaron por el puesto de los centinelas, donde seguía el lebrel, y entraron en la estancia del emperador, despertando a Petalcalcatl, a quien hicieron patente que deseaban ver al emperador al instante. Moctezuma salió de su alcoba, y Cortés ocultó su profunda satisfacción con un exabrupto que fríamente arrojó al rostro del emperador:

—Señor, vuestros tres parientes, Cuitlahuac, Cacama y Cuauhtemoc, están en este mismo momento conspirando contra vos en Xoloc. ¿Qué manda Vuestra Majestad?

Los ojos de Moctezuma estaban entretanto clavados en Alonso, a quien no hacía más que mirar, convencido de que Alonso y el lebrel eran una sola persona. Era evidente que aquel dios blanco que le había robado a Xuchitl había vencido a la bruja.

—Estoy esperando —dijo Cortés con impaciencia.

—Ah, mis parientes... Traédmelos acá, que yo los castigaré.

Los españoles salieron de la estancia, y Cortés dijo entonces a Alonso:

—Id vos a donde mi señora doña Suchil, que yo me iré al galope hasta Xoloc.

11

No se le cocía el pan a Alonso hasta llegar a su casa atravesando salas y estancias del inmenso palacio. El Moro le seguía paso a paso, como una sombra.

Alonso se encontró a Xuchitl orando de rodillas ante una imagen de la Virgen que el padre Olmedo le había regalado, y para la que había formado una especie de altar diminuto sobre una mesa de su alcoba. Al verle salió corriendo hacia él y le echó los brazos al cuello.

—Estaba dormida... bueno, no estoy segura. Quizá estuviera despierta o soñando, cuando de pronto, esa pared se cambió en una cueva y en la cueva había un hombre, aunque yo no lo vi, pero estoy segura de que el hombre estaba en la cueva... Ya sabes que siempre está uno seguro de lo que pasa en sueños... Y sonó un ladrido furioso y el Moro saltó a la cueva.

A Alonso se le quitó inmenso peso de encima. El perro, la pared, todo eso eran misterios que más tarde habría que aclarar. Pero lo esencial es que allí estaba Xuchitl intacta.

Entró el lebrel y Xuchitl se quedó asombrada.

—Sí. Ha venido conmigo —explicó Alonso—. Lo encontraron los centinelas en las habitaciones de Moctezuma.

El asombro de Xuchitl subió de punto.

—Ah, ya veo. Ha debido ser que Moctezuma vino y se lo llevó, para ver si le era posible hacerlo, y volver otra vez y llevarme a mí.

—¿Qué hiciste tú después... después de oír el ladrido?

—No podía dormir. Me levanté y me puse a rezar para alejar a fantasmas y malos espíritus.

Alonso se quedó muy conturbado.

—¿De modo que no viste al perro?

La pregunta sorprendió a Xuchitl.

476

—¿Cómo lo iba a ver? ¿No ves que se lo había llevado? Estoy segura.

Alonso se resistía a creerlo.

—Pero tú misma dices que estabas probablemente dormida, y en un sueño.

—Sí, desde luego. Pero... —Le miró con ojos amorosos, y añadió:— En sueños fue cuando te vi por vez primera.

El argumento hizo volver la angustia al pecho de Alonso. No habían descubierto acceso alguno directo a las habitaciones de Moctezuma que no fuera el que pasaba por los puestos de los centinelas; el lebrel había salido de las habitaciones de Moctezuma; y Moctezuma estaba en su lecho. Era evidente que el emperador poseía poderes diabólicos y que era él el que se había llevado al lebrel.

Por si acaso, Alonso decidió colocar centinelas españoles a la puerta de sus propias habitaciones.

12

Cortés con Sandoval, el más joven y el mejor de los capitanes, salió a caballo hacia Xoloc. Iban primero bastante aprisa mientras estuvieron en la zona de la ciudad, pero tuvieron que moderar la marcha al adentrarse por la calzada de Iztapalapa, con agua a derecha e izquierda, que batía suavemente los costados de la calzada meciendo las canoas vacías y ociosas, mientras que más allá se adivinaba en la noche alguna que otra canoa, ni ociosa ni vacía, que iba a alguna parte con algún cometido —legumbres para el mercado, un recado para Moctezuma, una víctima para el teocalli, un espía—. El manto de la noche lo protegía todo. Como a tiro de ballesta de la fortaleza, que cortaba la calzada en través, se encontraron con el cuadrillero de Alonso. Aunque la noche estaba oscura, el polvo de luz que caía de las estrellas le bastó para reconocer al capitán.

—Señor, Cara-Larga ha encontrado un camino para entrar en la fortaleza. No es fácil, pero se puede hacer.

Cortés preguntó:

—¿Pero ya habrá una puerta principal y una escalera?

El cuadrillero contestó:

—Sí, señor.

—Bueno, pues ése es el único camino para mí. ¿Dónde está Cara-Larga?

Ya entonces era público que Cara-Larga sabía el castellano, y por lo tanto servía de intérprete cuando era necesario. Los dos capitanes españoles, con Cara-Larga y una escolta de soldados, entraron en la fortaleza, que no estaba defendida ni siquiera cerrada. Cacama había convocado a Cuauhtemoc y a Cuitlahuac a fin de galvanizar la oposición contra la táctica de Moctezuma. Los tres príncipes estaban conversando sentados sobre asientos de estera en la sala central de la fortaleza, con ventanas a la calzada.

Se corrió la cortina a impulso de una mano vigorosa, y los tres regios conspiradores vieron con asombro a Cortés, rodeado de un grupo de soldados españoles.

—Buenas noches, señores. Iba de paso... viendo cómo andan las cosas... y oí algo de la conversación... De modo que vine a ofreceros mi escolta para volver a Tenochtitlán.

Esta ironía, muy remota de su modo de ser, desconcertó a los tres mejicanos.

—Yo no vuelvo —explicó Cuitlahuac, que vivía en la ciudad de Iztapalapa, al otro lado de Xoloc.

Pero Cortés, clavándole los ojos, replicó:

—No creo que echéis a perder esta ocasión de veniros conmigo a Tenochtitlán. —Y luego a los tres:— Señores, yo quiero ser vuestro amigo. Quiero ayudaros a hacer de este reino un país feliz y contento bajo la ley y bandera de mi rey emperador.

Cacama bramaba de furia:

—No hay más emperador que Moctezuma.

Cortés le miró con su mirada dominante y fría, pero Cacama sostuvo la mirada con admirable fortaleza. Pasando al tono afable, prosiguió Cortés:

—Señor, no seáis loco. Moctezuma es el primero en reconocer que estas tierras deben homenaje a mi soberano Don Carlos, rey de España. No me provoquéis a hacer uso de mi autoridad.

—No tenéis autoridad ninguna —prorrumpió Cuauhtemoc apasionadamente.

—Joven, ahora os voy a demostrar que tengo toda la autoridad que puede tener un hombre: la de la ley y la de la espada.

Hubo un silencio, y luego, Cortés, con la urbanidad de un palaciego, hizo una profunda reverencia, y con voz tan firme en el fondo como suave en la forma, ordenó:

—Señores, a Tenochtitlán... conmigo. Ahora mismo.

Y con un ademán elegante de la mano derecha, les indicó la puerta.

Los tres príncipes salieron de la sala. Sus literas aguardaban. Sandoval rompió la marcha. Cortés cerraba la retaguardia. Hileras de soldados cerraban el cuadro. El manto de la noche lo cubría todo.

13

El emperador se iba acostumbrando a su confinamiento. Se respetaban sus costumbres y se mantenía su dignidad. Recibía a sus calpixques, sacerdotes y magistrados con el ceremonial de costumbre y disponía a su guisa de sus mujeres. Desde el incidente del lebrel, había un centinela español dentro de su misma estancia. Pero Moctezuma se había hecho amigo de los españoles y solía tener, además, junto a sí, a un paje llamado Ortega, apodado Orteguilla, que sabía bastante nauatl para servir de intérprete.

—Orteguilla —dijo una mañana el emperador—, pregunta al centinela cómo se llama.

—Yo lo sé, señor. Se llama Esquivel.

—Pregúntale si cree que el alguacil mayor es brujo.

Orteguilla obedeció. Estaba ya acostumbrado a aquella pregunta que el emperador había venido haciendo a todos los centinelas desde que el perro le había saltado al pecho.

—¿Por qué me pregunta eso? —preguntó a su vez Esquivel asombrado.

—Pues no sé —contestó Orteguilla.

Esquivel, sin contestar inmediatamente, consideraba el asunto con atención:

—Dile que no sé, pero que lo que sé es que tiene una joya mágica.

Moctezuma con aparente indiferencia aguardó callado. El centinela se puso a explicar que la joya era un chalchivitl cortado en forma de corazón, que tenía la virtud de ganar a cualquier mujer que a uno se le antojara.

El emperador tiraba de su acayetl con la mayor indiferencia, al parecer entregado por entero a producir anillos de humo azul. Pasó otro largo silencio.

—Orteguilla, vé a ver a Malintzin y dile que le quiero hablar esta tarde.

En cuanto hubo salido Orteguilla, Moctezuma dio con la varilla de oro en el pandero y pidió le trajeran papel, colores y pinceles. Como todo guerrero-sacerdote era un pintor-escriba bastante bueno. Se puso a pintar un hombre de faz color de rosa y barba amarilla que llevaba al pecho un corazón verde y en torno al cuello una línea amarilla, la cadenilla de oro de que pendía el corazón. Le enseñó la pintura a Esquivel y por señas consiguió llevar adelante una conversación, para indicarle que si Esquivel le procuraba el corazón verde, él le procuraría una bolsa de oro. Esquivel expresó su aprobación quitándose el casco y haciendo tres profundas reverencias ante la generosa majestad del emperador del Anáhuac.

14

Una mañana llegó ante el palacio un grupo de indios falsamente ataviados. Era el séquito del señor Quauhpopoca, gobernador de la costa norte, el cual venía en suntuosa litera. Se apeó el gobernador, se quitó su manto lujoso y su cresta de hermosas plumas multicolores, y tomando de manos de sus esclavos una miserable manta de henequén, se dirigió a palacio, no sin dejar al portero sus ricas sandalias, para entrar a presencia del emperador, descalzo, de lado y arrimado a la pared, como un ladrón. Tal era la etiqueta.

Moctezuma le recibió con el entrecejo fruncido.

—¿Por qué lo hicisteis? —le preguntó bruscamente.

—En vuestro servicio, señor. Queríais Rostros Pálidos para vuestras operaciones mágicas. Así me lo habíais dicho.

Algo suavizado, explicó Moctezuma.

—Yo creo que estamos pasando un signo malo. Todo va a pedir de boca para los Rostros Pálidos. El señor Uitzilópochtli me ha mandado que acepte la hospitalidad del dios blanco, y por ahora, tengo que hacer todo lo que él quiera. Así me lo han dicho nuestros dioses con toda claridad. Todas las noches me lo repiten en cuanto me duermo.

Quauhpopoca guardaba silencio. No le agradaba la situación y no estaba seguro de que Moctezuma interpretase bien la voluntad de los dioses. El emperador prosiguió:

—El dios blanco está muy colérico. Cuando estos dioses blancos entran en ira, siempre piden sacrificios humanos. De modo que será bueno que os preparéis, y vuestro hijo y los quince que traéis, porque es muy probable que os tenga que ofrecer en sacrificio al dios blanco.

Quauhpopoca seguía callado. Nada más natural podía ocurrirle a un ser humano que ser sacrificado a los dioses, ya fueran blancos o con máscara de turquesa.

15

Esquivel estaba aguardando en un rincón del patio principal, con los ojos en la arcada que daba al ala nueva, donde vivía Alonso. Su rostro se iluminó. El hombre a quien había estado esperando acababa de salir de la oscuridad del soportal a la luz del patio. Era un soldado ágil y joven, de ojos y pelo negros.

—Eh, Ramírez, dos palabras —le gritó, y se llevó a su compañero a un lado, lejos de la multitud.

Porque estaban en medio de una multitud pintoresca. Los soportales que rodeaban el patio estaban divididos en departamentos separados por improvisadas cortinas de tela de tienda de campaña, de mantas de henequén o de algodón y de una porción de otras colgaduras u objetos, tales como baúles de madera, huipillis y camisas colgadas a secar. En cada uno de aquellos departamentos se había hecho su establecimiento y hogar un soldado español, y allí vivían con sus mujeres (una o más jóvenes concubinas y algunas ya viejas para hacerles el pan y la cocina) y con sus naborías o criados indios, ya del país, ya traídos de Cuba. A la vez cocina, alcoba, almacén y parque, el departamento era reflejo fiel de su dueño: los había ordenados y limpios, y otros tan repugnantes como corrales de cerdos. Iban y venían mujeres con gallinas, legumbres, conejos o coyotes; un mozo de caballos pasaba con un potro que llevaba a herrar al otro extremo del patio, donde estaba la forja; aldeanos mejicanos venían a ofrecer víveres u otras mercancías, y de paso a echar una ojeada y contarles cosas a los espías de Cacama; y de cuando en cuando, sobre el tumulto general y el murmullo común de las voces, gritos y conversaciones, se alzaban los chillidos estridentes de una discordia femenina o la nota triunfante e imperiosa de alguna trompeta.

Esquivel se llevó a Ramírez lejos de todo aquel torbellino, no a su departamento, sino a la vuelta de la esquina, detrás del túmulo sagrado, y allí le explicó que por razones que no podía revelarle, podía ofrecerle cien pesos de oro por el corazón de piedra verde que solían llevar puesto ya Alonso, ya doña Suchil.

—¿Tú lo has visto alguna vez? —preguntó Ramírez con perfecta indiferencia.

—No, pero sé que lo llevan —contestó Esquivel.

A Ramírez lo único que le interesaba era aquel "no". Regateó durante unos instantes para cubrir las apariencias y cerró el trato con unas cuantas palabras sagaces que decían quizá más de lo que parecían:

—No prometo nada, pero haré lo que pueda.

Ramírez se fue derecho al mercado. Se conocía de memoria todas las joyerías del tianguis. Las exploró con atención suma y no tardó en encontrar una piedra jade en forma de corazón que serviría perfectamente para el caso. Preguntó cuánto valía, y le contestó el joyero, enseñándole en silencio una bolsa de cuero, lo que Ramírez, ya ducho en el lenguaje de gestos que se había ido desarrollando entre españoles y mejicanos, comprendió al instante como: "Dos mil almendras de cacao." Era fuerte cantidad, pero a Ramírez no le quitaba el sueño, porque conocía un almacén público de cacao que, a pesar de estar bien vigilado, no tenía nada de inaccesible para un dios blanco. Allá se fue, pues, con una carta en castellano escrita de su puño y letra, en la que ni siquiera trataba del cacao. Cartas así, cualquiera que fuera su texto, tenían sobre los naturales el poder mágico que les atribuían para con los españoles, desde que habían observado que los mensajes que contenían producían efecto. Fuerte con aquella carta, obtuvo de los guardianes del almacén de cacao las dos mil almendras que deseaba, pagó el corazón de piedra verde en el tianguiz y lo ocultó cuidadosamente en su departamento.

16

La plaza pública al pie de las ventanas del palacio de Axayacatl, donde ahora moraba Moctezuma, amaneció un día cubierta casi toda por inmensa hoguera formada por las armas del parque del teocalli. Toda la noche habían estado centenares de tlamemes sacando arcos, flechas, lanzas, rodelas y espadas a la plaza y colocándolas en orden perfecto, dejando huecos verticales para que, actuando de chimeneas, avivasen las llamas. Por la tarde las llamas comenzaban ya a alzarse en lenguas de fuego que vibraban por sobre aquellas chimeneas. Detrás de la hoguera se había construido una escala de madera. Allí trajeron a Quauhpopoca, a su hijo y a sus quince cómplices. Las diecisiete víctimas venían con perfecto dominio de sí y no necesitaban ni el menor auxilio para subir la escala y atravesar la plataforma superior de la hoguera, cada uno hacia la estaca que le estaba designada, con paso firme y prestancia altiva y rostro de tan noble serenidad, que los capitanes y soldados españoles que rodeaban el fuego se quedaron espantados de admiración. El hombre que había imaginado aquel modo de aterrorizar al pueblo conquistado estaba a la sazón poniendo el último toque a su dramático acto: recordando a Moctezuma su propia responsabilidad en lo ocurrido.

—Condeno a muerte a Quauhpopoca, pero sé que el culpable sois vos —afirmó con tono autoritario.

Con pavor en el alma, Moctezuma miraba tan pronto a Cortés como a un soldado que detrás de Cortés aguardaba con un objeto en la mano que aumentaba la congoja del desdichado emperador. A un ademán de Cortés, se arrodilló el soldado y ciñó a los pies del emperador del Anáhuac los grillos que el conquistador le imponía.

Cortés salió de la sala sin mirar atrás, mientras el emperador, abatido, miraba ya a sus pies deshonrados, ya a la ventana por donde se veían cada vez más altas las llamas que estaban consumiendo su parque de armas y la vida de diecisiete de sus mejores guerreros.

En la plaza, Cortés, a la cabeza de sus capitanes, contempló las llamas largo rato, inmóvil y al parecer sin emoción. Todavía se preguntaba cómo era posible haber alcanzado aquella victoria casi sin lucha, y se decía que sólo con la ayuda divina habría podido serle concedida, por lo cual era menester ajustar los hechos a la fe. Aquel sacrificio era necesario. Era menester arrasar la fe pagana. Con un ejemplo de energía había que vencerla rápidamente, destruyéndola en su ápice. Y luego el nuevo mundo sería como el viejo; desde luego, nada santo, pero al menos, dispuesto a recibir la ley de Cristo.

Ya comenzaban a humear las llamas y se iba deshaciendo la pirámide de armas en ceniza floja y amorfa. Cortés pensó en el emperador, a quien había humillado. Era menester que terminara su tormento, y él en persona iría a curarle la herida que le había causado. Retornó con sus capitanes a la estancia del emperador, se arrodilló ante el afligido monarca y le quitó los grillos. Luego se puso en pie, le hizo una reverencia y le echó los brazos al cuello.

—Decidle —indicó a Alonso— que siempre seré su amigo.

Alonso tradujo aquellas palabras calmantes, pero el emperador, al oírlas, sintió que las lágrimas le inundaban los ojos que tantas cosas habían visto.

17

Alonso retornó a su hogar en un estado de honda inquietud. La escena de la humillación de Moctezuma le había conmovido hasta la médula. Desde su matrimonio se sentía, además, ligado por lazos sutiles a la raza india. Al comparecer ante Xuchitl, sintió vergüenza. Era un sentimiento espontáneo, sin especial fundamento de razón.

—Quauhpopoca ha muerto como un hombre y puedes estar orgullosa de él —dijo a su mujer.

Xuchitl abrió los ojos claros con un gesto de incomprensión. ¿Por qué iba a estar ella orgullosa de Quauhpopoca? ¿Qué tenía ella que ver con aquel calpixque de la costa?

—Ni siquiera le he visto en mi vida —observó, como explicándose a sí misma y a él por qué no le interesaba el asunto. Y añadió—: Si Quauhpopoca le hubiera hecho esa jugada a Moctezuma, el castigo hubiera sido todavía más duro. Pero siento que lo hayan quemado en lugar de matarlo de un modo menos escandaloso.

—¿Por qué? —preguntó él.

—Porque a la gente le parecerá una cosa común y corriente. Piensa que un mes justo antes de que llegases, se celebraba aquí la fiesta de Xocotlvetzi, en la que se echan esclavos a una hoguera grande hasta que están medio quemados. Les echan encima de un fuego muy grande y la multitud no hace más que dar voces al ver cómo caen los cuerpos alzando en el aire nubes de cenizas ardientes, de ascuas y de incienso; y cuando están medio quemados, pero todavía vivos, los sacan del fuego con unos ganchos y se los llevan a la piedra del sacrificio para... Lo de siempre.

18

El episodio de Quauhpopoca dio al traste con el poco poder de resistencia que ya le quedaba a Moctezuma contra los blancos. Tenía la voluntad rota y andaba buscando los medios posibles para rehacérsela y hasta para sobrevivir. Por el momento, su único consuelo era la convicción, que se había sugerido a sí mismo, de que al someterse a Cortés no hacía más que obedecer explícitos deseos de sus dioses, y por debajo de todo, le quedaba alguna esperanza de poderle robar Xuchitl a Alonso con la ayuda del corazón de piedra verde.

Después de larga y patética discusión había terminado por ceder también al deseo de Cortés de que reconociera pública y oficialmente como emperador del Anáhuac la autoridad y soberanía del rey de España. La ceremonia fue dramática y de un colorido sin igual. Moctezuma, rodeado de sus altos dignatarios, sacerdotes y grandes capitanes, había revestido la vestimenta imperial de mayor solemnidad. Plumajes de todos colores, oro y refulgentes gemas centelleaban sobre un fondo de rostros morenos amarillentos de ojos negros como el azabache, masa de gentes más humildes admitidas a asistir a la ceremonia para darle realce con su multitud. Los españoles rodeaban a su capitán; todos ellos vestidos de acero, con los cascos en la mano derecha y la izquierda descansando sobre la cruz de sus espadas; el cabello largo, la barba en muchos hasta el pecho, no pocos de ellos rubios o pelirrojos, y todos más altos y gruesos aunque no más altaneros en su prestancia que aquellos desdichados aztecas que se aprestaban a entregarles su libertad y se erguían tanto más rígidos y altivos cuanto más desolados y humillados se sentían por dentro.

Ilusión frente a ilusión. Aquel día se representó en la escena de la historia una Tragedia de Errores. Moctezuma entregó su país porque se creía que Cortés era Quetzalcoatl en persona o uno de sus precursores. Cortés exigió la dimisión oficial de Moctezuma como soberano, porque se consideraba como un cristiano, es decir, un miembro de aquel fantasmático Imperio Romano (romano por el emperador y romano por el Papa), y por lo tanto no se creía con derecho a conquistar sólo por la espada, sino que, además, necesitaba la justificación de la letra del rey.

Moctezuma dirigió a los suyos una alocución con voz deprimida por la tristeza, interrumpiéndose con frecuencia para darse tiempo a calmar su honda emoción y recobrar su entrecortado aliento.

—Todos sabéis —les dijo— que no somos los verdaderos dueños de esta tierra, y que se la debemos a nuestro señor y verdadero dueño Quetzalcoatl. Éste es el hombre de Quetzalcoatl, y es él, por tanto, quien ha de regir. La obediencia que a mí me dabais, a él se la habéis de dar.

Cortés hizo que su escribano público tomase por escrito la entrega formal de la soberanía jurídica de Moctezuma a favor del rey-emperador de España, mientras gruesas lágrimas rodaban por las mejillas de los rostros viriles de los guerreros de Moctezuma. A cuya vista, los duros y rudos conquistadores sintieron que se les movía el corazón, y por un milagro de la unidad humana, refrescó sus almas secas y graníticas el rocío del amor.

19

Había un hombre, sólo uno, en aquella sala, cuya emoción era más compleja que la de ninguno de los demás pues en ella se fundían la tribulación de los mejicanos y la compasión de los españoles. Alonso se venía sintiendo cada vez en comunión más íntima con el pueblo vencido, consecuencia de su matrimonio, tanto más notable cuanto que la actitud usual de su mujer no era ni con mucho favorable a su propio pueblo. Al adoptar la fe de Cristo y casarse con un español, Xuchitl había logrado aquella libertad a que tanto ella como su padre habían aspirado siempre. Con todos sus defectos, su codicia, aquellos blancos pensaban y obraban en un mundo libre de las influencias de los agüeros y del capricho de los dioses sanguinarios que habían sido pesadilla de su vida y de la de su padre. Alonso se la encontraba siempre declaradamente al lado de Cortés y de su política, aunque a veces dispuesta a criticar detalles. En cambio, la simpatía de Alonso para con el lado mejicano aumentaba cada día de modo misterioso. ¿Por qué le instaba una fuerza íntima, si no a ponerse del todo del lado mejicano, al menos a compartir su dolor y a sentir sus pérdidas tanto como si fueran propias?

Así pensaba, mientras los criados de Moctezuma iban trayendo y descargando en el centro de la casa carga tras carga de oro y de joyas. Como arras de su homenaje al emperador, rey de España, Moctezuma entregaba a Cortés aquel tesoro de su padre Axayacatl, que los españoles habían contemplado una noche a la luz estremecida de la antorcha del carpintero. Ahora, en la sala refulgente inundada de sol, las plumas, el oro, las gemas, destellaban esplendores sin rival. Años, siglos de artificio se amontonaban en el suelo como botín para los nuevos dueños del país. Alonso, que no había conseguido

XXVI. Tanques de guerra en la conquista de Méjico. Cortés los hizo construir de madera como protección para su gente, constantemente hostilizada por los aztecas desde terrazas y tejados.
El grabado muestra dos tanques separados por un canal, donde ha caído un caballo al que se trata de salvar.

todavía vencer la repugnancia que le inspiraba el oro, contemplaba el espectáculo con cierta compasión, no sólo para los que perdían, sino para los que iban a ganar aquel metal amarillo, el metal de la envidia biliosa que incita a los hombres a desviarse de la lealtad y de la verdad.

Terminada la ceremonia, quedó en la sala Mejía, el tesorero real, pesando cuidadosamente cada pieza, para calcular el quinto real. Vigilaba las operaciones fuerte guardia. Al regresar a sus habitaciones, Moctezuma se encontró a Esquivel, de centinela aquel día. El soldado le miró intencionadamente. En cuanto Moctezuma se quedó solo con él, Esquivel tendió la mano abierta hacia el emperador. En la palma de la mano brillaba el corazón de piedra verde. Moctezuma abrió los ojos con avidez. Los dedos le temblaban y se le estremecían las alas de la nariz al asir la joya inestimable de la mano de Esquivel. "¡Qué extraño —pensaba—, que gane esto cuando acabo de perder lo otro!" Y mentalmente dirigió una acción de gracias a Uitzilópochtli.

20

Moctezuma se resignó a instalarse en su situación de emperador domesticado a disposición del verdadero dueño del Anáhuac, que era Cortés. Sus juegos, sus mujeres, sus partidas de caza, sus jorobados, su acayetl —de cuando en cuando aliñado con drogas y hierbas para soñar —y reposo. Pero no había reposo. Cortés vino un día a informarle que Cacama conspiraba contra ambos.

—Dadme vuestras tropas —propuso Cortés—, y os lo traeré encadenado.

Moctezuma prefería métodos menos escandalosos.

—Malintzin, dejadme a mí el asunto, y en tres días os lo entregaré.

Había hecho lo posible para inducir a Cacama a que aceptase una situación análoga a la suya, pero el animoso rey de Tetzcuco se negaba a escuchar tales consejos. El emperador decidió deshacerse de él. Siempre había tenido a su disposición a cierto número de tetzcucanos, que pagaba con favores secretos. Moctezuma invitó a Cacama a unas conversaciones con emisarios suyos en una casa que el joven rey de Tetzcuco tenía cerca de la ciudad, construida sobre pilares encima del agua. Durante las primeras horas de la noche, los partidarios secretos de Moctezuma habían llenado el agua bajo la casa de canoas armadas con gentes del emperador. En el silencio nocturno se abrió la trampa por donde se comunicaba la casa con el lago, entraron en la sala y se apoderaron de Cacama y de sus compañeros.

Al día siguiente, al anochecer, llegó Alonso a su casa.

—Xuchitl, tu hermano Cacama está prisionero de nuestro capitán.

Xuchitl guardó silencio un momento, con los ojos bajos, y luego, temblándole un poco la voz, preguntó:

—¿Cuándo lo van a quemar?

—¿Quemar? No. No lo quemaremos. Ni siquiera condenarlo a muerte. Se quedará encarcelado y encadenado. Pero nada más.

A Xuchitl se le agolparon las lágrimas a los ojos. ¿Por qué? No lo sabía. Quizá el recuerdo de su padre, sus conversaciones con el rey Nezahualpilli y con sus tres hermanos sobre los dioses y las estrellas, trozos de vida más fuertes que la conducta empedernida de Cacama para con ella.

—Será peor que la muerte para él —dijo. Y después de un momento de reflexión—: Tenía que ser.

21

Al día siguiente de haber recibido de Moctezuma la recompensa convenida por el corazón de piedra verde, Esquivel vio desde su rincón del patio principal a Mejía, tesorero del rey, que venía a visitar el cuartel y a recordar a los soldados la obligación que tenían de darle cuenta de cualquier cantidad de oro que hubieran conseguido hacerse, ya por rescate, ya de regalo, para separar el quinto real. Precisamente vino a pararse ante la arcada de Esquivel.

—Hoy tenéis cara de hombre de mucho oro —le dijo sin más preámbulos, pues en efecto le habían hecho alguna indicación discreta.

A Esquivel no le gustó la broma.

—No, señor. No tengo nada de que esté obligado a responder a vuestra merced.

Mejía observó la reserva mental de la respuesta.

—Eso queda por ver —replicó, y dio un paso de autoridad entrando de lleno en el terreno de Esquivel.

El soldado frunció el ceño. Andaban por su departamento dos indias jóvenes.

—¿Por qué las mira tanto vuestra merced? Me las han dejado porque eran feas, que si no estarían ya en casa de algún capitán —dijo displicente—. Y lo mismo pasa con el oro. Hay que buscarlo en casa de los capitanes, y no aquí en las arcadas de los pobres soldados. Vaya vuestra merced a preguntarle al capitán Velázquez de León, por ejemplo...

Iba gruñendo detrás del tesorero, que sin prestarle atención, al menos en apariencia, pues no dejaba de tomar nota mental de las indicaciones que florecían entre las espinas del resentimiento de Esquivel, seguía husmeando y mirándolo todo con ojos ejercitados. En el rincón más oscuro de la arcada había una especie de cocina, y detrás de los utensilios de cocinar, un montón de maíz sobre las losas. El tesorero metió la espada por el montón de maíz en direcciones distintas.

—¿Qué es esto? ¡Muy gorda es la gallina que aquí tenéis escondida! —exclamó.

Pasando por encima de los pucheros, metió la mano debajo del maíz y sacó a luz una pesada bolsa de cuero llena de pepitas de oro.

Esquivel bramaba de ira. Asió la bolsa y se la arrancó al tesorero con violencia. Mejía desenvainó y gritó:

—¡Aquí del rey!

A las voces acudieron un cuadrillero y unos soldados que estaban de servicio:

—Guardadme a este hombre y no lo soltéis, y que vaya uno a buscar al alguacil mayor.

El cuadrillero mandó a uno de los soldados a buscar a Alonso, mientras él se quedaba con los demás custodiando a Esquivel. Cuando llegó Alonso, le dijo Mejía:

—Señor alguacil mayor, este hombre ha sido osado de resistirme por la fuerza al intentar yo cumplir mis deberes para con el rey nuestro señor.

De nuevo se encontraba Alonso frente a Esquivel.

—¿Dónde has encontrado este oro?

Esquivel no había tenido tiempo para preparar una mentira.

—Me lo ha dado el emperador.

Alonso se asombró al oírlo. Volviéndose a Mejía, preguntó:

—Señor tesorero, ¿qué desea vuestra merced que haga yo?

Mejía contestó:

—Yo guardaré el oro, lo pesaré y se lo entregaré al capitán para que decida. Pero entretanto, ponedle a este hombre unos grillos.

Fuese el tesorero, dejando a Alonso frente a Esquivel.

—¿Cuándo vas a obrar de modo que te deje en paz?

Esquivel le lanzó una de las ardientes miradas que con toda la furia de su corazón humillado dedicaba a su enemigo de infancia:

—¿Dónde están los grillos? —preguntó—. No perdamos aire en palabras.

22

El ansiado corazón de piedra verde era ya el único consuelo que le quedaba a Moctezuma desde el día en que había puesto su corona a los pies del dios blanco. Lo llevaba con frecuencia y se entretenía el anhelo jugando con él y meditando sobre cómo traer a Xuchitl a tiro, a fin de someterla al mágico poder de la joya. Cortés no deseaba otra cosa que encontrar distracción para el monarca, pues se daba cuenta de que el emperador había conservado casi intactos sus poderes sobre el pueblo (aunque no echaba de ver que eran poderes mágicos más que políticos los que le quedaban, debidos a su carácter sacerdotal), y creía necesario ganar tiempo para madurar el dominio que los españoles iban adquiriendo sobre el país. Mientras tanto, consciente del peligro en que se hallaría en una ciudad rodeada de agua como Tenochtitlán, de producirse algún incidente grave, había hecho construir dos bergantines cuya gracia, velocidad y tamaño lograron hacer subir de punto la admiración que los mejicanos ya sentían para con los españoles. Cortés invitó a Moctezuma a dar un paseo en la laguna en uno de los veleros, y el emperador solicitó ir a un peñón situado en el centro del lago que era para él una especie de coto de caza, a lo que accedió de buen grado el capitán español.

El emperador deseaba que le acompañasen las damas del ejército español, es decir doña Marina, la querida de Cortés, doña Luisa, la hija de Xicotencatl, barragana de Alvarado, y hasta otra media docena de señoras indias altamente respetadas por los españoles y que vivían como sus mujeres en todo, menos el sacramento de la Iglesia, pero sobre todo, Xuchitl. Cortés accedió también a este deseo de su regio prisionero. Al enterarse Alonso, se fue a ver al capitán para explicarle sus objeciones. Cortés le escuchó tanto mejor por ser de suyo bastante celoso, y luego habló así:

—Don Alonso, no he de deciros yo haced esto o lo otro. Pero mi consejo es que dejéis ir a doña Suchil. Será el viaje una cosa pública y Moctezuma tendrá que guardar las formas. La ausencia de mi señora doña Suchil podría interpretarse de modo muy distinto del que desearíais.

El rostro de Alonso se coloreó:

—Vuestra merced se dará cuenta de que yo tendré que quedarme en tierra, por si la gente levantisca quiere aprovechar la ocasión y...

—Sí. Ya me doy cuenta. Pero precisamente por eso, mi consejo es que dejéis ir a doña Suchil.

En cuanto a la misma Xuchitl, al enterarse del plan y de esta conversación con Cortés, reflexionó unos instantes y dijo luego:

—Preferiría quedarme, porque no me siento tranquila cerca de Moctezuma. Pero quizá tenga razón el capitán. De todos modos, déjame el lebrel.

Llegó al fin el día. El grácil bergantín aguardaba amarrado junto al embarcadero del emperador. Era una nave elegante de seis bancos remeros y un mástil para dos velas. A popa, una especie de castillete o cabina abierta permitía cómoda instalación para bastantes personas. Estaba hasta lujosamente amueblado con sillas a la española y almohadones a la mejicana. Aunque español, el bergantín había absorbido ciertos rasgos de su ambiente mejicano, lo que le daba un aire mestizo. Moctezuma se sentó en el lugar central junto al timón. No le fue difícil, por razones de etiqueta mejicana, hacer que se sentara a su lado derecho la hija del rey Nezahualpilli. Al aparecer Xuchitl, Moctezuma, que sonriente se adelantó para ofrecerle la mano, vio que la seguía fielmente el lebrel negro. No se veía a Alonso por ninguna parte, y Moctezuma sospechó al punto que

Alonso venía a bordo en la figura de aquel lebrel. Su primer impulso fue decretar que no se admitiera a bordo a los perros. Pero cuando rumiaba tan renegado pensamiento, el lebrel, sin duda reconociéndolo, gruñó enseñándole los colmillos blancos. "Vaya —pensó Moctezuma, no poco acongojado—, ya me ha adivinado los pensamientos."

Le desconcertó tanto esta idea, que le hizo perder el dominio sobre el momento.

Xuchitl saltó a bordo seguida del perro como una sombra líquida. Los otros huéspedes entraron admirando con locuacidad el bergantín, su forma, color y velocidad, y pronto se quedó todo diluido en el aire del viaje que cortaban las luminosas velas hinchadas por leve brisa.

Llegaron al peñón y Moctezuma se dio pronto cuenta, con desmayo, de que las guardias españolas no estaban dispuestas a perderlo de vista. Iban dos capitanes al mando de la expedición, con orden estricta de vigilar estrechamente al emperador, sobre todo en tierra, donde hubiera podido tentarle la idea de escapar. Pero Moctezuma no pensaba en escaparse. No pensaba más que en ver de quedarse con Xuchitl en algún rincón aislado del peñón que tan bien conocía, para hacerla sucumbir a la magia del corazón de piedra verde que llevaba puesto. Le enfurecía, pues, el verse vigilado, y más todavía cuando el lebrel, al olor de la caza que abundaba en el peñón, desapareció al galope en la espesura, ladrando de alegría. La caza aburrió al emperador, por vez primera en su vida, y cuando ya se convenció de que le era inaccesible la caza humana que anhelaba alcanzar, dio orden de reembarcar. Al instante mismo en que iban a cortar las amarras, llegó el Moro trotando con tres patas y una doblada en el aire. ¿Dónde y cómo se había herido? Nadie lo sabía, pues se había ido de aventuras solo, pero cuando llegó a echarse a los pies de su ama, traía herida la pata delantera de la izquierda. Y sin pedir apoyo ni compasión de nadie, se acurrucó en silencio cerca de Xuchitl.

Soplaba el viento contra el bergantín, de modo que no pudieron los marineros hacer alarde de velocidad, como lo habían hecho por la mañana. Moctezuma iba atribulado, ensimismado. Se había dado cuenta aquel día de lo cortas que eran las trabas que tenía atadas a los pies y, además, se sentía cada vez más abrumado por los poderes mágicos de los blancos. Las velas del bergantín, que tanto había admirado al principio, no eran cosa mágica, pues ya había comprendido que era el viento el que las impulsaba, y aunque la idea aumentaba el respeto que ya sentía ante el artificio de sus huéspedes, no añadía nada al temor que le inspiraba la magia blanca. En cambio, aquel perro... Ya se iba poniendo el sol y Tenochtitlán seguía lejos. Velázquez de León, medio en broma para entretener a su real pasaje, medio en serio para advertirle contra toda mala intención cuando llegase la noche, hizo disparar las cuatro bombardas que iban a bordo. Ruido aterrador. La descarga sacudió la frágil embarcación y levantó del agua nubes de aves acuáticas que se echaron a volar despavoridas huyendo de las inocentes velas. Sobresaltóse Moctezuma, pero recobró pronto su dominio de sí y sonrío con admiración a Velázquez de León, que irradiaba ufanía con el abanico de su barba de oro. Había caído la noche cuando los dos bergantines, cortando tiras divergentes de puntilla líquida en la sábana quieta de la laguna, entraron en las aguas particulares del palacio de Axayacatl y se detuvieron junto a la escalinata de mármol del emperador. Al borde del agua aguardaba Alonso. Llevaba el brazo izquierdo en cabestrillo, y fue lo primero que Moctezuma vio en la noche oscura. Inmediatamente el emperador se puso a buscar al perro en la sombra. Pero el Moro había desaparecido. Presa de pavor, Moctezuma se hundió en la sombra de su palacio-cárcel mascullando encantamientos y fórmulas mágicas.

23

Ixcauatzin había encontrado al fin la verdadera felicidad al encarnar a Tetzcatlipuca, encargándose del papel del Joven Divino para lo que quedaba de aquel año. Había vivido hasta entonces una vida de disciplina severa y de austeras privaciones. Ahora, por el contrario, estaba en libertad de dar rienda suelta a los anhelos de su corazón. Estaba alojado en unas espléndidas habitaciones del palacio imperial de Moctezuma, no menos hermosas y lujosas que las del propio emperador; tratado con el mismo respeto y reverencia y servido con igual derroche que el monarca. Estaba en libertad de hacer lo que quería cuando quería, y no se le exigía nada más que escoger sus goces y pasatiempos de modo que fueran dignos del dios que encarnaba y que no estropeasen en modo alguno la belleza y perfección de su cuerpo, que iba a ser oferta suprema al mismo dios al fin del año. Ixcauatzin no era muy sensual, de modo que su ser, al quebrarse los diques, no irrumpió hacia los placeres como un torrente. Sin embargo, nada estimaba tanto como aquella promesa, aquella expectación que la imaginación le alzaba constantemente ante los ojos del alma: los únicos veinte días de su ya corta vida en que vendría a revelársele el amor.

Llegó al fin el mes tan deseado de Toxcatl y el primer día entró en sus habitaciones regias con solemne paso el sumo sacerdote del culto de Tetzcatlipuca. Los sacerdotes bañaron al Joven Divino, quitándole toda la pintura que le cubría el cuerpo, y le cortaron el pelo, que llevaba largo como una mujer, peinándoselo hacia arriba al modo de los guerreros, atado con una cinta de oro y plumería, de donde colgaban dos borlas de oro a un lado y a otro del rostro. Ya vestido y ataviado al nuevo modo, Ixcauatzin se quedó solo un buen rato, al cabo del cual volvió el sumo sacerdote con cuatro doncellas singularmente hermosas y sin el menor defecto físico, como prescribía la tradición y el ritual. El sumo sacerdote las presentó a Ixcauatzin no con sus nombres de familia, sino, como estaba prescrito, con los de las cuatro diosas que al efecto encarnaban: Xochiquetzatl; Xilomen; Atlatouan; Vixtocioatl.

Como una embriaguez le inundó el alma. Estaba todavía por cultivar y por descubrir su prístina necesidad de compañía y ternura femeninas. Pero sus instintos, tanto más despiertos en lo hondo de su ser, se habían adelantado ya fuera de la cárcel de su cuerpo a gozar el aroma de aquellas cuatro flores humanas que la vida ofrecía como última ofrenda al que iba a morir.

Se sonrió y las miró una a una, mientras ellas le observaban así, de cerca, después de haberle visto tantas veces a lo lejos sabiéndose destinadas a él. Cuatro amores. Una tenía puesto un huipil entre rojo y amarillo; el de otra era azul-gris; otra vestía de verde y otra de pardo. Ixcauatzin, que era un iniciado, sabía lo que aquellos colores querían decir. Las besó en la boca, según el ritual, tocándoles las palmas de la mano con las palmas de sus manos, y así pudo darse cuenta de que el sumo sacerdote que les había dado aquellos nombres y colores había tenido en cuenta sus respectivos temperamentos: Vixtocioatl tenía las manos húmedas y frías; Atlatouan, húmedas y calientes; Xochiquetzatl, secas y calientes; Xilomen, secas y frías. Encarnaban pues los cuatro elementos de la naturaleza: agua, tierra, fuego y aire.

Un secreto instinto le decía que su experiencia de amor debía empezar por el agua, para seguir por la tierra y luego el fuego para terminar por el aire, pues así le parecía a él que estaba constituida la jerarquía ascendente de la felicidad. Así, pues, dio un beso a Vixtocioatl, dos a Atlatouan, tres a Xochiquetzatl y cuatro a Xilomen, señal de que serían sus compañeras la primera, la segunda, la tercera y la cuarta noche de cada grupo de cuatro días del último mes de su vida.

Vixtocioatl vino a su lecho aquella misma noche. Era alta, delgada y sinuosa y, sin esperar a que él tomara la iniciativa del amor, en cuanto se vio a solas con él lo abrazó y se enlazó con él, enroscando su cuerpo desnudo en torno al suyo como ávida serpiente. Ixcauatzin se sintió presa de un reptil lascivo y se dejó devorar por el hambre libidinosa de aquella serpiente que tragaba insaciablemente el alimento de amor. "Así —se decía él en los intervalos en que acostado de espalda ensoñaba mientras la serpiente-amante digería su presa—, así debe ser el amor en las profundidades de los palacios de Esplendor-de-Jade, en las espaciosas salas verdes de la diosa de las Aguas, donde las serpientes líquidas se enroscan unas en torno de las otras y se fecundan unas a otras con las primeras simientes de la vida." Pero estaba desilusionado. El espasmo de su cuerpo, cuando el tenso deseo podía al fin morir y descansar, no le era goce suficiente para compensarle de los tentáculos fríos y tenaces que lo ligaban, y en medio de los abrazos de Vixtocioatl, anhelaba recobrar la libertad.

A los primeros albores de la mañana, vio con satisfacción que se levantaba su compañera y salía de la estancia con aquel su andar sinuoso y como sin huesos. Estaba fatigado y necesitado de sueño. Hacia mediodía se levantó, se bañó y se fue a reunir con su mujer y sus tres doncellas que le aguardaban para comer. Se sirvió la comida con tanto lujo y ceremonia como la del emperador. Flores, color, oro, los manjares más preciados, un aromático acayetl para Ixcauatzin. Las tres doncellas estaban de humor alegre y decidor; Vixtocioatl, silenciosa y ensimismada. Por la tarde fueron los cinco a dar un paseo por la laguna en una de las canoas imperiales, tallada y decorada de oro, y cubierta con un toldo de algodón blanco bordado de labor de pluma verde.

Después del paseo, Ixcauatzin se retiró para orar y meditar, y cuando llegó la hora del lecho, vino a visitarle Atlatouan. Era redonda y metida en carnes, con mejillas sonrosadas y grandes ojos negros. Tenía los hombros anchos y potentes y las caderas todavía más potentes y más anchas; los pechos redondos, firmes y grandes, y los labios rojos y llenos. Era poco hábil de movimientos y parecía como desconcertada y sin saber qué hacer. Ixcauatzin le había desabrochado el huipil y ella se dejaba, demasiado tímida para expresar su amor, el estremecimiento que sentía en lo hondo del cuerpo al contacto de sus manos. "¡Qué contraste con Vixtocioatl!", pensaba él. Atlatouan era absolutamente pasiva, aunque bien dispuesta y complaciente, y tenía que hacerlo él todo. Su cuerpo joven, perfecto, duro y aromático le levantaba el deseo y no se cansaba de tocarla, de acariciar sus miembros tan llenos, tan ricos de forma y de sustancia, que respondían con un vigor suyo propio, nacido de la masa del músculo y de la arquitectura oculta del hueso, a la presión apasionada de las manos viriles. Una mujer perfecta en verdad. La gozó y la volvió a gozar. Era una delicia honda y completa para sus sentidos, que le florecía en gratitud hacia aquella mujer quieta, pasiva, humilde, que le daba su cuerpo y no le pedía nada.

Al verla alejarse al llegar la mañana, con lentitud y quizá también con respeto, sintió que se fuera y contempló largamente su andar, la acción rítmica y pesada de su espalda bien esculpida en volúmenes redondos que alzaban ya una cadera ya la otra en potente alternancia. Al quedarse solo, contra lo que suponía después de una noche de tanto goce carnal, se sintió ligero y descansado, se levantó temprano y pasó todo el día de buen humor entre las dos alegres y decidoras doncellas y las dos mujeres ensimismadas.

Aquella noche le tocó su turno a Xochiquetzatl. Ixcauatzin la recibió con cierta inquietud y preocupación a causa del mero accidente del nombre. Pero Xochiquetzatl no se parecía en nada a Xuchitl. Era delgada y, al pronto, cuando con súbito y espontáneo ademán dejó caer al suelo el huipil, le pareció que de cuerpo era como Vixtocioatl, la doncella del agua, también sin hueso; sólo que ésta era más pequeña y más consistente, de pechos pequeños y firmes. Ixcauatzin tenía la impresión de que importaba menos en ella la forma del cuerpo que un no sé qué, una especie de vibración, de estremecimiento que le corría por el cuerpo haciéndolo siempre vivo y tenso. Se apoderó de él súbito y violento deseo, aun antes de haberla tocado, y cuando la tuvo en sus brazos halló que tenía la piel ardiente y que sus miembros vibraban como con fiebre, y de pronto, ¡qué maravilla!... Ya no era ella misma, sino que ambos eran un solo ser ardiendo juntos en un fuego común. ¿Responderle? No. No era que le respondiera ella a él ni él a ella, porque ya no era posible distinguir entre una vida y la otra y su goce era una larga unión en que ambos se perdían y el uno se encontraba en el otro. ¡Oh, qué noche! ¡Aquello era lo que había soñado! ¡Aquello era la vida tras de la cual sólo la muerte podía tener sabor! En sus breves fases de sueño, Ixcauatzin soñaba en su próximo goce y se despertaba ávido de más felicidad como la que todavía recordaba. Vino la mañana y ella se fue corriendo, riéndose y echándole besos mientras él seguía en cama cansado y feliz, gozando largo tiempo al sol de aquel amor.

Todo aquel día pasó de humor más grave que de costumbre. Transcurrió el tiempo de paseo en la laguna, con su alegre y decidora doncella Xilomen y sus tres mujeres ensimismadas en su experiencia de amor. Y cuando llegó la noche, le roía el alma secreta impaciencia. "Porque —se decía—, ¿qué puede darme Xilomen que la divina doncella de fuego no me haya revelado ya?" Y vino Xilomen. Era esbelta y grácil, no muy alta, y tenía el cuerpo elegante y fino, perfecto en todas sus proporciones y tan delicadamente modelado que cada línea parecía recrearse en entregar su perfil a la siguiente con las curvas más adorables. Tenía los ojos transparentes y como llenos de sonrisa, y con ellos le miraba con un mirar recto y hondo que observó desde el principio, porque aquel mirar poseía tal poder de penetración que le conmovía hasta lo más hondo. Se arrodilló al lado del lecho donde él ya estaba acostado, y le puso los ojos en los ojos con una sonrisa tranquila que hacía florecer el óvalo hermoso de su rostro. Se incorporó Ixcauatzin apoyándose sobre un codo para acercársele, atraído por la misteriosa fuerza mágica de sus pupilas, que intentaba en vano explicarse a sí mismo como una especie de miel inmaterial. No era deseo lo que le atraía. No pensaba en el cuerpo de Xilomen. Pero era algo dulce, tierno e infinitamente feliz y le atraía cada vez más y más. Terminó por sentarse sobre el lecho y ella, sin cesar de mirarle a lo más hondo de los ojos, se dejó deslizar gradualmente hacia atrás cayéndole sobre el brazo de modo que sentada sobre el suelo, al borde del lecho, tenía la cabeza descansando sobre el pecho de Ixcauatzin. Y así vivieron toda una eternidad en un instante, fundiendo una mirada en la otra en unión tan perfecta, tan pura, tan limpia, que cuando más tarde, mucho más tarde, reclamaron sus cuerpos su parte de goce y se dieron el uno al otro, se quedaron acostados sobre la espalda, con la mano en la mano, llorando lágrimas de júbilo y de tristeza por la belleza que habían vivido y que no volverían a conocer.

24

Cortés fue con Alonso y otros capitanes a ver el teocalli mayor. Habían llegado hasta la plataforma que coronaba las ciento trece gradas de la escalinata, cuya subida era ya en sí no pequeño sacrificio a los dioses. Pesada cortina toda cosida de campanillas y cascabeles separaba la plataforma de la capilla. Los españoles hallaron tal oscuridad dentro, que desgarraron a estocadas la cortina para ver mejor. A la luz del día, divisaron las cuatro paredes del templo, cubiertas de una costra de lo menos dos pulgadas de sangre humana reseca. En tan espantosa atmósfera, los dioses, dos gigantescas figuras de hasta cuatro varas de alto, talladas en piedra y exornadas con nácar y piedras preciosas, amén de sendas máscaras de mosaico de turquesa y de oro respectivamente, se elevaban sobre pedestales de granito.

Cortés se quedó pensativo ante los monstruos sanguinarios. A su lado, Alonso meditaba sobre el misterio que le venía torturando la mente desde que había llegado a aquella tierra —quizá desde su infancia—. "¿Cómo es posible?", pensaba para sus adentros. Y con gran asombro suyo, expresó Cortés sus propios pensamientos íntimos en apasionado lamento que le brotó del corazón tras largo silencio.

—¡Oh, Señor! —exclamó aquel capitán de suyo tan frío y sonriente—. ¿Por qué toleras que se dé tal culto al Malo en esta tierra?

Tal exclamación en un hombre como Cortés era siempre preludio de acción inmediata. Volviéndose a los sacerdotes, que intranquilos observaban a los visitantes, les ordenó:

—Traed agua y lavadme estas paredes hasta que estén limpias. Vamos a quitar de aquí todo eso y a purificar el lugar, y después traeremos aquí la imagen de Dios y la de su bendita Madre.

Los sacerdotes enseñaban los dientes con gesto que quería ser sonrisa y se quedaba en mueca. De seguro que Malintzin no se proponía en serio hacer lo que decía. Pero el rostro de Cortés desmentía las esperanzas de los sacerdotes, y uno de ellos dijo:

—Vivimos por nuestros dioses y moriremos por ellos.

Cortés mandó recado de que se vigilase especialmente a Moctezuma y le mandasen cincuenta hombres al teocalli. Pero le espoleaba la impaciencia, y sin aguardar los refuerzos: —Mucho deseo ya combatir por mi Dios contra esas naderías —dijo; y echando mano de una barra de hierro que allí se hallaba, con increíble agilidad saltó sobre el altar hasta alcanzar la talla de las imágenes, tanto que sus hombres creyeron que se había alzado en el aire por poder sobrenatural, y golpeó con el hierro el rostro enmascarado de

495

los dioses. La máscara de oro de Tetzcatlipuca cayó sobre las losas del suelo; la máscara de turquesa de Uitzilópochtli cayó en manos de Alonso.

Mientras los españoles se llevaban escaleras abajo las imágenes de los dioses derrocados y los sacerdotes huían presa de horror, fueron viniendo naborías al servicio de los españoles que limpiaron las capillas de su inmunda costra de sangre humana y las enjalbegaron y purificaron, preparándolas para servir de templo a la Madre y al Niño.

25

Aquella noche, en la quietud y la oscuridad, cuando hasta la más ligera de las onduelas que venían a besar el borde de jaspe del embarcadero dejaba oír su rumorcillo, Alonso se despertó al sonido de una voz que no había oído jamás. Xuchitl dormía tranquilamente a su lado. La luna dejaba caer un haz de luz azul sobre todo el lado derecho de la alcoba, bañando con su misteriosa luminosidad el pequeño mundo de una mesa situada cerca de la ventana, y en particular el cuadrito flamenco de la Madre y el Niño y la máscara de turquesa de Uitzilópochtli. La luz etérea y azul de la luna caía sobre la luz mineral y azul de la turquesa vivificando los rasgos de la máscara con una especie de palpitación; y las dos pupilas de brillante obsidiana negra prendían en sus orbes perfectos diminutas imágenes de la luna que prestaban a la máscara una mirada humana y sin embargo inhumana, natural y, sin embargo, sobrenatural. La Virgen sonreía al planeta femenino como a una amiga que entiende sin palabras.

—Sí —dijo la máscara a la Virgen—, me has echado. Y ahora estas tú donde yo estuve siglos enteros. Pero somos dioses y no medimos el tiempo con el mismo reloj que los hombres.

—Yo soy modesta en mis aspiraciones —contestó la Virgen—. Las mujeres solemos serlo. Y me contento con salir ganando por ahora.

—¿Y cómo sabes que aún por ahora sales ganando? Ahí estás sentada entre los hombres con tu Niño en brazos, para darles el espectáculo de la dulzura, de la paciencia y de la abnegación. Pero cuanto más te miran, más piensan en mí. Cuanto más te ceden, más me pertenecen. Cuanto más aman, más matan.

—No cuando aman con mi amor —replicó la Madre sonriendo al Niño.

Las dos lunas diminutas brillaron dentro de sus orbes de obsidiana negra con luz más aguda, y una sonrisa pareció torcer ligeramente la boca cuadrada de la máscara de turquesa.

—¿Pero pueden? Yo no sé si lo habrás logrado con tus europeos. Pero aquí sabemos que si no se vierte la sangre generosamente a nuestros pies divinos, se vierte miserablemente en tabernas, burdeles y mercados. De modo que, sangre por sangre, más vale verterla hacia arriba, en un gesto de sacrificio, que hacia abajo, hacia el arroyo. Mis sacerdotes, en cuanto han abierto de una cuchillada el pecho de nuestras víctimas, alzan en triunfo el corazón palpitante hacia mí. Nada de sangre como no sea hacia el dios. Tal es nuestro credo. Ahora vienes tú con tus soldados, ignorantes todos del modo de vivir de mi nación, ¿y qué es lo primero que cambian ustedes? Nada de sacrificios humanos. ¿Quiénes son para decir que es menester que cesen los sacrificios? ¿Es razón suficiente el mero hecho de que no les gusten?

Alonso no sabía si estaba despierto o dormido, pero sí observó que los ojos negros y azules de la máscara lanzaban una mirada de desafío a la imagen siempre plácida de la Virgen.

—Sí, lo es —contestó con firme dulzura la Virgen, sin apartar la amorosa mirada de su niño, sin mirar nunca a la máscara—. Lo es, porque son hombres en cuyo corazón brilla para siempre la luz que mi Hijo... (le pareció a Alonso que apretaba al Niño contra su pecho al pronunciar aquellas palabras)... encendió, y esta luz no puede extraviarlos.

La máscara miró a la Virgen con desdén:

—¡Al fin y al cabo, sentimental como mujer!... ¿No ves que tu Hijo no puede ser autoridad para ser citada en contra de los sacrificios humanos? ¡Pero si no hay ni un solo dios azteca que no esté verde de envidia al pensar en la idea que se le ocurrió a él: hacer de sí mismo la víctima de un sacrificio humano, celebrado todos los días en todas partes por millones de sacerdotes!... ¡Y aún te atreves a alzar la voz contra los sacrificios humanos!

—Te compadezco, pobre dios de las tinieblas —replicó la Virgen—. No ves la diferencia entre un dios que exige una víctima humana cada día y un Dios que se ofrece a sí mismo cada día como víctima a los humanos. Mi hijo da a los hombres todo lo que tiene y ellos no podrán nunca pagárselo ni aun con toda una vida de abnegación.

—¿Y qué esperanza les queda? —replicó la máscara pesimista; y luego añadió—: Pero de todos modos, no es cosa que pueda evocar eco en mi nación. Toda esa contabilidad del sacrificio sabe a religión nacida en el seno de un pueblo comercial, acostumbrado a discutir en toma y daca con los dioses. Mis aztecas son un pueblo de guerreros que no entiende el dar y el tomar como cosa de cambio. Sólo comprenden la guerra: toma el que gana, da el que pierde. Y saben perfectamente que con los dioses no hay más que dar. Darlo todo. La vida. Somos exigentes y absolutos. Exigimos el corazón, y además, palpitante. Así conseguimos que nuestra nación esté siempre fuerte de salud, valiente hasta el desprecio de la vida y, por lo tanto, noble hasta el desprecio de la riqueza, libre, limpia e incorruptible. Pero si lavas mis teocallis de su costra de sangre humana y metes en ellos esa ilusión femenina poética y bonita de un sacrificio divino que no es un sacrificio, ¿crees tú que estos hombres de agua se van a contentar con tus vaporosos ensueños? No, créeme, no. Continuarán los sacrificios humanos, pero a dioses más bajos que nosotros.

La Virgen tomó un rostro grave:

—Mis hombres y mis mujeres lo evitarán. Mezclarán su sangre y su alma con la sangre y el alma de tu nación. En el fondo de las generaciones venideras, río de aguas mezcladas, triunfarán mi alma y mi espíritu sobre tu espíritu y tu alma. Tu nación transfigurará sus energías animales en canción, color y forma. Construirá vastos templos de belleza, bosques de piedra a la gloria del Señor, donde sus almas arderán como cirios ante los altares de mi Hijo.

Alonso vio la Cruz de cobre y el sol de cobre brillar en un esplendor de luz sobre el altar del pueblo otomí. La luz deslumbrante del sol le despertó. Estaba transfigurada la habitación. La máscara y la Virgen, inmóviles, parecían haberse retirado a la sombra, y la luz del día alumbraba y movía todo por todas partes, mientras Xuchitl le sonreía con la dulce sonrisa que había heredado de su madre azteca.

Capítulo III

LA VENGANZA DE LA MÁSCARA

1

Orteguilla vino a ver a Alonso aquella mañana. Vivía en estrecha relación con el emperador y había hecho rápidos progresos en la lengua nauatl. Alonso le había instado a que procurara enterarse del origen del oro hallado en poder de Esquivel, y si en efecto era presente del emperador. Ortega le informó que así era en verdad, pues el propio Moctezuma se lo había dicho.

—Pero, señor, a decir verdad, no he pensado gran cosa en ello, porque tengo noticias más graves. —Alonso observó la seriedad y preocupación del muchacho.— Moctezuma ha estado toda la noche encerrado con sus sacerdotes y capitanes, y aunque a veces me dejaban entrar, hablaban muy bajo y entre dientes, de modo que no me he podido enterar muy bien de lo que se decía. Pero no había más que verles la cara y el gesto. Están de guerra.

—¿Y por qué? —preguntó Alonso.

—Por haberles derrocado los dioses del templo.

"Por lo visto —se decía Alonso para sus adentros—, no se ha quedado muy satisfecho Uitzilópochtli de su discusión con la Virgen." La noticia era grave. Cortés había enviado tierra adentro en direcciones distintas hasta las dos terceras partes de su fuerza. Alonso se fue a ver al capitán.

Al instante Cortés acudió a las habitaciones de Moctezuma rodeado de un grupo de capitanes y soldados, Alonso entre ellos. Se encontraron al emperador muy cambiado. Moctezuma no tenía nada de cobarde cuando tenía que habérselas con fuerzas y seres meramente naturales. Era imposible, bajo el sistema azteca, que jamás llegase un cobarde a ocupar el trono. Había padecido miedo y pavor, pero sólo frente a poderes sobrenaturales. Para él, los españoles eran un pueblo sobrenatural. No había más que ver con qué facilidad se transfiguraba Alonso en lebrel, y luego aquellos tubos de cobre negro que mataban a distancia... Para justificar su sumisión ante los poderes sobrenaturales de Cortés, Moctezuma se había convencido a sí mismo de que así lo habían aconsejado sus propios dioses. Cuando Cortés derrocó a los dioses, destruyó sin darse cuenta una de las bases de su poder sobre Moctezuma. La estructura entera se vino al suelo. En el mundo mágico-religioso de Moctezuma, el acontecimiento significaba que los dioses le daban instrucciones de obligar a Cortés a salir de Méjico so pena de la guerra.

Esto es lo que el emperador dijo a Cortés aquella mañana. El capitán español lo oyó con su calma habitual, tanto mayor por darse cuenta de la gravedad del peligro.

—Se nos habrá de dar tiempo para hacer los barcos que necesitamos —objetó plausiblemente.

El emperador asintió.

—Pero no perdáis tiempo en ello —advirtió.

Mientras hablaban, diecinueve naves habían anclado en Veracruz.

2

Un día, pues, mandó Moctezuma recado a Cortés que quería verle.

—Malintzin —dijo con sonrisa socarrona—, mucho celebro saber que ya os podáis marchar todos pronto, porque lo que es barcos, ya no os faltarán.

Y al hablar puso ante el capitán español una tela pintada donde se veían diecinueve naves, hasta un centenar de caballos, artillería numerosa y un millar de hombres. Cortés dominó su sorpresa bajo un máscara de serenidad.

—Doy gracias al Señor por este socorro tan oportuno —exclamó con sinceridad tan bien imitada que engañó a sus propios capitanes y soldados.

La noticia corrió como traca de pólvora seca por salas y patios, y los soldados españoles daban voces y saltaban de alegría.

Pero a Cortés le pesaba el corazón, y en cuanto salió de la estancia imperial, movió la cabeza y dijo a Alonso y a Sandoval, que le acompañaban:

—El Señor nos proteja de nuestros hermanos.

Pronto observaron los españoles el nuevo cariz de las cosas reflejado en el rostro y ánimo de su capitán. Las noticias que llegaron de la costa eran malas. Narváez traía tanta fuerza, que daba por seguro su triunfo sobre Cortés. Pero lo que a Cortés preocupaba era tener que salir de Tenochtitlán precisamente en el momento en que comenzaba a afirmar su dominio sobre el Anáhuac. Sin embargo, no vaciló ni un instante y decidió ir en persona al encuentro de su adversario.

Comenzó por dedicar la mayor atención a constituir la guarnición que se proponía dejar en Tenochtitlán. A su mando nombró a Alvarado, dándole a Alonso como alguacil mayor y maestre de campo; y transformó el palacio de Axayacatl en una verdadera fortaleza, bien provista de víveres. Pero no le fue posible dar a Alvarado más de ochenta españoles. Muy preocupado por lo que atrás dejaba,

Cortés se puso en marcha hacia Veracruz. Alonso aprovechó la ocasión para poner en libertad a Esquivel, que seguía en la cárcel por su desacato a Mejía, so pretexto de que necesitaban a todos los hombres que tenían a mano. Alvarado, que no podía ver a Esquivel, accedió, aunque con dificultad.

3

Moctezuma estaba muy satisfecho de la llegada de la flota de Narváez, que consideró como un favor especial de Uitzilópochtli. Para él, aquella armada de cristianos era instrumento que Uitzilópochtli ponía en juego para vengarse de los insultos que había recibido de manos de Cortés. Era, por lo tanto, evidente a ojos de Moctezuma que el vencedor sería Narváez. Tenía el plan de preparar un alzamiento de la ciudad contra Alvarado y sus ochenta hombres, de modo que en cuanto llegase a Tenochtitlán la noticia de la derrota de Cortés, fuesen al instante pasados a cuchillo, con lo cual podría luego dirigirse con más tranquilidad contra el propio Narváez y deshacerse de él.

Alvarado no dejó de observar ciertas señales por donde este plan secreto se manifestaba. Se estaban construyendo albarradas en ciertas calles y transformando en lugares fortificados ciertas casas, mientras por doquier se fabricaban y almacenaban armas, en particular en teocallis y casas comunales donde los indios auxiliares de Alvarado observaron formidables parques. Un día Orteguilla observó ciertos cambios significativos en el gran teocalli que había frente al cuartel general español. Habían colgado guirnaldas de papel cubiertas de goma derretida, y por todas partes se oía el ruido de martillos. Un acólito del templo de Uitzilópochtli estaba colocando una hilera de postes como los que solían servir para clavar las cabezas de las víctimas de ciertos sacrificios. Curioso e inquieto a la vez, preguntó para qué era aquello, y el acólito le contestó de mal talante:

—Para clavar vuestras cabezas todas en fila.

Aterrado y con lágrimas en los ojos Orteguilla se fue a repetir aquellas siniestras palabras a Alonso y a Alvarado.

Alonso fue en persona a enterarse. Apenas había salido del real cuando se encontró frente a un espectáculo que le conmovió hasta los tuétanos. Estaba a orilla de la laguna. Deslizándose con grácil suavidad sobre la luz líquida del agua, pasaba una canoa lujosa de la casa imperial, dorada, tallada, decorada y protegida del sol por un toldo de labor de pluma verde y blanca, la embarcación más bella que jamás había visto en su vida —la vera efigie de la fácil felicidad—. A bordo, cerca de la proa, un grupo de pajes ricamente ataviados; hacia popa, cuatro hermosas mujeres, y entre dos de ellas, con un brazo al cuello de cada una, Ixcauatzin, peinado a lo guerrero y adornado de oro y algodón sedoso de brillantes colores. Quizá fuera aquel espectáculo de amor, de belleza y de muerte, la clave de los sucesos que aterraban a Orteguilla y preocupaban a Alvarado. Estaban en el mes de Toxcatl, o de la Guirnalda de Maíz Tostado, y el sacrificio de Ixcauatzin iba a ser una de tantas ceremonias con las que los aztecas celebraban la llegada de la primavera. Alonso creyó que aquel descubrimiento valía la pena de ir a contárselo a Alvarado.

Cuando entró en la estancia de su jefe, Alvarado en laboriosa conversación con un grupo de tres sacerdotes, se volvió hacia él muy aliviado de verlo entrar:

—Hombre, llegáis a punto. No entiendo una palabra de lo que me cuentan estos malolientes sujetos.

Alonso comenzó por explicar lo que acababa de ver. Las ceremonias que terminaban el mes de Toxcatl comprendían una fiesta en que lo más granado de la ciudad —es decir, los guerreros y capitanes de más lustre— participaba siempre. Era, pues, imposible organizarla sin una especie de "movilización". Mientras hablaba Alonso aguardaban los sacerdotes. Cuando terminó, se volvió hacia ellos, les escuchó y tradujo su mensaje. Habían venido a pedir a Alvarado permiso para celebrar las ceremonias del mes de Toxcatl al modo usual en el gran teocalli. Alvarado dio su venia, pero con una reserva importante:

—Decidles que no toleraré sacrificios humanos.

Los sacerdotes expusieron que sin sacrificar al Joven Divino y a Teicauhzin, joven que encarnaba a Uitzilópochtli, la fiesta no tenía sentido religioso ni sentido de ninguna clase. Pero Alonso no creyó ni siquiera necesario traducirlo. En cuestión de sacrificios humanos, los españoles eran inflexibles.

Salieron, pues, los sacerdotes en silencio mohíno, sin poder ocultar la cólera. Alvarado preguntó a Alonso:

—¿Por qué habrán venido a pedirme permiso, siendo mucho más fuertes que nosotros?

Ambos se pusieron a considerar el asunto en silencio y ambos llegaron a igual conclusión, que expresó Alvarado:

—Quizá vinieran a buscar una negativa... y la querella. Habrá que apercibirse a todo evento. Que todo el mundo esté en armas y en casa y doblad los centinelas.

4

Alonso se ocupó casi todo el día en preparar la defensa del palacio-cuartel. Cuando ya caída la tarde llegó a sus habitaciones, halló a Citlali esperándole con impaciencia.

—Señor, Xuchitzin está en casa de Papantzin. —Al pronto no se dio cuenta Alonso de la importancia de aquel detalle. Citlali prosiguió:— Estoy muy intranquila. Ixtlicoyu ha venido ya tres veces a ver si encontraba a vuestra merced.

Llegó entonces el propio Cara-Larga.

—Señor, la ciudad está muy de malas. Los sacerdotes andan moviendo a la gente a causa del veto del capitán contra los sacrificios humanos. Dios sabe lo que puede pasar. Creo que debía ir vuestra merced a buscar a Xuchitzin con una escolta fuerte.

Alonso los calmó.

—No temáis. El Señor proveerá. Ven conmigo y la traeremos a casa.

Se fue primero a ver a Alvarado. El impulsivo e imperioso capitán había ido a ver a Moctezuma, a quien consideraba responsable de todo lo que ocurría, y sin el menor respeto para con la etiqueta que Cortés había observado siempre, se metió en la estancia imperial vociferando a Orteguilla:

—Dile al emperador que me responde con la vida si algo pasa en la ciudad.

Avergonzado de tener que traducir tamaño exabrupto, el paje se puso a buscar palabras para atenuarlo, mientras Moctezuma, humillado y vejado tras un velo de plácida indiferencia, fumaba su acayetl, aguantando, mirando ya al paje, ya al airado capitán pelirrojo.

—Señor, dice el capitán que la ciudad está movida y que es menester que se den órdenes para calmarla.

El emperador repuso:

—Más fuertes me sonaban sus palabras.

Orteguilla se ruborizó.

—Es que también decía que estarías vos en peligro si no se calmaba la ciudad.

Sonrió el emperador. No era cobarde y no temía la muerte. Además, se sentía fuerte, apoyado por los dioses.

—Dile a Tonatiuh —dijo con la mayor calma, refiriéndose a Alvarado con el mote ("el sol") que le daban los mejicanos a causa del color de su pelo y barba— que tenga confianza en mí, porque soy su mejor amigo.

Y siguió fumando, como si Alvarado no estuviera presente.

Entretanto Alonso había ido a Tlatelolco, al palacio de Papantzin, a buscar a Xuchitl. Mientras volvían al cuartel, observaron grupos de ceñudos tenochca que los veían pasar en silencio de mal agüero. Uno de aquellos grupos los siguió, y, a poco, comenzó a dirigirles insultos cada vez más violentos. Fue engrosando la multitud cada vez más hostil, hasta que, de pronto, al volver la esquina de una plaza donde había montones de guijarros y piedra para construcción, les tiraron un pedrusco que por un pelo no escalabró a Cara-Larga. Fue precursor de una pedrea en regla. Tan fuerte llegó a ser el ataque, que Alonso creyó necesario arrimar el grupo a la pared de un edificio para hacer frente a sus agresores. Desenvainó y cubrió a Xuchitl, que era chica, con el brazo izquierdo. Cara-Larga había desaparecido en busca de refuerzos. Seguían cayendo las piedras a sus pies, chocando contra la pared encima de sus cabezas, dándoles en las piernas. Una le dio a Alonso en el brazo izquierdo, varias en la celada y una, un pedernal afilado, vino a herirle en el hombro haciéndole sangrar en abundancia. Algunos de los asaltantes, más atrevidos, excitados al ver la sangre, se abalanzaron sobre él, pero él los rechazó a mandobles, hiriéndoles en las piernas, pues deseaba evitar mayores males, que hubieran podido ser mortales para él y para Xuchitl; con todo, comenzaba a pensar que no les quedaba otro remedio que una salida a la desesperada, abriéndose paso con el acero, cuando de súbito se oyó en una calle cercana la plácida melodía de la flauta del Joven Divino, a cuyo son cesó el ataque, y la multitud hasta entonces furiosa, se paró para escuchar la música sagrada. Apareció en escena Ixcauatzin con paso sereno y digno, vestido de blanco, con broche de oro al hombro y cátaras de suela de oro. La multitud se puso en cuclillas. Ixcauatzin avanzó hacia Alonso y Xuchitl y se quedó parado en silencio ante ellos durante unos instantes. Hacía mucho tiempo que no los veía. Allí estaban ambos a merced de él. Alonso estaba sangrando. Tenía abierto el jubón de ante y sobre el pecho lloraba lágrimas de sangre el corazón de piedra verde. Ixcauatzin pensó en Nezahualpilli, sobre cuyo pecho había visto el corazón de piedra verde llorar sangre también. Les tendió las manos, y el Joven Divino, con Xuchitl a la derecha y Alonso a la izquierda, y Cara-Larga cerrando el paso, abandonó el campo de batalla y se fue tranquilamente por las calles de Tenochtitlán en paz y en gracia de Tetzcatlipuca, hasta llegar a presencia de Moctezuma.

5

Sin fiarse en la palabra del emperador, Alvarado había mandado a veinte hombres armados para que lo vigilaran en su propia estancia. Estaba él en persona también allí aguardando las noticias que sus exploradores le traían de cuando en cuando para darse cuenta de si los recados que el emperador mandaba también de cuando en cuando a diversos lugares de la ciudad, según él decía, para calmarla, producían tal efecto y no precisamente el contrario.

La llegada de Ixcauatzin con Alonso y Xuchitl era lo único que a nadie de los allí presentes se le habría ocurrido. Moctezuma se alteró hondamente al ver reunidas a las tres personas que habían sido protagonistas de su tragedia personal —aquella tragedia del Anáhuac vencido por los españoles—. Pero había un detalle en el cuadro que le llenó de terror primero, de indignación después. En el pecho de Alonso sangraba el corazón de piedra verde. Había recobrado la joya robada sin siquiera tener que molestarse en sobornar a un soldado. Moctezuma se echó la mano al pecho y, bajo el manto azul, palpó y verificó el corazón de piedra verde que allí colgaba. No. No lo había recobrado. Allí seguía, sobre el pecho del emperador. Pero entonces, ¿cuál de los dos tenía el verdadero corazón de piedra verde? ¡Qué inoportuna era la gente a veces! ¿Qué decían todos? ¿Qué estaba diciendo Alonso? Lo único que importaba era saber cuál de los dos era el corazón de piedra verde verdadero y cuál el falso. Ahora estaba hablándole Tonatiuh. ¿Qué es lo que le estaba gritando? Maldito si le importaba. ¿Podía decirle Tonatiuh si el corazón de piedra verde que llevaba colgado al cuello era falso o no, o si acaso ese lebrel negro de Alonso tenía también poder de brujo bastante para doblar el verdadero, llevándose uno él y dejándole el otro a Moctezuma? Pero ¿por qué ha de gritar tanto ese Tonatiuh? ¿Se habrá enterado de lo del corazón de piedra verde? ¿Hay en el mundo cosa alguna sobre la que haya que gritar que no sea ésa? Nada tenía de extraño que no hubiera conseguido nada con Xuchitl llevando aquel corazón puesto, ya que el verdadero lo tenía el lebrel negro. Pero ahora que ya sabía dónde estaba el de verdad y dónde el de mentira... aquel soldado español le había engañado... sí, aquel que estaba en la primera fila.

—Tonatiuh, calmaos. Todo se arreglará. Total, un pequeño in-

XXVII. Para recobrar Tenochtitlán, Cortés aisló la ciudad desde tierra firme. El grabado muestra a los españoles dueños de las ciudades en torno a Tenochtitlán. En el centro, en medio del lago, la ciudad asediada, con las canoas de sus defensores. *(Lienzo de Tlaxcala).*

cidente sin importancia. Yo haré que la ciudad se tranquilice. Pero hacedme un favor. ¿Veis aquel soldado, el tercero de la primera fila? Es un ladrón, me ha robado algún oro. Ahorcadle.

Alvarado se volvió hacia Esquivel, rojo de ira:

—¡Bellaco! —Y luego a Alonso:— ¡A la cárcel otra vez! ¡Mejor hubiera sido no haberlo sacado!

6

Al día siguiente comenzaron los últimos cinco días de Ixcauatzin. Los cuatro primeros transcurrieron en lujosos banquetes ofrecidos a la presunta víctima por toda la corte. El emperador no asistía, a fin de que no hubiera duda sobre quién había de ocupar el sitio de honor. Todo lo que había en Tenochtitlán de color, lujo, amenidad, buenos manjares, buenas danzas, se prodigaba en aquellas fiestas de despedida al Divino Joven. El último día vino la canoa imperial a buscarle con sus cuatro mujeres y sus ocho pajes, y todos se deslizaron sobre las aguas sedosas de la laguna hasta el cerro de Cabaltepec, situado entre Chalco e Iztapalapa, donde desembarcaron y subieron a la cumbre. Allí, después de un último beso, Ixcauatzin se despidió para siempre de sus cuatro mujeres, que al instante retornaron a Tenochtitlán. El Joven Divino se quedó solo con sus ocho pajes y bajo la sombra de un bosque meditó largo tiempo sobre su muerte cercana. Le hacía frente sin sentimiento. Había gozado de todo aquello en que había creído y por lo que había vivido. Xuchitl era ya española de corazón. Moctezuma era ya súbdito de los españoles. ¿Para qué vivir?... Xilomen... Sí. Esos ojos suyos, aquella mirada... pero no volvería a mirar así jamás. Son cosas que no ocurren nunca dos veces.

Aquel año había sido necesario cambiar la ceremonia tradicional. Lo usual era que sacrificara al Joven Divino en un teocalli pequeño al oeste de la ciudad, a su retorno de Cabaltepec. Esta vez, a causa del veto contra los sacrificios humanos que habían impuesto los Rostros Pálidos, se celebraría el sacrificio en el teocalli mayor, a pesar de que estaba situado frente por frente con el cuartel de los españoles, porque esperaba que la multitud que llenaría el templo, aun sin armas, bastaría para tenerlos a distancia. Vino, pues, una canoa a buscar a Ixcauatzin y a sus pajes, y a su debido tiempo el Joven Divino aguardaba al pie de las ciento trece gradas que lo separaban de la piedra del sacrificio.

Detrás, en dos hileras, estaban formados sus ocho pajes que le llevaban en sendas cestas las flautas en que había tocado durante su año divino. El vasto atrio estaba abarrotado de gente. Desde las casas de Axayacatl, los españoles lo observaron y salieron a las numerosas terrazas de su fortaleza-cuartel para ver el espectáculo. Alvarado y Alonso, con doña Elvira y Xuchitl, habían salido a la terraza del propio Axayacatl. El lúgubre tambor de los sacrificios resonó repetidamente en el aire, al que parecía ensombrecer con sólo su ritmo. El Joven Divino puso el pie en la primera grada. Su primer paje le entregó la flauta. Ixcauatzin se paró en la primera grada, quebró la flauta con la rodilla y tiró hacia atrás los dos trozos. Con movimiento vigoroso y decidido, puso el pie en la segunda. El paje le puso en la mano la segunda flauta. Ixcauatzin la quebró como la primera y echó tras de sí los trozos, ascendiendo inmediatamente a la tercera grada. Y así, con los ojos fijos en la plataforma donde los sacerdotes aguardaban, fue subiendo grada a grada quebrando una a una las flautas de su año divino.

—¿Creéis que serán osados de sacrificarlo? —preguntó Alvarado—. No veo cuchillo alguno en la mano del sacerdote.

—Sí. Lo sacrificarán. Se saben bastante fuertes.

Ixcauatzin seguía subiendo grada a grada hacia la muerte. Su cuerpo no daba señal alguna de fatiga o de desmayo. Xuchitl sentía el corazón batirle a toda prisa en el pecho. ¡Qué recuerdos surgían en su alma al ver al compañero de su niñez y de su juventud ir subiendo hacia aquel horrendo holocausto que tanto detestaba su padre! ¿Hasta qué punto sería ella causante de aquella escena espantosa, a causa de su indiferencia? Ixcauatzin, "el Desdeñado"... ¡El sacerdote que había escogido su nombre sabía lo que traía entre manos! Y sin embargo, Xuchitl no sentía conmiseración. Se daba cuenta de que Ixcauatzin estaba viviendo entonces una de esas horas soberanas que nada puede sobrepasar y que, más que compasión, merecía envidia. Él entretanto, iba subiendo cada vez más alto, libre, el único hombre verdadera y plenamente libre en aquella vasta escena.

Quebró la última flauta y subió el último peldaño. Cuatro sacerdotes asieron su cuerpo y lo tumbaron sobre la piedra. Brilló un destello de sol en la hoja negra de obsidiana, y el sumo sacerdote alzó hacia el cielo el brazo ensangrentado con el corazón de Ixcauatzin todavía palpitante en la mano abierta.

Xuchitl cayó de rodillas sollozando. Alonso le posó la mano sobre el cabello y murmuró:

—El Señor lo perdonará y recibirá en Su gloria su alma pura.

7

Alvarado ardía en cólera.

—Es una insolencia. Ante nuestras mismas narices. ¿Qué están haciendo ahora?

Cuatro sacerdotes iban bajando el cuerpo peldaño a peldaño. Cuando llegaron al atrio, un viejo que allí aguardaba decapitó el cadáver y atravesó el cráneo por las sienes con un palo afilado que colocó en el *tzompantli,* poste erigido a tal fin al pie de la escalinata. Los soldados, en las terrazas inferiores, se agitaban.

—¡Para eso no hemos venido nosotros aquí! —vociferaban.

Y con la falta de lógica usual en los humanos, gritaban algunos:

—¡A muerte esos sacerdotes del diablo!

En el pecho de Alvarado bullían, precisamente, los mismos sentimientos impetuosos. Alonso medía la situación con ojos más templados. En el atrio, los guardianes del templo hacían retroceder a la multitud para que dejase un cuadrado libre en el centro, y, esto hecho, comenzó la danza sacramental.

Los sacerdotes venían todos pintados de negro y el rostro les brillaba de una untura de miel. Llevaban en la cabeza crestas de plumas blancas de gallina, y en la mano una especie de cetro de palma con una bolilla de plumas negras por contera y una cresta de plumas negras por coronilla. Los guerreros venían con su atavío más lujoso, profusamente adornados de joyas y plumas de gran valor tal, que al poco tiempo la riqueza que centelleaba ante los ávidos ojos de los soldados españoles era ya fabulosa para ellos. Llegaron las mujeres que iban a tomar parte en la danza, con plumas rojas de gallina pegadas a brazos y piernas, y la danza se organizó al instante, especie de serpiente humana que iba enroscándose sobre sí misma en contorsiones ritmadas por baterías de tambores de madera ocultos bajo los soportales laterales del atrio. Los sacerdotes negros, con sus crestas de plumas blancas, las mujeres que parecían pájaros extraños, cubiertas de plumas rojas, y los brillantes y destelleantes guerreros constituían extraño animal de mil pies y de mil manos, largo y sinuoso, que iba torciéndose, ya de aquí, ya de allá, alzando en movimiento pendular ya la aleta derecha, ya la izquierda, hileras perfectas de brazos emplumados moviéndose al unísono y provocando con igual regularidad alternativos reflejos del sol.

—¡A muerte! ¡A muerte! —vociferaban los soldados de Alvarado, el cual, creyendo más prudente arrastrar que ser arrastrado, gritando a su vez: ¡A muerte!, salió de palacio a la cabeza de sus tropas con la espada en la mano lanzando al sol mortíferos destellos.

Las mujeres y unos cuantos hombres, entre ellos Alonso, que se habían quedado en las terrazas, aunque no fuera más que para tomar medidas defensivas frente al contraataque que veían inevitable, vieron cómo los españoles irrumpían por entre danzarines y espectadores espada en mano gritando:

—¡A muerte!

Era como el encuentro furioso de dos ríos potentes. Corrientes y contracorrientes se arremolinaban unas en torno de las otras entre chillidos, gritos y ayes desgarradores. Ya el patio estaba cubierto de cuerpos inertes por entre los cuales cruzaban y recruzaban fugitivos presas de pánico. Ávidos soldados españoles se veían explorando a los muertos y heridos para despojarlos de joyas y oro, y algunos, así absortos, perecían víctimas de algún indignado tenochca y caían arrojando sangre y gritando:

—¡Santa María! ¡Confesión!

En un período de tiempo increíblemente corto habían vuelto los agresores españoles al cuartel-palacio, estaba vacío el teocalli, salvo los muertos, y rodeaba el palacio de Axayacatl incalculable multitud de guerreros asediando a los ochenta españoles, que con unos centenares de auxiliares indios se tuvieron que encerrar para defenderse de aquel enemigo cuyo jefe espiritual y político vivía entre ellos.

Moctezuma fumaba su acayetl, bendiciendo a Uitzilópochtli, que así había cegado a los que se proponía destruir.

8

Los caudillos tenochca que mandaban a los guerreros sitiadores mantenían estrecho contacto con el emperador. Las instrucciones de Moctezuma eran: "Amagar y no dar." Deseaba, en efecto, reservar los golpes de fuerza hasta estar seguro de lo que había ocurrido en la costa. Toda aquella noche subsistió el estado de intensa indignación que asiduamente sostenían en la multitud los sacerdotes. Insultos y piedras caían sin interrupción sobre la fortaleza. Al día siguiente la multitud que aullaba y amenazaba fuera, en vez de disminuir aumentó, siendo ya completo el aislamiento de los españoles. Alvarado obligó a Moctezuma a salir con él a la azotea, sacó la daga y poniendo la punta de acero sobre el pecho del emperador, hizo imperioso ademán a la multitud para que guardara silencio. En el silencio general, dijo entonces Alvarado al emperador:

—Habladles o ésta es vuestra última hora.

Moctezuma se dirigió a la multitud aconsejándoles que tuvieran paciencia y aguardasen el regreso de Cortés. Gradualmente se disolvió el gentío, pero Moctezuma impartió órdenes secretas a los caudillos que lo mandaban, y al anochecer estaba ya otra vez el palacio amenazado por la furiosa tormenta popular. El plan de Moctezuma consistía en tener a los españoles en tensión y faltos de sueño hasta que llegara el día en que, ya seguro de la derrota de Cortés, caería sobre ellos. No le era posible matarlos de hambre, porque Cortés había tenido la precaución de dejar la fortaleza bien abastecida de maíz y de agua.

Los sitiados pasaban el día rechazando ataques del enemigo y reparando los daños causados al edificio y a sus defensas. Alvarado había conseguido mandar recado a Cortés de lo que ocurría. Una mañana, los españoles, ya casi exhaustos, al despertarse observaron con asombro que la multitud de aullantes guerreros que día tras día y noche tras noche los había sitiado durante semanas, había desaparecido. Los centinelas informaron que se habían dispersado súbitamente durante la noche.

—¿Cómo os explicáis eso? —preguntó Alvarado.

Y Alonso contestó:

—Moctezuma ha debido recibir noticia de que ha vencido Cortés a Narváez.

Poco después llegó Orteguilla a informar a Alvarado que Moctezuma había recibido un nuevo pictograma de la costa; también traía Orteguilla un recado del emperador, anunciando que en adelante haría traer gallinas a la guarnición todos los días.

No había pasado una semana, cuando oyeron los asediados los pífanos y tambores de Cortés. Ya anochecía y la campana de la capilla estaba tocando el Avemaría cuando, avisado por los centinelas, se precipitó Alvarado a la terraza que dominaba la puerta principal.

—Señor, ¿es vuestra merced? ¿Viene tan libre y pujante como antes? —preguntó.

Y Cortés contestó desde abajo:

—Sí. Por la gracia de Dios.

Alonso, que lo veía todo al lado de Alvarado, descubrió a Antonio entre los jinetes que rodeaban a Cortés.

9

La primera pregunta que Cortés, con alguna impaciencia, hizo a Alvarado, fue:

—¿Cómo ha ocurrido todo?

La versión de Alvarado era sencilla.

—Esos bellacos nos querían dar, y así comenzamos nosotros los primeros.

Pero Cortés, indignado, le replicó con enojo:

—Pues habéis hecho muy mal, y ha sido gran desatino.

Alonso no sabía qué hacer ni qué decir. Estaba de pleno acuerdo con Cortés y creía, así como algunos de sus compañeros de guarnición, que el incidente no había sido inevitable. Guardaba, pues, silencio.

Cortés decidió al instante hacer una inspección general de las defensas, en compañía de Alonso y de Alvarado. Por el camino, ambos dieron a Cortés una idea general de lo ocurrido durante el sitio, sin olvidar el cambio notable que había tenido lugar en la actitud de Moctezuma al enterarse el emperador de la victoria de Cortés sobre Narváez. Este detalle aumentó la satisfacción que ya sentía Cortés por la victoria alcanzada sobre un rival que traía fuerzas tres veces superiores a las suyas. La situación que encontró en Tenochtitlán, superpuesta a la que había dejado en Veracruz, le indujo, pues, a pensar que Moctezuma estaba asustado de él.

Pero aunque así era en efecto, Cortés no se daba cuenta de la verdadera causa del temor que inspiraba al emperador, causa que era de índole irracional. No porque Cortés volviera con una fuerza cuatro veces mayor de infantería y diez veces mayor de caballería, sino porque a pesar del hecho evidente (para Moctezuma) de que Uitzilópochtli había luchado al lado de Narváez, era Cortés el que había ganado la batalla. Esto era lo que aterraba a Moctezuma, puesto que probaba que el capitán español poseía fuerzas mágicas de más eficacia que Uitzilópochtli. Por lo tanto, Moctezuma y su país no tenían redención.

A no ser que pudieran congraciarse con el hombre de Quetzalcoatl. A partir de aquel día, por lo tanto, dedicó Moctezuma toda su atención a cultivar la amistad de Cortés y cesó de apoyar a los que conspiraban en su contra. Al efecto mandó un recado ofreciendo al capitán una estatua suya a caballo, toda de oro macizo, si olvidaba lo pasado y continuaba en amistosa colaboración con él, como antes de su marcha a Veracruz. Pero Cortés, a quien no le era dado penetrar en los senderos oscuros y tortuosos del alma del emperador, contestó con orgullo y desprecio que no quería ni ver al que le había traicionado.

Enfermo de humillación, cayó Moctezuma en una melancolía que permitió a sus belicosos sobrinos prepararse para seguir haciéndoles guerra a los españoles.

10

Aquella noche conversaban Alonso y Antonio en la terraza de las habitaciones de Alonso en el cuartel-palacio.

—Pues sí, tuve que vender Santa Isabel. ¿Qué querías que hiciera? Tu madre ya se había resignado a hacer como si te hubieras muerto, aunque jamás aceptó, ni creo que lo haya aceptado todavía, que eso fuera un hecho...

Con gran emoción, le preguntó Alonso:

—Pero, ¿y mi padre?

—Tu padre... —Se veía a las claras que no sabía qué contestar—. Tu padre... pues; como tú has estado tanto tiempo fuera, claro... no sabes las noticias... pues tu padre se murió.

Alonso luchaba consigo mismo para acostumbrarse a aquel pensamiento. ¡Era tan nuevo para él, tan desconocido e incomprensible un mundo en que su padre no vivía! Pero así era. No volvería a verle. Procuro imaginárselo, alto y fuerte, de ojos negros, amigo de perros y caballos y neblíes, de mandar y de estar en el ápice de las cosas, como a quien le corresponde por naturaleza... Muerto...

—¿Y cuándo, cómo?

—Dos o tres años después de irte tú. Es posible que fuera de tanto cavilar al no recibir noticias, pero se puso de un humor triste y todo le cansaba. Y de pronto le entró gangrena en aquella pierna que tenía coja y se murió. —Se quedaron en silencio un rato y luego

Antonio prosiguió:— Fue para tu madre un golpe terrible, porque la dejaba sola en el mundo, sin otra ayuda que el padre Guzmán. Como seguían sin nuevas tuyas, tu primo, el de los Manriques de Lara, reclamó la herencia. Tuvo que esperar lo menos dos años, no por respeto para contigo ni con tu madre, no te lo vayas a creer, sino porque mientras corría el asunto estaban cobrando derechos media docena de letrados, porque ya sabes que los letrados son todos unos ladrones, como los zorros.

Alonso reconoció el estilo peculiar de su amigo y le sonrió desde el fondo de su pena, mientras él continuaba:

—Pero luego tuvieron que decidir el caso en su favor, y tu madre tuvo que salir de Torremala en una semana.

—¿Y dónde vive ahora?

—La última vez que me escribió vivía en donde su padre solía vivir. Aquí tienes —y le puso en la mano un paquete de papeles—, aquí tienes las cartas que te escribió. Porque sigue escribiéndote como si estuvieras vivo.

—Pues qué estoy, ¿muerto? —exclamó Alonso.

—Sí, ahora lo veo que estás en vida, pero ella lo creyó siempre sin verlo.

Alonso tomó el paquete con una mano que temblaba de emoción viendo aquella escritura clara e igual que tan bien conocía. Ansiaba leer aquellas cartas, pero solo, con Xuchitl. Mientras en silencio se preguntaba cómo deshacerse de Antonio, se presentó el padre Olmedo.

11

—Perdonad, señor don Alonso, pero resulta que en cuanto los pecadores que aquí se quedaron se enteraron de mi regreso, todos vinieron a descargarse del peso de sus culpas. De modo que tengo algo que contaros, porque he confesado a un soldado muy malherido, que quizá no pase la noche, y resulta de esta confesión que cuando Moctezuma acusó a Esquivel lo hizo muy injustamente. El oro aquel no lo robó Esquivel, sino que lo cobró del emperador por un... servicio. No digo que el servicio fuera honrado, pero al menos Esquivel cumplió lo prometido, ya que dio a Moctezuma lo que Moctezuma le quería comprar, o al menos Esquivel se lo dio creyéndolo así. ¿Está claro?

Antonio le interrumpió:

—Señor, yo ya le he oído a Vuestra Paternidad hablar más claro.

El padre Olmedo se sonrió.

—Bien pudiera ser. Pero no tengo yo la culpa. Son las cosas que no me dejan hablar más claro. Lo que digo es que Esquivel no es culpable, porque aunque pensó robar algo, no lo hizo.

Antonio y Alonso le miraban asombrados.

—Pues eso es todavía mejor —exclamó Antonio, medio en broma, medio de veras. Y Alonso, positivo, preguntó:

—¿Qué quiere, padre, que hagamos?

—Que lo pongan en libertad.

—Por mí, ahora mismo —replicó Alonso—. Pero con una condición: que Vuestra Paternidad le explique a Alvarado que me ha dado instrucciones de hacerlo a causa de un secreto de confesión.

El fraile se fue derecho al calabozo de Esquivel. Se lo encontró echado sobre una estera, encadenado a una cadena empotrada en la pared.

—¡Otra vez aquí! —le reprochó el padre Olmedo con afectuosa severidad.

—¿Y qué quiere, padre? Hasta que el Señor se haya llevado a ese perro judío de alguacil mayor...

El fraile frunció el ceño.

—Tened la lengua hasta haber bien pensado lo que decís. ¿Quién os dice que don Alonso tenga nada que ver con lo que os pasa?

—Pues claro que sí —afirmó apasionadamente Esquivel—. La culpa de todo la tiene ese maldito talismán del diablo.

En los ojos negros brillaba el odio y la amenaza en el gesto.

—¿Y cómo es eso? —preguntó el padre Olmedo con fría objetividad.

—El emperador quería tenerlo. Claro que ya me sé yo por qué... Yo le prometí que se lo daría, pero no tenía intención de robarlo. Padre, créame. Tan sólo de prestárselo unos cuantos días, que con eso no se había de perder. Y cuando se lo di...

—¿Cómo os hicisteis con él? —preguntó el fraile.

—Bueno, padre, no se lo diga a nadie, pero fue Ramírez quien me lo dio.

—¡Pobre Ramírez! —dijo el padre Olmedo—. Está a punto de muerte. Acabo de oírle la confesión. Dos mil almendras de cacao pagó en el mercado por esa piedra verde que os dio...

Esquivel se sobresaltó al oírlo.

—¡Vaya bellaco! ¡El diablo se lleve su alma!

—¡Pues sí que sois ingrato! Os habíais propuesto robar a don Alonso y engañar al emperador, y gracias al pobre Ramírez os quedasteis sólo en engañoso sin llegar a ladrón, y todavía...

Esquivel ardía en cólera.

—Ya se lo dije, padre, que estoy aquí por injusticia. Yo no le he robado nada al alguacil mayor, de modo que, ¿por qué he de estar yo aquí?

—Pero no fue don Alonso el que os ha metido aquí por su voluntad, sino el emperador y Alvarado, y si os fueran a ahorcar...

Sacudióse el cuerpo de Esquivel al recuerdo de aquel pensamiento que intentaba olvidar. Le flaqueó la voz:

—Pero, padre...

El fraile le miró en silencio con rostro grave.

—Tened contrición por vuestra fea conducta, y aun podréis salvaros.

Se arrodilló, y con autoridad en la voz, le dijo:

—Haced examen de conciencia, que os voy a confesar.

Esquivel se arrodilló también, pero seguía con el alma dura e inaccesible al arrepentimiento aunque envuelta en los ademanes de la penitencia.

12

Más tarde, en la soledad de la noche, estaba Alonso leyendo las cartas de su madre, que le traían ecos desgarradores de aquellos días de su infancia y de su juventud ya esfumados en una lejanía como de otro planeta: "Ya te puedes imaginar lo sola que me he quedado con la muerte de tu padre. El buen prior me ayuda a vivir, aunque ya le flaquea la salud; pero mi mayor socorro, después de la misericordia del Señor, es saber que estás con vida, aunque no me puedas mandar nuevas de lo que haces, y que vendrá un día en que el Señor te vuelva a traer hasta mí. Si no lo creyera, creo que no tendría fuerzas para seguir viviendo. Y no quiero olvidar a Suárez, que me ha seguido fiel durante todas estas tribulaciones."

Leyó y releyó aquella página muchas veces, maravillado ante la fortaleza de la fe materna, sintiendo no haberla merecido, pues no había hecho esfuerzo alguno para regresar y enterarse de cómo vivían sus padres. "Fue milagro para mí que el Señor me diera fuerzas para dejar a unos extraños nuestra casa de Torremala —la casa en que naciste tú—. Muchos tuvieron compasión de mí, y algunos compasión forrada de placer por lo que ellos veían como una humillación. Pero no era eso lo que yo sentía. Demasiado sabía yo que cuando tu padre puso los ojos en mí era yo apenas un ser que se tolera, pero que no se quiere, y si no hubiera sido yo tu madre, hubiera preferido volver a la oscuridad. Dios sabe las pruebas que todavía me aguardan, no por haber sido la humilde hija de un rabino, sino por ser una Manrique. Todo lo soportaré de buen grado por ti. Mucho deseo tener ocasión de sufrirlo. Por todo lo que veo y oigo, adivino que el día que tenga en mis manos una carta tuya, que pruebe que vives, los que hoy se sientan en tus sillas y duermen en tu lecho no olvidarán mi origen para manejar la calumnia a fin de quedarse con lo que no es suyo. Ya Esquivel y su hija Marta andan ocupados en esto."

Se le nubló la frente a Alonso. ¿Era posible que la gente fuera tan despreciable? ¿Serían capaces de acusar a su madre de judaizante a fin de quedarse con Torremala? Pero en tal caso, si tal peligro existía, quizá estuviera ya su madre en un calabozo de la Inquisición, porque ya en aquella fecha debía haber recibido la carta que le había mandado casi un año antes por Montejo.

Xuchitl le miraba en silencio. Estaba acostada mientras él leía los papeles a la luz de una vela.

—¿Por qué te pones tan triste? ¿Son malas las noticias? —le preguntó.

Al oír la voz de Xuchitl, se sacudió en sí mismo como quien cae de un mundo en otro, de Torremala a Tenochtitlán. Xuchitl; su madre. ¡Qué distancia! ¡Qué enorme espacio! *¡Ay mira que el amor es una mar muy ancha!* Sí. Muy ancha, en verdad, puesto que bañaba mundos de afecto tan lejanos el uno del otro como su madre y Xuchitl.

—Tristes nuevas, sí —le contestó, ansiando abrirle su corazón. Pero ¿cómo explicar la situación a Xuchitl? ¡Tenía que empezar desde tan atrás!...

—Tengo que empezar por explicarte que mi madre nació judía.

Xuchitl se arrodilló de un salto.

—¡Alonso! ¡Por qué no me lo dijiste antes! —Y con voz vibrante de la emoción más honda y religiosa, se humilló a sus pies y hundió la cabeza en las rodillas de Alonso.— ¡El pueblo en el que nació nuestro Señor! ¡Tú, Alonso, llevas sangre del pueblo santo en tus venas! ¡Déjame que te bese los pies como la Magdalena besó los del Señor!

A Alonso se le llenaban los ojos de lágrimas. ¿Cómo explicar lo que pasaba en Torremala a la cristiana que había hecho florecer en el Nuevo Mundo? ¿Cómo decirle que los judíos eran en la cristiandad pueblo disperso y maldito, cómo hablarle de las juderías, de la expulsión, de la persecución, de la Inquisición, de las hogueras?...

Xuchitl seguía mirándole casi en éxtasis, sólo a causa de su sangre judía, preguntándose por qué no entraba de lleno en el estado de ánimo en que ella vibraba, por qué no tomaba para sí el papel que le correspondía en aquella escena como miembro del pueblo elegido por Dios para que en su seno encarnara su único Hijo. Y se decía, sentada a sus pies, bebiendo con los ojos aquellos rasgos que ya se sabía de memoria, pero que no se hartaba de mirar, su alta frente, su pelo de oro, sus cejas bien talladas, sus hondos ojos azules, su nariz recta, su boca firme y clara y su barba rubia, se decía, tenía como la sensación, que Jesús debió de haber encarnado en un rostro así, muy parecido a Alonso. Nunca había pensado antes en imaginarse a Jesús visualmente. Pero en adelante no le sería ya posible pensar en Él sin ver en su corazón el rostro amado. ¡Qué triste estaba aquel rostro!

—Sí, mi alma —dijo Alonso, poniéndole la mano sobre el cabello—, fue gloria del pueblo judío ser elegido para encarnar el Espíritu, pero lo ha pagado desde entonces con siglos de lágrimas y de sangre. Quizá también —añadió pensativo— había sido elegido por ser sus pecados más graves que los de los otros pueblos. No había pensado yo en estas cosas, y no sé. Muchos judíos siguieron a Jesús en cuanto oyeron Su voz, y más todavía en cuanto vieron Sus obras. Pero también muchos se negaron a seguirle y fueron los que lo crucificaron. Por eso, desde entonces, el mundo los ha odiado.

—¿El mundo cristiano? —preguntó Xuchitl—. Pero si Cristo vino a predicar el amor, ¿cómo pueden odiar los cristianos?

Alonso la miraba vacilando, en silencio.

—No llamamos cristianos a los que son dignos de Cristo, sino sólo a los que lo intentan... a veces.

Por la mente de Xuchitl rodaban torturantes pensamientos. Había recibido con el corazón abierto a aquellos hombres llegados del oriente que limpiaban y purificaban las capillas sangrientas de Uitzilópochtli y que adoraban a la Madre y el Niño. Los había acogido con toda el alma, ávida de razón, de ternura, de paz y de amor. Pero ya había visto a una turba de aquellos cristianos arrojarse armados contra los danzarines del teocalli y ahora se enteraba de que toda la cristiandad guardaba vivo un odio arraigado en sucesos ocurridos hacía mil quinientos años. Xuchitl no analizaba todo esto. Lo sentía hervir en su alma, fermentar en su ser, robándole la paz que creía haber adquirido con aquel maravilloso descubrimiento de una religión fundada sobre el amor. Y, sin embargo, se sentía cada vez más cerca de Alonso. En su fondo latía un oscuro instinto que le decía que Alonso sentía de igual modo que ella; que bajo su fe se ocultaban la duda y el dolor del hombre que busca —aquella busca y aquella duda y aquel dolor que le habían hecho a ella tan emocionantes ciertas páginas y ciertos decires de la vida de Cristo— y también de su propio padre Nezahualpilli. Y cuando al fin dejó caer la cabeza sobre las rodillas de su amado, comenzaba a vislumbrar que la esencia del cristianismo era quizá más bien un anhelo de perfección que la perfección y un ansia de amor que el amor.

13

Cortés escribió al cabildo de la Villa Rica de Veracruz, que había fundado en la costa, informándole de su llegada a Tenochtitlán y asegurando a los regidores que la capital estaría pronto de paz. Pero menos de una hora después de haber salido, volvió el mensajero, pálido, con las ropas desgarradas y vertiendo sangre de una pedrada que le habían dado en la frente. La ciudad se había alzado. Mientras hablaba el mensajero, Cortés y Alonso, que le escuchaban, oían el clamor que iba elevándose de las calles vecinas, y por encima, el grito de guerra estridente de los guerreros de Tenochtitlán. Capitanes y soldados se precipitaron a las azoteas y a los muros. Los méxica atacaban la fortaleza en todo su perímetro a la vez. El combate duró todo el día. Los cañones españoles arrojaban bolas de piedra contra la masa de los sitiadores sin siquiera apuntar, pero las filas que abatían con sus disparos volvían a cerrarse rápidamente con masas nuevas de intrépidos guerreros. Las olas pertinaces de los sitiadores consiguieron llegar hasta los muros y primero intentaron derribarlos; pero los muros resistieron el ataque. Los tenochca trataron entonces de trepar por encima, durante horas enteras, hasta que se formó al pie de las murallas un talud de muertos que les hacía más fácil el asalto a los restantes; pero los españoles resistieron con éxito aquellos ataques persistentes, y cuando al caer la noche, siguiendo la tradición india, quedaron suspendidas las hostilidades, los españoles, exhaustos, oían los gritos de desafío y de desprecio con que los valientes tenochca acribillaban el silencio para impedirles dormir:

—¡Ya tenemos preparados nuestros pucheros para comeros con ají y tomate!

Durante aquella noche vinieron a ver a Alonso unos sacerdotes del culto de Uitzilópochtli para hacerle proposiciones de paz a condición de que Cortés dejase en libertad a Cuitlahuac, hermano de Moctezuma y señor de Iztapalapa. Cortés accedió a ello y dejó salir a Cuitlahuac. Pero sólo se trataba de una estratagema para convocar al Consejo del Pueblo, hacer deponer a Moctezuma y elegir a Cuitlahunc. Una vez elegido emperador, el hermano de Moctezuma decidió continuar la guerra con todo vigor.

A la mañana siguiente, comenzó el ataque en orden perfecto, al rayar el alba. Cada unidad de combate tenía su jefe, sus banderas, sus trompetas de concha y sus tambores de madera. Cuitlahuac en persona asumió el mando. Los asaltantes cambiaron de plan concentrando sobre la fortaleza rociadas de flechas incendiarias. El edificio principal, que era de piedra y adobe, resistió la prueba, aunque su guarnición tuvo que luchar contra la asfixia de las llamas que subían de los cobertizos y palizadas donde estaban instalados los auxiliares tlaxcatecas. Cortés tuvo que sacrificar parte de la muralla para acordonar el fuego, defendiendo la brecha así abierta por medio de la artillería. A la cabeza de su escuadrón de jinetes, salió él en persona infligiendo fuertes pérdidas al enemigo y derribando por el incendio todas las casas que pudo en las calles vecinas, a fin de quitarle al adversario bases de ataque. A pesar de las pérdidas que les causaban la artillería y la caballería de los españoles, los tenochca eran tan superiores en número —lo menos cien contra uno—, que al anochecer la situación de los sitiados era poco más o menos la misma o quizá peor que por la mañana.

Cortés intentó valerse de la autoridad de Moctezuma, pero el desdichado monarca ya no era nadie, pues había perdido su autoridad militar como jefe de las tropas y, lo que era más grave todavía, su fuerza mágica como sacerdote supremo. Estaba además resentido y humillado. No había llegado a ver granada ninguna de sus esperanzas, ninguna de sus ambiciones. Pasaba sus días abatido en soledad y sus noches ya en un desvelo torturado, ya en sueños que agitaban alucinantes pesadillas.

—¿Qué quiere Malintzin de mí? Ya no soy nadie —explicó a Alonso, que había venido a negociar con él. A fuerza de paciencia y de persuasión, Alonso consiguió vencer la resistencia de Moctezuma y hacer que saliera revestido de sus vestiduras imperiales, el manto y la diadema azules, y con sus tres heraldos de varilla de oro y con su séquito de notables, al parapeto. Cayó un silencio sobre la multitud. Las insignias imperiales, la majestad del color, de las vestiduras y de la prestancia, produjeron su efecto a pesar de que ya no era más que un emperador depuesto. Moctezuma dirigió la palabra a la multitud:

—Hermanos, cesad la lucha. No estoy prisionero. Los blancos son mis huéspedes y se van a marchar pronto. No luchéis más. Idos en paz.

Un mancebo de ojos fogosos y prestancia altiva, que ostentaba las insignias de los guerreros de mayor rango, Cuauhtemoc, sobrino de Moctezuma, se adelantó y en el silencio general lanzó al desdichado prisionero: "¡Eres una gallina miserable, mujer de los blancos, y esto es lo que mereces!"—y al hablar le descargó un flechazo. La flecha no dio en el blanco, pero fue la señal para una rociada de piedras, tres de las cuales hirieron al emperador. Al ver caer al suelo de la terraza a la figura todavía sagrada, los méxica, presa de santo terror, se dispersaron como por ensalmo.

En la plaza vacía se quedó sólo Cuauhtemoc, con el brazo apoyado sobre el arco.

14

El teocalli mayor, frente al palacio de Axayacatl, uno de los baluartes de la resistencia azteca, dominaba el palacio con su altura de cerca de ciento cincuenta pies, desde donde arrojaban los aztecas a los españoles piedras pesadas y rápidas flechas. Después de haber intentado en vano tomarlo con tropas mandadas por otros capitanes, Cortés decidió mandar al asalto en persona con un pelotón de hombres escogidos y Alonso como segundo.

Salieron a caballo para abrirse paso por el atrio del templo, abarrotado de guerreros, pero los caballos resbalaban y caían al suelo por estar usadas y lisas las losas del atrio; Cortés y sus compañeros se apearon, hicieron volver los caballos al cuartel y se abrieron paso luchando acero en mano. Cortés, que tenía la mano izquierda herida, se había hecho atar la rodela al brazo. A estocadas atravesaron la calle y comenzaron la épica subida de las ciento trece escaleras y los sucesivos terraplenes que separaban cada sección de la siguiente, hasta que, no sin fuertes pérdidas, consiguieron llegar hasta la plataforma superior, donde les aguardaba un golpe de gue-

XXVIII. La conquista de Méjico en caracteres indígenas. Arriba, el símbolo de 1-Caña, que corresponde a nuestro año 1519. Debajo del símbolo, un español a caballo. Debajo del animal, el escudo, la maza y las flechas, símbolos de la guerra. A la derecha, el barbado Cortés sentado en el templo de Tenochtitlán, representado por un cacto. Un indio con el símbolo de Moctezuma está ofreciendo un tributo de cuentas de oro. *(Códice Vaticano A.)*

rreros aztecas. Los que abajo luchaban cesaron de combatir, por tácito armisticio, a fin de poder contemplar el asombroso duelo que en lo alto del teocalli tenía lugar.

Xuchitl, con las otras damas del ejército español, seguía el combate desde una de las azoteas del palacio. Alonso, que era ya toda su vida, estaba expuesto a aquel peligro. Xuchitl había seguido la ascensión de aquel osado grupo de españoles con una tensión atroz en el corazón. De cuando en cuando, desaparecían todos tras el tumulto del teocalli, mientras avanzaban luchando a brazo partido por el estrecho pasadizo del terraplén que unía cada sección de las escaleras con la siguiente, y Xuchitl se preguntaba con ansiedad si volvería a verlos aparecer a la vuelta y si estaría Alonso entre ellos. Allí estaba. Allí volvía a estar otra vez. Pronto adquirió el combate intenso valor simbólico a sus ojos. ¿Quién iba a ganar la cumbre, el ápice del poder espiritual? ¿Sería Uitzilópochtli o la Cruz? La lucha continuaba, y ya un español, ya un azteca, a veces un azteca y un español juntos en mortal abrazo que unía para siempre sus destinos, caían despeñados templo abajo para quedar destrozados sobre las losas del atrio. Al fin, cuando aquella agonía duraba ya tanto tiempo que parecía una vida entera, los españoles que quedaban vivos lograron la posesión completa y sin disputa de la cumbre, y Xuchitl vio cómo Alonso, Cortés y sus compañeros caían de rodillas entre los heridos y los muertos. Había ganado la Cruz.

15

El sitio continuaba, con combates a diario. Las posiciones conquistadas durante el día se perdían durante la noche, por no tener los españoles bastante gente para dejar guarnición en todas. Se iban agotando las provisiones de boca, y Cortés había tenido que reducir la ración a cincuenta granos diarios de maíz. Tuvo que tragarse el orgullo y organizar una retirada, casi una huida. Hizo frente a la necesidad y apechugó con la decisión.

Una noche convocó a los soldados españoles a la sala más grande del palacio. En el suelo, en el centro del salón, a la luz de las antorchas aztecas y de las velas cristianas brillaban las joyas del tesoro de Moctezuma. En un testero, sentados a una mesa larga española, aguardaban los funcionarios de la Corona, pluma en mano. En torno a la sala, en apretadas filas, todos los soldados que no estaban de servicio en las murallas.

—Señor tesorero, señor escribano real —dijo Cortés—, os pido testimonio de cómo nos vemos obligados a salir de esta ciudad como mejor podamos, y de cómo pongo a vuestra disposición el quinto real de todo este tesoro; y que para transportarlo os doy una yegua mía que, aun herida en una pata, es bastante fuerte para llevarlo todo a lomo.

El escribano lo ponía todo negro sobre blanco en estilo verboso y diluido (pues cobraba a tanto por folio), y Cortés añadió después:

—En cuanto a lo demás, yo no puedo hacer nada. No tengo medios para llevarlo. Ni tampoco puedo impedir que nadie se lleve lo que quiera.

La serpiente de piel de oro y ojos verdes se enroscó en torno al corazón de los soldados y capitanes. Se miraron unos a otros. "¿Será verdad lo que dice? ¿No se echará atrás después?"... Y poco a poco, primero tímidos, rápidos después, con ávidas manos exploraban, asían, soltaban, elegían y al fin sepultaban joyas y piedras preciosas en jubones, calzas, celadas, faltriqueras y hasta en el hueco entre la piel y la camisa, en todos los lugares de sus vestiduras en que podían improvisar una bolsa. Los veteranos de experiencia se contentaban con unas cuantas piedras de mucho valor en poco volumen; los menos sabios se sobrecargaban de riqueza muerta, de lastre de muerte para la noche.

Sobre el montón, Esquivel (ya libre gracias al padre Olmedo) vio el corazón de piedra verde que en mala hora había vendido a Moctezuma. Lo asió con mano ansiosa y se lo metió en el forro de algodón de su escaupil.

16

Había llegado la hora de la huida. Sandoval, que mandaba la vanguardia, salió con gran sigilo de la fortaleza a la cabeza de una compañía de españoles y de unos centenares de auxiliares tlaxcatecas escoltando a cuarenta tlamemes que llevaban un puente portátil para pasar los numerosos cortes de la calzada. Cortés había elegido para su huida la calzada de Tacuba, por ser la más corta. La retaguardia iba al mando de Alvarado y de Velázquez de León. Cortés, con Alonso de segundo, llevaba el mando del centro, donde también iban las mujeres bajo la protección de un fuerte contingente tlaxcateca.

Todo fue a pedir de boca hasta pasado el primer corte de la calzada. Pero entonces se dieron cuenta de lo que ocurría unos centinelas aztecas y, contra su tradición, los guerreros salieron al combate nocturno para cortar la retirada de los españoles. Desde aquel momento, el paso de los españoles con su impedimenta y auxiliares, por la estrecha calzada de Tacuba, vino a ser una serie de dramáticos encuentros, los más graves y frecuentes en los cortes de la calzada, donde los aztecas centraban sus esfuerzos desde la laguna, haciendo converger sobre el corte enjambres de canoas armadas que sembraban desorden, pánico y muerte en hombres, mujeres y caballos. Hubo cortes en que la retaguardia cruzó sobre un montón de cadáveres que venía a constituir casi un puente. Cortés iba y venía al galope acudiendo a donde más urgencia había. Alonso no tenía la menor idea de la suerte que había corrido Xuchitl mientras atendía a sus deberes militares con el corazón en un puño. Había destinado a Cara-Larga y a Antonio a la escolta de las mujeres, lo que hasta cierto punto le daba cierta confianza. Cuando el pequeño grupo de las mujeres llegó al último corte de la calzada, que, claro está, hallaron sin puente, había un caballo caído con la cabeza hacia abajo y las patas traseras sobre el borde de la calzada, de modo que todavía se veía uno de los pies del jinete en el estribo, mientras que el resto de su cuerpo estaba oculto en una masa de canoas zozobradas, equipaje y cadáveres de cristianos y naturales, formando como una plataforma. De pie sobre aquella plataforma, tres soldados españoles intentaban mantener a distancia a unos guerreros indios a golpes de lanza; de espaldas a ellos, al otro lado del agua, otro soldado español hacía esfuerzos por atraer a sí una canoa vacía que a cierta distancia flotaba. Pasado el corte, luchaba una línea de españoles contra un contingente de aztecas que intentaban forzar el paso. El soldado español consiguió apoderarse de la canoa mediante hábil manejo de la lanza a guisa de arpón. Pero cuando saltó adentro e iba a alejarse de la calzada con vigoroso empujón del pie, sintió en el rostro violento golpe, perdió el equilibrio y cayó al agua. Antonio, que le había observado la maniobra y descargándole un golpe de lanza en la cara lo había derribado se apoderó tranquilamente de la canoa vacía, en la que instaló a Xuchitl, a doña Marina y a doña Elvira con tres hijas de Moctezuma que el emperador había confiado a Cortés, y finalmente, a Citlali. Hecho lo cual dio orden a Cara-Larga de que se alejara a todo remo. Primero había pensado quedarse él en la calzada, pero cambió de idea y saltó también a la canoa, por si alguien la atacaba en el agua.

La embarcación se alejó hacia tierra firme. El soldado derribado sacudía vigorosamente el agua gritando "¡Confesión!". Antonio le agarró de un brazo.

—Ven acá, hombre, que ya te confesaré yo. Bien lo necesitarás.

Con la ayuda de Cara-Larga, consiguió izarlo hasta a bordo. Estaba la noche oscura y no se veían más que sombras y siluetas, pero el soldado, ya salvado, comenzó a charlar:

—Si algún día le echo la mano a ese hideputa que me echó al agua... —y antes que Antonio tuviera tiempo de replicarle dijo Cara-Larga en la sombra:

—Pero si es Esquivel...

Y entonces precisó Antonio:

—Eso será Vicente Esquivel.

—El mismo —dijo el aludido con voz de pocos amigos.

—Pues entonces habrás de saber que el que te tiró al agua es Antonio Bermúdez, que se arrepiente de haber pescado a un embustero y un bellaco como tú. Y en desembarcando lo veremos.

17

Cara-Larga, que se sabía el lago de memoria, los fue llevando en la oscuridad hacia Tacuba, pero cuando todavía les faltaban unas cuantas varas para llegar a la orilla, le preguntó a Antonio:

—¿Qué es esa sombra que ahí se ve...? Digo ahí, en el agua... Parece que se mueve.

Ya la venía observando Antonio.

—Es un caballo... Pero vamos primero a la orilla.

Deseaba deshacerse de las mujeres, porque había reconocido el caballo de Alonso. Pero ya entonces lo había reconocido también Xuchitl, y exclamó:

—Es nuestro caballo. ¡Oh!... —y no dijo más.

En cuanto desembarcaron todos, Antonio se fue corriendo hacia la calzada en busca de noticias, mientras las mujeres, escoltadas por Cara-Larga, iban por las calles oscuras de la ciudad hacia el teocalli donde Cara-Larga adivinaba que se iban a congregar los fugitivos. Alonso, que había llegado a Tacuba con Cortés, se había adentrado otra vez en la calzada en compañía de éste y con un grupo de soldados de a pie, para echar del último corte a los aztecas que se habían apoderado del paso. Los dos caballos habían bastado para poner al enemigo en fuga, pero Alonso, sin poder retener a su fogoso potro al borde del corte, había caído al agua con él. Desapareció el caballo, y Alonso se encontró parte en tierra parte en el agua, sintiendo intenso dolor en el lado izquierdo del pecho, que colgaba sobre el borde de piedra de la calzada. Al ver al caído se acercó una canoa cargada de guerreros aztecas, y Alonso les oía comentar su buena fortuna:

—Buena presa para los dioses —decía uno; y otro comentaba—: Buen bocado para el día siguiente.

Una mano nerviosa le asió del pie izquierdo y tiró fuerte. El dolor en el pecho le penetró hasta el tuétano y perdió el sentido.

Cuando volvió en sí se encontró en una habitación que no conocía, espaciosa y oscura, sobre un lecho de mantas a la india, junto al suelo. Ardía una tea detrás de él y en frente, a sus pies, estaba abierta una ventana, pero que no daba luz. Cerca de su lecho, de rodillas en el suelo, estaba una mujer, pero... era... ¿era Xuchitl?... Sí, era Xuchitl que le sonreía. Sin duda alguna, se decía Alonso, estoy soñando.

—¿Cómo te sientes? —le preguntó Xuchitl.

Un color de rosa ligero, muy ligero, vino a avivar el azul-negro del telón celeste que cerraba la ventana. La ventana parecía como que se iba abriendo al amanecer. Le dolía la cabeza y sentía mareo, pero lo peor era el dolor del costado. Entró a verle el cirujano pálido, arrugado, lleno de polvo y casi agotado por la labor abrumadora de aquella noche en que había tenido que vendar sin vendas, operar sin instrumentos y curar sin medicinas a centenares de heridos.

—Señor don Alonso —dijo con rudeza militar—: dos costillas

rotas y quizá otra más. Lástima que no os podáis quedar en cama lo menos un mes. Bebed un trago de pulque y... ¿se ha salvado el caballo?

Xuchitl, que ya hablaba un poquito de castellano, le contestó que sí.

—Pues espero que esté herido —dijo el cirujano.

—Sí que lo está —contestó Xuchitl.

—Magnífico. Porque si no, se lo hubieran dado a algún combatiente. Tenemos que emprender la marcha dentro de unas horas. Don Alonso podrá ir tumbado sobre el caballo.

Reanimado por unos sorbos de pulque, Alonso expresó deseo de que le contaran lo ocurrido. Xuchitl alzó una cortina haciendo pasar a Gallego con su bonete de lana en la mano.

—Pues verá vuestra merced, señor —comenzó el soldado agradecido—. ¡Cuánto me alegro de verle aquí! Esos malditos infieles ya tenían preparado... —Echó una mirada a Xuchitl y creyó preferible callarse el detalle horrendo de los pucheros de tomates y ají que aguardaban en las cocinas aztecas el cuerpo de Alonso—: Estaba todo muy feo. Yo bregando con ellos con el agua hasta la rodilla, y los pies pisando sobre Dios sabe qué, ¡el Señor me lo perdone!, cuando los oí y los vi venir y vi a vuestra merced y me acordé de la voz de mi señora cuando me salvó la vida y me dije: ¡pues ésta es la mía!, y saqué el cuchillo y le corté la mano a uno que ya le tenía agarrado el pie a vuestra merced, y yo le tiré de los dos pies, porque como ya se había desmayado, ya no podía sentir el dolor, y entonces me encontré con el capitán, que me ayudó a ponerle sobre su caballo, y los dos tuvimos que abrirnos camino por entre dos golpes de infieles antes de llegar hasta aquí. ¡Ah, y se me iba a olvidar que me encontré esto, que se le cayó a vuestra merced en la calzada cuando le venía arrastrando, con perdón de vuestra merced!

Y Gallego entregó a Alonso el corazón de piedra verde.

18

Los tristes restos del un tiempo orgulloso ejército español de conquistadores iban subiendo pasito a paso hacia Tlaxcala por la fragosa sierra. Los heridos que no podían andar iban a lomo de los caballos que no podían luchar. Andaba escasa la munición. Eran pocas las armas, no había pólvora, y el que más y el que menos llevaba en el alma el dolor de un amigo muerto. No quedaba más estímulo que el peligro —y no era poco—. El enemigo no había dado a los fugitivos el menor respiro. Pronto comenzó a observar Cortés luces inquietantes en las colinas y dio orden de que hasta los caballos heridos pasasen al servicio de combatientes. Alonso tuvo que renunciar a su vehículo. Entonces recordó Cara-Larga la "invención" de Alonso cuando le habían herido a él los otomíes. Con mantas y lanzas improvisó pues una camilla y así pudo el herido continuar la marcha.

Al pasar el puerto que los separaba del valle de Otumba, los españoles vieron la llanura cubierta de enemigos. El desastre de la calzada de Tacuba había reducido su propio número a unos cuatrocientos. Cerca de mil habían perecido aquella noche. Los españoles no disponían de más de veintitrés caballos, casi todos heridos, montados por jinetes todos heridos. Como tampoco tenían pólvora y las ballestas estaban o rotas o perdidas, españoles y aztecas lucharon con armas iguales, salvo los veintitrés caballos. El valle parecía cubierto de nieve, por llevar los aztecas escaupiles blancos de algodón que relucían al sol, formando fondo uniforme para los colores brillantes de las plumas e insignias metálicas de los jefes.

Después de horas y horas de luchar los españoles comenzaron a flaquear por el cansancio. A Cortés le habían malherido el caballo y había tenido que montar otro, animal lento y pesado que le habían traído de la impedimenta; y ya comenzaba a preguntarse si le sería posible sacudir de su presencia a aquella hueste innumerable de enemigos, cuando divisó en la distancia un maravilloso espectáculo que le alegró el corazón: era el comandante en jefe del ejército enemigo, la Mujer-Serpiente del imperio, que se veía zarandeado de aquí para allá sobre el blanco mar de guerreros, en una litera lujosa, brillantemente vestido y ataviado con vistosa cresta de plumas, oro y gemas y una bandera corta de red de oro atada a la espalda —insignia de su rango—. Al instante llamó Cortés en su apoyo a unos cuantos jinetes y con ellos se precipitó derecho hacia aquella litera que, a pesar de estar tan bien defendida consiguió derribar a estocadas y golpes de lanza. Uno de sus compañeros, Juan de Salamanca, se apeó del caballo y dio muerte a la Mujer-Serpiente, entregando la bandera de red de oro a Cortés. Presa de pánico, los guerreros aztecas se dispersaron.

19

Ya cerca de Tlaxcala, vieron los españoles la pintoresca comitiva de los cuatro tlatoanis de la república aliada salir al camino a recibirles con cargas de gallinas que aquel ejército hambriento recibió con suma satisfacción. Al día siguiente estaba Alonso cómodamente instalado en el palacio de Xicotencatl. Cortés al instante comenzó a preparar su segunda conquista de Tenochtitlán. Llegaron por aquel entonces sucesivamente de las islas unos cuantos barcos trayendo oportunos refuerzos de hombres y de material. En uno de ellos venía también abundante correo de España. Aquel día recibió Alonso carta de su madre. Estaba instalado en una habitación que daba sobre la terraza soleada del palacio. Xuchitl le trajo la carta con gran contento de ver de quién venía. Ya entonces había hecho rápidos progresos en castellano, de modo que se enteraba perfectamente de lo que Alonso iba leyendo en alta voz: "Lloré de alegría y todavía me están cayendo las lágrimas sobre este papel al escribírtelo, cuando al fin el Señor quiso premiar mi fe con la carta en que me dabas nuevas de tu vida y aventuras. Bien adiviné lo que ocurriría cuando aquí se supiera que no habías muerto y que algún día volverías. Tanto me lo temía que no dije nada de la noticia maravillosa, pensando que más valía callarla hasta que estuvieras tú aquí para vencer a tus pobres adversarios descarriados. Pero tus aventuras son tales que todo el mundo habla de ellas y así llegó a oídos de tu primo, el que usurpa tu casa, la nueva de que estabas con vida. El prior me ha dicho que me han denunciado a la Inquisición por judaizante y que además añaden como fuerte conjetura que te he criado en la fe judía. Andan por ahí muchos cuentos que propaga Marta Esquivel, diciendo que eres brujo, y que un día desapareciste de un altar que en esas partes te habían hecho para adorarte, y que llevas siempre al cuello una piedra de hechizo." Alzó Alonso los ojos para mirar a Xuchitl y vio que tenía ella los suyos llenos de lágrimas.

—Sigue —murmuró Xuchitl.

"El prior no tiene buena impresión de todo esto, y teme que terminen por meterme en un calabozo. Pero yo tengo tanta alegría por ti, que no deseo más que verte."

Alonso se quedó abrumado por la carta de su madre. Le entristecía pensar que en lugar de tomar parte en las campañas venideras, tendría que volver a España a toda prisa para libertar a su madre de las intrigas de sus infames enemigos. Hasta en su propio ser obraba el sutil veneno, ya que sentía cierto recelo de revelar a Cortés todo lo que ocurría. Pero ¿qué hacer? Era menester arrostrarlo.

Cortés le escuchó con gran simpatía y amistad, y después de haberle oído, cordial y serio, le dijo:

—Apenas hay hombre en mi compañía de quien pueda desprenderme con más dificultad. Pero una madre es siempre cosa sagrada y mi señora doña Isabel está sola. Os dejaré marchar en cuanto queráis. Y no olvidéis esto: si salís con bien de esta prueba, la herencia del rey Nezahualpilli será vuestra. No quiero en Tetzcuco a ninguno de sus hijos, gente levantisca que no me inspira confianza.

Alonso sintió gran agradecimiento al oírle hablar, pero en su alma sensible, aquellas palabras de Cortés, aún indispensables, quizá precisamente por indispensables, iban a escocerle para siempre: "Si salís con bien de esta prueba..."

¿Y si prevalecieran la calumnia y la injusticia?

Capítulo IV

SILENCIO EN LA LAGUNA

1

Cuando Alonso recobró la salud seguía en pie el dilema que a pesar de la cordial actitud de Cortés no había resuelto en su ánimo: ¿volvería a España a socorrer a su madre o se quedaría para prestar mano a la conquista hasta terminarla? Después de largas vacilaciones, optó por quedarse. "A mí me parece —le explicó a Xuchitl— que me está poniendo a prueba el Señor que aquí me trajo y que me dio a ti y me colocó en este puesto de honor y de confianza en Su servicio. Al exponer a mi madre al peligro, trata de probar mi fe en Él. Estoy seguro de que protegerá a mi madre mientras le esté sirviendo aquí."

Aquel día estaba preparando Cortés una de sus empresas más pintorescas. Bajo la dirección de un maestro de armas que tenía entre sus tropas, había hecho construir en Tlaxcala, a más de dieciséis leguas de Tenochtitlán, trece bergantines para navegar en la laguna. Se trataba de trasladar los bergantines desarmados en piezas de Tlaxcala a Tetzcuco, a través de dieciséis leguas de territorio amenazado por los aztecas. Cortés estaba escogiendo aquel día a los hombres a quienes confiaría el convoy. Se enteró Alonso y fue a ver al capitán. Cortés aceptó su oferta de encargarse de la expedición. La fuerza de escolta consistiría sobre todo en un fuerte contingente de tlaxcatecas al mando de Chichimecatecuhtli, y por lo tanto, convenía en sumo grado que el capitán español que fuera a su cargo conociera el nauatl. Cortés en persona, al mando de un fuerte ejército de españoles y de indios aliados, salió para Tetzcuco unos cuantos días antes.

Alonso se puso en marcha unos cuantos días después.

La segunda noche del camino, acamparon cerca de un pueblo desierto. Alonso eligió para campamento el teocalli del lugar. Ya terminadas sus obligaciones subió al túmulo, a ver las capillas. Estaba la noche oscura y llevaba una raja de ocote para alumbrarse si necesario fuere, aunque había prohibido que nadie encendiera luz en el real. Penetró en el santuario, pero se encontró con la más completa oscuridad al caer la pesada cortina de la entrada, y con el pedernal que llevaba encendió la tea. Era la capilla espaciosa, pero las llamas de la antorcha parecían aumentar todavía más su cabida hasta darle dimensiones colosales. Un enorme Uitzilópochtli se alzaba sobre el altar, con su mueca cuadrada y cruel, pero las ofrendas que ante el dios estaban expuestas no eran las usuales. Había dos caballos, tan perfectamente disecados y reconstituidos que, por un momento, en el ambiente movido y fantasmagórico que la llama creaba, creyó que estaban vivos. Colgados del altar, en siniestra hilera, vio cuatro rostros, la piel, el pelo, la barba, los rasgos fisonómicos y los ojos vidriosos de cuatro españoles, con relieve de vigor y vivacidad asombrosos. "¿Mártires?", preguntaba en aquel estado de ánimo siempre de duda, siempre interrogante, en que le ponía el pensamiento de la conquista. Uno de aquellos rostros parecía mirarle con una expresión grave, elevada, espiritual. Los otros tres, no había más que verlos, eran de soldados dados a la sangre, a las mujeres, al vino y a los naipes, gentes de sangre en el ojo. A los cuatro los había conocido bien. Salió Alonso de aquella caverna de horror religioso con toda su angustia reavivada, y llegó a su choza del real, donde se encontró a unos soldados españoles aguardándole para llevarle a una casa rica del lugar donde estaban alojados, y enseñarle el adiós lastimero que habían hallado escrito con carbón sobre la pared de mármol: "Aquí vivió el desdichado Juan Yuste. Que Dios haya su ánima."

2

Cuitlahuac, sucesor de Moctezuma, había visto con regocijo la huida de los españoles, teniendo por seguro que había ganado Uitzilópochtli. Al enterarse de que se habían hallado ochenta españoles en el palacio de Axayacatl después de la huida de Cortés, no vaciló un momento:

—Los sacrificaremos en seguida a Uitzilópochtli.

Aquella noche vino a verle Papantzin, su hermana. La princesa azteca había seguido en su voluntario retiro hasta entonces como durante toda su vida, y Cuitlahuac se quedó sorprendido al verla. Con su voz a la vez firme y dulce, Papantzin dijo al emperador:

—Hermano, vengo a avisarte. No vayas a caer en error. En la quietud de la noche he oído tus pensamientos, y vengo a decirte: ¡cuidado!

—¿Por qué has venido a tentar la fatalidad con sus palabras ligeras? —preguntó Cuitlahuac.

—No son ligeras mis palabras —replicó Papantzin sin perder su compostura. Llevaba un huipil negro sobre el que le brillaba en el pecho una joya que Cuitlahuac no había visto nunca hasta entonces: una cruz de oro—. Escúchame, Cuitlahuac. Los Rostros Pálidos no se han ido como tú crees, para no volver. Volverán y recobrarán esta ciudad. Derrocarán los templos de Uitzilópochtli, y este signo...

—con el dedo del medio, fino y largo, tocó la cruz de oro, extendiendo la mano como una estrella sobre el fondo negro del huipil— ...este signo triunfará. Todavía tienes tiempo. Vente a nosotros y salva a Tenochtitlán.

El emperador frunció el ceño.

—Tu boca arroja la ponzoña de la blasfemia. Si no fueras mi hermana, te echaría sobre la piedra del sacrificio ahora mismo. Sal de mi presencia y no hables a nadie sobre esta visita que me has hecho, para que nadie sepa que he tolerado palabras tan impías.

Papantzin echó sobre su hermano una última y triste mirada de adiós:

—Hermano, me duele el corazón por ti. Te aguarda terrible castigo —y salió lentamente.

Cuitlahuac se encogió de hombros. "Las mujeres —pensó— se dejan siempre guiar por la moda." Se sentía mal y se llevó la mano a la garganta, que le ardía y dolía. "Me está bien empleado por consentir que se digan cosas tan insensatas en mi presencia." Mandó que le trajesen agua de cal con chile, remedio infalible para la garganta, y no se ocupó más del asunto.

3

Al día siguiente se celebró la ceremonia de acción de gracias a Uitzilópochtli en el teocalli mayor. Cuitlahuac acudió al templo en toda pompa y majestad, en la litera más fastuosa de la corona. Las víctimas aguardaban en pie en una fila siniestra en el atrio del teocalli. Les habían cortado a todos la mecha funeral y casi todos habían bebido la amplia ración de pulque que se concedía en tales casos. El emperador llegó en su litera hasta la alfombra azul-real que estaba ya preparada para cubrir su camino hacia la escalinata. Al apearse de la litera y poner el pie sobre la alfombra, sintió vértigo y le dio un mareo. Con esfuerzo de su robusta voluntad, dominó el malestar. Un acólito forzudo le ofreció la espalda para llevarle a cuestas hasta la cumbre al modo usual. Cuitlahuac echó una mirada a las ochenta víctimas, y sus pensamientos se le fueron sin querer a su hermana Papantzin. Pensando en ella, y en las palabras que le había dicho, se dejó llevar hasta la plataforma superior, donde era su intención manejar en persona el cuchillo del sacrificio. El pobre emperador se sentía tanto más humillado al ver que, en aquel día glorioso, su cuerpo no correspondía a su ánimo y a su voluntad. Hacía esfuerzos heroicos por tenerse en pie, frente al sumo sacerdote y a los demás oficiantes que le acompañaban, y consiguió no sin trabajo dar la señal de que comenzara el sacrificio. Ya venía subiendo la escalinata la larga cola de los españoles: rostros pálidos en verdad, abatidos y cubiertos de lágrimas unos, otros con reprimida furia, otros contritos y ya ausentes de este mundo y de sus luchas, preparados para enfrentarse con el Austero Juez a quien no es posible engañar. El primero en llegar cayó al instante en manos de cuatro vigorosos sacerdotes que lo arrojaron sobre la piedra. Cuitlahuac tenía ya en la mano el cuchillo de obsidiana. Lo alzó con violento esfuerzo del brazo tembló en el aire la mano y, súbitamente, el cuerpo del emperador cayó hacia atrás como una masa de plomo entre los añicos del cuchillo de obsidiana que el sol transfiguraba en polvo de luz.

La larga fila de cautivos españoles cayó de rodillas en acción de gracias al Señor; los méxica presentes palidecieron de terror ante la cólera de Uitzilópochtli, que no aceptaba el sacrificio. Y entretanto, en las febriles venas y arterias del emperador caído, indiferentes a una y otra fe, miríadas de activos microbios iban cumpliendo la función que les estaba encomendada por la naturaleza: la de extender la viruela entre los hijos de los hombres.

4

Se llevaron al emperador sin que hubiera recobrado el sentido, y ya en palacio, vinieron a verle los hechiceros, hallando que tenía la cabeza ardiendo y que el corazón le latía a toda prisa. No conocían aquella enfermedad, y comenzaron a sospechar que era cosa de algún dios, desde luego como todas las enfermedades, pero de un modo más especial. Cuando comenzaron a aparecer pústulas, ya no les quedó a los hechiceros duda alguna sobre el origen divino de la dolencia y, al ver que no podían curarla, decidieron darle un nombre: el grano divino. A los pocos días, el emperador murió.

El consejo tribal nombró sucesor a Cuauhtemoc, el joven príncipe que había asestado el primer flechazo a Moctezuma. Sus primeras órdenes fueron: prepararse para la guerra contra los españoles y sacrificar a los ochenta cautivos blancos. Papantzin no conocía a aquel mancebo, primo lejano suyo; y en vista del poco éxito que había tenido con Cuitlahuac, a pesar de que los sucesos le habían dado la razón tan inesperadamente, se abstuvo de ir a amonestarle. Pero el sumo sacerdote vino a ver a Cuauhtemoc, pálido de terror, para explicarle que Cuitlahuac había caído herido de muerte por el grano divino precisamente en el momento en que alzaba la mano para sacrificar al primer hombre de Quetzalcoatl.

—Pues esta vez no ocurrirá —replicó el joven monarca con sequedad y desprecio.

El sumo sacerdote, a pesar de su mucha edad, recibió la lección del joven caudillo con humildad y regocijo, percibiendo en sus palabras la voz de una fe firme y sólida.

Perecieron sacrificados los ochenta cautivos, y Cuauhtemoc en persona sacrificó al primero y a muchos más. Y al ver caer las víctimas sangrientas rodando gradas abajo, la multitud de guerreros que llenaban el atrio se persuadió de que al fin había hallado un caudillo a quien los dioses favorecían.

5

Todo estaba dispuesto para comenzar el sitio. Se habían botado al agua los bergantines, en Tetzcuco, en medio del entusiasmo de los españoles y del asombro de los indios, con gran ruido de artillería y color de gallardetes. Todo estaba dispuesto para comenzar el sitio, pero el sitio no comenzaba.

—¿Por qué? —preguntaba Xuchitl una noche en las habitaciones que de niña había ocupado en el palacio de su padre, y donde ahora vivía con su marido. Y Alonso le contestaba:

—No sé, pero lo sospecho. Hace unas semanas, al llegar a Tacuba después de la campaña alrededor del lago, se nos perdió Cortés. Había preparado una celada a los méxica, pero ellos le habían preparado una contracelada mejor, y por muy poco lo toman prisionero.

—Eso sería cuando le mataron a sus dos mozos de caballos —apuntó Xuchitl.

XXIX. Para proteger sus flancos en el avance hacia Tenochtitlán por las calzadas a través del lago, Cortés hizo construir bergantines. En este grabado, un bergantín acude en socorro de Cortés y sus aliados, atacados por tierra y agua en una calzada. *(Lienzo de Tlaxcala.)*

—Eso mismo. Al volver, muy lentamente, porque venía el caballo cojeando, todos notamos lo triste que estaba. Ya sabes que quería mucho a aquellos dos muchachos. Subimos con él al teocalli. Es una vista magnífica: toda la laguna y Tenochtitlán parecían aquella noche como un chalchivitl bien cortado sobre una bandeja de turquesa. Se puso todavía más triste. Nosotros creíamos que era por la muerte de sus mozos, y no sé quién dijo algo para consolarle. Pero él meneó la cabeza: "Me da tristeza este noble espectáculo. ¿Por qué no terminar la lucha sin causar más estrago?" Entonces sentí la diferencia entre Cortés y los demás. También él es soldado y le gusta luchar, pero es todavía más señor, y lo que verdaderamente querría sería fundar aquí una nación cristiana. Por eso le tengo tanta fe, y estoy seguro de que no comenzará las hostilidades sin hacer lo posible por llegar primero a un acuerdo.

Aquella misma noche le llamó Cortés para informarle que a la mañana siguiente tenía que estar dispuesto a ponerse en marcha con él y un fuerte contingente de españoles y auxiliares en dirección reservada. A Alonso no le sorprendió la indicación. Sabía que Cortés era siempre muy reservado cuando de planes militares se trataba. La fuerza se puso en marcha a lo largo del lago, al oeste primero, luego al sur, hasta llegar a Tacuba. Algo tuvieron que luchar en el camino, pero sin que los retrasara gran cosa. Era que Cuauhtemoc estaba tentándoles el pulso. En Tacuba, Cortés se fue con Alonso hasta el borde de las posiciones de los méxica, donde los recibieron con la algarabía usual: tambores, trompetas de concha e insultos. Cortés hizo ademán de que deseaba hablarles, y con Alonso se subió sobre un montículo exponiéndose a las flechas del adversario. Pero los méxica no les atacaron, sino que hicieron silencio para escucharles.

—¿Por qué sois tan insensatos que queréis vuestra propia destrucción? Si hay entre vosotros algún principal, que salga, porque quiero hablarle.

Alonso repitió la alocución en nauatl, y uno de los méxica contestó:

—Aquí todos somos principales. Habla.

Cortés guardaba silencio. Los méxica comenzaron a dirigirle toda clase de denuestos, hasta que un soldado español, que sabía bastante nauatl para aquel deporte, les replicó: —Estáis muriéndoos de hambre y no os dejaremos salir por comida.

Se adelantó un guerrero cubierto de plumas, pero demacrado y desnutrido:

—No tenemos hambre, pero si la tuviéramos, pronto nos hartaremos con vuestros cuerpos y los de esos traidores tlaxcatecas —y al lanzar su orgulloso mentís arrojó con desprecio al campo español una tortilla de maíz que, a juzgar por su aspecto, hubiera hecho mejor en comerse.

El sitio comenzó al día siguiente.

6

Cortés había dividido sus fuerzas en tres capitanías, reservándose para sí el mando de los bergantines. Alonso seguía agregado a
él. Había dejado a Xuchitl en Tetzcuco, donde poco o nada se comba-
tiría. Bajo el animoso mando de Cuauhtemoc, la ciudad se había
apercibido para la defensa tanto contra las tres fuerzas que convergían por las tres calzadas como contra los bergantines que la blo-
queaban por la laguna. El principal obstáculo al avance de los españoles eran los numerosos cortes de las calzadas, de donde habían
retirado los méxica todos los puentes. Los españoles pudieron dominar con relativa facilidad los cortes situados en los trozos de las
calzadas entre las orillas del lago y las afueras de la ciudad, y construir puentes o cegarlos de modo permanente; pero cuando las calzadas penetraban en la ciudad pasando a ser sendas calles con casas
habitadas y edificios públicos a un lado y a otro, que Cuauhtemoc
había transformado en fortalezas, el avance de los sitiadores tenía
que ser lento y precario. Alonso pasó a formar parte de la fuerza de
Alvarado, y Xuchitl consiguió pasar a vivir a Tacuba, en el real de
Alvarado, desde donde seguía las peripecias de la lucha casi a tiro
de ballesta.

Una tarde con Citlali por única compañera, seguía desde una
azotea de la casa que ocupaba el combate del día. En el curso de un
ataque combinado sobre la ciudad, una tropa de jinetes y de infantes que había pasado un corte sobre un puente improvisado, suficiente para pasarlo con tiempo y con relativa tranquilidad, pero
nada más, no se ocupó de reforzarlo como era prudente para caso de
una retirada forzosa o precipitada. Xuchitl no podía juzgar a distancia todos estos detalles. Lo que vio fue un rápido avance de los
tlaxcatecas, gritando y gesticulando, seguidos por una fuerza de
españoles de a pie y de a caballo, que avanzaban animosamente
hasta casi el centro de la ciudad, tanto que parecía como si el sitio
fuera a terminar aquella misma tarde; y de pronto, el retorno de la
ola, los tlaxcatecas que se retiran en confusión, presa de pánico...
¿Qué presagio, aparición, nube, palabra o fantasía hizo perder la
cabeza y el corazón a aquellos animosos guerreros? Los españoles
intentaron retraerse al lado de acá del corte, pero el puente no tenía
la fuerza suficiente para soportar el peso ni aun del primer caballo,
y pronto el agua estaba llena de indios, cristianos y caballos, unos
ya ahogados, otros luchando entre agua y aire y entre vida y muerte. Cortés, que con un grupo de jinetes se hallaba bregando allí
cerca, procuraba en vano abrirse camino para ir al socorro de sus
tropas. Desde la terraza, Xuchitl veía a Alonso entre unos capitanes
que rodeaban a su jefe. Las espadas de madera con doble filo de
obsidiana iban y venían lanzando al sol mortíferos destellos y cayendo con ímpetu terrible sobre hombres y caballos. Hirieron al
caballo de Alonso en una pierna. El caballo de al lado cayó

desangrándose por el costado, desapareciendo el jinete que lo montaba entre los combatientes de a pie. Mientras Xuchitl le seguía con los ojos por ver donde iba a parar, desapareció también Alonso. ¿Dónde estaba? Xuchitl asió la mano de Citlali. "¿Dónde está?" Citlali lo había visto todo —todo al menos lo que se divisaba desde aquella distancia— y apenas le quedaba voz. Se había acercado un guerrero por detrás asestando al caballo mortal herida con una larga lanza india que llevaba en la punta una buena espada de Toledo, de las perdidas por los españoles en su desastrosa huida. Al caer hacia atrás, el caballo había arrastrado en su caída a Alonso, a quien cuatro méxica se habían llevado vivo. Citlali no vio más. Le cortó la vista una muralla viva de jinetes españoles y de guerreros indios. Detrás de aquella muralla, uno de los indios, que tenía a Alonso bien seguro, había caído muerto de un mandoble de Cortés, pero casi al instante caía muerto el caballo de Cortés y se apoderaba de él un fornido guerrero indio. Uno de los soldados de la guardia de Cortés se abrió camino a estocadas y con violento golpe de espada cortó de un tajo la mano del indio. Ya libre, Cortés volvió al combate, llevando durante algunos segundos colgando del brazo aquella mano muerta que al fin cayó a tierra. Ofreciéronle otro caballo y se puso a mirar en derredor con ojos angustiados, buscando a Alonso. Pero Alonso había desaparecido.

7

Al anochecer, los españoles, apenas rehechos de aquel azaroso encuentro, observaron que una multitud poco usual llenaba la plataforma superior del gran teocalli, iluminada por los rayos del sol poniente. Seguían cerradas las capillas de Uitzilópochtli y de Tetzcatlipuca, pero el *tlapanhuehetl* o tambor sagrado desgarraba el aire con su lúgubre estruendo, mientras filas y más filas de sacerdotes vestidos de negro iban a ocupar sus sitios en un cuadrado que dejaba libre el espacio central para la ceremonia. Todos los españoles sabían lo que aquélla significaba. Sus camaradas caídos vivos en manos de sus sanguinarios enemigos, llegarían hasta arriba, para ser sacrificados al ídolo. Ya venían. Les pareció a sus compañeros que los miraban desde las terrazas del real, que no llevaban el paso triste ni abatido, sino más bien excitado. Era que las víctimas habían comido los hongos santos o carne divina, y bebido el teometl que a última hora se suministraba para permitirles pasar sus momentos postreros en un estado de excitación casi inconsciente. Eran unos veinte.

—Ahí va Magallanes, el portugués —dijo uno de los mirones en el campo español.

—Y Ávila, ¿no lo ves?, el que va dos puestos detrás de él.

Y así uno tras otro los fueron situando y reconociendo sus aterrados compañeros desde el real.

Seguía el tlapanhuehetl redoblando con lúgubres tonos y las víctimas españolas comenzaron a danzar. Les habían pintado el cuerpo de negro y azul, y venían coronados con tiaras de papel y armados con espadas y rodelas de cartón. Los españoles del real, desde las azoteas, miraban con el corazón angustiado, algunos llorando. Una a una, cayeron las víctimas sobre la piedra del sacrificio, fuertemente asidas por cuatro negros sacerdotes, y desde abajo, sus compañeros vieron uno a uno los corazones elevados hacia el dios sanguinario en la mano del sumo sacerdote. Los cuerpos se quedaron en lo alto. Esta vez no los arrojaron gradas abajo. Nadie vio lo que hacían con ellos.

Terminado el sacrificio, quedó vacía otra vez la plataforma. Ya se iba hundiendo el sol en el horizonte y en el real español reinaba un silencio taciturno. Todos pensaban en la horrenda escena, recordando a sus compañeros caídos, con recuerdos frescos, todavía de ayer; la voz, el gesto y la mirada, todavía impresos vivos en la memoria resurgían para atormentarlos, mientras iban y venían abatidos, sin atreverse casi a mirarse unos a otros. De pronto, los aterrados españoles vieron avanzar hacia ellos la más extraña comitiva; tan extraña e inaudita que no se atrevían a creer lo que veían cuando ya lo tenían delante. Sus compañeros muertos, que acababan de ver sacrificados a Uitzilópochtli, venían avanzando calzada abajo hacia ellos en el crepúsculo gris. Venían en tres filas de a seis, dieciocho en total, con una mueca horrible en el rostro, mirándoles fijamente con los ojos vacíos y, sin embargo, con una mirada oculta en el fondo de sus huecos negros, como para reprocharles su pasividad e indiferencia. Muchos soldados cayeron de rodillas rezando a la desesperada, implorando la protección del cielo al ver aquellas almas errantes, sin duda rechazadas por el cielo y aun por el purgatorio, devueltas a nuestra tierra infernal de la que habían salido sin confesión. Los más osados se adelantaron al borde del parapeto para ver más de cerca el inaudito espectáculo.

—Éste es Magallanes —cuchicheó uno.

—Ya te lo dije yo.

Y el otro murmuraba:

—Y Ávila.

—Y Bandada, el viejo.

—No, que están los dos. Dios tenga misericordia de nosotros y de ellos también.

Y se persignaban compungidos.

Los dieciocho fantasmas se quedaron parados ante ellos, silenciosos, cerrando la calzada de borde a borde. En el pecho se les veían las heridas sangrientas de la puñalada sacerdotal. Estaban tan hirsutos y barbudos como al caer prisioneros y se les veían los dientes blancos, caída por el peso de la barba la mandíbula inferior inerte.

De pronto, quebró el silencio Magallanes el portugués, gritando: *"¡Mauhqui!"* Los españoles se quedaron sobrecogidos, primero

535

por el terror, luego por el asombro. No era la voz de Magallanes. Hablaba nauatl. Les llamaba cobardes. *"¡Maucatlacatl!"* —aulló otro fantasma. Y pronto, los dieciocho espectros arrojaban denuestos cada vez más vehementes en nauatl a los españoles, mientras algunos de los veteranos que conocían las costumbres de los indios caían en la cuenta de lo que estaba ocurriendo: los guerreros de Cuauhtemoc habían desollado a los españoles y se habían vestido con sus pellejos.

Todavía bajo la tremenda impresión de esta escena, vieron los españoles a un guerrero indio bajar corriendo de la ciudad hacia la fila de espectros que le daba la espalda, llevando en la mano un objeto pesado que se balanceaba en ritmo con su movimiento. A poca distancia de la fila de sus siniestros compañeros, el guerrero se paró y arrojó por el aire y a través del corte el objeto que llevaba en la mano, y que rodó por entre los españoles. Era la cabeza ensangrentada de uno de sus compañeros.

—¡San Juan! —gritaron varias voces.

—¡Pobre San Juan! ¡Ahora que iba a llegar de Cuba su mujer!

Gallego se inclinó sobre la cabeza muerta y vio que traía un papel atado al cabello. Se hizo con el papel e intentó leerlo. Ya no quedaba bastante luz en la calle para lector tan poco experto. Se lo llevó dentro de la casa donde estaba alojado. Alvarado, que había observado la escena, tomó el papel, pero se encontró con que sólo entendía la firma: *Alonso Manrique.* Cuando estaba pensando a quién recurrir, se le presentó Cara-Larga.

—Esto es otomí, señor —le explicó—. Y quiere decir: "Me sacrificarán dentro de tres días.— *Alonso Manrique.*"

8

Cuando trajeron a Alonso a su presencia, Cuauhtemoc, que lo recibió en su cuartel general situado en la cumbre de un teocalli de barrio, le miró de arriba abajo en silencio durante un rato y luego le dijo:

—Me dicen que habláis nuestra lengua.

—Sí, gran señor —contestó Alonso.

—Mucho me alegro —replicó el emperador—. Porque así puedo deciros que os admiro por vuestro valor, y que me ufano de poder ofrecer a nuestro dios víctima tan noble.

El rostro de su amada Xuchitl se interpuso entre sus ojos y el rostro de Cuauhtemoc, que hasta entonces había visto claramente. Pero a pesar de su emoción, no se inmutó.

—Moriréis esta tarde, durante las ceremonias del día —dijo el emperador.

Dio un paso adelante un sacerdote:

—Gran señor, eso no puede ser.

Y en aquel instante le cortó la palabra un ruido violento. Había descargado sobre la escalinata del templo una bala de cañón inundándolos de trozos de granito. Imperturbable, preguntó Cuauhtemoc:

—¿Por qué?

Con firme deferencia, contestó el sacerdote:

—Hemos consultado las estrellas. No es cosa de sacrificar a este prisionero tan importante como si fuera un soldado vulgar. Además, tiene el pelo de oro y los ojos azules. No podemos ofender al cielo. Tiene que morir bajo el signo del conejo.

Cuauhtemoc le miró con desprecio. Todavía no tenía veinte años, y como los jóvenes de su edad, no podía aguantar las supersticiones de los sacerdotes.

—Pues no importa.

El joven emperador alzó la varilla de oro en un ademán que significaba que su decisión era definitiva, cualquiera que fuera la opinión de las estrellas. Cayó entonces otra bala de cañón, sólo que más cerca que la primera, y un trozo de granito vino a herir la mano de Cuauhtemoc, arrojándole al suelo la varilla de oro. El sacerdote la recogió y se la entregó con rostro impasible.

Silencio. Alonso oraba mentalmente, en acción de gracias al Señor. El sacerdote oraba mentalmente, en acción de gracias a Uitzilópochtli. El sol los alumbraba a todos por igual. Y el emperador preguntó:

—¿Cuándo, pues?

—Dentro de tres días —contestó el sacerdote.

Detrás del sacerdote y de Alonso aguardaba en silencio la Mujer-Serpiente. Cuauhtemoc mandó de un gesto al sacerdote que se llevara al prisionero, y volviéndose al alto dignatario le preguntó:

—¿Qué hay?

—Mi señor, a pesar de su derrota, siguen muy fuertes. Se nos están agotando los víveres. Ya no hay agua. No hay dónde enterrar a los muertos, y las casas y calles están llenas de cadáveres. Algo hay que hacer.

Demasiado lo sabía el emperador. Pero, ¿qué hacer? Se le ocurrió una solución desesperada: comprar la paz con la vida de Alonso. Mandó que volvieran a traerlo a su presencia.

—Manriqzin, escribid una carta a vuestro jefe. Decidle que si se van todos en paz, yo reconoceré al rey de España, y os pondré en libertad. Pero es menester que os vayáis todos.

Alonso meditó sobre el asunto antes de resolver. Primero trató de recordar si había alguien en el campo azteca que supiera leer castellano, pero no había nadie. Sin embargo, algún prisionero español, todavía no sacrificado, sabría quizá bastante azteca para leer lo que escribiera y, sin querer, revelar su secreto al enemigo. Entonces se le ocurrió una idea: escribir su mensaje en otomí. Cara-Larga lo leería. Claro que había muchos aztecas que sabían otomí, pero no sabían leer.

9

Después de una larga conversación con Alvarado, Cara-Larga
desapareció en una canoa hacia medianoche. Deslizándose con el
mayor sigilo en dirección hacia Iztapalapa, dio después una vuelta
completa, ya lejos del real, rodeando posiciones que sabía peligrosas, y se metió en la ciudad por el laberinto de canales que conocía
bien hasta topar con la primera línea de centinelas aztecas que
cerraban el acceso por el agua, a los cuales explicó que había estado
robando legumbres y gallinas a los españoles. Dejando a los hambrientos centinelas una gallina y algún maíz, siguió su camino hasta
penetrar en una agua oscura que dormía bajo una casa grande construida sobre pilares. Ató la canoa a un madero, se puso de pie y dio
tres golpes, luego dos, luego uno, sobre una tabla que encima de la
cabeza le quedaba. Se alzó la trampa y echaron de arriba una escala
de cuerda, por donde Cara-Larga entró en la casa.

Era una cocina espaciosa, como para alimentar a varias dece-
nas de personas.

—¿Qué nos traes esta noche? —preguntó Sombra, su cuñada.
Se le había quedado el rostro triste desde la muerte de su peque-
ñuelo, tantos años hacía. No tenía hijos.

—Os traigo maíz, tres gallinas y algunos ajíes.

El marido de Sombra, Tsoyatl o Palma, bajó a la canoa y volvió
a poco con los víveres que había anunciado Ixtlicoyu, y que había
que proteger cuanto antes para que no los robara algún hambriento
vagabundo.

—También necesito que me ayudéis —añadió Ixtlicoyu—. Mi
amo está en la jaula del tablón.

Con terror en la voz, exclamó Sombra:

—¡Pobre Xuchitzin!

Y Cara-Larga siguió explicando:

—No lo van a sacrificar hasta dentro de tres días.

Sombra se volvió hacia su marido:

—¡Hay que salvarlo!

Palma se quedó callado, rumiando cómo era posible llevar a
cabo tal hazaña.

—Para entrar en la jaula del tablón a ver a los prisioneros hay
que ser guerrero de los más empingorotados —observó.

Estaban los tres sentados en la estera junto al hogar, callados,
dudando y esperando. No había luz en la sala que no fuera el polvo
luminoso que difundían las estrellas, pero bastaba para sus ojos,
todavía por viciar. Ixtlicoyu preguntó:

—¿Qué ha sido de Omecatzin, el dueño de esta casa?

—Lo mataron al principio del sitio —contestó Palma.

—Supongo entonces que todas sus cosas seguirán aquí en la
casa —siguió diciendo Cara-Larga.

—Es probable —convino Palma.

—Pues entonces podríamos echarnos a buscar ropas y decoraciones para vestirme yo de guerrero y colarme en la jaula del tablón...

El plan era atrevido y como tal agradó a Palma. Sombra se entusiasmó ante la idea. Se pusieron a buscar por todas partes, pero no encontraron nada en la casa, de modo que cuando, al amanecer, volvió a surgir el estruendo de la batalla, decidieron los tres conspiradores aguardar hasta la noche y echarse a buscar por la ciudad lo necesario para disfrazar a Cara-Larga.

10

Cara-Larga, Palma y Sombra habían perdido ya toda esperanza de encontrar las insignias y presas de Omecatzin, y mientras Palma se presentaba a su servicio como guerrero, Sombra y Cara-Larga se quedaron en casa pensando en otros medios para rescatar al prisionero. Aquella tarde volvió Palma con un petate muy bien cerrado, se metió en la casa y lo abrió revelando a los ojos asombrados de su mujer y de su cuñado un equipo completo de guerrero de primera clase.

—No me hagáis preguntas —dijo misteriosamente.

Con aquellas prendas, Sombra transformó a su cuñado en un guerrero de lo más vistoso, y tal que, cuando Ixtlicoyu se vio a sí mismo en un espejo de piedra pulida que había en el salón de recibir, apenas si pudo reconocerse. Con todo, prefirió aguardar a que anocheciera antes de salir de aventuras, y cuando los tres conspiradores opinaron que ya la claridad reinante era lo bastante dudosa, el falso guerrero salió a la ciudad con prestancia altiva como le era posible imitar, jugando con la varilla de oro que era una de las insignias de su profesión prestada.

Los centinelas le dejaban pasar por todas partes, saludándole con la mayor deferencia, y con sólo presentarse, se le abrieron las puertas de la jaula del tablón. Era su plan expresar sorpresa al ver allí a Alonso, y exigir que se le trasladase a una cárcel más segura bajo su propia custodia. Cuando entró tan alto personaje en la jaula se produjo algún revuelo entre los prisioneros. Cara-Larga fue derecho adonde estaba Alonso, sentado en aparente calma sobre el piso de madera, con la espalda apoyada en una de las vigas maestras de la jaula.

—Aquí no hay ni arena ni cordel, como cuando nos conocimos —murmuró el guerrero entre dientes.

Alonso le miró con asombro, sin atreverse a creer lo que veía. ¿Había renegado Cara-Larga alistándose en las filas de Cuauhtemoc? ¿Y aun así, cómo era posible que un humilde remero...?

Entretanto, un hombre que había seguido a Cara-Larga desde el momento en que había puesto el pie en la cárcel del tablón, y después se había quedado en la oscuridad de un rincón, observándole atentamente, se escurrió por el borde de la jaula hasta la puerta y murmuró al oído del centinela:

—Llama en seguida al jefe.

Acudió el jefe junto a la jaula, y por entre los barrotes dijo el otro:

—¿Veis allá aquel guerrero de primera clase? Es mi esclavo. Lo compré con mis dineros hace muchos años. —Y alzaba un brazo sin mano en la dirección en que Cara-Larga seguía hablando en voz baja con Alonso.— Ahora es un espía.

Cuatro manos se apoderaron de Cara-Larga, le despojaron en un abrir y cerrar de ojos de todo su atavío y lo ataron a una estaca.

—Echadlo al lago y luego lo sacáis otra vez para que no envenene a los peces —ladró el jefe indignado.

—¡Alto! —mandó Alonso con voz imperiosa—. El emperador me ha prometido concederme todo lo que pidiera antes de mi sacrificio. Ese hombre es mío.

El capitán se encogió de hombros.

—Bueno. Aguardemos hasta mañana.

11

Xuchitl yacía en su lecho aquella noche, despierta, enfrentándose con el horror desnudo de su situación. Había hechos planes y más planes que había abandonado uno tras otro con desesperación. Sus ojos muy abiertos habían deseado casi toda la noche clavados con obstinación en el cielo hacia oriente, un cuadrado de cielo que veía por la ventana, en el que seguía el movimiento lento de las estrellas lejanas y serenas. Una raya de luz al borde del horizonte le anunció el alba, y de pronto se sentó en la cama y vio la verdad lucirle en la mente. "¡Qué raro que no lo haya visto antes!" Se puso en pie, se vistió, mandó a Citlali que llamase a Gallego, que había venido a ser para ella como una especie de perro fiel y de guardián voluntario, y le dijo:

—Hazte con un caballo, que quiero ir en seguida a ver al capitán.

Cortés recibió a Xuchitl con la afabilidad habitual que reservaba para las mujeres, realzada en este caso por su afectuosa simpatía para con la mujer de Alonso, tan atribulada en aquellas circunstancias.

—Señor, ¿ha visto vuestra merced el recado de mi marido? —le preguntó.

—No —contestó Cortés.

—Pues está escrito en otomí —apuntó Xuchitl.

Cortés la miró, se echó los dedos a la barba, frotándose aquella cicatriz a la que siempre parecía acudir cuando le intrigaba algún problema. Xuchitl proseguía:

XXX. La flotilla de Cortés en acción. Estas embarcaciones, con velas, remos y un cañón en la proa, eran muy superiores a las canoas de los defensores aztecas de Tenochtitlán. *(Códice florentino.)*

—Alonso conoce bien el nauatl, de modo que por algo escogió el otomí. Es evidente que quería evitar el nauatl y el castellano.

—¿Por qué no me dijeron antes este detalle? Es muy importante. Yo me estaba preguntando otra cosa distinta: ¿Por qué mandarnos el aviso por un procedimiento tan poco cristiano? —le preguntó Cortés.

Le brillaron los ojos a Xuchitl.

—Precisamente. Pues bien, señor, se me ha ocurrido una idea. El que quería mandar el recado no era Alonso, sino Cuauhtemoc. Él fue quien le mandó que escribiera, y como los aztecas no saben leer nuestra letra, le fue posible a Alonso escribirnos en otomí.

—¿Pero por qué en otomí?

—Porque una cosa era lo que Cuauhtemoc le mandó decirnos y otra lo que Alonso nos ha dicho.

Cortés se quedó callado, considerando el asunto.

—Tenéis razón, señora. De modo que ha debido de ser una propuesta de paz ofreciéndonos la vida de Alonso a cambio de condiciones que él creería inaceptables; por lo cual sólo nos ha mandado el límite de tiempo.

Mientras hablaba Cortés, Xuchitl le miraba con admiración. Había adivinado todo el resto de su propio pensamiento.

—Vamos a negociar en seguida como si hubiéramos recibido el mensaje del propio Cuauhtemoc. Así ganaremos tiempo para salvarlo —concluyó Cortés.

Xuchitl se volvió a Tacuba con el corazón en relativa calma. Todavía quedaba una esperanza en el horizonte. Era la mañana del tercero y último día.

12

El avance que habían hecho el día anterior tanto las fuerzas de Alvarado como las de Cortés permitió a los españoles el acceso a la plaza mayor de Tlatelolco, que dominaban por haber ocupado el teocalli, uno de sus cuatro costados. Cortés entró a caballo hasta la plaza. La fachada frontera al teocalli estaba todavía en poder de los aztecas y el espacio central estaba cortado en través por una albarrada. Cortés se adelantó hasta el borde y dirigió la palabra a los jefes y guerreros que le miraban con ojos sin luz:

—Vengo a pediros que seáis sensatos. Os estáis muriendo de hambre, y vuestros hijos y mujeres también. Decidle a Cuauhtemoc que le ofrezco la paz. Que venga a hablarme. Sólo le pido una condición: que se traiga a mi lengua principal, que tiene prisionero.

Desde el día en que Cuauhtemoc había mandado a los españoles la oferta que Alonso censuró, había pasado Cuauhtemoc de un extremo a otro, convirtiéndose en la encarnación de la resistencia intransigente, por haberse rechazado en un consejo de guerra una propuesta hecha por él para que se abrieran negociaciones de paz. Herido en su orgullo al verse en minoría, declaró:

—De aquí en adelante, todo el que venga a hablarme de paz morirá.

A pesar de todo fue a informarle de la oferta de Cortés uno de los guerreros que la había oído, estimando que al hacerlo así, no hacia él en persona proposición alguna de paz. Pero Cuauhtemoc, sin pararse en tales distingos, le hizo decapitar y arrojó la cabeza a los pies de Cortés por toda respuesta. Cortés decidió atacar aquel mismo día.

Así quedó sellado el destino de Alonso y de Cara-Larga. Era el mediodía del tercero y último día.

13

Comenzó el ataque dos horas después, furioso y tesonero por ambas partes, y aunque redujo en sumo grado el espacio que les quedaba a los sitiados, no fue definitivo. Al anochecer, la soldadesca invadió las casas de la zona conquistada, con la esperanza de apoderarse de algún botín. Un grupo de soldados irrumpió en la casa que habían ocupado Palma y Sombra, hallándola mucho menos rica de lo que habían creído, y mientras en la búsqueda abrían y cerraban puertas, ventanas y armarios, uno de ellos vino a encontrar la trampa que comunicaba el piso de la cocina con el lago.

—¡Anda! —exclamó Esquivel oteando el agua oscura—. Aquí hay una mujer escondida. Ya es mía.

Se dejó caer sobre el borde de una plataforma estrecha que rodeaba el pilar y de allí saltó sobre la canoa antes que Sombra presa de terror, pudiera alejarse. A falta de oro, ¿qué mejor botín que una esclava? Sin esperar a sus compañeros, Esquivel se alejó a todo remo hacia el cuartel general.

El sol seguía su curso y cayó hacia el horizonte, y llegó el último de los tres días sin que hubieran regresado ni Alonso ni Cara-Larga. Hallábanse las dos tristes mujeres en oración junto a la ventana que daba al lago, cuando Citlali se puso en pie y gritó:

—¡Xuchitzin, mi hermana!

Pasaba Esquivel con su canoa y Sombra a bordo.

—Esquivel —gritó Xuchitl—, ¿dónde has encontrado a esa mujer?

Esquivel seguía remando, fingiendo no oír, pero Sombra se puso en pie gritando:

—¡Socorro! ¡Socorro! ¡Citlali, tengo que hablarte en seguida!

Citlali salió corriendo de la casa y volvió a poco con Gallego, a quien Xuchitl dio orden de traerse a Sombra a toda costa inmediatamente.

Esquivel no era hombre para enfrentarse con Gallego.

—Oye —le gritó Gallego desde la calzada—, suelta a esa india enseguida.

—Métete en lo que te importa —replicó Esquivel, dándose cuenta de dónde venían los tiros.

—Pues eso es lo que estoy haciendo. Párate sin más o te tiro al agua... y te meto en ella, además, para siempre.

Gallego saltó a una canoa y se fue derecho a la de Esquivel, agarró a éste con mano de acero e hizo ademán a Sombra de que se pasase a su canoa. Resignado, Esquivel no opuso resistencia.

Ya frente a Xuchitl y a su hermana, Sombra se desmayó. Cuando volvió en sí lloraba y lloraba, pero hablar no podía. ¿Qué significaban aquellas lágrimas? ¿Lloraba por su hombre o por los de ellas? Poco a poco se fue calmando y contó lo que sabía. Alonso y Cara-Larga, presos ambos. Palma tenía un proyecto para salvarlos pasándose él a su vez con ellos al campo español.

—No me explicó el detalle, pero me dejó orden de que me escondiera debajo de la casa hasta el anochecer, y me escapase después por la laguna para deciros que se colocara un caballo al borde del tercer canal pasado Tacuba, junto al primer puente.

—¿Cuándo? —preguntó Citlali jadeante.

—Al comenzar la noche.

14

Palma estaba de servicio en la cárcel. No era guerrero de aquella compañía, pero había hecho que lo trasladaran sobornando al jefe con el regalo más espléndido que en aquellos días podía ofrecerse a nadie en el campo azteca: una gallina. Comida y sólo comida era el secreto de su plan. Había preparado un plato suculento con las gallinas y el ají que Cara-Larga había traído. Se lo murmuró al oído al jefe de la guardia. Se lo cuchicheó a sus cuatro compañeros. Y a todos les explicó que él ya había comido en casa y que se fueran a terminar el guisado. También había pulque, y mucho. Pero, ¿dónde? Allí estaba lo difícil. Había que atravesar el canal, hasta la tercera casa pasado el puente.

—Muy lejos está eso —observó el jefe frunciendo el ceño.

—Si lo hubiera traído aquí —explicó Palma con sagacidad—, no hubierais podido ni olerlo. Esas cosas hay que esconderlas.

Después de vacilar entre el hambre y el deber, venció el hambre, y el jefe fue hacia donde le aguardaba el puchero, seguido de sus cuatro compañeros de guardia.

En cuanto se quedó solo, se metió en la cárcel, agarró a Tozan y lo ató a una viga; fue después a donde Cara-Larga y Alonso aguardaban y les murmuró:

—No perdamos ni un momento. Seguidme y haced lo que yo haga.

Salieron los tres, cerró Palma la puerta, dejando su equipo de guerrero apoyado sobre las vigas como si se hubiera ausentado sólo por un momento, y guió a sus compañeros primero a lo largo de un borde de piedra que rodeaba la jaula hasta la parte de atrás de la isleta, desde donde se echó al lago. Alonso y Cara-Larga eran excelentes nadadores. Pronto se encontraron los tres en otra isleta frontera de la prisión, ya al borde de la ciudad. Allí tenía oculta Palma una canoa. Los tres fugitivos se pusieron a remar febrilmente. En la lejanía, veían el tumulto que había causado su fuga. Centenares de guerreros los habían visto echarse al agua. Dos canoas salieron a perseguirles, rápidas, más rápidas que la suya. Ya se iba acortando la distancia, y la costa de Tacuba estaba lejos. Comenzaba la ansiedad a metérseles en el corazón. De pronto vieron con asombro a las dos canoas dar súbita vuelta y salir a toda prisa en dirección contraria. ¿Qué había ocurrido? Alonso echó una mirada atrás. Venía hacia ellos un bergantín.

—Señor don Alonso Manrique —dijo sonriendo el capitán cuando Alonso puso el pie sobre cubierta—: el Señor os ha tendido la mano.

Alonso pensaba en Xuchitl y se sentía rebosante de felicidad, sobre todo sabiéndose salvado con el fiel Cara-Larga, que había expuesto la vida por él. Y, sin embargo, un no sé qué le impedía asociarse en sus adentros con las palabras del capitán.

—Que el Señor me conceda que sea para su servicio —contestó con sencillez.

Palma explicó entonces el plan que tenía preparado, y Alonso rogó al capitán que los llevara al lugar donde esperaba el caballo junto a Tacuba. Cuando llegaron allá, era ya de noche. En la oscuridad se adivinaba un caballo blanco, y su corazón más que su vista le dijo a Alonso que la sombra que esperaba apoyada en el parapeto del puente era Xuchitl.

15

Mandaron a Gallego al real por tierra con el caballo y siguieron camino ellos en el bergantín. La noche era fresca y tranquila y en sus corazones, ya resuelta la angustia íntima, quedaba sólo la ansiedad de toda aquella atroz tortura del sitio. Cuando pasaron por el lado a contraviento de la ciudad, el olor que les vino de la desdichada Tenochtitlán, cubierta de cadáveres insepultos, les emponzoñó alma y cuerpo.

—¿Cuándo va a terminar? —preguntó Xuchitl. Y Alonso contestó:

—Pronto. Están ya agotados.

El capitán observó una canoa ricamente ornamentada, que empujaban a toda prisa, escondiéndola bajo una casa grande, unos cuantos remeros. Al instante se le ocurrió pensar que se preparaba la huida de Cuauhtemoc. Vaciló un momento si seguir camino o aguardar y vigilar aquella canoa sospechosa, pero decidió seguir y volver después con menos gente a bordo.

Ya Gallego había traído al real la noticia de que se había salvado Alonso con Cara-Larga, de modo que cuando desembarcaron se encontraron a Alvarado y otros capitanes y soldados aguardándolos con indecible alegría.

Cortés llegó más tarde a abrazar a su capitán-intérprete. Cuando todo un grupo de capitanes iba acompañando a Cortés hacia donde aguardaba su caballo para volver a su real, oyeron todos una discusión acalorada entre un grupo de soldados, del que dos salían dispuestos a luchar en duelo. Al ver a Cortés se quedaron confusos.

—¿Qué pasa? —preguntó Cortés.

Gallego explicó:

—Esquivel se queja de que le he quitado a una india. Pero yo no he hecho más que obedecer órdenes.

Con furia en la voz y en el ademán, preguntó Esquivel:

—¿Órdenes de quién? Las mujeres no dan órdenes.

Cortés, el mujeriego, se sonrió:

—Eso depende de quién sea la mujer —observó de buen humor, y luego preguntó—: ¿Quién es ella?

Alonso intervino:

—Xuchitl, señor. Ella fue quien dio la orden. Y la que se llevaba Esquivel era la mujer del hombre que me ha salvado la vida a mí y también a Cara-Larga.

Cortés se volvió hacia Esquivel:

—Lo siento por vos. Os deseo más suerte otra vez. Pero os daré un consejo a ambos: luchad si queréis, pero que sea a muerte. Y al que quede vivo, lo haré ahorcar.

16

El asalto final comenzó al día siguiente. El espíritu de los sitiados seguía incólume, pero les fallaba el cuerpo. Ya no eran sino espectros de sí mismos. No habían tomado alimento desde hacía muchos días. Vivían todos hacinados en reducido espacio de la ciudad antaño suya, amontonados con sus muertos insepultos. Por la noche, muchos se metían en las canoas vacías o nadando procuraban rehuir su destino lamentable. Después de un combate corto e intenso, comenzado a mediados de la tarde, los españoles terminaron por apoderarse del último teocalli, el que servía de cuartel general a Cuauhtemoc. Pero el emperador había desaparecido.

El capitán del bergantín que había salvado a Alonso había guardado estrecha vigilancia sobre la canoa decorada que había visto esconder la noche anterior. Vino a recompensar su previsión verla salir de su escondite al anochecer. Iba a dispararle una de sus lombardas, cuando el guerrero que iba de pie a proa hizo ademán de que no tirase, mientras que con el otro brazo señalaba a un joven sentado a popa con el rostro hundido en las manos:

—¡Cuauhtemoc! —exclamó el capitán.

Media hora después desembarcaba Cuauhtemoc al pie del real de Cortés en la ciudad. El vencedor recibió con cortesía al último emperador del Anáhuac, pero ya Cuauhtemoc vivía entonces más allá de la cortesía.

Asiendo la daga que Cortés llevaba a la cintura, gritó apasionadamente:

—Terminad conmigo.

Cortés se volvió a Alonso y le dijo con voz tranquila:

—Decidle que no querrá Dios que le quite yo la vida a hombre tan esforzado.

El silencio cayó sobre la laguna.

Capítulo V

XUCHITL DESCUBRE EL VIEJO MUNDO

1

En cuanto se enteró de que había nave disponible para España, Alonso salió con Xuchitl camino de Veracruz. Xuchitl salió para Veracruz y para el Viejo Mundo de allende el mar, para ella el Nuevo Mundo, ávida de descubrimientos y de experiencia. La nave provocó su admiración y se le antojó palacio flotante al lado de las canoas de su padre. Al ver esfumarse la costa en el horizonte gris, le subió en el corazón una emoción intensa. "¿Qué será nuestra vida cuando volvamos? —se preguntó, y luego—: ¿Volveremos?"

Reclinado a la ventana de la cabina en el castillo de popa, junto a ella, Alonso adivinó sus pensamientos. Él a su vez estaba pensando en aquel día, ocho años antes, en que contemplaba esfumarse en el horizonte la costa de su España natal desde la carabela que lo llevaba al Nuevo Mundo; y recordaba que se había repetido a sí mismo aquel refrán de la canción de su madre: *¡Ay, mira que el amor es una mar muy ancha!...*, profética visión de su retorno a España con su amor a través de aquella mar tan ancha, a su España donde otro amor, su madre, había quizá caído ya en las odiosas manos de la ruindad y del odio. Atrajo a Xuchitl a sí y le murmuró:

—Estoy contigo.

La travesía fue perfecta y el mar se portó admirablemente. Pero cuando ya se hallaban cerca de las costas de España, se alzó fuerte viento norte que los obligó a correr el vendaval mucho más al sur de lo que hubieran deseado. Al anochecer, el patrón, aunque sin estrellas en el cielo, calculaba que estarían frente a la costa de Marruecos. Envueltos en un aire opaco y gris no veían nada en derredor, pero de lo gris salió un estruendo, un cañonazo doble, dos casi simultáneos, y el mástil se quebró. Poco después vieron venir hacia ellos una vela. El patrón palideció. Había reconocido a un pirata marroquí. No había escape posible. Juraban los hombres y rezaban las mujeres. Los piratas de Marruecos eran los más crueles de aquellos días. Todo el mundo temblaba a bordo, ofreciendo mentalmente todas sus riquezas a Dios o a la fortuna por salvar la piel de los hombres y el honor de las mujeres.

El patrón pidió consejo a Alonso.

—Tenemos que defendernos con las armas —contestó Alonso—.

Si perdemos no saldremos peor parados y en cambio habremos salvado la honra.

El patrón decidió seguir el consejo y se dispuso a disparar los cañones sobre el pirata. Eran dos bombardas pequeñas, y a la vista estaba que el marroquí tenía artillería más fuerte. Mucho sorprendió a los piratas ver que una carabela tan chica les hacía frente, cuando, ya descontando la rendición, se dirigían a toda vela hacia la víctima; indignados, sacrificaron el deseo que llevaban de apoderarse de su presa intacta y dispararon a boca de jarro un cañonazo que no dio en el blanco, y cuya bola de piedra levantó una tromba de agua verde inundando el puente cristiano. Pero la segunda bala fue más certera, y abrió una brecha en el costado de la carabela. El agua invadió la frágil embarcación y los pasajeros se acogieron a los bateles. Los piratas, al ver en peligro el botín, se apresuraron a abordarla para salvar lo que se pudiera, pero los primeros que saltaron a bordo cayeron muertos bajo el acero de los furiosos españoles. Deseosos de no perder el botín y sobre todo el oro que en toda carabela española se suponía venir, los marroquíes no respondieron con la furia que era de esperar al colérico ataque de los españoles; se contentaron con vencerlos por el número, y al fin se apoderaron de la embarcación. Después de vanos esfuerzos para cerrar la brecha que su propia artillería había causado, y de no menos vanos esfuerzos para achicar el agua, cambiaron de táctica, se llevaron la carga de más valor y los prisioneros de más rescate, así como todas las mujeres jóvenes, y dejaron que el resto se lo llevara el mar.

Alonso se encontró cargado de cadenas en la cala del barco pirata, confundido con un montón de otros pasajeros. Xuchitl se encontró en un grupo de mujeres llorosas y aterradas, todas arrebañadas en un cuarto cerrado y oscuro. Afortunadamente la travesía fue corta y a las pocas horas, que atravesaron zarandeados por un mar violento, con otro mar de pensamientos rodándoles por dentro, los infelices prisioneros salieron de sus cárceles flotantes para desembarcar en el muelle de un puerto alegre, bullicioso y maloliente.

2

Estaban en Rabal. El capitán del barco pirata se había dado cuenta de que Alonso y su mujer eran las dos personas más importantes de la carabela cristiana. Dio, pues, orden de que se llevasen a Alonso a la cárcel general de cautivos, donde se lo guardarían a buen seguro hasta que llegara de España el dinero para rescatarlo. En cuanto a Xuchitl, el capitán no había visto hasta entonces una mujer así, y no le interesó gran cosa. Decidió sin embargo llevársela a casa, para enseñársela a sus demás mujeres. A lo mejor le resultaba deseable algún día.

Se la llevó, pues, de la mano por entre un laberinto de callejuelas, bajo puentes misteriosos entre paredes altas, blancas y ciegas, hacia la casa que se había construido sobre un acantilado entre el mar y la llanura verde y ocre. Entraron en la casa. Xuchitl venía muy abatida. Nada más lejos de sus pensamientos, y hasta de los más fogosos vuelos de su imaginación, que verse donde se veía. El pueblo en cuyo seno había caído le parecía tan distinto del suyo propio como del de Alonso. Y sin embargo la casa le agradó. Era fresca, limpia, placentera, aromática, y estaba como bañada de una luz suave que era como un atardecer permanente. Silencio. Pasos amortiguados sobre espesos tapices.

De la oscuridad salió una mujer de cejas negras espesas, ojos negros y cuerpo desbordante.

—¿Es ésta tu última adquisición? —preguntó.

La mujer legítima del pirata, ya retirada como tal, pero todavía útil como ama de llaves y dueña de casa, administradora del harén, sonrió a la recién llegada, enseñando una hilera de dientes muy blancos.

—¿Habla árabe?

Ambos se pusieron a mirar a Xuchitl, y al ver que guardaba silencio, dedujeron de su expresión que no conocía la lengua.

—Pues no me gusta mucho la cara. ¿De dónde será?

Mientras hablaba, Fátima pasaba las manos por el cuerpo de Xuchitl sin la menor consideración, como si fuera una yegua o un perro.

—¿Qué es esto? —preguntó, y tiró de la cadena de plata que Xuchitl llevaba al cuello—. Ah, la María cristiana. Está bautizada. ¿Y esto? —volvió a preguntar, tirando de otra cadena. Salió a luz el corazón de piedra verde. Lo vio el pirata y al instante se apoderó de él.

—Pues esta piedra sí que no la había visto yo nunca —y con gran desmayo de Xuchitl, se la puso al cuello.

3

Cayó la noche, y Alonso, tumbado sobre el suelo de baldosas de la azotea de la fortaleza en que lo habían encerrado, sin poder descansar ni de cuerpo ni de espíritu, con pesada cadena a los tobillos, estaba dando vueltas en desasosegado vaivén, como si el zarandeo de la mar que tantas semanas había resentido se le hubiera metido en el cuerpo y en el alma. Sólo de pensar en Xuchitl se le retorcía el corazón. ¿Qué le estaría ya ocurriendo en el seno de la raza más libidinosa del mundo? Y luego, su madre. ¿Y para esto, muy contra su primera querencia, había decidido quedarse en Méjico para servir al Señor hasta el fin? ¿No hubiera sido mejor haberse venido a España a toda prisa a socorrer a su madre en cuanto había recibido la primera noticia de su peligro? ¡Qué difícil les era a los hombres interpretar al Señor! El aire era suave, el cielo de terciopelo azul oscuro, las estrellas brillaban como diamantes... Xuchitl llevaba al cuello el corazón de piedra verde junto con la medalla de plata de su madre. ¿Y si a lo mejor algún moro le robaba el corazón de piedra verde y se lo echaba al cuello...? Alonso se estremecía de horror al imaginar los resultados que pudieran ocurrir: ¿no sería mejor desprenderse de tan peligrosa joya? Más de una vez había pensado destruirla. Pero, ¿sería cosa que conviniera hacer? Algo había que hacer, sobre todo ahora que andaban los Esquiveles contando historias peligrosas sobre hechizos y brujerías, y a lo mejor se inquietaba la Inquisición y le perseguían. Pero había que tener cuidado, no era cosa de dar todavía más armas al enemigo y que pudieran decir que en efecto era una piedra de hechizo y que por eso se había desprendido de ella al verse sospechado. Más valía afrontar el peligro cara a cara... Pero lo peor era que mientras pensaba lo que había que hacer, Dios sabía dónde estaba ya el corazón de jade y lo que le había ocurrido a su amada Xuchitl. Alonso se puso a rezar mentalmente por ella, que tan preciada le era. ¿Pero cómo era posible que se salvara una pobre mujer entre tanto moro? Aun en las circunstancias más felices, ¿cuánto tiempo le haría falta para reunir el dinero que pedirían por su rescate? Y entretanto, ¿no habría perdido ya a Xuchitl?

Sonó una voz en la noche: —Alonso Manrique.

Alonso se puso en pie.

—Venid conmigo —mandó la voz en castellano.

4

Fátima se llevó a Xuchitl sin ceremonia casa adentro. Se daba cuenta de que la nueva, de tipo extraño, no había llamado la atención del amo, circunstancia que bastaba para anular su prestigio en aquella casa. Xuchitl cruzó varias habitaciones oscuras, cómodas y bien amuebladas, hasta encontrarse, no sin cierta confusión, en una sala grande donde hasta una docena de mujeres estaban charlando, algunas cosiendo, una de ellas enhebrando unas cuentas amarillentas en un hilo al parecer de plata. Había grandes almohadones de colores por todas partes, y en un rincón reflejaba una lustrosa guitarra el brillo de un candelabro de doce velas que colgaba del techo.

—Aquí está la nueva hermana —dijo Fátima en árabe; y en el harén se produjo un gran revuelo. Las más jóvenes y ágiles de las mujeres acudieron a ver de cerca a la recién venida. Xuchitl se dejaba observar como una sonámbula. Allá en el fondo de su ser, por debajo de la vergüenza y de la confusión le mordía las entrañas una angustia horrorosa... ¿Qué era?... ¿Qué le estaría ocurriendo a Alonso? Entretanto, en un mundo distinto, muy lejos, muy lejos, allí ante sus ojos, a través de una niebla, tres o cuatro rostros bonitos, rebosantes de olor y de color, con demasiado perfume y demasiada pintura, ojos grandes, muy negros y muy brillantes, menos una que tenía ojos azules —como los de Alonso. ¿Dónde estaría Alonso?—, estaban mirándola, y con las manos sobre brazos y hombros, estaban familiarizándose con su cuerpo y haciéndole preguntas en una lengua que no entendía.

Un poco más lejos estaba sentada una mujer de ojos tristes, con una tez de una palidez de oro, cosiendo.

—Ya sé de dónde es... —dijo—. He visto mujeres así en Sevilla, hace años. No es india de oriente, sino de occidente. Quizá sepa mi lengua. —Y entonces se dirigió a Xuchitl en castellano preguntándole:— ¿Cómo os llamáis?

Esta pregunta hizo recaer a Xuchitl en la realidad.

—Oh, mi querida... —exclamó dando un paso hacia aquel ser, el primero que se le acercaba al corazón. Pero no tenía nada especial que pedirle. Sólo había expresado su necesidad de socorro y de compañía—: ¿Qué van a hacer conmigo?

Había en la sala dos españolas más, tres en total, tan diferentes unas de otras como sólo Dios las puede hacer. La primera que había hablado era doña Laura de Aguilar, noble dama de Sevilla. Muley, el pirata, se había enamorado de ella antaño, pues era muy hermosa, y se había negado a devolverla a la familia a pesar de ofertas tentadoras para su rescate, pero cuando más tarde se cansó de ella y la hubiera vendido con gusto, ya su familia se había olvidado de la cautiva y allí se había quedado condenada a vivir y morir en aquel harén. Las otras dos eran más jóvenes y más ligeras de cascos. Amalia Rodríguez era feliz. Era la favorita en aquellos días. Ambiciosa, tenía esperanza de llegar a ser una potencia en su país de adopción. Violante Jerez era una prostituta que Muley se había encontrado en un galeón español y, hallándola de su agrado, se había quedado con ella. Le gustaba el harén más que el lupanar y eso le bastaba para el descanso de su alma.

Conmovida doña Laura al oír la voz y ver el gesto de Xuchitl, la cubrió con una mirada de sus ojos hermosos, pero con el silencio de una oculta desesperación, mientras las dos españolas soltaban la carcajada.

—¡Hija, esto no es un convento de monjas! —soltó Amalia, y Violante redobló la risa.

Doña Laura dijo a Fátima en árabe:

—¿Por qué no se la lleva usted a donde se quede sola y pueda sufrir en paz?

A Fátima le desagradaba sobremanera que nadie le aconsejara con autoridad, y se limitó a reírse insensiblemente, mientras Xuchitl, todavía de pie, temblaba presa de encontradas emociones que le torturaban el alma. Una mujercita mora, joven y bonita, que hasta entonces no se había movido del lecho de almohadones en que descansaba, se puso en pie, pasó al lado de Fátima, a quien odiaba y despreciaba, y se fue derecho a Xuchitl. Le echó los brazos al cuello, la besó y se la llevó a través de la sala a su cuarto.

Allí la hizo acostar sobre su cama dejándola llorar en paz. Al lado de su alcoba, tenía una cocinilla. Echó unos cuantos palillos de carbón en el fogón, que hizo arder soplando con el soplillo de esparto, puso al fuego un pucherillo de barro y le puso a cocer unas hojas de hierbabuena. Luego se volvió a la sala, hizo ademán a doña Laura de que viniera con ella, para acompañar a Xuchitl, ya que ella no conocía el castellano, les dio la hierbabuena y las dejó solas.

Xuchitl lloraba abundantemente y se sintió aliviada con el llanto. Abrió su corazón a doña Laura y le explicó el temor que abrigaba por la suerte de Alonso.

—Que el Señor os proteja —dijo doña Laura.

Más no podía decir, pues sabía que el Señor no protege siempre a los creyentes que caen en poder de los infieles. Las dos desdichadas mujeres se quedaron juntas toda la tarde. Doña Laura ofreció de comer a Xuchitl, pero Xuchitl no podía probar bocado. Estaba agotada y no podía ni comer ni dormir.

De pronto se presentó Fátima, pálida y aturdida.

—Más valía que la gente no se metiera en lo que no le importa —dijo con tono displicente y oblicua mirada hacia doña Laura—. Pronto. Explicadle que tiene que bañarse en seguida. El amo la reclama ahora mismo. Le ha entrado un terrible deseo y aquí estoy yo sin haber preparado nada. Antes, cuando la vio no le importaba nada esta mujer, pero no sé que habrá pasado durante la siesta. No me extrañaría nada que fuera algún hechizo de ese talismán verde que traía esta india y que se ha puesto ahora al cuello. Pronto, pronto.

Xuchitl escuchaba aquel lenguaje recóndito, observaba los ademanes y leía los rostros, y se echó a temblar.

5

Hacia medianoche llegó de Fez el gobernador de Rabal, echó las riendas del caballo en manos del soldado que lo escoltaba y entró en su casa. Se arrellanó sobre un montón de almohadones en un cómodo rincón del patio y llamó a su secretario.

—¿Qué hay de nuevo?

—Muley ha traído el botín de una carabela que echó a pique. Venía de las Indias.

—¿Es mucho?

—La mayor parte se hundió, pero algo se ha traído y quizá más de lo que dice.

—¿Esclavos de rescate?

—Aquí está la lista.

Y le entregó un papel al gobernador, que le echó una ojeada

distraída, hasta que de pronto sacudió el papel, lo acercó a la luz y volvió a leer más atentamente.

—Tráeme acá aquella otra luz —dijo. Volvió a leer con más atención—. ¿Qué nombre es éste? —preguntó.

—Alonso Manrique, señor, un caballero español que viene de las Indias y que iba a su ciudad natal, Torremala.

—Tráemelo aquí en seguida.

Todavía cargado de cadenas llegó Alonso al patio del gobernador

—Señor don Alonso Manrique —comenzó el gobernador en lengua castellana, y luego en árabe continuó—: Os debo un caballo. Está a vuestra disposición. Y un barco para llevaros a Torremala.

Alonso, que había reconocido la voz, cayó de rodillas.

—Loado sea el Señor, Hussein. ¡Por lo que más quieras, salva la vida y la honra de mi mujer!

A los pocos minutos —no hicieron falta muchas explicaciones para que Hussein se diera cuenta de la urgencia del caso—, Alonso y el gobernador atravesaban a toda prisa las calles oscuras de Rabal con una escolta de diez hombres armados.

6

Muley rugía furioso en su alcoba como un león hambriento en su jaula.

—¡Fátima! ¡Fátima!

Estaba acostado, oprimiendo nerviosamente con los dedos el corazón de piedra verde que llevaba colgado sobre el pecho. Se había despertado del sueño en que una buena cena le había sumido, con un deseo loco de gozar a aquella mujer extraña que se había encontrado en la carabela, y a pesar de sus órdenes repetidas y urgentes, Fátima no acababa de traérsela. Entretanto, toda aturdida y atolondrada, Fátima iba de aquí para allá preparando a Xuchitl para su sacrificio, bañándola, perfumándola y buscándole ropa. Toda la casa y sus criados andaban en danza, agua caliente por aquí, toallas por allá, camisas de seda por acullá... mientras por encima del torbellino resurgía de cuando en cuando la voz estentórea de Muley vociferando:

—¡Fátima! ¡Fátima!

Tres aldabonazos retumbaron en la puerta de la calle resonando por toda la casa. Suceso sin precedente a hora tan tardía. Muley se puso en pie de un salto, se echó un albornoz a los hombros y asió una daga.

"¿Quién será el hijo de camello...?", iba diciendo entre dientes.

—¿Quién va? —gritó con voz colérica.

—Muley, ¡abre en seguida!

Muley reconoció la voz del gobernador y al instante el león se transfiguró en cordero.

—¿Qué pasa? —preguntó alterado, y con ademán hospitalario franqueó la puerta a sus visitantes—. Entrad. ¿Qué pasa? ¿Cómo tan tarde?

Entretanto, había reconocido al esclavo de la carabela detrás del gobernador.

—Muley, don Alonso Manrique es mi amigo. Sé que tienes aquí a su mujer. Querría conocerla.

Muley acogió a Manrique como si aquel español fuera su mejor amigo. Ya, desde luego, la escena le había calmado el ardor amoroso. De pronto, recordó el corazón de piedra verde.

—Ahora que me acuerdo, guardé para vos esta piedra por si la señora la perdía o se la robaban —dijo obsequiosamente a Alonso, quitándosela del cuello y entregándosela.

Alonso había palidecido al ver que el pirata llevaba al pecho la joya de amor. Sentía comezón en las manos de echárselas al cuello a Muley y retorcérselo. El pirata había salido en busca de Xuchitl.

Fátima, entretanto, sin darse cuenta de aquella complicación inesperada, había ultimado los detalles del tocado de Xuchitl y la traía a la alcoba de Muley con una camisa de seda y fuertemente perfumada. Xuchitl venía llorando y los hilos de llanto le caían mejillas abajo hasta el pecho desnudo, pues la camisa, ya de suyo muy escotada, le venía grande.

Al verla, Muley vaciló. ¿Sería mejor hacer esperar al terrible Hussein o traerla como estaba, revelando así la situación?

Alonso se adentró en la casa tras de Muley. Hussein intentó retenerle, pero las cosas ocurrieron tan aprisa que nadie se dio cuenta de cómo habían pasado. A un extremo del pasillo que arrancaba de la sala donde Alonso había esperado con Hussein, estaba Muley vacilando frente a Xuchitl y Fátima. Al otro acababa de aparecer Alonso. En el centro colgaba del techo una luz.

—¡Alonso! —exclamó Xuchitl, y escurriéndose rápidamente del lado de Muley, corrió a refugiarse en los brazos de su amado.

—¿Este perro te ha ...? —preguntó Alonso en nauatl. Xuchitl no contestó nada, pero le besó con un júbilo tan libre que le llenó de felicidad. Luego, en nauatl, le dijo Xuchitl:

—Di que me devuelvan mi ropa.

Ya había ido Fátima a buscarla, mientras Muley se reunía en la sala de recibir con Hussein. Xuchitl vio brillar el corazón de piedra verde sobre el pecho de Alonso. Apenas podían creer uno y otro que tanta angustia pudiera disiparse en tan poco tiempo.

—¡Qué poca fe hemos tenido! —dijo Xuchitl, y Alonso aceptó en silencio el reproche que creía merecer.

7

—Marién no va a creerlo cuando lo vea —dijo Hussein al abrir la puerta de sus habitaciones privadas.

Un paje negro se fue con el recado. Alonso se había sentado en un rincón oscuro. La reconoció en seguida y la encontró menos envejecida de lo que se había temido. Ella no sabía nada de lo ocurrido durante la noche.

—Buenas noches, Leonor —dijo Alonso en castellano.

Era como si de pronto se hubiera presentado en aquella sala un fantasma del pasado.

—¡Alonso! —Se cogieron de las manos.— ¡Cuánto has cambiado! —dijo Leonor; y Alonso:

—Aquí tienes a mi mujer.

Leonor abrazó y besó a Xuchitl.

En aquella casa hospitalaria permanecieron Alonso y Xuchitl hasta que estuvieron dispuestos los preparativos hechos por Hussein para su viaje a España. Hussein insistió en regalar a Alonso un soberbio caballo, lo que hizo sonreír a Alonso recordando el día aquél a orilla del río cuando Suárez había humillado al joven y fogoso moro con su alusión de desprecio al mal jaco que montaba en comparación del que Leonor se iba a llevar.

El poder de Marruecos estaba entonces muy en baja, y Hussein tuvo que dar instrucciones al patrón de que navegaran sólo de noche y se abrigaran en las bahías más solitarias, porque no había entonces puerto africano, con excepción de Rabal, que no estuviera en manos de castellanos o portugueses. El patrón era un piloto experto de las dos costas del Estrecho, y al cabo de dos días de sortear dificultades y aventuras dejó a Alonso y a Xuchitl en el lugar convenido, una playa arenosa del río Guadiana, a eso de la medianoche. Antes de separarse, el patrón entregó a Alonso, amén del caballo, una espada, una cesta de víveres y una bolsa de oro.

El carabelón desapareció río abajo. Alonso y Xuchitl se quedaron solos y su primer pensamiento fue de acción de gracias. Cayeron de rodillas en aquella tierra española. ¡Qué regreso tan extraño al país natal! Las aguas del río fluían con un murmullo fresco y rodado en la noche oscura. Todo lo demás era silencio. Así se quedaron absortos en oración mental, muy cerca el uno del otro, pero sin tocarse, cada uno escuchando cómo fluía oscuramente el río de sus emociones hacia destinos ignorados, quizá a través de inminentes tormentas. La campana de un convento lejano trajo hasta sus oídos como un rosario de frágiles notas metálicas que el aire quieto de la noche sostenía. "Aquí estoy, no muy lejos de vosotros —parecía decir—. Aquí, al pie de la torre desde donde os llamo a comulgar conmigo, se están reuniendo otras almas en oración, y todas os encontraréis camino del Señor." Las notas frágiles y claras de la campana les cayeron en el alma como un rocío de sonido.

Comenzaba a despuntar el alba iluminando los cielos oscuros. ¿Qué les reservaba la vida, la nueva vida que en aquel instante se abría para ellos?

8

Alonso deseaba pasar inadvertido hasta saber cómo estaban las cosas en Torremala. Al anochecer del día siguiente, con Xuchitl a la grupa, subió la última cuesta, desde cuya cumbre sabía que divisaría el paisaje familiar. Le latía el corazón en el pecho. Recordaba con cuánta indiferencia había pasado por aquel lugar hacia Palos, volviendo la espalda a Torremala. Ahora, conquistador conquistado, con su bien amado botín junto a él, volvía a su hogar. ¡Su hogar! ¿Pero era su hogar? Un extraño ocupaba la casa de su padre y usurpaba sus derechos; y su madre tenía que refugiarse en la judería vieja, amenazada por la denuncia más peligrosa que podía imaginarse. Y aun él, en cuanto apareciera...

XXXI. Los bergantines de Cortés fueron un arma eficacísima. Una y otra vez rechazaron los desesperados contraataques de las canoas aztecas.
(*Códice florentino*.)

Paró el caballo: bajo el sol poniente divisó ante sus ojos el espectáculo sin par de su valle natal. Lo primero que vio fue el castillo.

—Mira, Xuchitl, mi casa.

No le impresionó a Xuchitl, que había nacido y crecido en el espléndido palacio real de Nezahualpilli, pero le conmovió ver aquella casa donde había nacido Alonso, el lugar dominante que ocupaba, los jardines, las tierras y los campos que, como se echaba de ver al primer golpe de vista, tomaban una sola vida con aquella casa de piedra. Alonso barría con la mirada todo el paisaje, el monasterio sobre el cerro, el río que corría entre las dos colinas, la calle mayor donde solían vivir los Esquiveles y el remanso en que se solía bañar con Antonio. Los sucesos dramáticos que habían determinado su primera salida, aquella aventura tan corta y desastrosa de Toledo, revivían en su memoria como si hubieran ocurrido ayer. Se apearon y se sentaron sobre el suelo arenoso, entre matas de tomillo y alhucemas, secas y fuertes como alambres.

Xuchitl pensaba en su tierra natal. Encontraba un parecido sorprendente entre su país de adopción y el país en que había nacido —una sensación de vigor—.

—¡Qué hermoso es todo! —dijo acercándose a él.

Allí siguieron descansando hasta que cerró la noche. Alonso deseaba llegar a Torremala cuando ya todo el mundo estuviera recogido y hasta dormido. Era indispensable ir con pies de plomo. El valor y la audacia no servían gran cosa frente a la Inquisición. Habilidad, sangre fría, paciencia, eran las cualidades necesarias. Alonso se sabía de memoria el camino y estaba contento de llegar en noche tan oscura. No había luna, pero las estrellas brillaban con tanta hermosura que Xuchitl lo observó y recordó a su padre. Y así Nezahualpilli, rey de Tetzcuco, iba aquella noche cabalgando por las calles de Torremala, vieja ciudad andaluza, sobre un caballo árabe, en el pensamiento de su hija, y los cascos del caballo en que su espíritu avanzaba resonaron en las calles vacías del pueblo dormido, hasta que terminaron por pararse a la puerta en donde había vivido antaño el rabino ha-Levy, otro de los antepasados del nieto que le iba a nacer. Alonso llamó a la puerta de la hija de Samuel ha-Levy llevando de la mano a la hija de Nezahualpilli.

9

Mientras aguardaba, se le salía el corazón del pecho hacia su madre, que, tras de aquella puerta de encina oscura cerrada a llave y cerrojo, claveteada con grandes clavos redondos de hierro, le aguardaba como lo había hecho durante tantos años, con la misma ansiedad y la misma esperanza de todos los días. Resonó un paso firme y varonil y luego una voz:

—¿Quién va?

Alonso reconoció la voz al instante.

—¡Ábreme, Suárez!

No había más que un solo ser en el mundo que podía dirigirse así al veterano mayordomo.

—¡Bendito sea el Señor! —exclamó con voz salida del fondo del alma, y descorrió los cerrojos.

Los dos hombres se abrazaron.

—¡Bendito sea el Señor! —repetía Suárez con voz quebrada por la emoción—. ¡Mi señora! —añadió, besando la mano de Xuchitl—. ¡Enrique! —llamó, y a su voz acudió un muchacho joven—. Anda, ocúpate del caballo de mi señor don Alonso: ¡Casilda! ¡Catalina!

Aparecieron su mujer y su hija en el zaguán, una estancia cuadrada con paredes de piedra que separaban la puerta de entrada del patio principal.

—Mi señor don Alonso y nuestra señora su mujer. Pronto. A preparar las estancias.

Entraron todos. No había luz por temor a los mosquitos; sólo el débil reflejo amarillento de un candil que ardía en la cocina.

—Pero... —Alonso sentía en el corazón una duda negra— Suárez, ¿dónde está mi madre?

Suárez le miró con ojos llenos de preocupación:

—Mi señora... no está en casa. Está en Sevilla...

Con la compasión más sentida en los ojos y en los pliegues severos de la boca, interrumpió Casilda:

—Andan demasiados villanos y gente mala por este bajo mundo, señor. —Y Catalina, la hija, añadió—: Todas las noches rezo por mi señora doña Isabel, para que Dios le dé fuerza para resistir a tanta prueba.

Todavía estaban de pie, él teniendo a Xuchitl de la mano, recibiendo aquellas noticias abrumadoras, casi sin fuerza para darse cuenta de lo que implicaban. Ahora era Suárez el que hablaba:

—No sabemos de cierto quién es el que la ha denunciado al Santo Oficio. Nunca se sabe. Pero está visto quién puede ser. Ya vinieron a llevársela los familiares de la Inquisición hace seis meses... seis meses y tres semanas hará mañana... Aguantó el golpe como una santa.

—Se llevaron todo lo que tenía —dijo Casilda—. Sobre todo los libros. Había que ver la cara que puso el familiar al ver los libros que tenía, ya sabe el señor lo que quiero decir, unos en letra distinta de la cristiana... Decía que eran libros malos de Mahoma... y aun que algunos eran peores, que no sé yo cómo puede ser eso, que haya libros peores que los de Mahoma...

Alonso se sonreía a través de su dolor. Se llevó a Xuchitl a una silla y cayó sentado en otra, agotado por la fatiga mental.

—¿Pero... el prior? —preguntó.

Suárez meneó la cabeza tristemente.

—El prior... se lo llevó el Señor antes que vinieran aquí a buscar a doña Isabel.

El padre Guzmán había muerto. ¡Con lo que había contado poder valerse de él en sus tribulaciones! El Señor quería que luchara solo. Xuchitl lo veía sufrir y tomó sus manos en las suyas.

—Señor, yo no soy quién para dar consejo a nadie, pero digo: valor y a ellos. Son un hatajo de perros que se esconden detrás del Santo Oficio. Pero el Santo Oficio es cosa honrada y temerosa de Dios, y hará que gane la verdad.

Y luego, con voz en la que Alonso percibió cierta intención secreta, el viejo mayordomo añadió:

—Mi señora parece muy cansada. Yo creo que Casilda y Catalina se la debieran llevar en seguida a la habitación.

10

En cuanto se quedaron solos, Suárez habló con más libertad.

—Todo ha sido cosa de Esquivel y de su hija Marta. Han ido contra doña Isabel, pero al que buscan es a vuestra merced. Hay que estar apercibido. El primo ahí en nuestra casa, el Manrique de Lara, que está comiendo nuestro pan, los ayuda, porque le conviene. Demasiado sabe que si el Santo Oficio no ve falta en vuestra merced, tiene que marcharse de Torremala. Yo bien me las arreglé para salvar el ajuar de vuestra merced y de doña Isabel también que está casi todo aquí. También me traje uno de aquellos dos bastones... ya recordará vuestra merced... que tenían puño de oro. El otro, no sé lo que fue de él...

—¿Y de qué vives? —preguntó Alonso.

—De la misericordia divina —contestó Suárez con cierto humorismo que Alonso apreció a pesar de lo negro de la situación—. Doña Isabel tenía su montoncito... pero se lo llevaron los de la Inquisición. Yo también había apartado algo, aunque mucho menos, y de eso vivimos.

—Tráeme ese bastón —dijo Alonso. Desapareció Suárez y volvió a poco con el bastón de don Rodrigo en la mano.

Alonso no intentó romperlo sino que anduvo buscándole las vueltas al puño, pues había sospechado que se abriría, y en efecto, consiguió desatornillarlo.

—Mira, guárdate este bastón, y si a mano viene, entiérralo en el jardín, y cuando estés corto de fondos, das vuelta al puño, así, y sacas un enrique de oro... ¡como éste! —Y entregó a Suárez, que asombrado le miraba, un enrique que brilló en la oscuridad como una estrella en una noche sin luna.

Ya restablecido de su asombro, Suárez siguió abriendo el saco de los secretos.

—Enterrarlo en el jardín... no me gusta mucho eso... Con perdón de vuestra merced, no creo que hizo bien la señora en tener consigo tantos libros, y sobre todo esos libros en hebreo. Es tan santa que no se daba cuenta de que habría personas que no verían las cosas como ella. Y déjeme vuestra merced decirle que no creo que el saber hebreo como sabe vuestra merced le sea de mucha utilidad... además que hay... otras cosas.

—Pues cuéntamelas todas. Pero primero dime por qué no te gusta la idea de enterrar el bastón en el jardín.

—Todo es uno y lo mismo —replicó Suárez, echando una mirada inquieta y furtiva hacia el patio. Se quedó callado, como dudando si hablar, y luego, acercándose a Alonso, y en voz más baja—: Las dos mujeres no lo saben todavía, y creo que vuestra merced haría mejor en callárselo, pero en el jardín anda un fantasma...

—¿En el jardín? Pero...

—Ya sé que vuestra merced siempre solía tomar estas cosas muy de ligero —dijo Suárez no sin cierto reproche en la voz—. Pero no hay por qué dudarlo, ni tendremos mucho que esperar. ¿Qué hora será? Deben ser ya... pero ¿para qué andar adivinando? Vámonos a verlo.

Salieron al patio. Era un cuadrado de rosas y claveles y alelíes sobre el que se alzaba, triste y solitario, un ciprés. Un diseño geométrico de arrayanes le prestaba carácter abstracto y aroma acre. Tres lados los cerraban sendas alas de la casa; el cuarto se abría sobre un terreno desde el cual iba bajando el jardín en pendiente suave hasta el río. Suárez miró las estrellas:

—Ya queda poco para medianoche. Siempre viene entre medianoche y la una.

—Pero ¿quién?

—¡Pues el fantasma! No hay noche que no venga.

Se quedaron callados. Suárez hablaba de un modo tan natural y positivo, que Alonso, sin él mismo darse cuenta, había aceptado la situación:

—¿Y desde cuándo?

—Desde hace unas seis semanas. Bueno, puede que haya venido antes, pero nosotros sólo hace eso de seis semanas que lo vemos.

—¿Quiénes son esos "nosotros"? —preguntó Alonso.

—Mi hijo Enrique y yo. A las mujeres, no les hemos dicho nada. Yo fui el primero en verle una noche... me acuerdo que era la noche misma del día...

Se paró en seco, se puso un dedo en los labios y con el ademán indicó a Alonso:

—¡Allí está!

Alonso miró en la dirección señalada por Suárez, pero no vio nada. El sendero serpenteaba por el jardín hasta un boj que lo separaba de la huerta. De pronto, en el hueco encuadrado de laureles y rosales que formaba una especie de puerta natural o arco entre el jardín y la huerta, creyó ver Alonso una sombra, inmóvil de pie un instante, apenas menos oscura —o quizá más— que el resto de la noche. La sombra se desvaneció. Alonso salió a su encuentro resueltamente, pasó el lugar donde la había divisado, y anduvo de aquí y de allá en su busca, pero no quedaba ni rastro del fantasma.

11

Pocas semanas antes que Alonso y Xuchitl desembarcasen a escondidas en la boca del Guadiana, llegaba Vicente Esquivel en triunfo a Sanlúcar. En el reparto final después de la toma de Méjico le había correspondido bastante oro para sentirse independiente al menos durante algún tiempo. En cuanto sentó pie en el muelle, se fue a la mejor posada de Sanlúcar, contrató un paje, volvió al barco, hizo desempacar el equipaje, que depositó en su posada, y preguntó al paje si sabía dónde comprar un caballo. El paje, muchacho de catorce años con figura de diecisiete e ingenio de treinta, lo llevó a un amigo que no había tenido un caballo en su vida pero que siempre sabía procurársela si el negocio valía la pena. Era herrador, joven, alegre y vivaracho.

—Rafael —dijo el paje—, este señor hidalgo que acaba de desembarcar de las Indias quiere comprar un caballo.

Rafael recogió al instante la alusión.

—Si el señor me hace el honor de esperar un momento, le traeré el mejor caballo de Sanlúcar.

Aquel mismo día salió Esquivel para Sevilla jinete en una yegua ni buena ni mala, por la que había pagado el doble de su valor. Iba muy satisfecho de sí. Ahora sí que le iba a enseñar a su padre, siempre corriendo tras la fortuna, cómo se hacía el dinero; y a su hermana, que había modos honorables de vivir bien; y sobre todo, a Alonso, cuál de los dos era más fuerte. Le batía el corazón cuando, caballero en su nueva yegua, entró en Sevilla. No había visto jamás ciudad tan grande, más grande que Tenochtitlán, pensó Esquivel, y mucho más hermosa. Varias veces preguntó el camino hacia la casa que buscaba, hasta que divisó al fin la torre de la iglesia tras de la cual le habían dicho que se encontraba la casa de su padre y hermana, a la que llegó habiendo perdido en la busca buena parte de su ufanía y serenidad.

—Hum, no está mal —se dijo al ver la casa, y se apeó.

Era la tienda usual de armería que Esquivel el viejo solía arrastrar consigo en sus andanzas como la concha de una tortuga, pero le pareció a Vicente no muy bien provista y algo ociosa. Estaba abierta la puerta pero una larga cortina protegía la tienda contra el calor y las moscas. Vicente corrió la cortina y penetró en la cavidad oscura y fresca, donde unas cuantas armaduras y espadas recogían y reflejaban la poca luz que allí había. En el fondo de la tienda estaba un aprendiz frotando una espada mohosa con papel de lija.

—Ave María —dijo Esquivel.

—Sin pecado concebida —contestó el muchacho.

—¿Dónde está el maestro? —preguntó el recién llegado.

—No sé —respondió el chico.

Sonriendo con malicia, replicó Vicente Esquivel:

—Muy bien, guapo mozo. Véte a buscarlo en seguida y te daré una blanca; ya veremos lo que pasa, que no será mucho.

El aprendiz percibió el tono seguro del recién llegado, le echó una segunda ojeada, olió al indiano y, vislumbrando que pudiera ser el hijo ausente, y tan esperado, echó a correr escaleras arriba.

Esquivel el viejo y su hija Marta se precipitaron escaleras abajo a pasos rápidos que las hacían repiquetear. Vicente se quedó sorprendido al verlos. De habérselos encontrado en la calle, no los hubiera reconocido. Su padre era un vejete de pelo blanco, todo arrugado y encogido; y en cuanto a su hermana, demasiado bien vestida, demasiado pintada, demasiado atrevida y demasiado... bueno, más valdría dejarlo. Ellos a su vez vacilaron al verlo, quedándose a la entrada interior de la tienda un momento:

—¿Eres tú? —preguntó Marta—. Vicente, ¿mi hermano?

Ya entonces el viejo había reconocido los rasgos del chico, a través de las facciones del soldado. Padre e hijo se abrazaron, y los tres volvieron el pensamiento a Susana, muerta en Toledo de dolor y de vergüenza.

Marta se llevó a su hermano arriba. Vicente observó el aire de prosperidad algo escandalosa que tenía la habitación; demasiado brocado rojo y demasiado galón de oro en el brocado, si no para su gusto, al menos para su satisfacción.

—Pero qué: ¿habéis heredado una fortuna? —preguntó intencionadamente.

La pregunta iba dirigida a su hermana y no a su padre, lo que, por extraño que fuera, parecieron aceptar padre e hija como cosa natural. El viejo presentó una explicación que le pareció a Vicente todavía más extraña:

—Chico, aquí tiene tu hermana mucho éxito y le sobran amigos.

Marta cambió de conversación.

—Cuéntanos cosas de las Indias —dijo sentándose en una de sus magníficas sillas de oro y brocado. Llevaba un vestido de seda verde y terciopelo negro con una cadena de oro al cuello. Vicente se puso a contarles las cosas fantásticas de las Indias, y durante largo tiempo los tuvo con la boca abierta colgando de sus labios. Cuando llegó a la descripción del tesoro de Moctezuma, el asombro de su padre y hermana no tuvo límite y no se les cocía el pan para embarcarse en la primera carabela que saliera para Veracruz.

—Aquí tenéis una joya que me encontré en aquel tesoro —dijo Vicente con la indiferencia del rico, sacando del bolsillo el corazón de piedra verde, el falso, que había comprado Ramírez en el tianguis. Marta asió la joya con manos de ansia.

—¡Qué piedra! No he visto nunca una así. ¡Dámela!

Vicente meneó la cabeza:

—Ya está prometida.

Y Marta le disparó al instante:

—¡Mientes!

Vicente no se inmutó; antes al contrario, se sonrió muy satisfecho:

—Y a propósito, ¿recibisteis una carta que os mandé de las Indias, donde os hablaba de la piedra hechizada de Alonso?

El viejo Esquivel se sonreía para sus adentros:

—¿Que si la recibimos? Pues no ha hecho ya pocas cosas esa piedrecita...

—Bueno —replicó Vicente—, pues es igual que ésta.

El detalle pareció interesar a Marta, que dijo pensativamente:

—Habría que enseñársela a García.

Pero el viejo se opuso:

—A lo mejor se queda con ella.

—¿Quién es García? —preguntó Vicente.

Pasó una oleada de color natural bajo el colorete que cubría las mejillas de Marta. El viejo explicó:

—Es un secretario del Santo Oficio...

—Uno de los secretarios principales —corrigió Marta, y su padre continuó:

—Viene mucho a vernos y nos ha sido muy servicial en lo de Manrique.

Vicente preguntó:

—¿Cómo va ese asunto?

—Muy sano y muy bueno, gracias a Dios —contestó su padre irónicamente—. Lo que es ésos no vuelven a ver a Torremala, que ya de eso nos encargaremos nosotros. Y el nuevo señor, don Gonzalo Manrique de Lara, es muy generoso. Todos los meses nos manda lo necesario para vivir nosotros y guardar a nuestro servicio a algunos buenos amigos...

—...Como García... —interrumpió Vicente.

Pero Marta, con calor, le rebatió:

—Pues no señor. García no nos ha pedido nunca dinero ni falta que le hace.

—A lo mejor le das alguna otra cosa para recompensarle —replicó Vicente mirando fijamente a su hermana.

—Eso no te importa a ti —contestó Marta.

El viejo Esquivel los miraba reñir confuso y avergonzado:

—Vamos... vamos.

—Señor —anunció desde abajo el aprendiz—: El licenciado García viene a ver a mi señora.

El licenciado Isidoro García procuraba aparentar cuarenta y cinco años, para lo cual obligaba a su pelo y bigote a seguir rigurosamente negros a pesar de los esfuerzos que la naturaleza hacía en contra. Era grave y hasta solemne y hablaba en consecuencia. Las mejillas colgantes parecían como recién desinfladas de su último esfuerzo para engolar la voz. Vestía el color negro de la gente oficinesca, pero ostentaba una cadena de oro al cuello y hacía brillar un diamante falso en el dedo meñique de la mano derecha.

—No hace falta presentármelo —exclamó echando atrás el cuerpo con elocuente ademán—. ¿No soy yo quién para adivinarlo?
—Le había sonsacado la noticia al aprendiz antes de subir.
—Mi enhorabuena a los tres, y en cuanto a vos, señor Vicente Esquivel, bienvenido seáis en vuestra tierra.

Vicente lo miraba con curiosidad.

—Creo que le interesará saber las nuevas que traigo —prosiguió García—. Los señores del Santo Oficio se han decidido al fin...
—se volvió hacia Marta y explicó—: Ya sabéis lo que quiero decir.

Marta, volviéndose a su vez a su hermano, desarrolló la explicación:

—Han estado discute que te discute meses y más meses sobre si le darían tormento a Isabel Manrique... —Y luego, a García:— ...¿Y qué han decidido?

García sonrió con aire de superioridad:

—No hace falta preguntar. Han decidido darle tormento. Mañana mismo. —García se volvió otra vez hacia Vicente:— No lo toméis a mal, señor Vicente Esquivel, aquí no vamos tan aprisa como en las Indias, donde conquistáis una isla entera tan grande como España o como Sevilla en menos de un mes. Aquí nos hacen falta seis meses para poner en claro si una mujer que tiene en la alcoba —porque los tenía en la alcoba— la Tora y el Antiguo Testamento en hebreo, es o no judaizante...

Se sonrió intencionadamente, enseñando un colmillo largo y amarillento bajo el manto negro mate del bigote. Vicente guardaba silencio. Marta comentó:

—Desde luego, es porque se trata de una Manrique. Si hubiera sido uno de vosotros...

García le clavó una mirada de sus pupilas negras y pequeñas que brillaban en las órbitas biliosas de sus ojos saltones:

—Ya veremos, señora mía, ya veremos. Ya veremos si basta el nombre de Manrique para protegerla de la Inquisición y para proteger... —Se hizo misterioso y añadió con gesto significativo del dedo en que lanzaba fuegos el fingido diamante:— ...para proteger al heredero. En cuanto ponga el pie en esta tierra...

Vicente interrumpió:

—Pero ¿qué, no sabéis todavía que...? Bueno, de todos modos ya debe de estar aquí, porque se embarcó más de un mes antes que yo.

La noticia les asombró a todos. Manrique no había llegado.

—Quizá alguna tormenta... O los piratas...

Hubo una pausa, que cerró Vicente diciendo:

—Así quedaría todo resuelto...

—Demasiado resuelto —dejó caer Marta, que veía agotado el arroyo de oro que hasta Sevilla le llegaba de Manrique de Lara.

García se retorció el encerado bigote y se puso a exponer la sana doctrina oficinesca:

—Las cosas de la Inquisición tienen que ir muy despacio. Cuanto más despacio, mejor. Siempre hay gente que vive de ellas, y hay que ser considerado para todos esos intereses que viven a nuestra sombra.

Se calló, con los ojos fijos en el corazón de piedra verde que Vicente se había echado al cuello:

—Acabo de leer una descripción de una joya igual a ésta en un papel secreto que hemos recibido... Pues claro, en la relación secreta sobre Alonso Manrique. ¿Es ésta la joya?

—No —contestó Vicente—, que si lo fuera no la llevaría puesta.

García se dio cuenta de lo imprudente que había estado.

—Pues claro, pues claro. Debe de ser una piedra del mismo demonio.

Le fascinaba la que llevaba Vicente.

—¿Si me permitís?... ¡Curiosa piedra! Es la primera vez que veo una así... Bien haríais en mandárnosla con vuestra relación sobre el asunto Manrique. Le daría a vuestras palabras una fuerza singular. Y yo me encargaría de que la recobrara. —Vicente se resistía. El licenciado añadió con intención:— También sería más prudente, porque la otra es idéntica a ésta, y como es la pieza maestra en una denuncia por brujería...

Miró a Vicente con ojos significativos, mientras éste argüía:

—Pero ¿por qué no ha de saber la gente que tengo yo una igual?

A lo que García, sin dejar de mirarle en los ojos, replicó:

—Estas cosas peligrosas siempre terminan por saberse.

13

El tribunal del Santo Oficio que conocía del caso de Isabel Manrique se reunía en una sala de altas bóvedas de un antiguo monasterio sevillano. Inundaban de luz de sol los muros blancos amarillentos dos grandes ventanales que revelaban la espesura ciclópea del edificio: lo menos dos varas de ladrillo y mortero bajo la limpia superficie del austero enjalbegado. Frente a las ventanas, una mesa larga de roble, robusta y maciza. Sentados a la mesa en sendos sillones frailunos de roble, discutían cuatro inquisidores y los dos clérigos asesores prescritos por las instrucciones de la Inquisición. Sobre la mesa se alzaba la cruz verde del Santo Oficio.

Llevaba el debate un dominico de ojos negros y fogosos y rostro grave, vestido de hábito negro, que dirigía el peso de sus observaciones a otro fraile de pardo, sentado a un extremo de la mesa, hombre más viejo, más suave y más chico de tamaño.

—Decidimos en ausencia de Vuestra Paternidad, no lo negaré, pero con buena intención. No era nuestro propósito aprovechar...

—Por los clavos de Cristo, padre, no vayáis ahora a imaginar... —comenzó el fraile viejo alzando una mano.

—Bueno. Dejemos eso —replicó el padre Teodoro—. Tampoco voy a meterme en si tenemos o no derecho para considerar que nuestra decisión es firme.

—No es firme —mantuvo con vigor, pero con mucha calma, el fraile viejo—. Bien sabe Vuestra Paternidad que le está vedado a todo tribunal del Santo Oficio dar tormento a una persona sin el asentimiento de todos sus miembros sin excepción. Y yo no he dado mi asentimiento, ni puedo darlo. Doña Isabel Manrique es una persona absolutamente sincera. Ya la hemos escuchado muchas veces y todo nos lo ha explicado de un modo satisfactorio. No hay razón alguna para...

El padre Teodoro interrumpió:

—Y Ruiz, que también le parecía a Vuestra Paternidad absolutamente sincero, resultó ser rabino secreto de un grupo de veinticinco judíos. Y María Sanginés, que también le parecía a Vuestra Paternidad absolutamente sincera, resultó que había enterrado a su marido y a su hijo con ritos judíos. Y...

El frailecito, al extremo de la mesa, sonreía con sonrisa de modestia, pero sin sentirse ni humillado ni avergonzado por el recuerdo de sus errores, mientras los otros cuatro guardaban un silencio azarado.

—Ya lo sé. Me he equivocado muchas veces. Pero no me pesa sobre la conciencia, cuando ha sido por ese lado. En cambio, las pocas veces que me he equivocado por el otro y he consentido en que se diera tormento a seres que resultaron tan honrados después de la rueda como antes... ¿No le duele el alma recordarlo a Vuestra Paternidad?

Un fraile bien alimentado y de aspecto razonable y práctico, trató de mediar:

—¿Para qué traer a cuento las cosas pasadas? Que el padre Miguel tenga en cuenta que Isabel Manrique tenía en su poder una colección completa de libros sagrados de la religión de Moisés; que habla y escribe el hebreo; que su padre era rabino, y siguió siéndolo, y por ello tuvo que salir con la Expulsión, dejándola aquí a ella a pesar de que era su única hija; y que ella misma nos ha dicho que enseñó hebreo a su hijo.

—Sobre cuyo hijo —añadió el padre Teodoro— acabo de recibir una relación secreta acusándolo de hechicero.

El fraile grueso continuó:

—Eso es harina de otro costal, padre Teodoro. Lo que yo deseo preguntar al padre Miguel es si cree en su conciencia que podemos dar de lado a todos estos motivos de sospecha, en vista de los centenares de casos de judaizantes probados que ya han pasado por nuestras manos.

El padre Miguel estaba pálido, y en sus ojos grises se apagaba la luz de la lucha hundiéndose en una ceniza de tristeza y de desánimo. Estaba ya a punto de ceder, cuando se le ocurrió una idea.

—Oigamos otra vez a la acusada.

El padre Teodoro echó las manos en alto y se le cayeron hasta el codo las mangas negras, desnudándole los brazos velludos.

—¡Otra vez!... —Resignado, se sacudió de hombros, diciendo:— Sea, por la pasión del Señor.

Mientras iban a buscar a Isabel a la cárcel vecina, los seis inquisidores se arrodillaron en oración.

—¡Ave María! —anunció a la puerta un familiar.

Los frailes y clérigos volvieron a ocupar sus sitiales, y entró Isabel Manrique. El pelo, antaño luminoso, era ahora entre oro y plata. Estaba algo más llena de cuerpo, pero el rostro era más delgado y pálido y los labios habían perdido el color. Tenía los ojos encarnados de llorar. El frailecito viejo le dirigió la palabra en cuanto se sentó.

—Hermana, hay un detalle que deseamos poner en claro. ¿Intentó jamás vuestro padre influir de modo alguno en vuestra fe?

—Pues claro que sí —contestó Isabel.

El padre Teodoro echó al padre Miguel una mirada de triunfo. Isabel prosiguió: —Antes de su conversión...

Interrumpió el padre Teodoro:

—Querréis decir de *vuestra conversión...*

Isabel, desconcertada, perdió el hilo de lo que iba diciendo y se calló. Impaciente, la amonestó el padre Teodoro:

—Hable pronto la hermana y no se ponga a sacarnos cuentos de la memoria o de la imaginación.

Los ojos de Isabel se llenaron de lágrimas, pero logró bastante dominio sobre sus pensamientos para recobrar el hilo de su discurso sin dejarse influir por la malévola interrupción:

—Yo me convertí en el curso de unas discusiones que tenía mi padre con el prior del Cerro del Moro. Mientras duraron estas discusiones, mi padre hizo lo que pudo por que permaneciera fiel a su fe. Luego, me bautizaron y ya no volví a verle hasta que se fue de España muchos años más tarde.

El padre Miguel preguntó:

—¿Procuró entonces convertiros a la fe de Moisés?

—No. Ya entonces era mi padre cristiano.

La revelación dejó atónitos a los inquisidores.

—Pues no nos habíais dicho eso —le reprochó el padre Teodoro.

—No hubo ocasión —explicó Isabel.

—¿Y cómo es entonces que, siendo cristiano, salió del país con los judíos? —preguntó el poco caritativo fraile.

—Porque creyó que era más cristiano compartir los peligros y azares de su rebaño, que abandonarlo en la hora de su desgracia.

Esta respuesta de Isabel produjo en el tribunal efectos devastadores. El padre Miguel sonreía con sonrisa desolada. El padre Teodoro no cabía en sí de excitación.

—Pero eso es una herejía patente. ¿Estaba bautizado?

—No, señor. Pero se consideraba cristiano en espíritu.

El padre Teodoro se volvió agresivamente hacia el padre Miguel:

—¿Qué dice ahora Vuestra Paternidad? ¿Esta misma mujer que tales cosas dice, le parece una cristiana cabal? ¿Toma Vuestra Paternidad sobre su conciencia...?

Los dos clérigos cuchicheaban meneando la cabeza. Entonces el padre Teodoro aprovechó el desconcierto del adversario.

—¿Queda unánime la decisión? —Miró en redondo, y al ver que el padre Miguel no reaccionaba, anunció:— Así se hará, en nombre del Señor.

14

Le dieron tormento a Isabel aquella misma tarde, en presencia de todo el tribunal, como lo requerían las ordenanzas del Santo Oficio. Nunca se hacían preguntas concretas a la persona a quien se atormentaba. Isabel sintió sin poder socorrerse cómo le desgarraban los miembros descoyuntándolos de su postura natural. No había modo humano para ella de poner fin a su tormento. El padre Teodoro la miraba severo y grave, luchando contra su propia compasión. El padre Miguel lloraba y oraba de rodillas. Jamás le había sido posible estar presente a un tormento sin sufrirlo en su ser, sufrimiento que ofrecía en sacrificio por sus propios pecados. Al fin, intervino el doctor, que declaró a Isabel incapaz de aguantar más tormento.

Diéronle los inquisidores una hora para que se rehiciera, al cabo de la cual el padre Teodoro le puso a la vista un papel en que se declaraba que al dejar a España con sus feligreses judíos, siendo ya creyente en Cristo, aunque no bautizado, su padre había cometido abominable traición a la fe cristiana. Isabel vertió abundantes lágrimas y, aunque apenas podía moverse en el lecho, juntó las manos en ademán implorante:

—Buen padre, no me pidan eso. ¿Quién soy yo para juzgar a mi padre y condenarlo? No. Llévenme otra vez al tormento, pero no eso.

El padre Miguel propuso que firmara una declaración aceptando sobre el hecho lo que la Iglesia decidiera.

—Yo no soy más que una mujer ignorante —explicó Isabel entre sollozos—, y desde luego creo que todo lo que los hombres sabios de la Iglesia digan es la verdad. Pero...

El padre Miguel le hizo seña de que no continuara. Estaba pergeñando una fórmula de avenencia con una larga pluma negra que rascaba un papel granuloso y espeso haciendo saltar gotas de tinta. Al fin lo leyó en alta voz, lo cedió al padre Teodoro para que lo leyera y releyera pesando palabras y comas, y en cuanto el padre Teodoro dejó escapar una aquiescencia de mal talante, lo hizo firmar por la temblorosa mano de Isabel.

—Ya sois libre —dijo el frailecito viejo con un suspiro.

—¿Me puedo ir a casa? —preguntó ella.

Y el padre Miguel contestó:

—Los trámites nos tomarán todavía una semana.

15

Xuchitl pasó su primer día en Torremala descansando y trabando conocimiento con la casa y jardín del abuelo de su marido. Tenía el alma triste al pensar en el desastre que se había abatido sobre Isabel. Alonso hablaba siempre con tanto amor de su madre, que Xuchitl anhelaba verla y echarle los brazos al cuello. Comenzaba a sospechar que iba a ser pronto madre a su vez, y había abrigado la esperanza de poder revelar su secreto a Isabel aun antes que a Alonso, pues era tímida y sentía necesidad de apoyo femenino. Las dos mujeres de la casa de Suárez, Casilda y Catalina, eran la bondad misma para ella, pero no le satisfacían la intimidad que se necesitaba para aquella maravillosa aventura: la maternidad. Estaba además descubriendo el mundo viejo, para ella nuevo, y necesitaba la compañía de almas menos simples que la buena Casilda, austera y seca aunque cordial, y la dulce pero pueril Catalina. Tanto la una como la otra solían mirarla como si fuera una de aquellas curiosidades que su padre y Moctezuma coleccionaban, y a veces le hacían las preguntas más ingenuas sobre su país natal.

Aquella tarde Alonso la llevó de paseo para que conociera el paisaje que le era a él tan familiar. Tanto habían hablado de Torremala en sus conversaciones, que Xuchitl iba reconociendo los lugares por donde pasaban. Lo miraba todo con ojos quizá más sensibles a la belleza de la naturaleza que los del común de los europeos entonces, gozando con hondo placer de la armonía de colores que la tierra le ofrecía: el pardo profundo del suelo, el delicado verde-gris de los olivares, el verde brillante del follaje de los naranjos constelados de globos de oro y, sobre todo, el júbilo de sus ojos, los trigales maduros entre cuyas filas apretadas se balanceaban las amapolas como mujeres libres en las filas de un ejército. Se sentaron al borde de un sendero y Alonso, sin rastro de emoción en la voz, le dijo con un ademán de la mano izquierda:

—Aquella es nuestra casa.

Miraron ambos la casa en silencio, se pusieron en pie otra vez y siguieron el paseo pasando el arroyo y subiendo la cuesta que tantas veces había subido él a caballo en su juventud, hasta que al fin se encontraron frente al monasterio. Alonso sintió dolor en el corazón al pensar que el padre Guzmán no estaba ya en aquella casa. ¿Qué pensaría el buen prior de aquella alma que había conquistado para la cristiandad?

—¿Qué es eso? —preguntó Xuchitl señalando una torrecilla enjalbegada con una campanita en el centro que se divisaba sobre un picacho por encima del monasterio.

—Una ermita.

Alonso tuvo que explicar a Xuchitl esta curiosa forma de devoción en aislamiento del mundo.

—Sí —apuntó Xuchitl—. También entre nosotros hay hombres así.

Y Alonso añadió:

—Dicen aquí que en cuanto el ermitaño de esa ermita se muere, viene otro a ocupar su sitio, y nadie sabe de dónde.

16

Aquella noche, Alonso y Suárez se quedaron hasta muy tarde, hablando de las cosas de la casa, las urgentes como las no urgentes, dejando pasar el tiempo, hasta que al fin llegó la medianoche y hasta la una, pero aunque se habían instalado en el terreno que dominaba el jardín y la huerta, no vieron ni huella del fantasma y, al fin, dejándose llevar del sueño, se retiraron a sus habitaciones. Pero Alonso, después de un sueño breve, se puso a dar vueltas en la cama sin poder descansar. Se deslizó fuera de la alcoba y salió al jardín. A media distancia, le pareció divisar como un fuego fatuo que se movía de un lado a otro en la oscuridad. Era más bien como un vapor blancuzco que flotaba en el aire a unos cinco pies del suelo, derecho pero nebuloso; parecía elevarse en el aire con hilos delgados de vapor que se fundían más arriba en una nubecilla del tamaño de una mano. El fenómeno se quedó inmóvil durante un buen rato, desapareció y volvió a presentarse bastante más abajo. Alonso hizo unos pasos hacia el lugar donde lo divisaba. La nubecilla se quedó inmóvil. Alonso adelantó más, tanto que ya se dio cuenta de lo que era: estaba seguro de que lo que había tomado por un misterio era una barba gris blanca, y ya divisaba el perfil de un anciano, sí, los hombros y hasta una especie de hábito frailuno que llevaba puesto. Aquél era, pues, el fantasma. Era un hombre muy viejo, ya fuese de este o del otro mundo. Siguió al hombre, la sombra, o lo que fuera, a través de la huerta, y hasta el borde del río que limitaba el jardín, donde el otro se paró precisamente bajo una especie de garita de piedra, quedándose allí de pie como un santo en un camarín, y con un dedo en los labios, apuntó con la otra mano hacia un lugar del suelo allí junto. El ademán tenía tal fuerza de autoridad, que Alonso volvió la cabeza para mirar en la dirección indicada. Blanqueaba en la sombra un papel. Alonso se bajó para recogerlo, pero halló que era mucho más pesado de lo que parecía, por estar atado a un objeto metálico. Intrigado, volvió otra vez la cabeza hacia el fantasma. Pero el fantasma había desaparecido.

Era una caja de metal. Se la llevó a la casa, encendió un candil y se puso a examinarla con cuidado. Era de estilo morisco. Estaba abierta. Dentro había un papel dirigido a su madre: "Señora: No me conocéis, pero yo sí a vos. Os debo los mejores momentos de mi vida, los inicios, a decir verdad. No sabéis por qué, pero yo sí. Soy agradecido. En esta caja hallaréis tres llaves y un papel con instrucciones. Si alguna vez os veis en peligro y necesitáis auxilio, leed este papel y yo sabré salir de la tumba para venir a socorreros.— Isaac Avanel."

Alonso dejó el papel sobre la mesa y se quedó pensativo. Recordaba que su madre le había hablado a veces de aquel avaro que su padre abominaba, y hasta le había contado la escena de su último día y de su muerte, con aquel espíritu caritativo que aportaba a todo lo que tocaba. El pasado resurgía ante sus ojos a través de tantas cosas, y se quedaba asombrado ante aquellas palabras de la carta de Avanel: "Yo sabré salir de la tumba..." Debía de haber sido tan hermosa su madre, que hasta aquel avaro empedernido se había sentido ser humano al verla. ¿Dónde estaría ella ahora? ¿Vendría aquella caja moruna a tiempo para salvarla? ¿Quién sería aquel fantasma que se la había guardado tanto tiempo para presentarla de aquel modo insólito a última hora? ¿Sería Isaac redivivo? ¿Y sería la última hora? Mientras estos pensamientos le bullían en la imaginación, seguía registrando la caja, donde se encontró, en efecto, tres llaves y un papel sellado. Quebró el sello y leyó el papel, que consistía en una serie de instrucciones sobre cómo encontrar los tres cofres que Isaac legaba a Salomé ha-Levy.

17

A la mañana siguiente anunció que saldría hacia Sevilla por la tarde. Dedicó la mañana al estudio detallado de las instrucciones de Isaac y al del lugar situado bajo el arco del puente donde, según los papeles, encontraría los cofres. Ya tarde, salió a caballo como si se dirigiera hacia Sevilla, y se quedó descansando en el bosque fuera de la ciudad, hasta bien pasada medianoche. Se había llevado en el arzón las herramientas que creía necesarias para trabajar en el puente, según el plan que había preparado cuidadosamente durante el día. Se volvió a Torremala siguiendo el cauce del río, a la sazón casi seco, sin ser oído ni visto, y al instante se puso a trabajar.

Cubrían el lugar designado los mismos tablones que allí había colocado hacía tantos años el propio Isaac. Alonso comenzó por quitarlos, reconociendo en seguida que en aquel sitio presentaba el ladrillo un diseño distinto del resto del arco. No tardó en penetrar hasta los tres cofres. Los sopesó, dándose cuenta de que el transporte de aquel tesoro no sería cosa fácil. Después de alguna vacilación se decidió por el plan que le pareció menos arriesgado: llevárselos a casa uno a uno echándolos al jardín por encima de la tapia, al lado del río.

Al volver la tercera vez en busca del último cofre, le alarmó ver a un hombre parado ante la cavidad secreta, con los brazos caídos y la boca abierta. Alonso se acercó con cautela, pero el intruso no se movió. Después de haber resuelto en su ánimo que lo menos arriesgado era dar cara al incidente y apoderarse a toda costa del último cofre, Alonso avanzó con decisión. El intruso se volvió hacia él sonriendo, y Alonso, al ver los dientes negros, la barba gris mal cuidada que le caía sobre el pecho casi desnudo y el ropón sucio que llevaba puesto, reconoció a Calero.

—Hum —rezongó el tonto—, ya lo decía yo que era aquí donde estaba escondido.

Alonso le ofreció una monedilla de plata que Calero rechazó, y sin esperar a otra de cobre, se fue cojeando con su serenidad de siempre. Alonso se quedó contemplándole hasta que su sombra se fue perdiendo en la noche río abajo.

Cuando volvió a quedarse solo, se dedicó otra vez a su labor. Ya arrojado el tercer cofre al jardín por encima de la tapia, se presentó a la puerta delantera, despertó a Enrique Suárez y le dijo que no se sentía bastante bien para seguir camino y había vuelto a pasar una noche en su cama durmiendo bien antes de emprender definitivamente el viaje. Antes de acostarse recogió y encerró los tres cofres que había echado en el jardín.

Pero antes de encerrarlos no pudo resistir a la tentación de abrirlos. El espectáculo de la fortuna que dos de ellos revelaron, con ser muy de su agrado en aquellas circunstancias, fue poco al lado del asombro que le causó lo que el tercero contenía. Era una colección de papeles sobre Esquivel el Viejo. Isaac se había consagrado, por lo visto, a hacer colección de todos los papeles posibles referentes a las numerosas aventuras y crímenes de Esquivel, relatados y atestados por las autoridades de todas las ciudades donde había operado, tanto cristianas como moras. La joya de la colección era un escrito en hebreo, de la mano del propio Esquivel, en que declaraba que su nombre era Salomón, y en el que bajo los más solemnes juramentos prometía al rabino de Zaragoza guardar eterna fidelidad a la ley de Moisés y educar en ella a sus hijos.

18

Al día siguiente salió para Sevilla con aquel paquete inestimable de documentos sobre Esquivel. Ya llevaba más de tres cuartas del camino hecho, cuando llegó a Torremala un recadero de Sevilla anunciando a Suárez que doña Isabel, ya libre, le esperaba en el convento de las Carmelitas en Sevilla. Claro es que Alonso no sabía nada de esto, y aquella noticia tan vital para él le cruzó en el camino de Sevilla. Era su plan ir primero a las oficinas de la Inquisición a pedir permiso para visitar a su madre y visitar después a Puertocarrero, que vivía en Sevilla, en la esperanza de que su ex compañero de Veracruz le diera cama y mesa durante su estancia en la ciudad.

Hacia mediodía, un ardiente día de verano, entró Alonso en las oficinas del Santo Oficio. En cuanto dio su nombre en una sala donde trabaja una docena de escribientes y secretarios, el licenciado García se puso en pie y, sin decir palabra, desapareció de escena. A los pocos momentos llegó un familiar del Santo Oficio con su vara en la mano y preguntó al visitante:

—¿Es vuestra merced don Alonso Manrique? —Y ante el ademán afirmativo de Alonso, añadió:— Entréguese vuestra merced al Santo Oficio.

Le llevaron a un calabozo, y todos sus papeles, incluso los documentos inestimables que traía sobre Esquivel, fueron a engrosar los autos ya voluminosos de la causa de los Manriques.

CAPITULO VI

FE SIN BLASFEMIA

1

Pasaba el tiempo y no venía nadie a buscar a Isabel. Suárez, confiado en que Alonso se encargaría de su madre, no se había movido; pero cuando ya pasados ocho días recibió otro recado de doña Isabel, se alteró profundamente. "Esto quiere decir —pensó— que algo grave le ha ocurrido a Alonso."

Demasiado sabía Suárez lo que aquello podía ser pero guardó silencio sin comunicar a nadie ni sus pensamientos ni sus planes, por no intranquilizar a Xuchitl, y al instante se puso en marcha para Sevilla.

Lo primero que hizo fue acudir a la oficina de la Inquisición, donde quedaron confirmados sus temores. Fue luego al convento de carmelitas a ver a su ama, que halló en extremo agotada por sus pruebas y tribulaciones. Había intentado primero ver a Alonso, pero le contestaron que el preso no podía recibir visitas hasta pasados los primeros veinte días. No quedaba otro remedio que llevarse a Torremala a doña Isabel, y aun eso había que hacerlo con cuidado y poquito a poco, por el mal estado de su salud. Suárez no se atrevió a revelarle que su hijo había ingresado en un calabozo de la Inquisición y, por lo tanto, no pudo decirle todavía que había regresado de las Indias. Creyó preferible aguardar a tenerla ya bien instalada en casa. Una o dos veces temió en el camino que doña Isabel no pudiera resistir más las fatigas del viaje, pero al fin llegaron a Torremala y la pudieron instalar en su cuarto. Casilda y Catalina se quedaron aterradas al ver que ya no era Isabel más que la sombra de sí misma, de aquella Isabel que todavía era una mujer hermosa y floreciente cuando, hacía medio año apenas, se la había llevado a Sevilla la Inquisición.

En cuanto descansó del viaje, se puso a hacer preguntas que Suárez satisfizo como pudo a fin de prepararla para la noticia.

—Pronto verá vuestra merced a don Alonso, que ha ido a ver de ponerla en libertad antes de saber que ya lo estaba.

Isabel, asombrada, preguntó:

—¿Pero está ya en España mi hijo?

—Sí, señora; llegó cuando menos lo esperábamos. Tenía intención de ir a ver a vuestra merced en seguida, pero fue primero a ver

575

a esos señores del Santo Oficio... Aquí en la casa tenemos a su señora...

Xuchitl aguardaba en la puerta de la estancia, anhelando ver a la madre de Alonso.

—¿Aquí? ¡Traédmela en seguida!

Xuchitl entró a toda prisa, cayendo en los brazos de Isabel.

Se abrazaron largamente, y luego Xuchitl alzó el rostro, miró a Isabel y se le inundó el alma de alegría al ver cómo se parecía a Alonso. No se cansaba de acariciar el pelo y la frente de Isabel. La besó en la frente, murmurándole palabras de cariño. Desconcertada al principio por sus rasgos exóticos, quedó luego Isabel conquistada por su dulce voz, sus ademanes tan elegantes y tan naturales a la vez y su modo afectuoso.

—¿Dónde está Alonso? ¿Cómo está? —le preguntó.

—Hace días que me dejó para ir a veros —contestó Xuchitl—. Ha debido de cambiar de plan. Pero no pensaba más que en vos y sufría mucho de saberos presa.

No quedaba más que la paciencia. Isabel no tenía idea de la situación real. Sonreía a Xuchitl y le decía:

—No tengo fuerza para hablar, pero sí para oírte. Cuéntame cómo lo conociste.

Xuchitl sintió espantoso dolor de corazón al recordar la escena aquella en que por vez primera había visto el rostro de Alonso; cuando había llegado a salvarla de aquel sacrificio que tan lejos le parecía ahora y le hacía estremecerse de sólo recordarlo. ¿Cómo iba a contárselo todo a aquella mujer tan dulce que en su lecho descansaba de sus propias torturas recientes? Se puso a contarle cosas de su país natal, del pueblo y de sus modos de vivir, guardando distancia para con los detalles horrendos, y se fue de puntillas al darse cuenta de que Isabel se había quedado dormida.

2

De cuando en cuando venían Xuchitl, Casilda o Catalina a ver cómo estaba y si necesitaba algo. Pero agotada por tanto sufrimiento, Isabel había caído en un sueño tan tranquilo, que las tres mujeres lo respetaron como síntoma de bienestar y de mejora. No conocían en detalle los sufrimientos físicos que había pasado, y de los que no hablaba, y por lo tanto no se dieron cuenta de lo débil que estaba bajo aquel sueño. Todos se retiraron a descansar, y de pronto quedó la casa sumida en silencio. Sólo Suárez velaba.

Le seguía preocupando aquel misterioso fantasma, y se había quedado en pie hasta ver si venía. Pero cuando pasó la hora en que solía hacer su aparición, también Suárez se retiró a dormir y al fin todo cayó en la paz del olvido.

Isabel era quizá la que dormía con sueño más profundo. Era su primera noche, después de seis meses de angustiosa ausencia, en su propio ambiente, en el hogar de su infancia y juventud. Ese indescriptible no sé qué que ni es vista ni aroma ni el modo como están colocadas las cosas y se mueven y suceden, y sin embargo contiene todo esto a la vez y le añade una sensación, una vibración vívida y una especie de perfume sensual que hace que el lugar y el momento vengan a herir las fibras más ocultas del ser, esa ola viva del pasado y del presente arrollados en uno solo había penetrado en su alma de modo que, aunque libre en los espacios del sueño, se sabía en casa, en su hogar y en el pasado, más allá de su vida de casada en Torremala, que ahora le parecía como un episodio breve... otra vez Salomé ha-Levy. Quizá bajo la presión de los inquisidores había retornado a sus tiempos precristianos y vivía otra vez en aquellos días lejanos y soleados de su juventud, cuando todavía moza iba descubriendo cada día bellezas y maravillas nuevas en los reinos del pensamiento, de los hombres y de las cosas. Se veía esbelta y rubia, volviendo a casa una mañana con la sensación de que alguien le seguía, y sin atreverse a volver la cara para ver quién era, sin preocuparse mucho tampoco, y se veía llegar a su propia casa y ya en el umbral volverse, descubriendo en la acera opuesta a un viejo no muy limpio, de ojos redondos y pequeños y nariz en gancho, que la miraba con la boca abierta. Y luego se veía entrar en la casa, primero al zaguán y luego a la estancia de su padre —que era donde ahora estaba durmiendo y soñándolo todo—; luego veía a su padre sentado como siempre solía estar en ese asiento de madera junto a la puerta del jardín, lo mismo que ahora estaba sentado, mirándola, aunque claro es que entonces no estaba tan viejo, ni llevaba la barba tan larga, ni era tan blanca, pero solía mirarla con los mismos ojos afectuosos, pero no tan tristes como ahora la estaban mirando, porque al fin y al cabo ahora había pasado por una prueba muy terrible y él lo sabía, aunque claro es que no se lo había dicho a nadie, puesto que no había estado en Sevilla y no conocía a nadie en el país desde que vivía en Flandes, y ni siquiera escribía a su hija por temor a que las cosas se pusieran peor, pues demasiado sabía lo peligroso que era entonces para una mujer, en España, tener sangre judía, y quizá fuera por eso por lo que había venido a verla de noche, aunque apenas comprendía cómo podía él estar en Flandes y al mismo tiempo en Torremala y venir desde Flandes a sentarse lo mismo que en aquellos tiempos, en aquel día en que había entrado ella en la estancia después de haber visto a aquel viejo que la miraba, y al ver a su padre allí sentado le había dicho: "¡Padre!"

—¡Sí, mi alma! —contestó.

Isabel se despertó y se frotó los ojos. En la habitación flotaba una luz muy débil que emanaba de una pequeña lámpara que ardía ante la imagen de la Virgen en un rincón.

—Pero, ¿estáis aquí y no en Flandes? —le dijo haciendo esfuerzo por separar lo que veía de lo que había estado soñando.

—Sí. Aquí estoy. Ya llevo aquí algún tiempo. Llegué pocas semanas después de que... te marcharas tú.

Isabel se conmovió hasta las lágrimas. Se incorporó y abrió los brazos. El viejo vino hacia ella, la abrazó y la besó. Se arrodilló al lado del lecho, le tomó la mano y se puso a orar en silencio unos instantes. Después dijo:

—Profesé en la Orden de San Francisco poco después de llegar a Amberes.

—Lo supe un año después, por el padre Guzmán —le dijo Isabel.

Y él continuó: —Cuando... te llevaron de aquí, me escribió el prior. Sabía que le llegaba su hora, y quería explicarme dónde y cómo encontraron un presente que te había dejado al morir un viejo pecador que tú no recordarás, un tal Isaac Av...

Isabel tenía la sensación de que acababa de verle.

—Pero si hace un momento que estaba a la puerta... —exclamó, y luego, pasándose la mano por la frente—: Es una historia muy antigua. Sí que me acuerdo de él.

Su padre continuó:

—La clave de todo era una cajita morisca de acero. El padre Guzmán no las tenía todas consigo, y me lo explicó, porque también a mí me había inquietado aquel presente cuando me lo entregó Isaac al morir. Pero, en fin, me lo explicó todo y había dejado orden en el convento de que me mandasen su carta si viniese a morir. Cuando la recibí, me llegaron también nuevas de lo que te ocurría y por eso me decidí a venir en persona. El Señor me indicó el camino llevándose a Su gloria al ermitaño del Cerro. Me fui a la ermita y allí vivo. Desde allí veo este jardín; pero he venido a observarlo de noche esperando verte a tu vuelta. He estado viniendo por el paso oculto bajo el arroyo que habíamos hecho para huir de la Aljama en caso de motines. Ya sabes que la puerta está en esa garita de piedra junto a la tapia. A lo mejor me han tomado por un fantasma los de tu casa. No quería revelar mi presencia porque no te hubiera aprovechado nada que se supiera en Torremala que había vuelto el rabino, aunque ahora sea un fiel servidor de Jesucristo. —Se persignó devotamente.— Pero tengo la seguridad de que la caja de Isaac Avanel ha de ser muy útil, y por eso, aun a riesgo de ser descubierto, he venido hasta que conseguí entregársela a tu hijo hace unas cuantas noches.

—Mi hijo, ¿le habéis visto? ¡Oh, le habéis visto!

Había en la voz casi un reproche.

—Sí. Pero no le he dicho quién era. Es un hombre hecho y derecho. Te defenderá... y se defenderá bien.

El ermitaño había hablado desde el principio en voz muy baja, casi un murmullo, para que no le oyeran en la casa. Pasó un largo silencio.

—Padre —dijo Isabel—, siento que ya no necesito que me defiendan. Lo único que espero es no irme sin haberle visto.

Hablaba con un hilillo de voz y el ermitaño lo observó por vez primera. Hasta entonces había pensado que también ella murmuraba para no ser oída, pero ahora se dio cuenta de que no hablaba más alto por falta de aliento. Le tomó el pulso. Casi era imperceptible.

—Ten calma. Confía en Dios. No hables.

Otro largo silencio, mucho más largo que el primero. "Debe de haberse dormido", pensó. Le pasó la mano sobre el rostro, pero ella no se despertó.

Inmóvil durante largo tiempo contempló aquella forma bienamada que acababa de abandonar el espíritu de su hija. Y luego, dijo la oración por los muertos. Miró en derredor y vio que había un crucifijo pequeño colgado de una pared. Lo descolgó y se lo puso en las manos. Salió al jardín, cortó una rosa blanca y la puso a sus pies. Y luego salió de puntillas y pisando ligero por el jardín se disolvió en la noche.

3

El licenciado García abrió la caja de documentos hallada en el equipaje de Alonso y se le dilataron los ojos con la gula del hallazgo. ¡Páginas y más páginas en caracteres hebreos! Tanto se excitó que, sin aguardar a examinar los documentos en latín y en castellano que más abajo se ocultaban bajo los textos hebreos y árabes, se fue precipitadamente al padre Miguel.

—Aquí tiene, reverendo padre, la ponzoña que su amigo favorito Alonso Manrique llevaba en el equipaje —y plantó la caja triunfalmente sobre la mesa del fraile.

Pero el padre Miguel sabía hebreo. Echó una ojeada al primer documento, y García, que le vio el asombro pintado en el rostro, se puso a hacerse guiños a sí mismo de puro placer. Sin embargo, el asombro que leía en los ojos del padre Miguel no era el que él imaginaba. El buen fraile se había dado cuenta en seguida de que los papeles reunidos por Alonso Manrique constituían una formidable acusación contra sus acusadores. Los Manriques no sabían oficialmente que quienes los habían denunciado eran los Esquiveles, y por lo tanto no hubieran podido contraatacar con aquella documentación. Pero, puesto que los documentos habían venido a manos del Santo Oficio sin intención directa de Alonso Manrique, la cuestión no se planteaba. Sólo al Santo Oficio incumbía investigar el caso Esquivel a la vista de los nuevos datos tan providencialmente revelados.

Cuando el tribunal se reunió aquella tarde, el padre Miguel había redactado ya una relación detallada sobre los Esquiveles, cuya conclusión sometió a sus colegas estableciendo que el viejo Esquivel era un bellaco de tal talla y un hereje tan probado, que el Santo Oficio quedaría deshonrado si continuara tomando en consideración la denuncia contra los Manriques emanada de persona de tan mala ralea. El padre Teodoro se quedó sin habla. Era fogoso e intransigente, pero en el fondo, recto. Las revelaciones del padre Miguel le llenaron de una ira santa, y cuando recobró el orden de sus pensamientos desconcertados, propuso que se encarcelara al instante a los tres Esquiveles. El padre Miguel no estaba dispuesto a ir tan aprisa. En su opinión la acusación contra Esquivel el viejo era de un peso abrumador, pero aunque se daba cuenta de que no estaba muy segura tampoco la situación de Marta, no veía hasta entonces razón alguna para privar de su libertad ni a Marta ni a Vicente. El tribunal decidió hacer prender sin tardanza a Esquivel el viejo.

—Pero eso no quiere decir que vayamos a prescindir de examinar el caso de Alonso Manrique. —Así comentó el padre Teodoro en cuanto quedó liquidada la cuestión planteada por la caja morisca, y prosiguió:— Esa piedra verde de que hablan las relaciones es peligrosísima. Yo mismo he experimentado en mi persona su poder diabólico. Me la he puesto al cuello ayer noche al acostarme, y puedo asegurar a Vuestras Paternidades que posee poderes de tentación suficientes para quebrantar el alma más cristiana.

Al hablar se le enrojeció el rostro y se le hincharon bajo la piel sudorosa las venas de su cuello de toro.

—Pues no sé cómo puede ser eso —observó el padre Miguel con una sonrisa del rostro pálido y arrugado—, porque el que durmió con esa piedra mágica al cuello anoche fui yo, y no he sentido ni el menor efecto. —Y al hablar, mostraba el corazón de piedra verde en la palma de la mano temblorosa.

—Pero... —tartamudeaba el padre Teodoro—, si la tengo yo aquí. —Y al decirlo enseñaba también un corazón de piedra verde (el de Esquivel), que se había llevado discretamente la noche anterior creyendo que era la joya diabólica que provocaba a tentaciones de amor.

A lo que replicó el padre Miguel, con ligerísimo toque de satisfacción poco caritativa:

—¡Qué extraño! Vean Vuestras Paternidades, la verdadera piedra verde hechizada es ésta, la que yo tengo. Es más grande y tiene aquí la señal de un mordisco... lo mismo que está descrito en nuestros papeles. La que tiene Vuestra Paternidad pertenece a Esquivel y no está hechizada o por lo menos, así lo creíamos. Pero ahora resulta, según nuestro testimonio, que la que obra hechizo y causa tentación es la de Esquivel y no la de Manrique...

Los dos clérigos, con la nariz en sus papeles, se miraban de reojo maliciosamente. Como sacerdotes del clero secular, vivían en antagonismo subconsciente frente a los frailes. Aquel fraile sufría desde luego las torturas de la castidad y había aprovechado la primera ocasión para dejarse ir, echándole la culpa a la joya de las Indias. Así aprenderían los frailes a meterse con los pobres clérigos, que tenían que moverse entre mujeres jóvenes y bonitas, luchando, no siempre con éxito, por guardar intacta su virtud... El padre Teodoro se daba cuenta de toda la situación, lo que le hacía todavía más austero, menos inclinado a la indulgencia.

—No nos precipitemos —dijo—. Examinemos los papeles con gran atención. Los enemigos del Señor son muy hábiles en las artes de la falsedad.

—Pero entretanto —apuntó el padre Miguel—, metamos a Esquivel en un calabozo.

El padre Teodoro le recordó que ya se había decidido hacerlo. Pero entonces, sin el menor asomo de sonrisa, el más joven de los clérigos intervino en la discusión:

—Reverendo padre, nosotros no somos más que humildes asesores de este Santo Tribunal, con voz pero sin voto. Pero me permito proponer que el hijo de Esquivel, el soldado que ha regresado de las Indias, sea también preso, porque lo considero como el más peligroso de todos.

Con las cejas enarcadas, preguntó el padre Teodoro:

—¿Cómo es eso?

Y el clérigo explicó:

—Pero, padre, ¿no quedamos en que es el dueño de esa joya que ha torturado a Vuestra Paternidad con su poder diabólico?

El padre Teodoro volvió a ponerse encarnado, y para salir del paso, concluyó: —Así se hará.

Y así entró Vicente Esquivel en un calabozo de la Inquisición.

4

Cuando por la mañana temprano entró Catalina en la alcoba de Isabel, dio un paso atrás y gritó:

—¡Madre!

Asustada al oír el tono de voz de su hija, Casilda llegó corriendo. Madre e hija entraron juntas de la mano, de puntillas, sin casi atreverse a respirar. Se persignaron devotamente, se les llenaron de lágrimas los ojos y cayeron de rodillas murmurando oraciones. Se pusieron en pie, se acercaron al lecho y se quedaron pasmadas de lo que veían.

—El Señor tenga su alma, ¡qué hermosa está!

—Y mirad, madre, una rosa aquí a los pies.

—Y las manos, ¡qué bien cruzadas!... Y el crucifijo —dijo Casilda sin saber qué pensar.

—Debe de haberse levantado de la cama... —propuso Catalina.

—¿Cómo iba a levantarse? —preguntó su madre—. Además, no había flores aquí, que me las había llevado yo todas anoche...

Se quedaron así, calladas, mirando.

—Es cosa de creer que alguien ha estado aquí durante la noche —dijo Catalina; y se fue a buscar a su padre.

Suárez entró en la alcoba de puntillas, se santiguó, se arrodilló al pie del lecho con su mujer y su hija, y oró devotamente por el alma de la difunta, que tanto había amado. Después se puso a considerar la situación. "Tiene que haber sido el fantasma", pensó para sus adentros. Le apuraba en extremo todo lo que ocurría, y tenía verdadero miedo de verse obligado a enfrentarse con la Inquisición. ¿Quién sabía? A lo mejor la había matado el fantasma... aunque parecía haber muerto muy en paz...

—Oídme bien —dijo a su mujer y a su hija—, porque es muy importante: No digáis nada a nadie de todos estos detalles... El crucifijo, la rosa... nada. Ni una palabra.

5

Xuchitl se inclinó sobre el lecho y besó aquel rostro que tanto le recordaba al de Alonso. ¡Como le dolería a Alonso aquella pérdida ahora que tanto había esperado vivir largos años al lado de su madre! Xuchitl sufría ya por él. En cuanto a Isabel, su rostro irradiaba tanta paz que estaba segura de que su espíritu gozaba una paz todavía más honda. ¡Pero Alonso! Los pensamientos de Xuchitl iban de la madre muerta al hijo ausente, pasando por su propio corazón, donde no se atrevía a mirar. Oscuramente se daba cuenta de una ansiedad que le roía las entrañas. Estaba sola. ¡Qué sola se sentía en aquella tierra extraña, entre gentes que, con ser muy buenas para ella, venían de tan lejos, tenían raíces tan distintas de las suyas! Isabel había sido para ella como una isla en aquel mar de soledad, isla ya sepultada por las aguas cuando apenas la había visto; pero ¿y él? ¿Dónde estaba él? Los días pasaban y no volvía, ni siquiera escribía... ¿Sería posible que...? Se estremecía sin terminar el pensamiento. Siempre le había hecho entrever Alonso la posibilidad de que le persiguieran como a su madre.

Xuchitl pasó el día orando y meditando junto al lecho mortuorio.

Aquella tarde se llevaron el cuerpo. Xuchitl sufrió lo indecible al separarse de aquel cuerpo que era todo lo que le quedaba de Isabel. Se había enamorado de sus hermosas facciones y le parecía que había perdido a Alonso por segunda vez. "¿Perdido? —se repetía para sus adentros—. ¡Qué locura! No lo he perdido. Está ausente, pero volverá." ¿Cuántos días pasó en aquel estado de tensión, sostenida en vilo por encima de los acontecimientos de la rutina diaria por su misma ansiedad, soledad, tortura íntima? Ni siquiera se daba cuenta. Recordó que había tenido con Suárez una conversación sobre ir allí a ver lo que pasaba y volver a contárselo, pero como cosa ocurrida entre terceras personas, como si algún ser extraño hubiera hablado con Suárez empleando su propia voz de ella, y que ella lo hubiera oído desde fuera.

582

Un día salió a dar un paseo largo para perderse a sí misma. Siguió el mismo camino que le había enseñado Alonso el primer día. Apenas veía el paisaje. Tenía los ojos en Tetzcuco, en el jardín de su padre, las aves acuáticas, el parque tras del palacio y el bosque que subía cerro arriba, montaña arriba, hasta lo blanco de la nieve y el cielo azul. Allá arriba, cortando el azul del cielo de Torremala, había una casita blanca con una torrecilla cuadrada y una campana. Echó a andar hacia allá, atraída hacia la ermita por algún imán inexplicable. Era una cuesta de suelo arenoso en que brotaban matas de tomillo y de romero y de espliego, luego una línea de mirto y un pozo. Junto al pozo, un banco de piedra. Sentado en el banco, un hombre muy viejo. No le veía la cara porque estaba leyendo de espaldas al sendero. Al crujir de la arena, el viejo se volvió. Xuchitl se echó la mano al pecho y se quedó parada, cortada la respiración. Había visto a Alonso en aquel viejo. Los ojos de Alonso ya sin fuego ni ilusión, ya sin esperanza, serenos y profundos, la estaban mirando. Aquellos ojos se hicieron tiernos y le sonrieron. El viejo se levantó, se acercó a ella con manos temblorosas y le dijo:

—Ven aquí, hija mía. Ya que el Señor te ha traído, confiemos en el Señor.

La calidad armoniosa de aquella voz conmovió el alma solitaria de Xuchitl hasta las lágrimas.

—Pero, padre, quién...

—Soy el abuelo de Alonso y el padre de Isabel.

Xuchitl se dejó caer en sus brazos. Estada agotada por su soledad y anhelaba tener a su lado un alma cercana. Aquel viejo era la única alma que podía acercar a la suya, la única a quien podía decir: "Llevo en mi seno vuestra vida." La única cuyos rasgos le recordaban a Alonso, ahora que ya había perdido a Isabel. Se había casi desmayado y el ermitaño le estaba rociando la frente con agua fresca, con una ramilla de tomillo mojada en la pila del pozo.

—Padre, hemos perdido yo a mi madre y vos a vuestra hija. ¿Creéis que también perderemos...? —No se atrevió a terminar la pregunta, y casi sollozó:— ¡Estoy tan sola!

El ermitaño la hizo sentar a su lado, le tomó una mano en las suyas y le dijo:

—Sé lo que te atormenta. Yo mismo pienso mucho en ello. Si no vuelve pronto tendrás que luchar por él. Yo le he dado buenas armas. Creo que ganará fácilmente. Pero la Inquisición es cosa peligrosa. El tronco está sano pero hay ramas que están podridas.

Xuchitl no estaba segura de haberle entendido.

—Padre, ¡me siento aquí tan ignorante de todo! ¡Es todo tan distinto de lo nuestro! Y me doy cuenta de que yo no puedo hacer nada sola.

Él le replicó:

—Yo te guiaré. Ven a verme de cuando en cuando. Pero si ocurriera, como ya soy tan viejo, que viniera a faltarte, acuérdate de esto: vé a ver al obispo de Córdoba, que es tío de Alonso y se llama igual: Alonso Manrique. Es un hombre muy sabio y además muy recto. Y tiene mucho poder. Tanto que ya se dice que será el Inquisidor General siguiente al que ahora tenemos. Y él te ayudará.

Xuchitl le besó la mano y se quedó allí a su lado sin decir nada, o contándole cosas de Méjico, y cómo había amado a Alonso aun antes de verle y cómo había sido para su alma como un amanecer y un rocío cuando Alonso le había traído a Cristo, a ella que había nacido y crecido en el seno de una religión horrenda.

—Sí —contestó el ermitaño—, ése ha sido el don que le debemos a Jesucristo. El de haber traído el amor a los hombres. Pero los hombres se encuentran con que es muy difícil amar. Ya ves cómo te están atormentando en nombre del amor. Y, sin embargo, el amor es más fuerte.

La tomó de la mano y se la llevó a la diminuta capilla de la ermita, y allí, a los pies de la Madre y el Niño, el viejo rabino y la joven azteca, ligados por dos generaciones de amor español, rezaron para que el amor salvara el puente de espíritu que los unía.

6

—¿Cómo está mi madre? —fue la primera pregunta que Alonso hizo a Suárez al verle entrar en su calabozo.

Era una habitación confortable, con una cama excelente y llena de aire y de luz.

—Señor, mi señora doña Isabel salió de los calabozos de la Inquisición poco más o menos cuando entró vuestra merced. Al verme sin nuevas de vuestra merced vine yo a buscarla. No le permitieron que viniera aquí, y se volvió a Torremela conmigo. Venía ya en muy mala salud...

Suárez bajó los ojos y no dijo más.

Alonso luchó consigo mismo por guardar la serenidad. Suárez creyó ayudarle a resistir el golpe distrayéndole con algunos detalles que, en su opinión, convenía guardar secretos: la rosa, el crucifijo... Ya entonces había tenido Alonso tiempo para meditar sobre aquel misterioso fantasma que se había apuntado a la caja morisca oculta en el jardín, y había adivinado quién era. Al enterarse de aquellos detalles sobre la muerte de su madre, se confirmó en su convicción dando por seguro que era el ex rabino el que había venido a ver a su hija y la había asistido en su última hora. Mucho le consoló este pensamiento. Alonso sospechaba que sería el ermitaño, pero se guardó para sí todas aquellas suposiciones.

—En cuanto al caso de vuestra merced —añadió Suárez—, he andado recogiendo informes por la posada. Desde que comenzaron las dificultades de mi señora con la Inquisición tomé por regla venir, en Sevilla, a una posada que hay cerca de donde viven los Esquiveles, para ver lo que por allí se decía. Y ahora digo a vuestra merced que los dos, el padre y el hijo, están también aquí, cada uno en su calabozo.

Alonso adivinó que comenzaba a hacer su efecto la caja morisca.

—Parece —seguía diciendo Suárez— que han llegado a manos del Santo Oficio una porción de papeles, y que ahora están viendo si son falsos o no, y entretanto, los tienen a los dos a la sombra. Y puede que dure. Y en ese caso, también lo de vuestra merced durará, porque Manrique de Lara es hombre de mucha fuerza.

—¿Cómo está Xuchitl? —preguntó Alonso.

—Mi señora doña Suchil, claro que está muy triste. La muerte de doña Isabel fue para ella un golpe muy duro.

Estas palabras hicieron subir de punto la intolerable impaciencia que ya sentía Alonso allí encerrado. Hombre activo, ansiaba su libertad. Lo que más le irritaba en todo el episodio era su incongruencia.

—Suárez —dijo al fin—, ya tienes todo el dinero que necesitas. Si más hiciera falta, encontrarás una caja de monedas de oro y otra de joyas de gran valor debajo de la tercera piedra de los sepulcros que hay al lado izquierdo, junto al pozo. Pero sólo para caso extremo. Por ahora te bastará con el bastón. Vuélvete a Torremala y dile a Xuchitl que venga a verme en cuanto pueda, contigo o con tu hijo.

7

Su Eminencia don Alonso Manrique, obispo de Córdoba, estaba sentado a su mesa de trabajo una mañana soleada del otoño de 1521. Inundaba la estancia una luz tamizada de verde por los castaños gigantescos del jardín, más allá de los cuales veía el obispo hileras de naranjos como diminutos firmamentos de color verde oscuro constelados de soles rojos. Era alto y elegante, pero ya en su edad más que madura, con sus cincuenta años a cuestas, sólo le quedaba cierta suave mundanidad como recuerdo del encanto masculino que había hecho de él uno de los galanes de más éxito en España antes de que renunciara a sus conquistas femeninas para ordenarse. En su juventud se había declarado por Felipe el Hermoso contra Fernando el Católico, y al morir Felipe, se había refugiado en Flandes, donde figuraba como campeón de los judíos y paladín de un movimiento de ilustración y reforma de la Iglesia española. Era erudito, inteligente y virtuoso, aunque demasiado modesto para aspirar a la santidad.

Mientras don Alonso Manrique contemplaba el jardín, su secretario, joven clérigo de ojos inteligentes, estaba rompiendo sellos, desenrollando papeles y clasificándolos sobre la mesa después de una rápida ojeada a su contenido.

—¡Oh! —exclamó—. Carta de Erasmo.

La noticia era de sumo interés para ambos, pues el escritor holandés tenía entonces numerosos admiradores entre el clero español.

—¿Dónde? —preguntó el obispo volviendo con vivacidad los ojos, del jardín a los papeles. El secretario le pasó la carta que él, después de leer la firma, le devolvió diciendo—: Leédmela.

—"*Caro amigo: Te habrás enterado de mis recientes tribulaciones. Han descubierto mis enemigos una línea de ataque nueva: me acusan de ser el inspirador de un rudo fraile de Sajonia, un tal Lutero, y de los burdos errores que en su celo, sin duda de buena intención, por reformar la Iglesia, comete por falta de luces. En mi dolor, me vuelvo para consolarme hacia mis ilustrados amigos como tú. La Corte está de luto por la muerte del Supremo Pontífice. Ya el rumor público ha nombrado sucesor de la silla de San Pedro a Adriano, el holandés, mi compatriota, que es ahora en tu país Inquisidor General. Si así fuere, ruego al Señor ilumine al César para que te nombren a ti Inquisidor General. Porque andamos muy necesitados de luz en las cumbres...*"

El joven secretario alzó los ojos y mirando al obispo, comentó:

—Señor, esta idea del holandés es admirable. Pero no sé si será del agrado de los frailes. Saben que Vuestra Eminencia lee a Erasmo...

El prelado se sonreía con indulgencia:

—No todos los frailes están contra Erasmo. Los mejores están con él. Es cosa de saber y de inteligencia.

—¡Y de jabón! —añadió con desprecio el pulcro clérigo.

—¿Qué más hay? —preguntó el obispo.

—Una carta del capellán de Vuestra Eminencia en Sevilla, el padre Miguel.

El secretario la leyó en alta voz:

—"*Si jamás hubiera dudado que Vuestra Eminencia me había designado para este puesto por mis pecados, me lo hubiera confirmado una y otra vez cada día que pasa. Vuestra Eminencia puede creerme que ser del tribunal del Santo Oficio es, después del Purgatorio, la prueba más dura que un alma puede soportar. Me había jurado no molestar nunca a Vuestra Ilustrísima con casos particulares, pero este que ahora tenemos entre manos me obliga a quebrar la regla, porque la víctima es sobrino de Vuestra Eminencia y lleva su mismo nombre: don Alonso Manrique. Consta que ha prestado grandes servicios a Su Majestad en las nuevas tierras de las Indias, pero ahora está en un calabozo nuestro, y si el Señor no lo remedia, le darán tormento tratándole en su carne y hueso los cristianos, peor que jamás los indios lo hicieron. Quizá prefiera Vuestra Eminencia evitar que el nombre de Alonso Manrique ande arrastrado junto con los de hechiceros y judíos réprobos. De Vuestra Eminencia obediente criado y capellán. — Miguel de la Santa †— P.D. ¿Qué hay de cierto en el rumor que corre que el obispo de Tortosa va de Papa a Roma y viene Vuestra Ilustrísima de Gran Inquisidor?"*

—El rumor vuela sobre las alas de la fama —apuntó el secretario con intención.

Pero el prelado estaba preocupado con las nuevas que la carta del padre Miguel revelaban.

—Ese Alonso debe de ser de los de Torremala... Enteraos dónde anda mi hijo Rodrigo, y que venga a verme cuanto antes, que quiero mandarle a Sevilla para que me haga pesquisa sobre todo esto... Y eso del rumor, lo dejaremos...

Se puso a mirar pensativamente el jardín: "El Papa nuevo será el holandés. Sobre eso no hay duda."

8

El tribunal del Santo Oficio volvió a reunirse a las tres semanas, pues la Inquisición, como tal molino del Señor, molía despacio. El padre Teodoro informó que los documentos relativos a Esquivel habían sido objeto de detenido examen por parte de los peritos en materia de letra, por lo cual proponía que se oyera a Alonso a fin de sonsacarle todo lo que se pudiera sobre el origen de aquellos papeles. Se hizo venir a Alonso del calabozo, y después de los trámites y oraciones usuales, el padre Teodoro le instó a que expusiera el modo como aquellos documentos habían llegado a su poder.

—Tengo que explicaros —añadió el fraile— que no estáis aquí hoy como acusado en vuestra causa, sino como testigo en la causa de la persona a quien estos papeles se refieren.

Alonso contó entonces al tribunal cómo había descubierto la caja moruna a indicaciones de un anciano que había desaparecido mientras él se bajaba para recogerla del suelo. El tribunal se quedó asombrado al oírle.

—¿Cómo os explicáis vos el caso? —preguntó el padre Teodoro.

Alonso no tenía todavía el ánimo dispuesto para revelar la verdad.

—Pues no sé. Alguna persona que conocía la casa y el jardín mejor que yo; alguna persona caritativa deseosa de auxiliar a mi madre...

Interrumpió el padre Teodoro:

—¿Qué tiene que ver vuestra madre con esta historia?

No quería aceptar que la acusación contra los Esquiveles sirviera de defensa para los Manriques, puesto que al hacerlo revelaría implícitamente que eran los Esquiveles quienes habían acusado a los Manriques, punto sobre el cual era inflexible la Inquisición: era menester a toda costa reservar el secreto de las denuncias, a fin de impedir represalias. Alonso reaccionó con gran presencia de espíritu:

—Yo supongo que la persona, quienquiera que fuese, conocía bien Torremala, y nadie que tuviera familiaridad con mi pueblo ignora que los únicos enemigos que tenemos son los Esquiveles. Por lo tanto, tal persona pensaría, naturalmente, que documentos perjudiciales a Esquivel serían de seguro útiles a mi madre.

El tribunal guardó silencio, hasta que el padre Teodoro preguntó:

—¿Y quién pudiera ser tal persona?

Con no menos presencia de espíritu contestó Alonso:

—Eso es difícil de contestar, porque todo el mundo le tenía a mi madre gran cariño en Torremala, porque era muy caritativa.

El padre Teodoro se mordió los labios.

—¿Estaban todos estos papeles en la caja morisca? —preguntó.

—No. En esa caja había una carta dirigida a mi madre por un hombre que no conoció, que murió hace muchos años, ofreciéndole esta ayuda para el caso en que fuera necesaria.

Ésta fue la segunda sorpresa para el tribunal.

—¡Ah, ya! —apuntó el padre Teodoro con alguna intención—. Mucha previsión en eso. Y, ¿cómo se llamaba?

Con visible embarazo, contestó Alonso:

—Era un avaro que se llamaba Isaac Avanel.

El nombre fue un tercer choque para el tribunal. El padre Teodoro echó a sus colegas una ojeada circular de triunfo.

—Creo que Vuestras Paternidades estarán de acuerdo conmigo en que procede discutir entre nosotros todas estas revelaciones.

Se retiró Alonso y el padre Teodoro expuso al instante que se trataba de un tejido de cuentos sin pies ni cabeza.

—¿Creen Vuestras Paternidades en todas estas apariciones anónimas, estos ancianos o fantasmas que salen de la tumba para auxiliar a esta familia? Este hombre nos oculta algo y yo propongo que le demos tormento.

El padre Miguel se dio cuenta de que se quedaría solo si trataba de resistir. La impresión creada por las revelaciones de Alonso era francamente mala. Se trataba, además, de un hombre vigoroso, y el padre Miguel prefería reservar sus fuerzas para casos de más compasión. Se inclinó, pues, ante lo inevitable, y el Tribunal se trasladó en cuerpo a la cámara del tormento haciendo que se trajera inmediatamente a Alonso.

Una hora más tarde, apoyado en dos frailes, volvía Alonso cojeando a su calabozo. El padre Miguel decía al padre Teodoro:

—Siempre os he dicho que esta rueda no sirve para nada cuando se trata de hombres sanos y rectos.

El padre Teodoro no contestó.

9

Rodrigo Manrique, hijo del obispo de Córdoba don Alonso, y capellán de su padre, pasó una semana en Sevilla y otra en Torremala, estudiando el asunto.

—Padre, los Manriques no han cometido más crimen que el de tener a un primo, que lo es también nuestro, Manrique de Lara, que opina que Torremala es un excelente lugar para la caza del jabalí. En lo cual, dicho sea de paso, tiene razón. ¿Conocéis algún otro sitio que tenga igual atractivo?

El prelado se echó a reír, y luego, grave otra vez y reflexivo, replicó:

—¿Es posible que la naturaleza humana sea tan mezquina? ¿Lo has visto, a Manrique de Lara, digo?

Rodrigo contestó:

—Sí. Lo he visto. Y me ha declarado que está dispuesto a hacer que Alonso Manrique siga en los calabozos de la Inquisición hasta que él se canse de la caza de Torremala. "¿Qué necesidad tiene de Torremala cuando va a heredar la mitad de Yucatán?", es lo que alega, como si Alonso Manrique hubiera conquistado a Yucatán sólo a fin de que Manrique de Lara se quedase con Torremala. El caso tiene otra porción de lados pintorescos y ya ha producido una cosecha de leyendas. Torremala entera está convencida de que Isabel Manrique murió en olor de santidad; que al morir, apareció entre sus manos cruzadas un crucifijo que todo el mundo había visto antes colgado de la pared, y que pasó de la pared a sus manos por movimiento propio. También se cuenta que brotó una rosa blanca de las ropas de su cama, a sus pies, donde la encontraron. La alcoba estaba llena de un aroma de rosas.

—¿Pero no era la judía de la familia? —preguntó el futuro Gran Inquisidor, amigo de Erasmo.

—Sí. La judía. Pero todo el lugar está convencido de su santidad. He seguido el hilo de todas estas leyendas y me ha llevado al ermitaño, un viejo que acaba de llegar de Flandes, y en seguida me dije a mí mismo: "Ése es un converso." ¿Os acordáis —preguntó Rodrigo Manrique a su padre el obispo— de aquellos judíos de España que solíamos ver durante nuestro destierro en Flandes? En cuanto vi al ermitaño, lo reconocí al instante como uno de tantos. Pero, además... Había un fraile muy viejo en Lovaina, aquel de larga barba blanca que os solía dar lecciones de hebreo...

El obispo apuntó:

—El padre Agustín.

—El mismo. Bueno, pues este padre Agustín de Flandes había sido rabino en Torremala antes de la expulsión, y por lo tanto, es el abuelo materno de Alonso Manrique.

El obispo se santiguó:

—¡El Señor sea loado!

Y su hijo prosiguió:

—Me ha contado toda su vida. No hace falta meterse en detalles. Solía ir por casa de su hija, la misma casa donde él había vivido como rabino, con la esperanza de poder entregar a su hija una caja que el padre Guzmán, prior del Cerro del Moro, le había guardado durante años. Al fin consiguió entregársela a Alonso. Gracias a esta caja, y a los documentos encontrados en su consecuencia, se ha podido probar que Esquivel es un judío réprobo y judaizante que procuraba ocultarlo persiguiendo a los conversos. El tribunal tuvo que perseguir a Alonso porque tenía en su posesión una alhaja que tiene poderes mágicos para excitar el deleite: aquí está. El hijo de Esquivel tenía otra, pero sin tales poderes mágicos: aquí está. El padre Miguel se puso una al cuello y el padre Teodoro la otra, con resultados notables: el padre Miguel durmió en paz toda la noche con la alhaja de brujería, y el padre Teodoro pasó una noche luchando con la tentación, a pesar de que la alhaja que tenía al cuello no era la mágica.

El obispo y su hijo se rieron de buen grado. Rodrigo después añadió:

—A Alonso le han dado tormento.

Guardaron silencio, avergonzados (no por la crueldad del hecho, sino por la afrenta a un Manrique).

—He visto a su mujer.

—¿Y qué? —preguntó el obispo.

—No es mi tipo —contestó el joven clérigo con un toque de frivolidad, y añadió—: Muy lista y bien leída. Excelente conversadora, aunque en lengua tan distante de la suya. Y claro que muy sola. Parecía muy contenta de poder conversar con una persona a su nivel. Anhela ver libre a su marido.

El prelado se quedó rumiando el asunto, sentado a cierta distancia de la mesa, jugando distraídamente con los dos corazones de piedra que sobre la mesa habían quedado.

—Vamos a ver: invita a Alonso y a su mujer a que vengan a pasar unos días aquí conmigo. Escribe a Manrique de Lara que se vaya de Torremala en el plazo de un mes, y ofrécele como compensación el valle de los Tres Puentes...

—¿Pero le vais...? —interrumpió su hijo.

—Sí. Pensaba de todos modos deshacerme del sitio, y hace tiempo que le tiene la vista puesta Manrique de Lara. Y nosotros no tenemos nunca tiempo de ir por allí... En cuanto a esta piedra, ¿qué piedra es? La mayor de las dos, ¿no?... Mándala... manda las dos a un joyero para que talle en ellas la imagen de Nuestra Señora con el Niño Jesús en sus brazos, y así quedarán limpias de herejías y brujerías.

XXXII. El heroico Cuauhtemoc, que dirigió la defensa de Tenochtitlán,
es recibido con todos los honores de la guerra por Cortés y Doña Marina.
En el ángulo superior derecho, Cortés saluda a la familia
de Cuauhtemoc. *(Lienzo de Tlaxcala.)*

10

Pasadas ya varias semanas de hospitalidad en el palacio del
obispo de Córdoba, Xuchitl no había vuelto en sí todavía del asombro que le había causado su nuevo ambiente. El prelado en persona,
con su secretario y con su hijo, había bajado a la puerta a recibirlos.

—Sobrino, bienvenido. Señora, no; he de ser yo quien bese
vuestra mano, y no vos la mía.

Xuchitl estaba todavía demasiado tierna de sus recientes sufrimientos, y le faltó poco para romper a llorar. En compañía del prelado subieron escaleras arriba a sus habitaciones. Xuchitl, y el mismo Alonso, cuya experiencia de su propio país no era mucho mayor,
iban de asombro en asombro al contemplar el magistral equilibrio
de sobriedad y de lujo que se manifestaba en todo detalle. La casa
daba la impresión, a la vez, de abundancia y de desnudez, de bienestar y de austeridad. Madera negra u oscura en fuerte contraste
con las paredes enjalbegadas, y de aquí o de allá, siempre en el sitio
indicado, una tabla o un bronce, no siempre de asunto religioso.
Espacio, aire, luz y el aroma siempre presente del naranjo en flor o
en fruto; libros, muchos y con hermosas encuadernaciones. Xuchitl

591

recordaba, como si acabara de vivirlo, aquel día bendito de su llegada al palacio de Córdoba, ya resuelta su ansiedad. Alonso venía todavía convaleciente del tormento.

—A veces me parece difícil desentrañar tantas impresiones —le decía, echada sobre una silla larga en el jardín—. ¿Cómo es posible que vivan juntos un hombre como este obispo y un sistema como la Inquisición? Cuando recuerdo a nuestros sacerdotes, con aquel olor horrible y aquellos ritos sanguinarios, y los comparo con este príncipe de la Iglesia, tan elegante de cuerpo y de espíritu, parece que me he muerto y he vuelto a renacer. Pero cuando pienso en los sacerdotes de esta misma Iglesia que te han torturado...

Aquel pensamiento era precisamente el tormento de Alonso también. En Méjico, había llegado a convencerse de que era menester conquistar primero la tierra políticamente para convertirla después desde arriba. Pero en España había visto y aun sentido en sus propios huesos lo que significaba una conversión desde arriba. Se daba cuenta mucho mejor que Xuchitl de lo accidental que había sido la intervención del obispo de Córdoba. Azar de la familia y del nombre. Azar de que ya se hablase de don Alonso Manrique para Gran Inquisidor. Si llegase a ser nombrado, contemplaría el mundo un curioso espectáculo: el de un ser libre, afable y penetrante, a la cabeza de la institución que en España hacía la conversión desde arriba. Pero todo esto, que él llamaba accidental, ¿sería providencial? ¿Había algo en el mundo que Dios no hacía? ¿O sería verdad que *de minimis non curat Deus*?, como comenzaba a sospechar.

Se acercó un doméstico para decirles que se vistieran para cenar, pues aquella noche celebraba su Eminencia una fiesta en honor a la elección del nuevo Papa. Xuchitl estaba encantada. Todavía no había visto una fiesta en España. Los salones del obispo formaban un cuadro admirable a tal objeto. Los techos elevados, las líneas rectas de los ventanales cerrados con nobles cortinas de damasco rojo, los lustros y candelabros en que ardían centenares de velas de cera, los bronces y mármoles, los tapices que hacían vivir las paredes con mundos de ritmo y color, formaban fondo apropiado a la multitud de personalidades reunidas para honrar al nuevo Papa Adriano de Lovaina y de Utrecht, obispo de Tortosa, Inquisidor General de España.

Xuchitl observó que en contra de lo que sucedía en Méjico, eran los hombres quienes con líneas sobrias y colores oscuros daban fondo al vistoso atavío, rico de imaginación y color, que ostentaban las mujeres. Ella misma, resplandeciente de joyas gracias a los cofres de Isaac Avanel, era aquella noche modelo de encanto femenino. Llevaba el pelo peinado a la española, sujeto con cuerdas de perlas, encuadrándole maravillosamente la frente clara y bien cortada. Pronto fue su exótica figura centro de la atención general, y los huéspedes de ambos sexos se afanaban de haber logrado cambiar unas palabras con la hermosa princesa mejicana. Le impresionaba vivamente el tono de austera elegancia que prestaba tan maravillosa unidad a todas las fases de la fiesta. Se había servido la cena en sólidas mesas de encina que iluminaban candelabros de plata. La servían estudiantes del Seminario, fundación del obispo, vestidos de sotanas de seda carmesí. Xuchitl ocupaba un lugar entre el hijo del obispo, don Rodrigo Manrique, y un dignatario de la Corte Imperial que el nuevo Papa había mandado a Córdoba con instrucciones para el obispo. Era aquel dignatario un noble flamenco de amplio volumen, rubicundo rostro y bigote de lino.

—Vuestra merced hallará difícil seguir todas nuestras luchas y diferencias —decía don Rodrigo Manrique a Xuchitl—, pero mi padre y yo nos felicitamos de haber podido intervenir a tiempo.

—Me siento, a veces, algo desorientada —confesó Xuchitl—. Cosas que os parecerán evidentes, como, por ejemplo, la diferencia entre un moro, un judío y un cristiano, son todavía para mí algo vagas.

Don Rodrigo se sonreía:

—Bien nos damos cuenta de eso. Además, como sabe vuestra merced, a mi padre no le agrada mucho toda esta beatería y estrechez, y aspira a romper las barreras que separan en nuestras ciudades a moros y cristianos. En cuanto a Erasmo, es sólo cosa de cuatro frailes...

El flamenco, que había oído estas palabras, intervino en la conversación:

—Guárdense vuestras mercedes de Erasmo. Más de una vez he llamado la atención de Su Majestad sobre este hombre peligroso. Su intención es buena y santa, pero si vamos a permitir que cada cual escriba y publique lo que quiera sobre las Escrituras, ¿dónde iremos a parar? Fácil les es a vuestras mercedes ser generoso con Erasmo, aquí a tanta distancia de Lutero. Pero nosotros tenemos el peligro a la puerta de casa.

Sopló fuerte, y vació después, de un trago, un vaso de exquisito vino.

Xuchitl sólo tenía nociones muy vagas sobre aquel Erasmo de quien todos hablaban, de modo que se quedó muy contenta al ver que el obispo se ponía en pie, daba las gracias a Dios por la comida y guiaba a sus huéspedes a otra sala donde iba a celebrarse una representación.

Había un estrado erigido al extremo de la sala, a cuyo pie aguardaban tres músicos, dos con vihuelas y uno con una viola de gamba, que al ver entrar al obispo con sus invitados comenzaron a tocar un aire que a Xuchitl pareció tan nuevo como encantador. Instalados todos, corrieron la cortina dos pajes y salió a escena un pastor llevando un cordero al hombro. Parecía cansado y respiraba con dificultad. Se volvió hacia el público y le confió:

De día, de noche, llevando el cordero,
por montes y valles, por sierra y camino,
ando así buscando al Pastor divino
que es Hijo del hombre y Dios verdadero.

Dichos sus versos, siguió el pastor de la derecha hacia la izquierda, pero cuando iba a salir de la escena, le cortó el paso un
diablo de uniforme completo, pelele rojo ajustado, con cuernos y
cola, y se puso a darle consejos:

¡Oh viejo cansado, no sigas camino!
Aquí en la pradera siéntate con calma.
Yo soy el que buscas, el Pastor divino.
Dame tu cordero...

y volviéndose hacia el auditorio, con la ingenuidad usual en el diablo, le confió:

...y le robo el alma.

Los músicos subrayaron el horror de la situación con fuertes
retemblores de los bordones. A pesar de su sencillez, la obra producía su efecto, como todas las cosas que ocurren ante nuestros ojos.
Pero el pastor no se dejaba convencer tan fácilmente como el diablo
se lo había creído:

"El Pastor divino..." Pero si lo fueras
irían contigo las tres compañeras:
La fe, la esperanza y la caridad.
Como no las veo, no dices verdad.

Sin saber qué contestar, el diablo se escondió detrás de un
árbol y volvió a salir poco después vestido de rico mercader, ofreciendo al viejo un saco de oro con estas palabras:

Eres ya muy viejo. Deja tu tesoro.
En el bosque espeso están escondidos
el hambre y el frío, dos fieros bandidos.
Para desarmarlos, dales este oro.

El pastor, sin dejarse engañar, rechazó el presente, exclamando:

Véte, que no creo tus cuentos arteros
que vendiste a Cristo por treinta dineros.
Ni al hambre ni al frío temo en mi sendero
mientras me proteja mi Dios verdadero.

El diablo volvió a ocultarse y reapareció esta vez transfigurado en damisela de peligrosos atractivos:

Deja tu cordero que aún eres muy mozo.
Mira que la vida es cosa de gozo,
De mujer y vino gusta el alborozo,
antes que la muerte te arroje a su pozo.

El pastor fiel no se dejó engañar tampoco por la damisela y le contestó:

No hay amor que dure si no es divino.
Véte, mujer mala, que tu amor hastía,
y para mi alma sólo quiero un vino,
que es el vino santo de la Eucaristía.

Y así una tras otra se le ofrecieron al pastor fiel todas las tentaciones de la vida y todas las fue rechazando en versos rudos y todavía campesinos. El auditorio seguía las aventuras del pastor como imagen viva de sus propias luchas íntimas. Al fin se vio recompensada la fidelidad. Corrióse una cortina blanca que había permanecido cerrada en el fondo durante toda la representación, y Xuchitl se estremeció toda al contemplar una hermosa tabla de la Virgen y el Niño Jesús. El pastor fiel cayó de rodillas en la escena, y los músicos se pusieron a tocar una melodía de largos temas anhelantes, mientras que tras la cortina se oyó un coro de voces infantiles entonando el canto final:

Corderos, pastores, oíd vuestro anhelo;
Mi vida, Mi hijo, Mi amor sin segundo,
aquí es lo ofrezco: Morirá en el mundo
para que vosotros viváis en el Cielo.

La cortina blanca no volvió a cerrarse de modo que la imagen de la Virgen quedó expuesta a la adoración de todos. Gradualmente se fueron marchando los huéspedes, y cuando al fin la familia se quedó sola, el obispo echó al cuello de Xuchitl el corazón de piedra verde, diciéndole con una sonrisa paternal:

—Veréis que ahora lleva la imagen del verdadero amor.

Xuchitl tomó en sus manos la piedra, dio un grito de sorpresa, asió la mano del obispo y la besó.

11

La Misa Mayor celebrada el día siguiente en la catedral le produjo honda impresión. Muchas veces había puesto en parangón los servicios religiosos de los cristianos y de los aztecas, hallando que la misa era un espectáculo tan hermoso y tan profundo que a su lado los ritos bárbaros y sanguinarios de sus antepasados se le antojaban inhumanos. Pero hasta entonces no había asistido a una solemne Misa Mayor de las que atienden a la vez a todos los sentidos alistándolos a la gloria de Dios mediante las artes de una civilización completa. Xuchitl no dejó de observar el efecto producido en su alma por el templo cerrado, en contraste con la plataforma abierta en que celebraban los aztecas sus sacrificios humanos. El templo cerrado, con sus ventanales de colores, hacía entrar al alma en sí misma, como si la nave abovedada de la Iglesia fuera la honda cavidad donde mora el alma, mientras el altar en que ardían centenares de luces era imagen de la fe luminosa que da al alma luz y calor. Ofició el obispo mismo con dos dignidades de su catedral, vestidos los tres con vestidura de aérea transparencia sobre las cuales relucían casullas bordadas de perlas y orladas de oro. Sus movimientos eran dignos, sus voces viriles y serenas, sus ademanes nobles. Nubes de incienso parecían transfigurar sus manos en palomas que volaban hacia las bóvedas oscuras henchidas de la voz vibrante y reverberante del órgano, sobre la que se elevaban los tonos angélicos del coro de niños y doncellas alabando al Señor.

De aquellas alturas donde en eterna serenidad moraba el Señor de luz y de amor, Xuchitl esperaba el maná de la paz, la luz de la razón, el amor de los seres, como un rocío que refrescara el corazón de los hombres de ambos mundos. Su corazón recordaba a su padre Nezahualpilli, el precursor. ¡Cuánto le habría gustado aquella ceremonia religiosa! Ni sangre, ni enemistad, ni persecución, ni tormento. Razón con alas, amor con serenidad. ¡Cómo habría sonreído, feliz al fin de haber conocido la religión que adivinaba! ¡Qué lástima que su padre Nezahualpilli no hubiera conocido a Cristo en persona, a Cristo, nacido en Palestina de una madre judía... como Alonso, atormentado como Alonso por los envidiosos y los ruines, Cristo muerto en la Cruz, que se había sacrificado para poner fin a todos los sacrificios humanos! El órgano se elevó en triunfo, ya consumado el santo sacrificio de la misa. *Ite, missa est.* La multitud comenzó a salir de la iglesia en rebaño, pasando de la oscuridad silenciosa al luminoso tumulto de la plaza.

—De todos modos —decía una mujer elegante, mundana y maliciosa, metiendo la mano en la pila de agua bendita—, si es verdad que va a ser el nuevo Gran Inquisidor, tendremos un inquisidor guapo.

12

Cuando los familiares de la inquisición vinieron a detener a los dos Esquiveles, padre e hijo no querían creerlo. Les parecía a ambos que el mundo revelaba al fin hasta el fondo su iniquidad. ¿No habían arreglado siempre sus cosas para no salirse de lo permitido? ¿De dónde venía la amenaza? ¿De qué se les acusaría? En cuanto se encontraron frente al tribunal se dieron cuenta de lo que los amenazaba. Bastaba oír las preguntas de los inquisidores. Se trataba de una denuncia como judaizantes.

Los inquisidores decidieron dar tormento a uno y a otro, sin que sacaran nada en limpio de la operación, pues ambos Esquiveles sabían perfectamente que desde el punto y hora en que se reconocieran como judaizantes, no había arrepentimiento ni retractación que salvase de la hoguera a Esquivel el viejo. El tribunal, después de concederles un mes de respiro, volvió a someterles a interrogatorio. Apenas se habían sentado ante el tribunal y prestado juramento de ser miembros leales y fieles de la Iglesia Católica, el padre Teodoro, con ojos ardientes de indignación, asió un papel sobre la mesa y se lo pasó a Esquivel. Era el juramento solemne que había prestado ante la sinagoga de Zaragoza de seguir fiel a la ley de Moisés hasta su muerte y de educar a sus hijos en la ley de Moisés. Al verlo, Esquivel cayó de rodillas temblando de terror. Ni un momento se le ocurrió alegar que el documento era falso. Ante la sorpresa, se hundió toda su fortaleza interior. El tribunal le hizo firmar una declaración en la que confesaba que había guardado su juramento a la sinagoga y había sido toda su vida judaizante. En su consecuencia, quedó inmediatamente condenado a la hoguera.

Ceñudo, luchando por conservar su entereza y preparar su defensa, Vicente aguardaba su turno. Arguyó que no conocía la existencia de aquel documento, lo que era verdad, y que su padre lo había criado como cristiano, lo que no era verdad. El tribunal aplazó el asunto, pero decidió prender a Marta. Cuando Marta se encontró en un calabozo de la Inquisición, su humillación y su furia no tuvieron límites, y en cuanto se le presentó ocasión delató al licenciado García, contando al tribunal que era su amante y que la había tenido siempre informada de todos los procesos que pudieran interesarle. García pasó de las oficinas del Santo Oficio a un calabozo.

13

Se había construido en la Plaza Mayor un vasto anfiteatro cubierto con toldos. Sus rasgos esenciales eran un altar con el Crucifijo; un estrado para el tribunal del Santo Oficio, las autoridades de la ciudad y los altos eclesiásticos; la media naranja, o conjunto de los sitios reservados a los acusados, cuyo sambenito color amarillo rojizo daba el nombre del lugar; y gradas y más gradas para millares de espectadores. La víspera del auto de fe, a las nueve de la mañana, se cubría la cruz del Santo Oficio, verde sobre pedestal de plata, con un velo negro, para marcar el dolor de la Iglesia ante la muerte espiritual de sus hijos. Por la tarde, comenzaba la procesión de la Santa Cruz. Abría la marcha un escuadrón de soldados con uniformes de vistosos colores, precediendo al estandarte carmesí del Santo Oficio, que llevaba el alguacil mayor, un noble de la ciudad escoltado a caballo por fuerte contingente de la nobleza local. Seguían largas filas de frailes de todas las órdenes y colores, cada uno con un cirio ardiendo. Después venían los hermanos de las cofradías de San Bartolomé y de la Caridad de Jesucristo, cuidadosamente intercalados uno a uno, porque cada una de las dos cofradías reclamaba la precedencia sobre la otra y no hubieran cedido ni una pulgada de sus derechos, ni aun en las mismas puertas de la gloria; y después los hermanos de la cofradía de San Pedro Mártir, más de quinientos, todos oficiales de la Inquisición, entre los cuales hubiera figurado el licenciado García, llevando sobre el pecho la cruz blanca y negra de la orden, de no haberse encontrado entonces en el calabozo aguardando al día siguiente para figurar entre los penitentes. Se oyó después una música suave y bien templada. Precedida de tres hileras de frailes, altos funcionarios del tribunal, venía la capilla cantando el himno *Vexilla Regis,* en honor de la Santa Cruz, que se veía alta y verde a través del velo negro que la cubría, balanceándose sobre los hombros de cuatro dominicos, bajo alto palio de seis astiles de plata que caían de un solo golpe sobre el suelo, imprimiendo a los pedruscos de la calle, a cada paso, el vigor y la convicción de los robustos frailes que los empuñaban. Eran ya las nueve de la noche cuando la Cruz verde llegó al fin al anfiteatro y quedó alzada frente al tribunal, sobre el altar al que cubría brocado de púrpura y adornaban e iluminaban centenares de cirios sobre candelabros de plata. Y entonces ardían millares de cirios y velas de cera en todo el anfiteatro, dándole un ambiente tenso, ardiente y místico. La luz del altar inflamaba el terciopelo carmesí de los bancos del tribunal frontero, relucía sobre el oro de las armas reales y sobre la Rama de Olivo y la Espada, símbolos de la Inquisición bordados en el dosel, y parecía encender con llamas de fe las letras de oro de la divisa del Santo Oficio escrita sobre el damasco rojo: EXURGE DOMINE JUDICA CAUSAM TUAM. A derecha e izquierda, el terciopelo carmesí de los bancos reservados respectivamente para el cabildo de la Catedral y el cabildo del Ayuntamiento, brillaba sobre un fondo de tapices flamencos atravesado por la línea oscura de los bancos de cuero moscovita reservados a los oficiales de menor categoría. Pero todo aquel marco estaba vacío. La multitud de devotos que había llegado con la procesión se fue disolviendo poco a poco, reservando sus fuerzas para el día siguiente, y sólo quedaron unos centenares de beatos laicos y de frailes velando con himnos de loa a la Santa Cruz, que protegía a España contra las herejías.

14

Llegó al fin el lunes esperado. La procesión de los penitentes
salió del Alcázar Real a las seis de la mañana. Abría la marcha la
Cruz de la parroquia, también velada de negro; venía después una
fila doble de soldados con alabardas escoltando al alcalde de la cárcel con su vara de oro y al segundo alcaide con vara de plata, seguidos de cuatro familiares de la Inquisición, transportando dos cofres
con guarniciones de oro y forrados de terciopelo rojo, que contenían
los autos de las causas de los penitentes, que a su vez seguían,
custodiado el cuerpo por un alguacil y el alma por un fraile. Todos
los penitentes, hombres y mujeres, llevaban en la mano un cirio
apagado, símbolo de su fe extinguida; y una cuerda al cuello con un
nudo por cada cien azotes de la sentencia. Los tres primeros, dos
hombres y una mujer, figuraban en la procesión por bígamos. Llevaban la coroza pintada de varios colores, pero no el sambenito, que se
reservaba para aquellos cuyos crímenes, penetrando más hondo que
lo meramente moral, tocaban a la fe. Seguían cuatro brujas, dos
todavía jóvenes, una de ellas mero esqueleto cubierto de piel que
parecía tener, y en efecto tenía, cien años. Cubría la cabeza de estas
brujas alta coroza amarilla cubierta de activísimos diablos rojos, y
cada una de ellas llevaba las insignias de su profesión: una escoba
y un caldero. Entre las brujas y los herejes, solo y triste, venía un
hombre en quien casi ninguno de sus amigos pasados hubiera reconocido al licenciado García. Sobre los pálidos labios, el bigote, ya ni
encerado ni pintado, caía sin orden ni concierto, y, como su cabello,
ya perdido el artificio, vuelto, ¡oh vergüenza!, a su gris natural.
Venía vertiendo lágrimas de humillación, y sus dedos temblones
iban recorriendo la cuerda que le colgaba del cuello descarnado,
como si fuera contando los nudos de los trescientos azotes que le
aguardaban, amén de la pérdida de su puesto, de sus bienes y de
diez años de su libertad. Detrás del infiel oficial de la Inquisición,
venía la larga fila de penitentes, que eran nueve, y de los reconciliados, que eran cuarenta y dos entre hombres y mujeres. Vestían el
sambenito de paño amarillo con la cruz roja de San Andrés, de
ancho proporcional a la culpa. Eran personas que se habían dado
cuenta de sus errores al fingir ser cristianos, siendo así que seguían
practicando en secreto los ritos judaicos. Todos llevaban un cirio
apagado, para simbolizar el estado de tinieblas en que se hallaba su
alma. Veinte efigies les seguían, las primeras diecinueve en representación de personas antaño reconciliadas pero que habían recaído
en el rito judaico, y por haber muerto o no haberse hallado, no
podían figurar en persona en la procesión. Estas efigies llevaban un
sambenito de lienzo amarillo con llamas rojas. Detrás traían dos
cajas con 105 huesos de personas ya muertas que iban a quemarse
al mismo tiempo que las efigies, y por motivos análogos. La efigie
restante era la de un reconciliado que no se había podido hallar y

llevaba, por lo tanto, el sambenito de paño. Cerraban la procesión los condenados a la hoguera, que eran cinco, tres mujeres y dos hombres. Venían cada uno entre dos frailes que hacían lo posible por prepararles a bien morir. Llevaban el sambenito de lienzo, de llamas rojas sobre fondo amarillo, y la coroza color de fuego, y los cuatro primeros traían en la mano sendas cruces de madera pintada de verde, con la imagen de Jesucristo encima. Estos cuatro primeros se habían reconciliado ya una vez con la Iglesia, pero como eran relapsos no les quedaba otro recurso que morir. En cuanto al último, era un judío réprobo que se negaba a abjurar su fe. Se había negado a aceptar el crucifijo e iba dispuesto a morir en su fe.

Xuchitl y Alonso habían tomado asiento en el anfiteatro, en una tribuna especial reservada a la familia del obispo. En cuanto al obispo, tenía su sitial en el estrado. Iban entrando los penitentes y colocándose en la media naranja. Xuchitl tenía en la mano la de Alonso y súbitamente sintió que aquella mano se sacudía, sin duda un fuerte choque, se dominaba y volvía a caer en reposo.

—¿Qué pasa? —preguntó.

—¿Ves aquel penitente que sube ahora, el segundo?

Y al instante exclamó Xuchitl:

—¡Esquivel!

Y Alonso, con voz medio ronca:

—Sí, Vicente, y la mujer que viene detrás, Marta.

Alonso se quedó sombrío. Pensaba en el viejo Esquivel. ¿Dónde estaría? En cada penitente que iba saliendo de la portezuela al pie de las escalerillas que subían a la media naranja, sus ojos se esforzaban por reconocer al antiguo enemigo de su casa. Pero Esquivel no salía, hasta que al fin, cuando ya todos habían entrado en el anfiteatro y tomado asiento en el lugar infamante, llegó su turno al viejo Esquivel. Era el réprobo. Alonso sabía perfectamente lo que aquello quería decir. Le quemarían vivo.

El anfiteatro estaba abarrotado de gente, todas las personas notables e influyentes de Córdoba con sus familias y amigos. Pero afuera llenaba las calles vecinas una multitud deseosa de ver y de oír lo que pasaba, y aunque no pocos habían conseguido escurrirse hasta dentro, los más tenían que contentarse con el murmullo de las conversaciones y los cantos de los himnos que llegaban hasta sus oídos y con imaginar lo demás. Había comenzado la misa antes de la llegada de los penitentes. Después de la misa hubo sermón, y luego, los "Secretarios del Secreto", alternando en uno u otro de los púlpitos situados a ambos lados del tribunal, fueron leyendo los principales documentos relativos a cada causa. Se leyeron primero los de los condenados a la hoguera, hecho que todo el mundo observó al instante y que cayó y se propagó por la multitud que afuera aguardaba con la rapidez del fuego.

—¡Al Marruvial! —gritaron hombres, mujeres y niños, y salieron todos corriendo hacia un arrabal del lado de la Puerta de

Plasencia, fuera de la ciudad, donde se habían erigido siete hogueras.

La multitud se dispuso a aguardar. Eran las doce. El sol ardía.

15

Entretanto los graves eclesiásticos y nobles obligados por su importancia a presenciar el auto de fe, continuaban escuchando con paciencia la lectura de los verbosos papeles en que los Secretarios del Secreto les describían los horrendos crímenes de los seis condenados. A las cuatro, salieron los seis reos de la media naranja, acompañados por frailes y alguaciles. Un puñado de eclesiásticos y de nobles que ejercían funciones oficiales en la ciudad o en el Santo Oficio, salieron también entonces del anfiteatro, y los dignatarios del Santo Oficio entregaron en toda regla los reos a la autoridad civil, representada por el alcalde mayor.

Al instante se trasladó a los reos a la Puerta de Plasencia. La multitud, que los vio llegar, hizo vibrar el aire con su clamoreo. Dieron la última confesión los frailes a los cuatro reconciliados, y el verdugo comenzó por quemar las efigies atándolas a la estaca de la hoguera y poniéndoles fuego. Dos frailes hacían presión sobre Esquivel el viejo, implorándole que salvase su alma aun en aquella hora tardía. El capitán general de las fuerzas del rey, vástago de una de las familias más nobles de Andalucía, se hallaba presente. Asió un crucifijo y se acercó a Esquivel, que fiero y firme, al pie de la estaca, sobre la pira de leña que iba a consumir su cuerpo, hiciese lo que hiciese y dijera lo que dijera, le miraba venir con ojos de acero. El capitán general, con la voz rota por la emoción, imploró:

—Hermano, estáis ya como muerto. Ya no cuenta el cuerpo. Pensad sólo en vuestra alma. Salvadla en Cristo, que os abre los brazos —y con ademán insistente le ponía el Cristo ante los ojos.

Pero Esquivel, consciente del peso de sus culpas, sólo pensaba en salvar su alma siguiendo fiel a .A., el ser que no se menciona, a cuyos fieles había perseguido tanto durante su vida; y sin siquiera contestar a las súplicas del noble marqués; mascullaba oraciones judaicas en el castellano arcaico que su madre le había enseñado en su lejana niñez.

"Nuestro Dio y Dio de nuestros padres perdona a nuestros pecados en día de las perdonanças este. Y es dicho: Deshice como espesura tus rebellos y como nuve tus pecados; torna a mí que te redemí."

Ya había estrangulado el verdugo a los otros cuatro relapsos, y atando sus cuerpos a las estacas, les había pegado fuego. La vista de las llamas que consumían los cuerpos de las cuatro víctimas no hizo flaquear ni un punto la fortaleza de Esquivel. El verdugo le acercó las llamas, para inducirle al arrepentimiento, pero Esquivel se resistió, y seguía repitiendo mentalmente sus oraciones en castellano arcaico: *"Otorgantes nos a ti que tú el .A. nuestro Dio, y Dio de nuestros padres para siempre y siempre fuente de nuestra vida y amparo de nuestra salvación... Bendito tú .A. el bueno, tu nombre y a Ti conviene de loar..."* El alcalde mayor cambió una mirada con el fraile y dio luego la señal al verdugo. De pronto rodearon las llamas al empedernido judío antijudío y Esquivel desapareció entre humo y fuego.

16

Los graves señores y dignatarios y las graves damas seguían escuchando a los Secretarios del Secreto, que leían causa tras causa. Hacia las siete de la tarde, terminó la lectura. Vacióse la media naranja, y los penitentes fueron subiendo al estrado donde, uno a uno, se arrodillaron, y después de escuchar la condena formal de sus errores que hacía la Iglesia, leyeron su propia abjuración. Alonso y Xuchitl oyeron con emoción a Vicente y Marta Esquivel abjurar de sus errores contra la fe y confesar que habían calumniado a los inocentes. Con más emoción todavía vieron, entonces, al sacerdote encender los cirios que traían en la mano los dos penitentes, para simbolizar el retorno a la luz de la Iglesia. Terminada aquella parte de la ceremonia, cantó la capilla de la Catedral el *Veni Creator Spiritus*. El auditorio, que llevaba en el local desde las once de la mañana, vibró con emoción al oír el himno esplendoroso de la Iglesia, y más todavía cuando resonó el profundo lamento del *Miserere*. Era ya de noche cuando se dio término al auto de fe.

Xuchitl regresó al Palacio del Arzobispo del brazo de Alonso, agotada por aquel día abrumador. Abrió la ventana de su alcoba y salió a la azotea. Un aroma de azahar flotaba en el aire suave. Más allá del naranjal se alzaba una hilera de cipreses más negros que la noche negra. Y más allá todavía, en la lejanía, se elevaba al cielo, en el aire quieto, una columna de humo.

—Mira, algo está ardiendo hacia la Puerta de Plasencia.

Alonso no contestó. Xuchitl guardó silencio un momento y luego dijo:

—¿Sabes lo que me recuerda? Las fiestas del mes de Xoctlvetzi, cuando queman a tanta gente, que el aire se pone negro del humo.

17

Cuando Alonso y Xuchitl llegaron a Torremala, fueron ya directamente a instalarse al castillo. Suárez había tomado posesión del lugar, y todo estaba dispuesto para la llegada del señor legítimo.

Alonso enseñó a Xuchitl toda aquella casa y aquellos terrenos donde flotaban memorias de su niñez. Se sentó a la mesa de su padre, y apenas lo había hecho cuando surgió Suárez con el bastón lleno de monedas de oro. Alonso recordó cómo había encontrado su padre el secreto de aquellas cañas, y se puso encarnado hasta la raíz del pelo. Suárez había salido y ya volvía otra vez con los cofres de Isaac. Ya no había que preocuparse de las cosas materiales. Torremala daría, además, buena renta, y Alonso estaba seguro de que sacaría de Méjico todavía mayores ingresos. Por lo pronto se instaló en Torremala, para gobernar su señorío español.

En el verano dio a luz Xuchitl un niño al que llamaron Rodrigo, el nombre más ilustre de la familia en lo caballeresco y militar. Lo mismo pudieran haberle nombrado Nezahualpilli, y aun hubiera correspondido mejor al aspecto físico del nuevo vástago de la familia Manrique. Alonso subió a la ermita a darle la noticia al bisabuelo del recién nacido.

—Ya es la cuarta generación. El Señor se ha llevado a la segunda antes que a este resto de la primera —dijo el ex rabino—. Mucho le pido al Señor que me lleve pronto a Su seno.

Alonso le preguntó:

—¿Estáis tan cansado de vivir?

El anciano le miró en silencio, y luego explicó:

—Cansado, no. Pero ya no soy. —Se interrumpió, como cambiando de rumbo.— ¿Lo ves? Ya iba a blasfemar, como siempre lo hacemos todos. Creemos que sabemos bastante para pronunciarnos... Iba a decir que ya no soy útil. Pero, ¿qué sé yo? ¿Quién soy yo para saber si soy útil o no..., o ni siquiera si al Señor le son útiles los hombres útiles?

Alonso le escuchaba con atención apasionada. El ermitaño estaba tocando precisamente la fibra más sensible de su pensamiento.

—Yo no sé nada de más impío que eso de tomar sobre sí mismo el decidir lo que es la labor del Señor. Quien se cree que trabaja para el Señor es un blasfemo. Esperemos todos trabajar para él, hagamos lo posible, vaciándonos de toda nuestra vanidad, para merecer trabajar para el Señor. Pero la labor del Señor no es cosa que los hombres puedan conocer jamás.

A Alonso se le dilataban los ojos.

—Padre, ¡qué pensamiento tan aterrador! ¿Quién se atrevería a moverse?

El anciano, que había estado mirando al suelo, alzó los ojos y miró a su nieto en el rostro.

—Pues si no se atrevieran a moverse los malhechores, ya sería eso. Los buenos seguirían laborando. Pero lo harán con menos seguridad de sí mismos si piensan que no hay hombre que pueda tener la seguridad de ser el ministro de Dios. Y así serán menos imperiosos. Lo que también es algo.

Alonso le preguntó de pronto:

603

—¿Teníamos derecho a conquistar a Yucatán?

El anciano se sonrió con cierto reborde de malicia.

—Ya te lo diré dentro de trescientos años, cuando vea lo que habéis hecho con la conquista... —Y luego añadió:— Pero aun entonces, no hay que tomar mi opinión como la opinión del Señor.

Se quedaron callados durante un rato y luego preguntó el ermitaño:

—¿Qué vas a hacer con tu hijo?

—Pues no sé todavía. ¿Qué me aconsejáis?

El anciano contestó:

—Volveos todos a las Indias. Ya hay aquí millones de españoles, pero sólo tú y un puñado de hombres como tú podéis hacer allá un país cristiano.

Después de breve silencio contestó Alonso:

—Ésa es también la opinión de Xuchitl.

—¿Cuándo lo bautizáis?

—El domingo que viene, a las cinco. En el Cerro del Moro donde primero vi a Xuchitl en sueños llevando al niño en los brazos —y Alonso relató a su abuelo la historia de aquel sueño.

—El domingo a las cinco estaré en espíritu con vosotros, desde mi retiro, aquí. Daré tres campanadas para decíroslo. Se oye muy bien desde el monasterio.

Alonso se fue sendero abajo hasta el castillo. Al volver el último recodo del sendero vio al ermitaño que le miraba con ojos sonrientes; su frágil silueta se recortaba sobre el cielo azul. Le dijo adiós con la mano y siguió andando, hasta que un hombro de tierra le cubrió la figura del anciano, y Alonso no lo volvió a ver.

18

El domingo siguiente bautizaron al niño Rodrigo en el Cerro del Moro. Era prior el padre Federico, que para honrar la ocasión se puso al órgano inundando la iglesia de himnos y cantos para celebrar el nacimiento de aquel señor hispano-azteca. Contra la costumbre del país, Xuchitl había querido estar presente, y venía radiante de felicidad. La iglesia estaba llena de flores, y todo Torremala había venido al Cerro del Moro como en romería, unos por curiosidad, otros para manifestar su simpatía y afecto a los Manriques, llenando la iglesia de una multitud alegre y de buen humor.

Siguiendo aquella costumbre, Alonso se puso a arrojar puñados de monedas a los chiquillos después de la ceremonia.

Cuando se hallaba entregado a este inocente placer, observando la rebatiña entre los chicos para apoderarse de las codiciadas monedas, sintió como una punzada en el corazón. No había oído la campana del ermitaño. Xuchitl, con el niño y los amigos, estaban con el prior en el refectorio, tomando una colación. Se marchó con disimulo por la puerta trasera del monasterio y subió a la ermita. Estaba el ermitaño en oración ante el altar.

—Padre —le dijo, y le puso la mano en el hombro. El cuerpo cayó hacia adelante. Alonso se volvió al monasterio, triste, y llamando aparte al prior, le dio cuenta de la muerte del ermitaño.

19

A los pocos meses se decidió a volver a Méjico. Xuchitl estaba inquieta. Le gustaba mucho España, pero anhelaba volver a su país. Allá en el fondo de su ser, sin darse cuenta, encontraba a España demasiado muelle. Sentía en su temperamento la necesidad de una vida más fiera, aunque su mente y la parte más consciente de su ser anhelaban paz y razón. El pequeño Rodrigo era, desde luego, azteca en su aspecto, aunque en algunos de sus rasgos, como la forma de la nariz y otros más sutiles, revelaba su sangre europea. Alonso había comenzado ya a indicar a Suárez que tendría que quedarse como administrador de Torremala en su ausencia, cuando una carta de Cortés acabó por decidirle. "Volveos pronto, que os necesito aquí. Tenemos que hacer juntos en estas partes un noble país para servir al Señor y al emperador. Los hermanos de mi señora, vuestra mujer, son díscolos y de poco fiar, y quiero que herede doña Suchil el señorío de Tetzcuco, que tendréis que regir en su nombre."

Una mañana de otoño zarparon de Palos. Al ver la costa de España esfumarse en el horizonte, y como le rodeaba por todas partes el mar, Alonso recordó el refrán de la canción de su madre. Pero, ya fuera porque estaba todavía bajo la impresión de su última entrevista con el ermitaño, ya fuera porque el amor le era cosa conquistada mientras que quedaba la acción por conquistar, sin darse cuenta invirtió el refrán, repitiéndoselo a sí mismo al revés:

¡Ay, mira que la mar es un amor muy ancho!...

De las aguas que había estado contemplando volvió los ojos a la cabina donde Xuchitl acababa de dar el pecho al niño y se había quedado absorta, con el pecho desnudo, contemplando a su hijo, lo mismo que aquella imagen de la Madre y el Niño que había visto en sueños en el monasterio. Y el niño Rodrigo Manrique-ha-Levy-ben-Omar-Nezahualpilli estaba intentando meterse en la boca el corazón de piedra verde.

ÍNDICE GENERAL

Libro I

LOS FANTASMAS

I. El rey Nezahualpilli tiene una hija 11
II. Don Rodrigo Manrique tiene un hijo 49
III. Xuchitl crece entre la hueste de las tinieblas y la
hueste de la luz 82
IV. Alonso Manrique crece entre el mundo blando y el
mundo duro 126
V. Encuentro de Xuchitl y de la Reina Duende 182
VI. El crimen de Alonso Manrique 211

Libro II

LOS DIOSES SANGUINARIOS

I. Alonso Manrique descubre el Nuevo Mundo 239
II. El crimen de Xuchitl 266
III. Alonso Manrique hace de dios indio, dimite y hace
de santo cristiano. 297
IV. Justicias y ladrones 341
V. Alonso y Xuchitl 379

Libro III

FE SIN BLASFEMIA

I. La Madre y el Niño, y el corazón de piedra verde 411
II. La máscara de turquesa y la Virgen 460
III. La venganza de la máscara 499
IV. Silencio en la laguna 527
V. Xuchitl descubre el Viejo Mundo 548
VI. Fe sin blasfemia 575

Composición de originales
Gea 21